La France
du XIXe siècle
1814-1914

Du même auteur

La Documentation photographique
La France (1814-1851)
La Documentation française, 1996

Histoire des politiques sociales
Europe (XIXe-XXe siècles)
Seuil, « Mémo », 1996

La Documentation photographique
L'Europe romantique, 1814-1851
La Documentation française, 1996

La Documentation photographique
La Société européenne au XIXe siècle
Hiérarchies et mobilités sociales
La Documentation française, 2002

Histoire Géographie 4^e
Livre de l'élève
(direction)
Hachette Éducation, 2002

Louis Blanc, un socialiste en République
(direction)
Créaphis, 2006

Les Maux et les Soins
Médecins et malades dans les hôpitaux
parisiens au XIXe siècle
*(co-direction avec Claire Barillé,
assistés de Sandie Servais)*
Action artistique de la Ville de Paris, 2007

La France de la Restauration
1814-1830 : l'impossible retour du passé
Gallimard, 2012

Francis Démier

La France du XIXe siècle

1814-1914

Éditions du Seuil

ISBN 978-2-7578-4000-9
(ISBN 978-2-02-040647-5, 1re publication)

© Éditions du Seuil, 2000

Le Code de la propriété intellectuelle interdit les copies ou reproductions destinées à une utilisation collective. Toute représentation ou reproduction intégrale ou partielle faite par quelque procédé que ce soit, sans le consentement de l'auteur ou de ses ayants cause, est illicite et constitue une contrefaçon sanctionnée par les articles L. 335-2 et suivants du Code de la propriété intellectuelle.

Introduction

Cet ouvrage prend sa source dans un séminaire déjà ancien. Nous y avons suivi, alors, les itinéraires de Jeanne Gaillard et de Philippe Vigier dans le XIXe siècle[1]. Il est dédié à Philippe Vigier, qui aurait dû en partager la rédaction s'il n'avait prématurément disparu. Mais il lui doit l'essentiel. Parcourir l'ensemble de l'histoire du XIXe siècle – outre la rareté du genre dans l'historiographie française[2] – nous a paru aussi se justifier pour des raisons plus actuelles. Il est peut-être utile de mesurer à nouveau le chemin accompli par les historiens du XIXe siècle, des travaux quantitatifs de l'école labroussienne aux recherches contemporaines de ceux qui entendent construire une histoire qualitative des « représentations ».

C'est au tournant des années 1950, avec les travaux d'Ernest Labrousse[3], que s'est imposée une nouvelle histoire

---

1. La thèse de Jeanne Gaillard vient d'être rééditée sous le titre *Paris, la ville (1852-1870)*, Paris, L'Harmattan, 1997, 528 p. ; et *La Vie quotidienne en province et à Paris pendant les journées de 1848*, de Philippe Vigier, fruit d'une longue vie de chercheur, a été rééditée sous le titre *1848, les Français et la République*, Paris, Hachette, 1998, 437 p., accompagnée d'une introduction d'Alain Corbin.
2. En dehors de la « Nouvelle Histoire de la France contemporaine » éditée en « Points Histoire » au Seuil, partagée en six volumes pour le XIXe siècle, et les célèbres synthèses de François Furet, *La Révolution 1814-1880*, rééd. Hachette, coll. « Pluriel »,1997, et de Maurice Agulhon, *La République, 1880-1932*, t. 1, rééd. Hachette, coll. « Pluriel », 1995, qui partagent le XIXe siècle sur la charnière de 1880, il existe *La France au XIXe siècle, 1814-1914*, de Dominique Barjot, Jean-Pierre Chaline, André Encrevé, Paris, PUF, 1995, et une *France, 1814-1914*, de Robert Tombs dans la « Longman History of France », publiée à Londres et à New York en 1995.
3. Parmi les travaux d'Ernest Labrousse, on citera : *La Crise de l'économie française à la fin de l'Ancien Régime et au début de la Révolution*, Paris, PUF, 1944 ; (dir.) *Aspects de la crise et de la dépression de l'économie française au milieu du XIXe siècle, 1846-1851*, Éditions de la Société

du XIXe siècle. Elle était adossée à la Révolution française et profilait l'ensemble du XIXe siècle comme le siècle des révolutions. Un déterminisme économique lourd, celui des prix, des fluctuations économiques, y mobilisait les « masses » et faisait du « cycle » le chef d'orchestre des événements politiques. Le XIXe siècle s'éclairait dans l'examen du « choc de deux classes, de deux civilisations, la civilisation foncière et la civilisation industrielle ». L'histoire labroussienne, globale, du cycle économique aux « causes personnelles, morales, sentimentales », était une histoire nationale. Ses successeurs reprirent le programme dans un cadre régional. L'analyse des « fondements économiques des réalités sociales », départementalisée, permit l'exploration de nouveaux champs de recherche : la sociabilité méridionale chez Maurice Agulhon [4], les structures de la propriété chez Philippe Vigier [5], Pierre Lévêque [6], les mécanismes complexes des migrations temporaires chez Alain Corbin [7]…

Ce n'est pas une France du XIXe siècle qui apparut alors,

---

d'histoire de la révolution de 1848, Paris, 1956 ; (dir) *Histoire sociale, sources et méthodes*, PUF, 1965 ; (en collaboration avec Fernand Braudel) *Histoire économique et sociale de la France*, Paris, PUF, dont les volumes ont été publiés à partir de 1970 ; « 1848, 1830, 1789. Comment naissent les révolutions », in *Actes du congrès historique du centenaire de la révolution de 1848*, Paris, PUF, 1948-1-30 ; mais aussi le célèbre cours de la Sorbonne : *Le Mouvement ouvrier et les idées sociales en France de 1815 à la fin du XIXe siècle*, Paris, CDU, 1948. On pourra aussi consulter « Entretien avec Ernest Labrousse », *Actes de la recherche en sciences sociales*, n° 32-33, avril-juin 1980.

4. Maurice Agulhon, *Une ville ouvrière au temps du socialisme utopique. Toulon de 1815 à 1851*, Paris-La Haye, Mouton, 1970, 368 p. ; *La République au village. Les populations du Var de la Révolution à la Seconde République*, Paris, Plon, 1970, 543 p.

5. Philippe Vigier, *La Seconde République dans la région alpine. Étude politique et sociale*, 2 vol., Paris, PUF, 1963, 328 et 534 p ; *Essai sur la répartition de la propriété foncière dans la région alpine. Son évolution des origines du cadastre à la fin du Second Empire*, Paris, SEVPEN, 1963, 276 p.

6. Pierre Lévêque, *Une société provinciale : la Bourgogne sous la monarchie de Juillet*, Paris, Éditions de l'École des hautes études en sciences sociales (EHESS), 1983, 798 p. ; *Une société en crise : la Bourgogne au milieu du XIXe siècle*, Paris, EHESS, 1983, 592 p.

7. Alain Corbin, *Archaïsme et modernité en Limousin au XIXe siècle (1845-1880)*, 2 vol. : *La Rigidité des structures économiques, sociales et mentales* ; *La Naissance d'une tradition de gauche*, Limoges, rééd. PUL, 1999, 1174 p.

mais des France, évoluant à des vitesses très différentes, s'industrialisant tout autant dans le paysage rural que dans celui des villes, se politisant à des dates différentes sans toujours se placer dans le sillage des révolutions parisiennes. Pas seulement une France du peuple et du prolétariat contre les élites, mais aussi une France des « petits », aux limites incertaines de la propriété et du travail, une France aux bourgeoisies contrastées et divisées derrière l'image de la « classe », une France des marginaux et des laissés-pour-compte de la grande histoire. Au-delà des péripéties électorales, une histoire de la symbolique politique enrichie par les leçons de l'anthropologie s'est construite au prisme d'une étude de l'iconographie, de la statuaire, du rituel républicain[8], des « lieux de mémoire[9] » qui ont cristallisé le souvenir des événements. De nouveaux acteurs sont apparus au-delà des groupes sociaux qui « faisaient l'histoire » : les femmes[10], les enfants[11], les minorités immigrées... De nouveaux champs se sont ouverts : histoire de la justice[12], du système carcéral[13], histoire des techniques[14], des entre-

---

8. Cf. de Maurice Agulhon, *Marianne au combat. L'imagerie et la symbolique républicaine de 1789 à 1880*, Paris, Flammarion, 1979, et *Marianne au pouvoir. L'imagerie et la symbolique républicaine de 1880 à 1914*, Paris, Flammarion, 1989.

9. Nora Pierre (dir), *Les Lieux de mémoire*, t. 1 : *La République*, 1982, t. 2 : *La Nation*, 1984-1986, t. 3 : *Les France*, Paris, Gallimard, 1992.

10. Cf. (sous la direction de) Alain Corbin, Jacqueline Lalouette, Michèle Riot-Sarcey, *Femmes dans la cité, 1815-1871*, Paris, Créaphis, 1997, et Michelle Perrot, *Les Femmes ou les Silences de l'histoire*, Paris, Flammarion, 1998.

11. Cf. Jean-Noël Luc, *L'Invention du jeune enfant au XIXe siècle. De la salle d'asile à l'école maternelle*, Paris, Belin, 1997.

12. Cf. les travaux publiés dans la *Revue d'histoire de la justice* et les ouvrages de Jean-Claude Farcy, en particulier son *Guide des archives judiciaires et pénitentiaires, 1800-1958*, Paris, Éditions du CNRS, 1992, et *Deux Siècles d'histoire de la Justice (1789-1999)*, Paris, Éditions du CNRS, 1996, CD-ROM.

13. Jacques Guy Petit, *Ces peines obscures : la prison pénale en France, 1780-1875*, Paris, Fayard, 1990, et Jacques Guy Petit, Nicole Castan, Claude Faugeron, André Zysberg, *Histoire des galères, bagnes, et prisons, XIIIe-XXe siècle*, Toulouse, Privat, 1991, et Michelle Perrot (dir.), *L'Impossible prison, recherches sur le système pénitentiaire au XIXe siècle*, Paris, Le Seuil, 1980.

14. Cf. François Caron (dir.) « Le changement technique contemporain, Approches historiques », *Histoire, Économie, Sociétés*, n° 1, 1983, « L'innovation et l'histoire », *Histoire, Économie, Société*, n° 2, 1987.

prises [15], histoire urbaine [16], histoire de la vie privée, de la médecine et de l'hygiène [17], histoire culturelle revisitée dans l'histoire du théâtre [18], de l'édition [19], de l'éducation [20], nouvelle anthropologie religieuse du XIXe siècle [21]...

Au fil des années 1970 et 1980, le sens même du XIXe siècle fut mis à l'épreuve. Michel Foucault, à partir d'une étude

---

15. On pourra souligner pour la France l'importance de l'ouvrage pionnier de Jean-Pierre Daviet, *Une multinationale à la française, Saint-Gobain, 1165-1989*, Paris, Fayard, 1989.

16. Nous citerons encore les travaux pionniers de Jeanne Gaillard mais aussi pour le XIXe siècle ceux de Jean-Luc Pinol, de Florence Bourillon, d'Annie Fourcault, d'Alain Faure et les recherches lancées par la nouvelle Société française d'histoire urbaine (cf. les orientations bibliographiques, en fin de volume).

17. C'est Jacques Léonard qui a ouvert la voie, avec entre autres *La France médicale au XIXe siècle*, Paris, Julliard-Gallimard, coll. « Archives », 1979 ; *Archives du corps. La santé au XIXe siècle*, Rennes, Ouest-France, 1986 ; *La Médecine entre les pouvoirs et les savoirs*, Paris, Aubier, 1981 ; et plus récemment on peut évoquer les recherches d'Olivier Faure, *Histoire sociale de la médecine, XVIIIe-XIXe siècles*, Paris, Anthropos, 1990 ; *Les Français et leur médecine au XIXe siècle*, Paris, Belin, 1993, et celle de Georges Vigarello *Le Propre et le Sale*, Le Seuil, 1985.

18. On soulignera l'importance des travaux de F. W. J. Hemmings, *The Theatre Industry in Nineteenth-Century France*, mais aussi ceux d'Odile Krakovitch sur la censure, *Hugo enchaîné*, et le beau travail de Jean-Claude Yon sur Scribe et Offenbach.

19. De nouvelles recherches sur l'édition ont été menées par Jean-Yves Mollier, *L'Argent et les Lettres. Histoire du capitalisme d'édition. 1880-1890*, Paris, Fayard, 1988, *Michel et Calmann Lévy, ou la Naissance de l'édition moderne, 1836-1891*, Paris Calmann-Lévy, 1984, *Le Commerce de la librairie en France au XIXe siècle, 1789-1914*, Paris, IMEC-Éd. EHESS, 1997, *Louis Hachette*, Paris, Fayard, 1999, et aussi Roger Chartier et Henri-Jean Martin, *Histoire de l'édition française*, t. 3, Paris, Promodis, 1985, *Les Usages de l'imprimé (XVe-XIXe siècle)*, Paris, Fayard, 1987.

20. Après les travaux d'Antoine Prost, *Histoire de l'enseignement en France 1880-1967*, Paris, Armand Colin, 1968, il faut évoquer les ouvrages de Mona Ozouf, *l'École, l'Église et la République, 1871-1914*, Le Seuil, coll. « Points Histoire », 1992, le livre de Jacques Ozouf, *Nous les maîtres d'école*, Paris, Julliard, 1967 ; ainsi que les travaux de Maurice Crubellier, dont *L'École républicaine, 1870-1940*, Paris, Éd. Christian, 1993

21. On peut alors évoquer le travail de Pierre Pierrard, *L'Église et les Ouvriers en France (1840-1940)*, Paris, Hachette, 1984, celui d'Yves-Marie Hilaire, *Une chrétienté au XIXe siècle ? La vie religieuse des populations du diocèse d'Arras (1840-1914)*, 2 t., Lille, PUL, 1997, et ceux de Philippe Boutry, avec entre autres *Prêtres et Paroisses au pays du curé d'Ars*, Paris, Le Cerf, 1986.

célèbre du milieu carcéral[22], projeta sur le XIXe siècle un schéma d'interprétation qui en faisait non pas le siècle de la conquête des libertés, mais celui de la construction d'un État dont le rationalisme moderne assujettissait les individus, modelait les comportements, les représentations et préfigurait le totalitarisme du XXe siècle. Cette identité du siècle fut de nouveau, à l'occasion du bicentenaire de la Révolution française, l'objet d'un débat qui opposa François Furet et Maurice Agulhon[23]. Quand l'historiographie libérale rejeta le vieux « modèle » politique jacobin, le XIXe siècle se « fendit en deux ». La « geste » révolutionnaire du XIXe siècle, contestée comme source de la démocratie, annonçait les méfaits des régimes qui revendiquaient la création d'un « homme nouveau ». Maurice Agulhon défendit alors l'idée d'un XIXe siècle héritier de toute la Révolution française et porteur de « la démocratie libérale dont nous jouissons ».

Du « peuple » et des classes, héros politiques de l'histoire labroussienne, à Louis-François Pinagot, héros sans histoires d'Alain Corbin[24], qui ne percevait dans sa modeste vie de sabotier que les échos feutrés des grands événements de l'histoire nationale, la distance est grande. L'approche du XIXe siècle a changé à la fois d'échelle et d'objet. La microhistoire, cadre déjà largement utilisé dans l'historiographie européenne, est devenue une dimension privilégiée pour identifier les comportements en deçà des schémas politiques

---

22. Michel Foucault *Surveiller et Punir. Naissance de la prison*, Paris, Gallimard, 1975. Le débat avec les historiens a été mené à travers les ouvrages de Michelle Perrot (dir), *L'Impossible prison, recherches sur le système pénitentiaire au XIXe siècle, op. cit.*, et la thèse de Jacques Guy Petit, *Ces peines obscures : la prison pénale en France, 1780-1875, op. cit.*

23. On pourra se référer pour préciser la nature et la portée du débat qui commença en fait dès 1984 à François Furet, *La Révolution en débat*, Paris, Gallimard, coll. « Folio-Histoire », 1999, qui rassemble six articles de François Furet donné au *Débat*, et *1789, La Commémoration*, Paris, Gallimard, coll. « Folio-Histoire », 1999, qui rassemble, avec une introduction de M. Ozouf, des contributions de M. Agulhon, J-D. Bredin, G. Chaussinand-Nogaret, F. Furet, J-P. Goude, A. Guery, J-N. Jeanneney, D. Julia, J-M. Lustiger, H. Mendras, M. Ozouf, Ph. Raynaud, J. Revel, P. Rosanvallon.

24. Cf. Alain Corbin, *Le Monde retrouvé de Louis-François Pinagot*, Paris, Flammarion, 1998.

globalisants[25]. Plus qu'un profil social du Français du XIXe siècle, c'est son imaginaire et sa sensibilité qui sont pris en compte. Mais au-delà, c'est aussi une interprétation du XIXe siècle qui est en cause. Le « siècle des révolutions » a été longtemps perçu comme un siècle d'affrontements et de ruptures. De nouvelles démarches de la recherche insistent au contraire sur ses capacités de synthèse. Le XIXe siècle, dit Alain Corbin, « pratique la récapitulation et l'assemblage [...] l'assemblage est partout dans ce siècle de plâtre où triomphent la juxtaposition, la mosaïque, l'objet cloisonné et le plaisir que procure le foisonnement des références[26] ».

Si nous avons eu le souci de rendre compte des métamorphoses de la recherche sur le XIXe siècle, ce livre n'est pas un état de l'historiographie contemporaine dont nous nous serions efforcé de faire un assemblage éclectique. Notre objectif est beaucoup plus classique. Il s'agit surtout d'un livre destiné à une jeune génération qui peut chercher à redécouvrir le XIXe siècle à un moment où nous perdons, en basculant dans un autre siècle, un contact, une proximité qui nous permettaient peut-être de comprendre ce « siècle passé » qui, désormais, en se décalant d'un rang, ne nous transmet plus qu'un message assourdi dont il est plus difficile de tirer des leçons. Les témoins qui avaient encore un pied dans ce siècle et qui nous adossaient aux grands événements qui l'ont jalonné se sont évanouis. Le XIXe siècle appartient bien désormais à l'histoire.

Cette histoire, nous avons eu l'ambition de l'aborder comme une histoire globale, de l'économique au social, au politique, au culturel, en évitant le morcellement d'une démarche que pouvait inspirer une spécialisation de plus en plus grande des recherches. C'est la raison pour laquelle nous avons privilégié de manière très classique un fil conducteur unitaire, celui de l'événement, en essayant de dégager

---

25. Cf. Carlo Ginzburg, *Mythes, emblèmes, traces. Morphologie et histoire*, Flammarion, 1989 ; Giovanni Levi, *Le Pouvoir au village. Histoire d'un exorciste dans le Piémont du XVIIe siècle*, Paris, Gallimard, 1989 ; Carlo Poni et Carlo Ginzburg, « La microhistoire », *Le Débat*, n° 17, 1981.

26. Cf. Alain Corbin, « Le XIXe siècle ou la nécessité de l'assemblage », in *L'Invention du XIXe siècle*, Paris, Klincksieck, coll. « Bibliothèque du XIXe siècle », Presses de la Sorbonne nouvelle, 1999, p. 153-161.

les étapes de ce qui nous est apparu comme la construction d'un vaste édifice national. Nous nous sommes éloigné toutefois d'un découpage chronologique qui aurait épousé les changements de régime, les grandes ruptures institutionnelles. Nous avons distingué trois temps qui s'appuient sur deux tournants : les années 1840 et les années 1880. Du début du siècle au tournant des années 1840, le combat de la Révolution française reste la note tenue d'une histoire de France conduite à refaire un « 1789 » qui n'a pu trouver un ancrage solide dans le tissu social et politique français. Ce combat, c'est celui de la liberté, celui de toutes les libertés, celle du banquier, du journaliste, de l'artisan ou du boutiquier... des libertés dont on peut penser encore qu'elles vont s'harmoniser dans le mouvement général du progrès.

Des années 1840, années dans lesquelles s'esquisse un alourdissement du capitalisme français emporté dans une nouvelle croissance, jusqu'au tournant des années 1880, le combat pour la démocratie semble l'emporter sur tout autre enjeu. La conquête du « suffrage universel », épicentre de la révolution de 1848, donne à la société française une teinte originale dans une Europe encore fondamentalement aristocratique. Cette conquête semble bégayer, bute sur la question sociale, hésite, d'une Deuxième République qui mutile le suffrage universel au Second Empire qui en tronque l'esprit. Mais le progrès démocratique, l'idée de souveraineté nationale, gagnent en contenu, épaulés par les progrès de l'éducation.

En 1880, selon l'expression désormais consacrée de François Furet, la « Révolution entre au port ». Le jugement ne vaut toutefois que si l'on fait du XIXe siècle le décor sur lequel s'installe une République définie d'abord comme un système institutionnel dans lequel le citoyen libre est devenu l'épicentre du paysage politique. Nous avons privilégié l'idée selon laquelle le XIXe siècle ne s'achevait pas avant terme, parce que après 1880, et le processus dure jusqu'à la veille de la guerre, il s'agit de donner de la chair à une République qui n'est encore qu'une charpente politique. La démocratie ne peut prendre racine dans la république, que si elle est aussi, d'une certaine manière, une démocratie sociale, enjeu d'une nouvelle étape historique de 1880 à 1914. Démocratie « sociale » ne veut pas dire socialiste. Il s'agit d'autre chose. L'enjeu, au-delà de l'avènement d'une république parlementaire bien tempérée, est de souder la société issue de 1789, la société des « gros » et celle des « petits », d'en rassembler les éléments épars pour surmonter les fractures sociales, morales et spirituelles héritées de 1789. C'est la tâche de plusieurs générations de républicains, une tâche contrariée par des soubresauts nombreux, des redéfinitions successives de l'axe politique et social de la République. Mais c'est presque une tâche accomplie au moment où la France va affronter la terrible épreuve de la « Grande Guerre ».

Toute synthèse est l'exercice d'un choix qui laisse de côté parfois l'essentiel aux yeux des spécialistes. Notre souci a été surtout de rechercher l'unité d'un siècle aux contours contestés. Une historiographie fait de la Révolution française un épisode de l'histoire de l'Ancien Régime, une autre, tentée d'enjamber le XIXe siècle, laisse entendre que le volontarisme égalitaire de la Révolution annonce déjà les régimes totalitaires du XXe siècle [27], une autre encore considère que le XXe siècle commence dans la modernité économique et culturelle des années 1880.

Notre approche, elle, s'est efforcée d'analyser l'héritage de la Révolution française, comme un cahier des charges transmis au XIXe siècle. Quant aux dates décalées, traditionnelles, 1814, 1914, elles peuvent se justifier par l'encadrement de deux très grandes guerres : les guerres de la Révolution et de l'Empire et celle de 1914-1918, toutes deux d'une dimension inconnue du XIXe siècle. La guerre de 1870 a laissé dans les esprits et dans les cœurs une blessure morale, elle n'a pas creusé comme les deux guerres qui encadrent le siècle une saignée aussi dramatique dans la chair même de la nation. Les barricades sur lesquelles s'est cristallisée la violence du siècle ont leurs martyrs, les tranchées de la grande guerre, elles, provoquent un massacre sans précédent qui hante le XXe siècle.

En nous attachant, somme toute, à une délimitation très classique du XIXe siècle, nous avons eu le sentiment de rester fidèle à l'esprit de ceux qui l'ont vécu, puisque ce sont les premiers dans l'histoire, pense-t-on, à s'être perçus et sentis comme des hommes qui appartenaient à un moment du temps qu'on appelle un « siècle ».

27. Cf. François Furet, Mona Ozouf (dir), *Le Siècle de l'avènement républicain*, Paris, Gallimard, 1993, et François Furet, *La Gauche et la Révolution au milieu du XIXe siècle*, Paris, Hachette, 1986.

PREMIÈRE PARTIE

L'avènement d'une France libérale (1814-1840)

1

L'héritage de l'épisode révolutionnaire

Une nation une et indivisible

En 1814, la monarchie hérite d'une France modernisée. Durant l'épisode révolutionnaire, ses traits se sont fixés sur des principes entièrement différents de ceux qui définissaient la société d'Ancien Régime : la raison contre la tradition, la séparation des pouvoirs contre l'absolutisme, le principe électif contre la vénalité des charges, la décentralisation du pouvoir contre la tutelle de l'État monarchique, l'égalité civile et la « promotion » des talents, de la richesse, contre la hiérarchie d'un système social fondé sur les ordres, le privilège, le monopole, enfin, la société laïcisée contre une société imprégnée de sacré.

Toutes ces valeurs ont progressé par un démantèlement de l'État absolutiste, par une contestation radicale du privilège dans la société et une décentralisation du pouvoir. Mais, rapidement, les difficultés de la Révolution, la hantise de voir remises en cause les transformations sociales acquises depuis 1789, ont entraîné, non pas un retour en arrière, mais une altération du processus révolutionnaire. De la Convention jacobine au Consulat et à l'Empire, la centralisation, l'empreinte d'un État présent dans tous les rouages de la vie sociale et intellectuelle ont fixé les traits profonds d'une société dans laquelle les principes de 1789, pour survivre, ont dû être à la fois protégés, organisés, encadrés et surveillés. Partout, le principe électoral dans les fonctions administratives, judiciaires ou religieuses a laissé la place à la nomination par l'État. En 1814, si l'esprit de 1789 demeure encore la référence fondamentale dans les institutions et dans la société, cet esprit a néanmoins été édulcoré ou altéré par le retour à des formes de pouvoir autoritaires, voire monarchiques. Malgré tout, en France, plus que partout ailleurs, le privilège aristocratique a laissé la place à l'égalité civile.

L'unification du territoire

La monarchie, en 1814, trouve un territoire dont les contours, en dépit des ambitions de la Révolution et de l'Empire, ont peu changé. Sa transformation tient surtout au progrès accompli, au fil de l'épisode révolutionnaire, par l'idée de nation française. Celle-ci relève, bien sûr, du temps long de l'histoire et s'est fixée, peu à peu, avec l'émergence du royaume de France et son accroissement territorial, par les guerres et la diplomatie. C'est à l'échelle de plusieurs siècles que l'unification progressive du pouvoir et de la religion, la mise en place de la monarchie absolue, les guerres menées par les rois pour défendre et agrandir le territoire, ont précisé les contours de la France en tant que nation politique dans l'espace européen. De l'histoire monarchique de la France, émergent, à coup sûr, un territoire, un sol, mais aussi un État, qui constituent, bien avant le XIXe siècle, une première et décisive étape dans l'histoire de la nation française. On pourrait ajouter à cela, le primat de la langue française, langue de la majorité des Français, langue officielle de l'administration depuis François Ier.

Mais si la Révolution et l'Empire conservent pratiquement tout de cet « acquis », c'est néanmoins une phase nouvelle de la construction de la nation qui commence alors. Jusquelà, la nation avait émergé sur le terrain d'une alliance entre la couche supérieure du tiers état et le roi. La Révolution, au contraire, a façonné la nation dans une lutte puissante et large du peuple contre un pouvoir monarchique qui lui refusait le droit à sa pleine souveraineté. C'est aussi dans le combat contre « l'ennemi intérieur », puis contre l'Europe aristocratique coalisée, que s'est dessinée la nation nouvelle. Si le camp révolutionnaire a su incarner le patriotisme français, la contre-révolution a endossé le costume de la trahison en portant les armes contre la France. Dès lors, l'idée de nation française s'identifie aux valeurs de liberté et de droits de l'homme, valeurs de portée universelle au-delà de l'identité de la France, valeurs qui investissent désormais la France d'une mission particulière pour le siècle à venir : porter aux autres peuples le message de la liberté. La « grande nation », expression d'une hégémonie de la France anti-aristocratique et rationaliste sur l'Europe continentale, reste une référence constante, encore opposée, en août 1914, à l'« agression » du militarisme allemand d'« essence impérialiste ».

En dépit des conquêtes qui ont porté les frontières aux limites de l'Europe, les contours de la France, acquis depuis Louis XV, n'ont pas été profondément transformés par les guerres de la Révolution et de l'Empire. Leur apport se limite en 1814 à la disparition des principales enclaves étrangères : Avignon et le comtat Venaissin réunis en 1791, Montbéliard en 1793, Mulhouse en 1798. L'idée de frontières naturelles, agitée par Danton en 1793, a fait long feu, et la Belgique, l'évêché de Bâle, la rive gauche du Rhin, la Savoie et le comté de Nice sont reperdus en 1815.

L'unité du territoire, proclamé « un et indivisible » en septembre 1791, constitue le socle profond de l'idée de nation, qui exclut d'emblée toute perspective de fédéralisme à l'américaine. L'abolition des privilèges provinciaux, le 4 août 1789, a permis la mise en place d'un découpage unificateur et égalisateur par départements. Le maillage de la France a été conçu alors en termes égalitaires. Aux provinces et à leurs particularismes s'est substitué un ensemble de 83 départements, définis dans le respect relatif des réalités imposées par la géographie et l'histoire. Les départements ne sont que les simples parties d'un « grand tout national », mais constituent l'échelon fort de l'organisation territoriale de la France. De Paris, la capitale, le pouvoir descend de manière uniforme aux échelons les plus modestes du territoire. L'administration française a vocation à intervenir dans tout le champ de l'activité sociale. La rapidité et l'uniformité de l'exécution des décisions gouvernementales sur tout le territoire restent, pour le XIXe siècle, les critères de la bonne administration.

La loi consulaire du 17 février 1800 a établi le principe de l'administration unique au niveau local : préfet, sous-préfet, maire, tous trois nommés par le gouvernement. Les velléités décentralisatrices de la Constituante et du Directoire ont disparu au profit d'une forte centralisation administrative qui a renoué avec les traditions de la monarchie absolue. Au centre du dispositif étatique se trouve le ministère de l'Intérieur, qui a un œil sur tout, depuis la conscription, les prisons, jusqu'à l'instruction, la statistique, l'activité économique, les beaux-arts. Le préfet, dans son département, est la pièce maîtresse de l'administration et l'homme du gouvernement, le garant de l'unité nationale, le premier informateur du pouvoir et l'exécutant de ses décisions, celui qui « sonde les cœurs et compte les choses ».

Un code de jurisprudence unique a remplacé le droit coutumier au Nord et le droit écrit dans le Midi. La loi du 20 avril 1810 a fixé la carte judiciaire, la hiérarchie et le fonctionnement des tribunaux de droit commun pour plus d'un siècle et demi. À l'échelle du canton, le juge de paix connaît des petites causes et s'efforce de concilier les parties, avant qu'elles ne se tournent vers le tribunal de première instance au chef-lieu d'arrondissement. Composé de trois magistrats au moins et d'un procureur représentant le ministère public, il juge en matière civile et correctionnelle. Au département, la cour d'assises est composée de quatre juges, du ministère public et d'un jury de jugement qui interviennent au stade du « criminel ». L'organisation judiciaire est complétée par des tribunaux d'appel dont le siège rejoint celui des anciens parlements et d'une Cour de cassation. Le poids du gouvernement et de ses agents dans le fonctionnement de la justice pénale est très important. Toutefois les magistrats du siège sont inamovibles et l'Empire a voulu constituer un véritable « ordre judiciaire » symbolisé par le rétablissement du costume d'Ancien Régime.

Les barrières douanières intérieures ont été supprimées (5 novembre 1790). Le système d'impôts très variés de l'Ancien Régime a été remplacé par un système de contributions uniforme. Le système de mesure ancien qui perdure dans la pratique bien après la Révolution a été rationalisé. Le mètre est calculé d'après la longueur du méridien terrestre, le litre, l'are, le stère ont été définis par une Commission des poids et mesures. Une étude statistique de la France a été mise en place (la statistique des préfets) et en 1806 a été créé un Bureau de la statistique confié à Gérando. Mais l'État napoléonien légué au XIXe siècle, souvent considéré comme une bureaucratie pléthorique, reste assez limité. Il n'existe en 1815 que 1 fonctionnaire civil pour 200 habitants contre 1 pour 24 à l'heure actuelle.

Les esprits sous la tutelle de l'État

L'idée d'une reprise en main de la société déchirée par la Révolution et les luttes religieuses a donné à l'État un rôle nouveau dans l'enseignement et la vie spirituelle. C'est avec la Révolution qu'est apparue, pour la première fois, une politique globale d'instruction publique, mais celle-ci prend sous l'Empire une forme durable. Compte alors, essentiellement, l'enseignement secondaire, celui des fils de notables à qui il faut inculquer la fidélité au régime. Les écoles centrales (1795), héritières des collèges de l'Ancien Régime, établissements d'enseignement secondaire novateurs, libéraux et ouverts, ont été remplacées, en mai 1802, par des lycées impériaux. Fondés sur l'enseignement du latin et des mathématiques, reposant sur une discipline toute militaire, ils ne sont pas parvenus à faire reculer une foule d'institutions privées et de séminaires qui accueillent les enfants des élites. C'est pourquoi la loi du 10 mai 1806 et le décret du 17 mars 1808 imposent le monopole de l'État sur l'enseignement et définissent l'« Université » comme une pyramide hiérarchisée intimement liée au pouvoir de l'État. L'Université comprend alors trois branches : l'enseignement supérieur (les facultés de lettres, de sciences, de droit, de médecine et de théologie), l'enseignement secondaire (les lycées et collèges) et l'enseignement primaire. À la tête de l'Université est placé un grand maître, assisté d'un conseil d'inspecteurs généraux. L'autorisation du grand maître est nécessaire à tout professeur pour enseigner et à tout établissement pour se créer. La France est divisée en académies (la dimension du ressort des cours d'appel) placées sous l'autorité de recteurs.

Le Collège de France, le Muséum, l'École polytechnique échappent à l'Université. L'École polytechnique, créée en 1794, est essentiellement tournée vers l'armée, et l'École normale supérieure avant tout destinée à faire des professeurs de lycée. L'Empire jette aussi les bases d'un enseignement technique public avec les écoles d'arts et métiers et les cours du Conservatoire des arts et métiers.

En principe, un rude coup est porté à l'influence de l'enseignement donné par les congrégations religieuses. Elles ne peuvent ouvrir d'établissement qu'en payant un impôt assez lourd et doivent obtenir l'autorisation des autorités. Dans les villes où il existe un lycée (37 en 1812), les établissements religieux ne récupèrent les élèves des lycées qu'après les cours, dans l'internat ou dans des « répétitions », mais ailleurs ils sont beaucoup plus libres d'enseigner et de répondre à la demande de nombreux notables qui ne font guère confiance à l'Université. Son monopole a du reste été immédiatement contesté par l'Église qui riposte par la multiplication des « petits séminaires » qui peuvent servir de collèges secondaires. Quand ces derniers, en 1811, passent sous l'autorité de l'Université, les catholiques pénètrent assez largement l'enseignement et le Conseil de l'université. En 1814, il y a 30 000 élèves dans les écoles secondaires privées. Quant à l'enseignement primaire, il est abandonné aux initiatives locales et il reste le plus souvent dans les mains des frères des écoles chrétiennes.

Un des objectifs du système éducatif est d'unifier la culture nationale. Depuis la Convention, on s'est attaqué aux dialectes, aux patois locaux, considérés comme des outils de la contre-révolution. En janvier 1794, à la suite du rapport de Barrère et Grégoire, le français a été rendu obligatoire dans tous les actes publics et son enseignement encouragé à l'école. 6 millions de Français, alors, sur une France de 28 millions d'habitants, ne parlent pas du tout la langue nationale et 3 millions seulement la parlent sans problème. Le projet de la Révolution et de l'Empire est donc de franciser les masses dans le cadre d'une politique scolaire cohérente qui fait appel à la culture écrite et de susciter chez elles une adhésion à l'ordre nouveau. Mais en 1814, la pratique et la connaissance du français sont encore loin d'être répandues, en particulier en Bretagne, dans l'Est et dans la France du sud du Massif central.

Le Concordat : un compromis entre la France révolutionnaire et l'Église

En 1814, les atteintes portées à l'Église catholique semblent déjà très loin. Les innovations introduites depuis le début de la Révolution : la Constitution civile du clergé, esquisse d'une séparation de l'Église de l'État, les fermetures d'églises et la tentative d'éradication de la religion en 1793-1794, ont fait long feu. Avant la restauration de la monarchie, le retour à la religion, le rétablissement du culte semblent déjà acquis. Depuis l'arrivée de Napoléon au pouvoir, la France de la Révolution s'est résignée au compromis avec l'Église, et la présence du pape Pie VII au sacre de Napoléon, le 2 décembre 1804, peut en apparaître comme le symbole. Bonaparte, qui veut consolider la société issue du changement révolutionnaire, a besoin de l'appui de la religion.

Le point d'ancrage de ce compromis est la mise en place, en 1801, du Concordat entre Rome et Napoléon, concordat qui devait régir pour plus d'un siècle les relations entre la France et l'Église catholique. Cet accord implique le libre exercice du culte catholique et la disparition de l'Église constitutionnelle née de la Révolution. Mais désormais la religion catholique n'est plus reconnue que comme celle de « la grande majorité des Français » (protestants et israélites ont ensuite été reconnus et protégés) et perd donc son statut ancien de religion d'État. L'Église s'est résignée à la perte de ses biens et s'est engagée à ne plus inquiéter les acheteurs, clause fondamentale. La carte des diocèses, remaniée, abandonne une stricte homologie entre le civil et le religieux. C'est le chef de l'État qui nomme les évêques, avec l'accord tacite et l'investiture immédiate du pape. Les curés doivent prêter serment de fidélité au gouvernement et non plus à la Constitution. Tous les membres du clergé reçoivent un traitement, les édifices du culte sont entretenus par l'État, et les Églises ou les corps pieux peuvent recevoir des « fondations », des legs d'argent ou d'immeubles.

Portalis, chargé de la mise en œuvre du Concordat, procéda pour désigner les nouveaux évêques à un large amalgame d'anciens réfractaires, de prêtres jureurs et d'hommes nouveaux. Au Concordat, Bonaparte ajouta de son chef des « articles organiques » fortement gallicans qui montraient la volonté de l'État de « contrôler » la religion dominante. Ils instituaient l'unité du costume ecclésiastique à la française, non à l'italienne, et celle d'un catéchisme qui louait l'empereur autant que Dieu. Chaptal rédigea en outre des articles organiques pour les protestants, dont les pasteurs furent aussi salariés. Les « Organiques » donnaient enfin à l'État la police des cultes (pouvoir sur les évêques, relations avec

Rome). Les congrégations de femmes échappèrent à la suppression des « corporations religieuses » décidée depuis 1792, car l'on considéra qu'elles étaient indispensables pour tenir les « petites écoles » et fournir du personnel aux hôpitaux.

La mise en place du système concordataire n'a été que peu affectée par le conflit qui opposa violemment, à partir de 1808, le pape et Napoléon, et la restauration officielle du culte, dans l'ensemble, a été bien accueillie. Mais, en 1814, l'Église catholique n'a pas retrouvé les forces et l'influence qu'elle avait en 1789. La laïcisation de l'État est un fait accompli sur lequel le XIXe siècle ne pourra pas durablement revenir. L'Église a perdu ses privilèges, l'essentiel de ses biens (10 % du territoire national avant 1789), ce qui renforce d'autant sa volonté de conserver une place privilégiée dans l'assistance et dans l'enseignement. Le nombre des prêtres et celui des paroisses ont chuté d'un tiers. Dans plusieurs régions – le Bassin parisien en particulier –, le recul des confréries, des fêtes votives, des testaments en faveur d'œuvres religieuses indiquent un affaiblissement de la religion accompagné d'une féminisation accentuée de la pratique religieuse. L'épisode révolutionnaire a cependant plus accéléré que provoqué une déchristianisation qui a commencé au XVIIIe siècle. En 1814, cet affaiblissement de l'Église présente le danger de porter les catholiques vers un refus de l'héritage révolutionnaire et d'associer pour cela leur sort à celui de la réaction politique. La césure déjà profonde entre régions cléricales et régions déchristianisées, voire anticléricales, n'en est alors que confirmée.

La liberté organisée

La dynamique libérale

Le legs économique et social de la Révolution et de l'Empire est d'abord celui du libéralisme. Aucun pays au début du XIXe siècle n'a été aussi loin dans le démantèlement des cadres réglementaires de l'économie d'ancien type. À l'exception de l'Angleterre, aucun pays n'a autant valorisé l'autonomie de l'individu en tant qu'agent économique et substitué de façon aussi radicale le marché à la société d'ordres et de privilèges. Le libéralisme a désormais de profondes racines dans la société française. Le décret d'Allarde, du 23 avril 1791, supprime les corporations, les jurandes, les maîtrises et les manufactures bénéficiant d'un privilège royal, c'est-à-dire d'un monopole. Le contrôle des manufactures est démantelé, et l'État affiche sa volonté de ne pas se faire concurrent du privé. Ce changement social radical avait déjà été amorcé par le réformisme d'Ancien Régime, par les édits de Turgot qui souhaitait la déréglementation, mais ces initiatives avaient échoué et précipité la crise de la société ancienne au lieu de lui donner un souffle nouveau. La Révolution, elle, a changé la donne. Si l'État s'est dissocié de la personne du roi pour se définir en État de droit, fondé en raison, il s'est aussi dissocié de la société. Il n'est plus le couronnement d'une pyramide d'institutions, de corps intermédiaires, de corporations, organisés de manière hiérarchique. La société est désormais faite d'individus juridiquement égaux et libres d'agir selon leurs capacités sur le marché. La loi Le Chapelier, de 1791, leur interdit d'ailleurs de s'associer. Le marché n'établit alors entre les hommes que des règles d'échange, échange de marchandises ou de services.

Les rapports entre l'État et l'individu en sont profondément modifiés. La révolution de l'individualisme a donné naissance, comme le constatent Benjamin Constant et Alexis de Tocqueville, à une « société en poussière ». Le thème de la décomposition des liens sociaux dans l'épisode révolutionnaire va alimenter un long débat durant le XIXe siècle, aussi bien chez les socialistes que chez les idéologues réactionnaires. Tous deux vont opposer à cette déconstruction de la société de nouveaux liens susceptibles de rétablir un ciment organique entre les individus. Mais, dès l'époque du Consulat, la centralisation napoléonienne, conception de l'administration sur laquelle ni la droite ni la gauche ne reviendront au cours du XIXe siècle, entend apporter des réponses par la mise en place d'un nouveau type d'État, un État moderne, qui incarne l'intérêt public et cherche une articulation nouvelle entre la liberté et la règle, pour unifier une société désormais faite d'individus. Charles Dunoyer, l'économiste libéral de la Restauration, qualifie cet État de « producteur de sociabilité ». Son originalité, comme le fait remarquer Pierre Rosanvallon, n'est pas le degré d'interventionnisme, l'empreinte de la bureaucratie ou de l'armée, phénomènes tout aussi pesants en Prusse, ou le poids des impôts, qui sont plus lourds en Angleterre ; elle est dans sa vocation profonde à rassembler et unir les citoyens dans le cadre de la nation, à « offrir un substitut à l'ancienne concorde du corps politique traditionnel » détruit plus radicalement qu'ailleurs par la suppression des privilèges et l'abolition sans retour du système corporatif.

L'expérience de la Révolution n'a donc pas entamé la confiance dans la liberté. Elle a en revanche suscité l'idée, qui s'impose à l'époque napoléonienne, qu'il n'existe pas d'harmonie spontanée entre les intérêts privés et l'intérêt général. Cette harmonie est réalisable, mais elle ne peut s'imposer que par l'arbitrage de l'État au-delà des intérêts privés. À l'opposé d'une conception métaphysique de la liberté, ce qui émerge de l'épisode révolutionnaire et napoléonien, c'est l'idée pragmatique que la liberté ne peut être comprise qu'en situation, dans l'équilibre générale des forces sociales et politiques, dans l'histoire et dans l'étude réaliste du rapport des forces internationales.

Le « traumatisme » de la Révolution a imposé l'administration comme gardien de l'intérêt général, par la loi, le règlement, les institutions, l'action sur les marchés. La liberté, pour prendre corps, devra s'ajuster et se redéfinir dans la nation, qui est perçue à la fois comme un espace politique, économique et comme un ensemble de forces sociales solidaires. C'est la régulation nécessaire apportée par la puissance publique à la pratique de la liberté qui doit, non pas nier, mais consolider les « acquis » de la Révolution. Dans l'ordre économique et social, cela ne veut pas dire un État administrateur de l'économie, mais un État animateur, organisateur, facteur d'impulsion, chargé de stimuler le crédit, de perfectionner et protéger les moyens de production et d'échanges.

Une nouvelle idée de l'économie nationale

Au tournant des années 1800 s'est imposée une idée de l'économie nationale qui, pour une large part, définit la conception même du développement de la France au XIXᵉ siècle. Toute la période révolutionnaire a été marquée par le rejet déterminé de l'expérience, jugée désastreuse, du traité de « libre-échange » de 1786 et par la hantise de l'avance prise par l'Angleterre sur la France en matière économique. L'application des idées physiocratiques aux échanges internationaux, idées qui tendaient à confiner la France dans une vocation agricole face à une Angleterre manufacturière, a alors failli étouffer les premières souches de l'effort industriel, en particulier celle du textile, en laissant entrer les cotonnades anglaises. La conscience du retard sur l'Angleterre est devenue alors le moteur de l'industrialisation, assimilée à un vaste effort national et patriotique. Ce mouvement est à l'origine de la réanimation d'un mercantilisme dont les racines sont à chercher dans l'Ancien Régime et qui domine encore les esprits en 1814. L'industrialisation apparaît alors comme la voie de passage vers le monde moderne, mais aussi comme un élément de la puissance et de la cohésion nationales.

Dès 1791, quand on a procédé au « reculement » des lignes douanières sur les frontières nationales et défini le premier « tarif général », la France a renforcé la protection de son économie. La guerre avec l'Angleterre à partir de 1793, le renforcement du protectionnisme sous le Directoire, les mesures prises avec le blocus continental pour interdire aux produits anglais l'accès du territoire, la prohibition des produits textiles étrangers arrachée enfin par le patronat cotonnier en 1808, ont défini peu à peu une voie originale vers le développement.

Elle associe étroitement la plus grande liberté de circulation à l'intérieur du territoire national, donc la concurrence entre les régions, et un régime ultra-protectionniste à l'extérieur. C'est dans l'espace de la nation politique que doit s'organiser le développement économique. La France se protège des produits manufacturés étrangers à forte valeur ajoutée parce que c'est la condition de la mobilisation des bras dans un pays très peuplé et affecté par un sous-emploi endémique. En revanche, on laissera entrer les matières premières en franchise parce qu'elles sont « les aliments de l'industrie ». Le libre-échange, idéal qui n'est jamais rejeté, est repoussé à beaucoup plus tard.

Cette doctrine trouve son principal porte-parole, non pas chez Jean-Baptiste Say, l'économiste reconnu de la période, mais chez Chaptal, ministre de l'Intérieur et auteur en 1819 d'un livre programme, *De l'industrie française*. Elle connaît cependant une dérive funeste, mais provisoire, dans la mesure où le blocus continental, machine de guerre contre l'Angleterre, se retourne contre le développement français. Mais, en 1814, un État napoléonien toujours en place entend reprendre le projet d'économie nationale défini par Chaptal. Les hauts fonctionnaires de l'époque napoléonienne aux commandes de la monarchie restaurée, débarrassés de l'autoritarisme napoléonien et de son aventurisme guerrier, font échec aux velléités libérales d'un Dupont de Nemours, l'auteur du traité de 1786, secrétaire du gouvernement de 1814 et tenté encore, dans la logique de ses idées physiocratiques, par une ouverture commerciale en direction de l'Angleterre. Le développement français sera « national », c'est-à-dire qu'il sera à la fois celui des manufactures, de l'agriculture, mais aussi celui du grand commerce, qu'il s'agit de reconstruire au plus vite.

L'État, avant-garde de l'effort de modernisation

Pour mettre en œuvre cette perspective volontariste de modernisation et de développement, l'État napoléonien dispose de l'administration de l'Ancien Régime, dont une partie des fonctionnaires peuple encore les centres de décision. Mais il dispose aussi d'un vivier important d'hommes compétents tirés d'une panoplie d'institutions créées au fil de l'épisode révolutionnaire. L'administration joue alors un rôle essentiel, mais l'État a besoin aussi d'un ensemble d'organisations périphériques, immergées dans la société civile, à la charnière des intérêts privés et de la chose publique.

Les grands commis de l'État sont issus, pour une partie d'entre eux, des grandes écoles, autre originalité française. En 1794 a été créé l'École polytechnique, qui, à partir d'un enseignement des mathématiques et des sciences, fournit les recrues pour le service du génie militaire, l'École des mines et celle des ponts et chaussées, qui datent de l'Ancien Régime. Les ingénieurs de ces grandes institutions peuplent les administrations et garantissent, au-delà des changements de régime, la continuité d'un projet d'édification d'une économie moderne. Le Conseil d'État, duquel Napoléon a tiré ses meilleurs techniciens du droit, de l'administration et des finances, a reconstitué en partie l'ancien Conseil du roi, amputé seulement de ses fonctions judiciaires. Chargé en frimaire an VIII de rédiger les projets de loi et d'administration publique, il a mis en forme l'organisation administrative et judiciaire de la nation, ainsi que les grands codes Napoléon (civil, pénal, commerce). Le Conseil d'État est devenu une pépinière d'hommes de gouvernement et de hauts fonctionnaires qui peuplent les grands services : Douanes, Ponts et Chaussées, préfectures, directions des ministères. En son sein se forge une nouvelle élite issue de la rencontre de l'aristocratie ralliée et des familles de la bourgeoisie. En 1814, elle occupe les véritables foyers du pouvoir.

Mais l'État, en 1814, dispose de relais efficaces vers les milieux d'affaires. Le 7 juin 1810, a été créé un Conseil général des manufactures. Composé des manufacturiers les plus importants, il siège auprès du ministre de l'Intérieur et n'a qu'un rôle consultatif mais jouit d'une grande influence sur les choix importants de la politique économique, en particulier dans le maintien de la politique protectionniste. Un Conseil général du commerce, créé en l'an XI, réunit auprès du ministre de l'Intérieur les grands négociants. En 1814, ces deux institutions font savoir au nouveau pouvoir qu'elles se considèrent comme les gardiennes des acquis économiques. Des instances arbitrales entre les intérêts divergents sont mises en place : les tribunaux de commerce (1809) et les conseils de prud'hommes (1810). La science est associée à l'industrie selon une conception du développement confirmée par la Révolution. Le Conservatoire des arts et métiers, créé le 19 vendémiaire an IV, est devenu le dépôt de plus de 3 000 machines modèles destinées aux manufacturiers. La Société d'encouragement pour l'industrie nationale, créée en 1801 sur un modèle anglais, se donne pour but de recueillir les découvertes scientifiques et techniques, et d'encourager leur diffusion.

L'Empire, en tenant compte des expériences antérieures, a fixé le cadre juridique des entreprises pour le XIXe siècle. Les règles établies dureront au moins jusqu'au Second

Empire. Le code de commerce de 1808 définit trois types de sociétés : la société en nom collectif, dans laquelle tous les associés sont soumis à la règle de la responsabilité illimitée ; la société en commandite, dans laquelle les commanditaires voient leur responsabilité limitée, sauf pour le gérant, et qui, avec ses actions transférables, offre un cadre solide et favorable au démarrage du capitalisme ; la société anonyme, qui, en revanche, reste réservée dans l'esprit du législateur à la grande entreprise et surtout aux travaux publics. L'État, pour protéger l'épargnant, la soumet à l'autorisation du Conseil d'État, qui, associé aux ingénieurs des Mines, est chargé alors d'une longue enquête et accompagne souvent, dans le but de protéger les actionnaires, ses autorisations de sévères restrictions (organisation, réserves, dividendes).

Cette volonté d'organiser le marché est partout. Dans la loi minière du 21 avril 1810, l'exploitation du sous-sol relève de la puissance publique, qui seule choisit les concessionnaires sur des critères de solidité économique des candidats et soumet les exploitations, en plus d'une redevance, à la supervision des ingénieurs des Mines. Le code de commerce reste très prudent devant les audaces de l'entreprise et demeure, avec les chambres de commerce, hanté par la faillite. Le code pénal interdit les coalitions entre les entreprises, tente de maintenir un régime concurrentiel et lutte avec détermination contre toute idée de « monopole » économique. La tentation de revenir aux corporations est systématiquement combattue. L'ancienne police des manufactures est abandonnée. Pour garantir la qualité des produits et les capacités professionnelles, on fait confiance au marché. Dans l'usine, la gestion des ouvriers relève désormais du patron, de son règlement d'atelier, et non plus de normes corporatives.

Seules sont admises des mesures de réglementation qui protègent l'individu. Des normes professionnelles rigoureuses sont imposées aux pharmaciens, aux orfèvres, à la fabrication des poudres. La corporation des boulangers et celle des bouchers sont reconstituées pour des raisons d'hygiène et d'ordre public. Les chambres de commerce, supprimées en 1791, et considérées par Chaptal comme nécessaires à la reconstruction d'un « ordre » économique, sont rétablies le 24 décembre 1802. On a multiplié également des chambres consultatives dans les villes où l'industrie progresse rapidement.

Un ordre monétaire et financier rétabli

En 1814, la Restauration hérite d'un système monétaire et financier rénové qui reste en vigueur pendant tout le XIXe siècle. Sous la Révolution, l'inflation des assignats et le maximum ont désorganisé les circuits économiques et dévoré le capital circulant de beaucoup d'entreprises. De nombreux circuits de crédit ont été rompus. À l'hyperinflation a succédé la brutale déflation avec ses taux d'intérêt usuraires qui ont paralysé nombre d'entreprises. Ce n'est qu'avec le coup d'État de brumaire que la confiance est progressivement revenue. Mais le pays n'a pas retrouvé la masse monétaire en circulation avant 1789 et souffre de la déflation monétaire métallique liée au déficit des échanges extérieurs, aux besoins exceptionnels des armées, à la rupture des relations avec la place de Londres, à la chute du flux de métal précieux venu d'outre-Atlantique. Si les banques de province en 1814 sont affaiblies, Paris, en revanche, a vu sa suprématie bancaire confirmée. Mais l'inflation a eu aussi ses conséquences « positives ». Elle a précipité la transformation sociale au profit de la bourgeoisie. Elle a désendetté les particuliers et l'État et mis fin à une des causes de la révolution : la crise financière. La France au sortir des guerres est cinq fois moins obérée que l'Angleterre. Le rétablissement financier de la Restauration en sera facilité.

En 1803, la loi du 7 germinal an XI a défini le franc par un poids de 4,5 grammes d'argent ou 290 milligrammes d'or, valeur de la livre tournois de l'Ancien Régime. Bonaparte a favorisé la naissance d'une nouvelle banque d'escompte et d'émission, la Banque de France, créée le 13 février 1800. Bénéficiant du privilège de l'émission à Paris, mais pas dans toute la France, elle est en contrepartie « encadrée » par l'État, qui peut en obtenir des « avances ». L'encaisse métallique de la Banque, en or et argent, est le gage de la circulation fiduciaire. La Banque superpose une assemblée générale des deux cents plus gros actionnaires, trois censeurs et sept régents pris parmi les actionnaires, et un conseil d'escompte où figurent des entrepreneurs. Elle ne peut escompter que des traites portant trois signatures et à échéance de trois mois maximum. À partir de 1806, un gouverneur et deux sous-gouverneurs, gros actionnaires, sont choisis par le gouvernement pour coiffer les régents, et la Banque reçoit la mission de fixer le taux directeur de l'escompte. Elle n'émet pas de billets de moins de 500 F et n'a que trois succursales : Lyon, Lille et Rouen. Ses moyens pour procurer des avances au Trésor sont aussi très restreints. La politique prudente de ses dirigeants, la crainte de l'inflation, ont limité le développement de ses opérations de crédit, et ses billets ne représentent qu'un appoint dans une circulation monétaire essentiellement métallique. Mais désormais la France dispose d'une institution efficace qui facilite le financement de l'économie par le réescompte du papier commercial.

En 1791, un nouveau système de contributions a établi l'égalité devant l'impôt. L'impôt direct est composé de quatre contributions. La foncière frappe le revenu de la terre et des maisons. C'est l'impôt majeur, qui représente 80 % des ressources fiscales directes. Son assiette va s'améliorer progressivement avec la mise en place du cadastre. La mobilière porte sur la fortune calculée d'après la valeur locative de l'habitation. La patente frappe les revenus du commerce et de l'industrie en prenant pour base la valeur locative des établissements. La contribution des portes et fenêtres date, elle, de 1798. Ces taxes sont proportionnelles mais non progressives. L'impôt est un impôt de quotité et non de répartition, ce qui accentue les inégalités régionales.

Après l'essai infructueux des Constituants pour favoriser la mise en place d'une fiscalité directe – idée héritée des physiocrates – l'époque napoléonienne a renforcé la place des impôts indirects, en particulier sous la forme des droits réunis (autre forme des anciennes aides), sans cesse plus importants (sur les vins en particulier). Dès lors, la fiscalité française s'appuie surtout sur les impôts indirects (plus de la moitié des ressources fiscales à la fin de l'Empire), de perception facile et de bon rendement. La charge fiscale, en dépit des changements, reste en 1814 comparable à celle de 1789 et très inférieure à celle de l'Angleterre. Dans les finances de la France, les postes dominants sont toujours ceux de la guerre, de la marine, les dépenses de souveraineté et le service de la dette.

Il n'y a pas de budget, car Napoléon ne supportait pas le contrôle des assemblées sur ce point. En revanche la Cour des comptes, créée le 16 septembre 1807, vérifie non point la légalité des dépenses, mais celle des comptes des différentes caisses publiques et émet des observations sur les finances publiques. Napoléon, confronté au décalage entre besoins immédiats et recettes à venir a pris l'habitude de recourir à l'aide de la banque privée, qui demeure pendant le premier XIXe siècle une nécessité. La Caisse d'amortissement, alimentée par les souscriptions et les cautionnements des receveurs généraux de département, est chargée de rembourser les avances faites au Trésor et autorisée à émettre des bons. Mais l'empereur, partisan d'une stricte orthodoxie financière, a écarté le recours excessif à l'emprunt et à l'inflation des signes monétaires. La Banque de France n'a aidé le Trésor qu'en lui procurant des facilités à partir « d'obligations du Trésor plus solides que le papier du meilleur banquier ». Au XIXe siècle, elle conserve une encaisse métallique importante, gage de stabilité mais aussi handicap pour une croissance plus forte.

**Une croissance enrayée,
des structures économiques modernisées**

La période de la Révolution et de l'Empire reste globalement dominée par un mouvement de hausse des prix qui entretient une dynamique favorable plus ancienne. Pourtant, si l'on prolonge les tendances longues du XVIIIe siècle, l'épisode révolutionnaire et impérial semble avoir eu des conséquences très néfastes.

Sans lui, la population française aurait été de 5 à 10 % supérieure, le produit industriel supérieur d'un tiers, le commerce extérieur aurait doublé. Le produit agricole, toutefois, n'aurait pas été supérieur et peut-être même inférieur. Le calcul est néanmoins contestable. La guerre, d'abord, porte une responsabilité essentielle dans ces chiffres. La croissance de la France, préservée encore jusqu'en 1792, connaît un recul marqué de 1792 à 1796 et enregistre une récupération brillante de 1800 à 1810, rebond lié à la remise en ordre du Consulat, à la relance du commerce extérieur, à la maîtrise de l'inflation. De 1810 à 1814, quand la guerre et les crises compromettent le rétablissement français, la croissance recule. Globalement, c'est un jeu à somme nulle, puisque le niveau de 1789 est juste récupéré en 1814. Une appréciation seulement quantitative est cependant très insuffisante. Considéré sous l'angle des structures économiques, le bilan dévoile des changements considérables qui peuvent expliquer le redémarrage rapide et brillant de l'activité économique après 1814.

Rebond des industries nouvelles,
difficultés des industries traditionnelles

En 1800, le produit industriel de la France est inférieur de 40 % à ce qu'il était en 1790-1792, mais en 1805-1810 il est supérieur de 30 % au niveau de 1789. Pour l'ensemble de la période Révolution-Empire, le rythme de croissance est élevé : 3 %, mais avec de très fortes fluctuations. Après un terrible recul de près de 40 % de l'activité industrielle au milieu des années 1790, l'industrie est repartie vigoureusement grâce au volontarisme économique consulaire et impérial. L'Empire construit plus de routes et de ponts que la monarchie : c'est une des causes majeures de la croissance du produit industriel. Les résultats sont cependant contrastés. À la croissance industrielle de la France du Nord, répond l'effondrement de la France de l'Ouest et de celle du Midi, et la modernisation reste très inégale d'un secteur à l'autre, d'une région à l'autre.

La Révolution mais surtout l'Empire ont entraîné l'essor remarquable d'une industrie textile qui s'impose alors comme le fer de lance de la nouvelle industrialisation (au moins la moitié du produit industriel). L'isolement relatif du marché français, lié aux guerres mais aussi à la politique prohibitionniste de la France, a favorisé le développement d'une manufacture de coton dont le point de départ date de la fin de l'Ancien Régime, mais dont la production a quintuplé pendant la période. En 1814, la France dispose de 1 million de broches mécaniques, soit autant que le reste de l'Europe continentale. Mais au même moment l'Angleterre en a 5 millions : l'écart s'est creusé encore avec le rival anglais. La technique anglaise s'est généralisée dans la filature et à partir de 1798 sont apparues les premières mule-jennys couplées à la force motrice tirée des rivières et à celle des premières machines à vapeur. De 6 filatures mécaniques en 1789, on est passé à 272 en 1814.

La taille moyenne des filatures reste très modeste, mais quelques vastes entreprises associent la filature implantée en ville et des centaines d'ateliers à domicile qui pratiquent le tissage. Richard et Lenoir, à Paris, contrôlent ainsi 14 000 ouvriers, dont la majeure partie est implantée en milieu rural avec des techniques très traditionnelles. L'Alsace, jusqu'alors limitée à l'impression des toiles brutes importées, est passée à la filature et au tissage du coton sous l'effet du nouveau protectionnisme et de la guerre maritime. L'indiennage (l'impression de toiles de coton), fer de lance d'un progrès dont Oberkampf, à Jouy, est un des promoteurs les plus célèbres, a multiplié par trois sa production. Stimulée par l'amélioration du pouvoir d'achat intérieur, par le protectionnisme rigoureux dont bénéficient les manufacturiers pour réaliser des investissements risqués en regard de la domination anglaise, l'industrie du coton profite également du marché européen offert par le blocus continental. Mais elle souffre à partir de 1810 de la cherté du coton, qui doit emprunter des routes compliquées pour échapper au contre-blocus anglais et ne représente encore à la fin de l'Empire que 13 % de la valeur ajoutée des industries textiles.

Les autres secteurs du textile ont connu un développement beaucoup moins brillant et en 1814 ont à peine récupéré leur positions antérieures, car le développement du coton s'est fait largement en se substituant à des textiles plus traditionnels. L'industrie lainière connaît des difficultés d'approvisionnement après la perte de l'Espagne, et cela en dépit des efforts pour développer le mérinos en France. Mais des machines à carder et à filer apparaissent (Douglas à Paris), et l'on enregistre des réussites exceptionnelles comme celle de Guillaume Ternaux qui bâtit dans l'Europe du blocus un véritable empire industriel. En revanche l'industrie de la soie, touchée par la crise des industries de luxe à l'époque de la Révolution, n'opère qu'un rattrapage partiel sous l'Empire. La fabrique de toiles dans l'Ouest entre dans un long déclin qui s'explique, pour une part, par la perte des marchés coloniaux et de ceux de l'Amérique espagnole.

Les contraintes de la guerre, mais aussi un effort scientifique considérable de la Révolution, ont permis en revanche l'essor d'une industrie chimique qui, avec des hommes comme Chaptal ou Darcet, est alors en avance sur le reste de l'Europe. L'industrie des colorants se développe rapidement. La fabrication de la soude artificielle mise au point par Leblanc est rapidement industrialisée (la région marseillaise a une trentaine d'usines en 1810). Son utilisation s'est répandue dans la savonnerie et la verrerie et elle a remplacé l'importation des soudes naturelles d'Espagne. Protectionnisme, guerre européenne et volontarisme de l'État ont conjugué leurs effets.

Par contre, l'industrie métallurgique, qui a connu une croissance de 50 % depuis 1789, a progressé sans mutation technique, par simple extension de la métallurgie au bois existante. Même en l'an II, les commandes militaires n'absorbent guère plus de 15 % de la production. L'usage connu du coke dans la réduction du minerai en fonte a souffert de l'échec technique et financier de la grande entreprise du Creusot lancé sous l'Ancien Régime. Elle n'a réussi qu'à faire de la fonte cassante et coûteuse. Les mines de charbon d'Anzin, prototype de la grande entreprise capitaliste formée sous l'Ancien Régime, n'atteignent que 80 % de la production de 1790.

*L'effondrement du commerce colonial
et des circuits d'exportation traditionnels*

En 1814, la France a perdu l'essentiel de son empire colonial, qui était une des sources de son enrichissement et de ses équilibres extérieurs. L'édifice s'est écroulé en août 1791 avec la révolte à Saint-Domingue des gens de couleur libres, auxquels l'assemblée du territoire refusait la citoyenneté, puis avec celle des esclaves, dont le sort avait créé depuis longtemps une situation explosive. La guerre entraîne par deux fois l'occupation anglaise et l'interruption des échanges. La France perd Saint-Domingue, la « perle des Antilles », et ne garde que les Petites Antilles et la Réunion (île Bourbon). La rupture du grand commerce s'accentue quand l'Angleterre devient maîtresse des mers. La perte des colonies a entraîné un véritable tournant dans l'économie française, parce que le grand commerce maritime était avant tout celui des denrées coloniales : en premier lieu le sucre, dont la France était le plus gros importateur en Europe à la veille de la Révolution, mais aussi le bois, le coton, le café, le cacao, le thé, les plantes tinctoriales... La France, insérée dans une vaste constellation commerciale franco-espagnole, faisait avant 1789 pratiquement jeu égal avec l'Angleterre. En 1814, elle a été évincée par les Anglais, mais aussi par les États-Unis, des principales routes de commerce.

Avec l'économie coloniale, c'est tout un système économique qui se trouve compromis. La France n'équilibrait sa balance commerciale que dans la mesure où, ne consommant que la moitié de la production de ses colonies, le reste était réexporté vers l'Europe, ce qui permettait d'importer des fers, des bois, du cuivre, des goudrons des pays du Nord et en outre de drainer du métal précieux vers le territoire national. La traite des Noirs enrichissait les armateurs et permettait l'exportation de la pacotille contre laquelle les esclaves étaient échangés en Afrique. Les exportations vers les colonies animaient toute une proto-industrie : outils, vêtements de toiles et de coton, objets de luxe vendus aux planteurs, draps de laine, ganterie, quincaillerie... Les propriétaires du Toulousain y exportaient leurs blés, l'Ouest ses toiles de lin et ses mulets...

Après le creux terrible de 1794-1797, les armateurs ont encore cru pouvoir rétablir, à l'occasion de la paix d'Amiens en 1802, cette économie qui faisait la fortune de Bordeaux, de Nantes et de Marseille. Mais l'espoir suscité par une brillante reprise des échanges a été sans lendemain. Les guerres maritimes de l'Empire ont affaibli de manière définitive cette grande source de richesse, et c'est toute la façade atlantique des ports qui en a pâti. Bordeaux et Nantes ont été les plus touchés.

Désormais l'économie française se tourne vers son espace intérieur ou vers l'Europe continentale. Une partie de la proto-industrie qui vivait, parfois jusque dans les campagnes françaises les plus reculées, des exportations atlantiques, s'effondre, compromettant pour longtemps le développement du Sud-Ouest, par exemple. Le taux d'ouverture de l'économie française se stabilise à un niveau sensiblement inférieur à celui de la fin du XVIIIe siècle. Les capitaux des armateurs se tournent vers l'investissement foncier. Les circuits de crédit et d'échange organisant le commerce des denrées coloniales se concentrent sur Paris avec des relais sur Strasbourg et Lyon. Mais les exportations de produits fabriqués de la France sont tombées de 450 millions de francs à la fin de l'Ancien Régime à 355 millions pendant l'Empire, et les voies nouvelles de l'Europe continentale n'ont pas compensé le déclin de la sphère atlantique. La France s'éloigne du modèle de croissance anglais, qui dispose d'un marché international étendu et du contrôle des principales sources d'approvisionnement de denrées coloniales. Le marché colonial ne peut plus être la base d'une industrialisation de la France. L'épisode révolutionnaire explique partiellement le caractère peu ouvert sur l'extérieur de l'économie française du XIXe siècle.

Le progrès sans rupture de la France agricole

En 1814, la France reste avant tout un grand pays agricole : sa population est à 80 % rurale. La production de blé n'a guère augmenté depuis l'Ancien Régime, en partie parce que le monde citadin, consommateur de blé, l'aliment des riches, a reculé en nombre. Mais l'offre de subsistance a tout de même augmenté pendant la période grâce à l'augmentation de la production de seigle et de celle de pomme de terre, produits de substitution qui progressent dans l'alimentation.

Après des années de troubles sociaux et une succession de mauvaises récoltes pendant l'époque révolutionnaire, l'Empire a apporté un progrès plus régulier. La croissance agricole, limitée, se fait sans grand changement dans les techniques, ni dans les rendements. L'ancien système agraire reste dominant. C'est surtout l'extension des surfaces cultivées, la conquête des forêts, que le changement politique met en état de moindre défense, qui semblent responsables de la croissance. Responsable également, l'augmentation du travail agricole, stimulé par la perspective d'un accès possible à la propriété, mais aussi par la hausse des prix (+ 25 % pour le froment) et des salaires agricoles (+ 20 % de 1799 à 1817).

En 1814, la production de vin a augmenté d'un tiers sur 1789. Le cheptel ovin a progressé rapidement. Stimulé par la hausse des prix, il s'améliore grâce à l'introduction dans les grandes exploitations des moutons mérinos espagnols, dont les toisons abondantes trouvent un débouché vers l'industrie. Dans la Beauce, la moitié du cheptel a été renouvelée. La progression de la betterave à sucre reste plus limitée. Une agriculture capitaliste, déjà puissante dans le Bassin parisien, a conforté ses positions. Mais le progrès est surtout resté cantonné aux grandes plaines. Ailleurs l'inertie des mentalités, la pauvreté de la masse paysanne, l'esprit rentier de beaucoup de propriétaires restent dominants et freinent l'innovation. Les perturbations des circuits d'échanges et des marchés, conséquences de l'inflation, des réquisitions, du maximum, de l'affaiblissement du négoce, ont compartimenté les prix d'une région à l'autre et accentué leur instabilité. Les écarts du prix de l'argent se sont creusés entre les départements. Toute une circulation de lettres de change, active dans les circuits de vente des produits agricoles, a été compromise.

Une France déclassée ou prête pour un nouveau départ ?

La France a-t-elle alors perdu la bataille économique entamée avec l'Angleterre et la Révolution, comme le prétendent certains, amorce-t-elle un déclassement français qui est chose acquise en 1814, tout le XIXe siècle étant alors hypothéqué par la disparition de la prospérité du « beau XVIIIe siècle » ? Les responsables, en 1814, sont en tout cas loin de le penser. Il n'existe alors aucune nostalgie de l'époque de Louis XVI. La très grande majorité des « technocrates », mais aussi des manufacturiers, sont convaincus que les perturbations de la Révolution sont déjà loin et qu'ils disposent d'un appareil économique rénové susceptible de permettre à la France de se moderniser et de s'industrialiser. La France des ports, durablement affaiblie, est même persuadée de pouvoir retrouver sa prospérité.

La référence à la France d'avant 1789 reste extrêmement

rare. En réalité la dynamique de la croissance du XVIIIe siècle était essentiellement une dynamique atlantique, commerciale, beaucoup plus qu'industrielle et même agricole. Les sources de cette croissance étaient déjà en péril à la fin de l'Ancien Régime. Depuis la guerre de Sept Ans, la France n'avait plus qu'un espace colonial étriqué. Le commerce atlantique anglais durant le XVIIIe siècle s'était multiplié par trois, celui de la France n'avait que doublé. Secteur clef du développement, l'agriculture était très loin d'une mutation à l'anglaise. La France de 1789 était une très grande nation qui se plaçait en tête du point de vue du produit national par sa simple dimension, mais elle avait déjà en 1789 une productivité agricole inférieure de 50 % à la moyenne anglaise. L'Angleterre avait 260 broches dans l'industrie cotonnière pour 1 000 habitants contre 2 pour la France. Dès 1789, l'écart était de 3 à 1 en faveur de l'Angleterre pour le nombre des brevets, de 10 à 1 pour l'utilisation des machines à vapeur. En résumé, un retard technologique d'au moins quinze ans. Le traité de commerce de 1786, produit de doctrines libérales imprudentes qui accordaient surtout à la France une vocation agricole face à l'Angleterre manufacturière, a montré, bien que sur une période très courte, la vulnérabilité de la France à la concurrence des manufactures anglaises.

Ce décalage entre une croissance française appuyée sur des sources de richesse déjà figées et une croissance anglaise plus moderne, parce que tournée déjà plus clairement vers les manufactures et des marchés plus variés, a été cependant amplifiée dans la période 1789-1814, ce qu'a démontré l'incapacité de la France de l'emporter économiquement et même militairement sur l'autre grande puissance européenne. On peut cependant constater que, loin de rester crispée sur la nostalgie de positions perdues, l'économie française, en 1814, est en passe de se réorganiser dans un dispositif nouveau.

La Révolution et l'Empire voient s'imposer la domination manufacturière mais aussi commerciale et agricole de la France du Nord au détriment de celle du Midi et de la façade atlantique, qui avait été la source de la plus grande richesse au XVIIIe siècle. Paris, ville de consommation, devient ville de production. Elle est la capitale du coton, de la mécanique, de la chimie et s'impose aussi comme principale place de crédit et de redistribution des marchandises, dont les routes ont été orientées par le blocus continental vers le centre de l'Europe. Une voie capitaliste agricole s'impose dans le Bassin parisien et le Nord. La dynamique cotonnière de la France du Nord contraste avec la crise des textiles traditionnels : les toiles de lin de l'Ouest, les draps de laine du Midi. De nouveaux pôles industriels : Lyon, Lille, Mulhouse, profitent de l'esquisse d'une Europe lotharingienne.

La société française ancrée dans la propriété du sol

Vitalité démographique et déclin des villes

Les pertes subies par la population française pendant la période de la Révolution et de l'Empire, sujet controversé, seraient de l'ordre de 1,3 million d'individus. Cette saignée s'est traduite par un recul absolu de 400 000 habitants dans la période 1793-1795. Mais dès 1796 la croissance démographique a repris, à un rythme plus lent toutefois. Globalement, celle-ci a été de 0,25 % en rythme annuel, et l'excédent moyen de la fin de l'Ancien Régime (148 000 habitants par an) n'a pas été retrouvé sous l'Empire (78 000 par an). Il ne sera dépassé que sous la Restauration (211 000).

Le régime démographique de la France a connu un sensible infléchissement. La nuptialité a progressé (85 mariages pour 10 000 habitants dans les années 1770-1784, 171 pour 1811-1815). En revanche la natalité recule. On passe de 390 naissances pour 10 000 habitants à la fin de l'Ancien Régime à 320 seulement sous l'Empire. Cette apparente contradiction trouve son explication dans un faisceau de causes : progrès du contrôle des naissances, recul de l'emprise de la religion, loi sur le divorce, multiplication des propriétés rurales.

La mortalité infantile a continué à baisser, mais le recul lent de la fécondité des couples, déjà net à la fin de l'Ancien Régime, s'est confirmé. Un schéma démographique français du XIXe siècle commence à s'esquisser. De 6,15 enfants par couple en 1720-1739, on est tombé à 4,88 en 1790-1819. Le résultat, c'est désormais une croissance modeste de la population, qui passe de 27 350 000 habitants en 1801 à 30 462 000 en 1821, soit une progression de 0,5 % par an. Encore faut-il remarquer que la progression s'explique pour une bonne part par le recul de la mortalité (de 390 pour 10 000 à 260 pour 10 000 à la fin de l'époque napoléonienne), lié plus à une meilleure alimentation qu'à des progrès médicaux modestes.

En rupture avec le XVIIIe siècle, le poids des villes recule de 20,5 % de la population à 19 % sous l'Empire. La chute est surtout sensible dans les grandes villes : de l'ordre de 20 %, il atteint même 25 % à Lyon. Paris ne retrouve sa population de 1789 qu'en 1811. Si, dans le Nord-Est, la croissance urbaine se maintient mieux, toute la France urbaine du Midi et de l'Ouest recule. La France rurale se voit renforcée face à la France des villes.

La terre et les paysans

La Révolution a aboli le 4 août 1789 tous les droits féodaux qui portaient atteinte au droit de propriété. Cette abolition, d'abord rachetable, est devenue gratuite, après le tournant révolutionnaire du 10 août 1792, sauf si le seigneur peut fournir le titre originel. Ce n'est que par la loi du 17 juillet 1793 que la Convention montagnarde décrète la suppression sans rachat ni indemnité de tous les droits féodaux et redevances seigneuriales, et ordonne, en outre, le brûlement des titres féodaux.

La suppression de nombreux prélèvements – dîmes et champarts en particulier – a amélioré incontestablement la situation du paysan. Ils représentaient en moyenne 10 à 12 % du revenu foncier. Mais quand les terres étaient louées, les prélèvements anciens ont été très souvent incorporés à la rente du bailleur de terre. Pour les exploitants, la situation est alors restée inchangée sauf quand ils cultivaient leur propre bien, phénomène minoritaire.

C'est ce qui explique l'importance attachée à la vente des biens nationaux. Elles concernent 10 à 20 % du sol, chiffre limité mais qui constitue cependant un des transferts les plus brutaux dans l'histoire sociale de la France. La redistribution de la propriété toutefois n'a que partiellement profité aux campagnes. Moins de la moitié est allée aux paysans. Et, le plus souvent, seuls les laboureurs aisés ont pu acheter la terre mise en vente aux enchères. Ce n'est qu'en 1793, avec la législation montagnarde et la constitution de petits lots, que la paysannerie pauvre a pu participer au transfert, en s'unissant parfois pour acheter un lot ou en procédant par des rachats de seconde main. Après le 9 Thermidor, la République bourgeoise, préoccupée avant tout par les finances de l'État, a favorisé la bourgeoisie, qui disposait d'argent frais. Les « bandes noires » ont mis alors la main sur les terres restantes. La petite propriété n'a donc progressé que dans une faible proportion, et la vente des biens nationaux a surtout consolidé la grande et la moyenne propriété bourgeoise.

Dans le Nord, la part des paysans est passée de 30 à 42 % de la superficie. Dans le pays de Caux, 47,5 % de la surface ont été vendus en lots de plus de 30 hectares à 4,3 % des acquéreurs, surtout des laboureurs et des bourgeois de Rouen. Les « petits », 76,5 % des acquéreurs, ne sont parvenus à acquérir que 22 % de la surface en lots de moins de 5 hectares. Dans le district de Strasbourg, en revanche, 73 % des biens vendus sont allés aux paysans. Globalement, il n'y a eu qu'infléchissement et non bouleversement de la situation de l'Ancien Régime. Déjà détentrice de 40 % du sol avant 1789, la paysannerie aurait progressé de 5 % encore. Les plus riches se sont enrichis, mais la petite propriété a pu s'étendre et une frange des non-propriétaires franchir le seuil de la propriété. Dans le centre de la Beauce, 1 salarié rural sur 10 a pu se porter acquéreur.

Si le progrès apparaît limité, il constitue néanmoins un tournant qui est tout autant social que politique. Un accès trop difficile à la vente des biens nationaux, en Vendée, en Mayenne, ou en Lozère, a soulevé les paysans contre la République. C'est aussi la raison pour laquelle les paysans qui n'ont pu devenir propriétaires ou qui n'ont accédé qu'à des parcelles dérisoires ont mené après 1793 un combat de « sans-culottes » des campagnes sur la question du partage des biens communaux (amorcé à la fin de l'Ancien Régime par les physiocrates) et des droits d'usage collectifs. La loi du 28 août 1792 a mis les premiers à la disposition des communes, et celle du 10 juin 1793 autorisé leur partage. Ces biens de peu de valeur agricole étaient faits, le plus souvent, de bois et de friches utilisées pour le pâturage, surtout par les plus pauvres. La Convention a autorisé le partage égalitaire gratuit quand le tiers des habitants d'une commune y était favorable. Mais la portée du partage a été limitée. Les communautés sont restées très divisées sur l'opportunité du partage et le Directoire a suspendu l'application de la loi.

La Révolution a néanmoins accéléré la dissolution de la communauté rurale, système économique et social fondé sur le jeu des contraintes communautaires, la limitation du droit de propriété et l'existence de terres d'exploitation collective. La liberté de cultiver, de supprimer les jachères, l'abolition de la vaine pâture consacrent une longue évolution qui tendait à disloquer l'ancien système communautaire. Les principes ont connu en fait de nombreux infléchissements en fonction de la résistance des paysans les plus pauvres pour conserver la jouissance des droits collectifs.

La position de la paysannerie a été renforcée toutefois, car l'inflation lui a permis de se désendetter en assignats dévalués alors que le revenu rentier – surtout celui des villes – se trouvait atteint. Les plus modestes ont bénéficié d'une hausse des salaires agricoles à cause de la guerre, des levées en masse, de la conscription, qui raréfiaient la main-d'œuvre. La Révolution française a contribué puissamment à fixer au sol des populations rurales qui auraient quitté beaucoup plus tôt les campagnes. Le mouvement de concentration de la propriété, entamé au XVIIIe siècle, a été freiné, et une relative démocratisation de la terre a donné une satisfaction partielle à une petite partie de la plèbe prolétarisée de la société paysanne. Désormais, les transformations capitalistes de l'agriculture vont se faire à un rythme plus lent et dans un espace géographique plus limité. Cela éloigne clairement la France de l'Angleterre, qui connaît un mouvement ininterrompu de concentration de la propriété et d'exode rural. L'accès des petits aux miettes des biens nationaux a relancé, pour deux tiers de siècle, la proto-industrialisation liée à une petite exploitation rurale qui va associer travail agricole et travail industriel à domicile. L'industrialisation par déracinement massif est écartée, et le recours possible à une main-d'œuvre peu chère dans les campagnes va retarder d'autant le recours au machinisme et à la concentration.

La noblesse encore peu atteinte

Si le clergé est le grand perdant de la Révolution et se trouve éliminé des campagnes en tant que propriétaire (il possédait 6 à 10 % du sol), la noblesse, elle, a beaucoup mieux résisté. La perte des droits seigneuriaux n'a été significative que pour la petite noblesse désargentée. Les titres et qualifications nobiliaires ont été interdits, mais, avec le Consulat et l'Empire, la noblesse privée de ses privilèges fiscaux, judiciaires, politiques, a retrouvé une position éminente dans la hiérarchie sociale. Ses propriétés sont à peine entamées, seule une petite minorité a souffert d'une grave perte de richesses. Peu de nobles ont émigré et la grande majorité a esquivé les coups portés par les autorités révolutionnaires.

Beaucoup ont été assez rapidement rayés de la liste des émigrés et ont réussi à récupérer leurs terres, vendues à des prête-noms. Dans le district de Laval, en Mayenne, le quart des propriétés des émigrés a été vendu, mais les deux tiers ont été rachetés par leur famille. Dans le département du Nord, la noblesse, qui contrôlait 21 % des terres en 1789, conserve 13 % de ces terres en 1802 mais réussi à racheter le quart des biens mis en vente. Dans la Beauce, la noblesse a acheté 13 % des biens nationaux et a même pu renforcer son emprise foncière. Il s'agit surtout d'une noblesse de résidence urbaine. Treize nobles parisiens y ont acheté 26 000 hectares, et au XIXe siècle près de la moitié de la grande propriété beauceronne est noble. Si le poids de la propriété noble a certes reculé, à l'échelle de la France, elle représente encore le quart du terroir. La noblesse demeure le groupe social le plus riche et, dans une hiérarchie sociale « embourgeoisée », elle domine le bloc des propriétaires.

Sous l'Empire, avec la réapparition de formes monarchiques du pouvoir, Napoléon a tenté d'amalgamer la noblesse à la société issue de 1789 et d'utiliser son prestige social auprès d'une partie de la paysannerie. De nombreux petits nobles ont trouvé dans le nouvel État napoléonien des places et des carrières. L'empereur a créé en 1808 une noblesse d'Empire avec des dotations de terres (3 263 titrés). Elle n'a eu qu'un succès modeste auprès des anciennes hiérarchies, mais aussi auprès d'une partie de la bourgeoisie, sceptique devant une distinction qui avait un parfum d'Ancien Régime. Ces nouveaux nobles : grands propriétaires, élites enrichies des spéculations révolutionnaires, officiers prestigieux, sont toutefois venus prendre rang auprès des anciennes hiérarchies nobiliaires et ont contribué à esquisser les contours d'une nouvelle aristocratie de notables entre l'Ancien Régime et la nouvelle société.

En 1814, toutefois, la noblesse reste plurielle. Une fraction limitée mais déterminée de la noblesse rêve d'une revanche sur la société révolutionnaire et d'un retour en arrière. Une partie de la noblesse – souvent la plus riche – s'est accommodée de manière pragmatique de la société nouvelle. Une autre partie, qui a émigré en Angleterre, en a ramené des idées modernistes et libérales ; une autre encore a conservé l'idéal réformiste des Lumières, un temps éclipsé par les crises révolutionnaires.

Une bourgeoisie plus forte mais faiblement renouvelée

La Révolution a-t-elle été bourgeoise ? La promotion spectaculaire de nouvelles élites va dans ce sens, et l'enrichissement « révolutionnaire » de la bourgeoisie n'est pas un mythe. Fournisseurs aux armées, spéculateurs et manieurs d'argent ont beaucoup profité des aléas de la vie politique et des aventures militaires. Le banquier Perrégaux grâce à ses accointances auprès du Comité de salut public a pu réaliser de fructueuses opérations. Ouvrard, nouveau et fastueux propriétaire du château du Raincy, aurait gagné 500 000 francs en trois mois en spéculant sur les biens nationaux et les denrées coloniales.

Mais la bourgeoisie rentière de la fin de l'Ancien Régime qui possédait des offices a été durement atteinte par l'inflation. La bourgeoisie de négoce a pâti de l'effondrement du grand trafic atlantique et a été réduite au simple rôle de commissionnaire pour les neutres. Dans certains cas, les anciennes élites ont été décimées par la Révolution. À Lyon, les deux tiers des négociants en soie de 1788 n'apparaissent plus en 1807. À Paris, plusieurs banquiers ont été guillotinés, d'autres ont émigré ou fait faillite, et en 1815 les deux tiers des maisons de banque parisiennes de 1789 ont disparu. Mais d'autres maisons ont été créées par des banquiers venus de province : les Perier, les Seillière... ou de l'étranger : Rothschild, d'Eichtal, venus d'Allemagne. Ces banquiers ne se cantonnent pas à la banque, ils sont aussi négociants, voire comme Delessert, qui se lance dans le sucre, industriels. Mais la fonction du grand banquier, qui ne dédaigne pas les grosses affaires de fourniture aux armées, est avant tout la négociation de la lettre de change, la gestion des fortunes privées, la perception des rentes. Cette grande banque continue aussi d'alimenter les caisses du Trésor d'avances chèrement rémunérées.

Le renouvellement de la bourgeoisie s'accompagne de fortes continuités. Chez les entrepreneurs, le changement n'est que partiel. À Lille, au XIXe siècle, sur les vingt familles qui constituent l'élite du patriciat industriel de la ville, dix-huit ont des racines dans la bourgeoisie de négoce du XVIIIe siècle. Chez les drapiers de Sedan, en 1814, huit des dix plus grands manufacturiers gèrent des entreprises qui sont dans leur famille depuis au moins quatre générations. C'est dans le coton que le renouvellement a été le plus grand, dans une industrie ouverte et dynamique où l'investissement de départ reste modeste et où les promotions sociales ont été spectaculaires.

Dans la métallurgie, plusieurs centaines d'usines appartenant à des nobles émigrés ou au clergé ont changé de mains. Mais la plupart de ces ventes ont profité aux fermiers ou aux directeurs de forges, qui accèdent à bon compte à la propriété d'entreprises qu'ils louaient. Remodelé, le groupe des maîtres de forges comprend cependant de grandes familles comme les Wendel ou les Dietrich, qui stabilisent leurs affaires sous l'Empire. Ils sont rejoints par de grands spéculateurs de l'époque révolutionnaire, les Roy en Normandie ou les Saglio à Audincourt. Si les mines de charbon de Carmaux restent dans les mains du marquis de Solages, Anzin par contre est repris par la famille des Perier, venus de Grenoble.

L'achat de biens fonciers reste typiquement pour la bourgeoisie le couronnement d'une ascension sociale dans les affaires. Le phénomène est amplifié par le rôle de valeur refuge de la propriété foncière. Dans le district de Chartres, 64 % des biens nationaux ont été achetés par des citadins, banquiers et bourgeois parisiens. La « faim de terre » de la bourgeoisie négociante et manufacturière a-t-elle freiné la dynamique de passage à des formes modernes d'économie capitaliste caractérisées par la mobilité des biens et l'engagement dans les investissements productifs ? Rien n'est moins sûr. La conception de la hiérarchie sociale issue de 1789 fait une nécessité au négociant et au manufacturier de devenir propriétaires. Pour beaucoup de négociants des ports, touchés par l'effondrement de l'activité coloniale, la terre a été un investissement de repli et d'attente. Ce peut être le prélude à un redémarrage brillant – les Bégouen, armateurs au Havre – ou le point de départ d'une reconversion avisée dans des placements rentables : les négociants du Maine dans l'élevage, ceux de Bordeaux dans le vignoble. Pour des bourgeois parisiens comme le fournisseur spéculateur Cerfbeer, il s'est agi de constituer des réserves, préludes à des spéculations immobilières qui vont se développer sous la Restauration.

L'attrait de la terre n'a pas non plus empêché le prestige du manufacturier de se renforcer. L'empereur rend hommage aux industriels qui participent d'un grand dessein national, parce qu'ils contestent à l'Angleterre sa supériorité. On reconnaît au manufacturier un rôle éminent, celui de distribuer de l'emploi dans une société toujours hantée par les grands chômages. Il est désormais un élément de cohésion et d'ordre, essentiel dans la société moderne. Néanmoins, à l'échelle nationale, le manufacturier ou le négociant occupent encore une place limitée. Parmi les membres des collèges électoraux de département, élite politique de l'Empire, les industriels sont peu nombreux, et ceux qui y sont présents le sont à cause de leurs revenus fonciers.

C'est pourquoi l'élément majeur du changement révolutionnaire semble être la constitution d'un groupe de propriétaires, déjà très avancé à la veille de 1789, sorte de *gentry* à la française, mais dans laquelle le poids de la bourgeoisie est déterminant. Plus qu'une classe de capitalistes industriels, qui est bien en voie de formation, la Révolution précipite l'émergence de ce groupe de notables, pour lequel la propriété du sol, le prestige social qu'elle accorde l'emportent sur la fascination du profit industriel, encore très aventureux.

Le peuple des villes : une stabilité retrouvée

À la fin de l'Empire, le nombre des ouvriers, autour de 2 millions, reste modeste et n'a guère varié depuis l'Ancien Régime. À Paris, néanmoins, la petite entreprise et le salariat font vivre plus de la moitié de la population. Il existe alors des passages lentement gradués entre l'ouvrier et le petit patron, unis par la solidarité du métier. Même s'ils sont fréquemment en conflit avec les maîtres, les compagnons des métiers artisanaux, vivant souvent sous leur toit et mangeant à leur table, partagent une conception de la société à peu près identique. À côté de l'artisanat indépendant s'est développé l'artisanat dépendant – le canut lyonnais en est un exemple –, qui travaille sous le contrôle du négociant ou du marchand-fabricant et revendique face au capitalisme marchand un tarif, c'est-à-dire un prix minimal des façons.

Enrayée un temps par les luttes populaires de l'an II, qui ont ramené, avec la guerre, la réglementation et la taxation, la libération des conditions de production a pris en France une dimension particulière. La suppression des corporations a permis à beaucoup de compagnons de s'installer à leur compte. Incontestablement, la création de petites entreprises a progressé. À Elbeuf, de simples ouvriers ou des artisans étrangers à la fabrique ont ouvert des ateliers et monté des métiers. Cette évolution inquiète en revanche de nombreux maîtres, confrontés aussi, après la grande inflation, à la hausse des salaires, sensible sous l'Empire.

Le salaire réel a progressé en effet de 1789-1802 à 1817-1820 de 20 à 25 %, changement remarquable par rapport au XVIIIe siècle, caractérisé par un tassement long du salaire, changement dû au fait que l'ébranlement révolutionnaire puis la raréfaction de la main-d'œuvre provoquée par les guerres ont mis les ouvriers dans une situation plus favorable. L'amélioration des conditions d'existence populaires, confirmée par le recul des grandes crises de subsistances qui avaient affecté les villes à la fin de l'Ancien Régime, constitue l'un des traits importants de l'époque napoléonienne et une des sources de sa popularité auprès des travailleurs. Pour les pauvres, en dépit de la mise en place, dans chaque commune, d'un bureau de bienfaisance (1796), la désorganisation des institutions traditionnelles d'assistance entraîne souvent des souffrances nouvelles.

La Révolution, mais surtout l'Empire, ont cherché à rétablir des « règles » qui permettent de maîtriser une main-d'œuvre de plus en plus indépendante. Les maîtres ont pu utiliser la loi Le Chapelier du 14 juin 1791, qui interdisait grève et coalition. Les compagnonnages comme les sociétés de secours mutuels ont été interdits. Certains ont périclité, la majorité n'a pas disparu pour autant. La loi du 12 avril 1803 a rétabli le livret, une sorte de passeport intérieur qui vise à éviter le débauchage entre employeurs. Les entrepreneurs, dans le coton en particulier, confrontés a d'importantes masses de main-d'œuvre, ont établi des règlements intérieurs définissant avec précision les horaires de travail et fixant toute une gamme de pénalités. La discipline usinière s'est renforcée. Les conseils de prud'hommes, dans lesquels la représentation patronale était majoritaire, créés le 12 mars 1806, se sont donné pour tâche de trancher dans les conflits du travail.

L'héritage politique du bouleversement révolutionnaire

La Révolution et l'Empire laissent au XIXe siècle un ensemble de valeurs, d'expériences politiques, parfois fugaces, mais d'une portée sans équivalent en Europe. Nombre d'entre elles, en 1814, ont déjà été décantées par la stabilisation napoléonienne et ont perdu une partie de leur force. Beaucoup ont simple valeur d'anticipation. Toutes contribuent pourtant à fixer l'identité de la France et vont alimenter la réflexion politique du XIXe siècle.

La mémoire de la Révolution

À partir de 1789, les Français, aux yeux de l'Europe, mais aussi à leurs propres yeux, et cela pour tout le XIXe siècle, constituent la « nation révolutionnaire ». L'image est profondément différente de celle, beaucoup plus placide, qu'ils ont offert au XVIIIe siècle. La portée de l'événement a été perçue de deux manières. Le XIXe siècle prolonge la Révolution, qui se développe, de manière téléologique, d'étape en étape. Littré parle, en 1850, de « générations » dans le processus révolutionnaire. L'autre approche évoque un éternel retour de la Révolution, avec ses différentes phases : 1789, 1792, 1793. Il s'agit alors d'un processus cyclique qui place toujours la société française dans l'inquiétude ou dans l'attente d'un retour de l'événement. En 1830, on reste convaincu qu'un nouveau « 1793 » va arriver après « 1789-1830 » et qu'une nouvelle guerre avec l'Europe va éclater, ce qui fait de la Révolution non pas une référence lointaine, mais un scénario d'une actualité permanente.

Le souvenir des événements révolutionnaires, surtout au lendemain de l'Empire, a été enfoui dans une légende noire qui lui interdit, un temps, de jouer un rôle direct dans le débat politique. Mais cet oubli dure peu. Dès les années 1820, le legs politique de la Révolution réapparaît, se reconstruit et se déconstruit au fil du siècle, de manière différente selon les individus, les familles et les régions, mêlant convictions idéologiques et rituels politiques. La tradition révolutionnaire, de ce fait, s'enrichit sans cesse dans le XIXe siècle et est bien plus qu'un simple écho et un legs des événements de 1789 à 1793. Le « mythe » révolutionnaire s'orne du reste de symboles qui n'appartiennent pas forcément à la Révolution, puisque la « barricade », image forte, inconnue de la Révolution, n'apparaît qu'en 1827, en fait en 1830. Mais la vie politique de la France conserve une apparence d'archaïsme, parce qu'elle continue à vivre dans l'idée d'une véritable actualité de la Révolution française qui fait oublier le fil du temps. Au début de la Troisième République, dans les campagnes électorales de Gambetta, les républicains soupçonnent encore les monarchistes de vouloir, avec l'aide de l'Église, rétablir les droits féodaux et les dîmes.

La force du souvenir révolutionnaire tient pour beaucoup à la dimension exceptionnelle, en France, de la violence qui a accompagné ce changement politique, violence qui s'est prolongée dans le XIXe siècle dans une guerre « franco-française » qui aurait fait pas moins de 60 000 victimes. Le drame des différentes « terreurs », celle des « massacres de septembre », de la guerre de Vendée, ou bien la « Terreur blanche » qui en 1815 pourchasse les hommes de la Révolution, partage profondément le corps politique. En dépit des efforts des modérés des deux camps pour sortir des affrontements sanglants et dissocier l'image du peuple de celle de la violence, la Commune de Paris, tardivement dans le siècle, renoue avec le massacre politique.

La dimension exceptionnelle des affrontements retarde d'autant le réformisme et les mécanismes de déminage des conflits qui ont permis à la Grande-Bretagne d'avancer à pas comptés vers la démocratie. En France persiste longtemps l'idée que l'insurrection populaire, le soulèvement du peuple, peuvent seuls dénouer les impasses dans lesquelles se trouve placée la société et que le peuple, « héros collectif », est seul à détenir une légitimité historique profonde. Si les républicains tentent de circonscrire cette violence à la défense des institutions et du droit et se contentent alors d'opposer le « peuple » et sa sagesse à la « populace », qui peut être criminelle, les conservateurs restent hantés, comme Thiers, par le spectre de la « vile multitude » qui menace en permanence la société et la civilisation. Les défenseurs de l'ordre, assimilant volontiers alors les « classes travailleuses » et les « classes dangereuses », vivent dans le souvenir de la Révolution, et leur mentalité d'assiégés fait obstacle à un redéploiement des idées politiques.

La fracture politique léguée par la Révolution est d'autant plus profonde qu'elle est doublée d'une fracture spirituelle liée à une guerre de religion sans équivalent en Europe. La déchristianisation, la tentative extraordinaire, à l'époque, de mettre en place par la Constitution civile du clergé une autre Église puis une autre religion, la persécution et l'exil de nombreux prêtres, ont établi entre les Français une fracture qui touche au plus profond des âmes et qui ne sera surmontée, partiellement, que dans les années qui précèdent la « Grande Guerre ». Le profil politique de la Vendée est directement issu de cette cassure. Mais dans un département comme celui du Nord, beaucoup plus modéré, le refus de 85 % des curés de prêter serment à la Constitution civile du clergé explique pour une part la longévité du pouvoir de l'élite aristocratique dans un département pourtant très industrialisé. La force du conflit religieux a altéré profondément la lecture des événements politiques. La Révolution, dans le discours de la droite, de Bonald à Maurras, n'a pas été identifiée seulement comme un défi social et politique à l'ordre ancien, elle a été dénoncée comme une œuvre impie, une conspiration des protestants ou des francs-maçons, voire une entreprise satanique.

La liberté individuelle

L'héritage de l'épisode révolutionnaire peut se lire sur un tout autre registre, celui des principes et des institutions, qui se fixent en contrepoint des événements tumultueux qui accompagnent leur apparition. Alors qu'en Angleterre, dès le XVIIe siècle, on sort de la féodalité par une longue phase de transition qui porte le pays du libéralisme à la démocratie et fait lentement émerger l'individualisme au sein même des institutions aristocratiques, en France, dans le temps court et ramassé de la Révolution, se télescopent des acquis complémentaires – la liberté et la démocratie – mais aussi contradictoires – la liberté et l'exercice autoritaire du pouvoir. Au fil des événements, la liberté individuelle reste le principal acquis de la Révolution. La Terreur, le despotisme napoléonien en altéreront les modalités, non le principe. La suppression des privilèges, l'égalité civile, celle des chances dans l'accès aux emplois et aux charges, demeurent, en 1814, des acquis irréversible.

Mais la dimension, la portée de la liberté individuelle varient cependant au fil de l'épisode révolutionnaire avant de se stabiliser dans les codes napoléoniens. Le 3 février 1794, la Convention a reconnu l'abolition de l'esclavage à Saint-Domingue et l'a étendue à toutes les colonies françaises. Mal acceptée non seulement par les colons mais par une partie des hommes de la Révolution, la suppression de l'esclavage sera rapportée en 1802. Elle demeure cependant pour les libéraux du XIXe siècle un objectif fondamental qui définit une position politique progressiste. La Constitution du 3 septembre 1791 a défini « la liberté des cultes » comme « un droit naturel et civil ». Le dispositif satisfait les protestants, dont l'existence, jusque-là, était niée en France. Après une phase d'intolérance religieuse, la loi Boissy d'Anglas du 21 février 1795 permet la reconstitution des Églises et des cultes et, le 27 septembre, Duport fait voter pour les juifs le principe de l'égalité totale.

Le code civil, promulgué le 21 mars 1804, donne une expression juridique, mais aussi sociale, à l'idée nouvelle de liberté individuelle. Avec le code civil, il n'existe plus qu'une seule loi pour la nation, loi qui offre une protection contre l'arbitraire par l'uniformité de ses dispositions. Le code reconnaît la liberté des individus, des consciences, des contrats, du travail, mais l'idée de liberté est associée étroitement à celle de garantie de la sécurité des biens et des personnes. Portalis, son principal auteur, a voulu réaliser un compromis subtil entre les principes révolutionnaires et l'ancien droit coutumier. Code des droits de l'individu, il est avant tout un code de la propriété moderne et un hommage rendu au principe d'autorité. Sans la propriété, qui se définit comme un droit de jouir et de « disposer des choses de manière absolue », la personne juridique n'est rien. Quant à l'autorité, elle est avant tout reconnue au mari et au père dans une cellule familiale renforcée. La femme et les enfants sont relégués dans un statut d'infériorité et, dès 1796, le principe d'égalité entre les époux a disparu. La femme est empêchée d'accomplir aucun acte important d'ordre administratif ou judiciaire et ne peut disposer de ses biens propres. Le divorce par consentement mutuel est contenu dans des limites strictes. Le principe de l'égalité totale dans le droit de succession est reconnu, mais on peut encore tenter de « faire un héritier » grâce à la complicité du notaire.

Dans une société qui se bâtit sur l'idée de liberté, sa privation devient la peine la plus significative et s'oppose aux châtiments et aux supplices de l'Ancien Régime qui portaient atteinte au corps des délinquants. L'idée fondamentale, initiée par la Constituante, est celle qui consiste à faire des peines un moyen d'amender ces derniers. Outre la peine de mort, dont la valeur exemplaire est renforcée par le spectacle public de l'exécution, le code pénal prévoit plusieurs peines privatives de liberté : les travaux forcés, la réclusion de cinq à dix ans, l'emprisonnement correctionnel de moins de cinq ans et l'emprisonnement de simple police (moins de six jours). Des châtiments subsistent toutefois, comme la marque au fer rouge pour les récidivistes. La détention provisoire s'impose à tous les pauvres qui n'ont pas de « garantie de représentation ».

Le régime représentatif

En 1789, pour mettre sur pied un régime représentatif, l'Assemblée nationale a entrepris de rédiger une Constitution. Le modèle anglais, fondé sur le pouvoir d'un monarque légitimé par des droits historiques, mais limité par l'existence de deux chambres, l'une censitaire, l'autre héréditaire, constituait un exemple qui pouvait être imité. Il n'en fut rien. S'inspirant des idées de Sieyès et de son *Qu'est-ce que le tiers état ?*, les députés ont pensé alors que la souveraineté était tout entière dans la nation, qui n'avait comme limite que le droit naturel, celui de l'individu. Le roi n'a plus alors été perçu que comme un représentant de la nation, idée fondamentalement différente de celle de la monarchie de droit divin, mais aussi de celle de la monarchie anglaise. Le maintien d'un souverain héréditaire a toutefois entretenu une idée affaiblie des droits historiques à côté des droits naturels, mais le fait d'écarter une chambre haute, peuplée d'aristocrates présents à titre héréditaire, montre bien la méfiance à l'égard des « droits historiques » et la prééminence de l'idée de « droits naturels ».

C'est donc en France que l'idée de régime représentatif, esquissée en Angleterre et aux États-Unis, a pris une dimension nouvelle. Si les assemblées révolutionnaires ont limité la représentation politique par un système censitaire qui faisait de la bourgeoisie le représentant du peuple, on ne peut négliger le nombre important des citoyens actifs dans la désignation des représentants ni la portée de l'exercice des droits politiques dans les nombreuses instances locales, plus ouvertes que la sphère des assemblées nationales : assemblées municipales, de district, de département, sociétés populaires, sections... Par rapport aux révolutions anglaise et américaine, la Révolution française a étendu de manière tout à fait nouvelle le droit de suffrage.

Le principe de la souveraineté du peuple, réaffirmé à plusieurs reprises, n'a toutefois été mis en œuvre qu'avec de très grandes difficultés. Les premières expériences de régime représentatif ont subi en effet des altérations nombreuses sous la pression des événements. La Constitution de 1791, qui limitait la souveraineté du peuple par l'existence d'un monarque héréditaire, a volé en éclats dans la crise de l'été 1792, qui a provoqué le renversement de la royauté et l'établissement de la République. La Convention, qui a mis alors en place le pouvoir d'une assemblée unique et limité la souveraineté populaire par la seule idée de droit naturel, confrontée en 1793-1794 à une guerre civile intérieure et au danger de l'invasion du territoire, s'est effacée devant la dictature révolutionnaire du Comité de salut public. La tentative, à partir du Directoire, de mettre sur pied un régime complexe de « pouvoirs fractionnés », pour fixer le bouleversement révolutionnaire, a conduit à une interprétation restrictive des mécanismes de la représentation, incapable de répondre aux défis des oppositions de gauche et de droite. Elle a dû laisser la place, en brumaire an VIII, au pouvoir autoritaire de Bonaparte.

La souveraineté de la nation, dans un paysage politique où la liberté d'expression était réduite, a été vidée de son contenu, au profit d'un système à plusieurs degrés dans lequel on ne procédait qu'à la désignation de notabilités choisies par le pouvoir (Constitution de l'an VIII - décembre 1799). Le pouvoir politique a été alors confié à une élite de propriétaires. Entouré d'institutions qui ne faisaient que rappeler l'esprit républicain, le pouvoir napoléonien a dérivé vers des formes monarchiques et même despotiques qui donnent au retour des Bourbons un parfum de liberté. Mais cette évolution n'est pas en contradiction avec le principe de l'égalité issu de 1789. Même si le suffrage universel a été altéré par le mécanisme des « listes de notabilités », Napoléon et son administration restent les symboles d'un État nouveau, fondé sur le consentement de citoyens égaux et porteur de l'intérêt général. En outre, à l'exception d'un petit groupe d'intellectuels libéraux et de jacobins démocrates, les Français se sont reconnus, au moins jusqu'au moment où le régime s'est confondu avec la guerre, dans un dirigeant né de leur propre histoire et entouré d'hommes qui avaient participé à toutes les étapes du changement de la France depuis 1789.

Au fil de l'épisode révolutionnaire, une nouvelle société s'est donc imposée, mais en 1814 celle-ci n'a toujours pas trouvé sa formule de gouvernement. Elle laisse même à la Restauration une expérience constitutionnelle si brouillée que beaucoup d'hommes politiques se tournent vers le modèle anglais d'un régime représentatif fondé sur deux assemblées et un monarque héréditaire, modèle qui avait pourtant été repoussé à l'origine du processus révolutionnaire. Mais l'idée de régime représentatif a survécu, sauf dans un petit secteur de l'opinion, à toutes les dérives autoritaires de la Révolution. En 1814, l'idée d'un retour à une monarchie de droit divin paraît en fait impossible, et la conscience collective de la France s'incarne dans l'idée de nation, même si celle-ci est représentée dans une seule personne.

Une voie française vers le libéralisme

À l'épreuve des événements révolutionnaires, le libéralisme reste une composante essentielle de la pensée politique française, et, au lendemain de l'épisode napoléonien, à un moment où les notables aspirent à retrouver la liberté, les milieux dirigeants peuvent puiser dans une culture libérale à multiples facettes. Deux personnalités majeures, un peu en marge des courants politiques nationaux parce qu'ils ont vécu à l'étranger, représentent la transition entre le libéralisme du Directoire et celui de la Charte de 1814 : Mme de Staël (Germaine Necker) et Benjamin Constant, qui élargit considérablement la portée du message politique de cette dernière. Cette égérie des salons, qui a rassemblé à Coppet, près de Genève, nombre d'écrivains et de penseurs, dont Benjamin Constant, résume sa réflexion sur l'épisode révolutionnaire dans ses *Considérations sur la Révolution française* (publication posthume de 1818). Elle y dénoue le couple Terreur-Révolution, reconnaît le bien-fondé de la Révolution de 1789, source des libertés, repousse le despotisme révolutionnaire, sanction de l'immaturité du peuple qui n'a pu s'imprégner des « vertus de la liberté », et souligne désormais la forte contradiction entre liberté et égalité. Indépendance de l'individu et équilibre des pouvoirs lui semblent être la seule issue possible pour retrouver le chemin de la liberté. Mais c'est Benjamin Constant qui est alors la figure emblématique du courant libéral. Il publie ses *Réflexions sur les Constitutions...* presque au moment où est promulgué la Charte de 1814. Son opportunisme politique – il a été tour à tour républicain, monarchiste et avocat de l'Empire rénové – est sans grande signification dans la mesure où, à ses yeux, la forme du gouvernement compte peu. Seules comptent, pour reconstruire une société post-révolutionnaire, les garanties accordées aux particuliers par les institutions. La liberté qu'il faut reconquérir est celle de l'individu, celle qui assure les jouissances de la vie privée. Il faut pour cela doter la France d'un régime protégé du despotisme, que ce soit celui d'un homme ou d'une assemblée issue d'une base politique trop large. La « souveraineté nationale » lui paraît alors dangereuse, et, au sortir de l'épisode révolutionnaire, il penche pour une monarchie constitutionnelle censitaire, articulée sur la séparation et l'équilibre des pouvoirs.

Un libéralisme bourgeois et éclairé a aussi son point d'ancrage dans un groupe de philosophes et de savants, les « idéologues », qui transmettent au XIXe siècle l'héritage des Lumières revisité par la Révolution. Le chef de file de l'école est Destutt de Tracy, l'auteur des *Éléments d'idéologie* (1798-1801), suivi par le médecin Georges Cabanis, Constantin Volney, Pierre Daunou, Jean-Baptiste Say... Tous se sont exprimés dans *La Décade philosophique*. Au cœur de leur projet, le refus de toute explication transcendantale pour rendre compte des règles de la connaissance. Passionnément attachés à la liberté pratique, ils opposent, eux aussi, les droits de l'individu à la souveraineté populaire, à la dictature révolutionnaire, à l'absolutisme monarchique. Héritiers des encyclopédistes, rejetés par Napoléon, qui les traitait de « rêveurs bons à jeter à l'eau », les « idéologues » retiennent de l'aventure révolutionnaire qu'il ne faut pas brutaliser l'histoire et qu'en revanche il faut associer la construction de la « République » à la diffusion des Lumières par l'instruction publique. C'était le message de Condorcet. C'est celui de Daunou, qui a été un des auteurs de la loi de brumaire an V à l'origine des écoles centrales, de l'École normale supérieure, et de la réorganisation des anciennes académies sous le nom d'Institut.

Les « idéologues », dont la place forte a été l'Institut, incarnent la raison raisonnable, « bourgeoise », contre les excès du pouvoir. Ils sont par excellence les avocats du gouvernement représentatif et de la prépondérance du législatif. Si, pour eux, l'égalité est chimère et si la propriété fonde l'indépendance, ils sont les avocats d'un libéralisme fondé sur une république de petits et moyens propriétaires, avides de mieux-être, éloignés du luxe comme de l'ascétisme et recherchant l'honnête aisance protégée par un gouvernement représentatif. L'essentiel pour eux est moins un art du pouvoir que le souci, au-delà des aléas de la tourmente révolutionnaire, de sauvegarder la vie et l'activité privée, qui est la source du bonheur social et de la véritable opinion publique, dénaturée dans les temps de troubles.

Jean-Baptiste Say représente le versant économique de l'« idéologie ». Chez lui aussi l'emporte l'idée d'une liberté économique ramenée aux dimensions de l'individu, et Say ne supporte pas les aménagements et les compromis historiques qui altèrent la portée de la liberté. C'est ce qui le porte à rompre avec l'autoritarisme napoléonien, ses idées prohibitionnistes et sa conception réglementaire et administrative du développement économique. Défenseur d'une version « bourgeoise » de la liberté, il exclut cependant l'idée que les bienfaits de la liberté économique puissent ne pas bénéficier aussi au « peuple » et reste « bon républicain » dans l'âme. C'est pourquoi il se fait le défenseur d'un progrès économique dominé encore par la division du travail, l'entreprise individuelle, parce qu'elle vérifie, bien plus que la grande entreprise, l'idée d'échange libre et égal qu'on trouve dans sa fameuse « loi des débouchés ». En 1814, bien que Say soit réédité et connaisse une popularité nouvelle, domine alors – chez des économistes comme Dutens, Chaptal ou Rœderer – la conviction qu'il faut ajuster l'idée de liberté au cadre de la nation. En outre, le poids accru d'une propriété foncière dont les « bienfaits » se sont étendus, a redonné de l'importance à une néo-physiocratie, dont Germain Garnier, le traducteur d'Adam Smith, est le représentant. Elle s'alimente de l'idée d'une supériorité de l'agriculture française et d'une conception très élitiste et restrictive de la liberté.

*Anticipation de la démocratie sociale
et nostalgie tenace du passé*

Au-delà de l'idée de régime représentatif et constitutionnel, déjà acceptée dans les pays anglo-saxons, l'épisode révolutionnaire lègue au XIXe siècle une expérience plus riche mais plus complexe, celle d'une ambition démocratique, d'un régime dans lequel tous les citoyens sont appelés à intervenir dans la vie politique. Dans les fédérations, les fêtes civiques, les clubs, les nombreuses organisations populaires, s'est esquissée l'idée de la démocratie moderne. Par opposition à la démocratie antique, qui était aux yeux des philosophes, tout comme la république, un legs du passé, cette nouvelle démocratie n'est pas seulement un régime politique, mais aussi un régime social dans lequel les inégalités et les privilèges doivent reculer devant les aspirations égalitaires. Au-delà de l'égalité des droits avancée en 1789 s'est peu à peu imposée l'idée d'égalité réelle. Le contenu de cet égalitarisme n'est pas sans ambiguïté. Plus qu'un égalitarisme absolu, qui relevait du discours, c'était une tendance à l'égalité qui n'excluait pas les différences tant qu'elles se situaient dans la mouvance du peuple et n'en affectaient pas l'unité.

Cette nouvelle forme de démocratie reposait essentiellement sur un double dessein. De manière immédiate, la démocratie ne pouvait coexister avec la misère du plus grand nombre. Derrière les droits de l'homme, le mouvement révolutionnaire découvrait la question sociale. C'est pourquoi la Constitution de 1793 reconnaît le droit à l'assistance et le devoir pour la société de lutter contre les inégalités les plus fortes. En 1793 émerge une démocratie sociale, grâce au maximum et à l'expérience d'économie dirigée. Un système global d'assistance s'organise dans les décrets de ventôse, le partage des biens nationaux avantage désormais les petits, le grand livre de la Bienfaisance nationale entend protéger les personnes âgées, les mères, les veuves et les orphelins... Si le projet a vite tourné court, il n'en reste pas moins prégnant au XIXe siècle, où le projet de démocratie républicaine n'a pu être longtemps séparé d'un humanitarisme social qui implique la puissance publique et pas seulement l'action privée.

L'autre idée forte consiste à penser que la démocratie ne peut exister que par l'instruction publique. La mission d'un gouvernement démocratique est donc de créer par la diffusion des Lumières, par l'éducation, des citoyens capables de penser par eux-mêmes. Cette éducation qui est la clef profonde du changement social doit aussi inculquer des sentiments patriotiques et égalitaires. La démocratie française, très ambitieuse, apparaît liée à l'idée de régénération du peuple, à « la formation d'un homme nouveau », un homme vertueux et civique.

L'application du projet démocratique se heurte cependant à des contradictions qui tiennent à l'application même de ses objectifs. L'expérience démocratique est minée par l'opposition très forte entre l'idée de démocratie directe voulue par le peuple sans-culotte, l'idée que la politique se fait dans son quartier, dans les sections, avant de se faire à l'Assemblée, et le despotisme de la liberté, démocratie « confisquée » progressivement par la centralisation à outrance des Comités de salut public et de sûreté générale de la Convention, et cela au nom du salut de la Révolution elle-même.

Démocratie directe, idéal de liberté mais aussi de justice sociale, dictature révolutionnaire, coexistent de façon contradictoire dans l'expérience concrète de la Révolution. Justifiée pour les uns par les circonstances et envisagée comme la seule façon de répondre aux défis des ennemis de la liberté, mais aussi de mener à bien le changement social promis par 1789, la Terreur jacobine est la source de réflexion d'une large partie du courant républicain au XIXe siècle. Certains comme Auguste Blanqui y voient un scénario qui reste toujours d'actualité, d'autres comme Louis Blanc pense que la Terreur était bien une nécessité mais que le XIXe siècle n'a plus à la recommencer. Edgar Quinet, républicain libéral, sous le Second Empire, est convaincu, en revanche, que le « despotisme » de 1793 n'est qu'une « rémanence de l'absolutisme ». Jules Michelet, toujours attaché à une idée de la démocratie qui incarne le droit et la liberté contre le despotisme et le privilège, pense que la Terreur n'est pas la démocratie, mais seulement la Révolution désertée par le peuple. En deçà des porte-parole de la pensée politique, une petite bourgeoisie qui touche à la fois au peuple et aux premiers échelons de la bourgeoisie se constitue en gardien de ce legs révolutionnaire. Les mouvements sociaux de la Révolution, encore très éloignés des modernes luttes de classes, ont toutefois dévoilé une forte agressivité contre la richesse installée, contre les « gros » et les « monopoleurs », et fixé durablement dans les mentalités populaires un idéal égalitaire toujours imprégné d'antiféodalisme. C'est sur ce terrain qu'apparaît une pensée socialisante très antérieure au marxisme et dont la force explique largement le caractère très tardif de l'introduction de ce courant en France. Hostile à la nature sacrée de la propriété défendue encore par les Montagnards, une partie du peuple a entretenu avec Babeuf et les Égaux l'espoir de voir s'imposer une révolution sociale à caractère communiste. Du programme des « Partageux » et d'un communisme de répartition, on est passé à l'idée d'une organisation collective du travail.

À l'opposé, dans la droite, chez certains émigrés, s'est développée une haine tenace de l'épisode révolutionnaire. Ce refus de la société issue des principes de 1789 a poussé un Joseph de Maistre à défendre contre la société fondée sur l'individu et des valeurs universelles une société qui repose sur les héritages de l'histoire, les traditions, la diversité du réel, les communautés naturelles, de la province à la famille. Toute une droite s'engage dans le XIXe siècle convaincue de la nécessité d'une rupture avec l'esprit des Lumières.

Un paysage français esquissé

La constitution de la nation unifiée n'a pas été le fruit d'une proclamation, mais d'un combat qui démontre la vigueur des particularismes, des provincialismes et de l'opposition politique à la centralisation parisienne. L'émigration et le cosmopolitisme qu'elle colporte, le fédéralisme de la bourgeoisie provinciale contre Paris, la lutte de l'Ouest contre-révolutionnaire contre le jacobinisme, soulignent la dimension des refus.

Les conflits politiques ont dessiné un nouveau paysage politique français. À l'Ouest se manifeste le refus de l'innovation apportée par les événements révolutionnaires. Le quart nord-est du territoire confirme en revanche son engagement dans la modernité. La déchristianisation accentuée, le jacobinisme rural, l'option de gauche progressent dans le Bassin parisien mais aussi au sud de la Loire, dans un cercle qui prend en écharpe le Massif central, du Morvan au Quercy, et au-delà vers la moyenne Garonne. Durablement, la zone de la « Vendée militaire », la Lozère, s'identifient à un refus de la Révolution et manifestent leur attachement à l'Église catholique. Le Sud-Est, encore « blanc » en 1814, mais déjà contestataire, ne basculera à gauche que beaucoup plus tard, et le Nord-Est patriote, alors à gauche, glissera lui vers le conservatisme.

Dans le cas du Languedoc et des Cévennes, la Révolution n'a fait qu'accentuer des clivages confessionnels et des conflits bien antérieurs. Dans d'autres régions, par contre, le Centre-Ouest par exemple, la Révolution joue un rôle fondateur dans les comportements politiques. Dans la plupart des régions, les rôles politiques ont été distribués par la Révolution pour le siècle à venir, tout comme les terrains de l'affrontement : question des biens nationaux, refus de la féodalité, du pouvoir monarchique, soutien vigoureux ou refus radical du mouvement de déchristianisation.

Ni catastrophe nationale, ni rupture totale, l'épisode de la Révolution et de l'Empire ne peut être confondu avec le moment où le capitalisme émerge clairement de la société d'ancien type. Mais la Révolution ne constitue pas non plus un handicap majeur qui aurait interdit à la France d'être un pays moderne à l'époque contemporaine. L'effort de modernisation de la France a commencé avec l'Ancien Régime, c'est même cette modernisation, parfois trop rapide, qui a amplifié les problèmes créés par la mauvaise conjoncture à la veille de la Révolution. Mais la modernisation par en haut, tentée avant 1789, a été un échec et n'a pas trouvé les bases politiques qui lui auraient permis d'être menée à bien.

La Révolution s'est bien traduite par une perturbation de la production et des échanges mais ces perturbations ne peuvent être comprises que dans le prolongement d'une crise profonde des structures économiques et sociales de l'Ancien Régime, crise qui trouve son dénouement dans les transformations de l'épisode révolutionnaire. Le grand tournant économique est probablement celui qui impose une « hémiplégie » française, le coup porté au Midi et à l'Ouest, l'effondrement de la France atlantique du XVIIIe siècle. En revanche l'isolement français, la valorisation de l'espace national, précipitent une industrialisation d'un type nouveau qui jette, dans la France du Nord, les bases du capitalisme manufacturier français. Élargi à la « consolidation napoléonienne », ce qui est la lecture qu'en font les historiens libéraux de la Restauration, l'épisode révolutionnaire ne peut être confondu avec une catastrophe durable.

L'acharnement avec lequel les partisans de l'Ancien Régime se sont opposés au changement, la faiblesse d'une voie réformiste et modérée dès 1789, ont poussé les hommes de la bourgeoisie révolutionnaire à une alliance avec le monde de la petite propriété, qui sort renforcé de l'événement. Plus largement, c'est la terre qui émerge de la Révolution comme une valeur sûre. Son poids particulier en France fixe, pour le XIXe siècle, un autre modèle économique et social que celui de l'Angleterre, avec des rythmes plus lents propres à éviter une disparition rapide des formes de production artisanales et paysannes. Il fixe aussi les traits d'une élite nouvelle qui ne refuse pas le progrès industriel, bien au contraire, mais qui entend moduler cet effort de modernisation pour ne pas compromettre les assises et les équilibres d'une société rurale qui reste la richesse la plus sûre.

Le legs politique de la Révolution est en fait pluriel. Y prennent leur source, aussi bien une tradition de démocratie politique, un idéal républicain, qu'un farouche rejet de la modernité fondé sur une défense des traditions religieuses et des hiérarchies acceptées. En 1814, à un moment surtout marqué par le rejet du despotisme napoléonien, domine l'idée d'un libéralisme modéré, fondé sur un régime représentatif et constitutionnel qui semble être le seul cadre dans lequel toutes ces composantes peuvent trouver un équilibre précaire. Dans ce nouveau régime, l'idée de liberté, très élitiste, est ajustée aux dimensions du groupe social qui est le grand gagnant de l'épisode révolutionnaire, ces « masses de granit », ces grands propriétaires nouveaux et anciens, chez lesquels se fixe le point d'équilibre recherché par Napoléon entre l'Ancien Régime et la Révolution.

2

L'échec d'un compromis entre l'Ancien Régime et la Révolution (1814-1820)

Le retour de la monarchie

*Une opération politique
dans une France lasse de la guerre*

Le 1er janvier 1814 commence l'invasion de la France par 500 000 alliés. Désormais, le destin du pays n'est plus dans les mains des Français, mais dans celles des Autrichiens, des Anglais, des Russes et des Prussiens. C'est aussi le moment où l'empereur se heurte aux remontrances du Corps législatif, qui a exprimé avec clarté l'aspiration profonde des Français à la paix. Après quelques victoires sans lendemain en janvier et février 1814, l'empereur, qui doit plier sous le nombre, refuse encore le 19 mars, à la conférence de Châtillon, de cesser les hostilités et s'accroche à l'idée de frontières naturelles de la France désormais repoussée clairement par les alliés.

Ceux-là veulent la paix, avec Napoléon s'il accepte leurs conditions, ou sans Napoléon si celui-ci refuse. Les alliés toutefois ne se sont pas prononcés en faveur des Bourbons, auxquels ils n'accordent guère de crédit, et ont entendu laisser aux Français eux-mêmes le soin de se déclarer politiquement. Mais, sur ce point, chacune des puissances engagées contre Napoléon nourrit des intentions particulières. L'Autriche caresse l'idée d'une régence de Marie-Louise, d'origine autrichienne. Le tsar, hostile aux Bourbons, pense à un régime libéral qu'il refuse à son peuple et mettrait volontiers à sa tête son client, Bernadotte, installé sur le trône de Suède.

La Prusse souhaite avant tout l'affaiblissement de la France. L'Angleterre est favorable au comte de Provence, l'héritier légitime du trône de France, le frère de Louis XVI. Mais elle entend que cette solution résulte d'une initiative de l'opinion française. À défaut d'être rétablis par un accord profond entre les alliés, c'est surtout par la force des choses que les Bourbons reviennent. Ils signifient, pour l'Europe, le retour de la paix et de l'ordre, et pour une large partie de l'opinion française l'espoir d'un retour de la liberté.

En mars, alors que la situation militaire de Napoléon semble désespérée, le signe attendu par les Anglais apparaît. Le 12 mars, Bordeaux s'est débarrassé des autorités napoléoniennes. La ville, sinistrée par l'effondrement du grand commerce, est investie alors par les troupes anglaises. Elle est travaillée par un clergé indigné de la captivité du pape et par l'organisation secrète royaliste des Chevaliers de la foi. La population de la ville a acclamé le duc d'Angoulême, qui est le fils du comte d'Artois, le frère de Louis XVI et du comte de Provence, l'héritier légitime du trône. Le 29 mars, alors que les alliés arrivent devant Paris, sur ordre de Napoléon, Marie-Louise est partie avec son fils et a laissé le champ libre aux intrigues d'une restauration de la monarchie.

Dès le 30 mars, alors que l'empereur est à Fontainebleau, les maréchaux signent la capitulation de La Villette, qui permet au tsar et au roi de Prusse d'entrer, le 31, à la tête de leurs troupes dans Paris. C'est Talleyrand, en liaison avec Vitrolles, agent royaliste, qui négocie avec le tsar les conditions d'un retour du comte de Provence, exilé encore à Hartwell en Angleterre. Le 2 avril, le Sénat proclame la déchéance de l'empereur, qu'il avait jusque-là servilement encensé, et le 6 appelle au trône Louis XVIII, « roi des Français », tout en souhaitant des garanties constitutionnelles pour maintenir toute la législation révolutionnaire et impériale. Le 12 avril, alors que Napoléon part pour l'île d'Elbe, le comte d'Artois fait son entrée à Paris. La France, passive, lassée par l'aventure militaire, n'a pas soutenu l'empereur, mais elle n'a pas non plus manifesté d'enthousiasme devant la « combinaison politique » qui ramène les Bourbons.

La nature même de la Restauration n'est pas encore clarifiée. Le Sénat, le 6 avril, a hâtivement adopté une Constitution. Elle apparaît comme une garantie pour les Français qui se reconnaissent dans 1789 et souhaitent, dans le cadre d'une monarchie contractuelle, la subordination du roi à la nation. Le comte d'Artois, par l'intermédiaire de Fouché, a accepté du Sénat le titre de lieutenant général du royaume, sans engager son frère, le futur Louis XVIII, encore en Angleterre. C'est pourquoi, lorsqu'il arrive en France, le comte de Provence tient la Constitution du Sénat, « qui l'appelle librement au trône », pour nulle. Convaincu qu'il doit prendre en compte la France nouvelle pour régner, il reste fermement attaché à l'idée que son droit au trône de France est antérieur à 1789 et indépendant de l'événement qui le porte vers le trône. C'est l'esprit de la déclaration de Saint-Ouen, faite le 2 mai par le roi, aux portes de Paris. Le roi « renoue la chaîne des temps » et refuse de se plier à la Constitution du Sénat comme préalable à sa reconnaissance. En revanche, il s'engage à donner à la France une « constitution libérale » reconnaissant l'égalité civile, le régime représentatif bicaméral, l'impôt consenti par les représentants élus, la liberté individuelle et religieuse, l'indépendance de la justice, la préservation des situations acquises. Le Sénat s'incline.

La Charte de 1814, un compromis entre les deux France

Dès le 30 mai, la France est « réconciliée » avec l'Europe victorieuse. Les alliés reconnaissent la France dans ses frontières de 1792, c'est-à-dire avec Avignon, Nice, la Savoie, Montbéliard, Mulhouse, une partie de la Sarre. L'Angleterre garde Tabago, Sainte-Lucie aux Antilles, l'île de France (île Maurice) dans l'océan Indien. Les alliés, modérés, ne demandent ni occupation du territoire ni indemnité de guerre. Le 4 juin, Louis XVIII, rappelé au trône par la « divine Providence », « octroie » une Charte constitutionnelle au royaume dans un style qui n'a rien à voir avec une « monarchie élective », même si les dispositions concrètes ne sont pas très éloignées de ce qui avait été envisagé par le Sénat.

En dépit de la référence à la vieille monarchie, la Charte reconnaît et protège de fait la société issue de 1789. Elle admet l'égalité civile, les carrières ouvertes aux talents, la liberté individuelle, celle du culte, tout en mentionnant que la religion catholique redevient religion d'État, la liberté de la presse, mais dans le cadre des lois. La Charte garantit toutes les propriétés, y compris celle des biens nationaux, promet la suppression des « droits réunis » et de la conscription, et « recommande l'oubli aux tribunaux et aux citoyens ».

Quant au mode de gouvernement, la Charte s'inspire du modèle anglais, très à la mode alors, mais elle apparaît surtout comme une œuvre de circonstance. D'emblée, on sent que les fondements du régime peuvent être interprétés de façons très différentes. La Charte repose sur une Couronne avec les pleins pouvoirs législatif et exécutif, une Chambre des pairs héréditaire et une Chambre des députés qui votent les lois, l'impôt – innovation capitale – et peuvent « supplier le roi de proposer une loi sur quelque objet que ce soit ». Il n'est pas question toutefois de régime parlementaire, puisque les ministres ne sont responsables que devant le roi. Les pairs sont nommés par le roi à titre viager ou héréditaire. Les députés élus représentent l'opinion publique. La Restauration sur ce point tranche sur l'Empire, puisqu'elle met fin au système des listes de notabilités et au « suffrage hiérarchique ». Les électeurs doivent avoir 30 ans et payer au moins 300 F d'impôts (le cens électoral), les députés doivent avoir 40 ans et payer au moins 1 000 F d'impôts (le cens d'éligibilité). La barrière du cens électoral donne donc le droit de vote à seulement 110 000 Français (ce qui en élimine 99 %) qui peuvent choisir les députés parmi 16 000 d'entre eux. Les députés, élus pour cinq ans, sont renouvelés chaque année par cinquième. Les commissions et tribunaux extraordinaires, liés à l'arbitraire napoléonien, sont supprimés, mais toute l'œuvre juridique, administrative et législative de la Révolution et de l'Empire est conservée.

Globalement, le système adopté ne renvoie nullement à la France de Louis XVI. Louis XVIII fait plutôt référence à la tradition d'une monarchie soucieuse de réformes, de Henri IV à Louis XIV. Mais le régime ressemble un peu à ce qu'auraient voulu établir les monarchiens de l'Assemblée constituante de 1790. Une monarchie constitutionnelle, au pouvoir exécutif fort, équilibré par une représentation nationale à deux chambres issues d'un électorat de propriétaires très aisés.

Les ambiguïtés du nouveau régime

Imposés par les circonstances, les Bourbons bénéficient néanmoins d'un très large assentiment de la nation. Les plus prompts à se rallier au régime sont les libéraux, qu'on verra plus tard à la tête de l'opposition. Benjamin Constant affirme que « tous les partis doivent être également satisfaits ». La Fayette, Laffitte, avec la bourgeoisie parisienne, Mme de Staël, apportent leur soutien, tout comme des figures de la République – Carnot –, des préfets de l'Empire – Beugnot –, des éléments de la jeunesse libérale – Cousin, Augustin Thierry, Villemain... Les chambres de commerce, les grands notables de l'industrie et du négoce, se félicitent du retour de la paix et des Bourbons, qui incarnent alors, à leurs yeux, les protecteurs des grands intérêts matériels de la nation, compromis par les aventures guerrières de Napoléon.

Le « parti » royaliste, en revanche, n'a pas de responsabilité directe dans le retour d'un roi qui souhaite sincèrement la réconciliation des deux France, celle de l'Ancien Régime et celle de la Révolution. En son sein, l'extrême droite n'a nullement inspiré la Charte, qui répond par contre aux aspirations d'une grande noblesse libérale, influencée par les idées anglaises et imprégnée encore de l'esprit des Lumières. C'est elle qui donne le ton dans le gouvernement de 1814, gouvernement qui entend prudemment reconstruire une France affaiblie par des années de guerre.

Il existe cependant, en 1814, plusieurs oppositions à la politique de réconciliation. Auprès du roi, le comte d'Artois, son frère, est le chef de file d'un groupe de royalistes réactionnaires, aux idées étroites, qui manifestent en permanence leur rancune à l'égard de l'héritage de la Révolution. Le roi, à défaut de leur offrir des places, puisque l'épuration demeure très modérée, doit multiplier les signes politiques qui donnent l'illusion d'un retour à l'esprit de l'Ancien Régime : réapparition du drapeau blanc, cérémonies expiatoires à l'occasion des anniversaires de la mort de Louis XVI, de Marie-Antoinette, processions et prêches qui rendent immédiatement à l'Église catholique un rôle éminent, mise à l'index des anciens prêtres constitutionnels, multiplication des cérémonies commémoratives pour les victimes de la Révolution...

Cette union renouvelée du trône et de l'autel irrite ou inquiète tous ceux qui craignent que les acquis de la Révolution, pourtant garantis par la Charte, ne soient remis en question. Cette inquiétude trouve un relais parmi les napoléoniens actifs (le duc de Bassano, Exelmans...), dont l'influence reste importante dans l'armée. Ses effectifs ont été réduits de moitié pour des raisons financières (14 000 officiers sont licenciés), et les demi-soldes manifestent dans les cafés et sur les boulevards leur colère, qui s'alimente encore de la résurrection des compagnies privilégiées à haute solde de la maison du roi. Cette agitation a une résonance parmi le peuple des villes, toujours sensible aux passions patriotiques.

L'essai d'une monarchie libérale

L'aventure des Cent-Jours

Fruit d'une opération politique de circonstance et du jeu des puissances, la monarchie de Louis XVIII n'a encore qu'une faible assise dans le pays. La transition vers l'économie de paix est difficile, l'arrivée des produits anglais a entraîné l'effondrement des prix du coton et des produits coloniaux, gonflés artificiellement par le blocus. Le gouvernement, aux abois, ne peut tenir les promesses démagogiques des royalistes, qui avaient un temps parlé de supprimer l'impôt sur les boissons, et l'exaspération grandit en particulier dans les campagnes. Les maladresses d'un pouvoir à l'identité encore incertaine ont probablement persuadé Napoléon, emprisonné à l'île d'Elbe, que son retour en France pourrait catalyser le mécontentement des classes populaires, les inquiétudes des nostalgiques de l'Empire, celles des bourgeois voltairiens.

En dépit de conditions assez favorables, le retour de Napoléon, qui débarque à Golfe-Juan le 1er mars 1815, est risqué, car le pays est loin d'être unanime face à cette aventure. D'emblée, les notables des conseils généraux dénoncent le « fauteur de guerre civile », les libéraux, comme Benjamin Constant, craignent « l'anarchie et la guerre », les populations catholiques et royalistes du Midi, hostiles, contraignent l'empereur à passer par les Alpes pour rejoindre Grenoble, puis Lyon. Le mouvement d'adhésion l'emporte pourtant rapidement. Se rallient à l'empereur, l'artisanat, le petit peuple urbain, les paysanneries patriotes des Alpes, du Lyonnais, de la Bourgogne, les soldats qui voient dans le retour de Napoléon la fin d'une longue humiliation. Cette dynamique populaire donne au retour de l'empereur une tonalité révolutionnaire, patriotique, anticléricale et antinobiliaire : le drapeau tricolore est rétabli, les biens des Bourbons déclarés sous séquestre. À Grenoble, Napoléon a déclaré vouloir soustraire les Français « à la glèbe, au servage, et au régime féodal ».

Le 20 mars, Napoléon est aux Tuileries. Bien que la France officielle apporte son soutien au trône, le roi Louis XVIII est contraint de partir pour Gand en Belgique, car l'armée bascule en faveur de l'empereur. Sous la pression des soldats, les chefs, comme Ney, abandonnent la monarchie. À Paris, les ouvriers s'enrôlent en masse pour former des bataillons de « tirailleurs fédérés » ; en Bretagne, en Alsace, dans le Sud-Ouest un mouvement fédératif se développe contre l'ennemi intérieur et extérieur et identifie rapidement Napoléon à la Révolution et à la patrie.

Le quiproquo est cependant évident, car l'empereur, alors désireux de rétablir sa dynastie et de négocier une paix avec les alliés, ne souhaite nullement prendre la tête d'un mouvement populaire, mais au contraire entend rassurer les notables apeurés. En dépit de la présence de Carnot à l'Intérieur et d'une épuration rapide de l'administration et de l'armée, l'option choisie n'est pas celle d'un empire démocratique, mais celle d'un empire libéral qui s'inscrit en fait dans l'esprit de la Charte. « L'Acte additionnel aux Constitutions de l'Empire », rédigé par Benjamin Constant, donne le pouvoir exécutif à l'empereur et le pouvoir législatif aux deux chambres, la Chambre des députés étant élue par un collège restreint équivalant à celui de la monarchie. On est loin du suffrage universel attendu par les partisans les plus enthousiastes de l'empereur. Cette ouverture insuffisante isole l'empereur du mouvement populaire, sans rassurer pour autant les notables, qui boudent les élections. Au moment où Napoléon doit se porter en Belgique pour affronter les Anglais de Wellington et les Prussiens de Blücher,

20 000 hommes sont immobilisés par une nouvelle révolte de la chouannerie dans l'Ouest.

Ressoudé par le spectre d'une nouvelle hégémonie militaire de Napoléon et ne croyant nullement dans sa volonté affichée de respecter le traité de Paris, les alliés s'unissent de nouveau et le 18 juin écrasent l'armée française à Waterloo. C'est Fouché, replacé par Napoléon à la tête de la police, qui désormais mène l'opération politique dont l'objectif est de se débarrasser définitivement de l'empereur. Résolu à restaurer le roi, Fouché parvient à faire partir Napoléon, décide la capitulation le 3 juillet, neutralise les bonapartistes et les libéraux déjà favorables aux Orléans, prend la tête d'une commission exécutive provisoire faite pour organiser la transition et finalement, par l'intermédiaire de Talleyrand, fait rentrer le roi à Paris.

La « Terreur blanche »

Le retour de Louis XVIII aux Tuileries le 8 juillet 1815, avec un gouvernement Talleyrand-Fouché (juillet-septembre 1815) s'opère dans un climat beaucoup plus difficile qu'en mars 1814. La France est diplomatiquement isolée et militairement soumise. Sans souci désormais de heurter les susceptibilités nationales des Français, les alliés occupent la France avec près de 1 million de soldats et font durement souffrir les populations. Seul le Midi aquitain et méditerranéen est épargné. La France, punie par le versement d'une indemnité de guerre de 700 millions, doit entretenir des troupes d'occupation pendant cinq ans.

Le second traité de Paris, du 20 novembre 1815, est beaucoup plus dur que celui du 30 mai 1814. Il enlève à la France Sarrelouis, donné à la Prusse-Rhénane ; Landau, cédé au Palatinat bavarois ; la Savoie, rendue au roi de Sardaigne ; Philippeville et Marienbourg, cédés au roi des Pays-Bas. Le retour des Bourbons prend désormais la forme d'une humiliation nationale, d'autant que l'article 6 du traité, qui renouvelle contre la France le pacte de Chaumont pour vingt ans, met celle-ci sous la tutelle collective des quatre grandes puissances. Pour longtemps, dans une large partie de l'opinion, se confondent sentiment de revanche contre l'Europe des rois, haine des Bourbons et des nobles, souvenirs de la grande nation et de la Révolution. L'identité même de la Charte de 1814 a évolué. Durant les Cent-Jours, une véritable compétition a opposé Napoléon et Louis XVIII, qui, au moins en paroles, ont fait assaut de libéralisme et infléchi les institutions dans un sens parlementaire. À Gand, auprès de Louis XVIII en exil, s'est imposée l'idée de ministère uni et responsable.

Cette situation politique incertaine est aggravée par le déchaînement de la « Terreur blanche » dans les départements royalistes qui ont tremblé à l'idée d'un retour de la Révolution dans le sillage de l'empereur. Dans une large partie du Midi, des bandes de royalistes comme celle du portefaix Trestaillon, souvent avec l'appui du petit peuple « blanc », terrorisent et massacrent les bonapartistes. L'effacement des autorités est l'occasion de règlements de comptes sanglants, de la réapparition de haines ancestrales, comme celles qui se déchaînent contre la bourgeoisie protestante du Languedoc. À Avignon, le maréchal Brune, surpris, est massacré par la foule ; à Toulouse, le général Ramel, qui tente de s'interposer, est assassiné. Pour spectaculaire et sanglant qu'il soit, ce mouvement qui a parfois une connotation sociale marquée et qui révèle une hostilité à l'égard des notables enrichis par la Révolution reste surtout méridional, et les exactions des « volontaires royaux » dans l'Ouest, nées du refus de la mobilisation napoléonienne, sont de moindre portée.

Pour enrayer le mouvement, rétablir l'ordre mais aussi donner satisfaction à un parti royaliste mobilisé, le roi prend un ensemble de mesures répressives, la « terreur légale » qui vise les « complices » de « l'usurpateur ». Magistrats et préfets sont épurés, 29 pairs exclus, 18 généraux dont Ney traduits en conseil de guerre, plus d'une centaine de hauts fonctionnaires proscrits de Paris.

L'échec du « parti de l'Ancien Régime »

Dans un pays traumatisé par l'épreuve de la défaite et de l'occupation, par la violence des bandes royalistes, des élections organisées en août 1815, selon le système impérial

– 50 000 électeurs seulement participent au vote –, mettent en place une Chambre dans laquelle la droite dure détient 350 sièges sur 398, une « Chambre introuvable » ironise le roi.

La Chambre reflète en réalité un brutal raidissement de l'opinion des notables, ralliés massivement à un royalisme qui signifie, avant tout, retour à l'ordre après la peur sociale. Le parti des verdets, les hommes du comte d'Artois, des nobles émigrés, partisans d'en finir avec la Charte, n'y occupe qu'une place très limitée. Un cinquième des députés seulement ont émigré, un tiers d'entre eux se sont ralliés à l'Empire et leur royalisme n'a rien de très idéologique. La grande majorité des députés est faite de notables aux solides assises foncières. Le tiers seulement est noble et les hommes de loi dominent. Peu de fortes personnalités, une majorité d'hommes inexpérimentés (55 % commencent leur vie politique) qui sont avant tout animés par la volonté de mettre un terme à l'action des « factieux », des fauteurs de troubles, à l'agitation des soldats qui refusent la démobilisation. Au royalisme de cour qui a dominé la première Restauration succède un royalisme de province, plus brutal, et soucieux de châtier les auteurs du complot des Cent-Jours, point final du vaste complot qu'a été la Révolution.

Très vite, les ultras, les députés royalistes du Midi, hostiles à Paris, s'organisent et dénoncent un « ministère Fouché-Talleyrand » qualifié de révolutionnaire. Les leaders de la droite, qui entraînent la Chambre, obtiennent, contre le sentiment du roi, la formation d'un nouveau gouvernement et ouvrent une brèche dans le pouvoir du souverain, au profit d'une interprétation parlementaire de la Charte, brocardée pourtant par nombre d'entre eux. Derrière les députés se mobilise aussi l'organisation secrète des Chevaliers de la foi. Bien implantée dans le Midi, mais aussi dans les salons du faubourg Saint-Germain, liée à l'entourage du comte d'Artois, composée de nobles royalistes qui ont prêté serment au pape et non au roi, les Chevaliers de la foi entendent restaurer une monarchie authentique dans une société ayant retrouvé son assise religieuse.

La désignation, en septembre, d'un nouveau ministère est loin pourtant de répondre à l'attente des courants extrémistes de la Chambre. Le roi a choisi un ministère « selon ses vœux », beaucoup plus modéré. Le nouveau gouvernement est confié au duc de Richelieu, ami du tsar, ancien gouverneur de Crimée, grand seigneur émigré mais homme éclairé et éloigné du climat de haine qui domine la France. Il est entouré du reste d'anciens hommes de l'Empire : Decazes à la Police, Corvetto aux Finances, le général Clarke à la Guerre.

Mobilisée derrière les chefs de la droite : Hyde de Neuville, Corbière, Bonald, La Bourdonnaye, la Chambre, elle, entend éradiquer l'esprit révolutionnaire. Sous sa pression et désireux aussi de reprendre la situation en main, le gouvernement Richelieu fait voter une panoplie de lois répressives. Une loi de sûreté générale suspend la liberté individuelle et permet la détention sans jugement. La loi sur les cris et écrits séditieux punit de déportation, voire de peine de mort. Des cours prévôtales, tribunaux criminels spéciaux présidés par un juge militaire (le prévôt), peuvent juger sans appel de tous les crimes et délits. Une loi d'amnistie, contestée par l'extrême droite, excepte les régicides et les hommes des Cent-Jours. Sieyès, Monge, Cambacérès, Carnot, David, Lakanal... sont exclus de l'Institut. La moitié des préfets sont épurés, de très nombreux maires révoqués, l'armée est particulièrement touchée : les généraux Faucher, La Bédoyère, le maréchal Ney (7 décembre 1815) sont exécutés, après de dramatiques débats qui divisent les pairs chargés des procès.

Aux yeux des ultras, le roi et le ministère Richelieu, partisans de la conciliation, sont désormais des obstacles. Les ultras revendiquent le droit pour la Chambre de proposer des lois et se font les défenseurs d'une déclinaison parlementaire de la Charte. Certains, dans l'espoir de marginaliser l'influence de la bourgeoisie et sûrs de « disposer » du vote d'une partie importante des campagnes, plaident même en faveur d'un abaissement du cens électoral à 50 F. Guère attachés au roi, sans revendiquer bien sûr une voie démocratique, ils défendent l'idée d'une royauté « à l'image des peuples ».

La bataille entre le ministère et la Chambre s'envenime lors du vote du budget, grevé par les lourdes charges de l'occupation. La droite n'a qu'un but : alléger l'impôt foncier, doubler la patente qui pèse sur les entreprises. À défaut d'un véritable programme de restauration de l'Ancien

Régime, la « Chambre introuvable » multiplie les actes de rupture symboliques avec le passé révolutionnaire. Le divorce est remis en cause, les régicides sont bannis, un long calendrier de cérémonies funèbres pour célébrer les malheurs de l'ancienne monarchie invite les Français à l'expiation des crimes de la Révolution, à commencer par la mort du roi, le 21 janvier. Partout, tracasseries et vexations se multiplient contre la France nouvelle. Elles trouvent parfois un relais dans les couches populaires. Des petits paysans font éclater leur hostilité à l'égard d'une bourgeoisie accapareuse de biens nationaux dans certaines parties de l'Ouest. La violence d'un petit peuple des villes se déchaîne dans le Midi, où l'exaltation ultra peut parfois recouvrir la fronde sociale, la haine du fisc, de la douane, de Paris. Des artisans inquiets devant l'apparition des machines, des boutiquiers hostiles à une société déréglementée par la disparition des corporations, des salariés comme les portefaix de Marseille attachés à la religion traditionnelle et à leur statut privilégié, se rejoignent dans leur volonté de revenir en arrière.

Les ultras ne parviennent pas toutefois à synchroniser ces mécontentements pour s'attaquer à l'essentiel : l'Université, le concordat de 1801, l'acquisition des biens nationaux, la suppression des corporations. Leur attitude est souvent contradictoire. Mobilisés en faveur de la propriété foncière, les députés votent pourtant, par crainte du désordre, le maintien des lois douanières de prohibition, qui sont la condition de la poursuite de l'effort d'industrialisation des manufacturiers. Sur les questions économiques et sociales, les députés ultras, peu cultivés, reculent devant le savoir-faire des grands technocrates de l'Empire encore aux postes clefs. L'offensive ultra trouve aussi ses limites dans le fait que la grande propriété foncière, portée encore par des prix agricoles élevés, reste attachée à une néo-physiocratie libérale, héritière de l'esprit des Lumières et encore très influente dans la Chambre des pairs. Quelques grands seigneurs éclairés y font barrage à la hargne d'une petite noblesse qui croit possible de revenir sur l'égalité civile.

Au-delà de la soif d'ordre, il n'existe guère de projet politique cohérent à l'extrême droite, et les ultras ne parviennent pas à reconquérir l'opinion. Bien au contraire, leur hargne, la ruée vers les places dans un esprit de vengeance, inquiètent les acquéreurs de biens nationaux. Rumeurs de soulèvements, de complots, alimentent des « peurs » dans les départements qui semblent désireux d'un retour au calme. Soutenu par les Anglais et les Russes, qui redoutent de nouveaux troubles, Louis XVIII, le 5 septembre 1816, renvoie la Chambre de droite et garde ses ministres.

Le gouvernement des constitutionnels

La Charte selon les « doctrinaires »

Louis XVIII est alors un vieillard dont on peut douter qu'il ait l'ampleur de vue nécessaire pour réconcilier les Français dans un compromis raisonnable autour de la Couronne. Mais, plus subtil que ses deux frères, il sait laisser gouverner deux hommes de valeur. Le duc de Richelieu, ancien émigré, mais modéré, soutenu par les alliés à un moment où il s'agit de régler les problèmes de l'occupation de la France, tente de gouverner avec le centre de la Chambre jusqu'en décembre 1818. Le comte Élie Decazes, fils d'un notaire de Libourne, ancien fonctionnaire impérial, intime du roi, franc-maçon, opportuniste et manœuvrier, ministre de la Police de septembre 1815 à décembre 1818, dirige ensuite le gouvernement de 1818 à 1820 et assume alors la fonction de ministre de l'Intérieur.

La ligne politique est inspirée désormais par le « parti des doctrinaires » dominé par Royer-Collard, Guizot, Jordan, Serre, de Broglie et Barante. Héritiers directs des « idéologues », dont plusieurs représentants jouent encore un rôle important (Daunou, Destutt de Tracy, Volney, Benjamin Constant, Jean-Baptiste Say), ils défendent un libéralisme qui puise dans 1789 ses principes fondamentaux : égalité devant la loi, égalité fiscale, égalité devant les emplois, libertés civiles, défense de l'ordre à la lumière de la raison, garantie de l'exercice des libertés publiques, équilibre des pouvoirs...

Royer-Collard, leur représentant le plus éminent, a élevé la Charte à la dignité d'un texte théorique et d'une loi fondamentale du royaume. Il y voit l'aboutissement logique de toute l'histoire française, qui trouve enfin son point d'équilibre dans un pacte recherché entre la nation et le roi. « Sorte de transaction entre des temps et des principes contraires, la Charte – dit-il – ouvre l'ère des gouvernements représentatifs, elle déclare l'état de la société. » Guizot se fait le critique de l'idée de souveraineté, que ce soit celle du peuple ou celle d'un souverain absolu. Il inscrit le régime représentatif comme une nécessité rationnelle de la société nouvelle.

La Charte « octroyée » établit bien un régime représentatif, mais, dans l'esprit des « doctrinaires », cela ne va pas jusqu'à donner le pouvoir de décision à la Chambre élue comme le revendiquaient un moment les ultras. La représentativité est partagée entre les trois pouvoirs : le roi, la Chambre des pairs et la Chambre élective. Le roi joue un rôle dominant, régulateur, incarne un principe d'autorité qui s'inscrit dans « la chaîne des temps ». Les deux autres pouvoirs ne sont que des limites du pouvoir royal, limites mouvantes qui doivent assurer un équilibre général. La pairie héréditaire exprime la reconnaissance d'une inégalité dans la société, inégalité acceptée qui confie aux élites les plus riches, et pas seulement à la noblesse, le pouvoir permanent de contrebalancer le pouvoir royal, pouvoir qui n'est pas absolu, même si le roi a l'exclusivité de l'initiative des lois. La Chambre élue n'est pas alors l'expression de la souveraineté du peuple. Elle doit informer le roi de l'opinion de la nation. L'élection n'est qu'une fonction, et la Chambre une composante du gouvernement du roi. La monarchie est limitée par des pratiques parlementaires, elle n'est pas une monarchie parlementaire.

Richelieu, puis Decazes, dans cette voie, recherchent la formule politique souple qui fera de la France un pays moderne dans lequel pourra s'opérer la réconciliation des élites aristocratique et bourgeoise, tout en tenant le « peuple » à l'écart de la vie politique. Le nouveau mode de gouvernement n'est pas de type parlementaire, à l'anglaise, et écarte une formule décentralisée, trop risquée dans une France où l'aristocratie est incapable de jouer comme en Angleterre un rôle d'encadrement de la société. Le moteur de la société est du côté de l'État, d'une « technocratie éclairée », dont une partie date de l'Ancien Régime, mais dont une majorité a commencé sa carrière à l'époque napoléonienne.

Dans une France encore déchirée par l'héritage de la Révolution, l'impulsion vient de l'État, mais le gouvernement doit être modéré et retisser patiemment le tissu social. Les constitutionnels écartent l'utilisation de la force et acceptent l'idée d'une société moins homogène, plus diversifiée que celle qui a été voulue par la Révolution et l'Empire. La décision politique doit être faite de compromis, de dosages réfléchis. Elle doit être éclairée par le débat et une liberté d'expression qui permet à l'opinion de se former. Par étapes s'impose l'idée de la limitation du pouvoir royal. Les ultras ont commencé en 1815, Chateaubriand et sa *Monarchie selon la Charte* ont ouvert la voie, le « parti doctrinaire » accentue le mouvement.

Sans que s'établisse véritablement une bipolarisation à l'anglaise, car les coalitions de courants restent très fragiles, les formes de la vie politique se modernisent. À la Chambre des députés, la pratique de l'amendement peut changer le contenu des lois proposées par l'exécutif. L'Assemblée « interpelle » le gouvernement sur les points litigieux, d'innombrables pétitions sont adressées à la Chambre de tous les coins du royaume. De fait, les ministres gouvernent plus que le roi. Le roi ouvre les sessions par un discours du trône et la Chambre répond, sur le modèle anglais, par une adresse. Chaque session est orientée par un programme de gouvernement auquel répond bientôt celui de l'opposition. Des « réunions » groupent les députés du même bord : le salon du banquier Laffitte pour la gauche, celui du grand manufacturier de la laine, Ternaux, pour le centre gauche, la « réunion Piet », à droite. Les commissions parlementaires jouent un rôle très important dans la mise au point des lois et permettent aux techniciens des ministères d'apporter l'éclairage des bureaux, leurs données statistiques, leurs enquêtes. La Restauration introduit les règles fondamentales du contrôle financier. Le baron Louis, aux Finances, a inauguré une présentation efficace et rationnelle du budget par recettes et dépenses. Il fait voter les dépenses avant les recettes, établit une division du budget par départements et en fait contrôler l'exécution.

La notion de solidarité gouvernementale apparaît dans le

titre de « président du Conseil », attribué à Richelieu. Par étapes s'imposent l'idée d'un ministère choisi conformément à l'opinion de la majorité et la pratique de la dissolution ou de la démission du gouvernement. Au-delà, c'est l'idée même de gouvernement d'opinion qui s'installe.

Une ligne générale libérale

La formation de l'opinion publique, dont Royer-Collard pense qu'elle doit nécessairement éclairer un gouvernement moderne, ne peut se faire que grâce à l'exercice élargi de la liberté d'expression. La grande affaire de la vie politique de la Restauration est donc le problème de la liberté de la presse. Elle s'impose vite comme une nécessité, mais les risques qu'elle comporte pour le pouvoir contraignent celui-ci à lui fixer des bornes. Les lois Serre sur la presse (juin 1819) établissent un régime très libéral. Elles suppriment toute autorisation préalable, toute censure, toute entrave sauf un cautionnement et ne reconnaissent comme délit de presse, dont le jugement est déféré au jury, que la provocation aux crimes et délits, l'outrage à la morale publique, l'offense au roi et la diffamation. La presse offre alors des organes à toutes les opinions : *Le Constitutionnel* d'Étienne et Jay, *La Renommée* de Benjamin Constant à gauche, *La Quotidienne*, *La Gazette de France*, *Le Drapeau blanc*, *Le Journal des débats* à droite, puis *Le Conservateur* de Chateaubriand à partir de 1818, mais aussi *Le Courrier* des « doctrinaires », *Le Mémorial catholique* de Lamennais.

D'autres mesures confortent cette ligne libérale : Gouvion-Saint-Cyr, vétéran des guerres de l'Empire, fait voter en mars 1818 une loi qui fixe le statut de l'armée jusqu'en 1868 : le tirage au sort pour compléter, par-delà les volontaires, le chiffre du contingent (240 000 hommes), la faculté de payer un remplaçant, la mise en place, à côté de l'armée d'active faite de militaires recrutés pour sept ans, d'une réserve dont les ultras craignent qu'elle soit un refuge des napoléoniens, l'avancement à l'ancienneté, le recrutement des officiers au mérite ou par concours. Victoire bourgeoise, la loi épargne aux riches le poids du service et enlève aux nobles le privilège des grades. La loi Laîné (février 1817) fixe enfin les règles du jeu électoral (30 ans et 300 F de cens pour les électeurs, 40 ans et 1 000 F de cens pour les éligibles), le renouvellement annuel par cinquième pour éviter les bouleversements politiques, le scrutin au département, là où la bourgeoisie est la plus forte.

La paix retrouvée en Europe, un climat optimiste, amplifient la croissance. Le gouvernement favorise cette confiance retrouvée en assainissant la situation financière et en liquidant l'arriéré de la France grâce au lancement, en 1817, d'un vaste emprunt étranger. Décisive, dans le redémarrage économique, est la politique d'expansion mise en avant par les technocrates hérités de l'Empire et toujours présents aux postes clefs : Becquey, aux Ponts et Chaussées, Saint-Cricq, le directeur des Douanes, un des hommes les plus importants de France, Chaptal, l'homme de la continuité dans l'effort de développement français. Un projet industrialisateur s'impose dans les débats d'une Assemblée pourtant divisée sur le terrain idéologique. L'idée clef est que la France ne peut désormais exister comme puissance en Europe, et face à une Angleterre dont on mesure désormais l'avance technique grâce aux voyages des économistes (Jean-Baptiste Say, Charles Dupin, Adolphe Blanqui), que par une vaste mobilisation de ses forces productives et de ses ingénieurs. Tout est fait pour que se développe, dans le prolongement de l'Empire, une base manufacturière sur un modèle emprunté à l'Angleterre : la grande manufacture, le machinisme. Un vaste plan, élaboré par Becquey, entreprend de mettre sur pied un système de canaux à l'échelle nationale. Colbert, beaucoup plus que Jean-Baptiste Say, est alors le maître à penser des choix français.

L'axe de cette politique repose sur un protectionnisme qui affine beaucoup les options napoléoniennes de 1806. Les produits manufacturés qui contiennent une forte valeur ajoutée sont prohibés (les cotonnades en particulier), les matières premières, qui sont les « aliments de l'industrie » et qui représentent alors un élément essentiel dans le coût de production, sont en revanche détaxées (c'est le cas des cotons bruts, des laines, du charbon, des plantes tinctoriales…). Le débat est acharné, à la Chambre, pour fixer le destin des demi-produits comme le fer et la fonte, que les Anglais commencent à produire à bas prix, mais que l'on ne protège encore que modérément, car les producteurs français ne répondent pas à la demande intérieure.

Le libéralisme français apparaît donc dissocié en réponse à l'avance anglaise sur le terrain manufacturier. Face à la concurrence étrangère s'impose la plus grande rigueur protectionniste, afin d'encourager les producteurs à se développer sur un très vaste marché national qui, à lui seul, est presque l'équivalent de celui du reste de l'Europe. À l'intérieur, au contraire, on enregistre une avancée significative du libéralisme, qui bouscule les règlements de l'époque impériale. Avec détermination, les constitutionnels luttent contre les velléités de retour au régime des corporations, soutenues par quelques ultras et des artisans et boutiquiers effrayés par la multiplication des nouveaux circuits de fabrication et de vente. De même, face à la crise frumentaire très grave de 1816-1817, le gouvernement fait le choix décisif d'accélérer la déréglementation du commerce des grains et parie sur les initiatives des grands négociants. Le patronat, libéral quant à la gestion des ouvriers, hostile à toute forme d'intervention de l'État dans ses entreprises, reste par contre farouchement attaché à la protection du marché intérieur, défendu par une armée de douaniers qui veillent à faire respecter le régime des prohibitions.

Croissance économique et percée bourgeoise

Le modèle économique anglais réinterprété

La stabilisation retrouvée stimule l'initiative des producteurs, grands et petits. La période est faste pour la petite entreprise qui se développe dans les grandes villes, dont la croissance est encouragée, comme à Paris, par la spéculation immobilière, les lotissements, la prospérité du commerce. Mais la croissance la plus spectaculaire, au tournant des années 1815-1820, est celle des manufactures de coton, surtout autour de Rouen. La Basse-Normandie devient le foyer le plus actif du nouveau capitalisme français avec la région mulhousienne. La croissance de l'industrie française n'est alors qu'un peu inférieure aux performances anglaises (3,4 % par an contre 3,8 % de 1815 à 1840). Bien qu'il s'inspire largement du modèle anglais, le mouvement industriel français manifeste rapidement son originalité. Au « tout coton » anglais, il oppose une gamme de choix beaucoup plus variée. L'industrie lainière française (Sedan, Reims, Elbeuf) est à la fois puissante et de très grande qualité. La maîtrise de la fabrication complexe des soies façonnées fait de Lyon la plus grande ville industrielle du monde à l'époque.

Alors que le mouvement d'industrialisation anglais est largement associé à une urbanisation spectaculaire, en France, l'industrie va chercher la main-d'œuvre dans le milieu rural. Dans le textile, une chaîne manufacturière complexe s'organise avec des maillons urbains et souvent concentrés – la filature, l'impression, la chimie des couleurs – et une vaste nébuleuse de petits producteurs dispersés dans les campagnes qui tissent et offrent à l'industrie une main-d'œuvre très peu chère dans un pays où la pression démographique demeure forte (entre 1815 et 1841, la France passe de 30 à 34,2 millions d'habitants). Cette main-d'œuvre rurale, très flexible, à laquelle on donne du travail lorsque la conjoncture est bonne, permet au patronat de reporter les contraintes des crises sur les travailleurs.

Alors que l'industrie anglaise se déploie vers l'aval, à partir d'un puissant secteur de demi-produits (la métallurgie, les filés de coton), en France, chemin inverse, l'industrialisation s'opère plutôt vers l'amont. Dans le coton, l'industrialisation a commencé par l'impression des indiennes ; c'est dans un second temps que se développe la filature moderne. Les procédés utilisés restent encore simples. Pour l'essentiel, la croissance française, qui reste d'abord celle du textile, s'appuie plus sur le moulin à eau que sur la machine à vapeur, trop coûteuse. De grandes entreprises se sont déjà imposées : en Alsace, de grands établissements intégrés de la filature à l'impression atteignent 1 000 ouvriers ; les mines de charbon d'Anzin dépassent 4 000 ouvriers. Mais la concentration est rare, souvent périlleuse ; les nombreuses faillites de l'entreprise pilote du Creusot, vouée à la métallurgie à l'anglaise, en sont un indice. La dynamique économique la plus forte s'appuie sur un vaste secteur de micro-entreprises diversifiées.

La France, du reste, n'a pu suivre l'Angleterre sur tous les terrains. Le charbon et le fer sont beaucoup plus chers qu'en Angleterre, en particulier à cause du coût des transports, qui peuvent multiplier par cinq le prix du charbon entre lieu de production et lieu de consommation. C'est pourquoi, bien que l'on maîtrise techniquement les procédés anglais de fabrication du fer à la houille, on demeure, pour l'essentiel, fidèle à la fabrication du fer au bois, ou à des techniques mixtes : fonte au bois, fer au coke.

Si l'industrie anglaise produit entre 20 et 30 % moins cher qu'en France, le niveau scientifique de la France est tout à fait comparable, voire meilleur dans le domaine de la chimie, des sciences physiques, de la mécanique. Le développement des contacts technologiques est du reste rapide, et, en dépit des interdictions britanniques, les machines et les techniciens anglais parviennent en France. Le problème reste plutôt celui de l'industrialisation des nouveautés dans une économie où la main-d'œuvre peu chère fait encore largement concurrence à la machine. Si l'École polytechnique forme encore essentiellement des militaires et n'envoie que quelques ingénieurs vers la métallurgie, les écoles d'arts et métiers (Châlons-sur-Marne, Angers, Aix à partir de 1843, accueillent 1 200 élèves), le Conservatoire des arts et métiers pour la formation continue, l'École centrale des arts et manufactures à partir de 1829, forment les sous-officiers et les officiers des nouvelles manufactures, dont la direction reste essentiellement familiale.

Les animateurs de ce nouvel essor manufacturier sont d'origines variées. Il existe bien des « fils de leurs œuvres », comme ces artisans rouennais, de souche paysanne, devenus en quelques années des patrons de filature considérés. Pouyer-Quertier, issu d'une famille de paysans du Pays de Caux, fils d'un marchand-fabricant de rouennerie, s'impose à la tête du patronat du coton rouennais et devient député. Mais la majorité des entrepreneurs viennent du négoce, et les nouvelles usines prolongent le plus souvent le monde des affaires commerciales, confortent les formes familiales classiques de rassemblement des capitaux et renforcent les dynasties de riches industriels. Les stratégies patronales se donnent pour objectif de maintenir le contrôle familial, et la croissance procède par l'installation des fils ou des gendres dans un réseau d'entreprises associées. En Alsace, des dynasties familiales protestantes, puissantes et cohérentes (les Dollfuss, les Schlumberger, les Koechlin), qui ont commencé dans l'indiennage, s'imposent dans le capitalisme du coton et la mécanique. À Lille et Roubaix, des grandes familles catholiques, associées dans des stratégies matrimoniales complexes, les Motte, Agache, Prouvost, dominent le textile de la région.

Les rythmes plus lents de la France rurale et de la France atlantique

Dans l'économie de la France de la Restauration, le poids de la manufacture reste minoritaire. La France agricole domine encore largement. Sa croissance est lente, un peu inférieure à 1 % par an, et nombre de régions dans l'Ouest, dans les pays de montagne, restent attachées à des formes de production très archaïques. En 1816-1817, une terrible crise frumentaire affecte encore profondément les campagnes. Mais la France rurale n'est pas inerte. Le plus souvent un équilibre est recherché dans la pluri-activité. La diffusion de l'industrie dans les campagnes permet de lutter contre la surcharge démographique qui s'accentue. Des pôles nouveaux de modernité qui prolongent l'idéal physiocratique du XVIIIe siècle animent une agriculture de pointe. Des aristocrates progressistes, entichés d'agronomie, lancent des expériences nouvelles (Jules de Polignac et l'élevage du mouton mérinos, les propriétaires de la Nièvre qui créent la race charolaise...). La viticulture française progresse dans tout le Midi, et les fermiers des plaines du Nord et du Centre améliorent les rendements, chaulent les terres, développent les nouvelles cultures : betterave à sucre, pomme de terre.

Le grand commerce français reprend lentement. Dès les débuts de la Restauration, le gouvernement a encouragé la reprise du trafic colonial en direction des Antilles, spécialisées dans la production d'un sucre brut qui demeure plus cher que celui de ses concurrents anglais. En position défensive sur le marché mondial, la France concentre ses échanges sur l'Europe continentale et les États-Unis. Incapable de lutter contre les produits manufacturés courants anglais, la France exporte surtout des produits de luxe et demi-luxe, qui financent les importations de produits de base, aliments de la révolution manufacturière. Les exportations des vins, des soies, des draps, du luxe parisien (bijouterie, ébénisterie, bronze, modes…), permettent les importations de charbon, de coton ou de fonte.

3
La réaction de la France châtelaine (1820-1827)

Le virage à droite de la Restauration

La menace d'une opposition de gauche

Le projet d'une modernisation à la fois économique et institutionnelle de la France, fondé sur un compromis raisonnable entre le passé et la société née de la Révolution ne franchit pas, en dépit de sa cohérence politique, le cap des années 1820. Les constitutionnels ne trouvent pas de véritable point d'appui dans l'espace politique défini par une Charte que la droite n'a jamais vraiment acceptée. L'assise de ce pouvoir technocratique, isolé dans un vote censitaire élitiste, reste trop étroite pour convaincre les classes moyennes. Aux élections partielles, en 1817, une nouvelle gauche libérale, celle des indépendants, conteste les demi-mesures des constitutionnels et opère une percée politique. 25 indépendants sont élus en 1817, 45 en 1818, 90 en 1819. L'élection, parmi eux, du général Foy, héros de la gauche, de l'abbé Grégoire, député de l'Isère, ancien évêque montagnard, régicide, fait scandale dans les rangs de l'Assemblée.

La droite exige alors une nouvelle loi électorale pour enrayer cette poussée de gauche. Elle dénonce la loi Serre sur la presse, jugée trop libérale. Richelieu et Decazes prennent peur à leur tour. En 1818, Richelieu a voulu écarter Decazes, trop libéral, et ouvrir son ministère à droite. Mais, isolé, sans l'appui du roi, il se retire. Dans une courte transition, c'est le général Dessoles qui lui succède avant que Decazes, déjà à l'Intérieur, ne prenne le 20 novembre 1818 la présidence du Conseil. Mais, dans son nouveau gouvernement, Decazes a fait appel au centre droit (Pasquier, Roy,

Latour Maubourg), car lui aussi, désormais, s'inquiète des progrès de la nouvelle gauche.

En effet, le parti libéral s'imprègne de nouveau d'idées révolutionnaires. À la source de ce courant des indépendants, on trouve une élite libérale faite de négociants, de riches banquiers, de notables parisiens attachés aux idées de 1789 et soucieux de donner aux libertés une expression beaucoup plus large. Les étudiants, issus de la bourgeoisie, donnent au mouvement une teinte plus contestataire. Mais, à leurs côtés, des officiers de l'armée impériale, placés en demi-solde, refusent l'origine même du pouvoir rétabli par les alliés. Ils sont rejoints souvent par des professions libérales, des capacités, des employés, des boutiquiers... Leur influence s'exerce parfois sur les ouvriers des villes, hostiles à la monarchie, aux aristocrates et aux prêtres. Dans le petit peuple se mélangent souvent les souvenirs de la République, ceux de l'Empire, dont l'image est enjolivée par les très nombreux anciens combattants qui chantent la gloire de l'empereur et entretiennent un vigoureux patriotisme de gauche.

Après la publication du *Mémorial de Sainte-Hélène* par Las Cases, l'image de Napoléon devient celle d'un homme providentiel qui a fait le bonheur, la prospérité de la France et défendu les acquis de la Révolution. Ce courant d'importance inégale est fortement représenté dans la France du Nord-Est, dans les régions « bleues » et dans la capitale, qui devient un foyer d'opposition. Dans la bourgeoisie, un réseau de salons, mais aussi des « cercles », des cafés, concourent à développer l'opposition. L'estampe, les chansons, celles de Béranger en particulier, brocardent les nobles et les curés et sont reprises en chœur dans les « goguettes » de la banlieue parisienne.

Certains chefs de file du libéralisme parlementaire, comme La Fayette ou Voyer d'Argenson, donnent un visage officiel à ce nouveau libéralisme revendiqué aussi par les industriels les plus en vue : Ternaux, le roi de la laine, Kœchlin, le patron de Mulhouse. En dépit d'une direction grande-bourgeoise avant tout hostile à l'exclusivisme aristocratique, le mouvement glisse vers la voie révolutionnaire. Une société secrète, l'Union, fondée par l'ancien magistrat Joseph Rey et partie de Grenoble et de Lyon, essaime vers Paris un réseau d'affiliations. Bazard, Buchez, et Joubert, trois étudiants, fondent la Loge des amis de la vérité, société secrète, d'inspiration républicaine, hostile aux Bourbons mais aussi à l'Empire, et tentent de mobiliser la jeunesse des grandes écoles et du commerce contre le régime. En août 1820, le complot du Bazar français (du nom du grand magasin fondé rue Cadet à Paris et qui sert de couverture à une société secrète), bien qu'il soit un échec, montre la détermination nouvelle de cette opposition contre le régime.

La chute des constitutionnels

De 1818 à 1820, en dépit des difficultés, Decazes tente de pousser jusqu'à sa logique ultime la politique de compromis libéral inaugurée par Richelieu. Mais, à partir de 1819, le processus lui échappe, car le libéralisme de gauche mord désormais sur la majorité gouvernementale, au moment où la droite entend barrer la route à cette glissade vers la « démocratie ». Cette radicalisation de la situation politique effraie, et la pression conjuguée du roi et des alliés, attentifs à l'évolution politique de la France, pousse Decazes à proposer une modification de la loi électorale dans un sens plus favorable à la droite.

Mais Decazes est pris de vitesse par les événements. Le 13 février 1820, l'ouvrier sellier Louvel, napoléonien très anticlérical et patriote, poignarde devant l'Opéra le duc de Berry. Louvel, meurtrier isolé, avait l'espoir d'éteindre la dynastie, puisque le duc de Berry était le dernier héritier mâle des Bourbons. Le roi Louis XVIII n'a comme successeur que son frère, le comte d'Artois, futur Charles X, et son aîné, le duc d'Angoulême, a contracté un mariage resté stérile. Trop tard pour Louvel : le 29 septembre 1820, la duchesse de Berry met au monde le duc de Bordeaux, « l'enfant du miracle ».

Mais, au-delà, la droite entend exploiter politiquement l'assassinat. Le duc de Berry, libertin pourtant connu pour ses frasques parisiennes, devient, pour les ultras, le symbole même du roi chrétien, la figure emblématique du martyre des Bourbons qui renvoie à Louis XVI, victime de la Révolution, mais au-delà, à Henri IV, le roi favori des ultras, victime lui aussi d'un attentat. À défaut d'avoir trouvé les preuves d'un complot, les ultras dénoncent chez Louvel un ouvrier qui sait lire et qui s'est nourri de la presse libérale et révolutionnaire. Très rapidement, le gouvernement Decazes est mis en accusation. Lâché par la gauche, qui conteste sa réforme électorale, mais aussi par la droite, qui lui refuse l'utilisation de lois d'exception et l'accuse de complicité objective avec les assassins du duc de Berry, abandonné par le roi, qui cède à sa famille et au « parti dévot », Decazes doit partir le 20 février 1820.

Richelieu, sollicité par le comte d'Artois, accepte de reprendre la direction du ministère en conservant à ses côtés des modérés : le comte Siméon, Serre et Pasquier. Mais il est désormais prisonnier d'une extrême droite qui s'est mobilisée, en particulier dans la France du Midi. Celle-ci obtient le vote d'un ensemble de lois répressives. Une loi suspend la liberté individuelle en autorisant la détention sans jugement des personnes prévenues de complot contre le roi. La presse, première visée par la campagne des ultras, est soumise à l'autorisation préalable et à la censure. L'Université est mise sous surveillance. Dans un climat de tension extrême provoqué par des émeutes dans lesquelles un étudiant, Lallemand, a été tué le 4 juin, la loi sur le « double vote » est votée le 29 juin 1820 par une majorité de droite. Elle ajoute aux 258 députés élus au scrutin d'arrondissement, 172 nouveaux sièges attribués par des collèges électoraux composés des électeurs les plus imposés, en proportion du quart, et siégeant au chef-lieu de département. Ces électeurs, qui font déjà partie des collèges d'arrondissement, auront donc un double vote. La fraction la plus riche de l'aristocratie se voit dotée d'un pouvoir accru pour orienter la politique.

Les droites, unies dans un climat d'exaltation et de peur qui plonge le camp libéral dans le désarroi, obtiennent un succès électoral significatif renforcé par les pressions sur le corps électoral. Sur les 172 nouveaux sièges, les libéraux n'en obtiennent que 16. Et 75 membres de la Chambre introuvable retrouvent leur siège. Ce succès de la droite contraint rapidement Richelieu à laisser le gouvernement aux amis du comte d'Artois. Villèle lui succède à la tête du gouvernement et aux Finances en décembre 1821. Son gouvernement, qui dure jusqu'en janvier 1828, associe Corbière à l'Intérieur, Peyronnet à la Justice, Montmorency puis Chateaubriand aux Affaires étrangères, Mgr Frayssinous aux Affaires ecclésiastiques.

Le mouvement révolutionnaire vaincu

L'absence de perspectives politiques par la voie légale conduit, un peu plus, la gauche libérale dans la voie révolutionnaire. La mort de Napoléon, le 5 mai 1821, favorise cette coalition des gauches. Les tendances conspiratrices s'affirment dans la Charbonnerie, fondée en mars 1821 par de jeunes républicains qui ont participé déjà aux tentatives antérieures de coups de force. Son objectif est de renverser les Bourbons par un pronunciamiento dans lequel les militaires auront un rôle majeur. Elle veut former un gouvernement provisoire qui réunira une Constituante dans un esprit proche de la « déclaration des droits » des Français votée par la Chambre des Cent-Jours, le 5 juillet 1815.

Si le projet n'est pas explicitement républicain, la Charbonnerie est néanmoins conduite par de jeunes républicains, Joubert et Dugied, qui, partis combattre en Italie aux côtés des « carbonari » du royaume de Naples, rapportent à leur retour en France, en 1821, les méthodes de l'action clandestine. Avec l'aide de Bazard et de Buchez, ils parviennent à mettre sur pied une puissante organisation strictement hiérarchisée sur le modèle militaire (elle atteignit peut-être 50 000 membres). À sa tête, la « haute vente », composée surtout de grands notables libéraux (La Fayette, Dupont de l'Eure, Voyer d'Argenson, Manuel) mais aussi de représentants de la jeune génération activiste (Cabet, Trélat, Buchez, Bazard), puis des « ventes centrales », enfin des « ventes particulières » de moins de vingt membres pour échapper aux contraintes de l'autorisation. Organisés de façon clandestine, armés, les membres devaient répondre sans broncher aux ordres venus d'en haut. Forte surtout dans le Nord-Est patriote, dans l'Ouest « bleu » hostile aux « blancs » et à un moindre degré à Paris, la Charbonnerie reste avant tout bourgeoise.

Les procès qui lui sont faits permettent d'en évaluer la composition. Les militaires bonapartistes représentent 40,5 %

des inculpés, la jeunesse étudiante 11,5 %, la petite et moyenne bourgeoisie 36 %, les artisans et ouvriers moins de 10 %. Facilement pénétrée par la police, la Charbonnerie échoue dans ses tentatives pour soulever des garnisons militaires. Plusieurs condamnations à mort, comme celle des « quatre sergents de La Rochelle » (21 septembre 1822), brisent le mouvement, mais font entrer les jeunes héros dans la légende romantique et patriotique hostile aux Bourbons. L'échec de la Charbonnerie marginalise alors le bonapartisme conspirateur et semble donner raison aux libéraux modérés : Benjamin Constant, Casimir Perier, Laffitte. Il donne aussi à la droite ultra l'espoir de reconstruire la France selon son cœur. Celle-ci est encore encouragée dans cette voie par la mort de Louis XVIII, le 16 septembre 1824, et l'avènement au trône de France du chef du « parti prêtre », le comte d'Artois, devenu Charles X.

La France ultra

Une doctrine et un « parti »

Dans la première moitié des années 1820, une large partie de la noblesse française rejette l'idée de compromis voulue par le régime de la Charte en 1814 et entend rétablir une « vraie monarchie », œuvre de l'histoire guidée par la Providence. Les ultras redécouvrent alors un ensemble d'ouvrages doctrinaux qui, inspirés par l'épisode révolutionnaire, connaissent une résonance nouvelle.

C'est d'abord ceux de l'Anglais Edmond Burke (*Réflexions sur la Révolution française*, 1790) qui défend une conception aristocratique de la société, rejette la raison individuelle, la notion universelle de droits de l'homme au profit des droits de la communauté, qui ne peut se définir qu'en référence aux traditions d'un peuple. Joseph de Maistre (*Considérations sur la France*, 1797) apporte à la pensée ultra l'idée que le destin de la France est réglé par un ordre providentiel sur lequel les constructions politiques, les droits de l'individu, les constitutions écrites n'ont aucune prise. Louis de Bonald (*La Théorie du pouvoir politique et religieux*, 1796), le penseur le plus influent, condamne violemment l'individualisme et l'égalitarisme révolutionnaire, destructeur d'une société naturellement organisée et hiérarchisée en corps, en familles, en métiers.

Ces ouvrages alimentent une culture commune partagée désormais par les tenants de la droite qui affirment clairement leur dessein inégalitaire et leur volonté de rétablir durablement la domination de l'aristocratie. Les ultras opposent les leçons de l'expérience, de l'histoire, à l'artifice des constructions abstraites de la raison, qui ne peuvent qu'incliner à la rébellion et à l'orgueil. L'obsession d'un retour à l'ordre social est désormais beaucoup plus importante que la nécessité du progrès. Ce retour à l'ordre passe par la soumission à l'autorité et d'abord à celle de l'Église. C'est l'impiété, la négation de la souveraineté de Dieu par les Lumières, puis la Révolution, qui sont à l'origine des malheurs de la France. La monarchie doit rétablir l'ordre moral, imposer de nouveau l'obéissance, le respect de l'autorité et de la hiérarchie sociale qui sont voulues par Dieu. Sur ce point, Lamennais, dans son *Essai sur l'indifférence religieuse* (1817), montre la voie d'une reconquête morale et religieuse de la France et plaide même en faveur de l'établissement d'une véritable théocratie dans une Europe dont le souverain suprême serait le pape.

Mais les bases politiques de la monarchie selon les ultras ne sont pas celles d'un retour pur et simple à l'Ancien Régime. Les ultras sont les héritiers d'une « réaction aristocratique » qui a combattu vivement la centralisation imposée par l'absolutisme. Leurs aspirations vont vers une royauté décentralisée imprégnée d'un esprit féodal enjolivé par la mode romantique du temps. Le roi, puissant et paternel, devra y respecter les libertés des ordres, des corps intermédiaires, des provinces, cadres dans lesquels s'organise la France des châteaux.

Dès 1815, les ultras se sont organisés en véritable « parti » et cela d'autant plus vite que la ligne politique définie par Louis XVIII ne correspondait pas à leurs vœux. Il existait depuis l'Empire des structures clandestines : les « bannières », associations hiérarchisées dont les Chevaliers de la foi constituaient le grade suprême. Ces groupes, surtout implantés dans l'Ouest et le Midi, répondent aux ordres du grand maître, Mathieu de Montmorency, entouré d'un conseil suprême dans lequel siègent Ferdinand de Bertier et Jules de Polignac.

Ces associations sont en contact avec le comte d'Artois et son contre-gouvernement du pavillon de Marsan, avant la mort de Louis XVIII. L'organisation s'étend à la Chambre des députés et à celle des pairs. La « réunion Piet », salon parisien qui regroupe les élus ultras, décide de la stratégie parlementaire et des consignes en direction des électeurs. Villèle s'y impose peu à peu. L'influence du parti ultra s'appuie, au-delà, sur une presse vigoureuse, bien diffusée dans les salons de province : *La Gazette de France*, *La Quotidienne* de l'historien Michaud, *Le Drapeau blanc* de Martainville, *Le Conservateur* de Chateaubriand, qui entend faire de la droite « le parti de l'intelligence ». Avec l'arrivée de Charles X sur le trône, les ultras disposent du levier de l'État et de toute l'administration, qui peut intervenir dans les élections, favoriser les candidats de la droite, faire pression sur les députés fonctionnaires, distribuer les postes et les avantages.

La société des ultras

La réorganisation de la société doit se faire contre l'individualisme destructeur, mais aussi contre l'État centralisé. L'issue est à rechercher, avec l'aide de l'Église, dans une restauration du corps social à partir des communautés naturelles qui encadrent, protègent l'individu dans la défense de la propriété et des traditions. À la racine de la société se trouve la famille patriarcale, fondée sur la soumission à l'égard de la toute-puissance du père et protégée par l'abolition du divorce en 1816. Au-delà, la communauté villageoise, mais aussi la manufacture, doivent s'organiser en une société inégalitaire, dans un réseau de liens qui obligent les pauvres à l'obéissance et au respect et les propriétaires à la protection et au patronage.

La réaction politique de l'aristocratie ultra trouve ses racines dans un changement majeur de la conjoncture économique. Jusqu'en 1819, la grande propriété a été portée par une onde longue de prospérité, celle des bons prix du XVIIIe siècle, qui ont soutenu la rente foncière mais aussi une option libérale, éclairée, moderniste, dans l'élite foncière. L'arrivée des blés russes sur le marché européen, à partir de 1817, amorce un tournant dans les prix, désormais orientés à la baisse. La rente foncière aussi est touchée, puis c'est le prix des produits de l'élevage, des laines, qui est atteint. La propriété foncière nourrit le sentiment que la Charte, le compromis avec l'économie moderne, n'ont été qu'une duperie, et cela d'autant plus que le profit tient mieux que la rente face à la baisse des prix, car l'élasticité des coûts de production y est plus forte. Le niveau de vie, les positions de la propriété foncière, semblent compromis face à une bourgeoisie manufacturière dont les ambitions s'affirment.

La France ultra des grands agrariens redoute le monde des villes, de l'argent et du profit, mais elle n'est pas étanche au progrès, quand elle peut l'inclure dans son projet de réaction politique. De nombreux grands propriétaires, tout en affichant des convictions ultras, modernisent leurs exploitations agricoles, participent à l'extension des nouvelles cultures et au développement de l'élevage moderne. La noblesse, dans le sillage de l'Ancien Régime, anime de grandes entreprises qu'elle organise en communautés paternalistes. Les maîtres de forges, qui ne sont pas tous de noblesse ancienne, forment une aristocratie de l'industrie : les Mortemart, les Vogüe, les Wendel, les Benoist d'Azy dans la Nièvre. Cette noblesse participe même aux grandes opérations de spéculation immobilière parisiennes.

Dans la Mayenne, une noblesse réactionnaire, puissante et riche, peu atteinte par la Révolution et secondée par un clergé engagé, développe la vocation herbagère de la région sur le modèle de « l'Angleterre verte », mais consolide son pouvoir sur un peuple de métayers. En Franche-Comté, où elle ne dispose pas du même patrimoine foncier, la noblesse occupe malgré tout une place éminente dans la société et développe même ses positions économiques : elle participe à la création d'entreprises, conquiert une bonne partie des fonctions électives, occupe les postes de fonctionnaires en province et à Paris grâce aux relations dont elle dispose, domine la vie culturelle en animant les sociétés savantes locales.

À Grenoble, Toulouse, Rouen, Lille, la noblesse fait revivre les académies. Elle donne le ton à la société provinciale par ses réceptions, ses bals, ses salons. Les femmes, chargées déjà de la première éducation des enfants, y jouent un rôle influent et défendent avec intransigeance le culte des idées ultras. Dans cette France châtelaine, on se délecte de la littérature romantique, qui cultive la nostalgie d'une époque féodale et chrétienne et révèle, par sa mélancolie, l'inquiétude secrète de ne pouvoir surmonter le défi de la France moderne.

Mais, sur le terrain politique, loin de baisser la garde, la noblesse occupe encore une position presque hégémonique. Les nobles représentent 54 % des députés de la Chambre de 1824, 63 % des députés ultras, 68 % des élus des collèges de département, les trois quarts des préfets, 80 % des évêques. Le mouvement ultra est du reste l'occasion d'une fusion entre ancienne noblesse et noblesse récente, qu'elle soit d'origine impériale ou d'un anoblissement récent. Le royalisme tapageur des anoblis de fraîche date donne le change à une intégration trop récente dans la noblesse reconnue. Mais, si les ultras parviennent à dominer la vie politique de 1820 à 1827, c'est parce qu'ils disposent aussi d'une assise non négligeable dans d'autres groupes sociaux. Toute une bourgeoisie rentière, des officiers de justice et de finance, des médecins ou des avocats de province bien pourvus en terre, des négociants et des armateurs dont le destin était lié au grand commerce atlantique et aux plantations coloniales – c'est le cas de Villèle ou de Vaublanc –, suivent le parti ultra. Par fidélité à un catholicisme conservateur, par tradition, par crainte des bouleversements techniques et sociaux, des bourgeois de province – c'est le cas en Provence – soutiennent la cause de l'extrême droite et lui apportent leurs votes quand ils sont électeurs.

Il existe aussi une base populaire de l'ultracisme liée à l'influence, au patronage des châtelains, à l'encadrement des prêtres, mais pas seulement. L'ultracisme rural associe à l'influence des notables une culture contre-révolutionnaire faite de souvenirs et de mythes dont une large partie ont été remodelés au début du XIXe siècle. C'est le cas dans l'Ouest chouan, bastion de la droite. Le versant plébéien et égalitaire de la révolte paysanne de l'Ouest a été effacé au profit d'une unanimité de la société provinciale contre le pouvoir des libéraux parisiens. Le plus souvent, c'est l'héritage des luttes impulsées par le clergé réfractaire, le souvenir des troubles contre-révolutionnaires, qui décident des fidélités paysannes ultras. Elles sont toutefois entretenues par une organisation de la charité, un effort en faveur de l'éducation à défaut de l'instruction, des soins médicaux dispensés par les religieuses.

Dans les villes, l'ultracisme populaire a aussi son ancrage. La suppression des corporations a entraîné une prolifération de micro-entreprises qui ont bousculé la « boutique installée ». Depuis 1817, des artisans, des boutiquiers, soutenus par les ultras, plaident en faveur d'un retour aux corporations et dénoncent les méfaits du colportage, de la vente à l'encan, qui compromettent la qualité et perturbent les prix. À Marseille, les portefaix, organisés encore de manière hiérarchisée, manifestent un royalisme et un catholicisme flamboyants. Une France ultra, qui est aussi celle de la fidélité catholique, se dessine clairement au tournant des années 1820 : le grand Ouest de la Bretagne à la Vendée, l'Aquitaine, le Languedoc, la Provence, le Lyonnais, la Franche-Comté, des régions mal pourvues en voies de communication, connaissant des migrations rurales plus faibles, un habitat souvent dispersé, une petite entreprise moins active, des populations moins alphabétisées mais une pratique religieuse plus intense.

L'engagement de l'Église catholique

La force du parti ultra tient pour une large part à la confusion qui s'est établie entre la cause de l'Église et celle de la monarchie. De son côté, une Église affaiblie par la Révolution et éloignée du peuple compte sur une monarchie réactionnaire pour retrouver ses positions. Cette articulation étroite de la monarchie et de l'Église se met en place dans le cadre du Concordat, qui a été maintenu car le poids des milieux gallicans est encore fort dans les assemblées. L'alliance du trône et de l'autel se traduit dans le fait que le catholicisme est redevenu « religion de l'État ». Les nombreuses cérémonies expiatoires, qui valorisent une monarchie martyre

– image accentuée depuis l'assassinat du duc de Berry – et invitent le peuple de France au repentir doloriste après l'épisode révolutionnaire, associent le clergé à la dynastie.

Dès 1815, l'Église s'engage dans une reconquête des âmes qui s'articule étroitement avec le projet ultra d'une reconstruction de l'ordre social. Les congrégations renaissent. En 1814, une loi impose le repos du dimanche, la fermeture des cafés pendant les offices. Le divorce est de nouveau interdit. Le Panthéon est rendu au culte et les dépouilles de Voltaire et de Rousseau en sont retirées. À partir de 1816, une ordonnance assure la mainmise du clergé sur l'école primaire, et les traitements des ecclésiastiques sont augmentés. Le clergé de la Restauration engage une bataille contre le souvenir d'une Révolution qu'il s'agit d'exorciser. Le règne de Charles X donne un tour nouveau à la poussée du cléricalisme. Le roi fait preuve lui-même d'une piété spectaculaire. Son apparition en costume violet, pour le jubilé de 1826, fait courir la rumeur qu'il est devenu évêque. Le ton du règne a été donné lors du sacre à Reims le 29 mai 1825. En dépit des conseils de prudence de Villèle, la cérémonie a adopté un tour ostentatoire dont le but est de montrer que l'épisode révolutionnaire n'a été qu'une parenthèse malheureuse. Oint de l'huile sainte, le roi a « touché » les scrofuleux, et dans une cathédrale décorée de manière théâtrale, à la mode médiévale, il a reçu les sept onctions traditionnelles. Si Hugo célèbre la cérémonie en poète, les élites assistent gênées et le peuple reste de marbre. Le nouveau règne donne libre cours aux initiatives du cléricalisme. Le personnel enseignant est épuré, les cours de Cousin et de Guizot à la Sorbonne, suspendus. La loi du sacrilège punit durement le vol dans les églises et impose la peine du parricide pour la profanation des objets du culte.

Le clergé toutefois reste affaibli pour mener à bien son objectif de restauration religieuse. Le nombre des prêtres a chuté de moitié par rapport à 1789 et près de la moitié d'entre eux ont plus de 60 ans. Le recul de l'encadrement religieux a fait glisser une partie des Français dans « l'indifférence ». À Paris, à peine un habitant sur huit pratiquerait, et le taux, pour les hommes, tombe à 5 %. Les mariages civils sont assez nombreux. Le Bassin parisien, le Midi, se détachent de la religion.

L'Église, aidée par la monarchie, tente, sous le gouvernement des ultras, une contre-offensive. L'épiscopat a été profondément renouvelé par la nomination de prélats choisis dans la noblesse ultra. Les curés ont évolué aussi, car les anciens prêtres constitutionnels, imprégnés souvent de l'esprit des Lumières, ont été écartés. Les cures sont progressivement peuplées de jeunes séminaristes formés dans un esprit très contre-révolutionnaire. L'enjeu le plus important est aux yeux de l'Église d'investir l'enseignement. L'enseignement primaire n'est pas un obstacle, car les congréganistes y sont déjà très nombreux et le recrutement sous le contrôle du clergé. En 1824, avec la nomination de Mgr Frayssinous comme ministre de l'Instruction publique, c'est l'Université qui bascule. Son monopole est tourné par la création de collèges dans les mains du clergé et la nomination de prêtres comme professeurs. Sur 38 proviseurs de collèges royaux, 22 sont des prêtres.

Les congrégations connaissent une activité inconnue jusqu'alors et sont dotées de moyens nouveaux. Mais les autorisations d'en créer de nouvelles sont limitées parce que la Chambre des pairs reste très circonspecte sur ce point, et le retour des jésuites en 1828 se fait sous la forme d'une simple tolérance. En revanche, des organisations de laïques menées par des religieux se développent rapidement. La Congrégation, sous la direction du père Ronsin, s'étend en province et demeure sous l'influence occulte de l'association des Chevaliers de la foi. Son pouvoir tient surtout à l'efficacité des nombreuses œuvres de bienfaisance qu'elle finance et organise : Société des bonnes œuvres, Société des bonnes études, Association Saint-Joseph pour les ouvriers.

L'Église tente de porter aussi ses efforts au sein du peuple. Des missions sont organisées à l'initiative de l'abbé Rauzan, le chapelain du roi. Elles mobilisent, pendant des semaines de piété, les populations de villes entières. Des prêtres y portent la bonne parole, organisent des messes, des prédications, prononcent des sermons imprégnés d'un dolorisme sombre et vengeur, organisent des plantations de croix au terme de longues processions qui rassemblent la société locale organisée dans ses hiérarchies traditionnelles. Pour spectaculaires qu'elles soient, ces initiatives de l'Église ne prennent racine que dans les régions où l'esprit contre-révolutionnaire est déjà fort. Elles se heurtent en revanche à l'indifférence voire à l'hostilité dans nombre de régions. Les autres confessions sont sur la défensive. Mais les protestants (ils sont 500 000 environ), surtout nombreux en Alsace et dans quelques foyers du Midi, où ils ont souffert de la « Terreur blanche », connaissent eux aussi un renouveau religieux, autour du courant piétiste du « Réveil ».

Villèle : la réaction

La réaction politique

Villèle domine la vie politique de 1822 à 1828. Le président du Conseil peut s'appuyer sur une majorité de droite qui se renforce au rythme du renouvellement du cinquième de la Chambre des députés et grâce au système du double vote. La nomination de nouvelles fournées de pairs ultras fait basculer à droite la Chambre des pairs, jusque-là refuge d'une aristocratie plus modérée. L'administration est épurée. De nombreux préfets sont écartés, le général Foy démis de son poste d'inspecteur général de l'infanterie, Laffitte remplacé à la tête de la Banque de France, les « doctrinaires » écartés de leurs postes dans l'administration. Une nouvelle loi soumet la presse au « délit de tendance », incrimination vague qui autorise toutes les tracasseries contre les journaux.

Une nouvelle politique étrangère tend à conforter la place d'une France de droite dans « l'Europe des congrès », dominée par les puissances conservatrices de l'Europe. En Espagne, la monarchie absolue de Ferdinand VII, rétablie à la chute de l'Empire, est confrontée à un mouvement des officiers libéraux, qui lui imposent le rétablissement de la Constitution de 1812. Les ultras, au nom de la solidarité des Bourbons, souhaitent l'intervention, et le ministre des Affaires étrangères, Montmorency, se fait leur interprète auprès de Villèle. Chateaubriand, qui lui succède, s'engage dans une expédition militaire soutenue par le congrès de Vérone et menée par le duc d'Angoulême. Une opération militaire facile et rapide des « 100 000 fils de Saint Louis », achevée par une victoire spectaculaire des Français lors de la prise du fort du Trocadéro, fait penser à Chateaubriand qu'une grande politique étrangère qui pourrait revendiquer désormais la rive gauche du Rhin ramènerait vers le roi les libéraux patriotes eux-mêmes.

La droite ultra entend afficher, à sa manière, son patriotisme face aux libéraux et aux napoléoniens qui accusent les monarchistes d'être médiocrement français. En 1819 est créé, autour de l'image de Jeanne d'Arc, le musée de Domrémy, et le roi fait ériger sa statue. La « Pucelle d'Orléans » se transforme progressivement en « sainte de la patrie », et le romantisme de droite se revendique, à sa façon, d'une nation française.

Un climat euphorique pousse Villèle à dissoudre la Chambre le 23 décembre 1823, et les élections lui apportent une majorité très confortable. Dans les collèges d'arrondissement, on compte 141 ministériels contre 17 libéraux, et dans les collèges de département 170 ultras contre 2 libéraux. Dans cette « Chambre retrouvée », le gouvernement peut compter sur la « fidélité » de 264 fonctionnaires. Cela l'encourage à faire voter une loi qui fixe la durée de la législature à sept ans (9 juin 1824). Si le vieux roi Louis XVIII, affaibli, ne gouvernait plus guère dans les dernières années de sa vie, sa disparition, le 16 septembre 1824, écarte les derniers obstacles sur la voie d'une politique de droite déterminée. Charles X, à 67 ans, représente pour les ultras « un roi selon leur cœur ». Souverain d'intelligence médiocre, dévot, sans connaissance de la France nouvelle, il est sous l'influence de coteries réactionnaires.

L'impossible reconstruction de l'ordre social ancien

Confiants dans leur force politique, les ultras s'engagent alors dans la voie d'une réaction sociale nourrie de l'illusion qu'il est possible de revenir sur la société fixée dans le code civil. La loi dite du « milliard des émigrés » est toutefois conçue par Villèle comme une mesure de compromis. Elle vise à indemniser les victimes de la confiscation des biens nationaux de deuxième origine (les confiscations de la Terreur) par des titres de rente à 3 %. On favorise d'un côté la reconstitution d'une puissante propriété foncière et d'un autre côté on rassure les détenteurs de biens nationaux, puisque ces derniers peuvent considérer que, désormais, leur propriété est reconnue de façon définitive. L'acharnement de la droite, de La Bourdonnaye en particulier, à considérer cette loi comme un premier pas dans une remise en cause de la Révolution fait de cette mesure, qui favorise surtout les grands censitaires, le symbole de la réaction sociale.

La contestation de l'héritage révolutionnaire se traduit aussi par le vote de la loi relative à l'héritage (1826), vite considérée par les libéraux comme une tentative de rétablir le droit d'aînesse et au-delà une aristocratie. Il s'agit d'autoriser, à la succession, un partage inégal des biens fonciers dont l'impôt dépasse 300 F. Mais les pairs libéraux, Molé et Pasquier, mènent, au Luxembourg, une contre-offensive qui fait échouer le projet d'une « révolution contre la révolution ». Le ministère rend responsable de son échec ce qui reste de la liberté de la presse. Des mesures répressives sur les journaux, qui touchent jusqu'aux imprimeurs et obligent à déposer à la censure les articles cinq jours à l'avance, divisent toutefois la majorité et ne peuvent être votées. Le peuple de Paris illumine. « Mauvais pronostic pour la monarchie », dit Chateaubriand.

L'échec des ultras

La solidité des positions bourgeoises

Les contradictions qui minent le projet d'un « retour en arrière » se manifestent à tous les niveaux de la société française. L'arrivée des ultras au pouvoir se traduit par un renforcement très net du protectionnisme. La loi de 1822 étend aux produits agricoles la protection qui, jusque-là, concernait surtout les produits manufacturés. L'échelle mobile des céréales, obtenue par les grands propriétaires pour faire barrage aux blés russes, entraîne une stabilisation du prix des grains, sans parvenir toutefois à revaloriser les prix français. La protection, à la demande des grands éleveurs, désormais très puissants, est renforcée sur les moutons, les laines, les bestiaux, les chevaux... mais aussi sur les sucres bruts étrangers, qui menacent les colons, alliés des ultras.

Au-delà, le protectionnisme, à la demande des propriétaires, s'étend aux matières premières, considérées jusque-là comme des aliments de la manufacture. Cela profite aux puissants producteurs de charbon (Anzin) mais aussi aux maîtres de forges traditionnels, souvent proches des ultras. Cette très forte protection accordée par la droite, qui rêvait de faire barrage à la poussée de la société libérale, permet en fait aux capitalistes les plus puissants de se lancer dans la fabrication du fer à l'anglaise et de jeter les bases d'une nouvelle génération d'usines qui annonce un capitalisme moderne.

Un des objectifs essentiels des ultras était de démanteler l'État centralisé hérité de la Révolution et de la monarchie absolue et de restaurer le pouvoir des provinces, des corps intermédiaires, des institutions locales, des corporations. Villèle est conduit en fait à mener une politique inverse. Préoccupé de maintenir les équilibres financiers établis à l'époque des constitutionnels, mais aussi de perfectionner les procédures budgétaires qui rationalisaient la politique économique de la France, il maintient le pouvoir de la technocratie napoléonienne. En dépit des épurations, des nominations de faveur, l'armature de l'État napoléonien ne connaît pas d'altération profonde. La monarchie administrative voulue par les « doctrinaires » se renforce.

Une extrême droite divisée

Il existe dans la droite une rupture profonde entre ceux qui pensent que, pour reconstruire la monarchie, il faut s'appuyer sur un État autoritaire, sur la hiérarchie de l'Église, et ceux qui, au contraire, pensent qu'un exercice plus large de la liberté est le meilleur choix pour atteindre cet objectif. Depuis 1814, Chateaubriand est l'inspirateur de ce dernier courant. Dans *La Monarchie selon la Charte*, il a défendu, avec Vitrolles, l'idée d'un gouvernement parlementaire appliqué par une majorité monarchiste. Chateaubriand souhaite, comme les ultras, que le pouvoir soit confié à l'aristocratie, seule détentrice des valeurs sur lesquelles est fondé tout ordre social, mais il croit en un « libéralisme aristocratique ». Le durcissement du régime, sous Villèle, fait de lui un opposant déterminé au pouvoir. Il lui arrive même de voter avec la gauche, et il entraîne dans son sillage le groupe de la « défection », où l'on trouve aussi La Bourdonnaye. Il retourne contre Villèle *Le Journal des débats* de Bertin et crée une Société des amis de la presse, dénonce la censure, plaide pour les libertés publiques et l'extension du droit de suffrage face à la ligne autoritaire et centralisatrice de Villèle. Une ligne politique qui en revanche apparaît inacceptable aux Chevaliers de la foi.

La reconquête des âmes par le « parti prêtre » ne parvient pas non plus à faire l'unanimité dans la majorité de Villèle. La politique cléricale de Mgr Frayssinous se heurte à une droite, dont le comte de Montlosier est un représentant, et qui, bien que favorable à la réaction nobiliaire, est très hostile au parti dévot et aux débordements ultramontains de nombreux prêtres. À l'opposé, l'abbé Félicité de Lamennais dans son *Essai sur l'indifférence en matière de religion*, en 1817, avec Bonald et Maistre, milite lui en faveur du rétablissement du dogme religieux et de l'autorité du pape dans une société perdue parce que déchristianisée. En 1825, il dénonce une Église de France restée trop gallicane, attaque Frayssinous, dénonce les hiérarchies sociales, se tourne vers le peuple contre la monarchie et entend réconcilier l'autorité du pape et la liberté.

Au tournant de 1827, Villèle, ballotté entre ceux qui le trouvent trop timide et ceux qui au contraire considèrent qu'il est prisonnier des exagérés du parti ultra, ne domine qu'une majorité étriquée, celle des « ventrus », attachés au gouvernement par les avantages qu'ils en reçoivent. La vaste majorité de 1824 n'existe plus et le libéralisme a pénétré jusque dans les rangs de la droite. Le 29 avril 1827, le roi, qui passe en revue la garde nationale, est accueilli par des cris : « À bas les ministres, à bas les jésuites ! » La milice citoyenne conteste, elle est dissoute, mais garde ses armes. La résistance de la Chambre des pairs conduit Villèle à demander au roi de nommer une fournée de 73 pairs soumis au gouvernement. Nombre d'entre eux étaient des députés, ce qui entraîne des élections partielles. Autant valait dissoudre la Chambre des députés, ce qui fut fait.

La campagne pour les élections de novembre 1827 est acharnée. Le gouvernement multiplie les pressions, mais doit combattre maladroitement sur deux fronts : contre la « défection » et contre les libéraux. Ceux-ci redressent la tête. La société « Aide-toi, le ciel t'aidera », animée par Guizot, mobilise les électeurs des départements sur lesquels pèse les pressions de l'administration. Elle entreprend de contrôler l'établissement des listes électorales, abandonnées à l'arbitraire des préfets. Des figures nouvelles du parti libéral animent, à la mode anglaise, des réunions électorales. Paris se mobilise. Malgré le double vote, Villèle est battu. À Paris, on pavoise, et des manifestations tournent à l'émeute. Auguste Blanqui y fait ses premières armes, et, pour la première fois depuis la Fronde, des barricades apparaissent dans la capitale. Les collèges d'arrondissement donnent 195 sièges aux deux oppositions contre 83 aux ministériels. Les grands collèges, tout en donnant 110 sièges à Villèle, élisent 50 opposants. Le pouvoir s'assure d'un peu plus de 150 sièges, l'opposition libérale autant, mais la défection en a plus de 70. Villèle démissionne et confirme par là l'idée qui était encore floue que le gouvernement ne peut gouverner contre la Chambre.

4

La chute des Bourbons et la monarchie tricolore (1827-1839)

Une nouvelle génération libérale

Le changement sans révolution

La défaite de Villèle ne tient pas seulement à la division de la majorité et aux contradictions de l'idéologie ultra, elle trouve aussi sa source dans la naissance d'une nouvelle opposition au milieu des années 1820. C'est alors que s'impose dans la vie intellectuelle et politique une nouvelle génération libérale née avec le siècle. Son apparition est remarquée, dès 1827, par l'économiste Charles Dupin, dans *Les Forces productives de la France*. Cette génération a des maîtres. Par Royer-Collard et le couple Mme de Staël - Benjamin Constant, elle se rattache aux « doctrinaires ». Mais sa culture est un peu différente. Elle a subi l'influence de la pensée allemande et puise chez Kant et Hegel la conviction que le XIXe siècle bourgeois a pour vocation de clore l'histoire, idée reprise par Victor Cousin dans son cours de 1828. Elle réfléchit au modèle américain de société libérale, dans le sillage de La Fayette, et s'intéresse aussi à la leçon de l'économie politique et du libéralisme anglais, connus désormais par de nombreux voyages et enquêtes.

Cette nouvelle génération libérale amorce sa réflexion en revenant, détour obligé, à la Révolution française. Louis XVIII et les « doctrinaires » avaient voulu clore l'ère des révolutions en recherchant pour la société nouvelle issue de 1789 un point d'équilibre dans une monarchie constitutionnelle modérée. Villèle et Charles X ont remis la lutte entre les deux France à l'ordre du jour. Les jeunes libéraux repoussent pourtant les méthodes insurrectionnelles et clandestines, qui ont échoué au tournant des années 1820. De jeunes historiens, comme Augustin Thierry, qui remonte à la conquête franque (*Lettres sur l'histoire de France*, 1820) ou François Guizot, dans ses cours de la Sorbonne (1820-1822) et son *Essai sur l'histoire de France* (1823), affichent leur optimisme. Ils montrent que le cours de l'histoire ne peut être inversé, que l'avènement de la « classe moyenne » est inévitable, et la défaite de l'aristocratie un fait accompli. 1789 est le point d'ancrage d'un long mouvement de l'histoire de la nation française qui trouve ses racines dans les communes du Moyen Âge, où commence le combat du tiers état. Cette époque réhabilitée par le romantisme est aussi le cadre d'une réflexion nouvelle menée par Guizot sur les sources du régime représentatif. Mignet et Thiers, qui ont quitté les horizons un peu étriqués d'une vie d'avocat à Aix-en-Provence pour monter à Paris faire carrière, écrivent alors des histoires de la Révolution française qui obtiennent un grand succès et réconcilient les libéraux avec l'épisode révolutionnaire. La Révolution de 1789 était juste, la dictature révolutionnaire, le fruit de circonstances imposées par l'aristocratie. Cette révolution était « nécessaire », elle n'est plus à faire, elle est inscrite dans la société, dans le code civil, elle n'a donc plus qu'à être défendue contre des entreprises réactionnaires qui n'ont aucune légitimité profonde.

La leçon politique tirée de l'histoire n'incite pas à un nouvel affrontement violent avec le pouvoir. Ces jeunes gens très pragmatiques qui appartiennent à la bourgeoisie sont des modérés et ne souhaitent pas la disparition de la monarchie. Ils entendent la remettre sur les rails de l'État de droit, établir enfin un vrai gouvernement représentatif dont il puise le modèle en Angleterre. Du reste, plus que le scénario de la Révolution française, c'est désormais celui de la révolution anglaise de 1688 qui les inspire. Il ne s'agit plus de changer de régime, ni même de monarchie, mais seulement « de vaincre des vaincus » sans mobiliser le peuple, d'écarter comme l'ont fait les Anglais un monarque qui s'entête à vouloir arrêter l'histoire.

Quelques-uns pensent déjà que le duc d'Orléans, connu alors pour avoir été favorable à 1789, pourrait apporter une solution. En attendant, l'objectif que se fixe cette jeune génération est de prendre la direction de la vie intellectuelle du pays, de l'opposition et de cimenter à nouveau le tiers état sous la conduite de la grande bourgeoisie libérale, qui est bien, dans leur esprit, le moteur du changement politique.

Ce projet prend forme rapidement à un moment où le rêve ultra s'essouffle. La nouvelle génération libérale dispose d'une presse efficace. Le journal *Le Globe*, qui naît en 1824, est le symbole de cette dynamique intellectuelle nouvelle. Fondé par un ancien professeur, Dubois, et un ouvrier typographe, Pierre Leroux, il accueille les chefs de file de la jeunesse libérale : Jouffroy, Charles de Rémusat, Sainte-Beuve... *Le Globe* est l'artisan du passage du romantisme de la droite à la gauche. Contre les dogmes du classicisme, il revendique la liberté dans tous les domaines : la liberté littéraire, l'indépendance en matière de goût, la liberté en politique, dans la presse.

Tracassée par le pouvoir ultra, cette élite intellectuelle dispose de talents prestigieux. Guizot, un des plus âgés, lié aux « doctrinaires », s'impose comme leader. Son libéralisme, différent de celui de Benjamin Constant qui pose en permanence la question des droits individuels face à l'État, incarne au contraire un libéralisme bourgeois sceptique à l'idée de fonder la société nouvelle sur le primat de la seule liberté individuelle. Récusant la notion de souveraineté populaire, de souveraineté « numérique », silencieux sur celle de représentativité, il veut donner le pouvoir à la raison et sa philosophie aboutit en fait à une auto-proclamation des élites bourgeoises, des « supériorités », comme foyer de cette raison dans l'histoire et comme guide de l'intérêt général en politique. Tacticien remarquable, il entend circonscrire la bataille politique contre les Bourbons à une lutte électorale dans le système censitaire. Le nouveau libéralisme s'est trouvé avec Victor Cousin, professeur à la Sorbonne depuis 1815 (mais suspendu en 1821 après l'assassinat du duc de Berry), un philosophe presque officiel. Opposé au matérialisme des « idéologues », Cousin renoue dans les années 1820 les liens rompus entre la philosophie libérale et la métaphysique classique et fonde un idéalisme spiritualiste, une morale, une philosophie de synthèse, « l'éclectisme », qui est le versant intellectuel de l'esprit de la Charte.

Une nébuleuse libérale

Les « jeunes libéraux » forment en fait le noyau dur d'une nébuleuse libérale très variée mais soudée, jusqu'en 1830, par une opposition de plus en plus déterminée aux Bourbons. La transition entre l'héritage révolutionnaire et la nouvelle génération est assurée par Benjamin Constant. Malgré un itinéraire politique parfois hésitant, il représente « le grand pédagogue national de la liberté », celui qui affronte, à la tribune, les tenants de la réaction ultra. Plus pugnace encore, anticléricale surtout, une « extrême gauche » libérale s'affirme autour de Manuel. Ce parti de la liberté est épaulé par une grande bourgeoisie parisienne, très sûre de son influence, les négociants banquiers : Laffitte, Casimir Perier, Delaborde...

La redécouverte de l'histoire de la Révolution est aussi à l'origine de la renaissance d'un courant républicain, encore divisé entre des modérés, qui comme La Fayette admirent les États-Unis, ceux qui redécouvrent l'héritage jacobin autour de Godefroy Cavaignac ou du médecin Raspail ou bien encore ceux qui mêlent la République à la nostalgie de l'Empire. Une presse républicaine réapparaît : *La Tribune des départements* des frères Fabre, des démocrates qui n'osent pas encore revendiquer clairement l'avènement du régime républicain. Mais les échecs successifs de la droite, à la veille de 1830, encouragent l'apparition d'associations de jeunes étudiants républicains, comme l'« Association de janvier » qui caresse de nouveau l'espoir d'une insurrection.

Un autre courant d'idées, qui s'inscrit de manière plus complexe dans la sphère libérale, effectue une lecture différente de 1789. Ce courant farouchement hostile à l'aristocratie ultra affiche néanmoins sa conviction que l'individualisme (l'expression naît en 1820) ne peut aider à la reconstruction de la société post-révolutionnaire, « société en poussière ». Des philosophes reconstructeurs s'attaquent alors au problème et explorent, au-delà du libéralisme, les premières formes d'une organisation socialiste. Le plus important est sûrement un témoin des Lumières dans les combats de la Restauration, une figure pittoresque et contestataire du Quartier latin, Saint-Simon, qui pense que la Révolution française n'est qu'une étape d'un processus plus large d'émancipation.

Au-delà de la révolution politique, moment « critique » de l'histoire, c'est une révolution scientifique, le développement des forces productives et des échanges, qui reprendront le fil rompu du changement inauguré en 1789. La société doit se recomposer dans l'industrie, dans une communauté organique, dirigée par les capitalistes et les savants et dans laquelle les travailleurs ne seront plus exploités mais « associés ». Le lien social nouveau ne s'imposera que lorsque la société sera débarrassée de ses parasites et s'organisera alors autour des producteurs (*Le Système industriel*, 1821-1822, *Le Catéchisme des industriels*, 1821).

Saint-Simon, tombé dans la misère, reçoit à partir de 1823 l'aide d'Olinde Rodrigues, un mathématicien devenu financier, et d'un petit groupe de fidèles qui publieront à partir de ses écrits *Le Nouveau Christianisme*. Ce livre qui ouvre la voie à une réforme du christianisme, à un nouveau dogme, appelé lui-même à évoluer, se donne pour but l'avènement d'un « âge d'or industriel » et « l'amélioration du sort moral, physique et intellectuel de la classe la plus pauvre et la plus nombreuse ». Un groupe saint-simonien, autour du journal *Le Producteur*, rassemble, à partir de 1825, d'anciens républicains en rupture d'activisme révolutionnaire (Bazard, Buchez), Olinde Rodrigues, des économistes comme Adolphe Blanqui et Enfantin. Le lien établi alors entre le développement industriel et l'idée nouvelle d'association, tranche sur le libéralisme politique des années 1820. Bazard et Enfantin, rejoint par Carnot, Duveyrier, d'Eichtal, Fournel... des scientifiques, des polytechniciens, des hommes d'affaires, donnent une dimension synthétique nouvelle au projet, en publiant de 1828 à 1830 une *Exposition de la doctrine saint-simonienne*. L'idée passe désormais par la constitution d'un vaste front des producteurs qui n'exclut plus les « prolétaires ».

Charles Fourier, petit commerçant ruiné par la Révolution et devenu sous la Restauration un médiocre courtier, s'attaque, lui aussi, à la désorganisation économique et sociale de la société post-révolutionnaire. Mais son projet « socialiste » reste, à la différence de celui de Saint-Simon, très isolé jusqu'à la révolution de 1830 (un abrégé de sa doctrine paraît en 1829 sous le titre *Le Nouveau Monde industriel*). Son schéma d'une harmonie nouvelle qui reste à construire ne s'arrête pas au seul terrain économique et social, mais procède de la recherche d'un ordre plus fondamental, bâti sur une harmonie des passions humaines. À l'anarchie contemporaine, il oppose une « association naturelle et attrayante », un équilibre social fondé sur une rémunération différente du travail, du capital et du talent. Son projet utopique se donne bientôt un cadre : le phalanstère, communauté harmonieuse de vie, de travail, de sentiments, qui jette aussi les bases d'une réflexion nouvelle sur l'idée d'association face à l'individualisme hérité de la Révolution.

La philanthropie : optimisme bourgeois et réforme de la société

Reconstruire des liens sociaux rompus au fil de l'épisode révolutionnaire, c'est aussi pour la bourgeoisie libérale qui investit méthodiquement la société de la Restauration s'attaquer à la « question sociale », qui mine les grands équilibres. « L'homme bienfaisant », homme moderne et attentif aux malheurs de la société, est défini dans le célèbre ouvrage du baron de Gérando, *Le Visiteur des pauvres* (1826). Gérando, préoccupé du risque de dislocation d'une société qui produit tant de pauvres, invite les riches à s'arracher au « sommeil de l'indifférence », à aller visiter les pauvres dans leur domicile, à étudier les causes de leur déchéance, à prescrire des moyens pour la prévenir. Loin de la « charité légale » à la manière de l'Ancien Régime, qui enfermait les pauvres à l'hôpital général et dans les dépôts de mendicité, il s'agit d'une démarche essentiellement privée, secondée seulement par des institutions publiques comme le conseil général des Hospices (il a en charge les 19 hôpitaux et hospices parisiens et les 48 bureaux de bienfaisance) dominé par de fortes personnalités de la bonne bourgeoisie parisienne : Gérando, Cochin, Pastoret, Montmorency, Chaptal...

La démarche est libérale et moderne, différente de la charité catholique. Le bourgeois philanthrope en faisant le bien, ne cherche pas le salut de son âme ni le salut du pauvre, et la philanthropie, qui n'est pas une expression de l'amour de

Dieu, peut être multiconfessionnelle ou tout simplement laïque. Dans l'esprit optimiste d'une éthique héritée des Lumières, le philanthrope manifeste seulement, de manière altruiste, une affection naturelle qui porte l'homme vers son semblable et l'incite à faire le bien sans passer nécessairement par Dieu. L'aide au pauvre doit être mesurée par une étude rationnelle et moderne des besoins. De là, une démarche d'enquêteur, de sociologue ou d'ethnologue de la pauvreté qui élabore une « science charitable ». L'idée étant du reste que l'aide systématique et abondante crée la pauvreté, encourage la paresse, dissuade de recourir au travail et suscite l'immoralité. La charité instruite, le don consenti et reçu, repose sur une doctrine inégalitaire qui fixe la hiérarchie sociale. Elle est pour le riche un moyen d'accès à une spiritualité nouvelle, pour le pauvre, la promesse d'un perfectionnement moral.

La philanthropie constitue alors le cadre d'une sociabilité très répandue dans l'élite sociale. Depuis 1810, la liberté d'association est soumise à l'autorisation préalable, et les associations charitables, moins surveillées, constituent le cadre de toute une vie de relations beaucoup plus large que celle des salons littéraires. On comptait à Paris quatre ou cinq œuvres privées d'esprit philanthropique en 1815, elles sont plus d'une trentaine à la fin des années 1820. Les plus importantes sont la Société philanthropique de Paris, célèbre pour ses dispensaires et ses « bons de soupe », la Société de morale chrétienne, dans laquelle on retrouve les élites de l'aristocratie et de la bourgeoisie libérale, de grands banquiers protestants, ceux-là mêmes qui se mobilisent en faveur de la liberté des Grecs.

Le « genre » philanthropique gagne aussi des institutions catholiques, indice d'une nouvelle influence intellectuelle et morale des pratiques bourgeoises. La Congrégation, à droite, derrière l'abbé Legris-Duval, a aussi son système d'œuvres : Société des bons livres, Société saint François Régis pour le mariage des pauvres, Société des bonnes œuvres… Trois grands axes d'intervention mobilisent alors l'action philanthropique : l'école (la diffusion en particulier de l'enseignement mutuel, des salles d'asile pour les jeunes enfants, les institutions d'apprentissage pour les jeunes ouvriers), le patronage (celui des prisonniers libérés, des malades, des enfants trouvés, des concubins et des « filles » repenties...), la prévoyance (simple épargne, mais aussi système de mutuelles et de caisses d'épargne).

Dans le sillage des philanthropes, apparaissent de nouvelles sciences sociales et une façon, « moderne » et rationnelle, d'aborder les problèmes sociaux, la marginalité, l'exclusion. En 1827, le médecin Parent-Duchâtelet, qui préconise l'hygiène publique comme médecine de masse, écrit son célèbre *De la prostitution dans la ville de Paris...* et ouvre la voie d'une nouvelle sociologie empirique. La philanthropie applique, de la même manière, sa grille d'analyse à la question des prisons, qui retient alors beaucoup l'attention de l'opinion. Les séries statistiques du *Compte général de la justice criminelle*, à partir de 1827, alimentent la réflexion des philanthropes sur les liens entre paupérisme et délinquance. La Société royale des prisons, dans le sillage de Charles Lucas, entend améliorer le fonctionnement des prisons. Dans un esprit humanitaire, les philanthropes pensent qu'il est possible, par une discipline rigoureuse, par le travail, l'éducation morale, de favoriser le rachat du délinquant.

Face à l'exclusivisme ultra, le courant libéral, non seulement n'a pas reculé dans la société française des années 1820, mais il affirme au contraire sa maturité, son optimisme, sa vocation hégémonique. Les libéraux, dans leur très grande majorité, refusent l'individualisme manchestérien, mesurent avec lucidité les risques d'une société postrévolutionnaire éclatée et les limites de l'économie de marché pour rebâtir. Le libéralisme français affirme alors son originalité dans ses efforts pour clore la Révolution en dégageant un nouveau lien social, un intérêt général autour duquel rassembler la société « moderne ». Une direction est donnée, les voies pour y accéder restent diverses : Guizot croit à l'influence des notables et des capacités, les positivistes à la connaissance scientifique, Jean-Baptiste Say à un bond en avant vers plus de marché et de liberté, la philanthropie à la charité éclairée, les utopistes à un développement harmonieux d'un type nouveau, Lamennais, devenu libéral, aux vertus d'une foi authentique...

L'épreuve de force entre les libéraux et Charles X

Martignac : un sursis inutile

Martignac, ministre de l'Intérieur de Villèle, désigné pour prendre la tête du gouvernement après le départ de celui-ci, tente de reconstituer une majorité et de l'étendre au centre gauche. Pour réussir cette opération, Martignac prend l'initiative d'un ensemble de décisions propres à apaiser la colère des libéraux et à rompre avec l'arbitraire administratif dans lequel Villèle gouvernait la France. En juillet 1828, une nouvelle loi sur la presse instaure un régime plus libéral et supprime l'autorisation préalable. On établit un contrôle plus honnête des listes électorales, mais surtout des ordonnances marquent des limites au pouvoir du « parti prêtre ». Les petits séminaires perdent la possibilité de se constituer en rivaux des lycées d'État. Les jésuites, dont l'ordre reste interdit en France, se voient retirer des accommodements qui leur permettaient d'enseigner. Cousin et Guizot peuvent reprendre leurs cours à la faculté des lettres.

Le gouvernement s'engage aussi à soutenir la cause des Grecs soulevés contre les Turcs. Martignac, reprenant le projet des « doctrinaires », veut faire élire les conseils municipaux et généraux pour décentraliser un peu la « monarchie administrative ». Un ministère du Commerce est confié au comte de Saint-Cricq, le directeur des Douanes, un des artisans les plus habiles du développement français depuis 1814. La Chambre, divisée, fait preuve de patience.

Mais Charles X n'a accepté cette ouverture que comme une concession provisoire. Dans son esprit, le roi ne peut se résigner à une monarchie parlementaire. La Charte certes ne le prévoyait pas. Elle ne garantissait que l'exercice des libertés associé à la légitimité. Mais désormais une large partie de l'opinion est acquise à l'idée d'un gouvernement de majorité.

Une révolution bourgeoise qui tourne court

Charles X et son entourage restent convaincus que, dans cette situation de crise, il faut écarter la voie des concessions qui a mené Louis XVI à sa perte. Dès l'été 1829, le roi fait appel au prince de Polignac pour former un ministère. Figure classique de l'émigré, ancien complice de Cadoudal, membre dévot de la Congrégation, Polignac accepte l'idée du roi de gouverner sans majorité à la Chambre. La présence à ses côtés, à la Guerre, du général de Bourmont, ancien chouan passé à l'ennemi à Waterloo, et de La Bourdonnaye, responsable de la « Terreur blanche », à l'Intérieur, a un effet catastrophique sur l'opinion. Sans majorité, puisque Chateaubriand lui refuse son appui, le gouvernement est réduit à l'inaction.

Toutefois, près d'un an s'écoule entre la mise en place de ce gouvernement provocateur et l'affrontement de 1830. Le conflit éclate en mars 1830. Alors que Charles X manifeste sa volonté de soumettre les députés, le nouveau président de la Chambre, Royer-Collard, rappelle avec fermeté que le gouvernement ne peut légiférer sans obtenir le « concours » de la majorité parlementaire. 221 députés contre 188 votent cette adresse modérée. Mais le roi répond, le 15 mai, en dissolvant la Chambre et en appelant les électeurs à trancher entre elle et le roi. Durant la campagne, le gouvernement pratique ouvertement la candidature officielle, les préfets multiplient les pressions, et Polignac tente d'utiliser l'expédition d'Alger pour flatter le sentiment national. En vain. Les 221 reviennent 274 aux élections de juillet 1830 contre 150 ministériels. Les libéraux se sont organisés de façon efficace. Sous le patronage de Talleyrand et avec l'argent de Laffitte, un nouveau journal, *Le National*, lancé le 3 janvier 1830, dispose contre le pouvoir d'une rédaction brillante avec Thiers, Mignet, Armand Carrel. Nombre de notables se lancent dans un mouvement de grève de l'impôt. À leurs yeux, une relève politique libérale est prête : celle du duc d'Orléans, beaucoup plus ouvert que le roi.

Désavoué, confronté pourtant à une opinion très incertaine, Charles X décide « de monter à cheval » et non « en charrette ». S'appuyant sur l'article 14 de la Charte, il signe, le

25 juillet, quatre ordonnances. Deux d'entre elles dissolvent la Chambre, cassent de fait les élections, renvoient les députés devant les électeurs en septembre. La troisième modifie le régime électoral. Elle écarte la patente du calcul du cens, ce qui affaiblit le négoce et la manufacture, et établit que les collèges d'arrondissement n'éliront que des candidats, seuls les grands collèges éliront des députés. La dernière, enfin, supprime ce qui reste de liberté de la presse, une presse considérée comme le grand responsable du malheur des temps. Les journaux sont suspendus et ne peuvent reparaître qu'avec une autorisation préalable.

Les libéraux ont bien prévu une résistance légale, mais très limitée. Il s'agit de refuser de payer l'impôt, de se lancer dans une longue bataille de procédure avec le gouvernement. Aucun d'entre eux n'envisage une victoire populaire sur l'armée, et beaucoup craignent même que les ultras n'utilisent le mécontentement populaire contre la Chambre. Seuls quelques journalistes qui appartiennent au *National* et au *Globe*, à l'initiative de Thiers, rédigent, le 27 juillet, une protestation qui prend la forme d'un appel indirect à la révolte, au moins à la désobéissance : « Des ministres criminels ont violé la légalité, nous sommes dispensés d'obéir. » Des journaux ouvrent leur porte, la police intervient, des affrontements ont lieu dans le quartier du Palais-Royal et mettent aux prises la troupe et des groupes d'étudiants et d'ouvriers imprimeurs encouragés par leurs patrons. La répression est immédiate et la position des libéraux vite compromise, d'autant que l'émeute paraît vouée à l'échec et dangereuse pour les leaders de l'opposition. En dépit d'incidents sanglants de plus en plus nombreux, dans la soirée du 27, le nouveau commandant militaire de Paris, le général Marmont, n'a pas encore trouvé de sérieux sujet d'inquiétude. Avec un peu plus de 10 000 hommes, il pense pouvoir tenir Paris.

Une révolution populaire : Les Trois Glorieuses

C'est dans la nuit du 27 au 28 juillet 1830 que la situation bascule. Dans un Paris plongé dans l'obscurité parce que les lanternes ont été brisées, de nombreuses barricades s'élèvent dans les rues et les armuriers sont pillés. Au matin, des manifestations menaçantes parcourent les rues au cri de « Vive la Charte. À bas la royauté ! ». Mais, rapidement, la dynamique révolutionnaire change de nature. L'Hôtel de Ville est envahi et le drapeau tricolore hissé sur l'édifice ainsi que sur Notre-Dame. Marmont, incertain du sort des petits détachements dispersés dans Paris, décide de lancer trois puissantes colonnes à partir des Tuileries et les confie aux généraux Saint-Chamans, Talon et Quinsonnas. L'objectif est de ceinturer le Paris populaire de l'Est et de faire converger les troupes sur l'Hôtel de Ville. Malgré des combats acharnés, les soldats ne parviennent pas à l'emporter. Dans une chaleur accablante, mal ravitaillés, manquant de munitions, ils se heurtent à des barricades efficaces, au feu nourri des insurgés, à la difficulté de manœuvrer dans des rues très étroites qui, une fois obstruées par les barricades, deviennent autant de pièges redoutables. Accéder à l'Hôtel de Ville par la Bastille se révèle impossible. Le soir du 28, alors que des régiments commencent à fraterniser avec le peuple, Marmont ordonne le repli des troupes sur les Tuileries. La majorité des députés de l'opposition, très inquiets, votent un texte de Guizot qui, tout en protestant contre le « coup d'État royal », laisse encore la porte ouverte au maintien de Charles X, pourvu qu'il retire ses ordonnances et renvoie ses ministres.

La journée du 29 est celle de la contre-offensive populaire. Le nombre des insurgés s'est accru et ils ont reçu le renfort de gardes nationaux et des polytechniciens, qui apportent leur savoir-faire dans le commandement. La lutte fait rage sur la rive gauche autour du Panthéon, lors de la prise de la caserne de Babylone, où le polytechnicien Vaneau est tué. Au moment où de nombreux soldats de ligne passent du côté des insurgés, ceux-ci donnent l'assaut aux Tuileries dans l'après-midi alors que le roi s'est réfugié à Saint-Cloud. Les Suisses s'y défendent avec acharnement avant de se replier vers l'Étoile.

La mobilisation du peuple de Paris, l'efficacité militaire des barricades, qui n'étaient pas apparues dans la capitale depuis la Fronde, la victoire du peuple de Paris, sont la vraie surprise des Trois Glorieuses. La masse du peuple ne votait pas et ne paraissait qu'indirectement engagée dans une lutte qui opposait le roi et les élites libérales du pays sur l'interprétation de la Charte. Et pourtant, l'engagement du peuple a été décisif car, comme en 1789, le soulèvement de Paris a sauvé la résistance des chefs politiques qui s'opposaient au roi.

La crise économique est un élément déterminant de cette mobilisation populaire. Depuis 1827, une série de mauvaises récoltes ont fait monter les prix et, comme en 1789, la cherté du pain atteint des sommets au début de l'été 1830. La chute de la consommation a affecté gravement les manufactures, qui ont partout diminué leurs effectifs, et le chômage est énorme dans les grandes villes. À Paris, la spéculation immobilière des années 1820 a tourné court et de très nombreux ouvriers du bâtiment sont en chômage, alors que les chantiers abandonnés offrent des matériaux pour construire les barricades. La crise économique et sociale, la misère, constituent le socle de l'insurrection. Mais celle-ci n'éclate que parce qu'il existe contre la monarchie un ressentiment qui n'attendait qu'une occasion pour se manifester. Ce fonds de « noire passion patriotique » qui a surpris Charles de Rémusat exprime la haine du peuple de Paris contre des Bourbons qui ont été imposés en 1815 par les monarchies réactionnaires de l'Europe. La révolution contre Charles X est aussi, de ce fait, un défi à l'Europe des princes.

Les insurgés sont des hommes mûrs, beaucoup sont d'anciens combattants des guerres de l'Empire, habiles à manier un fusil, des patriotes qui ont vibré en voyant réapparaître le drapeau tricolore. Pour l'essentiel, ils appartiennent aux métiers classiques de Paris : le bâtiment, la fabrique parisienne, et forment une pâte indifférenciée de petits patrons et d'ouvriers. Si les combattants ne sont guère plus de 10 000, ils bénéficient, élément décisif, de l'appui actif de toute la population des quartiers populaires. Leur encadrement, fait souvent de jeunes étudiants, donne à la « révolution de 1830 », révolution de la liberté, une teinte particulière, celle de l'union de la jeunesse et du peuple.

L'opération politique orléaniste

La lutte des insurgés, mue par la haine du roi, s'est développée au nom de la défense des libertés. Son succès tient pour une part à l'action efficace d'une poignée de jeunes républicains (Teste, Trélat, Guinard, Bastide...) qui ont donné le signal de l'insurrection et ont joué un rôle important dans les combats. Maîtres du terrain, ils inquiètent les libéraux, qui ont été à l'origine de la protestation mais qui ont perdu le contrôle de la situation. C'est pourquoi, quand les événements ont basculé, le 29, s'est mise en place une Commission municipale provisoire dans laquelle s'est imposée la direction des grands banquiers parisiens, Laffitte et Casimir Perier, connus pour leurs opinions libérales. Ils jouissent d'une grande influence à Paris et prennent les choses en main pour éviter que les événements ne tournent à l'avantage des républicains. Thiers et Mignet proposent, par affiches, de faire appel au duc d'Orléans, qui ne revient pourtant à Paris que dans la nuit du 30 au 31 et accepte alors des députés le titre de lieutenant général du royaume. C'est l'attitude de La Fayette qui officialise la « solution « orléaniste » le 31. Celui-ci accompagne Louis-Philippe d'Orléans – l'homme qui à 19 ans s'est battu à Valmy et à Jemmapes – à l'Hôtel de Ville et, drapé de tricolore, le présente à la foule encore très hésitante comme l'homme qui pourra établir « la meilleure des républiques ».

La Fayette, redevenu chef de la garde nationale quarante ans après 1789, est la seule personnalité à s'imposer aux chefs de l'insurrection encore peu connus. Il a l'appui d'une puissante bourgeoisie parisienne hostile aux ultras mais aussi aux héritiers du jacobinisme. Républicain d'idée, il admire, comme le duc d'Orléans, la Constitution américaine. Il pense en revanche, comme Laffitte, que la république est prématurée, qu'elle risquerait d'entraîner une guerre avec l'Europe, voire un nouveau « despotisme révolutionnaire ». Le mouvement démocratique, fêté et circonvenu, insuffisamment puissant et organisé, n'est pas parvenu à imposer ses solutions. Une proclamation au peuple, rédigée par Guizot et signée de 91 députés, célèbre « l'héroïque population de Paris » et affirme que « la Charte sera désormais une vérité ».

Le duc d'Orléans, l'homme le plus riche de France, mais aussi le combattant de Valmy, apparaît comme un point d'équilibre entre les diverses forces qui ont fait tomber Charles X. Le 3 août, 219 députés joints à quelques pairs déclarent le trône vacant par le départ de la branche aînée et le 7 ils appellent au trône Louis-Philippe Ier, « roi des Français par la grâce de Dieu et la volonté nationale ».

L'intention des députés reste très prudente, mais les circonstances imposent une nette rupture entre les deux monarchies. La Charte n'est plus octroyée par un roi qui a pleine souveraineté législative, elle est acceptée par le roi, dans le cadre d'un contrat avec la nation qui est la condition de son avènement. Louis-Philippe est bien le roi d'une révolution qui ne trouve d'autre légitimité qu'en elle-même. La monarchie de Charles X était encore imprégnée de droit divin, celle de Louis-Philippe est fondée sur un régime représentatif qui vote ou refuse les lois proposées. Il s'agit d'un « mariage civil » entre le roi et la nation.

La garde nationale, dont La Fayette est devenu le commandant général, est le seul élément de maintien de l'ordre dans une capitale qui a été désertée par la troupe défaite. Elle est composée d'une petite bourgeoisie qui garde les biens de la grande, en même temps que les siens. Mais elle a été rejointe par de nombreux insurgés, c'est dire qu'elle se confond assez largement avec le peuple parisien. Elle a fait école en province, où l'on a pris aussi les armes. Il s'agit de se protéger contre un retour des Bourbons, mais aussi contre une éventuelle intervention étrangère. Un mouvement de fédération accompagné de fêtes s'étend dans les départements, où la tension reste forte mais où le nouveau régime est vite accepté.

Les députés s'effraient de la mobilisation populaire à Paris et refusent l'idée d'assemblées primaires et de constituante avancée par les républicains. La Chambre des pairs étant disqualifiée par les fournées d'ultras qui en ont altéré la composition, c'est la Chambre des députés qui entreprend de modifier la Charte sous la protection de La Fayette et de sa garde nationale. L'article 14 que le roi avait utilisé pour promulguer les ordonnances de 1830 est supprimé. Le catholicisme n'est plus religion d'État, mais redevient, comme sous l'Empire, religion de la majorité des Français, ce qui ouvre la voie à une laïcisation de la monarchie. Le Panthéon, temple des grands hommes sous la Révolution, redevenu église sous la Restauration, se laïcise à nouveau en 1830. La Restauration n'avait apporté qu'une monarchie limitée, désormais la souveraineté est dans la nation. La révolution de 1830 ferme ainsi la porte de la contre-révolution ouverte en 1815 et replace la vie politique française sur les rails de

1789. Le signe le plus fort de l'événement est le retour du drapeau tricolore, qui renoue avec les grandes heures de la Révolution et de la fierté nationale.

La monarchie de Juillet en quête de stabilité

La dynamique politique de 1830

La victoire de la révolution a provoqué dans la capitale un choc psychologique qui se traduit par un optimisme retrouvé, un climat de fête, mais aussi un sentiment de force qui peut infléchir le cours de la vie politique. Cela s'explique aussi par le fait que 1830 a été véritablement une révolution parisienne, la province n'a fait que suivre. Victor Hugo traduit cette fierté nouvelle des Parisiens dans cette formule : « Hier vous n'étiez qu'une foule. Vous êtes aujourd'hui un peuple. »

Très rapidement, dans un climat de grande liberté, des journaux, des clubs, des sociétés populaires, dans lesquels se retrouvent républicains, napoléoniens, anciens militants de la Charbonnerie, bouleversent la vie politique parisienne. La jeunesse y joue un rôle majeur. Des associations d'étudiants comme la Société de la liberté, de l'ordre et du progrès, animée par l'étudiant en droit Jules Sambuc, annoncent une révolution européenne, prêchent l'éducation du peuple et la démocratie. La plus importante est la Société des amis du peuple, qui regroupe, dès le 30 juillet, l'état-major républicain (Godefroy Cavaignac, Ulysse Trélat, Armand Marrast, François Raspail). Dans *La Révolution*, elle demande la dissolution de l'Assemblée, une réforme de l'impôt, l'éducation gratuite. D'anciennes associations comme la société « Aide-toi, le ciel t'aidera », cadre de l'action électorale des libéraux avant 1830, se radicalisent et se démocratisent. *Le Globe*, libéral, bascule vers le saint-simonisme. Lamennais et les catholiques libéraux (Charles de Coux, Lacordaire, l'abbé Gerbet) lancent un programme progressiste dans *L'Avenir* et appellent l'Église à se réconcilier avec la Révolution et à prendre la tête d'une croisade de la liberté.

Des cortèges d'ouvriers, d'étudiants, se mobilisent pour demander une démocratisation du régime et la disparition de la Chambre des pairs. Dans une capitale sinistrée par la crise et un chômage auquel répondent difficilement les offres des ateliers de charité, les corporations ouvrières manifestent contre les « mécaniques », demandent la fixation de tarifs uniformes plus élevés, la réduction de la journée de travail. Une vague d'anticléricalisme virulent accuse le « parti prêtre », la Congrégation... L'archevêché de Paris est mis à sac. Les minorités religieuses, juifs, protestants relèvent la tête. En province, tous ceux qui vivaient en silence le souvenir de la Révolution et de l'Empire se manifestent au grand jour, et les vétérans de la Première République redeviennent des personnes honorables.

Pour le peuple de Paris, la révolution parisienne n'est que le point de départ d'un vaste soulèvement européen contre les traités de 1815 et les monarchies réactionnaires. En août, les émeutes de Bruxelles font partir les troupes hollandaises, prélude à l'émancipation des Belges. Les nombreux réfugiés italiens, allemands, polonais, stimulent ce patriotisme révolutionnaire qui appelle à la croisade européenne pour la liberté et somme le gouvernement de s'engager.

Face à cette mobilisation populaire, le nouveau préfet de police, Girod de l'Ain, ami du roi, manifeste une grande fermeté. Devant la pression ouvrière, en bon libéral, il rejette toute revendication collective et rappelle aux ouvriers « qu'ils ont oublié que la liberté du travail n'est pas moins sacrée que toutes les autres libertés ». Mais, dans un Paris où l'armée n'ose plus revenir, la garde nationale est alors la seule force capable d'assurer un retour à l'ordre. Réapparue le 29 juillet après sa dissolution en 1827, la « milice citoyenne » commandée par La Fayette s'est ouverte aux combattants des barricades. Sans réprimer, elle contient la poussée populaire, rassure les bourgeois et répond au souci de la petite bourgeoisie d'éviter les désordres. Le 29 août, une grande fête a scellé l'alliance de la garde nationale et du roi et imposé au nouveau souverain l'obligation de tenir compte de la pression démocratique. C'est elle qui pousse le gouvernement à une vaste épuration de l'administration : 82 préfets sur 86, 74 procureurs et avocats généraux, 20 conseillers d'État sur 38, tous les ambassadeurs. Ces départs sont l'occasion d'une ruée sur les places qui associe au pouvoir toute une nouvelle génération politique.

Le « mouvement » et la « résistance »

Le roi forme, en novembre 1830, un gouvernement du « mouvement » présidé par Laffitte avec Dupont de l'Eure, mais assorti également d'hommes « sûrs » : Montalivet, Sébastiani, le maréchal Soult. L'avocat Odilon Barrot, alors préfet de la Seine, définit, dans le sillage de Laffitte et La Fayette un programme du « mouvement ». Sa conviction est que l'on ne peut ramener l'ordre que par une politique de concessions plus larges au mouvement populaire. Il plaide pour un élargissement progressif du droit de suffrage, dans le but d'asseoir solidement les bases de l'orléanisme.

Laffitte, trop indécis, se révèle incapable de mener à bien une telle politique. Dans une atmosphère d'émeute, de grande émotion patriotique, car la Pologne s'est soulevée contre le tsar, le débat politique s'envenime à l'occasion du procès des ministres de Charles X. Les « activistes » parisiens souhaitent la peine de mort, ce qui apparaît aux yeux de beaucoup de députés comme la promesse d'un nouveau 1793. Le verdict, qui les sauve de la peine capitale, entraîne des manifestations et la démission de La Fayette, rendu responsable des désordres, de sa charge de commandant général de la garde nationale. Alors que la rente s'effondre, Laffitte, en grande difficulté, penche pour l'intervention en faveur des insurgés italiens et polonais, ce qui inquiète le roi. Louis-Philippe, le 12 mars 1831, fait appel à Casimir Perier et au « parti de la résistance » pour affronter les difficultés. Casimir Perier, banquier et homme de 1830, à 54 ans, entend, avec une poigne de fer, « rendre à l'autorité toute sa dignité », mais aussi tenir le roi à l'écart de ses décisions.

Son premier souci est de consolider les institutions afin de délimiter la portée du changement imposé par la Révolution. Comme Guizot, il affiche la conviction que la « révolution a été conservatrice », que son seul but a été de protéger la Charte de l'obstination de Charles X. Dès lors, la dimension des réformes ne peut être que limitée. La loi du 19 avril 1831 fixe le régime électoral. Le double vote est supprimé.

On peut être député à 30 ans et non plus à 40, le cens d'éligibilité est abaissé de 1 000 à 500 F. Le cens électoral passe de 300 à 200 F, et quelques capacités (les officiers supérieurs et les académiciens) obtiennent, en outre, le droit de vote. De 90 000 électeurs, on passe alors à 170 000 (la loi de 1832 en Angleterre a porté le nombre des électeurs à 800 000). La pairie héréditaire est supprimée (29 décembre 1831), ce qui écarte l'idée d'une aristocratie légale à côté du roi.

Par la loi de 1831 sur les municipalités, les conseillers municipaux ne seront plus nommés, mais élus par les plus imposés : 3 millions d'électeurs. Il n'est pas rare désormais de voir des communes dans lesquelles un homme adulte sur deux participe au scrutin. Le maire, nommé, est pris dans le conseil municipal. 200 000 électeurs aisés désigneront les conseillers généraux, qui forment une petite assemblée auprès du préfet. La loi du 22 mars 1831 ouvre la garde nationale à tous ceux qui paient l'impôt. La garde élit ses officiers, mais ses colonels sont nommés par le roi. Les douze légions de Paris renforcent la garde municipale du puissant préfet de police Gisquet. La censure est abolie, les délits de presse sont renvoyés devant le jury. Le pays légal est un peu élargi, mais la masse de la nation reste en dehors du pouvoir politique. Comme le souhaitaient les héritiers des « doctrinaires », la Charte révisée écarte soigneusement la démocratie, mais se libéralise dans un régime « national » auquel le peuple se trouve « associé ».

Le libéralisme de Louis-Philippe face au mouvement populaire

La répression des mouvements populaires

Casimir Perier, libéral convaincu, manifeste sa volonté d'écarter toute intervention de l'État en faveur des travailleurs. Il réprime les manifestations des ouvriers parisiens et utilise la loi sur les attroupements (10 avril 1831), qui permet à l'autorité de faire usage de ses armes après trois sommations. Le gouvernement est aidé par la conjoncture et le fort chômage, qui affaiblit rapidement le mouvement ouvrier. En novembre 1831, il désavoue l'intervention du préfet du Rhône, qui avait favorisé l'élévation du « tarif », contrat qui établissait entre les « soyeux » lyonnais et les « canuts » une rémunération à la tâche, plus favorable dès lors pour les artisans de la soie. À la rupture de l'accord, répond la révolte des canuts lyonnais organisés dans la Société de secours mutuel, dont P. Charnier, royaliste, a pris la tête. Du 20 au 22 novembre 1831, les ouvriers parviennent à se rendre maître de la ville. Cette première grande insurrection ouvrière dans la plus puissante concentration industrielle de l'époque est réprimée de manière brutale par l'armée de Soult. L'événement creuse les clivages politiques. La « résistance » se raidit dans le conservatisme social alors que les démocrates découvrent le nouveau combat des « prolétaires » lyonnais.

Ce durcissement de la « résistance » se traduit aussi dans le fait que Casimir Perier prend ses distances à l'égard des mouvements nationaux et révolutionnaires de l'Europe. Dans l'affaire belge, il recherche un compromis qui préserve la paix. Le candidat anglais au trône, un Saxe-Cobourg, Léopold, devient roi des Belges, mais épouse une fille de Louis-Philippe. Même souci d'équilibre en Italie. Casimir Perier laisse réprimer les révolutionnaires, mais fait occuper la ville papale d'Ancône pour forcer les Autrichiens à abréger leur occupation de Bologne.

L'opposition endiguée

Une option républicaine s'est affirmée au sein du mouvement contestataire, encore confus en 1830. La prolifération des associations, qui peuvent se multiplier en se fragmentant, comme l'autorise la loi, en sections de moins de vingt membres, a étendu l'influence du courant républicain. Une soixantaine de ses journaux sont diffusés et lus dans les cercles et les cafés. Le gouvernement réagit par une pluie de procès contre les feuilles républicaines. Ils sont l'occasion d'autant de plaidoyers célèbres et souvent d'acquittements par les jurys dans les procès de presse. L'Association pour la liberté de la presse organise le soutien aux journaux et aux prisonniers politiques à Paris comme en province, et l'Association libre pour l'éducation du peuple, dont le président est Dupont de l'Eure et le secrétaire Cabet, subventionne des cours destinés à arracher les ouvriers à l'ignorance. La société « Aide-toi, le ciel t'aidera » devient républicaine, comme Armand Carrel et son journal *Le National*, qui lui aussi dénonce la trahison du régime de Juillet. Le climat de tension sociale est encore exacerbé par l'épidémie de choléra, qui fait plus de 20 000 morts à Paris, surtout dans les quartiers populaires du centre, où la morbidité, la promiscuité, permettent à l'épidémie de faire des ravages. Perier lui-même succombe, mais la surmortalité ouvrière fait naître un climat de grande peur qui oppose le Paris ouvrier à celui des notables.

Les 5 et 6 juin 1832, à l'occasion des funérailles du général Lamarque, le cortège se transforme en émeute en dépit du désaveu de la majorité des chefs républicains. La répression rétablit l'ordre rapidement. Les émeutiers qui ont résisté autour du cloître Saint-Merri sont des ouvriers, mais le gros des travailleurs parisiens est resté dans l'attentisme. La Société des amis du peuple, à la tête de laquelle Raspail a remplacé Trélat, ne dispose pas de forces suffisantes pour ébranler le gouvernement. Elle n'est qu'un club de discussion, dont l'armature, essentiellement bourgeoise, accueille des fabricants, des avocats, des journalistes, des étudiants et impose une cotisation de 3 F qui écarte les ouvriers. Si elle joue un rôle important dans l'éducation ouvrière en exerçant un patronage démocratique sur de nombreux travailleurs, qui par elle redécouvrent les leçons de la Révolution française, elle ne résiste pas aux procès de 1832.

Au-delà de la répression, les forces politiques et idéologiques qui ont animé le mouvement de 1830 se dispersent et se scindent. La classe moyenne, en revanche, face à la menace de subversion sociale a retrouvé une certaine unité. La garde nationale, de son côté, a joué un rôle décisif dans le rétablissement de l'ordre. L'orléanisme peut compter sur elle. Les boutiquiers et les artisans qui ont fait 1830 refusent la perspective de nouveaux désordres, craignent un nouveau 1793 et se reconnaissent alors dans la monarchie tricolore.

Le saint-simonisme, qui avait dépassé le cadre restreint

d'un petit cercle après 1830, éclate au tournant de 1832. Une tendance républicaine, dans le sillage de Bazard, Carnot, Jean Reynaud, Pierre Leroux, tente de rejoindre les luttes populaires. En revanche, Enfantin et ses disciples recentrent leur mouvement sur le thème de l'émancipation de la femme et se marginalisent en s'isolant dans la communauté de Ménilmontant, où, vêtus de costumes tricolores, ils tentent, en nouveaux « apôtres », de travailler de leurs mains et de construire une religion et une société nouvelles. Une pluie de procès suscités par la liberté affichée de leurs mœurs pousse, en 1833, le groupe vers l'Égypte, avec l'idée de trouver dans le régime de Méhémet-Ali, despote progressiste, un soutien pour percer l'isthme de Suez et relier l'Orient à l'Occident, grand projet à la fois religieux et culturel. L'échec de l'aventure disperse le saint-simonisme entre le mouvement social et les entreprises d'une bourgeoisie qui rêve de faire bouger la monarchie des notables.

Lamennais et le courant du catholicisme libéral qu'il a réussi à entraîner – Lacordaire et Montalembert – se heurtent à l'hostilité du pape Grégoire XVI qui dans l'encyclique *Mirari vos* refuse de leur apporter son soutien contre la hiérarchie des évêques français. Au même moment, d'autres oppositions s'affaiblissent. La mort du duc de Reichstadt, l'Aiglon, le 22 juillet 1832, écarte pour un temps le danger des napoléoniens. La duchesse de Berry, au printemps de 1832, s'est lancée dans une folle aventure en tentant de soulever les paysans du Midi et de Vendée. Son échec et son emprisonnement mettent un terme aux espoirs immédiats des légitimistes et amorcent le ralliement d'une partie d'entre eux à l'orléanisme.

Renouvellement du mouvement social

En dépit de la détermination du « parti de la résistance », le mouvement ouvrier ne désarme pas, et sa radicalisation inquiète le nouveau gouvernement du duc de Broglie, qui comprend Guizot à l'Éducation, et Thiers à l'Intérieur (11 octobre 1832). Les ouvriers se lancent dans des luttes d'une ampleur nouvelle et se détachent des leaders libéraux qu'ils avaient suivi depuis juillet 1830. La transformation progressive des sociétés de secours mutuel en sociétés de résistance mobilise alors de nombreux métiers dans des luttes autour du tarif. Les charpentiers parisiens, dépassant leurs rivalités compagnonniques, arrachent aux maîtres un nouveau prix de la journée.

De nouveaux leaders, le tailleur Grignon et le cordonnier Efrahem, directement issus du milieu ouvrier, à la différence des leaders républicains, invitent les ouvriers à s'unir au-delà de l'action corporative des métiers et à s'engager dans l'action politique pour créer « un gouvernement populaire ». Le thème de l'unité ouvrière est au cœur des débats. La force des ouvriers lyonnais tient alors au fait qu'ils se rassemblent dans une « mutualité » organisée sur la base de syndicats de métiers qui regroupent l'ensemble des ouvriers de la profession. Des unions nationales s'ébauchent (la Société des typographes), et Flora Tristan, une femme socialiste, appelle à la formation d'une Union ouvrière. Une presse ouvrière relaie les idées socialistes et les luttes : *L'Écho de la fabrique*, à Lyon, *L'Artisan* (« journal de la classe ouvrière »), *La Ruche* saint-simonienne, *L'Atelier* de Buchez.

Dans le prolongement des vieilles structures de métiers, un mouvement en faveur de l'association gagne le monde ouvrier. Les premières coopératives ouvrières de production et les premières unions nationales de métiers (la Société typographique de Nantes) apparaissent. On peut alors distinguer un ouvrier d'atelier, élite plus informée, plus syndicale, attachée à une transformation progressive, pacifique et profonde de la société, elle-même liée à une transformation morale de l'homme, et l'ouvrier de fabrique – le mineur, le métallurgiste – plus fruste, emporté par des bouffées de colère.

Le défi républicain au régime

Cette radicalisation du combat est concomitante du développement de la Société des droits de l'homme, qui naît d'une dissidence des sections ouvrières de la Société des amis du peuple. Son organisation, qui tranche avec l'héritage des sociétés secrètes, est composée de sections de moins de vingt membres qui se scindent lorsqu'elles dépassent ce chiffre afin d'échapper aux poursuites judiciaires. Les admissions s'y font sans droit d'entrée, par une cooptation sévèrement filtrée, et elles doivent s'accompagner d'une adhésion à la Déclaration des droits de l'homme présentée par Robespierre à la Convention en juin 1793. Les sectionaires sont organisés par quartiers et donc souvent par professions. La Société est dirigée par un comité central composé des républicains les plus déterminés, sous la présidence de Godefroy Cavaignac.

La Société milite pour la république, le suffrage universel, mais aussi pour un programme social : organisation du crédit par l'État, limitation du droit de propriété, instruction populaire gratuite, émancipation de la classe ouvrière. Elle s'appuie en profondeur sur une résurgence de l'expérience révolutionnaire. Dès 1829, Philippe Buonarroti a publié à Bruxelles *La Conspiration pour l'égalité, dite de Babeuf*. Cette pointe avancée du jacobinisme révolutionnaire qui associe la dictature populaire et un programme social égalitaire a imprégné les militants de la Société des droits de l'homme. Elle se divise toutefois entre une tendance révolutionnaire pour l'action immédiate et une tendance plus modérée, qui défend une action légaliste de long terme.

Si son point d'ancrage est parisien, elle trouve de solides appuis dans les grandes villes ouvrières (Lyon, Saint-Étienne) et même dans certaines communautés paysannes (Jura). À la différence des autres sociétés républicaines, elle parvient à recruter assez largement dans les milieux ouvriers. Cette rencontre entre les militants républicains et des ouvriers en voie d'organisation dans leurs métiers représente pour le gouvernement un danger majeur. C'est l'essor de la Société qui décide le pouvoir à modifier les dispositions du code pénal sur les associations. La législation nouvelle (février 1834) impose aux associations divisées en sections de moins de vingt membres une autorisation et étend les poursuites à tous les membres. En janvier 1834, pour lutter contre les formes nouvelles de diffusion de la presse populaire, une loi soumet à autorisation la profession de crieur public.

En riposte, les républicains organisent des manifestations pacifiques, mais à Lyon, où les ouvriers se sont lancés en février 1834 dans une grève générale qui a tourné court, la Société des droits de l'homme, associée au conseil exécutif des ouvriers mutuellistes, lance une grande manifestation le 9 avril, veille de la promulgation de la loi qui vise les sociétés républicaines. Cette manifestation se transforme en une nouvelle insurrection qui est écrasée en quelques jours (9-12 avril 1834). La nouvelle de l'insurrection lyonnaise déclenche le soulèvement à Paris, mais les barricades qui s'élèvent dans le quartier du Temple et du Marais sont reprises par la troupe, qui se livre le 14 au massacre des habitants d'un immeuble, rue Transnonain.

À Paris, comme à Lyon, le mouvement insurrectionnel est resté limité à une frange de la classe ouvrière et à quelques éléments de la petite bourgeoisie. Le gouvernement, décidé à démanteler la Société des droits de l'homme, traduit en justice les principaux dirigeants, dont plusieurs sont condamnés à la déportation. À la suite de l'attentat de Fieschi contre le roi (28 juillet 1835), attentat qui a bénéficié de complicités républicaines, le gouvernement fait voter les lois de septembre 1835 qui établissent la censure des spectacles publics, celle des dessins, des gravures, double le cautionnement des journaux, aggrave les sanctions contre les délits de presse, interdit de remettre en cause « le principe ou la forme du gouvernement ». Le nom même de « républicain » est désormais interdit.

L'orléanisme à la recherche d'une formule de gouvernement

Les ambitions de Louis-Philippe

À la fin de 1835, un an après la mort de La Fayette, le régime de Juillet a enfin trouvé un point d'ancrage solide. Mais le gouvernement de Broglie est très loin désormais des promesses de la révolution de 1830. La mobilisation contre le « mouvement » a entraîné un effacement provisoire du roi. Perier, puis le triumvirat de Broglie-Guizot-Thiers ont écarté le souverain et sont parvenus à souder une majorité inquiète. La stabilité, enfin retrouvée, réveille les ambitions du roi et laisse apparaître des clivages parmi les notables.

De 1834 à 1837, le roi recherche la formule politique qui lui permettrait de disposer d'une équipe dévouée. Ce n'est qu'en usant les principales personnalités politiques dans des combinaisons ministérielles précaires dominées successivement par Thiers, Molé, Guizot, qu'il parvient enfin à trouver une solution selon son cœur. Il s'agit du second ministère Molé (15 avril 1837 - 8 mars 1839) épaulé par la formation d'un « parti du château » qui trouve ses soutiens parmi les députés fonctionnaires, de plus en plus nombreux et avides de places.

La prospérité retrouvée laisse augurer d'une stabilisation durable de la dynastie des Orléans. En mai 1837, le duc d'Orléans, le fils le plus populaire de Louis-Philippe, considéré comme un homme du « mouvement », épouse l'héritière d'une bonne maison allemande. Le roi tente de définir une politique d'apaisement et de réconciliation susceptible de conforter l'image d'un trône fidèle à l'esprit de Juillet, mais capable d'assurer l'ordre et la prospérité.

Louis-Philippe accorde une première amnistie aux détenus politiques en mai 1838. Il reprend le vieux projet révolutionnaire d'ériger un monument sur la place de la Bastille, monument qui sera inauguré en juillet 1840. Avec son caveau funéraire, son lion, son génie, il commémore les morts glorieux des Trois Glorieuses. Avant même d'être inauguré, le monument est adopté par les républicains de Paris, qui le font entrer dans la légende révolutionnaire. Le gouvernement est certes loin de répondre aux forces démocratiques qui demandent l'éducation du peuple et la démocratie, mais Guizot a fait voter une loi (28 juin 1833) qui impose à toutes les communes d'entretenir une école primaire, son instituteur, et d'y accueillir gratuitement les enfants indigents. La monarchie de Louis-Philippe se veut moderne, plus humaine aussi. En mars 1841, à l'initiative du patronat mulhousien, mais aussi sous l'influence de l'enquête du médecin philanthrope Villermé, une loi interdit le travail des enfants de moins de 8 ans dans les manufactures. Il s'agit certes de répondre à un souci immédiat et pratique, car le risque est grand alors, à un moment où 150 000 enfants sont employés dans les manufactures, de voir « s'affaiblir la race ». Mais pour la première fois l'« absolutisme libéral » du patronat est contesté.

À Paris, le préfet Rambuteau met sur pied une nouvelle politique urbaine. La première percée dans le vieux Paris est amorcée avec la rue Rambuteau, l'Hôtel de Ville dégagé et embelli, l'approvisionnement en eau amélioré par des fontaines. Les travaux des philanthropes sur le système judiciaire aboutissent à partir de 1832 à une réforme du code pénal qui épure le système des peines de l'idée d'expiation et des supplices hérités de l'Ancien Régime : abolition de la marque au fer rouge, disparition de la peine du carcan, de la chaîne pour les bagnards (1836); la peine de mort infligée aux parricides n'entraîne plus l'amputation du poing. La correctionnalisation et donc l'atténuation des peines progressent, point important à un moment où un vol peut encore entraîner la peine de mort et le chapardage d'un morceau de pain l'envoi au bagne. La loi de 1838 reconnaît la spécificité de la situation des aliénés, souvent enfermés comme des droits communs, et établit un asile par département.

Les références à l'héritage napoléonien qui flattent une petite bourgeoisie patriote sont nombreuses. Le 29 juillet 1836 est inauguré l'Arc de triomphe, commencé sous l'Empire. Quand Louis Napoléon Bonaparte, le fils de la reine Hortense, le neveu de Napoléon Ier, qui affichait des opinions démocratiques et patriotiques tirées du *Mémorial de Sainte-Hélène*, tente, le 31 octobre 1836, de soulever la garnison de Strasbourg, le gouvernement Molé se contente de faire partir le neveu de Napoléon en Amérique. En direction de la droite légitimiste, le roi fait ouvrir de nouveau l'église de Saint-Germain-l'Auxerrois, fermée à l'époque des émeutes anticléricales de 1831. En juin 1837, le château de Versailles, restauré et transformé en musée, est inauguré par le roi.

Ces initiatives favorisent l'élargissement de la majorité gouvernementale. La stabilisation attendue se heurte toutefois à un débat de fond sur la nature même de la monarchie de Juillet. Le roi, en s'appuyant sur le gouvernement Molé, a tenté d'imposer progressivement une conception de plus en plus personnelle du pouvoir. Contre le ministère de la cour et le roi se forme une coalition dans laquelle Guizot, Thiers et Odilon Barrot se retrouvent pour défendre une conception parlementaire de la Charte. Une bataille longue et difficile oppose désormais les deux tendances à la Chambre des députés. Elle tourne au désavantage de Molé.

Pour trouver une issue, le roi en appelle aux électeurs (2 mars 1839), qui tranchent avec netteté en faveur du gouvernement parlementaire (240 élus pour la coalition contre 200 favorables au gouvernement sortant). La défaite du roi ouvre de nouveau une période d'incertitudes qui constitue aussi un tournant majeur de la monarchie de Juillet.

Conservatisme pacifiste contre fièvre nationale

Après la démission de Molé, il faut pratiquement un an pour qu'une formule de gouvernement soit trouvée dans un « grand ministère » Thiers qui dure du 1er mars au 20 octobre 1840. Le gouvernement de Thiers, à défaut d'un programme qui renoue avec la dynamique du « mouvement », entend rassembler la bourgeoisie et les classes populaires en flattant la fibre patriotique de l'opinion. Ce rassemblement est d'autant plus périlleux que son gouvernement doit affronter une situation très tendue. Depuis 1838, la conjoncture économique s'est fortement dégradée. De mauvaises récoltes ont entraîné la cherté des denrées alimentaires, la baisse des ventes de produits manufacturés et une rapide montée du chômage dans les grandes villes. La crise de l'économie américaine restreint les débouchés extérieurs de la fabrique parisienne et lyonnaise.

Si de 1835 à 1839 le mouvement social est devenu atone, la crise, la rapide extension du chômage, réveillent le mécontentement, qui est d'abord une réaction défensive contre la dureté nouvelle du patronat. Au printemps 1840, une vague de grèves mobilise les ouvriers parisiens : tailleurs d'habits, charpentiers, menuisiers, maçons, mécaniciens… À la baisse des salaires qui accompagne les licenciements, les ouvriers répondent par la lutte pour le tarif, par la critique du livret ouvrier et du marchandage, qui les soumet à la cupidité des intermédiaires. Ce puissant mouvement parisien est réprimé durement par le préfet Delessert, mais il crée une nouvelle solidarité ouvrière et contraint le gouvernement à lutter contre la crise par une politique de grands travaux. Les nouvelles fortifications de Paris créent du travail pour près de 30 000 ouvriers.

Mais Thiers doit affronter aussi une crise politique multiforme. L'activisme révolutionnaire a plongé dans la clandestinité pour échapper aux mesures répressives de 1835. Si la Société des familles a vite disparu en 1836 devant la répression policière, la Société révolutionnaire des saisons, elle, a réussi à s'implanter plus solidement. Organisée de façon très hiérarchique, comme la Charbonnerie d'avant 1830, elle dispose de près d'un millier de militants prêts à se lancer dans l'action au commandement de leurs chefs. Mise sur pied par Martin Bernard, elle accueille Armand Barbès et Auguste Blanqui, dont le projet de coup d'État révolutionnaire progresse dans le milieu républicain. La tentative d'insurrection, en pleine crise sociale, dans le quartier Saint-Martin, le 12 mai 1839, est toutefois un échec. Le soulèvement, qui pour les trois quarts est fait d'ouvriers, ne trouve pas l'appui des étudiants et des artisans de 1830. La stratégie blanquiste tourne court et l'insurrection donne au gouvernement l'occasion de décapiter le mouvement révolutionnaire.

Thiers est toutefois confronté à d'autres oppositions. Pour flatter l'opinion bonapartiste, capter les bénéfices de la légende napoléonienne, qui relève la tête, Thiers a obtenu de Londres le « retour des cendres » de Sainte-Hélène. La cérémonie, ambiguë, mobilise dans un hiver glacial des foules importantes, mais n'apporte pas au régime un nouveau crédit. Les espoirs des bonapartistes sont ailleurs et le 6 août 1840, pour la deuxième fois, le prince Louis Napoléon tente à Boulogne de soulever une garnison contre le gouvernement. Il échoue, est jugé par la Cour des pairs et condamné à la détention perpétuelle au fort de Ham, d'où il s'évadera en 1846.

Mais, au-delà, la crise politique fait renaître les aspirations du « mouvement ». Dès 1838, une pétition de la garde nationale a demandé l'extension du droit de suffrage pour tous les gardes nationaux, mouvement qui trouve de nombreux relais en province. Pour détourner la montée des oppositions, Thiers exalte de nouveau la fièvre nationale, en jetant la France dans une épreuve de force avec l'Angleterre à l'occasion d'un nouvel épisode de la crise d'Orient. Il s'engage résolument aux côtés du pacha d'Égypte, Méhémet-Ali, souverain moderniste qui avait séduit les saint-simoniens, en conflit avec le sultan Mahmud II, soutenu par les Anglais.

La disparition du sultan a fait craindre aux Anglais que Méhémet-Ali ne s'empare de la Turquie, et les Anglais ont suscité une conférence internationale pour isoler la France. Thiers, qui repousse alors toute idée de concertation internationale, se trouve confronté à un rapprochement anglo-russe. Il hâte les fortifications de Paris, dénonce le jeu anglais, laisse entendre que la France est prête à entrer de nouveau dans l'arène des guerres et des révolutions européennes et se présente face à l'opinion comme « l'homme de la nationalité ». L'effondrement militaire de Méhémet-Ali montre le manque de crédibilité de sa politique qui inquiète les notables déjà confrontés à la crise sociale. Louis-Philippe se défait alors de son ministre et appelle Guizot, le 29 octobre 1840, pour former un nouveau ministère dont les idées s'accordent avec celles du roi et des classes dirigeantes. Il a pour vocation de trouver un accord avec l'Angleterre et d'apaiser la tension intérieure.

5

Une culture romantique

Le romantisme est le trait dominant de la culture du premier XIXe siècle. Mais c'est la Révolution qui constitue, de la naissance du romantisme dans les années 1770 jusqu'à sa décadence après la crise de 1848, l'épicentre politique du romantisme et qui offre un itinéraire pour explorer le bouleversement culturel qu'il suscite. Encore faut-il élargir le concept de Révolution à tout le mouvement des Lumières en amont et à la construction d'une société libérale et « bourgeoise » en aval. Le romantisme accompagne ce mouvement, s'en nourrit et le conteste radicalement.

Nostalgique du passé face aux Lumières, réactionnaire, il conteste la révolution en train de s'accomplir. Au tournant des années 1820-1830, d'une tout autre manière, il dénonce la Révolution pour en souligner les insuffisances, les limites et se porte dès lors vers l'avenir à peine ébauché par la « grande Révolution ». Le romantisme jouxte alors le socialisme après avoir épousé les causes les plus réactionnaires. L'unité du phénomène romantique tient toutefois au fait qu'il est toujours en décalage avec la ligne générale qui domine le passage d'un siècle à l'autre. Il est avant tout contestation, refus, critique, insatisfaction, qu'il se nourrisse de lubies réactionnaires ou de fulgurances qui le portent vers l'avenir.

La « contre-révolution » romantique

Une nouvelle sensibilité

Avant la France, le romantisme s'impose d'abord comme une littérature du Nord, venue d'Angleterre, d'Écosse surtout, mais aussi d'Allemagne, quand le mouvement Sturm und Drang impose de nouveaux « génies » : Goethe, Schiller, Herder, Lessing... Le *Werther* de Goethe (1774), qui obtient à partir de 1780 un succès considérable en France, rassemble en un seul roman ce qui restait encore épars dans un corpus d'œuvres dispersées : rêve, mélancolie, poésie populaire, lyrisme, amour de la nature...

Mais très tôt apparaît une veine spécifiquement française. Le pré-romantisme français n'a probablement pas la portée du mouvement littéraire qui se développe en Allemagne, mais il tire son importance de la personnalité exceptionnelle de Rousseau et du défi qu'il lance aux courants intellectuels dominants de la France d'alors. En 1762, *La Nouvelle Héloïse* et *Émile* font de Rousseau l'âme d'un changement majeur dans la littérature. Dans une société où semble l'emporter la confiance dans la raison, le mouvement des richesses et les futures conquêtes bourgeoises, il inaugure ce que Daniel Roche appelle un « discours de l'ombre ». Tout en affichant son appartenance au siècle des Lumières, Rousseau nourrit une inquiétude et un doute qui ne cesseront plus désormais d'alimenter un procès culturel des Lumières qui ouvre la voie au romantisme.

Ce premier romantisme déclenche une bataille d'idées qui ne cessera qu'au milieu du XIXe siècle. Il se définit d'abord par son opposition aux formes classiques de l'expression littéraire dans le théâtre et dans la poésie. Le poète doit trouver des formules nouvelles conformes à une énergie et à une nature primitives. D'une esthétique de l'imitation, les romantiques veulent passer à une esthétique de la création. Cette réflexion littéraire se traduit aussi par une critique de la « tyrannie » de la raison. La philosophie, la confiance dans la raison discursive pour comprendre la société et l'individu apparaissent insuffisantes. On leur oppose une expérience originale et vécue. Les prémices du romantisme ne s'inscrivent pas, par contre, en rupture du mouvement de conquêtes scientifiques de la fin du XVIIIe siècle. Le mysticisme de Swedenborg établit un lien entre la rêverie romantique et le vitalisme en médecine, le magnétisme en physique, le somnambulisme mis en vogue par Mesmer. L'ésotérisme maçonnique exerce aussi une influence importante dans la formation du romantisme.

Par touches successives, les traits essentiels du romantisme se précisent : goût pour le « gothique », attirance pour la nature. Très tôt, le poète romantique affiche la conviction qu'il est investi d'une mission qui fait de lui le guide spirituel de l'humanité moderne. Le point commun de ces comportements est peut-être à rechercher du côté de ce que l'on appelle la « sensibilité ». Elle se décline de bien des façons, mais la première est peut-être celle qui fait désormais de l'écrivain un homme qui souffre. La sensibilité nouvelle ouvre sur le malheur, un destin tragique, un amour malheureux, la solitude à l'écart des hommes. La « sensibilité » romantique est bien sûr une nouvelle façon de percevoir et de sentir le monde, la nature, mais elle est aussi une attention nouvelle pour la part d'inconnu qui existe chez le créateur, cette « part d'ombre » qui ne peut s'inscrire dans la réflexion rationaliste du XVIIIe siècle et qui donne à l'écrivain romantique une identité unique alors que la « philosophie » parle d'universalité. Cette quête de l'énergie primitive, qui est la clef d'une création émancipée des règles et des contraintes, annonce l'avènement d'une nouvelle spiritualité.

Le réveil religieux qui accompagne le phénomène romantique n'est pas pour l'essentiel un retour à la religion révélée, à l'obéissance, à la hiérarchie des Églises. Il s'agit d'un nouvel approfondissement de la conscience chrétienne qui prépare l'avènement d'une religion différente. Rousseau déjà montrait la voie d'une religion de la sensibilité et du cœur, la voie d'un « christianisme sans frontières », d'une religion qui se sépare des religions révélées parce que Dieu se révèle dans la nature, dans la contemplation des merveilles « sensibles ». Cette redécouverte du religieux a des implications politiques, car elle conteste la construction rationnelle que les hommes des Lumières opposent à l'ordre ancien.

Une contre-révolution culturelle

L'inquiétude qui se manifeste face au changement de société en cours à partir des années 1770 est restée, dans le pré-romantisme, limitée à des itinéraires individuels. La Révolution française, puis l'épisode napoléonien synchronisent les comportements, nourrissent chez les élites de tous les pays européens une même hostilité à l'égard de ce qui est désormais considéré comme une véritable déconstruction de la société. Une articulation nouvelle s'établit alors entre la contestation romantique, restée pour l'essentiel un phénomène culturel, et une contre-révolution qui conteste les Lumières. C'est en Allemagne, de 1770 à 1820, que ce nouveau lien entre romantisme et réaction politique s'établit avec le plus de netteté. Les écrivains romantiques y manifestent désormais la conscience d'appartenir à un groupe politique et littéraire clairement constitué.

Mais, au-delà de l'Allemagne, la crainte, voire la haine de la Révolution française suscitent dans toute l'Europe une réaction des élites dirigeantes menacées. Les *Considérations sur la Révolution française* (1790) de l'Anglais Edmond Burke, qui font de la Révolution un châtiment envoyé par Dieu pour punir les élites de leur complaisance à l'égard de la philosophie, jouent un rôle dans le développement du romantisme. Tous les écrivains romantiques manifestent une même hostilité à l'égard de l'individualisme moderne issu des Lumières, tous opposent à la raison universelle l'identité spécifique de chaque nation, de sa culture, de son histoire.

Les milieux de l'émigration font passer en France la réflexion critique menée sur l'épisode révolutionnaire. En 1810, Mme de Staël fait connaître à Paris la nouvelle culture allemande avec *De l'Allemagne* et définit alors le romantisme comme étant « la civilisation issue du mélange du monde ancien et du monde germanique et caractérisée essentiellement par le christianisme et la chevalerie ». En France, un romantisme aristocratique s'inscrit dans le sillage du romantisme allemand. Chateaubriand, Lamartine, Vigny, Hugo, se tournent vers l'ancienne France. Le combat des romantiques français est tout autant littéraire que politique. Il commence par des controverses techniques : une nécessaire réforme du théâtre, de ses conventions, l'imitation possible de modèles littéraires étrangers, la découverte de Shakespeare, de la littérature allemande. La « contre-révolution » littéraire oppose à la sensibilité philosophique du XVIIIe siècle la sensibilité poétique qui s'attache au véritable génie.

Dans un siècle que Lamartine voit comme le « siècle des mathématiques », la littérature recherche son identité dans une source d'inspiration chrétienne. Désormais le poète est l'émule du théologien : « Lamartine a senti – dit son éditeur – que le temps des vaines fictions était passé, que c'était dans le sein de l'éternelle Vérité que la poésie devait désormais chercher ses inspirations. » L'inspiration chrétienne va de pair alors avec l'idée d'une contrition générale après les crimes de la Révolution. L'aristocratie française se reconnaît dans cette littérature romantique qui conjugue le retour à la religion et le désenchantement ; elle y trouve une expression de sa déception et un contrepoison à son déclin social. C'est dans le climat de crise du tournant des années 1820 que le romantisme de droite prend sa vraie dimension et traduit le malaise profond d'une partie de l'aristocratie française affectée par la baisse de la rente foncière, bouleversée par l'assassinat du duc de Berry, dont la disparition donne au discours « ultra » une teinte doloriste et tragique.

Si une bonne partie de l'aristocratie a accepté l'idée de s'insérer dans la forte dynamique économique de la Restauration et retrouvé des places et des positions dans la société, une minorité, mais c'est celle du talent littéraire, manifeste « le manque à vivre » de tout un groupe social frustré par la Révolution. Chez Vigny, chez Chateaubriand, dominent les sentiments de l'exil, de la solitude, de l'inutilité, de l'échec, qui s'expriment à travers une conception hautaine et douloureuse du génie. Le « mal du siècle » est d'abord celui d'une aristocratie nostalgique de ses positions perdues et impuissante à imaginer un véritable retour en force dans la société du XIXe siècle. Chez Hugo, qui ne partage guère alors les inquiétudes de cette « solitude » aristocratique, le romantisme littéraire est souvent œuvre de commande d'une monarchie qui se penche avec intérêt vers ces jeunes écrivains. La préface des *Odes* de 1822 explique clairement les positions de Hugo : « L'histoire des hommes ne présente de poésie que jugée du haut des idées monarchiques et des croyances religieuses... »

Le romantisme de droite, toutefois, évolue dans plusieurs directions. Il relève d'abord de la mode et de l'anecdote. Souvent, en province, il accompagne, dans les salons des hobereaux, une certaine reconquête de l'influence culturelle. Le style troubadouro-romanesque est à la mode. Il fait aussi fureur en littérature, avec les romans de Walter Scott. Dans la même veine, mais sur un mode mineur, *Le Solitaire* du vicomte d'Arlincourt connaît trente éditions de 1820 à 1830.

Le mal du siècle et la cause des Bourbons

Sur un registre plus solennel, le romantisme aristocratique se nourrit des thèmes de la solitude et de la difficulté d'être. Le basculement de la société qui a suivi la Révolution semble insurmontable. Exil, incohérence, dégradation générale des mœurs, image du dépérissement et de la mort, hantent l'écrivain. L'angoisse chevillée au cœur du romantisme de droite s'exprime dans le constat désespéré de Lamennais en 1820 : « Tous les liens sont brisés, l'homme est seul, la foi sociale a disparu, les esprits abandonnés ne savent où se prendre... Il y a au fond des cœurs avec un malaise indicible, comme un immense dégoût de la vie, un insatiable besoin de destruction. Riches et pauvres, peuples, grands, roi même, tous comme s'ils se sentaient poursuivis par les siècles qu'ils ont reniés, se hâtent, se précipitent vers un avenir inconnu... » Le règne de l'argent, qui avilit les valeurs traditionnelles, ne contient aucune promesse de société constituée. Le Lamennais de 1825 déclare : « L'accroissement des richesses, le progrès des jouissances ne créent entre les hommes aucun lien réel et un bazar n'est point une cité. » Lamartine s'écrie : « Nulle part le bonheur ne m'attend ! » Chateaubriand s'identifie à René, fidèle et errant.

Ces écrivains, restaurateurs apparents des vieilles croyances, s'imposent vite en fait comme des hommes de nouveauté. Lamennais, qui est parti aussi du sentiment catastrophique de vivre dans une société détruite, opte pour la liberté. De là l'inquiétude, puis la résistance de nombre de royalistes face au « mouvement ». Laurentie, dans *La Quotidienne*, déclare : « Le romantisme s'efforce de cacher ce qu'il a de commun avec la Révolution... Il s'est créé une sorte de christianisme nouveau qu'il adapte aux écarts de l'imagination et au délire des passions humaines... » Le romantisme de l'échec et du regret bascule progressivement vers la contestation d'une société aristocratique figée. L'Église, comme la monarchie, ont échoué dans leur volonté de transformer les poètes du « mal du siècle » en militant de la cause bourbonienne.

L'univers romantique

Le rejet de « l'esprit bourgeois »

L'état d'âme commun à tous les artistes romantiques confrontés à leur destin de créateur se traduit par une inquiétude profonde qui contraste avec l'optimisme, la confiance dans l'avenir qui sous-tendait la philosophie des Lumières. L'inquiétude est celle d'une génération qui manifeste sa crainte du néant et doit retrouver Dieu après que les Lumières ont détruit, dit Charles Nodier, « la vieille croyance ». Le premier héros du romantisme est le Christ, l'autre étant Satan, qui préfigure la mort possible du père, la solitude du fils. Peinture et littérature romantiques se présentent comme une quête de l'homme plongé dans le doute religieux et condamné à la recherche de nouvelles certitudes au-delà de la religion révélée.

Il existe une connivence constante de l'univers romantique avec le surnaturel, le fantastique, qui est une voie nouvelle pour aborder les questions fondamentales de la vie. Du conte fantastique de Charles Nodier à Victor Hugo, les romantiques interrogent l'au-delà, questionnent sans cesse l'invisible. L'itinéraire romantique est semé d'histoires de fantômes, de cimetières, de légendes extraordinaires. Au « bourgeois conquérant » qui entend avoir les pieds sur terre, l'artiste romantique répond par le défi de l'imaginaire. *La Peau de chagrin* de Balzac le montre, la société des notables n'est jamais loin d'une échappée vers le fantastique. Mais le drame historique, la cruauté et la fureur des sentiments qui s'y manifestent à travers des personnages d'exception, sont aussi une façon de marquer sa distance à l'égard d'une société louis-philipparde bien prosaïque.

À la « vie bourgeoise » s'oppose la « vie d'artiste ». Ce mode de vie n'est pas nécessairement celui de tous les artistes, car certains vivent bien bourgeoisement dans les salons, mais cette vie d'artiste s'exprime surtout par une allure, un style de vêtement, la fréquentation de lieux symboliques, le goût de la provocation qui va par exemple mobiliser la jeunesse intellectuelle en 1830 dans la bataille d'*Hernani*. Paul Huet, qui se jette alors dans la mêlée, se voit « plus hirsute que jamais, la barbe mal peignée, les cheveux en désarroi, avec un béret rouge et une vareuse écarlate... ». En fait, c'est le mécanisme même de la nouvelle société bourgeoise que les romantiques contestent de manière parfois contradictoire. Balzac et Stendhal dénoncent une société qui est fondée sur une mobilité excessive et donc sur l'arrivisme, le désir de paraître, de consommer, la vanité sociale. Ils peuvent le faire comme Balzac dans un discours réactionnaire qui se réfère aux valeurs des légitimistes et pourtant porter un regard lucide sur l'organisation de la nouvelle société. Mais, dans le même temps, ils déplorent l'existence d'une société bouchée qui ne laisse aucune place à la nouvelle génération et dénoncent, comme James Fazy qui écrit en 1828 *De la gérontocratie*, l'ancienne génération qui s'accroche au pouvoir.

La nature

Les romantiques parcourent le temps pour y trouver, à défaut d'un sens, un destin. Ils parcourent aussi l'espace, découvrent la nature dans sa singularité, au-delà des conventions du classicisme, qui reléguait le paysage à l'arrière-plan d'une scène mythologique ou biblique. Au dialogue avec un dieu désormais trop lointain et abstrait se substitue un dialogue de l'artiste et du paysage, un paysage singulier, unique jusque dans ses moindres détails.

On ne saurait négliger les racines sociales de cet engouement nouveau pour la nature. Face à une société qui s'industrialise et où le monde de la ville concentre tous les dangers de la crise sociale, de la morbidité, de la révolution tragique, la société rurale, le village et les champs, représentent un espace de repli, un refuge qui apparaît constamment dans le discours des observateurs sociaux et des responsables politiques. L'art romantique n'est pas aussi éloigné qu'on peut le croire des préoccupations de l'homme moderne qui affronte le nouveau siècle. On peut y reconnaître, en écho, le goût nouveau du « tourisme ». D'un côté c'est le grand voyage initiatique vers « l'Orient », c'est-à-dire l'Espagne, la Grèce, l'Égypte ou le Bosphore. De l'autre, le voyage d'études, celui que fait par exemple Adolphe Blanqui, l'économiste, qui écrit : « Les voyages sont devenus plus communs et chaque peuple comprend mieux ce qui lui manque en voyant ce que possèdent ses voisins. » Mais c'est aussi le voyage inspiré, jalonné de réminiscences littéraires comme celui que fait Edgar Quinet dans la Suisse romantique ou Charles Nodier dans l'Écosse de Walter Scott. Une société cultivée découvre la mer, la montagne, les terres inconnues, lointaines et étranges, les espaces où la mer se fige dans les glaces, comme dans la peinture d'Auguste Biard, artiste nomade qui voyage de la Laponie à l'Écosse et au Brésil. En 1839, il part avec sa femme, qui écrit *Voyage d'une jeune femme au Spitzberg*, et peint alors une extraordinaire *Pêche aux morses par les Groenlandais*. L'artiste romantique, au fil de son errance, se fait ethnologue, observateur du chasseur esquimau, comme du fellah égyptien ou du paysan écossais.

Dans la nature, l'artiste puise un sens nouveau de la beauté, de l'harmonie, une sérénité qu'il cherche en vain dans la société. Mais ces paysages étranges sont beaucoup plus que des paysages, ils sont le mode d'accès au fantastique qui est au cœur de l'art romantique, la révélation d'une inquiétude spirituelle qui tenaille l'artiste. « Les manières sont diverses, mais toutes expriment la présence de l'invisible dans le visible », dit Ariel Denis.

La paysage constitue parfois une énigme où la trace de Dieu, désormais inaccessible dans la religion révélée, se trouve inscrite sur la toile. L'artiste trouve alors dans la nature les signes d'un destin tragique. Le paysage romantique peut être cataclysme, tremblement de terre, naufrage et incendie sur des mers déchaînées où l'homme est torturé par la nature. L'esthétique joue sur le contraste, la dysharmonie, parce que le monde déroutant est fait désormais d'un conflit tragique entre le beau et le laid, le bien et le mal, l'ombre et la lumière, le fini et l'infini, le sublime et le grotesque. L'inquiétude peut se muer en cauchemar. Horace Vernet, par exemple, met en scène, dans des paysages de catastrophes, « l'immense voix bestiale du monde » que Hugo place au cœur de *L'Homme qui rit*.

L'histoire

L'histoire est l'autre théâtre de l'imaginaire romantique, celui dans lequel se déploient les rêveries nostalgiques d'une génération angoissée par la précipitation des événements depuis l'époque révolutionnaire. *La Légende des siècles* imaginée par Hugo est symbolique du poids du passé qui pèse désormais sur le destin des hommes. La Révolution elle-même, rupture nouvelle dans le fil du temps, pose un jalon dans la réflexion du romantisme sur l'histoire. Mais c'est aussi vers l'histoire que l'on se tourne pour tenter de trouver une explication au devenir.

L'Antiquité gréco-romaine n'est pas oubliée et la mode antique est encore très présente chez Vigny ou Leconte de Lisle, mais le goût funèbre et nostalgique pour les ruines se tourne avec le Chateaubriand du *Génie du christianisme*, mais aussi avec Musset, vers les ruines gothiques et féodales. L'histoire, dans le sillage du romantisme allemand, c'est d'abord la redécouverte d'une époque médiévale pittoresque, souvent reconstituée avec une fantaisie colorée, une idéalisation de ses héros chrétiens, mais aussi une cohorte hétéroclite de chevaliers, de sorcières et de barbares brutaux. Le choix est du reste justifié par les romantiques eux-mêmes, qui entendent peindre ce que l'histoire abandonne ou dédaigne : les mœurs, les coutumes, les goûts... Le Moyen Âge envahit le drame, le mélodrame, le roman, la poésie... La peinture romantique met en scène l'histoire médiévale, de la bataille de Tolbiac peinte par Ary Scheffer à la bataille de Taillebourg de Delacroix, à la terrible Saint-Barthélemy de Joseph Robert Fleury. Le Moyen Âge est encore présent dans l'architecture néo-gothique à la mode ou dans l'orfèvrerie religieuse.

Mais l'histoire n'est pas seulement idéalisation d'un passé lointain, elle est aussi hantise ou nostalgie tragique d'une histoire immédiate qui trouve ses héros dans la Révolution ou dans l'Empire. Dans *Les Chouans*, Balzac met aux prises les « blancs » et les « bleus ». L'empereur devient la figure douloureuse d'un grand destin brisé. Napoléon domine les *Mémoires d'outre-tombe*, l'horizon de *La Chartreuse de Parme*, il inspire à Musset *La Confession d'un enfant du siècle*. Napoléon domine les toiles de David, Gros, Isabey, Géricault... L'empereur représente à lui seul l'Histoire, qui ne peut être que tragique, mais il est aussi la figure du grand homme, du génie qui donne un destin à une nation.

Sur un mode mineur, l'histoire domine les feuilletons et fait vagabonder les imaginations des lecteurs de Dumas, de *La Reine Margot*, publiée dans *La Presse* en 1845, au *Vicomte de Bragelonne* paru dans *Le Siècle* en 1847. Sur un mode érudit et désormais bien au-delà des cercles légitimistes, le mouvement se traduit par la fondation de l'École des chartes en 1821 et les travaux d'Augustin Thierry, dont les *Récits des temps mérovingiens* sont publiés en 1833, ou dans ceux, postérieurs, de Fustel de Coulanges. Plus largement s'impose alors une école historique française (Thierry, Thiers, Guizot) qui, à la lumière du changement majeur qu'est la Révolution française, mène une réflexion nouvelle sur les mécanismes sociaux et les formes du pouvoir qui ont mené au XIXe siècle. L'histoire n'est plus alors celle des rois, mais celle des « classes », des « peuples » et des « races », dont les luttes mettent en lumière une rationalité profonde jusque-là masquée.

Les Français cultivés, sensibilisés par les *Voyages pittoresques et romantiques dans l'ancienne France* de Charles Nodier (les vingt et un volumes commencent à paraître en 1828), par des romans comme *Notre-Dame de Paris* (1832), ou par les travaux de la Société française d'archéologie, fondée par Arcisse de Caumont en 1834, s'intéressent à l'existence d'un patrimoine jusque-là délaissé ou maltraité au fil de l'épisode révolutionnaire. Guizot, qui met en place la Société d'histoire de France en 1833, a fait créer un poste d'inspecteur général des Monuments historiques chargé de sauvegarder et de faire connaître « l'admirable enchaînement de nos antiquités nationales ». C'est dans ce poste que s'illustre à partir de 1834 Prosper Mérimée, qui va « inventer » progressivement le service des Monuments historiques. En parallèle, apparaît le musée moderne, dans lequel la nation célèbre ses génies et son histoire. Le 22 juillet 1816, Louis XVIII a décidé de maintenir un musée au Louvre, musée de l'histoire désormais autant que musée des beaux-arts, musée confié au comte de Forbin, qui ouvre un département médiéval et un département égyptien. Le Louvre devient une véritable école d'art mais également une école de civisme. Une synthèse conciliatrice de tous les grands moments de l'histoire de France est esquissée par Louis-Philippe, qui en 1833 décide de transformer Versailles en musée historique dédié « à toutes les gloires de la France ». Dans la fameuse galerie des Batailles, trente-trois tableaux jalonnent l'histoire de la formation de la nation, de la bataille de Tolbiac (496) à Wagram (1809).

Le romantisme au cœur de la société des notables

Portrait de l'artiste

Le profil de l'artiste connaît alors une métamorphose. Si le discours romantique exprime la frustration et l'inquiétude d'une jeune génération confrontée à une société bloquée, force est de constater que pour beaucoup de jeunes artistes l'âge romantique se présente aussi comme une chance. La carrière poétique de Victor Hugo commence à 20 ans, celle de Musset est déjà confirmée à 23 ans, Delacroix peint les *Massacres de Scio* à 25 ans. La jeunesse est l'univers naturel dans lequel se meut le romantisme et où s'alimente sa révolte contre les aînés. Cette passion romantique s'explique par l'attrait presque irrésistible qu'exerce, sur les jeunes gens qui ont fait des études, le métier d'écrivain ou d'artiste, qui prend une dimension toute nouvelle dans la société. Toute cette jeunesse idéaliste versifie, écrit des pièces de théâtre, se déchire dans des batailles littéraires qui deviennent vite des batailles politiques. Rien n'illustre mieux cette force de l'aspiration à la vie d'artiste que la fuite en avant éperdue, dans la capitale, d'Aurore Dudevant avant qu'elle ne devienne George Sand. À 27 ans, après un arrangement hâtif avec son mari, resté à Nohant avec son fils, elle se plonge avec passion dans la vie parisienne, le milieu étudiant, fréquente en habit d'homme tous les spectacles et se met à écrire.

L'artiste s'engage, et son inspiration est directement liée aux grands combats politiques qui traversent une Europe instable. Byron, la figure la plus emblématique du romantisme, parti combattre aux côtés des Grecs, mobilise les passions des milieux romantiques français à un moment où s'organise le mouvement philhellène. À partir de 1821, la communauté intellectuelle se mobilise en faveur des Grecs en lutte pour leur indépendance : concerts, spectacles, rassemblent la société intellectuelle, et des jeunes gens venus de toute la France s'embarquent à Marseille pour la Grèce, sur des bateaux armés et financés par les banquiers parisiens et les négociants marseillais.

L'artiste romantique se représente souvent comme un créateur incompris, isolé, malheureux, et le destin du poète finit parfois par ressembler aux sombres prédictions qui jalonnent son œuvre. Nerval sombre dans la folie. Certaines compositions d'artistes romantiques comme les compositions géantes de Berlioz relèvent d'une œuvre impossible, chimérique, faite pour ne pas être jouée. Mais l'image du génie malheureux ne recouvre pas totalement la réalité de la condition de l'artiste. Avec le romantisme décline un art de cour qui avait fleuri au XVIIIe siècle, et l'artiste, de plus en plus, accepte, voire même revendique, l'idée de vivre de son art. George Sand, Balzac ou Alexandre Dumas illustrent la transformation du métier d'artiste en « affaire », à un moment où la presse se développe, où le feuilleton donne une audience sans précédent à l'écrivain et où l'édition populaire connaît des développements inattendus.

La lithographie, qui permet une reproduction à bon marché des œuvres, ouvre à l'artiste un nouveau public. Les caricatures de Daumier, largement diffusées, deviennent alors une arme politique corrosive contre le régime de Louis-Philippe. Le cercle des artistes s'élargit. Phénomène nouveau, les femmes, de plein droit, prennent pied dans le monde des artistes.

Le cénacle, une « cellule » de lutte culturelle

Le terme de « cénacle » a été employé pour la première fois, avec une connotation presque religieuse, par Sainte-

Beuve pour désigner les jeunes gens cultivés qui se retrouvaient dans le salon de Victor Hugo. Par extension, les nombreux groupes et coteries littéraires qui se jettent dans la bataille romantique s'organisent en « cénacles » autour d'une personnalité « phare ». Le « grenier de la rue Chabanais » constitue le cénacle d'Étienne Delécluze, critique artistique du *Journal des débats* depuis 1822. Cette petite société studieuse popularise la littérature anglaise, déclame Byron, débat des cours de Victor Cousin et forme le cercle de réflexion de l'équipe du *Globe* : Rémusat, Vitet, Stendhal, Viollet-le-Duc, Dubois... C'est dans le salon du romancier Charles Nodier, devenu bibliothécaire de l'Arsenal, que s'organise un autre cénacle, celui des « dimanches de l'Arsenal ». Sa particularité est de drainer des personnalités d'horizons très différents qui y discutent passionnément d'art et de politique : Dumas, Lamartine, Hugo, Delacroix... s'y retrouvent. On y tient des bals, Hugo y récite ses poésies, des intrigues pour la conquête des sièges académiques s'y organisent.

Le cénacle majeur est celui qui regroupe dans une ferveur passionnée la jeunesse qui admire Hugo. Celui-ci s'installe en avril 1827 rue Notre-Dame-des-Champs, près de l'atelier des peintres Achille et Eugène Devéria. Ce dernier vient de triompher au Salon de 1827, avec *La Naissance d'Henri IV*. Hugo lui, se lance alors dans la bataille romantique avec son manifeste de la « Préface » de *Cromwell*. C'est là que se retrouvent les jeunes talents de la fin de la Restauration : Sainte-Beuve, un fidèle, mais aussi Edgar Quinet, Nodier, Vigny, Lamartine, Musset, Nerval, Gautier, le sculpteur David d'Angers... Le maître y reçoit une cour de jeunes provinciaux. C'est encore là que s'organise la conquête des théâtres parisiens par la jeune troupe romantique. En juillet 1829, Hugo y lit devant Balzac, Delacroix, Vigny, son *Marion Delorme*, que le baron Taylor retient pour le Théâtre-Français. La pièce est censurée, mais Hugo, dans l'été, riposte en écrivant *Hernani*. C'est dans le cénacle que les « chefs de cohorte » organisent la claque et manifestent, au moment de la bataille d'*Hernani*, leur admiration passionnée pour Hugo. Les cénacles, qui orchestrent une véritable lutte culturelle pour imposer le romantisme, culminent en 1830 et déclinent ensuite quand le romantisme domine au théâtre et en littérature.

Le théâtre, une culture partagée

Le théâtre est le divertissement le plus populaire de l'époque et son succès dans le premier XIXe siècle doit beaucoup au répertoire et à la mode romantiques. Il occupe une place particulière dans le paysage culturel parce qu'on y trouve, fréquemment mêlés, la bourgeoisie et les gens du peuple, ceux qui parfois ne savent pas lire mais savent écouter. Le théâtre est alors un spectacle dans lequel culture et politique sont étroitement imbriquées. Pour un public populaire, la moindre occasion est saisie de brocarder, à travers les personnages du répertoire, les figures de premier plan de la vie politique.

Le théâtre anime la capitale, mais il rencontre aussi un grand succès dans les villes de province, voire dans les petites agglomérations comme ces villes de garnison du Nord de la France qui chassent leur ennui en accueillant des troupes ambulantes capables de jouer, dans d'interminables séances, trois ou quatre pièces à la suite. Le spectacle est un lieu de sociabilité privilégié. On s'y rencontre, on s'y montre, on s'y restaure, on y débat, souvent bruyamment, voire violemment.

Après une période de liberté inaugurée en 1791, le théâtre est retombé en 1806 sous un régime de réglementation très complexe. Le nombre des entreprises dramatiques est limité et il faut un « privilège » pour établir un théâtre. Le nombre des théâtres, fixé à Paris en 1806 à huit, est passé dans les années 1840 à vingt-cinq. Le régime des théâtres repose sur quelques règles : chaque théâtre est cantonné dans un répertoire, des subventions sont accordées à quelques entreprises dramatiques qui assurent la diffusion d'un répertoire classique, un cautionnement élevé est exigé des directeurs, un impôt spécial, le « droit des pauvres », est prélevé sur les théâtres, les pièces sont censurées. La censure s'impose sur tout le répertoire, et le contrôle de l'activité théâtrale est une donnée essentielle du maintien de l'ordre, avec la surveillance de la presse. Moins forte sous la monarchie de Juillet que sous la Restauration et le Second Empire, la censure reste pesante et, souvent, rend précaire la vie d'un théâtre. Le préfet est chargé de veiller aussi bien sur le répertoire que sur les acteurs et les directeurs de théâtre. Le moindre détail peut choquer, troubler la pudeur, porter atteinte aux bonnes mœurs, cacher des allusions politiques. Toute la profession est surveillée.

À la périphérie des théâtres subventionnés, des troupes privilégiées, existe une plèbe théâtrale qui vit difficilement dans des structures moins contrôlées. Les directeurs de théâtre, qui ne sont que les concessionnaires d'un privilège et qui doivent apporter un cautionnement important, se lancent dans un métier plein de risques qui peut apporter la fortune ou provoquer des faillites retentissantes.

Dans la capitale, l'Opéra, rue Le Peletier, occupe une place majeure. Sous la direction du docteur Véron, une des gloires de la vie parisienne, il connaît un grand succès avec le librettiste Eugène Scribe et le musicien à la mode, Meyerbeer. *Robert le Diable* (monté en 1831), puis *Les Huguenots* (1836) y déclinent le romantisme selon le goût bourgeois : exotisme, vastes fresques historiques, mises en scène à grand spectacle, vedettes du lyrique comme Adolphe Nourrit ou la Malibran. L'Opéra-Comique, draine la bourgeoisie de la Chaussée d'Antin et assure le succès des œuvres d'Auber. Le Théâtre des Italiens attire lui un public mondain et raffiné qui se passionne pour les opéras à la mode de Rossini, Donizetti, Bellini...

Le goût romantique gagne même le Théâtre-Français, puisque le baron Taylor, le commissaire royal auprès du théâtre, y fait jouer après la bataille d'*Hernani* (1830), des pièces clefs de Victor Hugo : *Le roi s'amuse* (1832) et *Les Burgraves* (1843). C'est à l'Odéon, dirigé par Harel et fréquenté par les étudiants du « pays latin », que prend le mieux le nouveau romantisme progressiste, quand on y joue, en 1832, la pièce du républicain Félix Pyat, *Une révolution d'autrefois*. Mais toute la société parisienne, de l'élite au petit peuple, se presse dans les théâtres du boulevard Montmartre et du boulevard du Temple, le « boulevard du crime » dont les six salles imposent le succès énorme du mélodrame social. Aux Folies-Dramatiques, entre le cirque Olympique, théâtre très technique aux nombreux « effets spéciaux », et le théâtre de la Gaîté, Frédérick Lemaître triomphe dans la pièce *Robert Macaire* (1834), dont le héros, « fameux coquin », ouvre un cycle de pièces mélodramatiques qui abordent de manière pittoresque la terrible question sociale redoutée des notables.

Le Salon, l'événement culturel

Le Salon, exposition de peinture, est un événement majeur qui rythme la vie artistique de la France. C'est l'Académie royale de peinture et de sculpture qui a créé au milieu du XVIIIe siècle une exposition gratuite et régulière des œuvres de ses membres, présentées dans le salon Carré du Louvre. Sous la Restauration, l'événement gagne en importance, se transforme en cérémonie solennelle. Par la remise de décorations, le pouvoir royal montre qu'il s'intéresse de près à l'art. Sous la monarchie de Juillet, le Salon devient annuel et envahit les galeries du Louvre. Les collections permanentes sont alors déplacées ou masquées pendant plusieurs mois. Dans la foule des visiteurs se côtoient des bourgeois qui sacrifient désormais à un rite de la vie parisienne et quelques « romantiques » inspirés, plongés dans une méditation sur l'art. Plus d'un million de visiteurs viennent alors durant les trois mois de l'exposition, à un moment où Paris atteint à peine un million d'habitants. Balzac du reste se plaint de la démocratisation excessive de cette manifestation : « Au lieu d'un tournoi, vous avez une émeute ; au lieu d'une exposition glorieuse, vous avez un tumultueux bazar... »

Être admis au Salon est une étape très importante dans l'itinéraire d'un peintre. Les récompenses le consacrent aux yeux de l'opinion. Le Salon favorise les contacts avec le public des amateurs ; il facilite les achats, les commandes, fixe les critères du marché de l'art. Au XVIIIe siècle, le Salon était organisé dans un cadre corporatif ; au XIXe siècle, il est pris en main par l'État et fortement lié au changement politique. Le problème majeur est celui de la composition du jury d'admission, dont les jugements sont parfois contestés. Le nombre croissant des œuvres proposées rend indispensable la sélection : de 1 293 artistes présentés au jury de 1817, on passe à près de 6 000 en 1850. Entre le quart et le tiers des œuvres sont refusées.

Certains salons représentent de véritables tournants dans

l'art. Au Salon de 1827, Eugène Delacroix a envoyé treize tableaux ! Il y expose la *Mort de Sardanapale*, qui provoque un véritable scandale. Le tableau, comble du romantisme, mélange comme Shakespeare et Hugo la volupté et la mort et met en scène la violence orientale dans un tourbillon de couleurs. Cette toile, la préférée de Baudelaire, n'est pas achetée par Charles X, au grand dam de l'artiste, qui espérait des rentrées financières. Les salons ont tendance à imposer un art académique. L'État, la maison du roi, les princes achètent un dixième environ des œuvres présentées. En 1827, la grande peinture d'histoire atteint son apogée (193 tableaux). Elle décline ensuite au profit de la peinture de portrait (220 en 1827), puis de scènes de genre inspirées des voyages en Italie ou en Orient. Les critiques et les écrivains se passionnent pour ces manifestations : Stendhal, Dumas, Balzac, Baudelaire, Gautier, Musset, jugent, choisissent, arbitrent dans des querelles de goût retentissantes. Les récompenses du Salon sont, pour les peintres, la voie de la reconnaissance, la possibilité d'obtenir un poste de professeur à l'École des beaux-arts, d'être nommés à l'Académie de France à Rome, pour quelques-uns c'est la voie ouverte vers l'Institut (l'Académie des beaux-arts a été réorganisée dès 1816). Seuls quelques artistes très connus comme Ingres, Delaroche, Delacroix, peuvent bouder, coquetterie suprême, la manifestation parisienne qu'est le Salon.

Le romantisme et la cause du peuple

Le romantisme au prisme des conflits politiques

Au tournant de 1820, pour tout le mouvement libéral, le romantisme est l'expression intellectuelle d'une société de privilège, une littérature décadente et obscurantiste. Le clivage politique est souligné par le personnage de Balzac, Lousteau, qui explique à Lucien de Rubempré : « Les royalistes sont romantiques, les libéraux sont classiques. » *Le Démocrate littéraire* parle de « Coblentz en littérature ». Thiers, alors un des chefs de file de la jeunesse libérale,

Une culture romantique

exprime le sentiment commun d'une jeune génération bourgeoise et voltairienne qui ne peut que se hérisser du mysticisme des écrivains romantiques : « Une philosophie exaltée conduit les écrivains romantiques à chercher partout des rapports mystérieux entre ce qu'ils appellent le monde moral et physique, et ces rapports sont le plus souvent faux, ou confus, ou inexplicables... » Le libéralisme classique occupe du reste encore de fortes positions : les œuvres complètes de Voltaire sont rééditées douze fois entre 1818 et 1825.

L'évolution du paysage intellectuel est précipitée par l'irruption dans le monde des lettres, mais aussi dans celui de la politique, d'une nouvelle génération, au tournant de 1824-1825. Un nouveau front s'est ouvert entre les notables libéraux, attachés à l'héritage du XVIIIe siècle, et une jeunesse qui conteste aussi bien la vieille droite que la bourgeoisie installée, voltairienne et peu apte à épouser la modernité. Si la Révolution et l'Empire ont mobilisé la jeunesse, dans un projet politique d'abord, puis sur les champs de bataille, la Restauration ne parvient pas à offrir à sa jeunesse la perspective d'un avenir ouvert et dynamique. En 1827, Charles Dupin, dans *Les Forces productives et commerciales de la France*, fait le constat optimiste d'une extraordinaire avancée de la modernisation économique et sociale de la France ; il décrit le bond en avant de la vie intellectuelle, de l'édition, de la presse, mais il souligne la contradiction de plus en plus forte qui mine cette société de transition, l'opposition entre une génération installée et une génération impatiente, qui se sent bloquée ou écartée des responsabilités. Cette situation ouvre la voie à de nouvelles déclinaisons du romantisme.

Avec le héros de Stendhal, Julien Sorel, le *Joseph Delorme*, romantique et plébéien, de Sainte-Beuve, apparaît le mythe du jeune homme pauvre, hostile tout autant au monde de l'argent qu'à la vieille noblesse. Sainte-Beuve, en 1833, dans sa préface à la réédition d'*Oberman*, lance l'expression de « mal du siècle ». Balzac l'appelle l'école du désenchantement. *Le Producteur*, journal saint-simonien, écrit : « Jeunes gens, vous rêvez de je ne sais quoi de juste et de beau que vous ne voyez nulle part. »

Une nouvelle génération romantique

C'est dans cette jeunesse que s'imposent de nouveaux thèmes. La poésie ne sera plus celle des châteaux, mais celle des peuples et de leur exigence de liberté. À partir de 1823, dans le cénacle d'Étienne Delécluze, se regroupe toute une jeunesse de gauche libérale. Parmi elle, certains penchent déjà en faveur de la république, d'autres entretiennent la nostalgie du souvenir napoléonien. Leurs idées politiques s'accordent avec leur combat en faveur d'expressions littéraires nouvelles. Stendhal, dans son *Racine et Shakespeare*, demande l'affranchissement des règles dans l'expression artistique, revendique un nouveau « romanticisme » qui tranche avec les « âmes mortes du théâtre classique ». Il glorifie une littérature de l'énergie, de l'engagement et non la littérature doloriste d'une droite sur la défensive.

En 1824, les habitués du salon Delécluze, en lançant *Le Globe*, entendent arracher aux royalistes le monopole du romantisme. Pour *Le Globe*, le nouveau romantisme signifie avant tout liberté, émancipation des règles, libéralisme en politique sans tomber toutefois dans la voie révolutionnaire qui a condamné à la prison les jeunes comploteurs du début des années 1820. La génération du *Globe* s'ouvre à tout un nouveau champ culturel : les littératures étrangères, le roman historique, la philosophie nouvelle, la géographie...

Vigny, Chateaubriand, écarté de son ministère en 1824, Hugo, à partir de 1825, déçus de la droite, rejoignent le combat pour les libertés : « C'est le principe de liberté – écrit Hugo – qui vient renouveler l'art comme il a renouvelé la société... » Le combat en faveur de la liberté des Grecs, victimes de la répression ottomane, fédère les romantismes. Byron, poète romantique anglais, solitaire, ténébreux, martyr d'un combat en faveur de la liberté qui le mène des luttes des carbonari italiens à la Grèce, où il trouve la mort, établit un trait d'union moral entre les générations successives du romantisme. Quand, le 25 février 1830, toute une jeunesse intellectuelle mobilisée autour de Hugo, défend bruyamment le drame d'*Hernani*, dont les vieux partisans du classicisme ont juré la perte, une nouvelle alliance entre progrès littéraire et progrès politique se dessine. Ses ambiguïtés sont levées avec la révolution de juillet 1830, qui accentue le reclassement du romantisme.

Le romantisme de la liberté

En 1830, bien peu d'écrivains en dehors d'Alexandre Dumas font le coup de feu contre les troupes royales, et nombre de jeunes intellectuels romantiques sont surpris par l'insurrection populaire qui sauve la révolution des lettrés. Mais l'esprit romantique, sa générosité, le goût du dévouement, du sacrifice pour la cause du peuple, souffle sur 1830. Au contact des luttes populaires, de l'enthousiasme de la jeunesse progressiste, de la réanimation du souvenir de 1789, le romantisme s'enrichit. Il côtoie désormais le socialisme saint-simonien, critique à l'égard de l'inachèvement de la Révolution et soucieux de promouvoir une nouvelle société organiquement constituée. Le romantisme découvre, au lendemain de 1830, la question sociale. Mais très vite, dès 1831, quand la « résistance » l'emporte sur le « mouvement », toute une jeunesse intellectuelle, portée par le romantisme et confiante dans les promesses de 1830, constate que le règne des notables, une fois la curée sur les places passée, ferme les portes d'un avenir généreux et démocratique. Sainte-Beuve, en 1833, évoque l'expérience difficile des jeunes gens qui avaient cru au changement : « Les pères avaient dû mourir dans le désert, on serait la génération qui touche au but et qui arrive », mais 1830 passé « on vit la plaine qui recommençait plus longue qu'avant la dernière colline et déjà fangeuse ».

La « Jeune France » avec Théophile Gautier verse alors dans le dandysme, divinise le poète, s'abandonne au culte de l'art, à la frénésie des passions, à la haine de la bourgeoisie. Une autre tendance des intellectuels romantiques, dans le sillage de Hugo, évolue vers un humanitarisme qui, sans se confondre avec le socialisme, se veut sensible aux misères du peuple, aux souffrances des nations opprimées. Cette veine sociale du romantisme s'alimente encore de la découverte du prolétariat à travers les enquêtes des philanthropes, ces enquêtes qui porteront Hugo, en 1848, à témoigner à Lille, avec l'académicien Adolphe Blanqui, contre une société qui impose des conditions inhumaines à ses travailleurs. En 1837, Lamartine note : « Je m'efforce d'être un homme social, l'homme du temps. » Le romantisme désormais dialogue avec le peuple, critique l'ordre des notables, développe un projet poétique, romanesque, historique, dont les thèmes récurrents sont l'humanité, la France, les peuples, le progrès... Pour épouser la cause du peuple, le romantisme se fait moins rêveur et plus prométhéen.

Phénomène littéraire, le romantisme « descend dans les masses ». Le succès extraordinaire du mélodrame romantique, du « roman noir », celui du roman-feuilleton, diffusent une sensibilité romantique qui imprègne même les idées politiques. Sans qu'il y ait confusion des genres entre socialisme et romantisme, l'idée de fraternité domine le socialisme pacifiste et prépare 1848. Dans cette veine du romantisme s'impose une nouvelle image du poète, devenu personnage central de la vie intellectuelle. Lamartine et Hugo confient au poète une mission que théologiens et philosophes ne peuvent plus assumer. Le poète est penseur, il conjugue la réflexion et l'émotion, explore des voies nouvelles pour le bien de l'humanité, définit une nouvelle échelle des valeurs. Le romantisme associe poésie, pensée, religion, philosophie. Le grand poète romantique nourrit l'ambition de devenir homme total, à la fois poète, penseur, homme d'action et homme politique.

La révolution de 1848, révolution des bons sentiments, révolution de l'« illusion lyrique », révolution romantique qui entend œuvrer pour la fraternité des hommes, abolit la peine de mort pour raisons politiques, abolit l'esclavage, entend libérer le travailleur de sa condition de prolétaire par l'association et se veut fille de cette génération romantique. Son échec dans la guerre civile, en juin 1848, marque un tournant capital de ce grand mouvement intellectuel, qui ne survivra alors que dans un romantisme de dérision et de pessimisme dont Flaubert est un des représentants.

Le romantisme s'impose donc comme la culture d'une société bouleversée par la Révolution, par l'irruption de la modernité, phénomène qui n'est pas seulement français mais aussi européen. La Révolution hante le romantisme, « la révolution française par son exemple – dit Paul Bénichou –, la révolution industrielle par son horreur ». Mais, au-delà de la Révolution, c'est la question de la foi qui est en jeu. C'est pour cela que le débat commence au XVIIIe siècle, quand les Lumières s'attaquent à la foi des ancêtres, contestent les religions révélées, placent la raison au cœur de l'histoire et pensent pouvoir annoncer une nouvelle foi, celle qui est placée dans l'homme.

Au fil de métamorphoses qui portent le romantisme de la droite à la gauche, une nouvelle figure de l'intellectuel s'impose. Le romantisme consacre le triomphe du poète, qui l'emporte sur le philosophe. Il donne aussi à l'intellectuel une mission nouvelle, une vocation messianique qui est celle de libérer les peuples et de se faire annonciateur du progrès humain. Quinet, au tournant des années 1840, en remarque la portée : « Les penseurs, les écrivains, les poètes, les philosophes, voilà, on ne le contestera pas, les missionnaires qui partout, en France et en Allemagne, ont commencé à rappeler ce grand fonds de spiritualité qui est comme la substance de toute foi réelle... »

DEUXIÈME PARTIE

*La conquête de la démocratie
(1840-1880)*

6

Les hiérarchies de la France censitaire (les années 1840)

Le « système Guizot »

Un libéralisme inégalitaire

Au tournant des années 1840, la monarchie constitutionnelle trouve son expression la plus achevée dans une formule consolidée par une convergence entre le roi, Louis-Philippe, son ministre, Guizot, et une majorité enfin stabilisée. La désignation de Guizot comme ministre des Affaires étrangères met fin à une crise nationale qui a plongé les conservateurs dans l'effroi et fait craindre de nouveau le spectre de l'enchaînement fatal de la guerre à la révolution. Guizot, en ouvrant la perspective d'une conciliation, voire d'une paix européenne, se donne aussi pour objectif d'apaiser les tensions intérieures. En arrivant au gouvernement, il a le sentiment de pouvoir enfin mettre en œuvre la politique de « juste milieu » définie par les « doctrinaires » dès les débuts de la Restauration.

Le « système Guizot », fidèle aux principes de 1789, à l'égalité juridique des individus, à l'égalité des chances, repose toutefois sur une hiérarchie sociale forte, couronnée d'une nouvelle aristocratie de « capacités ». Cette élite, riche au point de se faire le défenseur intangible de l'ordre et de la propriété, mais suffisamment éclairée et indépendante pour avoir « l'intelligence des intérêts généraux de la société », entend, seule, représenter les autres parties du corps social, trop immatures pour participer à la vie politique. Victor Cousin, le philosophe du régime, la qualifie en 1844 « d'aristocratie légitime et sans cesse renouvelée de la société moderne ». Cette nouvelle aristocratie qui « se recrute constamment dans la démocratie », ouverte et mobile, ce qui lui interdit de se constituer en caste, entend être légitimée dans un nouveau « contrat social » inégalitaire. Celui-ci trouve sa justification dans la reconnaissance de « supériorités » naturelles à la tête de la société. Guizot, fondamentalement hostile à l'idée de suffrage universel, à celle de démocratie, de souveraineté populaire, ne croit que dans la souveraineté de la raison.

Voter, dans ces conditions, n'est pas un droit, car l'élection est une fonction des capacités, et les lois n'ont d'ailleurs pour vocation que de consolider un état donné de la société. Le seul élargissement possible des droits politiques ne peut venir que de l'enrichissement des individus par le travail, l'épargne et les progrès de l'éducation. La monarchie selon Guizot est l'incarnation même de la « classe moyenne », qui, dans son esprit, clôt une histoire commencée à l'époque médiévale, par la lutte de la bourgeoisie pour ses libertés, et trouve son point d'ancrage dans cette monarchie orléaniste qui entend tenir le peuple à l'écart du débat politique, affaire exclusive des notables. Attaché aux principes de 1789, hostile aux hiérarchies de la naissance, pétri d'un moralisme protestant intransigeant, Guizot représente un groupe de riches notables aux contours étroits : 60 000 éligibles et 250 000 électeurs.

Cet orléanisme conservateur, hostile à la contre-révolution, mais tout autant à la République, confondue avec l'anarchie, se définit par son goût pour un parlementarisme à l'anglaise, son souci de rechercher un accord entre les ministres et une majorité des députés guidés par un « parti de la Couronne ». Fondamentalement libéral, son gouvernement écarte toutefois l'idée d'« État minimum » revendiquée par certains libéraux. La centralisation de l'État napoléonien, maintenue, se donne pour tâche la coordination d'un réseau de liens sociaux construits au niveau local, autour d'une élite de notables qui ont la capacité de voter parce qu'ils sont propriétaires.

Le long pouvoir du centre droit

Le ministère présidé par le maréchal Soult et formé le 29 octobre 1840 s'organise en fait autour de Guizot, qui place des fidèles aux postes clefs : Duchâtel à l'Intérieur,

Humann aux Finances, Villemain à l'Instruction publique. Le seul aménagement notable de ce gouvernement, jusqu'en 1848, sera le glissement de Guizot à la présidence du Conseil. Une des raisons de la longévité exceptionnelle de cette « ère Guizot » tient d'abord à la cohérence et à l'unité de sa ligne politique : paix et ordre en France comme en Europe. Cette stabilité s'explique aussi par le retour de la prospérité, le recul du chômage dans les grandes villes et le reflux des conflits sociaux et des grèves qui avaient déstabilisé la France à la fin des années 1830. L'échec de l'émeute des Saisons en 1839 a mis fin aux velléités des sociétés secrètes qui pensaient pouvoir renverser le pouvoir ou mettre fin au régime par un attentat contre le roi.

La majorité de centre droit autour de Guizot, encore fragile aux élections de 1842, où elle ne repose que sur 266 députés sur 469, est consolidée aux élections de 1846, qui portent 295 conservateurs à la Chambre contre seulement 168 députés des différents partis de l'opposition. La mort accidentelle du duc d'Orléans, l'héritier du trône, le 13 juillet 1842, porte toutefois un coup très dur au régime parce qu'elle lui enlève un prince populaire et intelligent, connu pour son tempérament libéral et son patriotisme. Le nouvel héritier, le comte de Paris, n'a que 4 ans. L'événement divise l'opposition dynastique sur la question de la succession. Thiers soutient la position du gouvernement, qui prévoit de donner la régence au duc de Nemours, fils cadet du roi, conservateur, alors qu'Odilon Barrot, autre opposant, penche en faveur d'une régence de la duchesse d'Orléans, connue pour être plus libérale.

Le débat politique s'établit entre le « ventre législatif », ce centre droit guizotiste que Lamartine décrit comme « immobile, inerte, incapable à toute amélioration », et deux tendances : centre gauche et gauche dynastique. Le centre gauche de Thiers, socialement conservateur mais attaché à la glorification du passé révolutionnaire et impérial, flatte la petite bourgeoisie et défend le principe monarchique. La gauche dynastique, autour d'Odilon Barrot, même si c'est timidement, souhaite un certain réformisme susceptible d'élargir peu à peu les libertés et les droits. Le cens électoral, qui favorise la représentation de la bourgeoisie et écarte les classes populaires, a pour effet de masquer la réalité de l'opinion. Les républicains comme les légitimistes, qui ne sont qu'une vingtaine à l'Assemblée et peuvent eux aussi bénéficier de l'appui d'un électorat populaire, ne disposent pas d'un nombre de députés proportionnel à leur influence réelle dans le pays.

Les débats idéologiques sont rares, et la vie parlementaire est dominée par un arbitrage laborieux entre les intérêts matériels des notables et des régions. La définition d'une majorité reste faussée par les manœuvres du gouvernement, qui « achète » ses députés par une distribution généreuse de places, du bureau de tabac à la concession minière en passant par la bourse de collège, et consolide son assise par l'extension toujours plus large du nombre des députés fonctionnaires soumis aux pressions du gouvernement. Sur 459 députés, on compte 175 fonctionnaires en 1840. Au niveau local, le débat politique est tronqué par l'étroitesse du corps électoral. Nombre de députés sont élus par moins de 200 électeurs. Cette dégradation de l'image de la classe politique, qui renforce le caractère choquant du système censitaire, est toutefois esquivée dans la mesure où les notables, rassurés par le calme politique de la période, sont accaparés par toutes les chances de faire fortune dans la spéculation ferroviaire et les multiples affaires qu'offre la prospérité.

Guizot, défenseur de l'équilibre européen

Louis-Philippe depuis 1830 a manifesté en politique étrangère une préoccupation constante : imposer une « reconnaissance » de la monarchie des Orléans aux grandes puissances conservatrices (Russie, Autriche et Prusse), qui ont resserré leur entente en 1833 à Münchengrätz et considèrent que la disparition de la branche légitime des Bourbons situe la France parmi les forces de désordre en Europe. La politique de De Broglie a été alors de compenser ce handicap en nouant avec l'Angleterre une alliance susceptible de sortir la France de son isolement et de constituer un « camp » des puissances modernes, scénario amorcé dans l'appui conjoint apporté à l'émancipation de la Belgique en 1831. Guizot, ancien ambassadeur à Londres, opte beaucoup plus clairement encore pour une alliance avec l'Angleterre, où il a gardé de solides réseaux d'amitiés. L'Entente cordiale qui se construit alors (rencontres du château d'Eu entre Louis-Philippe et la reine Victoria en 1843 et 1845), facilitée par le départ de Palmerston, s'appuie sur des liens de famille : Léopold de Saxe-Cobourg joue le rôle d'intermédiaire entre Louis-Philippe, son beau-père, et la reine Victoria, sa cousine. L'alliance anglaise, confortée par les liens financiers croissants entre les deux puissances ainsi que par l'existence d'un courant anglophile chez les libéraux français, se heurte toutefois à des obstacles majeurs.

Dans l'esprit de Guizot, du reste, le rapprochement avec l'Angleterre ne peut se traduire par une révision en baisse des ambitions de la France. Le maintien des prohibitions douanières, l'hostilité affichée par les manufacturiers français à toute ouverture commerciale en direction de l'Angleterre, la tentative en 1840 de mettre sur pied une union douanière entre la France, la Belgique et la Hollande, suscitent l'hostilité anglaise. Les ambitions de la diplomatie française en Méditerranée sont probablement un point de discorde essentiel. Guizot, dans le jeu des rivalités européennes, tente, par un mariage, de placer un Orléans sur le trône d'Espagne (1844), signe un traité de commerce avec le Piémont-Sardaigne, intervient dans le destin de l'Empire ottoman, ce qui compromet la mise en œuvre d'une première « entente cordiale » sans donner à la France l'appui des grandes puissances conservatrices.

Des ambitions coloniales nouvelles

Les tentatives pour sortir de ce carcan diplomatique en menant en Algérie, après 1830, une grande politique ne sont pas pleinement couronnées de succès. Depuis 1830 et l'expédition envoyée par Polignac, la France a pris pied à Alger, Bône et Oran. La monarchie de Juillet, qui a hérité d'une situation qui ne la concernait guère, hésite sur la conduite à tenir. La volonté du général Clauzel de dominer le pays tout entier enlise le corps expéditionnaire dans une campagne longue et incertaine contre Abd el-Kader, habile politique et brillant chef militaire de l'Oranie. Dans le cadre d'un retour à une politique d'occupation restreinte, le général

Bugeaud doit signer, avec Abd el-Kader, le traité de la Tafna, qui accorde à l'émir la majeure partie de l'Oranie et de l'Algérois, moyennant une reconnaissance vague de la souveraineté française.

Bugeaud, nommé en 1840 à la tête du corps expéditionnaire, rompt les accords de la Tafna et, pratiquant une guerre plus mobile et brutale, parvient à démanteler les positions de l'émir Abd el-Kader et à vaincre en août 1844, sur les bords de l'Isly, les troupes du sultan du Maroc, allié de l'émir. La stabilisation de l'occupation française passe par l'organisation d'une administration nouvelle : les bureaux arabes, sous la direction d'officiers soucieux de préserver, avec Bugeaud, les positions des musulmans. Une colonisation de type militaire se confirme, mais une administration algérienne, organisée en trois provinces – Alger, Oran et Constantine (15 avril 1845) –, apparaît plus favorable à une colonisation des civils, dont le nombre s'élève à 110 000 en 1848.

Cette implantation consolidée en Algérie ne compense guère, toutefois, l'affaiblissement de l'empire colonial français des Antilles, fardeau économique pour la France. Le sucre colonial qu'on y produit, consommé de façon exclusive par la France, est beaucoup plus cher que le sucre étranger, et l'esclavage auquel s'accrochent les planteurs est désormais condamné par l'humanisme libéral de nombreux grands notables. Quant à la politique des points d'appui sur les grandes routes maritimes, elle s'inscrit dans un ensemble d'initiatives de personnalités fortes mais mal soutenues par la métropole. À partir du golfe de Guinée, Bouet-Willaumez établit des comptoirs fortifiés au Gabon et, surtout, dans le Pacifique, l'amiral Dupetit-Thouars annexe l'archipel des Marquises, expulse le missionnaire anglais Pritchard, avant que Guizot ne recule devant la colère britannique et désavoue l'annexion pour revenir au protectorat.

Hésitations et reculades dans une politique ambitieuse, mais limitée par la prudence « juste milieu » de Guizot, affaiblissent gravement dans l'opinion l'image de la monarchie. Un nationalisme ombrageux très anglophobe, partagé par nombre de notables conservateurs, comme par tout le courant révolutionnaire, mais entretenu aussi par les appels des mouvements nationaux européens en exil – Allemands,

Polonais, Italiens sont nombreux à Paris –, met en difficulté la monarchie orléaniste, toujours soucieuse d'éviter une guerre européenne génératrice de révolutions. Les critiques se durcissent encore quand Guizot prête main-forte à Metternich, qui soutient, contre les libéraux suisses, la ligue réactionnaire du Sonderbund et annexe Cracovie, dernier lambeau de la Pologne libre. Lamartine peut alors accuser Guizot de confondre la position de la France en Europe avec celle des puissances qui défendent l'ordre de 1815 à un moment où les Anglais attirent vers eux les libéraux et les patriotes italiens. Entre l'alliance avec l'Angleterre et l'ouverture en direction des puissances conservatrices, la diplomatie de la France n'a pas véritablement trouvé sa voie et devient un point faible de la monarchie.

Les notables : une nouvelle élite

Les contours de la « classe moyenne »

Guizot est convaincu que la monarchie orléaniste consacre le règne de la « classe moyenne » au terme d'un long combat séculaire qui l'a opposée à la noblesse. Il donne de la « classe moyenne » une définition essentiellement négative. La « classe moyenne » se sépare de l'aristocratie, de toute idée de privilège au-dessus d'elle, et, d'un autre côté, se distingue du peuple. Son statut, comme le remarque François Furet, reste ambigu : « La bourgeoisie des notables tire sa puissance d'un mélange de propriété foncière, de richesse mobilière et de connivence avec l'État. Trop aristocratique pour se confondre avec une classe d'entrepreneurs, trop humiliée par l'aristocratie pour ne pas se référer à Juillet 1830 […]. » Le préfet de la Seine, chargé d'arrêter la liste des invités aux réceptions royales, indique aux maires, à sa manière, les conditions de la « notabilité » : « un mérite éminent, des richesses honorables, un nom justement célèbre, une grande industrie […] ».

Le pivot de ce monde des notables reste la propriété foncière. C'est grâce à elle et parce qu'ils paient la contribution foncière que nombre de négociants ou de membres des professions libérales peuvent voter. Les trois quarts des électeurs français en tirent l'essentiel de leurs ressources. C'est la propriété qui donne encore la sécurité, l'influence, la respectabilité et qui reste le pourvoyeur principal de l'emploi.

La propriété foncière reste essentielle pour un négociant à la recherche de prestige social et d'influence politique, pour un maître de forges qui a besoin de bois ou un manufacturier, qui ne peut souvent obtenir de crédit que s'il dispose en gage d'une propriété respectable. Jacques Laffitte, le célèbre banquier parisien, possède un domaine de 750 hectares. Magistrats, hauts fonctionnaires ou médecins tirent le plus souvent leur influence, mais aussi leurs revenus, de leur appartenance au monde des propriétaires fonciers.

La notabilité, selon Guizot, n'exclut pas la noblesse, qui représente encore un élément essentiel de la fortune et de l'influence sociale. Au tournant de 1840, les deux tiers des plus imposés de France sont des nobles, ainsi que le tiers des députés, et la noblesse reste forte encore dans les hautes charges de l'État, parmi les officiers et la hiérarchie de l'Église. Sa cohérence et son identité sont préservées par les mariages au sein du même « monde ». Mais la noblesse, souvent d'origine récente, ne peut reconstituer, parmi les notables, un groupe exclusif. Elle tend ainsi à se fondre dans le cadre social de la notabilité, et une partie des nobles, les plus riches, prennent rang dans les « affaires » de la monarchie bourgeoise. En 1848, 70 des 166 actionnaires de la Banque de France sont nobles. Des figures importantes de cette noblesse participent aux grandes affaires, dans les conseils d'administration des mines, des entreprises métallurgiques et des chemins de fer ou au sein du Comité des intérêts métallurgiques, comme le comte Roy ou le marquis de Louvois.

Mais noblesse et bourgeoisie ne vivent pas en totale symbiose. Une bonne partie de la noblesse se distingue encore par son idéologie et son mode de vie. Écartée du pouvoir, après la révolution de 1830, elle est revenue souvent sur ses terres et tente d'y organiser, parfois avec succès, comme dans l'Ouest ou dans le Midi, une contre-société légitimiste, réactionnaire en politique mais souvent progressiste sur le terrain agricole. Toutefois les assises foncières de la noblesse, si elles sont reconstituées, ne progressent plus.

Le mouvement le plus sensible est celui de la conquête de la terre par la bourgeoisie. Celle de Paris, puissante, achète des propriétés jusque dans le Pas-de-Calais, mais une petite et moyenne bourgeoisie de notaires, magistrats, ou médecins, aux limites du cens électoral, trouve un revenu d'appoint et des positions sociales plus fortes en achetant quelques dizaines d'hectares. La terre n'est toutefois plus l'unique source de richesse d'un patrimoine bourgeois qui s'est diversifié et modernisé. S'il existe de très grands propriétaires nobles ou bourgeois dont la richesse est immense, les fortunes les plus dynamiques sont désormais du côté de la banque, avec, en haut de la pyramide sociale, l'« aristocratie financière », les Casimir Perier, Jacques Laffitte ou James de Rothschild... dont l'appui de la fortune est indispensable à la survie de la monarchie. Dans la sphère de l'économie moderne, les manufacturiers, s'ils tiennent des villes comme Rouen, Reims, Sedan, ou Mulhouse, sont encore loin de dominer la pyramide des fortunes survolée par la richesse des négociants-banquiers. Le groupe des notables ne constitue pas encore une bourgeoisie moderne.

Une division du travail s'est établie au sein des notables, et Guizot, leur maître à penser, considère que le pouvoir politique doit être exercé par des hommes qui ne se limitent pas à leurs intérêts matériels immédiats, qui ont une culture assez vaste pour embrasser les intérêts généraux des notables et constituer leur pouvoir selon des règles acceptées par l'ensemble de la société. Dans les deux Chambres, les professions économiques sont en effet peu représentées. À la Chambre des députés de 1839, les banquiers, négociants, industriels ne représentent que 13 % de l'ensemble contre 38 % de fonctionnaires, 29 % de propriétaires et 19 % de membres des professions libérales. Les figures de proue de la vie politique sont des « intellectuels » ou des fonctionnaires : Guizot, Victor Cousin... qui ont été professeurs, Thiers, ancien avocat et journaliste, ou Rémusat, publiciste. Mais ces « capacités » sont néanmoins rattachées au monde des notables par une certaine fortune, acquise souvent – c'est le cas de Thiers – par un mariage, ce qui les distingue des « intellectuels » qui n'ont que leur œuvre littéraire pour prendre rang dans la société. Une des caractéristiques du groupe des notables français, en comparaison des élites allemandes, est la liaison étroite qui existe entre les « capacités » et les propriétaires terriens, gage d'une homogénéité assez grande de la bourgeoisie française.

Le notable au sommet de la pyramide sociale

Le cercle des notables est restreint dans une société où le simple fait de posséder quelque chose est le privilège d'un petit nombre. Au milieu du XIXe siècle, 70 % des Parisiens, 76 % des Lillois, ne laissent rien à leurs descendants, la pyramide des fortunes étant un peu moins effilée dans les villes moyennes de province. La notabilité se confond d'abord avec le monde des censitaires qui participent à la vie politique en atteignant la barre des 200 F d'impôt (ils sont 166 000 en 1831 et 241 000 en 1846). Paris compte alors 1 électeur pour 52 habitants. Ce monde des notables est lui-même fortement hiérarchisé. Il est dominé par une élite qui paie plus de 1 000 F de cens électoral, les 18 000 grands notables qui ne représentent que 8 % du groupe. Le reste, soit 92 %, se situe dans la moyenne bourgeoisie, voire une frange de la petite bourgeoisie (à Paris les deux tiers des censitaires sont en deçà de 500 F). Parmi les censitaires, le quart seulement appartient à des professions économiques et 56 % sont des propriétaires, catégorie qui regroupe aussi bien des rentiers que des gros cultivateurs, voire des paysans aisés.

La bourgeoisie, dans toutes ses composantes, peut varier de 10 à 20 % de la population. À une époque où un ouvrier gagne autour de 300 à 400 F par an, un patrimoine de 20 000 F constitue un seuil à partir duquel on échappe au monde des « petits ». De 20 000 à 500 000 F s'étagent toutes les strates de la moyenne bourgeoisie. Au-delà de 500 000 F commence la « fortune », qui représente moins de 1 % de la population. Le banquier Benjamin Delessert, décédé en 1847, laisse une fortune de 11 millions de francs dont 4 investis dans le négoce et l'industrie. En haut de la hiérarchie sociale les pouvoirs se cumulent. Le plus riche, Joseph Perier, est député d'Épernay, banquier parisien, régent de la Banque de France, administrateur des mines d'Anzin…

Le notable, homme d'influence

Les notables cumulent, au niveau local, les pouvoirs économiques, sociaux, politiques. En province, pourvoyeurs de crédit pour ceux qui sont tenaillés par la faim de terre, donneurs d'emploi pour les nombreux paysans pauvres qui ne peuvent vivre de leur seule micro-propriété, conseillers, éventuellement bienfaiteurs des pauvres, mais aussi relais de la société locale vers le préfet ou le pouvoir central, souvent interprètes obligés entre le patois et le français, intercesseurs entre la région et la nation, la campagne et la ville, les notables, nobles ou bourgeois, « représentent » auprès du pouvoir un peuple jugé immature et incapable de se représenter lui-même.

En province comme à Paris, ils tiennent le conseil municipal, la chambre de commerce locale, la caisse d'épargne, le conseil d'administration des hospices, le tribunal de commerce, les jurys des cours d'assises... En 1846, la moitié des députés, notables, sont élus sur leur nom, sans programme, souvent sans adversaire. Ils s'imposent de la même manière dans les élections municipales, en faisant valoir leurs qualités personnelles, le renom de leur famille, le fait qu'ils sont fils ou gendre d'un homme qui compte, en faisant jouer un réseau de clientèles, de services rendus, plus qu'un programme politique affiché.

Le monde des notables est cependant divisé, et les querelles de familles ou de clans se traduisent souvent par des choix politiques très tranchés. Les notables d'opposition doivent s'organiser, tenir des banquets, sillonner les cercles de villages dans lesquels on lit la presse et les circulaires aux électeurs. Les notables de la majorité guizotiste peuvent compter, eux, sur l'appui de l'administration et ses promesses de lignes de chemin de fer ou de mesures douanières favorables.

Valeurs et vertus bourgeoises

Ce monde des notables est soudé par sa référence à une morale ancrée dans la cellule familiale, cellule protectrice, close, source des valeurs d'ordre et d'autorité. Elle se confond souvent avec l'entreprise, à une époque où la plupart des affaires restent familiales. Un nouveau fils, pour un manufacturier de Mulhouse ou de Lille, c'est la perspective de la création d'une filiale ; une fille, celle d'un éventuel mariage avec un concurrent ou un allié. La famille bourgeoise repose en effet sur les mariages, qui sont d'abord des contrats gérant des biens matériels, sur l'héritage, mais aussi de plus en plus sur l'attention accordée à l'éducation des enfants.

Seul le mariage donne à la femme une position dans la société bourgeoise. Les femmes ont en charge l'éducation des enfants et transmettent la tradition religieuse. Parfois plus instruites que leur mari, il leur arrive de « tenir les livres » ou d'apporter au mari un vernis qui lui fait souvent défaut. Le mode de vie bourgeois est encore marqué par une certaine frugalité, d'autant plus nécessaire que l'essentiel de l'avoir, dans les professions économiques, est consacré à l'entreprise, gérée comme les affaires personnelles.

Seule une petite fraction de la bourgeoisie, à Paris surtout, affiche un luxe ostentatoire, voyage, fréquente artistes et écrivains, affiche des mœurs plus libres, rivalise de « style » avec la noblesse, quand les distractions de la bourgeoisie de province restent essentiellement limitées aux réunions familiales dans une « campagne » solidement implantée dans le paysage rural.

La bourgeoisie des notables est faite très majoritairement d'héritiers qui appartiennent à des familles anciennes enrichies lentement dans le négoce ou l'exploitation de la terre, mais on y trouve aussi des « fils de leurs œuvres ». La clef de la réussite et de sa stabilisation au terme d'opérations réussies se trouve dans la cohésion du groupe local. Les unions soudent les familles, constituent des castes, parfois des groupes confessionnels : protestants à Mulhouse, catholiques à Rouen, juifs dans une fraction de la banque parisienne...

À une conception encore figée de la richesse et des hiérarchies sociales qui prévaut dans la noblesse, la bourgeoisie oppose un monde en mouvement dont l'idéal social valorise la mobilité de l'argent, des talents et des situations. Sa conception du monde est fondée sur la raison et le progrès.

Mais la stabilité des revenus est plus valorisée que le risque. Tous les notables ne font pas leurs « humanités », mais le collège les familiarise avec la culture de l'Antiquité par un apprentissage intensif du latin qui leur donne la maîtrise de la langue, élément essentiel de leur pouvoir social. Le leitmotiv de cette société n'est pas encore l'éducation, mais surtout l'acquisition et la consolidation de la richesse et d'une position. Une fraction cultivée des notables s'entiche toutefois des nouvelles sciences : agronomie, statistique, histoire, archéologie, économie politique... et recherche une distinction « moderne » dans les nombreuses sociétés savantes. Mais, pour la majorité du groupe, la culture reste limitée à la connaissance de quelques œuvres classiques, et la valeur de l'argenterie ou celle de la cave restent presque toujours bien supérieures à celle des livres.

Attaché à la culture et à la morale chrétienne, le notable, sauf en pays catholique, se contente d'un déisme plus ou moins vague et d'un respect formel des rites essentiels : baptême, mariage, funérailles. Sa morale est le plus souvent manichéenne, dominée par les valeurs du travail, la répulsion pour la débauche, l'oisiveté. La bourgeoisie place avant toute chose la hiérarchie familiale, le pouvoir du père, la soumission de sa femme et de ses enfants, la condamnation de toute déviance sexuelle, des naissances illégitimes et des mésalliances. L'amour, dans cet horizon, ne tient qu'une place assez modeste, voire marginale.

La France paysanne

Le « grignotage » du sol

Dans la France du premier XIXe siècle, la paysannerie forme l'assise de la société. La population rurale définie comme celle des communes de moins de 2 000 habitants agglomérées au chef-lieu représente les trois quarts de la population vers 1840, et, dans cette population rurale, les trois quarts vivent directement du travail de la terre. Ce poids considérable de la paysannerie s'explique d'abord par le maintien de sa vitalité démographique. En dépit de l'apparition de pratiques malthusiennes précoces, la natalité reste élevée (de 25 à 30 ‰ selon les régions). La baisse de la mortalité, sensible, est moins due à une médecine de campagne qui reste rudimentaire et confiée souvent à des guérisseurs payés en nature qu'au recul des grandes crises de subsistances accompagnées de leur cortège d'épidémies. C'est au milieu du siècle que la charge démographique des campagnes françaises atteint son maximum historique.

Cette pression a fortement accentué le morcellement de la propriété dans une société rurale où posséder un lopin de terre reste l'idéal à atteindre. Dans le premier XIXe siècle, le nombre des propriétaires (10 millions en 1840) a augmenté de 55 %. Mais cette propriété paysanne reste le plus souvent dérisoire et cantonnée sur une moitié du sol français. L'autre partie est dans les mains de propriétaires plus importants dont les positions ne s'effritent que lentement. 5 millions de petits paysans possèdent 17 % du sol, et 60 000 gros propriétaires le tiers. Une solide classe moyenne, 25 % des propriétaires, en détient la moitié. La grande propriété, qui bénéficie du progrès agricole, résiste et domine dans la Région parisienne, la Haute-Normandie, le nord du Massif central, l'Ouest, de la Mayenne à la Vendée, les Landes et le littoral méditerranéen. La propriété paysanne domine elle dans la France du Nord, du Nord-Est, en Bretagne, dans l'Aquitaine intérieure et les massifs montagneux du Midi. Des « démocraties rurales » s'opposent alors aux « pays de hiérarchies », acceptées (le cas de l'Ouest) ou refusées (le cas de l'Allier), ce qui est souvent la sanction de l'absentéisme des gros propriétaires.

Ce morcellement de la propriété est favorisé par le code civil, souvent tourné par de multiples arrangements familiaux. La hausse des prix, des revenus, le désir de certains bourgeois de vendre pour investir dans les valeurs mobilières, encouragent l'achat de la propriété, dont la valeur augmente et le prestige se renforce. Le « grignotage » paysan de la terre dénoncé par Balzac s'attaque aussi aux communaux (9 % du sol), mais alors au détriment des plus pauvres. La monarchie de Juillet encourage leur mise en valeur, et la vaine pâture (le parcours des terres après l'enlèvement de la récolte) régresse parce que les propriétaires cherchent à clore. Le code forestier de 1827 réduit les usages qui permettaient aux « petits » de faire pâturer l'herbe des sous-bois. La communauté rurale possède toutefois des facteurs de rééquilibrage. Les notables pratiquent la bienfaisance, les conseils municipaux autorisent parfois un accès aux communaux pour les plus démunis, et des formes variées d'association et d'entraide peuvent apporter un soulagement aux difficultés paysannes.

La propriété tant convoitée, de dimension souvent dérisoire, est exploitée en faire-valoir direct par la paysannerie, mais elle est loin d'assurer, à tous ceux qui y accèdent, l'indépendance et un véritable statut social. On ne peut guère faire vivre une famille – sauf dans le vignoble – sur une exploitation de moins de 10 hectares, or 85 % des exploitations ont moins de 10 hectares, ce qui contraint le paysan à louer des parcelles (c'est le cas du tiers d'entre eux) ou plus souvent encore à louer son travail sur la terre des « gros ». De nombreux prolétaires ruraux (44 % des actifs masculins de la terre sont des salariés), des domestiques, des métayers pauvres sans assise sociale, restent sous la coupe de propriétaires qui, par leur patronage, se font une clientèle. Dans la hiérarchie capitaliste de la Beauce, dominée par les grandes fermes, les salariés agricoles à travers tout un « cursus » peuvent espérer accéder au terme de leur vie de labeur à un lopin de terre autour des villages. En revanche, tout un prolétariat rural exposé à l'indigence, très vulnérable aux crises, peut basculer dans le vagabondage et la mendicité, qui répandent l'insécurité dans les campagnes.

La faim de terre, dont le prix augmente parce que l'offre est limitée, conduit la paysannerie à s'endetter, souvent à des taux usuraires, auprès des petits notables (propriétaires, marchands, notaires…) qui prêtent sur hypothèque. La « démocratie rurale » des petits paysans n'est alors qu'une fiction qui est guettée par le drame de l'expropriation en cas de défaillance du débiteur.

Le paysan, un autre ouvrier

La propriété ne stabilise pas une société paysanne qui doit chercher son équilibre en s'intégrant plus avant dans la

« société englobante » pour y trouver des ressources complémentaires. La grande majorité des familles paysannes vit dans la pluri-activité. Nombreux sont les paysans artisans qui travaillent le bois ou le fer pour le marché local. Plus nombreux encore, les paysans ouvriers à domicile, comme ceux de Champagne, des Vosges ou du Pays de Caux, qui tissent à façon le coton ou la laine pour les entrepreneurs de la ville. Les mineurs sont encore nombreux à posséder un lopin de terre qu'ils cultivent une partie de l'année. Dans les régions les plus isolées, sans industries, la paysannerie émigre de manière saisonnière, parfois définitive, vers les régions ou les villes qui offrent du travail. La Beauce emploie plus de 100 000 moissonneurs qui viennent d'autres régions. Les migrants acquièrent des spécialités : colporteurs du Cantal qui vont vendre jusqu'en Espagne et apprennent les langues, maçons creusois qui montent à pied à Paris à la belle saison, montreurs de reliques de Bourgogne... Les flux des migrants sont rythmés par les saisons, la conjoncture. Ils s'amplifient quand le travail abonde dans les villes et reculent « quand le bâtiment chôme ».

La société paysanne, loin d'être repliée totalement sur elle-même, est contrainte de s'ouvrir pour survivre. Les migrations temporaires associées à la pluri-activité locale freinent l'émigration rurale définitive, qui reste modérée (40 000 à 50 000 personnes par an rejoignent les villes) et limitée surtout à des départements de montagne ou au Bassin parisien. Partent alors les plus pauvres, mais aussi les petits artisans ou les commerçants de village les plus hardis. Tous peuvent espérer, en ville, des revenus sensiblement plus élevés.

La communauté paysanne

La vie de relation varie d'une région à l'autre. Dans l'Ouest d'habitat dispersé, où la paroisse joue un rôle essentiel, c'est la messe dominicale qui est le moment des rencontres. Dans les gros bourgs du Midi, la communauté rurale se rassemble plus volontiers en confréries ou en « chambrées ». Partout les foires, les marchés, rythment la vie d'échange d'un monde rural sillonné par les marchands ambulants et les colporteurs qui diffusent les nouveautés venues de la ville.

La communauté paysanne, pour survivre, a parfois besoin d'être soudée. Dans les Pyrénées, elle fait bloc contre la « modernisation » venue de l'extérieur et contre l'État qui impose les contraintes du code forestier, recrute des soldats, interdit la chasse, exige l'impôt et taxe les boissons. Dans ces « sociétés en dissidence », la paysannerie résiste violemment aux gardes champêtres et aux gendarmes, et les relations sociales y prennent souvent un tour violent.

L'unité du village tient aussi à l'organisation des familles, aux mariages et à une division des tâches judicieuse entre les sexes et les générations. Les mariages s'opèrent dans un cercle géographique restreint et à des niveaux sociaux comparables. La morale condamne moins les rapports prénuptiaux, relativement fréquents, que l'abandon d'une fille enceinte. Dans les régions où la pression démographique est la plus forte, le célibat définitif, le recul de l'âge du mariage, peuvent être une solution. La sociabilité des femmes diffère de celle des hommes, qui se retrouvent parfois dans les confréries (enterrement gratuit en grande pompe funéraire au village), le café ou les « chambrées » dans lesquelles les hommes se réunissent pour jouer aux cartes et discuter. Les jeunes jouent un rôle important. Ils prennent la tête des réjouissances communautaires, des carnavals et des charivaris. Des groupes de jeunes s'affrontent parfois violemment de village à village dans des combats qui soudent la communauté et confortent les hiérarchies. Mais la communauté rurale peut aussi être pesante dans une société « d'interconnaissance » où le regard d'autrui juge l'individu avec une morale simpliste et où les drames personnels sont vécus dans la solitude. La coexistence des générations sous un même toit aiguise les conflits autour de l'héritage (c'est une des sources du parricide, moins « romantique » que celle qui nous est suggérée par le Pierre Rivière de Michel Foucault), et les querelles, souvent réglées par des coups, font naître souvent des cycles vindicatoires sans fin.

Si l'habitat paysan reste très médiocre et impose souvent, dans une maison bloc mal éclairée, la coexistence des bêtes et des hommes, le changement intervient dans la nourriture, peu variée mais plus abondante. Le pain, trempé dans la soupe, ce qui permet de le consommer dur, reste la nourriture de base (on en mange en moyenne 1 kg par jour). La viande, les volailles, les produits laitiers, le vin, plus rares, sont vendus à la ville ou consommés de manière exceptionnelle lors des fêtes. Le paysan reste petit, sa robustesse est largement mythique, et le passage à la ville signifie souvent une amélioration sensible de l'alimentation et des conditions de vie. Les cotonnades industrielles, la blouse, achetées souvent à la ville, tendent à remplacer les habits traditionnels de lin ou de laine. Mais les consommations restent très frugales car la moindre économie, acquise parfois par un travail industriel annexe, est réservée à l'achat de terre.

Campagnes patriotes et pays « blancs »

La pratique religieuse, en dépit des missions, est en recul. Mais, dans une France profondément marquée par la cassure de la Révolution et le clivage du serment constitutionnel, les contrastes restent très importants. Une religiosité populaire se manifeste surtout dans le culte des saints guérisseurs, des « bonnes fontaines » à un moment où une nouvelle génération de prêtres tente de rechristianiser les campagnes. De nouvelles églises sont construites, des calvaires édifiés à l'occasion de missions dont le but est de rechristianiser le paysage rural et de lutter contre les superstitions. Religiosité, pratique religieuse, respect des prêtres, ne coïncident pas toujours. L'abstention massive, celle des hommes surtout, peut s'accompagner d'un attachement à des dévotions traditionnelles que l'Église combat. Une forte fréquentation des sacrements et de la messe n'exclut pas un rejet de l'intrusion du curé dans la vie politique, comme le fait remarquer Pierre Lévêque pour le sud de la Bourgogne, alors qu'elle est acceptée dans le sud du Massif central.

La loi municipale de 1831, qui permet à près d'un tiers des paysans de voter pour élire leurs conseils municipaux, semble limiter le débat aux intérêts locaux et ne traduire souvent que le jeu des rivalités et des luttes de clan entre les notables qui dominent le village. Au-delà d'une actualité nationale pour laquelle l'intérêt reste médiocre, il existe des comportements politiques profonds enracinés dans les mentalités paysannes et qui se définissent par leur attachement à l'héritage de la Révolution française. Dans l'Ouest, les guerres de Vendée ont laissé des marques profondes. Une « mémoire » des « blancs », qui soude noblesse, clergé et paysans, exalte la lutte de la religion catholique contre la France née de la Révolution française. À l'opposé, des campagnes « bleues » – le Bassin parisien, le Nord-Est, le Centre-Est, la région alpine – vivent dans la haine de la société de privilège, des droits féodaux, de l'arrogance des nobles.

Dans les régions protestantes, une mémoire qui remonte au XVIIe siècle alimente l'hostilité de la société paysanne à la droite catholique. Plus que la Révolution, c'est le souvenir de l'Empire qui reste profondément imprimé dans les mentalités, souvenir entretenu par les vétérans des guerres napoléoniennes. Dans les campagnes « patriotes », en dépit des souffrances endurées alors par la paysannerie, on entretient le culte d'un Napoléon qui a conjugué la restauration de l'ordre, la défense des petits, la grandeur nationale. Si l'on enregistre bien, dans les années 1840, souvent grâce au patronage démocratique des notables, une « descente de la vie politique dans les masses », selon l'expression de Maurice Agulhon, il existe toutefois une « culture politique » paysanne qui ne se traduit pas dans la grille politique des partis, ni dans des idéologies clairement définies.

Le monde des « petits »

Le nouveau prolétariat

Si la découverte du prolétariat d'usine par les « observateurs sociaux » des années 1830-1840 est le grand motif d'inquiétude de la société des notables, le poids de cette nouvelle classe ouvrière constituée progressivement depuis la fin du XVIIIe siècle reste très limité. Dans les années 1840, 1,2 million d'ouvriers travailleraient dans les manufactures sur un total de 4,4 millions, et 60 % d'entre eux dans le textile (coton, laine et soie), le reste étant surtout réparti dans la métallurgie et la mine. Dans les régions où elles se sont implantées, les manufactures ont mobilisé une main-d'œuvre le plus souvent sous-employée, aux frontières de l'indigence et située dans des campagnes surpeuplées. Mais le recrutement de ce nouveau prolétariat en France reste difficile. Beaucoup de ces ouvriers possèdent encore un lopin de terre et associent, comme les ouvriers métallurgistes de Saint-Étienne, le travail à l'usine et celui des champs. La pluriactivité freine beaucoup plus qu'en Angleterre le passage de la campagne à la ville, et c'est souvent sur place que s'opère le passage de la paysannerie à la condition ouvrière.

Mais dans la filature, à Rouen, à Lille ou Mulhouse, s'impose un profil de prolétaire qui n'a que ses bras à louer. La présence de machines, l'utilisation de moulins hydrauliques ou de la vapeur qui limitent l'utilisation de la force physique, ont permis de recruter largement des femmes et des enfants, ce qui a déqualifié le travail des hommes. Les femmes représentent plus du tiers des effectifs de la nouvelle industrie textile. Elles sont deux fois moins payées qu'un homme ; les enfants, employés dans des tâches annexes, souvent dès l'âge de 6 ou 7 ans, deux fois moins payés qu'une femme. Dans les manufactures, le travail est plus long (14 à 15 heures par jour) et plus intense, parce que dans les années 1840 se généralise le travail aux pièces, qui fixe la rémunération selon le rendement. Le travail est d'autant plus pénible qu'il ajoute aux courbatures permanentes des affections pulmonaires graves liées à la poussière du coton, à l'humidité, à la chaleur accablante...

La main-d'œuvre, encore attachée aux rythmes de vie de la société rurale, a été progressivement « dressée » à la discipline de l'usine. La fabrique est surmontée de sa cloche « pour l'appel des ouvriers », des règlements d'entreprise assortis d'amendes redoutées rythment le travail. Mais la marge de manœuvre peut être encore importante dans certaines manufactures où l'on est embauché par familles entières, où les ouvriers mangent, boivent, se disputent, font des lectures collectives et parfois dorment. Contestée au niveau individuel, l'usine n'est pas encore rejetée collectivement par la main-d'œuvre, et le patron peut, à l'occasion d'une fête ou d'une remise de prix, incarner encore la communauté de travail.

Un logement sordide reste aux yeux des enquêteurs philanthropes la marque la plus visible du malheur ouvrier. À Lille, où des ouvriers vivent dans des caves, les deux tiers des adultes n'atteignent pas l'âge de 40 ans. À l'exception de la tradition maintenue de la procession – celle de la Saint-Éloi pour les métallurgistes de Vierzon, accompagnée d'un banquet et d'un bal très appréciés –, la pratique religieuse est faible. À Rouen, l'absence à la messe est justifiée par les ouvriers, auprès de l'économiste Adolphe Blanqui, par le fait que, le dimanche, on lave le seul vêtement qu'on possède. Si la famille ouvrière parvient à survivre dans les périodes de prospérité, elle est très vulnérable aux aléas de la conjoncture, d'autant que le licenciement ne rencontre aucun obstacle. Une maladie, le simple déclin des forces avec l'âge, entraînent la chute du revenu, le basculement dans l'indigence. Pour fixer la main-d'œuvre, quelques patrons accordent des soins médicaux gratuits, un logement à prix réduit, des subventions à une société d'entraide... Un premier paternalisme tente de reproduire, sur le modèle rural, une communauté fondée sur les liens de fidélité du patronage.

Les ouvriers de métier

Le vrai prolétariat reste très minoritaire dans un monde du travail dominé par des formes d'activité moins contraignantes et beaucoup plus complexes. L'idée même d'un destin de « prolétaire » reste encore assez étranger au monde du travail. Le journalier, souvent embauché le matin et licencié le soir – c'est le cas pour les deux tiers des travailleurs utilisés par le gros mécanicien de la rive gauche de Paris, Cail –, peut avoir ce sentiment. Mais il est flottant, passe d'un métier à un autre et ne s'enracine guère dans un destin collectif. Pour beaucoup de travailleurs, on est ouvrier une partie de sa vie et, après avoir été apprenti, compagnon dans une petite entreprise qui domine largement le monde du travail, on s'installe à son compte et on se marie. Dans les mauvaises périodes, on peut, comme Martin Nadaud, maçon creusois devenu petit patron, redevenir ouvrier, puis créer, avec quelques compagnons, une association qui fonctionne comme un patronat collectif proche de la condition ouvrière. L'artisan, qui travaille seul ou en famille avec un compagnon, reste le travailleur type. Cette absence de frontière nette entre le petit patronat et l'ouvrier de métier est la base sociale de la solidarité politique souvent manifestée à Paris ou à Lyon par le monde du travail.

Le monde des métiers reste très varié. Si le revenu du cordonnier, du tailleur, du maçon, est très bas, proche de celui du prolétaire d'usine, tout comme celui du tisserand de village, soumis à la pression de la concurrence des mécaniques, le revenu de l'ouvrier des industries de luxe et de demi-luxe de la fabrique parisienne – les bijoutiers, ébénistes, ouvriers du bronze... – est beaucoup plus élevé, comme celui des ouvriers mécaniciens, dont le nombre progresse vite. À Paris, le salaire peut varier dans le monde ouvrier de 2,50 F pour le manœuvre, à 6 à 8 F par jour pour l'ouvrier de métier. Mais les chômages sont nombreux, et les intermédiaires du « marchandage », haïs par les ouvriers, durcissent l'exploitation ouvrière par leur prélèvement sur le salaire.

Les conditions de vie sont tout aussi contrastées. Les maçons creusois, migrants temporaires, arrivés à Paris s'entassent dans les « garnis », ces greniers transformés en dortoirs dans le centre de Paris, vivent pauvrement et économisent pour retourner au pays, mais l'ouvrier de métier vit souvent décemment « dans ses meubles » à côté de son atelier. Le monde des métiers se distingue par son niveau culturel et son savoir-faire. Plus des quatre cinquièmes des ouvriers de métier savent lire à Paris ou à Lyon, alors que 80 % des mineurs du Nord sont analphabètes. Le parcours de ces travailleurs passe par toutes les étapes d'un véritable cursus ponctué de rites d'initiation et l'acquisition progressive chez un patron d'un « tour de main », d'un savoir de métier.

L'ouvrier qui a un vrai savoir professionnel se déplace, change de ville, de patron, et ce « nomadisme des savoir-faire » est orienté par un réseau d'amis, de cousinage, de gens du pays, qui peut s'étendre à toute la France. Il lui permet de peser ainsi sur les salaires offerts par les maîtres, et de répondre aux périodes alternées de « coups de feu » et de morte-saison. La carrière des verriers s'inscrit dans des itinéraires qui les mènent parfois jusqu'en Asturies ou en Vénétie. La sociabilité de ces ouvriers d'élite est ancrée dans de nombreuses sociétés d'entraide, sociétés d'agrément, sociétés chantantes, sociétés à boire, qui organisent des fêtes et soudent la communauté autour d'un saint patron.

Artisans et boutiquiers

Entrer dans la catégorie des petits patrons reste l'idéal d'une large partie des travailleurs dans une société mue désormais par un idéal de mobilité sociale. L'ouvrier qui possède un tour de main, un savoir professionnel, celui qui réussit à accumuler une petite épargne, qui se marie, peut envisager à terme d'entrer dans le monde des petits producteurs indépendants, les artisans et les boutiquiers. Mais à Paris, par exemple, les fils de patron sont toutefois majoritaires parmi les artisans. Le cinquième seulement des rangs de l'artisanat est issu du milieu ouvrier. La boutique, par opposition à l'atelier, s'offre plus facilement à ceux qui n'ont pas de qualification, de métier, et qui commencent alors comme garçon de course ou commis de boutique. L'origine des nouveaux entrants est beaucoup plus variée, souvent très modeste et rurale quand il s'agit par exemple du commerce d'alimentation.

Leur nombre, qui traduit la dynamique de la production marchande, a fortement augmenté. Le nombre des patentés, qui était de 847 000 en 1817, a bondi à 1 443 000 en 1847, ce qui consolide dans la monarchie constitutionnelle un véritable « socle de classe moyenne » qui représente autour du tiers de la population active. Quand on arrive en ville, s'établir, acheter un fonds de commerce, nécessite souvent le crédit, les conseils, l'aide des membres de la communauté déjà installés en ville et restés en relation étroite avec le « pays ». Nombre d'Auvergnats, par des filières bien rodées, s'établissent comme entrepreneurs en bâtiment, logeurs de garnis, marchands de vin et de charbon. L'homogénéité de ces communautés, à la fois géographique et professionnelle, est renforcée par des mariages endogamiques. La famille est une composante essentielle de l'installation et de la réussite : la dot de la femme décide souvent du niveau de départ et le travail repose sur la main-d'œuvre familiale.

Ce groupe de petits propriétaires, de petits patrons, se distingue des couches populaires par un niveau de culture en général plus élevé, le sentiment d'« être son maître », mais il jouxte celui des travailleurs, d'abord par ses origines, mais aussi parce que son revenu est souvent à peine plus élevé que celui des ouvriers. Ses avoirs sont très modestes. Une minorité, comme ces boutiquiers prospères des galeries du Palais-Royal qui rachètent progressivement leurs boutiques à d'aristocratiques propriétaires, force les portes de la bourgeoisie. Les petits métiers, très fragiles eux, fonctionnent en accordant du crédit aux ouvriers et sont à la merci d'un chômage soudain chez les travailleurs. Si, à Paris, une majorité se constitue, dans une vie de travail, un tout petit patrimoine, à Lille, les deux tiers de ces petits patrons ne laissent aucun avoir à leur décès. La menace du déclassement est constante et d'autant plus forte que les origines sociales de l'artisan ou du boutiquier sont modestes.

Pauvres et marginaux

La pauvreté reste dans la France de Guizot un fait massif, pratiquement aussi important qu'à la fin de l'Ancien Régime. En 1840, selon Jean-Baptiste Marbeau, l'inventeur des crèches, la France compterait 250 000 mendiants, 1,8 million d'indigents, 3 millions d'individus inscrits aux bureaux de bienfaisance, et 6 millions de Français, soit le sixième de la population, ont besoin d'être secourus. À Paris, 20 % de la population ne peut survivre par elle-même et doit être assistée. Le chiffre peut s'enfler brutalement en période de crise. Pauvreté héritée du sous-développement d'Ancien Régime et pauvreté moderne, celle du paupérisme, née de l'industrialisation, conjuguent leurs effets et font dériver une partie de la société dans l'indigence, puis vers un état que les « observateurs sociaux », effarés, n'hésitent pas à qualifier d'« animalisation ».

La « condition » du pauvre se définit d'abord par l'impossibilité de rejoindre de manière durable le monde du travail et, dès lors, par la précarité d'une vie au jour le jour. Mais les pauvres peuvent être d'anciens travailleurs, des journaliers, abîmés par un accident ou affectés par une maladie et qui alors basculent dans la misère. Les gens âgés, repoussés en marge d'un monde du travail dans lequel il faut être vigoureux, et les enfants rejetés des structures familiales parce qu'ils sont enfants trouvés, orphelins ou enfants abandonnés (confiés alors aux « tours » pivotants des églises qui préservent l'anonymat), constituent un autre contingent de la pauvreté. Dans celui-ci, les femmes (veuves, filles mères, femmes abandonnées...) y sont deux fois plus nombreuses que les hommes. La pauvreté mène à la mendicité, au vagabondage, deux délits réprimés qui conduisent les pauvres devant la justice. Condamnés par les notables pour leurs mœurs et leurs « vices », les pauvres sont confrontés à une effrayante mortalité infantile, à la promiscuité des sexes, aux abandons d'enfants ou à l'infanticide, à la prostitution, dont la misère sociale n'est toutefois qu'une des sources. À Paris, vers 1840, les enfants illégitimes représentent le tiers des naissances. 5 500 d'entre eux sont alors confiés aux hospices de la capitale.

L'Ancien Régime avait voulu isoler, contenir les pauvres dans les hôpitaux généraux, où ils étaient plus enfermés que secourus, option lourde et coûteuse. Mais la politique d'un premier XIXe siècle libéral a pris pour objectif de limiter les dépenses de l'assistance, considérées comme excessives et génératrices de comportements qui allaient à l'encontre du but recherché. Les dépenses sociales, dit-on, favorisent la paresse et dissuadent de rejoindre le monde du travail, qui est le seul cadre dans lequel le pauvre puisse se « redresser ». C'est la raison pour laquelle les gouvernements défendent la déshospitalisation, l'assistance à domicile, la charité privée, mais surtout pas la « charité légale », celle qu'ont pratiquée puis abandonnée, en 1834, les Anglais, qui, dit-on, ont fait la preuve que l'obligation d'assistance était ruineuse.

Le coût de l'assistance à l'énorme masse des pauvres est pourtant modeste : 0,3 % du revenu national, et l'effort de l'État est presque nul puisque 45 % de l'aide viennent des municipalités et 52 % des dotations privées. En dépit de toutes les méthodes de l'auto-assistance prônées par les philanthropes : caisses d'épargne, mutuelles... dont le succès reste très inférieur à ce que connaissent l'Angleterre ou la Belgique, le pivot du système d'assistance reste l'« hôpital général », sauf dans les très grandes villes, où l'hôpital se médicalise et où l'hospice conserve pratiquement, lui, une dimension pénale. Il y a en France, à la veille de 1848, 1 338 hôpitaux, mais 5 % d'entre eux, à Paris et dans les régions les plus riches, possèdent les trois quarts des ressources. L'assistance relève aussi des bureaux de bienfaisance, rattachés à l'administration municipale. Ils sont 7 559 en France en 1848 mais n'ont accordé annuellement qu'une aide moyenne de 10 F à 700 000 indigents. Au-delà, la pauvreté est l'affaire des très nombreuses sociétés charitables, laïques ou religieuses, mais le durcissement libéral des années 1840 s'est traduit par un reflux de leur aide.

7
Des « années décisives »

Le « système Guizot » ne peut être réduit à l'image de l'immobilisme conservateur. Les années 1840 sont aussi celles d'un tournant majeur de la société française vers la modernité, qu'elle soit économique, politique ou culturelle.

La modernisation de la France

Le progrès économique dans un marché national plus cohérent

Au tournant de 1840, après une crise brutale qui a cassé un moment la dynamique économique retrouvée, les années Guizot inaugurent un long cycle d'expansion. La progression des biens de consommation sur le marché intérieur, la construction des chemins de fer, un commerce extérieur dynamique, entraînent la croissance. Mais dans une France aux trois quarts rurale, un élément déterminant de l'expansion est la croissance du revenu agricole. Partout les surfaces cultivées augmentent sous la poussée démographique. C'est d'abord la production traditionnelle qui progresse – les céréales, la vigne –, grâce à un travail accru de la paysannerie, mais souvent sous l'influence des grands propriétaires, « agronomes progressistes » dont les idées se popularisent dans le *Journal d'agriculture pratique*, les fermes écoles, les comices agricoles… Les cultures se diversifient, les prairies artificielles progressent, la production animale, encore très archaïque, s'améliore, la charrue en fer se diffuse. L'industrie en bénéficie car elle vit encore en symbiose avec l'agriculture : la fabrication des draps dynamise l'élevage des moutons, le textile la production de plantes tinctoriales, Lyon le ver à soie dans le Midi ; le sucre de betterave, qui concurrence désormais le sucre colonial, modernise les campagnes du Nord.

Une nouvelle étape dans la formation d'un marché national homogène stimule la concurrence entre les régions, unifie un peu plus les prix, accentue la division du travail dans une France où le grand problème reste le coût élevé des transports. Le gouvernement s'engage plus avant dans la dépense. La loi Thiers de 1836 jette les bases d'un lacis de chemins et de voies vicinales qui vont pénétrer au cœur du milieu rural. 1 600 kilomètres de canaux, concédés à des compagnies privées, sont construits sous Louis-Philippe, à un moment où le Rhône, la Saône et la Seine sont sillonnés par des bateaux à vapeur. Le télégraphe électrique permet au gouvernement d'établir des liaisons instantanées sur tout le territoire.

Mais la France a pris du retard dans la construction de son réseau ferroviaire (560 km construits en 1841). Alors que les Anglais construisent dès les années 1830 un réseau très dense, il faut attendre 1842 pour qu'une loi organise la construction et la gestion des lignes. Contre l'avis de Lamartine, qui pensait que les communications devaient être un service public, le réseau en étoile autour de Paris accorde une large place au privé. L'État se charge des infrastructures coûteuses (achat des terrains, construction des ponts, tunnels, voies) et concède à des compagnies privées l'exploitation des lignes après qu'elles ont aménagé les superstructures (rails, gares, signalisation).

Pour éviter d'être confronté à des compagnies trop puissantes, l'État a morcelé les lignes et limité la durée des concessions dans la perspective d'un rachat ultérieur. De là, la taille un peu juste des compagnies, financièrement fragiles, et le progrès assez lent des travaux. Si l'investissement ferroviaire occupe encore une place modeste dans l'économie (6,7 % de l'investissement total contre 28 % en Angleterre dans la décennie 1840), l'engouement pour le placement ferroviaire est réel chez les notables. La Compagnie du Nord, suscitée par le groupe bancaire Rothschild-d'Eichtal-Mallet avec un capital de 200 millions, a plus de 20 000 actionnaires. Mais l'épargne française n'est pas

Des « années décisives »

suffisante. Sur 1 milliard de francs investis en 1847, 600 millions ont été fournis par des banques anglaises.

Une économie plus lourde en capital

Le chemin de fer apporte, dès les années 1840, d'importants changements dans l'économie et la société françaises. Il ne faut plus désormais que 4 à 5 heures pour aller de Paris à Calais contre 28 heures en diligence. Un nouveau capitalisme se profile dans le sillage du chemin de fer. Il fait émerger au niveau national des entreprises organisées en sociétés anonymes de grande taille, avec l'appui de banques puissantes, un état-major, de nombreux actionnaires, des ingénieurs, des employés...

Ce phénomène se situe du reste dans un mouvement plus profond vers un alourdissement du capital d'une partie des entreprises. Le gouvernement applique de manière très souple la législation tatillonne sur la création des sociétés anonymes, et la concentration peut progresser dans un environnement plus libéral qu'en Allemagne. Pour répondre à la commande de rails, de gros équipements, les mines et la métallurgie investissent, et parfois même de manière risquée. Le nombre des hauts fourneaux au coke double (Fourchambault, Decazeville, Le Creusot...) et la production de fonte augmente de 47 % entre 1840 et 1847. En 1840, les patrons les plus puissants se regroupent dans un Comité des intérêts métallurgiques et sont imités par les constructeurs mécaniciens, les cotonniers, les lainiers...

À Paris apparaissent de grosses usines de construction mécanique – Gouin aux Batignolles, Cail à Grenelle – qui fabriquent des machines à vapeur, des locomotives, des moulins pour les sucreries... Autour d'un noyau de travailleurs qualifiés, elles regroupent de manière souvent temporaire plusieurs centaines d'ouvriers. Des industries traditionnelles se modernisent. À Limoges, la fabrication de la porcelaine passe au stade industriel dans le cadre de l'usine. Dans le coton, le nombre des métiers mécaniques s'amplifie brutalement, surtout en Alsace et dans la région rouennaise (de 5 000 à 31 000 entre 1836 et 1846).

L'essentiel de l'industrie textile s'appuie toutefois moins

sur le drainage de la main-d'œuvre vers les centres urbains où sont concentrés les capitaux, les entrepreneurs, la commercialisation, que sur la dispersion des métiers dans le plat pays alentour. La France reste un pays de main-d'œuvre abondante et peu chère en regard de l'Angleterre, où les salaires sont plus élevés. Ce système reste rentable, car le donneur d'ordres qui distribue les matières premières par ses agents aux petits producteurs dispersés ne supporte pas le poids de l'amortissement du matériel, résiste mieux aux fortes contractions d'un marché très irrégulier et profite de salaires ruraux très bas. Le cas de la soierie est exemplaire. Si Lyon reste avec la colline de la Croix-Rousse la plus grande concentration industrielle de l'époque, des milliers de métiers sont montés progressivement dans le Beaujolais, en Savoie et en Dauphiné.

Les industries de luxe et de demi-luxe – c'est le cas de la fabrique parisienne –, organisées en petites entreprises artisanales, progressent rapidement par une division accrue du travail et assurent la poussée des exportations, qui reposent pour l'essentiel sur les soieries, les vins fins, les draperies de qualité, les produits de luxe, alors que les cotonnades françaises ne peuvent concurrencer les produits anglais, moins coûteux, et doivent s'abriter derrière les prohibitions douanières.

L'apparition des « couches nouvelles »

Les années 1840 voient progresser, dans le sillage de la prospérité, une nouvelle « classe moyenne » qui tend à se distinguer à la fois des notables et de la petite bourgeoisie. Elle est faite d'hommes qui se caractérisent par la possession d'une culture acquise dans les lycées napoléoniens et à l'université et d'un savoir d'expert. Dans une société où le savoir joue un rôle de plus en plus grand, où le prestige de la science s'affirme un peu plus, les titulaires de diplômes, les « capacités », entendent faire reconnaître leur droit et leur place.

En 1838, auteurs et journalistes forment, à l'initiative de Balzac, la Société des gens de lettres, à la fois société d'entraide mutuelle et groupement de défense de la propriété littéraire. Le 1er novembre 1845 a lieu la première réunion, à Paris, des professions médicales. La profession est encombrée, et les médecins cherchent à délimiter leur métier contre les sœurs soignantes, les officiers de santé, mais aussi contre un nombre important de charlatans qui pratiquent l'exercice illégal de la médecine. La profession médicale est en effet partagée entre les médecins, titulaires d'un doctorat obtenu au bout de quatre années d'études, et les officiers de santé – statut établi en 1803 par Napoléon, qui avait besoin de renforcer rapidement le corps médical –, dont la formation ne repose que sur des stages professionnels. En 1847, 7 500 officiers de santé se partagent la pratique de la médecine avec 11 000 docteurs. En juin 1845, les pharmaciens, les vétérinaires concurrencés aussi par les forgerons de village, s'assemblent et demandent que l'on reconnaisse leur compétence scientifique, leur statut et que l'on écarte tous ceux qui, aux frontières du métier, compromettent l'image de la profession mais aussi ses revenus.

En 1843, apparaît la Société centrale des architectes, qui impose, en 1867, un diplôme d'architecte. Les ingénieurs sont d'abord des élèves rentrés à l'École polytechnique et qui font carrière dans les grands « corps d'État » : les Ponts et Chaussées, les Mines, l'armée et la marine. Mais, depuis 1829, une nouvelle catégorie d'ingénieurs est apparue avec la création de l'École centrale des arts et manufactures, ayant pour vocation de former des ingénieurs civils, plus spécialement orientés vers les entreprises privées. Encore cantonnés dans un statut secondaire, ils s'assemblent et parviennent à faire reconnaître en mars 1848 le statut d'« ingénieur civil ». De la même manière, en 1843, Charles Duveyrier propose la mise en place d'une première École nationale d'administration qui verra le jour en juillet 1848. Contre les attaques des milieux cléricaux, des professeurs de lycée de Paris issus de l'École normale supérieure forment une association des anciens élèves de cette école.

D'autres professions encore, comme celle des journalistes, s'organisent pour prendre rang parmi les capacités, parfois pour contester l'ordre des notables ou pour y être intégrées dans un cadre plus démocratique, dans la mesure où la réforme électorale permettrait d'abaisser le cens. Cette distinction qui s'opère dans la bourgeoisie sur la base du diplôme, du concours, et qui se démarque de la pyramide hiérarchique des notables, reste l'enjeu d'une lutte aux contours souvent indécis. Les conditions requises pour être magistrat se réduisent encore, outre l'âge (25 ans), à la licence en droit et à un stage de deux ans au barreau. Un examen professionnel ne sera imposé qu'en 1908. Nombre de magistrats considèrent du reste leur fonction comme une charge qu'ils transmettent à leur fils ou qu'ils cèdent moyennant finance. La faiblesse des traitements implique alors un recrutement parmi les notables. Cela entrave l'ouverture sociale, maintient dans la profession l'attachement à la défense de l'ordre social et limite beaucoup l'indépendance théorique du métier. L'inamovibilité de la charge est contestée fortement du reste par les épurations massives de 1830.

L'élargissement des horizons culturels

L'effort éducatif

Que l'on considère l'instruction initiale ou la formation continue, l'une comme l'autre ont été favorisées par la monarchie de Juillet, qui ne s'est pas contentée de défendre les intérêts de la bourgeoisie d'affaires mais qui s'est aussi préoccupée de la culture dans la « monarchie des professeurs ». L'effort culturel est lié d'abord à la préoccupation d'unifier la société française en écho à l'unification du marché national. Il existe, en effet, un contraste entre une France tôt alphabétisée au nord de la ligne Saint-Malo-Genève et celle au sud, qui compte un fort pourcentage de conscrits analphabètes. Le français est encore loin d'avoir gagné la partie, en particulier dans les campagnes. L'Alsace, la Bretagne, le Pays basque, les habitants d'une vingtaine de départements du Midi qui constituent la France occitane (des Landes à la Haute-Vienne et au Var) continuent à « parler patois » et à ignorer le français comme langue nationale.

Les initiatives de Guizot, qui a été un grand ministre de l'Instruction publique, prennent ainsi la dimension d'un enjeu national. Guizot est à l'origine de la loi du 28 juin

1833, qui oblige chaque commune à entretenir une école primaire et chaque département, une école normale pour former les instituteurs. Un corps d'inspecteurs est mis sur pied, mais une part de contrôle est laissée à des « comités » de notables. La gratuité n'est assurée qu'aux indigents, mais l'effort scolaire est considérable. Dans les années 1840, le nombre des écoles passe de 30 996 à 52 779, et celui des élèves double. En 1829, 45 % des jeunes examinés pour le recrutement militaire savent lire. Ils sont 64 % en 1848. L'école vise alors l'apprentissage d'un savoir de base : lire-écrire-compter, quelques connaissances en histoire et géographie, une morale pratique. La loi Guizot est une étape importante dans l'alphabétisation des Français et la formation d'une culture nationale. Mais l'objectif visé n'est pas de faire progresser l'égalité entre les hommes, mais de consolider l'ordre des notables et de repousser, par la raison, le péril démocratique. Guizot, dans sa lettre aux instituteurs (18 juillet 1833), précise que « l'instruction populaire universelle est désormais une garantie de l'ordre et de la stabilité sociale et que la liberté n'est assurée et régulière que chez un peuple assez éclairé pour écouter en toute circonstance la voix de la raison ». La vie scolaire est empreinte d'une atmosphère religieuse, moralisatrice, et Guizot reste convaincu qu'il existe dans la nature humaine un péril moral qui doit être constamment combattu.

L'accès aux lycées reste le privilège d'une élite. Salvandy organise toutefois dans le secondaire, à partir de 1847, un enseignement « spécial » avec « l'étude des sciences et de leur application à l'industrie, des langues vivantes, de la théorie du commerce et du dessin ». Un peu plus de 3 000 Français accèdent au baccalauréat chaque année, soit 10 personnes sur 100 000. Le nombre des étudiants, 3 000 sous la Restauration, s'est élevé à 5 000. Les étudiants sont essentiellement alors les élèves des facultés à finalité professionnelle : le droit et la médecine. Il faut leur adjoindre l'École polytechnique et l'École normale supérieure, toutes deux opposées au régime. Les étudiants de lettres et de sciences sont très peu nombreux, et les cours fréquentés souvent par des auditeurs oisifs attirés par des personnalités célèbres.

Le régime accorde une grande attention à cette petite élite cultivée. Sa fonction est reconnue quand Guizot, en 1832, rétablit l'Académie des sciences morales et politiques, supprimée par Napoléon, et lui donne le rôle de laboratoire d'idées du régime des notables. Au-delà, l'activité culturelle des élites passe par le développement rapide des très nombreuses sociétés savantes, qui mobilisent les loisirs des notables éclairés de province. Le phénomène est considérable. Un millier de sociétés rassemblent près de 200 000 sociétaires : des sociétés d'émulation aux sociétés philotechniques, en passant par les très nombreuses sociétés d'agronomie, de géographie, d'archéologie, de statistique, d'histoire, qui font l'inventaire de leur discipline, classent, enquêtent, publient et décernent prix et encouragements.

La formation continue des Français

La « formation continue » bénéficie des progrès de la presse et d'une façon plus générale d'une « invasion de l'imprimé » qui marque ce tournant du siècle. L'essor de la presse provient de la révolution de 1830, révolution des journalistes, et des initiatives de quelques grands patrons de presse. Émile Girardin lance en 1836 *La Presse*, avec un prix d'abonnement de 40 F qui correspond à la moitié du prix habituel. Cette baisse est compensée par l'augmentation des tirages, le recours systématique aux « annonces » mais aussi la publication de feuilletons dus aux plus grand noms de l'époque : George Sand, Balzac, Eugène Sue...

Le développement de la presse est très rapide, mais le cautionnement, alourdi en 1835, limite la propriété des journaux aux cercles de la bourgeoisie. En province, les feuilles gouvernementales sont tenues par le préfet, qui leur réserve les annonces officielles et judiciaires, et aidées par le Bureau de l'esprit public, qui leur fournit des articles de lutte contre les gazettes légitimistes ou démocratiques.

Un tournant technologique encourage le développement de l'édition grâce à la fabrication industrielle de l'encre, du papier, à l'utilisation progressive de la presse à vapeur, de la rotative Marinoni qui utilise du papier en bobine et imprime automatiquement sur les deux côtés. De 1 000 titres édités chaque année en 1788, on passe à 8 000 en 1825 et à 12 000 vers 1860. La prolifération des livres pousse les autorités à durcir le contrôle de la librairie (organisé par le décret du 5 février 1810) et la censure, qui s'exerce de la fabrication de l'ouvrage à sa circulation. Les éditeurs doivent disposer d'un certificat de bonnes vie et mœurs, d'une attestation de capacité qui implique aussi loyauté à l'égard du régime. Face à l'écrivain s'affirme l'éditeur. Son travail se dégage de celui de l'imprimeur, et désormais il constitue son « écurie » d'auteurs : auteurs de théâtre pour Michel Lévy, le monde du Palais pour Dalloz, l'université et l'école pour Louis Hachette.

La floraison de livres est stimulée par l'édition théâtrale, la naissance du roman-feuilleton. *Les Mystères de Paris*, d'Eugène Sue, publiés d'abord dans *Le Journal des débats*, obtiennent un immense succès. Au tournant des années 1840 s'imposent de véritables journaux-romans qui fidélisent le lecteur. Mais le livre reste cher. *Vingt Ans après* de Dumas, en huit volumes, coûte 40 F. Ce prix élevé est toutefois concurrencé par la contrefaçon belge, mais aussi par des innovations techniques, le retour au petit format popularisé par Michel Lévy, contre le « grand livre » des auteurs romantiques.

Grâce au développement rapide de la lithographie, de nouveaux éditeurs sans gros moyens produisent des illustrations à bon marché. Désormais des romans populaires illustrés à 20 centimes sont vendus sur les boulevards ou diffusés par les colporteurs en province. Plus encore que les progrès techniques et l'essor quantitatif de l'imprimé, le changement vient de la façon dont le peuple s'empare de connaissances qui relèvent de l'écrit. En ville, la diffusion de l'écrit est multipliée grâce aux cabinets de lecture, bibliothèques privées et commerciales où l'on vient lire, pour quelques sous, le journal et les auteurs à la mode, Balzac et Dumas. Le colportage dans les campagnes atteint alors son apogée. Dans une vie culturelle du peuple qui est encore majoritairement collective, l'imprimé se diffuse par la lecture à haute voix faite par celui qui sait lire pour ceux qui ne savent pas encore. Dans les ateliers des canuts, dans les cafés, dans les chambrées de lecture, où se réunissent artisans et paysans du Midi, dans les goguettes (sociétés chantantes de petites gens), on écoute en commun des lectures et l'on apprend les nouvelles chansons de Béranger ou Desaugiers. Par ce biais, des éléments de la culture des élites, des idées nouvelles sont appropriés par les milieux populaires. Le *Manuel de santé* de Raspail, médecin, chimiste, mais aussi socialiste, se diffuse ainsi contre la médecine coûteuse des spécialistes.

Le libéralisme en procès

Critiques bourgeoises

La remise en cause du libéralisme guizotiste a été très précoce et n'a pas été seulement le fait des classes populaires. Quand la politique de la « résistance » l'a emporté, très vite, dès 1831, une bourgeoisie de progrès, celle du « mouvement », a considéré que le régime se condamnait s'il repoussait la réforme. Mais, au tournant des années 1840, le problème de l'avenir de la société des notables est posé de façon nouvelle. L'enquête commandée en 1834 par l'Académie des sciences morales et politiques à Louis Villermé, publiée en 1840, attire l'attention sur la profonde détresse du monde ouvrier dans les manufactures concentrées du coton. Dans le sillage des travaux statistiques qui se sont multipliés – ceux de Parent-Duchâtelet, de Quételet –, l'enquête donne une image plus exacte des travailleurs et montre que, au moins dans les régions les plus dynamiques, la France s'engage bien, comme l'Angleterre, dans la voie d'une industrialisation accompagnée d'un mal nouveau : le « paupérisme ». Celui-ci se caractérise par le fait que la croissance rapide, l'enrichissement de la France, provoquent l'extension tout aussi rapide de la misère des travailleurs de l'industrie concentrée. Si Villermé se veut seulement témoin et considère que le problème social est avant tout un problème moral, son tableau accuse néanmoins la société des notables. Ses témoignages alimentent le débat jusqu'à l'Assemblée et contribuent au vote de la loi de 1841 qui limite le travail des enfants.

Des accusations très vives contre le libéralisme économique et les nouvelles formes d'industrialisation sont lancées par les chefs de file du courant chrétien de l'« économie charitable » : le vicomte de Villeneuve-Bargemont, le baron de Morogues, le baron de Gérando. Aux yeux de ces avocats d'une société traditionnelle, de ses hiérarchies stables, fondées sur le lien social chrétien, le libéralisme « à l'anglaise » apparaît destructeur. Ils nourrissent un véritable catastrophisme fondé sur l'idée que la concurrence mène au bas prix des produits, à la liquidation des petites industries et à la baisse du salaire. La maladie est venue d'Angleterre, elle gagne la France et menace de précipiter la société dans un cycle de crises et de révolutions. Convaincus qu'aucune réforme n'est possible dans ce cercle vicieux, ils invitent à revenir à une économie agricole équilibrée par les consommations des grands propriétaires et à la petite entreprise traditionnelle.

À partir des années 1840, l'inquiétude mais aussi le remords social s'emparent d'une partie des notables. Mais, plus profondément, c'est le schéma libéral sur lequel repose la monarchie louis-philipparde qui se fissure. Alors que les libéraux, avec Jean-Baptiste Say, restaient persuadés que les difficultés économiques n'étaient que la conséquence de l'archaïsme et du « sous-développement » de l'économie française, on découvre maintenant qu'elles s'inscrivent au cœur de l'économie de marché et reviennent de façon cyclique dans des crises qui risquent d'emporter la société. C'est le principe même de la concurrence et d'une économie fondée sur l'initiative individuelle qui est désormais contesté.

Les contradictions du libéralisme français

Les milieux économiques français se divisent de plus en plus fortement entre libre-échangistes et protectionnistes. Si le choix protectionniste de 1814 a joué un rôle moteur pour lancer l'industrialisation face à la supériorité industrielle de l'Angleterre, ce choix est désormais vivement contesté. En se généralisant, le protectionnisme a perdu sa vertu incitatrice et renchérit globalement les coûts de production. La France, qui profite d'une main-d'œuvre peu coûteuse, est en revanche confrontée à la cherté du fer, du charbon, des matières premières, qui comptent plus alors que le coût des salaires. Un camp libre-échangiste, qui trouve ses assises dans une économie exportatrice, se mobilise pour pousser le gouvernement dans la voie, non d'un libre-échange radical, mais au moins d'une suppression des prohibitions et d'un abaissement des droits de douane, concessions nécessaires pour obtenir des facilités commerciales à l'étranger.

Cette France libre-échangiste est celle des vignobles de qualité, des industries de luxe et de demi-luxe de Paris (bijoutiers, ébénistes, modes...) et de Lyon (soieries), d'une fraction du négoce, mais désormais elle trouve des appuis nouveaux dans la haute banque et les compagnies de chemins de fer, confrontées à la cherté du fer français. Elle reste toutefois minoritaire face à la puissance des protectionnistes : les cotonniers, les métallurgistes, mais aussi une large partie de la France agricole, qui redoute les blés russes, les bestiaux allemands, les sucres étrangers... À la formation en 1846 de l'Association pour la liberté des échanges, qui lance avec l'appui de Cobden une campagne à l'anglaise en faveur de l'abaissement des droits de douane, répond la formation de l'Association pour la défense du travail national, autour du *Moniteur industriel*, qui annonce le chômage si les produits anglais parviennent à passer les frontières de la France. Ces conflits tétanisent le gouvernement. Guizot, tenté par une réforme douanière qui aurait facilité les relations avec l'Angleterre, a dû faire machine arrière et abandonner aussi les tentatives d'union douanière avec la Belgique.

Mais, au-delà des intérêts économiques, le problème touche à la conception même du libéralisme. Certains économistes plaident le « laissez-faire », repoussent toute intervention de l'État et considèrent que l'existence de la misère sociale est inéluctable : c'est le cas de Charles Dunoyer ou de Bastiat. Des idéologues du libéralisme, en revanche, regroupés en 1841 dans le *Journal des économistes* considèrent que le paupérisme, les crises économiques, trouvent leur racine dans une dérive du libéralisme. Le marché national, très protégé de la concurrence anglaise, a donné naissance à de grands monopoles dont la Compagnie des mines de la Loire, qui vient de baisser les salaires, est un exemple. Ces grands monopoles tronquent le marché, imposent des prix élevés, prélèvent, grâce aux prohibitions, une « rente » sur la richesse française, menacent la petite entreprise et aggravent la misère ouvrière. Un courant réformateur chez des économistes dont certains sont proches des saint-simoniens, comme Adolphe Blanqui (le frère d'Auguste, le révolutionnaire), Louis Wolowski, Michel Chevalier... mais aussi des personnalités comme Lamartine préconisent d'avancer vers le libre-échange, qui réduira la puissance de ce grand capitalisme par la concurrence des bas prix étrangers et qui relèvera le niveau de vie des masses grâce au « pain à bon marché ». Au-delà, tout un courant de notables, rejoint par des personnalités comme Tocqueville, souligne le danger du « conservatisme borné » de Guizot, du développement inégal entre groupes sociaux, entre régions, et préconise une voie réformiste pour faire barrage au suffrage universel.

Une nouvelle opposition de gauche

Naissance du « radicalisme »

Depuis le vote des lois répressives de 1835, le terme de « républicain » est interdit dans le vocabulaire politique, et les républicains, irréconciliables avec la monarchie de Juillet qui « trahit » les idéaux de 1830, s'appellent « radicaux », expression d'origine anglaise. Vers 1840, un mouvement « radical », de fait républicain, se dessine après l'échec des tentatives de putschs révolutionnaires suscitées par Auguste Blanqui. Ce mouvement progresse parallèlement au socialisme et entretient de nombreux points de contact avec lui.

Ledru-Rollin, riche avocat parisien, élu député de la Sarthe en 1841 par une bourgeoisie « bleue », s'impose comme le père de la nouvelle doctrine radicale. Contre le suffrage étroit des notables, il se revendique du suffrage universel : « Que tout citoyen soit électeur, que le député soit l'homme de la nation et non de la fortune. » Le suffrage universel n'est pas seulement le chemin vers la démocratie politique, il donne aussi les moyens de mener à bien la réforme sociale. Cela ne conduit pas à une suppression de la propriété privée, mais au contraire à son extension, à sa démocratisation, qui représente la meilleure manière de faire disparaître le prolétariat et la lutte des classes. Un État, dans les mains de la nation tout entière, pourra même « nationaliser » les grandes richesses productives dans les mains des monopoles : mines, canaux, chemins de fer... protégera les faibles contre les gros capitalistes, étendra les bienfaits de l'éducation, fournira du crédit à bon marché aux petits producteurs.

Autour de cet axe « radical » se reconstruit une opposition républicaine. Elle se structure autour de journaux qui ont survécu à la répression et à la censure : *Le National*, défenseur d'un projet de citoyenneté nouvelle et d'éducation gratuite mais très hostile au socialisme, *La Réforme*, qui élargit ses rangs à des républicains socialistes comme Louis Blanc et pose le problème du droit au travail et de l'organisation du travail. Mais le débat est alimenté aussi par des journaux satiriques et une « contre-culture » républicaine : *Le Charivari*, *Le Corsaire*, tournent en dérision le régime. Daumier caricature de manière féroce le notable satisfait ; Félix Pyat, Eugène Sue connaissent un grand succès pour leurs mélodrames, qui magnifient le rôle du peuple ; les poètes ouvriers comme Charles Poncy sont repris par les travailleurs ; almanachs et brochures républicaines sont diffusés par les colporteurs et lus dans les cafés, les cercles d'agrément, les casinos et les chambrées populaires.

L'opposition républicaine, représentée seulement par une poignée de députés à la Chambre, progresse dans les élections locales en s'appuyant sur une bourgeoisie moyenne et des « capacités » intellectuelles ou économiques. Elle se distingue à peine, souvent, de la gauche dynastique, et parfois, dans le Midi, elle fait jeu commun avec les carlistes les plus hostiles à la bourgeoisie orléaniste. De grands notables s'en rapprochent – le savant François Arago, Hippolyte Carnot –, qui pensent encore à une « démocratisation » de la royauté dans l'esprit de 1830. Cette opposition jouxte les courants socialistes dont certains leaders comme Étienne Cabet sont d'ardents républicains qui contribuent à rapprocher à nouveau les ouvriers et la république. Une culture républicaine renoue avec le souvenir de la Révolution française, se nourrit de l'émotion romantique et d'une image sentimentale du peuple. En 1847, Lamartine, qui voit dans la Révolution « un évangile des droits sociaux », publie son *Histoire des Girondins*, Michelet, précepteur de la jeunesse républicaine, rêve d'une démocratie sans violence ni terreur et publie le premier tome de son *Histoire de la Révolution*. Louis Blanc commence, lui aussi, une *Histoire de la Révolution*.

L'« association » contre l'anarchie libérale

La critique la plus radicale du libéralisme des notables vient du courant socialiste. Le mot apparaît en 1832 dans *Le Globe*, saint-simonien, et si, en Angleterre, à la même époque, s'organise un puissant mouvement ouvrier, c'est en France, là où le prolétariat est encore numériquement assez faible et où l'artisanat domine, que s'imposent un projet et une véritable école socialistes.

Le socialisme naît d'une rencontre entre les doctrines des « intellectuels » et une nouvelle pratique ouvrière forgée dans les luttes après 1830. Il existe bien, avant 1830, autour de Saint-Simon et de Fourier, une doctrine dont l'objectif majeur est d'opérer une reconstruction de la société mise en miettes par la Révolution. Mais les courants constitués éclatent après 1830. Les saint-simoniens se dispersent. Plusieurs personnalités s'en détachent. Pierre Leroux s'éloigne et va fonder avec George Sand *La Revue indépendante* (1841), mais aussi Constantin Pecqueur qui se rapproche des fouriéristes et de Lamennais. Buchez se tourne lui vers un mouvement social en plein essor. Naissent alors de nouvelles « corporations ouvrières », très différentes des vieilles corporations de maîtres et des compagnonnages de l'Ancien Régime, parce que ce sont les ouvriers qui les animent, à la fois pour défendre leur salaire, mais aussi pour maintenir, face à la déréglementation de l'économie libérale, une communauté morale de métier. Il s'agit alors de veiller sur le niveau du recrutement, la qualité des produits, le niveau du salaire, le statut de l'ouvrier qualifié et d'élaborer des réglementations minutieuses du métier. Cela implique affrontement avec le patronat mais parfois accord, car beaucoup de maîtres coopèrent avec les « corporations ouvrières » pour combattre les patrons qui innovent, ceux qui se livrent à une concurrence déloyale, et parce que les patrons, privés de leurs propres corporations, souhaitent souvent trouver un cadre stable d'organisation du métier. La « corporation ouvrière » trouve ses assises dans le mouvement traditionnel du compagnonnage et dans celui, plus moderne, des sociétés de secours mutuel. Les deux formes, n'étant pas totalement opposées, ont pu coexister ou se relayer selon les métiers.

Au-delà, conciliant l'idée, héritée de la Révolution, d'une société de citoyens libres et la nécessité d'une organisation collective et corporative de métier, s'impose le schéma de l'association ouvrière, libre regroupement d'individus. L'association volontaire d'ouvriers en chômage qui montent une entreprise, l'association de secours, l'assurance mutuelle, en sont la base. Mais l'originalité française est de construire dans ce mouvement associatif un projet d'émancipation des travailleurs imité du schéma de la « coopérative de production » popularisée par Philippe Buchez. Il s'agit de constituer un « capital social commun » à partir des cotisations versées par les ouvriers, qui deviendront propriétaires associés. Ce capital sera « inaliénable et indissoluble », il appartiendra à l'association elle-même et les enfants des associés ne pourront en hériter. L'association sera organisée démocratiquement et assurera une rémunération égale à tous ses membres. Ouverte à de nouveaux travailleurs, elle se substituera progressivement au système de production individualiste et concurrentiel. Chez Saint-Simon, l'organisation de la production était liée à la promotion d'un pouvoir scientifique, et le phalanstère de Fourier, point de départ d'un regroupement, se bâtissait selon l'harmonisation des passions. L'association de production de Buchez est égalitaire et valorise une société démocratique fondée sur le travail manuel.

Le socialisme français

L'association de production se retrouve à la base de nombreux projets socialistes de réorganisation de la société. On la trouve mise en œuvre dans la Société des bijoutiers en doré, proche de Buchez. Mais c'est au tournant de 1840, à un moment où l'on discute ouvertement dans les ateliers et les cabarets des idées socialistes, que sont publiées des œuvres majeures qui vont fixer le projet de transformation de la société. En 1840 est lancé *L'Atelier*, organe des intérêts matériels, moraux et intellectuels des ouvriers, sous la direction d'Anthime Corbon et dans le sillage du projet de Buchez. En 1839, est publié le *Voyage en Icarie* de Cabet, qui connaît un très grand succès chez les ouvriers et lance un premier mouvement communiste. La même année est publiée *L'Organisation du travail* de Louis Blanc, qui fait la jonction entre le mouvement républicain et le courant socialiste. En 1840 paraît *Qu'est-ce que la propriété ?* de Proudhon. Dans cet ensemble de publications, auquel il faut ajouter la renaissance du courant fouriériste sous la direction de Victor Considérant et de son journal *La Démocratie pacifique*, se dessine un socialisme français qui va orienter la révolution de 1848.

Ce socialisme apparaît d'abord marqué par la redécouverte des leçons de la Révolution française. On y retient surtout l'héritage rousseauiste, le modèle de la démocratie politique, le précédent du suffrage universel de 1792, la politique sociale de la Constitution de l'an III, jamais appliquée mais restée arche sainte de nombreux socialistes. Le socialisme réhabilite le « programme » de Robespierre, de Saint-Just, admirés parce qu'ils ont défendu les pauvres. Jacobinisme et socialisme, encore étroitement imbriqués, mettent en avant un égalitarisme révolutionnaire, celui de la *Conspiration pour l'égalité, dite de Babeuf,* transmis à la génération des années 1840 par Philippe Buonarroti.

Mais la référence à la Révolution française coexiste chez beaucoup de socialistes avec les leçons de l'Évangile. Leur projet baigne dans une nouvelle spiritualité qui présente l'Évangile comme idéal à atteindre, idéal égalitaire, démocratique et fraternel qui présente Jésus-Christ comme le premier des prolétaires. Même si Buchez se dit un vrai catholique, cette religion socialiste n'est pas la religion installée, mais relève d'un nouveau christianisme à construire dans une société régénérée. « Le communisme – dit Cabet –, c'est le christianisme. » Il ne s'agit pas de former un parti, mais de réussir, pour passer au socialisme, une véritable conversion morale, et par l'instruction, la fraternisation, le prosélytisme, d'entraîner les travailleurs vers la société nouvelle en excluant une révolution violente. Les socialistes sont pacifistes, ils prêchent la collaboration des classes et sont convaincus que la bourgeoisie les suivra. La meilleure façon de précipiter l'arrivée du socialisme est de commencer à bâtir cette nouvelle société fraternelle dans une expérience « pilote » qui séduira le reste de la société : le phalanstère de Godin, la communauté de Nauvoo au Texas pour les cabetistes.

Des clivages opposent toutefois les différents socialistes. Les cabetistes répudient la propriété privée, mais les buchéziens entendent préserver la petite propriété démocratique. Avec les fouriéristes, ils sont très hostiles à l'intervention de l'État. En revanche, Louis Blanc, le plus réaliste, défend un projet d'atelier social, coopérative de production, dont le lancement serait encouragé par le crédit de l'État, un État qui aurait aussi pour tâche d'assurer la coordination du nouveau socialisme afin de limiter les effets nocifs de la concurrence.

Deux personnalités développent un projet sensiblement différent. C'est Proudhon, d'abord connu pour son fameux slogan : « La propriété c'est le vol. » En réalité, Proudhon, avocat des petits producteurs indépendants, condamne la propriété qui n'est pas issue du travail, celle qui vient de la spéculation et s'étend au détriment des « petits » par le jeu de la concurrence. Il reste dans une conception traditionnelle de la production fondée sur l'échange entre les « petits », qu'il veut faciliter par sa « banque d'échange », fruit de la « solidarité réelle ». Farouchement ennemi de l'État, du jacobinisme autoritaire, des violences révolutionnaires, marginal mais rapidement influent, Proudhon prêche l'association, le mutualisme des petits producteurs, le crédit gratuit qui permettra ainsi de s'affranchir de l'« exploitation capitaliste », confondue avec le règne des « usuriers ». Son apport est décisif dans le socialisme d'alors dans la mesure où sa vision du monde écarte la religion et appelle les travailleurs, dans une société laïque, contre les hiérarchies établies, à prendre leur sort en main et à trouver des solutions concrètes, réalistes, loin de l'utopisme.

Auguste Blanqui, lui aussi ennemi des solutions utopistes et fumeuses, se revendique par contre du jacobinisme révolutionnaire. Son projet politique, qui a échoué en 1839, avec l'émeute des Saisons, est articulé sur la subversion violente de l'État, préparée dans le secret des conspirations, et l'établissement d'une dictature révolutionnaire chargée d'imposer un programme républicain contre les « riches ».

Des doctrines au militantisme

Ces socialismes, réunis d'abord par le rejet du libéralisme des notables et élaborés par des personnalités dont aucune n'est véritablement issue des rangs du monde ouvrier, n'en connaissent pas moins un succès important chez les travailleurs. Par une presse à bon marché, par la diffusion d'un grand nombre de brochures, se créent des réseaux socialistes dans le monde ouvrier. Les plus importants sont ceux des cabetistes, implantés à Paris, à Lyon... autour du *Populaire,* et des fouriéristes autour de *La Démocratie pacifiste*. Une partie des militants partage la volonté de s'organiser très vite en une nouvelle communauté, mais, plus largement, ce qui pénètre en milieu ouvrier, c'est d'abord une nouvelle image de la Révolution française redécouverte pour ses ambitions sociales et démocratiques, et c'est aussi, contre le libéralisme des notables, l'assimilation d'idées nouvelles : le droit au travail pour les ouvriers, l'organisation du travail, l'association, revendications qui font souche avant de surgir brutalement en 1848.

Par étapes s'est donc constituée, tout au long des années 1840, une puissante opposition dont le poids n'est nullement traduit dans les instances politiques du régime guizotiste. Elle va de grands notables qui prennent leurs distances avec une monarchie qui se confond dans leur esprit avec le règne de l'argent et semble reconstituer autour d'une « féodalité financière » une nouvelle société d'ordre, à un courant socialiste qui considère le libéralisme comme un agent de destruction et d'oppression dans la société. Trois grands problèmes émergent de ce mouvement : celui de la question sociale, liée à l'apparition du prolétariat ; celui de la fracture qui oppose désormais dans le camp des vainqueurs de 1830 les « petits » et les « gros » ; celui de la réforme électorale comme nécessité, réforme qui va d'un simple abaissement du cens au suffrage universel.

8
La crise du milieu de siècle (1846-1851)

Le 25 février 1848, dès le lendemain de la chute de Louis-Philippe, le gouvernement provisoire fait la proclamation suivante au peuple de Paris, massé devant l'Hôtel de Ville, en place de Grève, lieu d'embauche des ouvriers et haut lieu de l'histoire parisienne : « L'unité de la nation, formée désormais de toutes les classes de citoyens qui la composent ; le gouvernement de la nation par elle-même ; la liberté, l'égalité, la fraternité pour principe, le peuple pour devenir et pour mot d'ordre : voilà le gouvernement démocratique que la nation se doit à elle-même et que nos efforts sauront lui assurer. » Huit jours plus tard, avec le décret du 2 mars qui établit que « le suffrage sera universel et direct sans la moindre condition de cens », la France prend, dans la voie vers la démocratie, une avance décisive sur les autres pays d'Europe. L'événement, qui est la conséquence de l'effondrement rapide du « système Guizot », ne jette pas toutefois les bases d'une nouvelle stabilité. L'avènement du « suffrage universel » s'inscrit dans une période qui enchaîne trois crises : la crise conjoncturelle qui commence en 1846 et qui ouvre la voie à la révolution de Février, la crise née de la révolution, du mouvement social, crise qui précipite l'échec de la république citadine, la crise enfin qui se développe de 1849 à 1851, liée à une tentative de république paysanne et qui trouve son issue dans le coup d'État de 1851.

L'avènement du « suffrage universel »

La monarchie libérale en crise

La grande crise qui emporte la régime de Juillet a pour originalité de conjuguer les traits d'une crise de type ancien, crise de subsistances, crise agricole de sous-consommation, et d'une crise de type nouveau, une crise capitaliste de surproduction, crise dont le profil était encore brouillé en 1830 comme en 1840.

La crise de subsistances, la dernière de cette ampleur que la France ait connue, a pour origine de mauvaises récoltes et un violent recul de la production de céréales et de pommes de terre dès l'été 1846. L'épuisement des stocks fait flamber les prix en 1847 (ils doublent par rapport à 1845). La poussée brutale de la part du revenu consacrée aux produits agricoles réduit très fortement celle des achats de biens durables. Les ventes de cotonnades s'effondrent, et la crise se diffuse dans la manufacture, où le patronat s'adapte rapidement à la nouvelle conjoncture en se débarrassant d'une bonne partie de sa main-d'œuvre et en arrêtant ses commandes à la fabrique dispersée.

La flambée des prix alimentaires, la chute des revenus annexes tirés par les paysans de l'industrie, s'accompagnent de leur traditionnel cortège d'émeutes de la faim. Les troubles sur les marchés opposent violemment un petit peuple rural qui veut taxer les blés, les conserver dans la région, pille les convois, alors que autorités et notables pensent qu'il faut laisser le marché s'équilibrer de lui-même et permettre aux blés de partir, voire de s'exporter. À Buzançais, dans l'Indre, une émeute s'en est prise aux notables. Un propriétaire a été tué, des maisons riches saccagées et la violence a gagné d'autres régions. Les autorités ont répondu par une répression sévère (trois condamnations à mort à Buzançais) qui a exaspéré les antagonismes sociaux, et la peur sociale s'est répandue dans la contrée avant de gagner le reste de la France. Rares sont les personnalités qui comme George Sand tentent de trouver des explications dans la détresse des populations : « […] ce sont des gens qui ont faim et qui se fâchent contre les avares et les spéculateurs. »

À la crise de subsistances s'ajoute au cours de l'année 1847 une crise du crédit qui met en difficulté de grandes industries capitalistes. Cette crise est liée à la spéculation qui a accompagné la vague de constructions ferroviaires, à l'endettement imprudent de plusieurs compagnies, mais aussi au retrait des fonds anglais qui soutenaient les investissements dans les chemins de fer. Elle trouve aussi son origine dans la crise agricole, les achats de blés étrangers et les pertes de métal précieux (551 millions en or) qui en ont été la conséquence. L'État, engagé dans les chemins de fer, a réduit ses avances et 1 milliard de francs de travaux ont été ajournés. Dès 1847, les conséquences sur la métallurgie sont catastrophiques (en valeur la production tombe de moitié). La poussée du chômage entraîne aussi un recul du salaire de 30 % dans les manufactures au moment où le prix du blé augmente de 100 %. La récolte de 1847, plus favorable, améliore la situation, mais l'effet social de la crise se prolonge bien au-delà de la simple chronologie des prix, tant le chômage fait de ravages chez les ouvriers qui n'ont plus ni avances, ni travail.

La « féodalité financière » en accusation

La crise, même si elle est internationale et s'inscrit dans la logique de l'économie libérale, est imputée au gouvernement, accusé de n'avoir pas combattu la spéculation sur les grains, ou d'avoir « étouffé » l'économie par sa politique douanière. Le régime lui-même est affecté par une crise morale à un moment où Louis-Philippe va avoir 75 ans. Teste et Cubières, anciens ministres, pairs de France, sont convaincus de concussion et condamnés, le duc de Choiseul-Praslin, gendre du maréchal Sebastiani, se suicide après avoir tué sa femme. Victor Hugo, en juin 1847, juge l'ambiance délétère : « En voyant les consciences qui se dégradent, la corruption qui s'étend, les misères du temps, je songe aux grandes choses, au temps passé, et je suis tenté de dire : parlons un peu de l'empereur cela nous fera du bien ! » En effet, le rapprochement qui s'opère entre le régime de Juillet et l'Autriche de Metternich, la politique extérieure de paix à tout prix dans une Europe en ébullition sociale, sont mis en cause, mais le réveil du sentiment national n'est qu'une des facettes de l'exaspération sociale qui monte dans l'opinion.

Plus profondément, le système Guizot apparaît de plus en plus comme l'expression politique d'une petite fraction privilégiée des notables du système censitaire : la féodalité de l'argent, l'« aristocratie financière », perçue non pas comme une figure nouvelle du capitalisme mais comme l'expression d'un retour à l'exclusivisme d'Ancien Régime. La situation est toutefois plus complexe qu'en 1830, quand la bourgeoisie soutenue par le peuple affrontait à nouveau l'aristocratie, reprenant alors un conflit ouvert en 1789. En 1848, la bourgeoisie elle-même est divisée, incertaine. Le fer de lance du mécontentement se trouve dans la moyenne et petite bourgeoisie, qui se trouve exclue du jeu politique par le système censitaire. Ce groupe social, dans les années 1830, a soutenu le régime dans les rangs de la garde nationale, face à la pression ouvrière, parce qu'il défendait la propriété. Désormais il s'éloigne d'un pouvoir qui n'assure plus la prospérité économique du pays, il dénonce la concentration industrielle qui l'inquiète, s'irrite de l'arrogance des monopoles, s'exaspère du refus obstiné de Guizot d'envisager tout élargissement des bases électorales du régime.

Mais le gouvernement Guizot a perdu aussi l'appui des « capacités », des « intellectuels » : Lamartine, Michelet, George Sand... chacun à sa manière dénonce le fossé qui sépare la société des nantis et celle des laissés-pour-compte de l'enrichissement de la France. Un changement majeur par rapport à 1830 tient au fait que la question sociale occupe désormais une place décisive dans le débat politique. Le suffrage universel, qui n'était encore en 1847 qu'un horizon lointain évoqué par les républicains, est devenu un aspect de la « question prolétarienne », parce qu'il est le suffrage du pauvre qui éveille chez les uns l'espérance, chez les autres une véritable peur sociale. Mais, sur le terrain politique, la revendication ouvrière ne prend pas encore un caractère autonome et se place dans le sillage de la bourgeoisie de progrès qui conteste l'étroitesse des assises du régime.

La réforme électorale au cœur des débats

La crise économique et sociale a pris un tour insurmontable parce que le système politique n'offrait aucun relais véritable au mécontentement. La majorité guizotiste, élargie encore aux élections de 1846 et majoritairement docile avec le poids accru des députés fonctionnaires, fait penser qu'il n'existe plus d'alternative pour infléchir la politique du régime. C'est du reste parmi des partisans de la monarchie, comme Duvergier de Hauranne ou Charles de Rémusat, qu'une inquiétude grandissante suscite un mouvement en faveur de la réforme. Dans le groupe des « conservateurs progressistes » qui se détache de la majorité, Tocqueville lance un avertissement à la Chambre (27 janvier 1847) : « Regardez ce qui se passe au sein des classes ouvrières [...] Ne voyez-vous pas que leurs passions, de politiques sont devenues sociales ? Ne voyez-vous pas que, peu à peu, il se dit dans leur sein que la propriété repose sur des bases qui ne sont pas équitables ? Et ne pensez-vous pas que, quand de telles opinions descendent profondément dans les masses, elles amènent tôt ou tard les révolutions les plus redoutables ? »

Un courant de l'opposition dynastique pense qu'il est nécessaire de changer les règles du jeu à deux niveaux. La réforme électorale, en abaissant le cens, doit augmenter le nombre des électeurs et intégrer le plus possible les « capacités » (seuls les officiers supérieurs en retraite et les membres de l'Institut peuvent voter sans condition de cens). On pourrait doubler alors le nombre des électeurs. Par ailleurs, l'opposition pense qu'un régime d'incompatibilités devrait écarter de la Chambre la plupart des fonctionnaires.

Au début de l'été 1847, l'opposition à Guizot s'unit sur la revendication d'un abaissement du cens à 100 F. Celle-ci parvient à rallier les républicains, qui abandonnent l'objectif du suffrage universel au profit de cette revendication qui, pour modérée qu'elle soit, prend une dimension explosive dans la mesure où Guizot, cet admirateur du réformisme anglais, se crispe dans le refus de toute ouverture et ne conçoit désormais le salut du régime que dans l'immobilité. Devant l'aveuglement de Guizot et du roi, une campagne de banquets, à l'anglaise, commence alors durant l'été 1847 pour mobiliser le « pays réel » en faveur de la réforme. Ces banquets, réformistes et bourgeois avec Odilon Barrot et Duvergier de Hauranne, prennent une teinte beaucoup plus tranchée sous la conduite de leaders républicains comme Arago, Ledru-Rollin ou Louis Blanc. Dans ces banquets, on omet le toast au roi et on parle de l'« organisation du travail ». Mais les 70 banquets avec leurs 17 000 convives ne réussissent pas à mobiliser en profondeur la province ni à ébranler le gouvernement, qui campe sur une position intransigeante. C'est pourquoi, lorsque Guizot interdit le banquet qui doit se dérouler le 22 février 1848 à Paris, les chefs du courant réformateur s'inclinent et prennent leurs distances à l'égard des républicains, beaucoup plus déterminés. C'est un enchaînement inattendu d'événements qui fait basculer la situation politique.

La révolution de Février

Une poignée d'étudiants et de meneurs parisiens des sociétés secrètes répond au défi du gouvernement et manifeste, le 22 février, pour protester contre l'interdiction du banquet. Si dans la soirée du 22 les troubles s'étendent, rien ne laisse encore penser que le gouvernement, qui dispose de 30 000 hommes, soit vraiment en péril.

Mais le 23, l'infanterie de ligne, engagée dans Paris, ne montre guère d'entrain pour rétablir l'ordre. Il faut faire appel à la garde nationale, hostile à Guizot et négligée par le roi, qui ne la passe plus en revue depuis le tournant des années 1840. En s'appuyant sur la « milice citoyenne » qui mobilise dans ses rangs, derrière la bonne bourgeoisie, les artisans et les boutiquiers, le pouvoir s'en remet à l'opinion des Parisiens, qu'il a perdue depuis longtemps. Les gardes nationaux s'interposent entre le peuple et les soldats et se contentent de protéger leurs boutiques. Dans la précipitation, Guizot démissionne, mais son départ n'a aucun effet favorable pour la Couronne, car dans la soirée du 23, un cortège de Parisiens qui conspuaient Guizot devant le ministère des Affaires étrangères (boulevard des Capucines) est pris sous le feu de soldats en faction. Treize manifestants tués dans les heurts sont promenés, aux flambeaux, dans les rues de Paris qui se hérissent alors très vite de plus de 1 500 barricades. Toutes les solutions politiques envisagées par le roi, le 24, autour de Molé, de Barrot, de Thiers, font long feu. Face à l'insurrection du « peuple » parisien, un peuple d'artisans, de boutiquiers, d'ouvriers, d'étudiants, le pouvoir est rapidement isolé. Après une tentative peu convaincante pour investir le Paris populaire, les troupes de Bugeaud, submergées, sans l'appui de la garde nationale, se retirent dans la soirée, laissant la capitale aux insurgés.

Le pouvoir, en quelques heures, a basculé, sans affrontements majeurs, dans les mains des chefs républicains qui se sont portés à la tête des insurgés, dans celles des rédacteurs de *La Réforme* et du *National* et de quelques chefs des sociétés secrètes. Déconcerté et impuissant, le roi abdique en faveur de son petit-fils et quitte Paris, laissant le duc de Nemours et la duchesse d'Orléans faire une dernière tentative auprès de la Chambre, pour que soit proclamée une improbable régence. Au même moment, la foule saccage les Tuileries, puis gagne le Palais-Bourbon, d'où la duchesse doit s'enfuir alors que les députés de gauche se résolvent à la République. Lamartine, qui trouve enfin un rôle à sa mesure, est le seul à calmer une foule en armes qui le porte vers l'Hôtel de Ville où un gouvernement provisoire républicain, dont la liste a été composée dans les bureaux du *National* et de *La Réforme*, est proclamé le soir du 24.

Les hommes proches du *National*, journal républicain bourgeois et modéré, dominent : Arago, l'astronome prestigieux (Marine) ; Dupont de l'Eure, 81 ans, relique de la Révolution dans la nouvelle république (il va présider le gouvernement) ; deux avocats, Marie (Travaux publics) et Crémieux (Justice), plus libéraux que démocrates ; Ledru-Rollin, orateur de tempérament, chef de file du courant démocrate (Intérieur). Lamartine, aux Affaires étrangères, l'écrivain le plus célèbre, aristocrate légitimiste qui a choisi le peuple, n'a pas de passé républicain, mais s'impose, dit Marx, comme « le verbe de la Révolution ». Carnot, héritier d'une dynastie républicaine, a lui l'Instruction publique et les Cultes ; l'avocat Bethmont, le Commerce ; un banquier israélite de sympathie républicaine, Goudchaux, reçoit les Finances. L'attention se concentre toutefois sur l'entrée dans le gouvernement de Louis Blanc, 37 ans, journaliste très connu à la charnière des milieux socialiste et républicain et pour qui la République est appelée à changer la société. Albert enfin, intégré dans un second temps, militant des sociétés secrètes, est le premier ouvrier à siéger dans un gouvernement.

Le poids des modérés apparaît d'emblée dans les atermoiements du gouvernement pour proclamer la République. Lamartine, qui mesure mieux que la majorité de ses collègues la puissance nouvelle du peuple en armes, déclare que le « gouvernement provisoire veut la République », mais il tient tête crânement à la foule qui veut que le drapeau rouge remplace le drapeau tricolore. L'écrivain l'emporte en faisant vibrer la fibre patriotique des Parisiens.

La République fraternelle

La poussée du « social »

L'identité de la nouvelle République se précise le 26 avec le décret qui abolit la peine de mort pour raison politique et par une déclaration de paix au monde. La République entend ranimer le souvenir de la Grande Révolution mais répudie la Terreur de l'an II et s'affiche fraternelle. Elle est fondée sur la conciliation des classes, se veut accueillante à tous. Son idéal, assez bien incarné par l'esprit lamartinien, veut la promotion pacifique du peuple, l'amélioration de son sort matériel, de ses mœurs, et voit dans le travailleur le porte-parole d'une civilisation paisible faite de solidarité, d'humanité, de fraternité. Elle écarte l'idée de guerre de frontières ou de guerre idéologique. La République dans un esprit humanitaire abolit l'esclavage. Comme le dit Pierre Dupont, célèbre chansonnier républicain : « L'amour est plus fort que la haine. »

Démocratique, la République se fonde sur le « suffrage universel », suffrage qui exclut encore les femmes, jugées, comme par le passé, incapables de défendre un choix politique autonome. Mais le pas franchi est alors considéré

La crise du milieu de siècle 217

comme gigantesque et place la France, en matière de démocratie, bien loin devant les autres nations européennes. De 250 000 électeurs, on passe à 9 millions. Le peuple fait irruption dans la vie politique, et cet acquis de 1848 sera désormais irréversible. La garde nationale, qui a intégré massivement les Parisiens en armes, est démocratisée aussi dans son recrutement.

Dès le 25 février, sur la pression des ouvriers réunis en place de Grève, des travailleurs et des militants socialistes, hantés encore par la trahison de 1830, exigent que la République prenne des mesures sociales. Lamartine, emporté dans la dynamique de la révolution, et Louis Blanc, qui pense tenir un levier du changement, font proclamer solennellement le « droit au travail » et la nécessité d'« organiser le travail ». Le décret est rédigé par Louis Blanc : « Le gouvernement provisoire s'engage à garantir l'existence de l'ouvrier par le travail. Il s'engage à garantir du travail à tous les citoyens. Il reconnaît que les ouvriers doivent s'associer entre eux pour jouir du bénéfice légitime de leur travail. »

Le 26 février sont mis en place, sous l'impulsion d'Émile Thomas, un jeune centralien, des ateliers nationaux, qui occupent les chômeurs à des travaux publics. Ceux-ci sont beaucoup plus proches des anciens ateliers de charité, souvent organisés par les municipalités pendant les crises, que des projets de Louis Blanc. Mais ils ne se contentent pas d'une simple aumône aux travailleurs, qui sont rémunérés à un niveau qui n'est guère éloigné de celui d'un salaire (2 F par jour).

Devant la pression ouvrière et les demandes de Louis Blanc, on entreprend de réorganiser le marché du travail : lutte contre le marchandage, abolition du livret ouvrier, mise en place de bureaux de placement gratuits... Un autre décret limite la journée de travail à dix heures à Paris, onze heures en province, autorise le retrait du mont-de-piété des objets engagés inférieurs à 10 F et annonce que le palais des Tuileries servira d'asile aux invalides du travail. Pour la première fois, un gouvernement légifère en matière sociale et s'attaque au problème du chômage.

Si le gouvernement écarte l'idée d'un ministère du Travail, il confie à Louis Blanc la présidence de la Commission du gouvernement pour les travailleurs, commission qui va siéger au palais du Luxembourg. Celle-ci, composée de représentants élus des travailleurs et des patrons parisiens, a pour tâche d'arbitrer les conflits et d'améliorer le sort des ouvriers. En six jours, au-delà de la proclamation de la République, une véritable révolution est accomplie dont on peut se demander si elle va transformer en profondeur la société existante.

La France en République

La « révolution » qui emporte la France dans l'« illusion lyrique » dure sept semaines euphoriques, souvent anarchiques, rarement violentes. En province, la République n'a pas été une conquête comme à Paris, mais plutôt un état de fait lié à la disparition brutale du régime de Louis-Philippe et à l'impossibilité totale d'envisager alors un retour de la monarchie. Les forces de la République y étant très minces, l'établissement du régime a été souvent lié à l'action des nouveaux « commissaires de la République » qui ont remplacé les préfets de la monarchie. Le nouveau pouvoir sur le terrain voit émerger de nouvelles classes moyennes : avocats, médecins, publicistes... mais souvent il s'agit d'une relève de notables, républicains du lendemain, qui font du régime une « monarchie de Juillet démocratisée ». La vacance du pouvoir a permis souvent à des tensions sociales latentes, suscitées par la modernisation rapide des années 1840, d'éclater au grand jour : des machines sont brisées, des installations ferroviaires détruites, des forêts de l'État envahies par les paysans, le château des Rothschild est incendié, des travailleurs belges malmenés par des ouvriers en chômage... Les paysans hésitent encore mais comprennent vite que la République peut apporter de grands changements.

Dans la capitale, le consensus autour de la République est plus convaincant. Le peuple travailleur domine Paris dans une extraordinaire effervescence et un joyeux désordre : « Le jour ce n'était que processions, députations ; la nuit ce n'était que chants, réunions, illuminations. » La presse est libre, et tous ceux qui ne peuvent fonder un journal écrivent des brochures et placardent des affiches dans l'espoir de changer la société. Les clubs foisonnent pour toutes les opinions et dans tous les quartiers.

À l'initiative de Carnot est lancé un projet éducatif très novateur. Afin de favoriser la promotion de nouvelles couches sociales, Carnot projette une école primaire publique, laïque et gratuite, émancipée des notables locaux, assortie de l'obligation scolaire et soutenue par des bourses afin de promouvoir une nouvelle méritocratie. Les artistes et les écrivains, emportés par la révolution, se mettent au service du peuple. George Sand, qui tient la plume pour le journal du gouvernement, tente de mettre sur pied un théâtre populaire. La peinture se libère.

La République est une fête

Des manifestations s'organisent autour de la plantation des arbres de la Liberté, symbole emprunté à la première Révolution. Mais souvent ces arbres sont bénits par des prêtres, ce qui illustre alors une nouvelle rencontre entre la République et l'Église. Ce consensus baigne dans un vocabulaire commun qui célèbre jusqu'à la ferveur religieuse la fraternité entre les hommes. La République, à travers de grandes manifestations, renoue avec la Révolution française et ses fêtes publiques pour sacraliser les actes de la République mais aussi pour instruire le peuple par des spectacles qui font vibrer les cœurs : immense cortège, le 4 mars, jusqu'à la colonne de la Bastille pour réunir les morts de 1848 à ceux de 1830, distribution des drapeaux à la garde nationale devant l'Arc de Triomphe, le 20 avril…

La République se pare aussi de nouveaux symboles et fixe sa propre image pour remplacer les effigies du roi. Le gouvernement sollicite les artistes pour créer un sceau de l'État, de nouveaux types monétaires, et met au concours la création d'une « figure de la République ». Toutes tournent autour d'images de femmes qui reprennent la figure de Marianne. Du concours qui récompense, en sculpture, le projet de Soitoux (érigé seulement en 1880) émerge la République de Daumier, traitée sous la forme de l'allégorie classique d'une femme allaitant, symbole d'une « charité maternelle et éducatrice ». Les mairies républicaines acquièrent le buste de la Marianne de Dubray, coiffée du bonnet phrygien, accompagnée du niveau égalitaire et de la poignée de main fraternelle...

La République face au socialisme

Le conflit de classes dans la République fraternelle

Dès février 1848, les travailleurs parisiens, dont beaucoup de militants sont hantés par les « leçons » de 1830, entrent en lutte pour le salaire, les conditions de travail, l'emploi. Les grèves ouvrières s'étendent, mais l'objectif est surtout d'obtenir un « tarif » par un arbitrage favorable de la Commission du Luxembourg. Ces luttes, souvent victorieuses, s'accompagnent d'une progression rapide des corporations ouvrières, qui, pour désigner des délégués élus à la Commission du Luxembourg, le nouveau « parlement des travailleurs », s'organisent de manière démocratique.

Une conscience ouvrière progresse rapidement sans être nécessairement influencée par le discours révolutionnaire des clubs. Au-delà des luttes qui visent à établir un nouveau « tarif », s'impose l'idée d'une reconstruction de la société autour du travail, non pas comme terrain d'affrontement, mais plutôt comme cadre d'une nouvelle harmonie sociale. Le discours associatif qui accompagne la mise en place de quelques coopératives de production, inspirées peu ou prou par le modèle de Louis Blanc, n'exclut pas le patronat, invité à se fondre dans le camp du travail. Au-delà, avec la Commission du Luxembourg qui comprend 200 ouvriers, le socialisme dispose d'une tribune retentissante. Considérant, Vidal, Pecqueur, Louis Blanc y exposent de nombreux projets d'organisation du travail.

Si les alliances entre petits patrons et ouvriers, face à une situation de crise où ils peuvent être solidaires, ne sont pas rares, le mouvement social n'en a pas moins pour effet de susciter, dès février, une grande inquiétude dans la bourgeoisie. La crise économique prend rapidement une nouvelle et grande ampleur. La Bourse s'effondre, le déséquilibre du

La crise du milieu de siècle

budget s'aggrave brutalement parce que les dépenses bondissent sous l'effet de la politique de subvention aux travailleurs et aux commerçants. En mars éclate la révolution à Vienne, puis à Berlin. L'Irlande s'agite et l'on craint une crise européenne. La panique boursière entraîne la crise bancaire. Les déposants se ruent pour retirer leurs fonds et le réescompte des traites devient difficile, ce qui ralentit encore la circulation des marchandises. La Banque de France, menacée par une réduction des deux tiers de son stock d'or, doit déclarer le cours forcé. Le 7 mars, pour faciliter la circulation du papier de commerce, un Comptoir national d'escompte est créé dans les grandes villes industrielles avec l'aide de l'État, mais sans enrayer la crise. La petite bourgeoisie, inquiète, fait volte-face. Après avoir imputé à Guizot les affres de la crise, elle accuse la République ouvrière, le Luxembourg, les augmentations de salaires de faire glisser la France vers la ruine. Après avoir annoncé l'allégement des taxes, le gouvernement établit l'impôt des 45 centimes qui augmente de 45 % tout impôt payé en 1848 et frappe surtout la masse paysanne, oubliée par une révolution essentiellement citadine. Pour les ouvriers par contre, en dépit des difficultés, la fidélité à la République reste intacte, ne serait-ce qu'à cause de l'impact profond des ateliers nationaux, qui évitent à une partie importante des travailleurs de basculer dans le désespoir.

Le suffrage universel contre Paris révolutionnaire

Confronté à la pression du mouvement ouvrier et à la gravité de la crise, le gouvernement provisoire cherche une issue dans les élections, qui mettront un terme au « chaos ». On décide d'adopter le scrutin de liste, dans le cadre du département. Les électeurs voteront au chef-lieu de canton. Tous les possédants, grands ou petits, souhaitent revenir à la normale, à la légalité. Quel que soit leur sentiment à l'égard de la République, il n'existe pour eux qu'une issue, donner la parole au pays pour apporter au pouvoir une légitimité susceptible d'en imposer à l'agitation parisienne. Toute autre issue apparaît hasardeuse. La garde nationale des beaux quartiers, le 16 mars, a protesté sans succès dans la rue aux cris de « À bas les communistes » contre une mesure de réorganisation de la milice citoyenne qui supprimait les compagnies d'élite. Dès le lendemain, 100 000 ouvriers, regroupés sous les bannières des associations ouvrières, manifestent aux accents de *La Marseillaise* et du *Chœur des Girondins* pour défendre la République et le gouvernement contre la « réaction » qui vient de se démasquer. C'est à cette occasion que les clubs réclament le report des élections, car l'extrême gauche a compris que le suffrage universel « ignorant » risque de porter à la Chambre une majorité hostile à la République sociale. Les clubs affirment : « Le peuple ne sait pas, il faut qu'il sache ! Ce n'est pas l'œuvre d'un mois [...] les élections si elles s'accomplissent seront réactionnaires [...]. »

Un courant révolutionnaire, autour de Blanqui, croit à la nécessité d'une dictature temporaire du prolétariat parisien, tant que n'a pas été éduquée une masse provinciale qui risque de voler au peuple sa victoire. Mais le gouvernement cède peu. Les élections sont reportées seulement du 9 au 23 avril. C'est pourquoi, le 16 avril, les clubs s'efforcent d'obtenir un nouvel ajournement en renouvelant la manifestation du 17 mars. Le « club des clubs » l'organise. L'adresse au gouvernement réclame la République démocratique, l'abolition de l'exploitation de l'homme par l'homme, l'organisation du travail par l'association. Mais l'intervention de la garde nationale et de la garde mobile, nouvelle force de l'ordre recrutée parmi les jeunes ouvriers chômeurs, fait échouer la manifestation, qui marque la fin de la période ascendante de la révolution.

Les élections des 23 et 24 avril confirment ce revirement. Au prix parfois de longues marches jusqu'au chef-lieu, les électeurs se sont fortement mobilisés (84 % des inscrits ont voté). Une énorme majorité de notables bourgeois est élue. Leur prestige social, leur notoriété s'imposent aux classes populaires. Tout juste peut-on penser que le suffrage universel a hâté, alors, la promotion des classes moyennes à côté des grands notables installés, devenus pour l'occasion républicains du lendemain. Le courant démocratique représente moins du quart des députés, les chefs socialistes sont battus, à l'exception de Barbès. L'Assemblée, réunie le 4 mai, commence symboliquement par proclamer de nouveau la République, imposée dans un premier temps par la force des événements, et élit une Commission exécutive amputée de son aile socialiste et limitée à cinq membres : Arago, Garnier-Pagès, Marie, Lamartine et Ledru-Rollin, accepté de justesse. Le suffrage universel qui légalise la révolution se traduit donc par un infléchissement conservateur mais ne résout pas d'emblée le problème posé par le mouvement social parisien.

La crainte du socialisme

Un clivage majeur après les élections oppose les aspirations révolutionnaires du peuple parisien à la prudence de la nouvelle Assemblée. La manifestation organisée le 15 mai par les clubs, dans le but affiché d'apporter un soutien à la Pologne, est détournée en tentative de renversement du gouvernement après l'invasion de l'Assemblée par la foule. Mais la tentative tourne court dans la confusion. Albert, Barbès, Blanqui, Raspail sont arrêtés, Louis Blanc compromis, des clubs dissous, la Commission du Luxembourg supprimée. Le nouveau ministre de la Guerre, le général Cavaignac, débarqué d'Algérie, devient aux yeux de l'Assemblée l'homme de la situation. La crise se concentre alors sur les ateliers nationaux. Peu utiles sur le plan économique en se limitant à des travaux de terrassement, ils deviennent par contre très coûteux pour un gouvernement financièrement aux abois. Du côté des travailleurs, on ne peut plus guère y voir l'amorce d'un véritable projet socialiste, mais ils représentent dans une économie sinistrée une solution de désespoir à la question sociale, qui est d'abord celle du chômage. Le nombre des inscrits (plus de 100 000), souvent venus de province, n'a cessé de croître. Par contre, pour le patronat en difficulté, le niveau des rémunérations accordées aux ouvriers (désormais 1,50 F par jour) fait concurrence au salaire en baisse et permet aux ouvriers de jouer l'atelier national contre les entreprises. Mais au-delà, l'atelier national constitue pour le gouvernement un danger, car le débat permanent qui s'y tient précipite une politisation des ouvriers, qui se tournent vers le courant socialiste, voire bonapartiste, et constituent une masse d'émeutiers potentiels.

Le danger paraît plus grand encore quand s'esquisse une unité des ouvriers parisiens. Aux élections complémentaires du 4 juin, une liste commune rapproche les ouvriers du Luxembourg et ceux de l'Atelier national. Proudhon et Pierre Leroux sont élus, Louis Napoléon Bonaparte, dont on parle beaucoup dans l'Atelier national, également.

La guerre civile

Le 21 juin, sous la pression d'un courant conservateur qui se définit de plus en plus clairement dans le sillage du comte de Falloux, légitimiste et clérical, l'Assemblée exige de la Commission exécutive la suppression des ateliers nationaux et la dispersion des ouvriers sur des chantiers de province. La décision est perçue par des ouvriers désespérés comme une provocation qui leur confisque le pain qui leur est dû et les contraint de nouveau à s'insurger pour continuer la révolution. L'insurrection, soutenue par les gardes nationaux des quartiers populaires, n'est pas encadrée par les clubs ou les organisations ouvrières. Une masse silencieuse et désespérée prend les armes. Ceux qui s'expriment veulent d'abord défendre la République démocratique et sociale qui leur échappe. Après une manifestation devant la colonne de Juillet, des barricades s'élèvent dans le Paris ouvrier, isolé à l'est d'une ligne qui court du boulevard Sébastopol au boulevard Saint-Michel actuels. Le général Cavaignac, qui depuis le 24 s'est vu confier tous les pouvoirs par l'Assemblée, avec 50 000 soldats, entreprend une reconquête systématique de Paris dans une terrible bataille qui dure du 23 au 26 juin. Plusieurs milliers d'insurgés sont tués, 1 500 fusillés sans jugement, 11 000 jetés en prison ou déportés. Marx comme Tocqueville ont vu dans cette bataille la révélation brutale d'une nouvelle « guerre de classes » qui annonçait des temps nouveaux. La férocité des combats, la haine sociale manifestée par près de 100 000 gardes nationaux de province arrivés pour prêter main-forte à l'armée, vont dans ce sens. Encore ne faut-il pas oublier que, dans l'esprit d'une majorité de républicains sincères, après les élections d'avril 1848, le « droit », la République sont du côté de l'Assemblée élue.

Le peuple des barricades lui, est encore très majoritairement fait d'ouvriers et de petits patrons des métiers traditionnels. Tout juste peut-on dire que le poids d'un prolétariat, celui de la métallurgie, des entreprises ferroviaires, est un peu plus lourd qu'en 1830. Une partie des ouvriers, les plus jeunes et les plus vulnérables au chômage, ont été enrôlés avec une forte solde dans la garde mobile, qui, à côté de l'armée, s'est battue avec acharnement contre l'insurrection. Son écrasement démontre le caractère très minoritaire en France d'un mouvement révolutionnaire qui s'est appuyé sur guère plus d'une cinquantaine de milliers de travailleurs à Paris et quelques milliers en province, à Lyon, Marseille et à Rouen, où les ouvriers du coton, dès le mois d'avril, avaient été écrasés dans une bataille de rue.

Au-delà, c'est le rôle même de Paris dans l'espace politique français qui se trouve amoindri. Les élections d'avril avaient déjà montré que le suffrage universel noyait la capitale dans le vote d'une province hostile, les dizaines de milliers de gardes nationaux de province qui convergent sur la capitale « pour délivrer la nation de l'oppression des ouvriers de Paris » donnent un coup d'arrêt à l'hégémonie du peuple parisien dans la vie politique du XIXe siècle. Toutefois, il existe aussi en province des sympathies ouvrières pour les insurgés de Paris, et du côté paysan on ne perçoit pas « juin » comme la clôture de la révolution de 1848. Bien au contraire, de ce côté-là, la mobilisation commence.

Cavaignac, un général républicain au pouvoir

Jusqu'à la fin de l'année 1848, le pouvoir exécutif est confié au vainqueur de juin, le général Cavaignac. C'est un républicain modéré, farouchement hostile au socialisme, mais sincèrement républicain et convaincu que la répression de juin ne suffira pas à rétablir l'ordre. Son gouvernement est composé de républicains de la tendance du *National* qui bénéficient alors d'une majorité à l'Assemblée et s'installent au niveau local, à l'occasion d'élections municipales (juillet 1848) qui consacrent toutefois le retour des notables (la moitié des maires de Louis-Philippe sont confirmés). La gauche et ce qui reste des socialistes s'organisent dans le sillage de Ledru-Rollin dans la « solidarité républicaine ».

Des lois répressives sur la presse, les réunions, les clubs, brisent une dynamique de liberté inaugurée en février, mais les réformes continuent dans la perspective d'une consolidation des institutions républicaines. C'est le débat sur la Constitution qui contribue à fixer les traits de cette République modérée inspirée par des idées américaines plus que par les références directes à l'héritage de la Révolution française. Le droit au travail, qui est associé à l'idée d'organisation du travail et a un parfum de socialisme, disparaît. On lui substitue un droit à l'assistance qui n'est pas toutefois la simple réapparition d'une invite à la charité privée. Le principe qui guide la rédaction du texte est celui de la séparation des pouvoirs, avec une Assemblée législative unique, le bicamérisme ayant alors un parfum de monarchie consolidée par une Chambre haute. L'exécutif est confié à un président de la République, élu lui aussi au suffrage universel, à la fois chef de l'État et de gouvernement. Les constituants ont voulu consolider la République autour d'un président fort, mais s'assurer que l'Assemblée serait à l'abri d'une tentation autoritaire. Le président ne peut dissoudre l'Assemblée et ne peut être réélu au-delà de son mandat de quatre ans.

La surprise de l'élection présidentielle

La Constitution votée, le 4 novembre 1848, il reste à la mettre en œuvre. Pour la présidentielle, le chef de l'État, Cavaignac, qui a démontré sa fermeté, semble s'imposer. Mais ses assises politiques commencent à se dérober. Il a contre lui de ne pas avoir réussi à imposer, en Italie, une image forte de la France, ni aidé les Piémontais écrasés par les Autrichiens. Une gauche républicaine, la Montagne, lui reproche les gages donnés à la droite. Mais surtout, émerge un puissant courant conservateur qui se structure dans le « parti de l'ordre » derrière quelques chefs légitimistes et Thiers, les Burgraves. Ceux-là choisissent habilement de ne pas se mettre en avant et apportent leur soutien à Louis Napoléon Bonaparte, qui siège à l'Assemblée. Son image est alors celle d'un ancien conspirateur, connu depuis la publication d'un ouvrage sur le paupérisme pour ses idées sociales, mais connu aussi pour être un piètre orateur. Les chefs de la droite, le comité de la rue de Poitiers, voient d'abord en lui un homme inconsistant qu'on pourra manipuler.

L'élection du 10 décembre place Cavaignac (1,5 million de voix) devant Ledru-Rollin, candidat des démocrates, Lamartine, plein d'illusions sur sa popularité, et Raspail qui, encore en prison, rassemble le courant socialiste. Le succès de Louis Napoléon Bonaparte, en revanche, est massif : plus de 5 millions de voix, soit 74,2 % des suffrages exprimés. Son triomphe trouve bien sûr une explication dans l'appui des notables, sensibles au fait qu'il est le seul candidat extérieur à la République de 1848, et à son crédit auprès des masses. Mais son score s'explique surtout par le ralliement massif des paysans. Les « fidèles » du bonapartisme ont su développer une habile propagande jusque dans les campagnes en présentant Louis Napoléon Bonaparte comme le « neveu de l'oncle », l'héritier de la légende napoléonienne, très vivace dans la paysannerie, à telle enseigne que dans certaines régions on a cru apporter ses voix à l'empereur, miraculeusement revenu de Sainte-Hélène. Mais si les paysans, sensibles à la résonance patriotique et militaire du nom, ont plébiscité le « Napoléon du peuple », c'est aussi parce que, à un moment où la crise s'aggrave dans les campagnes, ils n'ont pas trouvé dans une République des citadins, plus attentive aux ouvriers qu'aux paysans et responsable d'une hausse des impôts, le régime de leur souhait. La surprise n'en est pas moins forte pour les adversaires du nouveau président. Daniel Stern apporte une réponse à l'énigme posée par l'élection d'un président dépareillé et apparemment marginal dans la vie politique : « Il avait en lui cet idéal de dictature révolutionnaire qu'une démocratie encore inculte, tumultueuse, irrationnelle et passionnée préfère aux gouvernements libéraux. » La face de la République en est changée. Les notables pensaient stabiliser la société française en s'appuyant sur le vote des campagnes ; ils enregistrent en fait l'irruption dans la politique d'une paysannerie désormais contestataire.

La République conservatrice
à la recherche de l'ordre social

Le « parti de l'ordre » contre les « rouges »

Une des conséquences immédiates de l'élection présidentielle, c'est que le pouvoir échappe en fait rapidement aux républicains authentiques, mais le président lui-même ne dispose pas encore d'un personnel politique. Louis Napoléon Bonaparte fait appel à des ministres tirés des rangs de l'orléanisme modéré (Odilon Barrot), voire à des membres du « parti de l'ordre » cléricaux et foncièrement antirépublicains comme le comte de Falloux. On peut mesurer le changement de cap quand le corps expéditionnaire français d'Oudinot, envoyé en Italie en avril 1849 pour s'interposer entre les Autrichiens et la République romaine, détourné de sa vocation initiale qui est de soutenir le mouvement des patriotes italiens, entreprend de rétablir le pouvoir temporel du pape.

Mais la vie politique est suspendue aux élections à l'Assemblée législative prévues le 13 mai 1849. La droite en attend une confirmation logique de l'élection présidentielle, qu'elle a analysée rapidement comme un encouragement à affronter désormais de manière directe les forces républicaines. Avec l'aide d'un gouvernement qui pourchasse tout tenant de la République de 1848, qu'il soit préfet ou simple journaliste, un solide parti de la réaction se met en place dans le comité de la rue de Poitiers, qui rassemble les légitimistes, les orléanistes, les bonapartistes autour d'un objectif clairement affiché qui s'inscrit encore dans le cadre légal de la République : ordre, propriété, religion. En province, leur action, qui mobilise tous les défenseurs d'une société qu'on dit désormais menacée par les « rouges », est relayée par des comités de défense religieuse qui montrent que le clergé a désormais changé de camp.

Du côté des républicains, seul tient encore le courant démocratique, celui de la « Montagne », derrière Ledru-Rollin et Félix Pyat. Le socialisme est défait et les républicains bourgeois durement touchés par la défaite de Cavaignac. Les républicains sont maintenant convaincus que la partie va se jouer en province, auprès de la paysannerie, devenue arbitre du destin politique de la France avec le suffrage universel. C'est pourquoi leur programme, diffusé par de nombreuses brochures et feuilles volantes, change de direction, prend la défense d'une paysannerie en détresse et place, à côté du droit au travail qui rappelle l'« esprit de 1848 », la revendication d'une réduction des impôts, du crédit agricole contre l'usure, d'une instruction populaire. Les notables, les « gros », sont dénoncés, et les républicains prennent la défense des « petits », dans une option démocratique mêlée à une sorte de socialisme rural. Au cléricalisme des conservateurs répond l'anticléricalisme des « démoc-soc », qui dénoncent l'alliance des curés et des châteaux.

Le scrutin de mai 1849 consacre l'effondrement des républicains modérés, qui n'ont que 10 % des suffrages. À l'opposé, le « parti de l'ordre », avec 53 % des suffrages, emporte un grand succès qui lui assure 450 députés sur 750 élus. Dans les deux tiers des départements (Nord et Nord-Est, Ouest et Sud-Ouest), le poids politique des grands notables sort renforcé du scrutin. À côté des grands propriétaires, épaulés par le clergé, viennent prendre rang désormais de gros manufacturiers qui « tiennent » leurs ouvriers. Mais la victoire de la droite est gâtée par la poussée brutale de la « Montagne » (35 % des voix et 210 députés) et surtout par la percée qu'ont opéré les « rouges » dans les régions rurales du pourtour ouest et nord du Massif central, dans la France de l'Est et des départements alpins, là où les métayers pauvres et les petits propriétaires souffraient de la crise, de l'endettement et de la tutelle des notables. Le scrutin montre la dimension nouvelle du problème paysan, il révèle aussi le face-à-face d'une France « blanche » et d'une France « rouge » au lendemain de la révolution de 1848, cadre durable de la répartition géographique de la gauche et de la droite en France.

Reconstruire la société

Contrairement à une interprétation longtemps répandue, la période qui va de décembre 1848 à décembre 1851 ne se confond pas avec une longue agonie de la République trouvant son issue dans le Second Empire. Cette période de crise profonde, à la fois économique et politique, est aussi une période pendant laquelle on tire des leçons de la révolution de 1848 et où l'on pense la reconstruction de la société libérale selon des formes nouvelles que l'on va retrouver dans le cadre du Second Empire et de la Troisième République.

Au lieu d'inaugurer une vie politique régulière fondée sur l'alternance possible de deux grands partis politiques issus des élections, le scrutin de mai 1849 ne fait qu'ouvrir une crise de longue durée alimentée par les haines politiques. Dès le 12 juin 1849, Ledru-Rollin conteste l'attaque de Rome par les troupes françaises, accuse le gouvernement de violer la Constitution et appelle la gauche à manifester dans la rue. Une ultime « journée » rassemble une trentaine de milliers de manifestants dont la dispersion rapide, par les troupes de Changarnier, montre que le peuple de Paris, désarmé, n'est plus un danger majeur pour l'ordre. Ledru-Rollin doit s'enfuir à Londres, où il retrouve Louis Blanc. Les légions démocratiques de la garde nationale sont dissoutes. Le 3 juillet 1849, les troupes françaises rentrent dans Rome. Mais la victoire sur la gauche parisienne ne peut masquer les progrès inquiétants des idées « démoc-soc » en province, d'autant que les événements parisiens, qui avaient tourné à la déroute des « rouges », ont été relayés à Lyon, Marseille, Grenoble, Saint-Étienne par de violents affrontements. La répression s'abat alors durement sur la gauche, sur ses organes de presse et sur les sociétés républicaines.

Mais les conservateurs sont rapidement convaincus qu'on ne peut lutter contre le désordre par la seule répression policière. Ils développent un projet beaucoup plus large et ambitieux dans le but de reconstruire un ordre social menacé. Pour beaucoup de conservateurs, le retour à l'ordre appelle une transformation de la société urbaine, foyer des révolutions. Tout un ensemble d'idées, de projets exprimés par les philanthropes, voire par des penseurs socialisants de la monarchie constitutionnelle, se retrouvent dans les débats postérieurs à juin 1848, mais ils y prennent place toutefois à titre de composantes, car les « systèmes », eux, sont par terre.

Du côté du « parti de l'ordre », aiguillonné par la propagande « rouge », se précisent des projets qui visent à améliorer le sort des « classes souffrantes », à transformer la ville, foyer de tous les dangers. Le catholicisme social est le creuset d'une réflexion qui, s'appuyant sur une longue expérience de l'encadrement des masses parisiennes, entreprend de s'attaquer à la pauvreté de Paris, source de l'explosion révolutionnaire. Dans la capitale ravagée par la crise, un Parisien sur trois vit de secours. Mais la nouveauté de cette réflexion des conservateurs, dans les rangs desquels on trouve des légitimistes mais aussi d'anciens orléanistes en train d'évoluer vers le bonapartisme, réside surtout dans la critique du libéralisme et la prise de conscience d'une nécessaire intervention de l'État dans la question sociale.

La loi du 10 janvier 1849 organise l'assistance publique à Paris avec un directeur nommé par le ministre et crée pour la France un Conseil de l'assistance publique et des comités cantonaux chargés de la surveillance du travail et des institutions de charité. Les notables du Conseil général des hospices sont réduits alors à un rôle consultatif. Au même moment sont fondées les crèches publiques et votées toute une panoplie de lois dont le but est de s'attaquer aux « misères urbaines ». Les médecins des ateliers nationaux, forts de leur expérience, tentent de mettre en place une médecine gratuite, projet défendu à l'Assemblée en 1851 par le docteur Lévy, qui déclare : « C'est à l'État et non au communes que doit revenir la tutelle des malades, des vieillards et des orphelins. » La loi du 7 août 1851 contraint les hôpitaux urbains à accueillir les ruraux. La loi du 15 juillet 1850 permet aux sociétés de secours mutuels de devenir des « établissements d'utilité publique » sous la surveillance des autorités municipales. La loi du 22 février 1851 crée les contrats d'apprentissage. La loi du 24 juillet 1851 réforme l'administration des monts-de-piété. La loi du 18 juin 1850 met en place une Caisse nationale des retraites à un moment où le système des retraites est détruit par la crise des mutuelles, qui ont perdu leurs cotisants. Les versements peuvent être irréguliers, comme le travail ouvrier, et le système repose sur le volontariat, car les libéraux dans le sillage de Thiers sont parvenus à faire échouer l'obligation et le principe de cotisations patronales. La prévoyance pourtant l'emporte sur l'idée de la seule assistance.

Un enjeu important, au-delà d'une politique sociale qui vise à apporter de nouvelles régulations dans la société urbaine, est de s'attaquer au tissu urbain lui-même. En 1849, le gouvernement accorde des crédits pour construire des cités ouvrières, mais une seule verra le jour, la cité Rochechouart. Anatole et Armand de Melun, des catholiques sociaux, au moment où une nouvelle épidémie de choléra sévit dans Paris, contribuent à faire voter la loi du 13 avril 1850, qui autorise l'administration à interdire la location de logements qui ne peuvent être mis en conformité et ouvre la possibilité de l'expropriation pour cause d'utilité publique. Cette loi, présentée prudemment par Anatole de Melun comme une loi de « haute police sociale qui ne viole aucun principe », remet toutefois en question le pouvoir des propriétaires. Dans un Paris sinistré par la crise, le préfet de la Seine de décembre 1848 à juillet 1853, Berger, s'attaque, même si c'est de manière prudente, à l'organisation du réseau urbain. La rue de Rivoli est prolongée jusqu'au Louvre et, en août 1851, les crédits sont votés pour atteindre l'Hôtel de Ville. De nombreux alignements de rues sont mis en œuvre à partir de 1849, mais il s'agit encore d'une politique qui ne peut procéder d'un plan d'ensemble et qui est limitée par les possibilités financières de la ville. Quelques projets de percements sont lancés : rue du Cardinal Lemoine, rue Soufflot, boulevard de Strasbourg ; un plan d'ensemble pour relier les gares entre elles est aussi organisé. Mais Berger croit plus dans les alignements que dans les percées audacieuses et surtout reste sensible à la crainte des notables de Paris de voir les finances de la capitale basculer dans le déficit, qui préluderait à des augmentations d'impôt ou à d'aventureux lancements d'emprunts.

Le virage à droite de l'Église catholique

Depuis longtemps, la droite est convaincue que le système éducatif, hérité de l'Empire, porte une responsabilité directe dans la persistance de l'esprit révolutionnaire. Le projet de démocratisation scolaire de Carnot a pris aux yeux des conservateurs une responsabilité majeure. Le gros des catholiques, rejoints désormais par beaucoup de bourgeois voltairiens effrayés par le socialisme, appuient le courant conservateur et pensent que le moment est venu de reprendre le vieux combat contre le monopole de l'Université, foyer du libre examen, du rationalisme, et d'arracher enfin la liberté de l'enseignement.

Les comités catholiques de Montalembert, qui servent de cellule de base au « parti de l'ordre », entendent développer l'enseignement catholique et étendre la liberté d'enseigner aux congrégations non reconnues, en fait les jésuites. Falloux, ministre de l'Instruction publique, fait voter la loi du 15 mars 1850 qui permet d'ouvrir librement une école à la seule condition que le directeur ait le baccalauréat (collège secondaire) ou le brevet (école primaire), condition qui n'est même pas exigée pour les ecclésiastiques. L'Université perd son autonomie par l'introduction de notables et de ministres des cultes dans le Conseil supérieur de l'instruction publique et les conseils académiques. Les instituteurs, dénoncés par Thiers le « voltairien » comme des « anticurés », sont placés sous la surveillance directe des préfets. Les petits séminaires constituaient de fait un réseau de collèges catholiques, mais la loi Falloux permet désormais le développement rapide des écoles de l'Église. Cette collusion nouvelle entre l'Église et la réaction politique suscite par contre, chez nombre d'intellectuels, une haine durable contre le cléricalisme, considéré comme hostile, par essence, à la République. Elle fait renaître le prosélytisme protestant et renforce la franc-maçonnerie. Elle se traduit aussi par l'effacement du socialisme chrétien et des initiatives de *L'Ère nouvelle*, qui avait voulu concilier démocratie et catholicisme, au profit des thèses de Falloux et Montalembert, élus pour la « défense de l'ordre, la propriété, la famille et la religion ».

Mais l'effort porté sur la bataille des idées semble insuffisant pour enrayer l'esprit de contestation qui s'est installé jusque dans les régions les plus reculées. Les élections complémentaires du 10 mars 1850 portent 21 nouveaux Montagnards à l'Assemblée sur 30 sièges en jeu, et en Saône-et-Loire tous les sièges ont été emportés par la gauche. L'élection d'Eugène Sue, dans une autre complémentaire en avril, porte à son comble l'effroi de la droite, décidée désormais à remettre en cause le suffrage universel lui-même, source de tous les maux. La loi du 31 mai 1850, qui exige que tout électeur soit domicilié depuis trois ans dans le canton, écarte 3 millions d'électeurs du suffrage universel (le tiers de l'électorat). Ce sont les plus pauvres, les migrants temporaires en particulier.

La République dans l'impasse

Une nouvelle France de gauche

La remise en cause du suffrage universel par la majorité de l'Assemblée montre les limites des efforts réalisés par les conservateurs sociaux pour « reconstruire la société » après 1848. La crise économique bride les initiatives trop coûteuses pour des notables hantés d'abord par les impôts et l'équilibre du budget. Sans l'impulsion et l'aide de l'État, la construction ferroviaire ne repart pas, faute de capitaux, et la politique urbaine reste trop timide pour relancer l'emploi. Quant à la politique sociale novatrice lancée par quelques catholiques sociaux, elle se heurte au contre-feu des libéraux, décidés, autour de Thiers, à ne rien céder aux velléités d'engager l'État sur le terrain social.

La pugnacité de la résistance des républicains, face à l'offensive des conservateurs orléanistes, légitimistes et bonapartistes, s'explique par une mutation profonde des forces de gauche, mutation amorcée dès l'automne 1848 et qui se prolonge jusqu'en 1851. Les républicains ont compris après les échecs du printemps 1848 que le suffrage universel nécessitait d'ancrer leur mouvement dans les campagnes, là où se trouvait la force du nombre. C'est là aussi que se situe le point de faiblesse de l'équilibre politique. Alors que les conservateurs ont les yeux fixés sur les grandes villes, qui dans leur esprit sont la source de tous les maux, la crise économique se déplace des villes vers les campagnes. Après les hauts prix de 1847, de bonnes récoltes ont fait chuter fortement les prix et entamé d'une autre manière le revenu paysan. Les plus vulnérables sont ces légions de petits propriétaires obligés de vendre leur récolte à bas prix pour s'acquitter souvent de dettes contractées dans les bonnes années.

Cette petite paysannerie des campagnes surpeuplées, ces « propriétaires fictifs » dont parle Marx, victimes de l'usure pratiquée par de nombreux notables, est réceptive au nouveau discours républicain. Celui-ci se définit alors par l'alliance de deux termes : démocratie et socialisme, les « démoc-soc », ou encore les « rouges », par opposition aux « bleus », les républicains bourgeois, et surtout aux « blancs », les monarchistes du « parti de l'ordre ». À l'automne 1848, face à la réaction monarchiste, s'est opéré le rapprochement entre Ledru-Rollin, le démocrate, et une partie de ce qui reste du courant socialiste, les fouriéristes surtout. Si le terme de « communisme » revendiqué par les cabetistes, partis au Texas pour construire en réduction la société idéale, est écarté à cause de son parfum d'étatisme, le socialisme est alors revendiqué dans une formule très générale qui signifie surtout donner un contenu social à la République.

Le programme des « démoc-soc », peaufiné à l'occasion des législatives de mai 1849, est d'abord une réponse aux attaques de la droite et se définit dans la défense du suffrage universel direct, des grandes libertés (presse, réunion, association) et une réaffirmation patriotique de la vocation profonde de la France à aider les peuples en lutte pour leur émancipation (les Hongrois, les Italiens, les Polonais). Leur programme comporte aussi un volet social assez différent de celui qui était défendu par la République citadine du printemps 1848. L'enjeu est l'émancipation du petit propriétaire rural : remboursement des 45 centimes, abolition des dettes, l'argent à bon marché, abolition des droits sur les boissons, suppression du remplacement, enseignement gratuit et obligatoire, fiscalité progressive pour frapper les gros, nationalisation des grands services publics…

À la tête du parti, des éléments des couches nouvelles : avocats, médecins, journalistes, négociants... des notables, plus ou moins aisés, qui exercent un « patronage démocratique » sur le monde des petits et luttent au niveau local contre les notables conservateurs. À la base, les artisans des villes et des villages, des paysans, parfois guidés par des instituteurs, plus modestement, des ouvriers. La petite bourgeoisie, qui dispute aux notables traditionnels le leadership du camp populaire, constitue l'élément dominant. La force du mouvement repose d'abord sur la diffusion très efficace, en dépit des cascades de procès, de journaux qui associent dans un style familier le message républicain à des conseils pour améliorer la vie quotidienne : *Le Bien du peuple*, *Le Démocrate du Rhin*, *La Feuille du village*, *Le Bonhomme manceau*...

Les idées « démoc-soc », qui parviennent à détacher un temps les paysans de leur adhésion à la personnalité de Louis Napoléon, sont aussi diffusées jusqu'au fond des campagnes par des almanachs, des chansons politiques, celles de Pierre Dupont, une poésie populaire, celle de Langomazino dans le Sud-Est, ou bien encore par les nombreuses représentations du *Jésus montagnard*.

L'enracinement du mouvement se fait selon des formes très variées : franc-maçonnerie, sociétés de secours mutuels, cercles d'agrément où l'on boit et discute, chambrées où se réunissent artisans et paysans de la France du Midi, cafés ou cabarets. Les « rouges » parviennent souvent aussi à détourner les manifestations folkloriques et à politiser habilement charivaris et carnavals pour donner une tournure frappante à leur message.

La répression de plus en plus dure qui s'abat sur les foyers de propagande républicains a favorisé l'organisation de sociétés secrètes, surtout dans le Sud-Est. L'affiliation, la nuit, s'y fait selon un cérémonial impressionnant qui frappe l'imagination des paysans. On y prête, sur un poignard, le serment d'obéir aveuglément aux chefs républicains. La loi du 31 mai 1850 introduit cependant dans le « parti rouge » une division qui l'affaiblit. Une tendance reste fidèle à la stratégie légaliste qui consiste à faire confiance au suffrage universel, à attendre l'élection décisive de 1852, la présidentielle, qui donnera la victoire aux démocrates. La

**Les suffrages montagnards
aux élections législatives du 13 mai 1849**

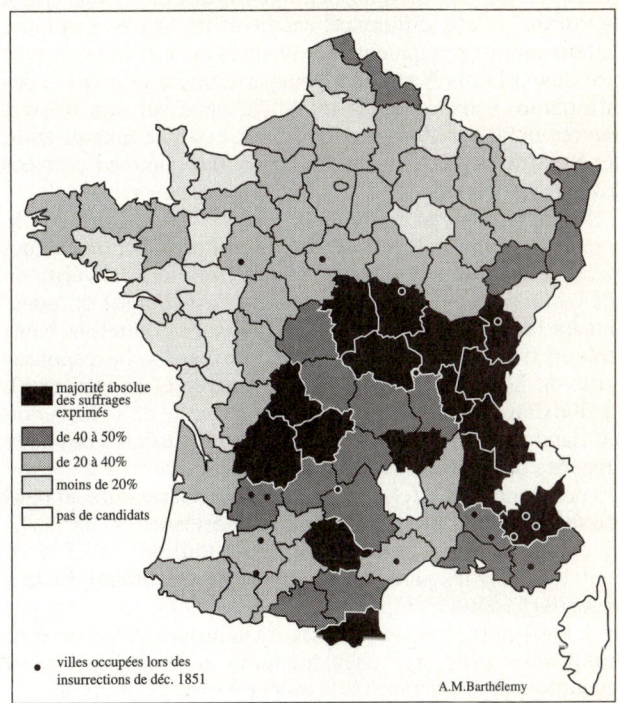

Montagne parlementaire refuse l'épreuve de force. En revanche, la nouvelle Montagne, autour de Michel de Bourges, Mathieu de la Drôme, pense qu'il faut privilégier l'action clandestine et préparer l'insurrection.

Le prince président contre l'Assemblée

S'il apparaît bien comme le champion de l'ordre, face à la menace révolutionnaire, le président ne s'est jamais confondu avec la majorité conservatrice qui entendait mener une action déterminée contre le « spectre rouge ». Ses idées sociales, son passé favorable aux nationalités, le lustre de l'héritage napoléonien, le distinguent des chefs du « parti de l'ordre ». Cette différence, encore affirmée par sa volonté de faire amnistier rapidement les bannis de juin 1848, se précise quand Louis Napoléon Bonaparte invite le corps expéditionnaire français qui a rétabli le pape sur son trône à œuvrer en faveur d'une modernisation et d'une libéralisation des États du pape et à ne pas se comporter comme l'auraient fait les Autrichiens.

N'obtenant aucun écho auprès du « parti de l'ordre », le président remplace le ministère Odilon Barrot par un cabinet extra-parlementaire, dont il apparaît comme le véritable chef. Mais le chef de l'État désarme l'Assemblée en poursuivant la répression contre les républicains. Toutefois, habilement, il renvoie à la majorité conservatrice la responsabilité de la mutilation du suffrage universel en mai 1850. La division des républicains sur l'opportunité de se lancer ou pas dans une insurrection et l'échec de la « fusion » des deux branches du royalisme lui donnent l'opportunité de jouer son jeu personnel. En effet, le rapprochement nécessaire au rétablissement de la monarchie entre les orléanistes, partisans du comte de Paris, petit-fils de Louis-Philippe (décédé en août 1850), et les partisans du comte de Chambord, exilé à Frohsdorf, semble impossible. Ces derniers, entraînés par de jeunes nobles et des prêtres dynamiques, écartent tout compromis avec la France moderne et le libéralisme et revendiquent le principe de la monarchie de droit divin.

Un mouvement favorable au prince président se dessine alors au fil de ses tournées en province, dans lesquelles il se présente comme l'avocat du peuple mais aussi le partisan d'un pouvoir fort capable de sortir la France de la crise. Un bonapartisme populaire qui n'avait jamais entièrement disparu reparaît, mais on voit s'affirmer aussi un bonapartisme de notables convertis à l'idée qu'il n'y a rien à attendre des chefs monarchistes, paralysés par leurs divisions et tétanisés par la peur sociale.

Un « parti de l'Élysée » s'organise autour de quelques fidèles du président, qui rallie à sa cause les principaux chefs de l'armée. En janvier 1851, Louis Napoléon relève de son commandement de la division militaire de Paris le général Changarnier, bras armé des chefs monarchistes de l'Assem-

La crise du milieu de siècle 239

blée. Au printemps 1851, à l'instigation des préfets, se développe une campagne révisionniste favorable à la modification de la Constitution, qui empêche le prince président de se représenter en 1852, date à laquelle l'Assemblée devra aussi être réélue. La campagne obtient le soutien de nombreux notables, qui affichent de plus en plus clairement leur angoisse devant le vide politique qui risque, à la date fatidique de 1852, de faire basculer la France dans une crise favorable aux républicains. Mais la majorité des trois quarts de l'Assemblée, nécessaire pour réviser la Constitution, ne peut être atteinte en juillet 1851, à cause de la résistance farouche des ultras de la légitimité et de l'orléanisme. Leur obstination compromet définitivement les chances d'une République conservatrice, à défaut d'un très hypothétique retour de la monarchie.

Mais cette attitude concerne surtout les chefs du légitimisme et de l'orléanisme. De plus en plus clairement, une large partie des classes dirigeantes souhaite le renversement d'une République qui ne peut accoucher dans leur esprit que d'un pouvoir populaire et violent. Des légitimistes, surtout, laissent se mettre en place une opération politique qui vise à conjurer l'« échéance épouvantable » de 1852. Louis Napoléon Bonaparte est désormais décidé à passer à l'action en s'appuyant sur un petit groupe de fidèles. Morny, demi-frère du président, est la cheville ouvrière du complot, avec Saint-Arnaud, commandant de la région militaire de Paris, Rouher et Maupas, placé à la préfecture de Police. Brouillant les cartes, les bonapartistes, qui revendiquent le rétablissement d'un authentique suffrage universel, ont obtenu l'appui de la Montagne à la Chambre pour empêcher le vote d'une mesure qui autorisait le président de la Chambre à requérir la force armée.

Le coup d'État

Le 2 décembre 1851, jour anniversaire du sacre de Napoléon et d'Austerlitz, le président, sûr de ses ministres, des préfets, de l'armée et de la police, passe à l'action contre l'Assemblée. Le Palais-Bourbon est occupé, les chefs républicains et les élus orléanistes libéraux susceptibles de contester – Thiers est de ceux-là – sont arrêtés, comme les 200 députés protestataires qui délibèrent dans une mairie voisine de la Chambre. En vertu d'un décret présidentiel, l'Assemblée est dissoute, le suffrage universel remis en cause par la majorité conservatrice est pleinement rétabli, les Français convoqués le 21 décembre pour approuver ces décisions et le peuple appelé à déléguer au prince les pouvoirs nécessaires pour modifier la Constitution. Quelques députés et militants républicains – parmi eux Victor Hugo, Schœlcher, Michel de Bourges – qui ont échappé à la rafle, ameutent les ouvriers parisiens, lancent un appel aux armes, mais se heurtent à l'indifférence du peuple de Paris, pour qui la République a déjà été tuée dans les massacres de juin 1848. Pas plus d'un millier d'ouvriers résistent dans le quartier de l'Hôtel de Ville. Baudin, un député républicain, est tué sur une barricade. Sur les grands boulevards, une fusillade improvisée dissuade les Parisiens et pas seulement les travailleurs de s'opposer au coup d'État.

La résistance au coup d'État vient de la province, qui manifeste son poids politique nouveau face à la capitale. Une vingtaine de départements ruraux se mobilisent pour défendre la République : le Centre, avec la Nièvre pour foyer principal, le Sud-Ouest (le Gers et le Lot-et-Garonne), le Sud-Est, où les Basses-Alpes échappent pendant plusieurs jours à tout contrôle, mais aussi le Gard, l'Hérault, la Drôme... Le plus souvent, à l'appel des chefs républicains, des colonnes se sont formées à partir des villages et ont convergé sur des villes moyennes investies par les insurgés. Ces manifestations, souvent imposantes, avaient un caractère pacifique, mais il a suffi d'un incident avec les gendarmes ou un notable particulièrement haï pour que la violence éclate et que le sang coule. Des villes, voire des départements entiers, tombés aux mains des insurgés – des paysans, des artisans de village menés par des notables républicains – ont dû être reconquis dans de véritables opérations de guerre. Pas de coordination dans ces mouvements, mais des initiatives dispersées qui relèvent toutefois d'une même idée : le droit et même le devoir d'insurrection quand la République est menacée.

La puissance du mouvement qui a terrorisé les notables tient, pour une part, à l'entrée en lice des sociétés secrètes, qui ont constitué l'infrastructure de l'insurrection. La violence a éclaté dans les endroits où la tension sociale était extrême, entre de petits propriétaires endettés aux abois et des notables exécrés depuis longtemps. Dans plusieurs villes du Midi, on a brûlé les archives fiscales, exigé le partage des biens communaux pour les pauvres. En Alsace, on s'en prend aux petits usuriers juifs liés aux banquiers catholiques de Strasbourg ou à la fortune protestante de Suisse... Mais le lien entre la violence sociale et la défense de la « bonne », de la « vraie » République, n'a pas été rompu.

Le nouveau régime bonapartiste a toutefois profité du fait que la grande majorité des régions françaises n'ont pas bougé. La répression n'en a pas moins été très dure, brisant l'ossature des forces républicaines. L'insurrection a du reste été utilisée par le nouveau pouvoir pour démontrer aux notables terrorisés que le coup d'État les avait sauvés d'une immense jacquerie sociale. Mais, si la bourgeoisie se jette dans les bras du « sauveur », Louis Napoléon Bonaparte est contraint d'afficher, ce qu'il voulait éviter, un engagement brutal aux côtés des notables, contre les masses paysannes. Toutefois, les 21 et 22 décembre 1851, 7 145 000 Français disent « oui » au « maintien de l'autorité de Louis Napoléon » et lui délèguent « les pouvoirs nécessaires pour établir une Constitution ». Une répression très dure s'abat dans toute la France sur la presse, les associations, les militants... Des colonnes mobiles sillonnent les régions qui ont bougé, arrêtent et jugent sous l'autorité de « commissions mixtes » dans lesquelles siègent un préfet, un général, un procureur général. Des milliers de républicains sont condamnés à la prison, à la déportation en Algérie ou à Cayenne.

Les forces politiques qui entravaient le prince président dans son plan de réorganisation de la France sont défaites, que ce soient les anciens notables monarchistes ou les forces vives du parti républicain. La « solution » bonapartiste peut s'installer.

9
Le bonapartisme au pouvoir (1851-1870)

La nation soumise et encadrée

La dignité impériale

En moins d'un an, le régime né du coup d'État du prince président trouve un ancrage dans de nouvelles institutions. Le but est d'assurer la pérennité du coup de force, de lui donner une légitimité profonde que Louis Napoléon Bonaparte envisage rapidement sous la forme d'une nouvelle dynastie. Dès novembre 1852, les Français sont consultés pour savoir s'ils approuvent « le rétablissement de la dignité impériale en la personne de Louis Napoléon ». Le plébiscite lié à cette question donne 7 824 000 « oui » contre 253 000 « non ». Le 2 décembre 1852, jour anniversaire du couronnement de Napoléon Ier, Louis Napoléon est proclamé empereur héréditaire des Français et prend le nom de Napoléon III. Un mois plus tard, il épouse une Espagnole de vieille noblesse, Eugénie de Montijo, dont le père avait servi dans l'armée de Napoléon Ier. Le changement politique ne se limite pas toutefois au rétablissement d'une dignité nouvelle pour le chef de l'État qui s'inscrit dans le sillage de l'oncle. De manière plus profonde, c'est le gouvernement de la France qui connaît une métamorphose.

Le plébiscite du 20 décembre 1851 avait chargé Louis Napoléon de promulguer une nouvelle Constitution. Le texte rédigé dans la hâte par Rouher et inspiré de la Constitution de l'an VIII est prêt dès le 14 janvier 1852. L'idée qui le domine est exprimée dans la proclamation qui accompagne le texte : « Dans ce pays de centralisation, l'opinion publique a sans cesse tout rapporté au chef du gouvernement, le bien comme le mal. Aussi écrire en tête d'une charte que ce chef est irresponsable [...], c'est vouloir établir une fiction qui s'est trois fois évanouie au bruit des révolutions. » La clef du nouvel ordre institutionnel est l'omnipotence du chef de l'État. Élu de la nation, il la gouverne en s'appuyant sur l'appareil d'État, outil solide et cohérent dans une France déchirée par les luttes politiques. Le président, l'empereur à partir de décembre 1852, concentre entre ses mains toute l'autorité. Il exerce le pouvoir exécutif, il a l'initiative des lois, nomme aux emplois civils et militaires, déclare seul la guerre, signe les traités d'alliance et de paix ainsi que les traités de commerce, peut de sa propre initiative déclarer l'état de siège. La justice est rendue en son nom et il a le droit de grâce. Les fonctionnaires, les députés, les ministres, doivent lui prêter serment, ainsi qu'à la Constitution.

Le président gouverne avec son cabinet et une dizaine de ministres qui ne forment pas un cabinet parlementaire, ne peuvent être pris dans le Corps législatif, n'ont pas de solidarité politique et pas d'autre opinion avouable que celle du président, très jaloux de son autorité et seul homme politique du gouvernement. Mais Louis Napoléon n'est pas juriste et connaît assez mal l'administration. C'est donc lors de la mise en œuvre des décisions que les ministres reprennent l'avantage et font cadrer les choix napoléoniens avec le corpus des lois français. Quelques personnalités émergent de la sphère du pouvoir : Persigny, chantre du bonapartisme, fidèle compagnon d'aventure ; Morny, le demi-frère, lien entre les notables et le pouvoir ; Billault, un « bleu » de Bretagne, bon technicien du gouvernement à l'Intérieur ; Achille Fould, ministre des Finances et homme de confiance pour les affaires d'argent ; Baroche, un avocat, homme clef à la tête du Conseil d'État ; Rouher, avocat de Riom, l'indispensable technicien de l'administration et de l'économie ; Fortoul, le seul « intellectuel », ancien professeur d'université qui va « tyranniser et moderniser à la fois l'Université ». Dominent dans ce personnel d'anciens avocats, souvent des convertis de l'orléanisme qui ne manquent pas d'expérience parlementaire, débrouilleurs de dossiers complexes, techniciens, attachés à l'argent au plus haut point mais détachés de l'horizon étriqué des anciens notables.

Le législatif, un « outil » du pouvoir

Le législatif est en position subordonnée. Le Conseil d'État présidé par Louis Napoléon Bonaparte a pour mission de préparer les projets de loi avant de les présenter au Corps législatif. Le rôle essentiellement technique du Conseil, dans lequel on puise aussi les ministres, lui donne une certaine indépendance et limite le pouvoir absolu du chef de l'État. Le Sénat, sans véritable importance, ne représente que lui-même. Il rassemble des « illustrations » du pays et a surtout pour vocation d'offrir un débouché aux anciens députés, militaires et fonctionnaires proches du chef de l'État.

Le Corps législatif (261 députés) est la seule Assemblée élue au suffrage universel, pour six ans, qui vote ou rejette les projets de loi qui lui sont soumis. Il est convoqué, prorogé ou dissous au gré du président. Les députés ne représentent pas la nation, c'est le président plébiscité qui l'incarne. Ils ne défendent que les intérêts de leur arrondissement, ne peuvent exercer aucun contrôle sur les ministres, qu'ils ne peuvent ni interpeller ni renverser. La tribune, symboliquement, a même été supprimée, pour écarter les effets d'éloquence. Cette Chambre a tout de même une attribution importante, celle de voter le budget, ce qui signifie que le pouvoir ne peut disposer à son gré du produit des impôts. En dehors d'une poignée de légitimistes sans influence, autour de Montalembert, personne n'y conteste vraiment alors le pouvoir et la popularité du chef de l'État. Billault, son président, qui l'a maintenu dans une position diminuée, est remplacé par Morny en 1854, le demi-frère, affairiste prestigieux, plus respectueux de la sensibilité des parlementaires. Dans le Corps législatif, dominé par de nombreux seconds rôles des Assemblées de la monarchie de Juillet et de la République – des propriétaires et des juristes –, c'est la présence d'un nombre accru de financiers et d'industriels et la disparition des « intellectuels » qui apportent une touche de nouveauté.

L'appareil d'État, sauveur de la société

Au-delà d'un petit groupe de fidèles dont les profils sont disparates, le pouvoir ne s'appuie pas sur un « parti bonapartiste », notion étrangère aux idées napoléoniennes de rassemblement national au-dessus des partis traditionnels. À côté de l'armée, qui a été l'outil du coup d'État et qui est choyée par le pouvoir, tout repose sur une hiérarchie administrative qui tient en main le pays. La pièce essentielle de l'appareil d'État est le « préfet à poigne ». Le corps préfectoral, peu épuré après le coup d'État, appartient à une bourgeoisie solide, dévouée au service de l'État, et le nombre des vrais professionnels, très compétents, y augmente sensiblement. La continuité dans le corps est symbolisée par le préfet Haussmann, orléaniste converti au bonapartisme, préfet dur et habile qui du haut de son 1,90 mètre a affronté les « rouges » dans le Var et la Nièvre avant de devenir l'homme qui bouleversera Paris. Grassement payés (40 000 F), les préfets reçoivent, animent la vie sociale dans « le petit palais » qu'est devenu la préfecture, et incarnent le prestige de l'État fort dans le département. Le préfet joue un rôle décisif, car il a pour vocation d'orienter le suffrage universel, de « faire les élections ». Dans leur majorité, ils sont laïques et nombre d'entre eux résistent aux ambitions envahissantes du clergé. Chargés de réprimer les opposants, ils disposent d'un corps de gendarmerie sensiblement accru, nomment et révoquent les maires et de nombreux fonctionnaires, surveillent la presse, ouvrent et ferment les cabarets.

Il faut se garder toutefois de voir l'action des préfets comme une simple coordination de la machine policière. Le préfet doit jouer avec subtilité pour contourner les notables ou négocier avec les clientèles locales, qui trouvent parfois des relais auprès des ministres. Dans les régions de « dissidence pyrénéenne » par exemple, l'État, doté de peu de moyens, se confondait encore sous la monarchie de Juillet avec les gendarmes, eux-mêmes peu nombreux. Sous l'Empire, grâce à la prospérité et à des moyens nouveaux, le préfet peut négocier le retour à l'ordre par des avantages matériels : subventions aux mutuelles, ouvertures d'écoles, d'églises, postes de fonctionnaires, routes nouvelles... Les procureurs généraux, au niveau des cours d'appel, jouent un rôle essentiel, car, au-delà de leur fonction de magistrat, ils contrôlent, analysent la situation politique de leur ressort et guident l'action du pouvoir. Pour s'assurer de leur fidélité, le nouveau pouvoir encourage, parmi eux, la promotion de magistrats issus d'une bourgeoisie beaucoup plus modeste. L'armée, ralliée dans sa grande majorité, sait gré au chef de l'État de lui donner le rôle de recours ultime dans le paysage politique. L'Université est domestiquée, la presse muselée.

L'enracinement du bonapartisme

L'Église catholique est la seule grande force d'opinion à rester libre de son action, et sa présence sur tout le territoire nécessite, de la part du pouvoir, la plus grande attention, d'autant que la majorité des évêques ont été nommés sous les régimes antérieurs. La grande masse des notables catholiques a pris ses distances à l'égard du petit groupe des catholiques libéraux, mais aussi du « parti de l'ordre » et s'est ralliée au régime par peur du socialisme. Louis Veuillot et son journal *L'Univers* donnent le ton : la croisade pour la restauration d'un monde chrétien passe d'abord par la restauration de l'ordre social. L'épiscopat et le clergé ont suivi.

Le souverain, qui « n'aime pas les couvents », a toutefois parfaitement mesuré le poids social de l'Église et affiche sa volonté de favoriser la religion. Il accepte l'introduction de nouvelles congrégations et, dans le cadre de la loi Falloux, les collèges catholiques d'enseignement secondaire se multiplient. Le chef de l'État, dès décembre 1851, rend l'église Sainte-Geneviève au culte catholique, alors que depuis 1830 elle était de nouveau consacrée au culte des grands hommes. Ce rapprochement entre l'Église et l'Empire pose toutefois problème. Les ambitions nouvelles du courant ultramontain de l'Église, soumis à l'influence du Saint-Siège, risquent d'hypothéquer des équilibres politiques fragiles en négligeant le vieux fond de voltairianisme de la bourgeoisie lectrice du *Siècle*. Le rapprochement entre l'Église et le régime tourne vite à l'ère du soupçon.

Mais le chef de l'État est alors au plus haut. Une propagande intense conforte l'image d'un Louis Napoléon sauveur de la France. La vénération réservée aux anciens souverains se cristallise sur la personne du chef de l'État. Son buste trône désormais dans les mairies. Ses voyages en province rencontrent un écho favorable, la reprise économique conforte l'optimisme. Napoléon III se fait connaître de la France par des voyages soigneusement organisés. En 1856, il visite les vallées de la Loire et du Rhône, dévastées par les inondations, et apporte du réconfort aux populations sinistrées. En Bretagne, en 1858, l'empereur rencontre un grand succès dans une région sous l'influence traditionnelle des légitimistes. Mais la fête dynastique la plus importante est celle qui accompagne la naissance du prince impérial, naissance longtemps attendue et qui, le 15 mars 1856, a un retentissement extraordinaire dans le pays, d'autant que les souverains se font à l'occasion parrain et marraine de nombreux enfants nés le même jour.

Les oppositions, sans consistance, sont réduites au silence, et l'opinion est traversée majoritairement par un courant qui reconnaît en l'empereur l'« homme providentiel ». La presse, toujours redoutée, est l'objet d'un contrôle sévère qui pousse habilement les directeurs de journaux à l'autocensure par un système d'avertissements. Au-delà de trois avertissements, c'est la suspension, puis la suppression du journal. La librairie est aussi l'objet d'une censure sévère. Dans un paysage politique vide de controverses, les opposants, séparés des masses, sont condamnés à l'impuissance.

Les monarchistes restent divisés entre les partisans du comte de Chambord et le petit-fils de Louis-Philippe. Les orléanistes, état-major sans troupe, se contentent de batailler sur le terrain académique, leur refuge naturel. Quant aux légitimistes, ceux qui ne se rallient pas campent dans une opposition provinciale des châteaux qui leur permet encore de contrôler des arrondissements de l'Ouest et du Midi.

Les républicains, pour la plupart condamnés à l'exil, restent déchirés par le souvenir de juin 1848 et une opposition entre la Société de la révolution, autour de Ledru-Rollin, et les courants d'extrême gauche, les blanquistes, eux-mêmes très loin du socialisme humanitaire de Louis Blanc ou des cabetistes. Une grande figure intellectuelle s'impose face à l'homme du coup d'État, celle de Victor Hugo, exilé à Jersey puis à Guernesey. Encore membre du « parti de l'ordre » en 1849, sa dénonciation du coup d'État a fait de lui la figure emblématique de l'opposition républicaine à l'empereur. Avec habileté, il présente Louis Napoléon comme un imposteur, ce qui permet d'opposer la gloire de l'oncle, à laquelle les Français sont attachés, à la « mascarade » du neveu. Mais la diffusion des *Châtiments*, en 1853, reste encore assez confidentielle.

Une machine politique efficace

La neutralisation des oppositions, le retour de la prospérité, le recul du chômage, expliquent les succès électoraux d'un régime qui puise sa légitimité, en dépit de son autoritarisme, dans le suffrage universel. Les Français votent fréquemment et désormais à la commune, donc jusque dans les villages les plus reculés. Le suffrage universel est toutefois soumis à des contraintes qui en dénaturent, pour partie, la portée. Des candidats officiels, soigneusement choisis par le préfet, bénéficient de l'appui de toute la machine administrative. Ces « candidats de l'empereur » peuvent seuls et en toute liberté poser des affiches (caractères noirs sur fond blanc, attributs du pouvoir légal), distribuer des brochures et faire pression sur les électeurs, d'autant que le secret du vote n'est guère respecté. Une résistance se manifeste toutefois par l'abstention. Dès 1852, les candidats officiels ne sont élus que par la moitié des électeurs. Mais, lors de ces législatives, 6 députés d'opposition seulement sont élus sur 261 députés. Aux élections suivantes, en 1857, le parti républicain, bien qu'il n'ait pas de candidat dans plusieurs circonscriptions, obtient 500 000 voix, à peine 10 % des suffrages exprimés, mais fait passer 4 candidats à Paris (Jules Favre, Ernest Picard, Émile Ollivier et Alfred Darimon) et à Lyon, Hénon. Le « groupe des Cinq » est l'indice d'une résistance des grandes villes à l'emprise bonapartiste. Dans la ville ouvrière de Decazeville, aucun candidat républicain ne s'étant présenté, 640 électeurs votent sur 3 000 inscrits.

Cette hésitation sur le destin de l'Empire, qui semble tenir de plus en plus à la personne du souverain, est accentuée le 14 janvier 1858 quand Orsini, un révolutionnaire italien, jette une bombe sur le cortège impérial. Napoléon est indemne, mais plus de 150 personnes sont tuées ou blessées. L'émotion, très forte, incite le gouvernement à faire voter la « loi de sûreté générale », qui permet d'emprisonner ou d'exiler sans jugement les personnes considérées comme dangereuses. Des pouvoirs spéciaux sont confiés à l'armée. Six ans après l'installation du régime, il semble nécessaire de resserrer la dictature et de renforcer la répression. Pourtant, un retour en arrière paraît impossible aux yeux même de l'empereur, qui dès 1852 a promis que « la liberté serait le couronnement de l'édifice ». Napoléon atteint 52 ans, son fils n'est âgé que de 4 ans et une éventuelle régence aurait besoin de s'associer le Corps législatif. Au moment où la guerre d'Italie pose l'empereur en champion des peuples contre les vieilles monarchies conservatrices, il serait paradoxal d'attaquer, à leur source, les libertés. C'est la raison pour laquelle le régime entend ne pas renouer avec la violence qui l'a fondé. En 1859, une amnistie permet aux exilés républicains de rentrer, tout du moins à ceux qui le désirent, ce qui n'est pas le cas de Victor Hugo. Le courant républicain retrouve des cadres. L'assouplissement des procédures politiques se confirme en 1860 : le contrôle financier du législatif est précisé, la publicité de ses débats étendue. Des ministres sans portefeuille – Rouher en sera la figure principale – doivent venir en séance défendre la politique du gouvernement à un moment où la vie parlementaire renaît.

Les ambiguïtés du césarisme démocratique

Louis Napoléon, un « bleu »

Le bonapartisme s'inscrit au cœur des contradictions d'une histoire française née de la Révolution. À défaut d'un consensus national sur les institutions, sur le suffrage universel, sur la nature de l'exécutif, le recours à un « homme providentiel » apparaît en effet, de manière chronique, comme la solution à une crise politique fondatrice. Après Napoléon Ier et dans la crise majeure du milieu du siècle qui a discrédité les cadres traditionnels et déboussolé l'opinion, le neveu, Louis Napoléon Bonaparte, semble, aux yeux de Guizot, un de ses adversaires, répondre aux nécessités du temps : « C'est beaucoup – dit Guizot – d'être à la fois une gloire nationale, une garantie révolutionnaire et un principe d'autorité. »

Aventurier ayant erré dans toute l'Europe, ancien carbonaro italien, ex-indicateur de la police anglaise, « maladroit et rusé, gredin et naïf », dit Marx, parlant l'allemand et l'anglais, mais le français avec accent, il se présente comme un « sphinx indéchiffrable » difficile à cerner dit Theodore Zeldin, d'autant « qu'il ne parle pas et écrit encore moins ». À une époque où les idéologies ont tant de poids, l'empereur n'affectionne guère les constructions intellectuelles, et les « idées napoléoniennes » se résument à des formules. Sa force de persuasion tient, pour une part, au fait qu'il s'est toujours senti investi d'un destin national, et a cru profondément dans sa mission et dans sa « bonne étoile ».

Le projet bonapartiste s'est longtemps résumé pour ses adversaires républicains à l'établissement d'une dictature née d'un coup d'État. Il est vrai que, dès 23 ans, dans ses *Rêveries politiques*, Napoléon III a défendu l'idée d'un État fort. Mais cette analyse lapidaire cerne mal sa volonté de conjuguer autorité et légitimité du suffrage universel : « Ma conviction est que la France sera tranquille quand elle aura un gouvernement fort qui ne peut se bâtir que sur la démocratie. » Pour les bonapartistes, profondément hostiles au régime parlementaire, dominé par les « affrontements partisans », la démocratie s'incarne d'abord dans un homme que la volonté populaire a choisi et qui périodiquement va chercher dans l'« appel au peuple » la confirmation de sa légitimité. La volonté populaire délègue à cet homme l'essentiel des pouvoirs, par-dessus la tête des députés, dont les attributions sont très limitées. Le bonapartisme se présente ainsi comme la négation des pouvoirs intermédiaires et s'oppose radicalement à l'orléanisme libéral des notables, ou à l'attachement des légitimistes aux provinces et aux corporations...

Le goût pour l'autorité ne situe pas le bonapartisme hors

des racines politiques de la France moderne. Louis Napoléon est un « bleu ». Comme les républicains et les orléanistes, il se réfère aux principes de 1789 et fonde son pouvoir sur la souveraineté populaire et pas seulement sur la souveraineté nationale. À la différence de Napoléon Ier, qui écarta le suffrage universel au profit d'un choix de l'exécutif sur des listes de notables, Louis Napoléon est un démocrate convaincu, éduqué par Lebas, un précepteur républicain. Dès 1832, alors que le suffrage universel n'est que le choix d'une minorité de républicains prononcés, il écrit : « La forme du gouvernement est stable quand elle est appuyée sur toute la nation, parce qu'aucune classe n'est repoussée ; la souveraineté du peuple est garantie. » De là, la formule du « césarisme démocratique », gouvernement fort, qui s'appuie sur la souveraineté populaire et le suffrage universel, un temps tronqué par une République des conservateurs. Ce rétablissement qui, en pratique, n'était pas une nécessité, représentait, sinon un risque, tout du moins un pari.

L'héritier de la gloire impériale

Ce « pari démocratique » pouvait être tenté parce que Louis Napoléon était une « gloire nationale » et, depuis la mort de l'Aiglon en 1832, l'héritier légitime de cette aura extraordinaire attachée au nom de Napoléon. Son élection comme président de la République, en décembre 1848, tient largement au fait que si lui-même était inconnu des Français, son nom faisait vibrer les souvenirs de gloire et de grandeur qui avaient été entretenus dans les campagnes par une génération d'anciens combattants voués à un véritable culte de Napoléon Ier. Des centaines de milliers de Français, de la Creuse au Dauphiné, dans les régions patriotes, ont voté pour l'héritier du « Napoléon du peuple », cette légende forgée malgré les souffrances qu'avaient imposées, aux paysans, les guerres napoléoniennes. Cet atout précieux pour son projet politique imposait au nouveau régime des devoirs. Louis Napoléon s'est déclaré, dès son élection à la présidence de la République, partisan d'une politique extérieure active, résolument hostile à l'Europe des traités de 1815, qui opprimait les peuples et les nationalités. Il opte rapidement pour une Europe républicaine, une Europe des nationalités dans laquelle la France doit jouer, en référence à l'œuvre de la Révolution française, le rôle de libérateur des peuples. Le choix n'est pas sans contradictions à un moment où l'empereur recherche l'appui des catholiques, d'abord attentifs à la situation faite au pape, et où, à Bordeaux, dans un discours célèbre qui vise à rassurer les notables, il déclare : « L'Empire c'est la paix. »

Soucieux de reconstituer un consensus profond entre les Français par le biais d'une nouvelle association d'idées : autorité, démocratie, gloire nationale, le projet bonapartiste est fondé sur la conviction que le retour à l'ordre repose sur un développement rapide de la France et la prospérité. En cela, il s'inscrit dans la tradition d'un productivisme économique – celui de Jean-Baptiste Say et des saint-simoniens –, convaincu que Révolution et contre-révolution sont d'abord le produit du « sous-développement » français, d'un archaïsme dont les atermoiements du parlementarisme conservateur sont largement responsables. Seuls la croissance, des emplois nouveaux, la prospérité lui paraissent capables de faire reculer la « révolution » et de s'attaquer à la question sociale.

Les assises sociales du bonapartisme

L'assise sociale du bonapartisme est tout aussi ambiguë que le corpus d'idées qui le définit. Cette ambiguïté est du reste une nécessité, dans la mesure où son dessein politique profond est de concilier des classes sociales en lutte aiguë dans la crise du milieu du siècle.

Le Napoléon des paysans

Marx a beaucoup insisté sur l'ancrage du bonapartisme dans la paysannerie française. Revenant sur l'élection présidentielle du 10 décembre, « le Février des paysans », il affirme : « Derrière l'empereur, se cachait la jacquerie ; la

République qu'ils abattaient de leur vote, c'était la République des riches. » Il est juste de souligner qu'en décembre 1848 toute une France rurale de petits propriétaires s'est émancipée des notables et des autorités favorables à Cavaignac. À cette occasion, comme le signale le préfet de l'Isère, Chapuis de Montlaville, une « puissance nouvelle entre dans la vie politique », et elle restera dominante au moins jusqu'à la Grande Guerre. Le bonapartisme s'est pourtant heurté à la résistance des grands propriétaires légitimistes et à l'apparition d'une paysannerie républicaine. Convaincue que Louis Napoléon entrait dans le jeu du « parti de l'ordre », elle a résisté au coup d'État, les armes à la main, pour défendre la vraie République. Mais, avec l'Empire, le régime a su étendre son influence dans de larges couches de la paysannerie au grand dam d'un libéral parisien comme Prévost-Paradol, qui dénonce alors la « campagnocratie impériale », ce pouvoir des campagnes fondé « sur une profonde couche d'imbécillité rurale et de bestialité provinciale ».

En effet, une large partie des régions qui avaient voté « rouge » en 1849, c'est le cas du Limousin, apportent de nouveau leur appui à Napoléon III, « l'empereur des maçons et des paysans ». On peut expliquer cette adhésion des paysans à l'Empire par la pression très forte d'un régime policier qui ne ménage pas ses efforts pour faire triompher la candidature officielle. Mais il faut tenir compte des mesures pratiques prises par le régime impérial pour améliorer le sort des ruraux. Ceux-là sont sensibles à la hausse constante du revenu agricole, surtout après la dure dépression du milieu du siècle, aux routes, aux chemins de fer… Le bonapartisme assure aux paysans le progrès et l'ordre. Les succès extérieurs, en Italie, en Crimée, lui apportent le soutien des régions patriotes de l'Est et du Sud-Est. Des magistrats, des préfets, prennent en compte de manière nouvelle la défense des « petits » face à l'oppression des notables. Si l'Empire est bien un régime policier, il semble plus dur sur les délits d'usure, qui sont le fait des « gros », et souvent plus indulgent pour la délinquance des « petits » du monde rural.

Si, dans de nombreux départements de l'Ouest ou du Nord, et en Corse, il n'y a pas lieu d'opposer bonapartisme et notables, dans la Creuse, dans les Basses-Alpes, dans l'est de l'Aquitaine, le bonapartisme a su « jouer contre les notables » et apparaître comme le défenseur de la démocratie paysanne. Il a su, à sa manière, répondre aux attentes qui avaient été créées par les républicains « rouges ». Dans l'est de l'Aquitaine, comme le dit André Armengaud, la conquête républicaine des années 1880 a été préparée par le fait que « pendant près de vingt ans, sous l'Empire, le préfet l'a emporté sur les Messieurs, ruinant lentement leur prestige et leur influence ». Dans le Limousin d'Alain Corbin, « le bonapartisme rural constitue la première manifestation du désir qu'éprouve la paysannerie de jouer un rôle directeur dans la vie politique du pays ». D'une manière plus générale, la pratique du suffrage universel a accoutumé les paysans à la politique et conforté chez certains une aspiration à plus d'autonomie, et l'épisode impérial ne peut être négligé dans le lent mouvement d'émancipation des classes rurales en France.

La bourgeoisie et l'Empire

Il existe un bonapartisme de notables, né à la fin de l'année 1848, au moment où le « parti de l'ordre » a choisi de soutenir la candidature de Louis Napoléon Bonaparte à l'élection présidentielle. Il est cependant fondé sur un malentendu, dans la mesure où, à l'image de Thiers, les notables pensaient avoir affaire à un niais qu'ils pourraient aisément manipuler. Le prince président, une fois élu, a mené rapidement sa propre politique, mais son divorce avec les élites du « parti de l'ordre » n'a pas empêché le gros de la bourgeoisie, qui avait un sens plus pratique que ses leaders, de lui apporter son soutien dans l'imbroglio politique de la fin de la Deuxième République. La circonspection des notables, face à un coup d'État qui supprimait leur représentation politique habituelle, fut vite oubliée devant l'insurrection des « rouges » des campagnes, et la peur des « Jacques » rejeta la plupart des notables, jadis royalistes, dans les bras du prince président.

Cette situation infléchit considérablement à droite le bonapartisme des années 1850, lui donne un halo autoritaire, clérical, et privilégie le bonapartisme des notables aux dépens du bonapartisme populaire. Mais, dès 1852, le pouvoir bonapartiste affirme son autonomie face à sa composante sociale « bourgeoise ». En profondeur, le rétablissement de l'ordre nécessite de confisquer le pouvoir politique à une élite sociale qui n'a su maîtriser ni le suffrage universel ni la question sociale. Symboliquement, l'empereur n'hésite pas, par décret, à confisquer la fortune de la famille d'Orléans et décide que le produit de la vente ira à des institutions de bienfaisance. « Un premier pas vers le socialisme communiste ! », s'écrit une notabilité orléaniste.

La remarque relève du fantasme, mais elle montre la distance qui sépare le bonapartisme des formes classiques du pouvoir politique de la bourgeoisie. Le bonapartisme n'est pas une simple addition des élites issues du « parti de l'ordre », il se donne pour tâche d'encourager l'émergence d'une nouvelle bourgeoisie plus modeniste et capable de s'engager dans un nouveau consensus social fondé sur l'expansion économique. De là, la réticence des manufacturiers protectionnistes devant les nouveaux pouvoirs de l'empereur en matière de traité de commerce, celle des propriétaires de Paris devant les bouleversements de la ville, ou encore celle des notables dont le pouvoir auprès de la paysannerie est contesté par le candidat officiel et le préfet.

Par contre, dans le sillage de ce nouveau pouvoir fort qui fait bouger la société, s'affirme une nouvelle bourgeoisie d'affairistes – aventuriers des coups financiers, spéculateurs immobiliers comme Mirès, puissants industriels comme Schneider, président du Corps législatif – qui est le relais des idées napoléoniennes et dont Morny, le « demi-frère », est le symbole. C'est cette nouvelle bourgeoisie qui donne le ton dans la fête impériale. Elle a son centre à la cour des Tuileries, qui retentissent à nouveau de la musique des fêtes, mais aussi dans les châteaux (Saint-Cloud, Fontainebleau, Compiègne) ou encore à Vichy, à Biarritz, où se déplace souvent le couple impérial. Les républicains austères, les cléricaux, tempêtent devant tant d'argent, devant ce cosmopolitisme de la fortune qui vient, comme le Brésilien de *La Vie parisienne* d'Offenbach, s'encanailler dans les plaisirs parisiens... mais le palais donne le ton à une élite élégante et au luxe tapageur. Les intellectuels en revanche sont peu nombreux à se presser dans les allées du pouvoir. L'empereur subventionne Renan, Mérimée, accueille Viollet-le-Duc, courtisan adroit. En revanche, Jules Simon, professeur à la Sorbonne, perd sa chaire pour avoir refusé le serment; Michelet, déjà suspendu du Collège de France, perd la direction des Archives nationales; les académiciens, soupçonnés d'orléanisme et tenus à l'écart, boudent. Des salons littéraires comme celui de Marie d'Agoult restent actifs, mais ce n'est pas du côté culturel que l'Empire innove.

Le bonapartisme des ouvriers

Le bonapartisme ouvrier est plus complexe encore que celui des notables. Très tôt, Louis Napoléon a participé de cet esprit humanitaire qui s'est intéressé à la question sociale, et son émotion n'est pas feinte quand il parle de sa mission sociale et de sa volonté de s'attaquer à la misère ouvrière. Il a lu Saint-Simon, Proudhon, rencontré Louis Blanc, médité sur la nécessaire intervention de l'État dans le domaine social, à contre-courant des idées libérales alors dominantes. En 1844, *L'Extinction du paupérisme*, qu'il présente « comme un écrit qui a pour unique but le bien-être de la classe ouvrière », le place parmi les réformateurs socialisants de son époque, attaché à l'association, aux sociétés mutuelles et aux caisses de retraite, à l'intervention de l'État, au rôle redistributeur de la fiscalité, qui doit être allégée pour les plus pauvres.

Mais, une fois au pouvoir, son projet social, pour intéressant qu'il soit, reste limité et prolonge surtout des initiatives qui ont été avancées par les catholiques sociaux de la Deuxième République. Le souverain patronne la création de crèches, d'orphelinats, d'asiles (Vincennes et Le Vésinet en 1855), il met en place la Société du prince impérial (1862), qui propose des « prêts sur l'honneur » aux plus modestes... La loi du 20 avril 1853 établit à Paris un service de médecine gratuite pour les indigents, en dehors des hôpitaux surchargés. Dans une ville comme Rouen, c'est sous le Second Empire que les dépenses sociales de la municipalité atteignent leur maximum durant le siècle. Face à la logique ancienne de l'assistance, Napoléon III encourage celle plus moderne de la prévoyance dans le cadre du mutualisme. Par le décret du 26 mars 1852, les mutuelles « approuvées », par opposition aux « autorisées », reçoivent, dans la mesure où leur président nommé par le préfet est investi d'une tâche de pacification sociale, des allocations financières du gouvernement. De 2 400 caisses en 1852 avec 271 000 sociétaires, on passe à 6 000 en 1870 et 900 000 adhérents. Le pouvoir tente de donner à la Caisse nationale des retraites une nouvelle dimension après la Deuxième République, au point que Bismarck, ambassadeur à Paris, en tirera – dit-on – des leçons pour l'Allemagne. Toutefois, si le projet social du bonapartisme trouve un écho dans la classe ouvrière, son ancrage n'est pas comparable à celui qu'il a dans la paysannerie. La culture politique ouvrière, l'attachement des travailleurs à leur autonomie, limitent l'influence du bonapartisme dans un milieu qui refuse que la bienveillance sociale se mue en surveillance publique.

Les coups de théâtre du bonapartisme

Le « grand bond en avant » du capitalisme

Avant le coup d'État, le monde de l'argent n'avait guère prêté attention aux idées économiques de Louis Napoléon Bonaparte, à son productivisme saint-simonien qui prétendait résoudre la plaie des révolutions par un grand bond en avant industriel. On souriait plutôt des éternels problèmes d'argent du « prince président » et de ses relations avec les boursicoteurs. Son projet politique paraissait alors nettement plus important. En s'emparant du pouvoir par la force, à un moment où les affaires étaient paralysées par la crainte d'une victoire des « rouges », Louis Napoléon écarte brutalement les incertitudes qui pesaient sur l'engagement des milieux d'affaires. Les conditions d'une reprise économique sont alors rassemblées : les capitaux accumulés sous la monarchie de Juillet sont abondants et l'or californien aux portes de l'Europe.

La clef d'une nouvelle donne économique, après une très longue crise, doit être trouvée, aux yeux du pouvoir, dans l'achèvement rapide de l'unification du marché national.

L'empereur tranche dans ce domaine en faveur des chemins de fer, écartant le plan concurrent des canaux, hérité du passé. Par une politique de fusion des lignes concédées, il arbitre un partage des zones de trafic et procède à l'intégration des tronçons, jusque-là isolés, dans un réseau cohérent. En 1857, des 42 sociétés qui existaient au moment où Louis Napoléon arriva au pouvoir, il ne reste que 6 grandes compagnies (Nord, Orléans, Midi, Est, Ouest, PLM), régnant chacune sur une région. L'État leur accorde en outre des baux d'exploitation de 99 ans, ce qui facilite l'amortissement des investissements et rend les entreprises ferroviaires plus rentables.

Toutefois, le coût de lancement d'un vaste programme ferroviaire est exorbitant et la confiance des milieux d'affaires tient, pour une bonne part, au maintien de la rigueur budgétaire après les « dérives » de la Deuxième République. D'où l'impossibilité de s'engager dans la voie des dépenses et de l'endettement. Il faut donc trouver des moyens originaux de financement : l'État, en accordant à l'émission d'obligations de chemins de fer sa garantie d'un taux d'intérêt de 3 %, mobilise une épargne d'investisseurs encore perplexes à l'égard des chances du capitalisme à grande échelle et étend l'emprunt obligataire jusqu'aux « petits capitalistes ». Le succès de ce nouveau « pacte » entre le pouvoir et les possédants est extraordinaire et suscite une vague de spéculations sans précédent. En 1852, la France n'avait que 3 870 kilomètres d'un réseau très incohérent ; en 1870, les lignes exploitées atteignent 17 000 kilomètres.

Les coups d'éclat d'un petit groupe proche de l'empereur et dans lequel figurent Morny, le spéculateur Mirès, Persigny, les frères Pereire, définissent une nouvelle doctrine économique qui ne retient du saint-simonisme que les hauts profits et la promesse d'une croissance continue dont les retombées élèveront le peuple. Cette économie du « coup de théâtre permanent » se donne aussi pour but de reproduire le choc psychologique fondateur du régime et relègue au passé la timidité des notables orléanistes. L'idée première est d'assurer un élargissement permanent du marché. La loi du nouveau régime est la prospérité sans fin : après le bouleversement des villes, la révolution ferroviaire portée dans toute l'Europe grâce aux nouveaux investissements français, puis la perspective d'un vaste marché oriental par le nouveau canal de Suez...

L'ampleur du projet nécessite du crédit, des moyens de paiement nouveaux en grande quantité. Un nouveau type de banques répond à cette situation nouvelle. Le prototype en est le Crédit mobilier des frères Pereire, banque par actions créée en 1852, avec l'appui de l'empereur. Il a pour objectif de commanditer l'industrie avec du crédit moins cher, l'ambition, au-delà, de desserrer les entraves de la Banque de France, gardienne de l'émission de la monnaie fiduciaire, et d'émettre des obligations à court terme proches de billets de banque portant intérêts.

Le mouvement prend de l'ampleur parce que le pouvoir, qui opte pour plus de libéralisme économique, fait sauter les réglementations tatillonnes qui entravent encore la création des sociétés anonymes (1863). Dans ce nouveau cadre sont créées de nouvelles grandes banques par actions : le Crédit lyonnais, la Société générale... Dotées d'un fort capital augmenté de très nombreux comptes de dépôt drainés par des succursales essaimées sur le territoire, renforcées par des emprunts obligataires, elles ont l'audace de transformer des ressources à court terme en emplois à long terme et financent ainsi les grandes opérations d'aménagement de la période. Les entreprises, elles, continuent à faire appel au service d'un réseau dense de banques locales (près de 3 000 en 1870), à l'auto-financement, et, pour les plus importantes, à des augmentations de capital obtenues sur un marché financier en plein essor.

Les représentants de la finance traditionnelle se sentent menacés. La « haute banque », bien qu'elle profite de ces grandes opérations ferroviaires et immobilières, affiche son hostilité à l'égard de méthodes qui faisaient craindre le « papier-monnaie », l'inflation, l'endettement, les hauts cours de Bourse artificiellement entretenus par les parvenus des affaires au détriment des positions acquises. Très vite, le capitalisme « saint-simonien » se heurte à la résistance des orthodoxes de la finance. Et pourtant, en dépit des accidents de la Bourse, qui apparaissent très vite, en dépit de la chute de la rentabilité des opérations ferroviaires quand il faut construire les lignes secondaires et des mécomptes de certaines grandes opérations immobilières, l'impulsion première dans les affaires est telle que la croissance la plus vive du siècle emporte l'économie dans la décennie 1850.

La synchronisation de toutes les croissances

Jusque-là, l'industrie était encore très largement articulée sur l'activité agricole. À l'opposé de l'Angleterre, elle était allée chercher les travailleurs à la campagne, plus qu'elle ne les avait concentrés dans les villes. L'espace économique français restait très hétérogène. Le prix du charbon pouvait être multiplié par cinq entre le carreau de la mine et le lieu de consommation, ce qui à Paris donnait l'avantage au charbon de Newcastle sur la production du Centre. De là venait la cherté des produits français, qui constituait toujours un handicap, en particulier pour la fonte et le fer. Le chemin de fer fait naître un marché unique français et permet à l'industrie de gagner de l'autonomie face à l'agriculture. Il renforce l'émergence de grandes entreprises et leur caractère monopolistique. Cela concerne même le « culturel » : Louis Hachette, un éditeur scolaire et universitaire, en lançant les bibliothèques de gare, modifie les modes de lecture et impose, avec le soutien de Morny, une puissante et moderne maison d'édition.

Dans le paysage industriel français, le secteur textile reste toutefois dominant, appuyé sur un large secteur cotonnier et sur les industries de draps de qualité. Mais les entreprises de biens de production deviennent le nouveau moteur de la croissance. La production métallurgique, contrainte de répondre à la brutale poussée des commandes ferroviaires et des charpentes métalliques destinées à la construction urbaine, est multipliée par cinq entre les années 1840 et les années 1850. La fonte au coke, « à l'anglaise », qui ne représentait que 20 % de la production, bondit à 90 %. La France devient un concurrent sérieux de l'Angleterre dans la production de machines, de locomotives...

Le Second Empire est une période d'autant plus faste qu'un équilibre semble trouvé entre la modernité industrielle et les bases traditionnelles de la prospérité nationale. Toutes les deux progressent en parallèle. La petite entreprise de la fabrique parisienne ou lyonnaise, fondée sur un travail très qualifié, un savoir-faire et un goût français appréciés dans les belles demeures de Virginie aussi bien que dans l'aristocratie anglaise, accroît fortement ses ventes de soies façonnées, de bronzes, d'articles de mode, de bijoux et de meubles. Les industries de luxe et demi-luxe triomphent aux expositions universelles de 1851 à Londres et de 1855 et 1867 à Paris. Les grands magasins, Le Bon Marché, les Magasins du Louvre, vitrines de la prospérité impériale, n'empêchent pas l'ouverture de nouvelles boutiques de mode sur les nouvelles avenues ouvertes par Haussmann. Le petit entrepreneur parisien, épaulé par un réseau de crédit souple et efficace, vend jusqu'aux deux tiers de ses produits à l'extérieur et parvient à moderniser ses techniques de production et de vente dans une structure sociale inchangée. La confection adopte la machine à coudre, l'ébénisterie la scie mécanique, la bijouterie développe le « bijou en faux »...

La France rurale, enjeu politique majeur pour le régime, ne reste pas à l'écart de la prospérité. L'orientation des prix à la hausse apporte à une paysannerie endettée et malheureuse un soulagement réel. La viticulture, presque partout présente, connaît alors son apogée. Quelques régions d'agriculture capitaliste – le Nord, le Centre – confirment leurs progrès techniques en pariant désormais sur la production de la pomme de terre et de la betterave à sucre, qui l'emporte définitivement sur la canne. La spécialisation s'accentue grâce au chemin de fer, qui favorise la production fruitière dans le Midi. Au même moment, une accélération forte de l'émigration rurale (1 million d'habitants sous le Second Empire) allège la surcharge démographique des campagnes, qui ont atteint en 1850 leur maximum historique de population. Le plein-emploi est presque réalisé, alors que les Français avaient terriblement souffert du chômage au milieu du siècle.

La révolution haussmannienne

La révolution de 1848 a révélé l'existence d'une véritable maladie urbaine, considérée, surtout après juin 1848, comme un handicap majeur dans la reconstruction de l'ordre social. La Deuxième République a bien identifié le problème, mais elle est restée timide dans les solutions apportées, qui n'ont pas modifié en profondeur le visage de la grande ville. La maladie de la capitale, en particulier, trouve sa source dans le fait que le corps de la ville n'a guère changé depuis l'époque médiévale, alors que la population n'a cessé de croître à un rythme très élevé qui contraste avec l'expansion modérée de la plupart des autres villes françaises. Entre les deux recensements quinquennaux de 1831 et de 1846, la population parisienne est passée de 785 862 habitants à 1 053 897, soit un accroissement de près de 270 000 âmes. En quinze ans, Paris a gagné une population équivalant à celle de Marseille et de Lyon réunies.

Même si Paris, alors, ne représente que 3 % de la population de la France, cette envolée du nombre des Parisiens suscite l'inquiétude. Le phénomène est d'autant plus redoutable que cette croissance de la population, très inégale, est fortement concentrée sur quelques quartiers du centre qui ont toujours été les détonateurs des « journées parisiennes ». Les quartiers des Arcis, des Marchés, des Lombards et de Montorgueil dépassent 100 000 habitants au km^2. La maladie urbaine est alors facilement observable : promiscuité, morbidité, manque d'hygiène, épidémies, mortalité effrayante, démoralisation de la population... À l'entassement humain répond l'enchevêtrement des activités et des fonctions, qui fait coexister pêle-mêle entreprises, administrations, logements bourgeois, garnis ouvriers... d'autant que l'on se déplace à pied et qu'on ne peut guère éloigner son logement du travail...

Les travaux lancés par le préfet Rambuteau dès les années 1830, puis par le préfet Berger sous la Deuxième République, ont procédé par alignement au moment des destructions d'immeubles, mais cela a été totalement insuffisant. S'attaquer à ce problème majeur fait partie des ambitions de l'empereur, qui a toujours été sensible à la modernité de Londres et rêve de faire de Paris une capitale de l'Europe continentale. En choisissant en 1853 Haussmann comme nouveau préfet de la Seine, il fait appel à un homme d'action, préfet à poigne contre les « rouges » qui a compris la dimension d'une tâche d'ordre social, de prestige pour le régime et d'utilité pour une population qui ne peut guère circuler dans sa ville.

Pour mener à bien une tâche de cette ampleur, Haussmann partage les tâches entre l'administration et le privé. À la Ville et l'État, le soin de définir le tracé des percées, d'exproprier et d'indemniser, de construire les réseaux d'eau, d'égouts, les grands équipements ; à des compagnies financières, concessionnaires privés, la charge de construire, vendre et louer les immeubles. Plusieurs réseaux s'enchaînent pour définir le nouveau Paris. Le premier, commencé en 1852, repose sur la construction de la croisée de Paris : un axe nord-sud (boulevard de Sébastopol, boulevard de Strasbourg, boulevard Saint-Michel) un axe est-ouest qui va de l'Étoile à la place du Trône (la Nation). Il est enfin possible d'accéder facilement, avec l'achèvement de la rue de Rivoli et le dégagement du Louvre, au cœur de Paris, à l'Hôtel de Ville, l'enjeu des révolutions. L'île de la Cité, vidée d'une partie de ses habitants, devient un centre administratif. Le deuxième réseau, qui commence en 1856, clarifie Paris par un semis de places circulaires à partir desquelles rayonnent des boulevards. Dans l'est de la capitale, cela implique des percées qui permettent de contrôler le Paris populaire et facilitent la circulation : la place du Château d'Eau (la République), celles de la Bastille, de l'Opéra, du Trône... Dans l'ouest, ces places rayonnantes forment l'armature de larges avenues sur lesquelles se dressent les constructions nouvelles des beaux quartiers. Le troisième réseau commence au milieu des années 1860. Il a pour objectif de relier l'ancien Paris des 12 arrondissements aux communes de banlieue proches, annexées en 1860, pour former un nouvel ensemble cohérent de 20 arrondissements.

Ville des riches et ville des pauvres

Dans les villes, on démolit beaucoup, mais on construit surtout des immeubles bourgeois. L'ouest de Paris, autour de la place de l'Étoile, œuvre d'Hittorff, du nouveau parc Monceau, se densifie. La Chaussée d'Antin et la Madeleine deviennent de grands quartiers d'affaires. Les nouvelles rues procèdent de percées au cœur de l'ancien bâti, moins cher à exproprier que les constructions au bord des voies existantes. Des avenues rectilignes présentent des façades uniformes d'un néo-classicisme cossu et solennel. Les immeubles, avancés sur rue, ne doivent pas dépasser, en hauteur, la largeur de la rue. Au style un peu raide de leur construction, s'oppose le style éclectique des somptueux hôtels particuliers qui évoluent du style flamand au vénitien. L'Opéra conjugue tous les styles et affiche sa modernité en dissociant dans ses volumes mêmes ses différentes fonctions. Les nouvelles Halles inaugurent un style de construction métallique et modulable, révolutionnaire pour l'époque. La capitale s'entoure d'espaces verts : le bois de Boulogne, celui de Vincennes.

Un débat divise le pouvoir sur les rapports entre la ville et l'industrie. Michel Chevalier souhaite multiplier les grandes industries pour apporter des emplois à une population nombreuse. Haussmann et l'empereur en revanche craignent la conjonction d'un vaste prolétariat moderne et d'une tradition révolutionnaire. Ils l'emportent, et l'octroi – avec un délai toutefois – est déplacé à la périphérie de Paris, contraignant à terme les grandes industries mécaniques implantées dans Paris à émigrer vers la banlieue ou la province pour ne pas payer les matières premières plus chères.

L'objectif stratégique est conjugué à l'aménagement plus fonctionnel de l'espace : la capitale est aplanie, la croisée de Paris permet un accès rapide des troupes au centre, le boulevard Richard-Lenoir est construit sur le canal Saint-Martin pour empêcher les insurgés d'en faire, comme en 1848, une ligne de défense.

Le bouleversement du tissu urbain connaît toutefois des limites. La migration bourgeoise vers l'ouest s'accentue, mais dès la Restauration des lotissements (François Ier, Saint-Georges) avaient donné le mouvement. Les destructions de l'habitat populaire n'entraînent pas toujours le départ des ouvriers vers la banlieue. Dans le centre, les ouvriers chassés de leur logement par la destruction d'immeubles s'entassent un peu plus dans les îlots restants, alors que la population aisée s'installe sur les nouveaux boulevards. L'absence de transport à faible prix, l'imbrication étroite entre la fabrique parisienne et l'habitat populaire contraignent les travailleurs à rester près des ateliers, même si c'est au prix de loyers plus élevés. Ni le problème du logement ouvrier ni celui des transports ne sont résolus. Seuls les nouveaux migrants se fixent dans les nouveaux arrondissements de la petite banlieue annexée qui s'industrialise – c'est le cas de La Villette, qui accueille pas moins de six raffineries de sucre près des abattoirs – autour des voies d'eau et d'une population abondante de travailleurs.

L'haussmannisation gagne la province avec plus ou moins d'intensité. À Marseille, les travaux permettent la liaison entre la ville et le port, lui-même modernisé, mais l'échec financier de la grande opération de la rue Impériale fait chuter la Compagnie immobilière des frères Pereire. À Lyon, les transformations ont permis d'annexer la Croix-Rousse, la Guillotière et de transformer la presqu'île par la percée de la rue Impériale et la construction d'une nouvelle gare. Rouen, Bordeaux, connaissent aussi de profondes transformations.

Les propriétaires, longtemps hostiles à de tels bouleversements, se sont laissé convaincre par les profits de la spéculation. Les grandes opérations sont financées par l'État, qui apporte des subventions, et par les villes, qui souscrivent des emprunts couverts normalement par la plus-value des terrains qui bordent les voies nouvelles. Les travaux sont concédés à des compagnies qui mobilisent de vastes capitaux dans le circuit des nouvelles banques d'affaires. À Paris, l'ampleur de ces travaux accentue les difficultés d'un financement dont les circuits échappent au contrôle des élus. En 1867, Jules Ferry dénonce les « comptes fantastiques d'Haussmann ». En 1869, le Corps législatif obtient le contrôle des dépenses de l'Hôtel de Ville et, en janvier 1870, le « pro-consul » Haussmann, accusé d'affairisme, est contraint de partir.

Le reflux des années 1860

Le pic de croissance des années 1850 (+ 2,2 % en rythme annuel moyen) s'inscrit dans une tendance longue qui a commencé dans les années 1840. Mais la croissance soutenue connaît un infléchissement dans les années 1860 : + 1,5 %, et on a tendance maintenant à voir dans cette période les prémices d'une crise beaucoup plus grave qui va toucher l'Europe dans les années 1870-1880 et se traduire par un déclassement de la puissance économique française.

C'est la raison pour laquelle on s'interroge désormais sur les effets du changement de cap majeur que constitue le traité de libre-échange de janvier 1860 dans ce retournement de tendance.

Le « coup d'État douanier » préparé dans le plus grand secret par Richard Cobden, le cotonnier libre-échangiste anglais, et Michel Chevalier, le conseiller de l'empereur, était prévisible, dans la mesure où, depuis le milieu des années 1850, un mouvement d'allégement des taxes douanières était en cours et où l'empereur, pourtant neveu d'un Napoléon protectionniste, ne faisait pas mystère de son souhait d'ouvrir l'économie française a plus de concurrence pour en stimuler la modernisation. L'idée repose sur une philosophie économique nouvelle : l'enrichissement de la nation sera accru et non hypothéqué par l'échange commercial avec un pays riche. Le protectionnisme – indispensable pour lancer l'industrialisation – devenait un obstacle dès lors que les entreprises devaient entamer une nouvelle phase de développement. Pourtant, le pari semble risqué pour une nation dont la production de fonte ne représente que 20 % de celle de l'Angleterre. Il exige une audace et un courage que n'ont pas eus les régimes précédents et révèle une autonomie nouvelle de l'État à l'égard du patronat, dont la très grande majorité prévoit la catastrophe si on baisse la garde face au capitalisme anglais.

Le traité n'a pourtant pas les effets ravageurs que redoutaient les patrons. Des entreprises cotonnières vieillies disparaissent, la métallurgie au bois périclite. Pouyer-Quertier, le puissant filateur rouennais, tempête au Corps législatif, en annonçant que les bénéfices de sa fameuse usine, La Foudre, sont tombés de 1,8 million de francs à 800 000. Mais la pression extérieure ne fait que précipiter des changements en cours. La balance des échanges commerciaux reste favorable à la France, l'extension du libre-échange en Europe, par tout un jeu de traités qui suivent le premier, permet une forte hausse des exportations durant les années 1860. Mais cette ouverture ne profite pas directement aux nouvelles industries. Les exportations françaises s'appuient sur des atouts traditionnels qui connaissent avec le Second Empire leur dernier âge d'or : les soieries, les vins fins, les draps de qualité, les produits de luxe et de demi-luxe.

D'autres forces, négatives celles-là, sont à l'œuvre. Les salaires s'orientent à la hausse et, pour toute une partie de l'industrie française qui a joué jusque-là, face à la forte productivité anglaise, sur la faiblesse des salaires français, la compétitivité paraît compromise, d'autant que la hausse des salaires n'est guère compensée par un renouvellement des machines. L'amélioration du pouvoir d'achat permet surtout de mieux manger, mais ne provoque pas une dynamique d'achat de biens durables. Par étapes, l'empereur perd l'initiative sur le terrain économique. Le rôle d'impulsion des compagnies de chemins de fer recule. Les grands commis de l'État, les ingénieurs, les ex-orléanistes comme Achille Fould, ne pensent plus désormais qu'à stabiliser la situation. On voit revenir aux affaires un milieu plus traditionnel, moins entreprenant. La Banque de France fait barrage au Crédit mobilier, Rothschild l'emporte sur les Pereire. La France des bourgs proteste contre les grandes dépenses parisiennes et demande des efforts en faveur des routes et des chemins. Le Corps législatif, ennemi de la dépense, fait savoir au pouvoir impérial qu'il convient de rentrer dans les règles administratives usuelles. L'Empire, qui avait tant rassuré les milieux d'affaires, commence à inquiéter.

Une gloire nationale

L'Europe de 1815 en question

La célèbre formule prononcée par l'empereur dans un discours à Bordeaux (1852), « L'Empire c'est la paix », n'avait guère d'autre portée que celle d'une formule de circonstance, destinée à rassurer des notables qui voyaient dans le nouveau souverain un gage durable de stabilité. À leurs yeux, une guerre européenne signifiait immanquablement l'entrée en lice du peuple et à terme une nouvelle révolution. Cette phrase, en revanche, ne s'inscrit nullement dans la démarche profonde de Louis Napoléon Bonaparte, dont l'identité politique est liée, dans la paysannerie en particulier, à la gloire militaire de l'oncle et dont la jeunesse a été marquée par un engagement en faveur du mouvement national italien. Toute sa démarche est fondée, comme celle de la gauche de son temps, sur une hostilité affichée à l'égard de l'ordre européen créé en 1815 sur l'effondrement de l'empire napoléonien. Cet ordre doit être remanié en profondeur selon le principe des nationalités, ignoré du congrès de Vienne. L'Empire français a pour vocation de réorganiser une Europe où l'Italie sera libérée des Autrichiens, l'Allemagne recentrée autour d'une Prusse équilibrant l'Autriche, elle-même affaiblie, peut-être, par une séparation de la Hongrie. Le mouvement des nationalités a progressé jusque-là par des insurrections, mais désormais la mission de Louis Napoléon est de réaliser ce vaste programme sans moyens révolutionnaires. Dès lors, instrument de la « droite » en politique intérieure, l'empereur veut appliquer, à l'extérieur, le programme de la gauche et se démarquer par là des forces qui ont soutenu le coup d'État. Il n'était guère réaliste de vouloir faire avancer ce programme sans guerres. L'empereur ne les écartait pas, mais elles seraient limitées et donneraient seulement l'impulsion à des réalités politiques nouvelles fondées sur des plébiscites et le suffrage universel. Un congrès européen devrait finalement conclure ce grand remaniement en fixant de nouvelles frontières.

Le dessein napoléonien se heurte à la Russie, la Prusse et l'Autriche, gardiennes des traités de 1815. L'idée napoléonienne est de leur opposer une alliance avec l'Angleterre, grand ennemi de l'oncle, mais désormais nation moderne, engagée seulement dans une confrontation pacifique et commerciale avec la France. Mais la manœuvre est périlleuse, car l'action extérieure d'une France rénovée ne peut inspirer aux Anglais que des inquiétudes. Le projet n'est pas sans risques à l'intérieur, dans la mesure où il se heurte à la base initiale du régime : un « parti de l'ordre » qui considère d'abord le mouvement des nationalités comme un mouvement révolutionnaire. L'expédition de Rome, qui a tourné à la protection du pouvoir temporel du pape, contrairement au but initial, a montré la force de ce courant conservateur qui reste très influent auprès des ministres des Affaires étrangères, Drouyn de Lhuys, puis Walewski (1855-1860). Cela impose à l'empereur le recours à la diplomatie secrète, à des hommes de confiance comme le docteur Conneau ou le prince Napoléon Jérôme et à un programme relativement ambigu : l'empereur demande la constitution de nationalités libres de toute occupation, mais admet qu'elles restent fractionnées en plusieurs États.

Le retour de l'armée française sur le théâtre européen

Napoléon III est décidé à agir en Europe, l'imprudence du tsar Nicolas Ier lui en fournit l'occasion. Ce dernier veut faire de l'empire turc un satellite de la Russie et revendique le protectorat des chrétiens orthodoxes soumis aux Ottomans. Le sultan, espérant l'aide anglaise, résiste, une guerre russo-turque s'engage, et les Anglais, n'ayant pas de forces d'intervention terrestre suffisantes, trouvent en Napoléon III un allié plein de bonne volonté. Les Franco-Anglais débarquent en Crimée. Le passage victorieux de l'Alma (20 septembre 1854) ouvre la route de Sébastopol, le grand arsenal maritime russe en mer Noire. La guerre de Crimée se résume alors au siège de la ville, qui dure un an (septembre 1854-septembre 1855). En dépit des difficultés terribles de l'hiver, le général Mac-Mahon emporte la tour Malakoff, clef du dispositif de défense. Le corps expéditionnaire a pu être ravitaillé par un train continu de navires à vapeur, symbole de la supériorité des puissances modernes face à une Russie empêtrée dans une logistique vieillie à laquelle font cruellement défaut les chemins de fer. Il est périlleux toutefois d'aller plus loin. L'Autriche est attentiste, la Prusse reste fidèle à l'alliance russe, une invasion de la Russie paraît aventureuse. La France et l'Angleterre négocient dans un congrès, à Paris, au début de 1856. L'Europe garantit l'intégrité de l'empire ottoman, la mer Noire est démilitarisée, la Russie perd sa prépondérance acquise sur le continent depuis 1815 au profit des deux nations modernes et libérales, la France et l'Angleterre.

Si la guerre a été coûteuse, le bénéfice n'est pas négligeable. Le régime impérial prend une nuance progressiste par sa victoire sur la vieille autocratie russe, ennemie de toutes les libertés. De plus, diplomatiquement, le tsar s'éloigne de l'« ingrate » Autriche et se rapproche de Napoléon III, qui accueille ses avances flatteuses. La voie est ouverte pour un réaménagement de l'Europe sans la menace russe, et l'empereur peut aborder la question italienne à un moment où la France affirme sa prépondérance militaire et économique au sud de l'Europe. Les Français placent des capitaux en Italie, en Espagne, en Autriche, dans la régence de Tunis, dans l'Égypte du khédive, en Turquie. Ils construisent des chemins de fer et, avec le début des travaux du canal de Suez sous la direction de Lesseps, parent de l'impératrice, la voie semble ouverte à un grand dessein oriental.

L'attentat d'Orsini en 1858, appel désespéré des révolutionnaires italiens à un empereur ancien carbonaro, a déterminé Napoléon III à prendre à bras-le-corps la question italienne. Au lieu de durcir à droite sa politique comme l'y invitaient beaucoup de conservateurs, il a pensé qu'au contraire le moment était venu de reprendre son rôle de champion des nationalités, de l'option démocratique, et de donner alors un coup de barre à gauche. Napoléon III renvoie Espinasse, ministre de l'Intérieur qui lui rappelle que le régime ne tient que par « l'horreur de l'anarchie républicaine », appelle Delangle, magistrat modéré, et fait valoir qu'une guerre européenne est très improbable dans l'hypothèse d'un conflit avec l'Autriche.

Le 21 juillet 1858, Napoléon III rencontre Cavour à Plombières, où il prend les eaux, et un accord est scellé. La France est prête à intervenir militairement pour libérer du joug autrichien la Lombardie et la Vénétie, en échange de quoi Nice et la Savoie reviendront à la France. L'empereur ne se prononce pas en faveur de l'unité italienne, mais défend l'idée d'un royaume d'Italie du Nord dans lequel le pape occuperait la place de président d'une future confédération italienne. En mai 1859, le conflit éclate avec l'Autriche. Si l'empereur est assez isolé face à des ministres et des militaires très réticents, son départ pour la guerre mobilise sur les boulevards une foule enthousiaste qui acclame le « libérateur de l'Italie ». La France emporte, au prix de très lourdes pertes, deux victoires : Magenta (4 juin) et Solferino (24 juin). La foule parisienne acclame les soldats victorieux, et pour sa fête, le 15 août, l'empereur, euphorique, signe une amnistie générale des proscrits.

Mais les retombées de l'avantage militaire sont difficiles à exploiter. Les Italiens se soulèvent contre le pape au grand dam des catholiques français, et la Prusse, inquiète de la nouvelle position de la France, menace d'intervenir. Une négociation incertaine est engagée avec l'Autriche, qui cède la Lombardie au Piémont mais conserve la Vénétie. La France, en obtenant Nice et la Savoie, se replace dans ses frontières de 1815, ce qui représente un incontestable succès, mais le pape retrouve le pouvoir dans ses États. L'Angleterre s'interroge sur les ambitions de la France. Quand l'unité italienne se précipite, en 1861, l'empereur, en refusant que le nouvel État italien annexe le « réduit papal », gâte son image de libérateur de l'Italie, sans retrouver l'appui des forces conservatrices.

Une ambition mondiale

Les guerres de Crimée et d'Italie ont imposé une nouvelle prépondérance de la France en Europe et le projet de remise en cause des traités de 1815 semble presque atteint. Au-delà se dégage désormais la perspective d'une politique mondiale de la France, esquissée sous la monarchie de Juillet. Le ministre des Colonies et de la Marine, Chasseloup-Laubat, tente de lui apporter une certaine cohérence liée aux nouvelles ambitions économiques de la France. Sur ce théâtre d'action plus vaste, la France est à la fois associée et rivale de la Grande-Bretagne, désormais plus méfiante à l'égard d'une puissance française restaurée. Mais le projet français reste fondé sur une coexistence pacifique avec les Anglais et l'idée d'une sorte de partage du monde. Les objectifs sont alors pluriels : il faut assurer des escales à la marine, montrer le pavillon, favoriser les entreprises des négociants, protéger les missions catholiques.

La colonisation de l'Algérie n'est que la poursuite d'un dessein de la monarchie constitutionnelle depuis 1830. Sa conquête est achevée en 1857 par l'occupation des montagnes de Kabylie et des oasis du Sud. Le gouvernement pousse à la colonisation, et en 1860 la population européenne atteint 200 000 habitants. Les doléances des tribus, qui se plaignent des distributions de terres aux colons, sont prises en compte par les officiers des bureaux arabes, qui conduisent progressivement Napoléon III à faire de l'Algérie un « royaume arabe », entité distincte reliée à la France par une élite indigène et dans laquelle les Arabes devraient être les égaux des Français. L'empereur a alors le mérite d'imaginer une association des deux populations sous la tutelle de l'armée. Mais, devant l'hostilité des colons et les révoltes indigènes, le projet s'enlise.

Le rôle de la France en Méditerranée prend toutefois de l'ampleur avec une expédition au Liban qui affirme le protectorat français sur les chrétiens maronites et le percement de l'isthme de Suez de 1854 à 1869. En Orient, la France s'associe à l'Angleterre pour obtenir l'ouverture de la Chine et du Japon. Deux expéditions contre la Chine en 1858 et 1860 aboutissent à l'occupation de Pékin et à l'installation des Français en Cochinchine. L'affaire est dans les mains des marins, comme l'Algérie avait été celle des « Africains » de l'armée de terre. Gouvernée par les amiraux, la colonie s'étend à l'ouest, un protectorat est établi sur le Cambodge (1863) et à la fin de l'Empire l'intérêt se déplace vers le Tonkin. Au-delà de l'Indochine, c'est l'accès à la Chine, à ses richesses supposées, au marché de la soie, qui est recherché. En Afrique, Faidherbe, gouverneur du Sénégal de 1854 à 1865, assure la « sécurité » du pays. Le modeste comptoir est transformé en colonie, le port de Dakar créé. Un « empire » africain se dessine avec l'expansion à l'intérieur du continent et l'idée de relier la colonie au Niger et à l'Algérie.

En dépit des critiques à l'égard d'expéditions lointaines jugées de plus en plus coûteuses par l'« establishment » bonapartiste, l'empereur forme le projet grandiose d'une expédition au Mexique. Le prétexte est le refus d'un chef libéral, Juárez, en lutte contre les conservateurs cléricaux, d'honorer sa dette à l'égard de banquiers et négociants européens. La France, l'Angleterre et l'Espagne montent une expédition de représailles. La France reste à Veracruz alors que ses partenaires repartent. Profitant de la guerre civile, Napoléon III nourrit l'ambition de renverser le gouvernement Juárez et d'établir au Mexique un empire catholique et latin face à l'expansion des États-Unis sur le continent américain. Sur des rapports allusifs qui font du Mexique une nouvelle et prospère Californie, Napoléon III renforce son armée et réussit à faire appeler par les monarchistes Maximilien d'Autriche, frère de François-Joseph, comme nouvel empereur. Sa mésentente avec Bazaine à la tête du corps expéditionnaire français entraîne le retrait des troupes françaises en 1867. Maximilien isolé est pris par Juárez, alors soutenu par les Américains, et fusillé le 19 août 1867. Le rêve d'une sphère d'expansion française, d'un vaste empire catholique, s'achève dans le fiasco d'une expédition fondée plus sur une idée que sur une appréciation concrète de la situation. Le désastre fait le jeu d'une nouvelle opposition qui déplore le coût de l'aventure : 360 millions de francs, 6 000 soldats tués.

Au même moment, le théâtre européen échappe à la France, qui n'a pas vu le piège que recelait l'affaiblissement de l'Autriche et la destruction de l'ordre du congrès de Vienne. Le 3 juillet 1866, à Sadowa, la Prusse de Guillaume Ier écrase l'empire des Habsbourg. L'Italie obtient la Vénétie, selon le souhait de Napoléon III, mais l'Autriche est chassée d'Allemagne et la Prusse rassemble autour d'elle une puissante Confédération de l'Allemagne du Nord qui place dans sa mouvance les États de l'Allemagne du Sud. L'unité allemande est en marche. La France est isolée dans un équilibre européen où elle n'a pas de points d'appui.

Les contradictions de l'ouverture libérale (les années 1860)

L'Empire en quête de nouvelles assises politiques (1859-1865)

L'orientation libérale du Second Empire a d'abord été la conséquence d'un éclatement de la base politique sur laquelle il reposait. Dès 1860, après l'affaire italienne et le nouveau cours économique adopté avec le libre-échange, il est manifeste que l'empereur, plus novateur, plus ouvert aux « idées du siècle », s'éloigne de l'énorme majorité conservatrice qui le soutenait depuis le coup d'État. Les catholiques s'indignent du démembrement de l'État pontifical, les patrons protectionnistes considèrent l'empereur avec suspicion, des notables parisiens s'opposent aux bouleversements d'Haussmann, une majorité de la bourgeoisie reste attachée à la paix et hostile aux « aventures extérieures » qui ne flattent que les nostalgiques de la « grande nation ». Le prestige de l'empereur est encore immense, mais l'idée d'une libéralisation du régime fait son chemin. Les notables, hantés par le danger de la subversion sociale, ont supporté son pouvoir au nom de la défense de la propriété, mais désormais nombre d'entre eux veulent encadrer la fuite en avant de l'empereur.

Au sein de l'équipe au pouvoir, Morny, président du Corps législatif, vieux routier des milieux parlementaires, pense qu'il vaut mieux concéder, pendant que l'empire est encore redoutable, ce que l'opposition risque d'exiger plus tard. L'empereur, qu'on dit admirateur des institutions anglaises, n'a du reste jamais exclu l'idée d'une « liberté sage et bienfaisante ». Mais il pense que la reconstruction de la société doit s'opérer d'abord par la liberté économique, qu'il n'a pu imposer – le traité de libre-échange le montre –, et que cette liberté sera suivie de libertés civiles et en dernière instance, comme « couronnement de l'édifice », des libertés politiques.

L'ouverture se fait donc à petits pas, avec l'espoir que des mesures limitées suffiront à dissuader les notables de former une véritable opposition. Le droit d'adresse (souvenir de l'ancienne monarchie orléaniste) est accordé au Corps législatif et au Sénat le 24 novembre 1860. Trois ministères sans portefeuille sont créés pour soutenir devant les Assemblées la politique du gouvernement. Le temps de la « dictature » semble clos et un débat vigoureux renaît au Corps législatif et au Sénat, débats surtout monopolisés par les questions budgétaires (l'empereur ne peut plus ouvrir de crédits supplémentaires sans l'accord préalable du Corps législatif) et les affaires d'Italie, deux questions qui préoccupent la bourgeoisie.

La pression la plus forte vient de la droite. Louis Veuillot, chef de file des catholiques conservateurs, dans *L'Univers*, provoque le pouvoir jusqu'à faire interdire son journal. Thiers, sur un autre ton, s'approprie le mot clef de la période, « liberté », et en fait le vecteur d'une Union libérale qui le place provisoirement à la tête des oppositions, y compris celle des républicains. Si l'Union libérale reste une formule, elle se traduit tout de même par un accord pour ne présenter qu'un candidat par circonscription aux élections de 1863, et le succès de l'opposition n'est pas négligeable. Les abstentions sont descendues à 26 % du corps électoral, signe d'un intérêt nouveau pour le débat politique, les « officiels » ont 5 millions de voix, l'opposition triple son score avec 2 millions de voix, ce qui la fait passer à 32 députés : 17 républicains, 15 conservateurs. Le défi de l'opposition conduit l'empereur à constituer un nouveau gouvernement. Persigny, rendu responsable des résultats, est évincé, mais l'empereur s'appuie sur des fidèles : Baroche, Billault, vite remplacé par Rouher, le plus solide. Des choix nouveaux s'imposent, parce que Thiers, soucieux de pousser l'avantage, fixe les conditions de son ralliement au régime. Le 11 janvier 1864, dans un discours célèbre, il réclame « les libertés nécessaires » : liberté individuelle (contre la loi de sûreté générale), liberté de la presse, de l'électeur (contre la candidature officielle), de l'élu (droit d'amendement et d'interpellation), liberté parlementaire (la responsabilité ministérielle).

L'ouverture à gauche

Face à la pression des notables, l'empereur recherche une issue à gauche, dans les sources mêmes d'un bonapartisme qui s'est toujours revendiqué des idées de 1789 et d'un souci réel pour le peuple travailleur. L'ouverture à gauche prend d'abord les couleurs d'un certain anticléricalisme, même si l'empereur ne s'engage pas à fond dans la lutte contre l'Église.

En 1863, un professeur d'histoire, Victor Duruy, est nommé ministre de l'Instruction publique. Il développe un enseignement moderne, sans latin, mais avec des disciplines scientifiques et techniques, rétablit l'histoire contemporaine, tente de créer un enseignement secondaire d'État pour les jeunes filles, ce qui soulève l'indignation de *L'Univers* de Veuillot, et fait avancer le projet d'enseignement gratuit et obligatoire. Les conservateurs s'alarment d'un tel programme, d'autant que la loi sur l'autorisation des congrégations est restaurée dans toute sa rigueur, les jésuites étant les premiers à en faire les frais.

Dès 1859, pour contrer les attaques virulentes des catholiques, le pouvoir a encouragé la fondation de *L'Opinion nationale* par un journaliste d'opposition, Adolphe Guéroult, venu du saint-simonisme. L'objectif, au-delà du journal, est de faire émerger un bonapartisme ouvrier dans le « groupe du Palais-Royal » constitué autour du cousin de l'empereur, le prince Jérôme, dit « Plon-Plon ». Personnalité peu commune, anticlérical virulent, de conviction républicaine, il entend s'attaquer à la question sociale. Armand Lévy et Arlès-Dufour, industriel proche du saint-simonisme, multiplient les avances auprès des dirigeants de sociétés mutuellistes ouvrières. Derrière Proudhon s'est développée une nouvelle orientation au sein de l'élite ouvrière, préoccupée d'abord de la gestion de ses intérêts de classe. Proudhon, en critiquant de manière virulente l'héritage des républicains de 1848 et en envisageant le socialisme dans le sillage du coup d'État, a brouillé les cartes au sein du mouvement ouvrier et enfoncé un coin entre politique et socialisme pratique. Il prône, à l'écart du républicanisme politique, un projet d'organisation ouvrière fondée sur un réseau d'associations mutuelles et une action réformiste.

Cette coupure entre tradition républicaine et projet socialiste est l'occasion pour le groupe du Palais-Royal d'opérer une percée dans un courant d'ouvriers « sérieux » et réalistes, responsables de mutuelles et de chambres syndicales. À l'automne 1861, l'empereur donne son appui à l'envoi d'une délégation à l'exposition internationale de Londres, sous la direction d'un ouvrier ciseleur en bronze, le proudhonien Tolain. Les délégués, désignés par des sociétés mutuelles ouvrières, prennent contact avec les dirigeants anglais de *trade-unions* apolitiques et bien organisés. Certains militants se retrouvent dans la Ire Internationale, qui naît en 1864 et que l'Empire pendant trois ans s'abstient de poursuivre. À l'initiative du « Palais-Royal » apparaissent des « cercles ouvriers ». En 1864, à l'occasion de partielles, Tolain, qui se présente contre un républicain, Garnier-Pagès, publie le *Manifeste des soixante*, d'inspiration proudhonienne, qui revendique une représentation politique autonome pour les ouvriers, écarte la lutte des classes, mais souligne, entre ouvriers et patrons, l'inégalité des moyens pour se faire entendre. La réponse de l'empereur est rapide. En mai 1864, une loi autorise les « coalitions ouvrières », c'est-à-dire reconnaît le droit de grève. Un article du code civil qui établissait l'inégalité entre le maître et l'ouvrier est aboli.

Pour présenter la loi au Corps législatif, l'empereur a fait appel à Émile Ollivier, un des « cinq » élus de 1857 et premier républicain à être sensible à l'ouverture politique de l'empereur. Comme lui, Émile Ollivier est un homme de 1848, idéaliste, spiritualiste, romantique et partisan de la conciliation des classes. Ses convictions, affichées à l'époque où il fut commissaire de la Deuxième République à Lyon, l'éloignent d'un parti républicain dans lequel grandit sans cesse l'influence positiviste, matérialiste, anticléricale, et le rapprochent par contre d'un Napoléon III qui entend s'attaquer à la question sociale.

Mais Napoléon III hésite à franchir le pas qui consisterait à appeler Émile Ollivier au gouvernement et reste sensible à la forte résistance du bonapartisme autoritaire de Rouher. Sans vrai relais politique gouvernemental, l'ouverture sociale fait long feu, d'autant que la tradition républicaine reste la plus forte en milieu ouvrier. Les candidats présentés par les « soixante » recueillent, à Paris, un nombre de voix dérisoire, et les ouvriers, en dépit de relations difficiles avec les républicains, continuent à voter pour eux. L'option de gauche ne constitue pas dans le Corps législatif une alternative à la majorité cléricale-conservatrice.

Le rejet de l'État fort (1866)

À partir de 1866, les difficultés du régime impérial s'accentuent. Napoléon III, malade, vieilli prématurément, a perdu une partie de son prestige. L'enlisement de la guerre mexicaine inquiète une opinion dont le sentiment patriotique avait été flatté par les guerres de Crimée et d'Italie. En novembre 1867, l'expédition lancée sous la pression des catholiques qui à Mentana barre la route à Garibaldi, le héros des luttes pour la liberté, soulève l'hostilité de la gauche « antiromaine » et des ouvriers. L'échec de la « politique des pourboires » à l'égard de la Prusse contribue un peu plus à décrédibiliser le pouvoir.

Le régime, de nouveau en quête d'une formule politique, doit faire des concessions aux libéraux conservateurs, à ce

« tiers parti » qui ne rejette pas l'Empire mais le veut assorti de la liberté et de la paix. Les rangs bonapartistes sont désormais clairsemés. Billault meurt en 1863, Morny en 1865, Walewski en 1868, Persigny a été écarté en 1863. Pour opérer ce nouveau tournant, Napoléon III n'a que Rouher, le légiste auvergnat, autoritaire mais réaliste, presque « vice-empereur » à un moment où Napoléon III, affecté par la maladie, s'éloigne des affaires courantes. La libéralisation, perçue comme nécessaire, s'opère donc au rythme lent de mesures toujours en retard sur l'attente de l'opposition. Il n'existe plus de véritable « liant » dans une politique bonapartiste dépareillée et réduite à un amalgame d'initiatives contradictoires pour tenter de séduire des électorats opposés.

Le 31 janvier 1867, le droit d'adresse des députés est transformé en droit d'interpellation, la tribune rétablie. En mai 1868, la contrainte de l'autorisation préalable et le régime des avertissements sont supprimés pour la presse. Les réunions (à condition de n'être pas politiques) sont autorisées à partir de juin 1868. Ces concessions mécontentent les bonapartistes purs, sans satisfaire une opposition qui à cette époque ne constitue pas une véritable relève. Orléanistes, légitimistes et républicains mettent des contenus très différents dans la libéralisation, et le tiers parti, opposition dynastique nouvelle dont Émile Ollivier a pris la tête avec une soixantaine de députés, n'est pas encore capable de s'imposer entre la droite et les républicains.

Il existe en revanche un terrain commun aux notables conservateurs et aux républicains : l'hostilité à la centralisation et à l'État fort, donnée récurrente de la vie politique française. En 1865 est mis sur pied le « programme de Nancy ». Il revendique de « fortifier la commune », « créer le canton qui n'existe pas », émanciper le département en confiant l'exécution des décisions du conseil général non pas au préfet, mais à une commission permanente de cinq membres. Le programme rassemble des orléanistes qui opposent les libertés au despotisme, des légitimistes défenseurs des libertés locales, mais aussi des décentralisateurs républicains parmi lesquels on compte alors Jules Ferry.

La renaissance d'un parti républicain

Le mouvement républicain, encore dépendant de la mouvance libérale des « libertés nécessaires », prend de l'ampleur et se différencie des libéraux conservateurs. Une nouvelle génération républicaine, plus confiante dans l'avenir, se forme au prisme d'expériences très diversifiées : associations, petits journaux subversifs, loges maçonniques, groupes de libre-pensée. Une jeunesse étudiante s'y mobilise et s'enhardit de nouveau dans le sillage de médecins comme Clemenceau, ou d'avocats comme Jules Ferry et Gambetta.

Ce nouveau courant républicain, vivier des futures équipes dirigeantes de la Troisième République, précise son identité. Le régime est combattu par Eugène Ténot, qui fait l'histoire du coup d'État du 2 décembre au moment où Zola en montre la brutalité dans *La Fortune des Rougon*. Une bataille des symboles s'engage quand les républicains entreprennent d'ériger une statue à Baudin, député tué sur les barricades le 3 décembre 1851 pour défendre la Constitution violée. Des souscriptions se multiplient jusque dans les petites villes de province pour ériger des statues ou rendre hommage aux héros de la liberté et des droits de l'homme : Garibaldi, Lincoln... Les poursuites engagées contre les militants de ce nouveau combat sont l'occasion de plaidoiries célèbres qui révèlent de nouveaux talents comme celui de Gambetta à l'occasion du procès de la souscription Baudin. L'ancrage du parti républicain dans les villes, l'indifférence des campagnes à son discours lors des consultations électorales, suscitent une réflexion nouvelle sur l'exercice du suffrage universel. Les républicains, volontiers méprisants à l'égard d'une paysannerie qui continue à apporter son soutien à l'Empire, écartent l'idée du suffrage universel comme panacée et font valoir que le suffrage universel ne peut avoir de sens qu'avec une éducation universelle, avec l'esprit critique apporté par le débat démocratique et préparé par l'école laïque.

Chez les républicains domine toutefois un courant libéral, modéré, hostile à l'épreuve de force et dominé par des éléments bourgeois. Edgar Quinet, historien républicain et libéral, dans l'analyse de la Révolution française, apporte une note nouvelle. Il condamne le jacobinisme et la Terreur, qu'il dissocie de 1789, pour en faire une des figures récurrentes de la tradition despotique et absolutiste qui, en France, menace toujours les libertés. Les couches nouvelles instruites se retrouvent quant à elles dans l'attachement au positivisme et dans l'idée que la démocratie ne peut se construire que sur le triomphe de la raison et de la science. Alphonse Peyrat lance alors son fameux mot d'ordre : « Le cléricalisme, voilà l'ennemi ! » Mais réapparaît aussi un courant révolutionnaire. Blanqui, amnistié en 1859, condamné de nouveau en 1861, évadé en 1864, ranime la tradition révolutionnaire, et défend l'idée d'une prise de pouvoir par la violence. Dans son esprit, seule une minorité agissante et une dictature politique sont susceptibles de régénérer la société.

Un nouveau front social s'ouvre aussi contre le régime parce que le mouvement gréviste et l'idée de lutte sociale l'emportent désormais sur la tentation d'un rapprochement avec le « socialisme » bonapartiste. L'Association internationale des travailleurs, qui a débuté en France dans le sillage des proudhoniens partisans d'un mutuellisme modéré, est investie progressivement par un courant nouveau ancré dans la lutte de classe et favorable, pour certains de ses militants, aux thèses de Blanqui, en tout cas à l'idée d'une révolution politique et sociale. Le relieur Varlin, le teinturier Malon, Aubry à Rouen, Richard, employé de commerce à Lyon, Bastelica à Marseille... tous ces militants constituent dans l'Internationale une relève qui préside à la formation de fédérations ouvrières et de nouvelles chambres syndicales. Ils relancent le mouvement social dans le textile, la métallurgie, la mine... À La Ricamarie, l'intervention de la troupe contre les mineurs en grève fait 13 morts en juin 1869.

Le tournant libéral de 1870

Les élections de mai 1869 se déroulent dans le contexte tout à fait nouveau d'un large débat politique accompagné de campagnes de presse et de meetings... Pour la première fois, le contrôle des préfets, la candidature officielle, se font d'autant plus discrets que l'étiquette du régime n'est plus du tout une garantie d'être élu. Les candidats du gouvernement, du reste, reculent fortement : de 5,3 millions de voix, ils tombent à 4,3 et l'opposition monte à 3 millions. Les villes, globalement, passent à l'opposition. En son sein, la percée la plus remarquable est celle des républicains modérés, qui appartiennent à l'ancienne comme à la nouvelle génération : Gambetta, Jules Ferry, Picard, Raspail, Jules Favre, Jules Simon... À l'occasion d'une élection complémentaire, Henri Rochefort, le journaliste radical extrémiste de *La Lanterne*, est élu à Belleville.

Mais les républicains ne forment qu'une minorité, le gros de la nouvelle Chambre est composé d'une majorité de bonapartistes, de députés conservateurs, de « tiers parti » qui pensent pouvoir faire évoluer encore le régime dans un sens libéral. Plus d'une centaine de députés demandent du reste la formation d'un « ministère responsable devant l'empereur et devant la Chambre ».

L'empereur saisit l'occasion pour changer de cap une nouvelle fois. Un sénatus-consulte (20 avril 1870), préparé par un ministère de transition dans lequel ne figure plus Rouher, introduit une modification du « système » bonapartiste. Les textes transforment le Sénat en Chambre haute qui dispose avec le Corps législatif de l'initiative et du vote des lois. Le ministère d'État disparaît. Les ministres peuvent être pris dans le Corps législatif, mais ils sont responsables devant l'empereur seulement. Le sénatus-consulte n'établit donc pas le régime parlementaire que réclament Thiers et Prévost-Paradol. L'empereur dispose toujours du recours possible au suffrage universel pour faire valoir ses vues par le biais du plébiscite. Le bonapartisme se complique un peu plus en conjuguant gouvernement représentatif, démocratie, mais toujours « hérédité ». L'empereur songe du reste à consolider sa succession fragile en l'appuyant sur une base parlementaire plus consensuelle, et Émile Ollivier, le 2 janvier 1870, est enfin choisi pour mettre en œuvre cette nouvelle politique.

Le changement de cap, cette fois, est suffisant pour rassembler une majorité assez large autour du gouvernement. Mais si Émile Ollivier est issu des rangs républicains, la majorité qui le rejoint est faite de bonapartistes et d'ex-orléanistes qui sont l'expression des notables conservateurs. Le regard bienveillant apporté par George Sand vieillissante ne cache pas l'existence d'une opposition irréconciliable qui

Plébiscite du 8 mai 1870

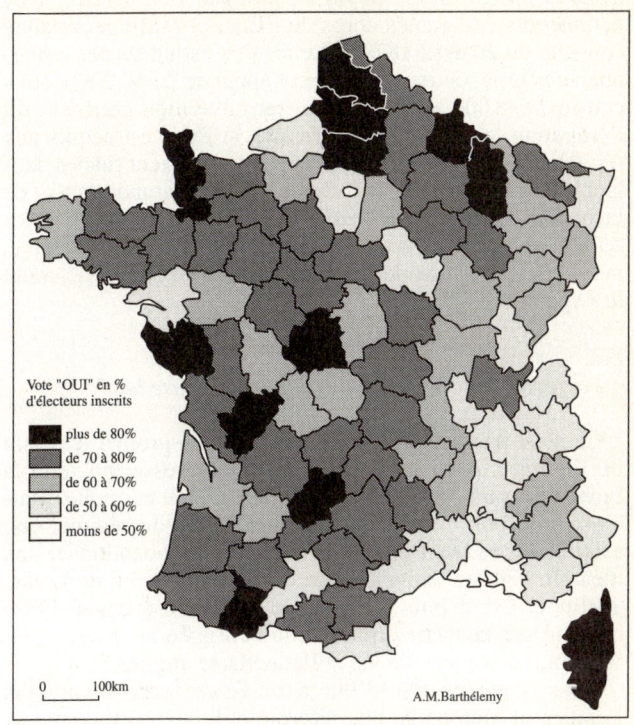

s'exprime par la voix de Gambetta. L'ouverture libérale ne satisfait que les notables, mais ne modifie en rien la tension sociale et politique très forte qui se manifeste toujours dans les grandes villes ouvrières et dans la capitale. Les obsèques de Victor Noir, journaliste républicain tué dans une querelle avec le prince Pierre Bonaparte, tournent à l'émeute et montrent le rapprochement opéré entre républicains d'extrême gauche et socialisme ouvrier.

Pour reprendre la main, l'empereur, sur les conseils de Rouher, soumet habilement au peuple le sénatus-consulte du 20 avril 1870. Le plébiscite du 8 mai se fait sur le texte suivant : « Le peuple approuve les réformes libérales opérées dans la Constitution depuis 1860 par l'empereur, avec le concours des grands corps de l'État, et ratifie le sénatus-consulte du 20 avril 1870. » Le résultat est un succès remarquable pour le régime qui obtient l'appui de 7 350 000 « oui » contre 1 538 000 « non ». « J'ai retrouvé mon chiffre », dit l'empereur, chiffre qui montre que, si Paris est acquis aux républicains d'opposition, les campagnes restent fidèles dans leur très grande majorité à l'empereur. La grande masse de la bourgeoisie a aussi voté « oui », non seulement parce qu'elle approuve la nouvelle orientation libérale du régime, mais aussi parce que de nouveau, comme en 1851, elle craint le « spectre rouge ».

La guerre contre la Prusse, une maladresse fatale

Ce n'est pas une crise intérieure qui compromet le destin de l'empire, mais une incroyable maladresse qui jette la France dans un conflit pour lequel elle n'était pas prête. Mais c'est faire bon marché de la nature même du régime, qui, affaibli sur le front intérieur, ne peut plus abandonner son idéal de « gloire nationale » et finir comme celui de Louis-Philippe. Or, depuis Sadowa, le régime n'a cessé d'être humilié sur la scène diplomatique européenne par la nouvelle puissance prussienne et l'attentisme anglais.

Dans la perspective d'une épreuve de force éventuelle, l'empereur entreprend une réforme militaire qu'il confie au maréchal Niel. Son idée est de rompre avec la vieille loi Gouvion-Saint-Cyr de 1817, qui exempte la bourgeoisie par le remplacement, et de mettre en place, sur le modèle prussien qui vient de faire ses preuves, un service militaire obligatoire. Le projet s'enlise face à l'hostilité des chefs de l'armée, attachés à un corps professionnel, des notables qui veulent le remplacement et des républicains, plus tentés alors par le pacifisme que par l'idée de ranimer le souvenir de 1792. La réforme, qui maintient tirage au sort et remplacement, se limite à la formation d'une réserve, d'une garde mobile pour la défense du territoire et augure mal d'une épreuve de force en Europe. Elle révèle plutôt la confusion qui règne alors dans le sentiment national, traversé de courants très contradictoires, et montre que l'image de la grandeur de la France s'est brouillée dans l'expérience bonapartiste.

Mais cette vulnérabilité ne fait qu'aiguiser le souci de reprendre la main sur la scène européenne. Lorsqu'un prince de Hohenzollern, Léopold, fils d'un cousin de Guillaume Ier, se porte candidat au trône vacant d'Espagne, Napoléon III dénonce vigoureusement une menace d'encerclement de la France, et le discours très ferme au Corps législatif du duc de Gramont, ministre des Affaires étrangères, provoque le retrait de cette candidature. Napoléon entend pousser l'avantage et réclame alors au roi de Prusse un engagement de renonciation définitive à toute candidature ultérieure. Si le roi de Prusse se contente d'écarter une renonciation de principe à toute candidature ultérieure, son chancelier, Bismarck, tronque le sens des propos de Guillaume Ier dans la fameuse dépêche d'Ems, la diffuse dans la presse et donne à la réponse un ton insolent que la diplomatie et l'opinion françaises, enflammées, trouvent inacceptable.

Le Corps législatif, en dépit des avertissements de Thiers, inquiet des surenchères bellicistes, perd tout sang-froid et, à l'exception d'une minorité, vote avec enthousiasme les crédits pour la mobilisation, alors que certains bonapartistes voient déjà dans une victoire future la chance de redonner au régime sa légitimité profonde. La déclaration de guerre de la France – nouvelle erreur qui met la France en position d'agresseur – est notifiée à Berlin le 19 juillet 1870. Aux 500 000 Allemands sous le commandement de Moltke, Napoléon III ne peut opposer que 265 000 hommes disséminés sur un front de 250 kilomètres de Thionville à Bâle. Les plans de Moltke sont prêts depuis 1866, alors que l'état-major français, médiocre et incertain, est persuadé que la défensive s'impose à cause du caractère meurtrier des nouveaux armements.

Le 6 août, l'Alsace est perdue par la défaite de Mac-Mahon à Frœschwiller, et la Lorraine envahie après une autre défaite à Forbach. Le commandement en chef passe alors dans les mains du maréchal Bazaine, qui redoute d'engager une action décisive. Bazaine décide de se replier sur Verdun, mais, quand les Allemands lui barrent la route à Rezonville (16 août), puis à Saint-Privat (18 août), il se refuse à forcer le barrage et se laisse volontairement bloquer dans Metz.

À Paris, défendu par une garnison très hétéroclite de 400 000 hommes, la population, en dépit de l'opposition politique de la ville à l'Empire, s'est d'emblée enfiévrée derrière les armées en campagne. La province, surprise d'abord, accepte, mais sans enthousiasme, la contrainte de la guerre. Le primat de la défense de la nation l'emporte sur les clivages politiques, ce qui facilite la tâche de la droite bonapartiste, portée au pouvoir, le 9 août, derrière le comte de Palikao. Quant à l'opposition républicaine, elle se rallie très vite à la guerre en tentant, sans conviction, de dissocier l'enjeu de la défense du pays de la confiance au pouvoir bonapartiste. Les blanquistes, devant les défaites, appellent à l'insurrection, à un gouvernement de « salut public », mais une tentative de prise d'armes, désavouée par le gros des républicains, tourne court.

Il reste alors au camp de Châlons 130 000 hommes que Mac-Mahon entend réorganiser. L'empereur veut, à juste raison, les ramener sous Paris. Mais, sur la pression de l'impératrice et de ses ministres, il décide de marcher à leur tête vers Sedan, où il est convenu qu'il opérera sa jonction avec Bazaine, retranché dans Metz. L'inaction de Bazaine fait échouer la manœuvre et permet aux Allemands de venir encercler l'armée française à Sedan. La cavalerie française ne parvient pas à ouvrir la route, et l'empereur capitule pour éviter un massacre. La reddition de Sedan livre aux Allemands, le 2 septembre, l'empereur et 100 000 soldats. L'empereur, prisonnier, abdique, mais ne signe pas d'armistice. L'armée allemande, bloquée encore devant Metz, se met en marche vers Paris.

En quelques heures, l'empereur, défait, n'est plus rien. Sa légitimité tenait au fait que, pour le peuple, « il était un drapeau » ; sa défaite cuisante anéantit sa gloire, ruine son image et la dynastie des Bonaparte ne trouve plus guère de partisans, sauf peut-être dans une partie du peuple des campagnes, comme ces paysans de Dordogne dont parle Alain Corbin, plongés dans l'angoisse et la détresse par la chute de l'empereur. La nouvelle de Sedan, connue à Paris le 3 septembre, place les républicains dans l'embarras. Ils craignent alors d'être portés soudain au pouvoir par une insurrection extrémiste qui risque de compromettre la République modérée. L'autre crainte est celle de se voir entraîner dans une guerre mal engagée qui peut perdre prématurément le nouveau régime. La République, exigée par les Parisiens, s'impose pourtant. Le 4 septembre, alors que l'impératrice s'accroche encore à la régence, la foule envahit le palais Bourbon et décide Gambetta à prononcer la déchéance de la dynastie. Jules Favre, chef de file des républicains modérés, soucieux de sauver l'ordre, se porte à l'Hôtel de Ville, où la République est proclamée devant une foule pacifique. Jules Ferry témoigne : « C'était un air de fête dans la cité. Jamais révolution ne se fit avec une telle douceur. » Le courant révolutionnaire est déçu, mais une unanimité provisoire est affichée, parce qu'une tâche s'impose à tous : défendre la nation face à l'ennemi présent sur le sol français.

10

Les républicains à la conquête de la République (1870-1879)

Le 4 septembre 1870, la République s'est imposée d'abord comme l'acte de décès du Second Empire, victime d'une guerre perdue et non pas d'une révolution. Le gouvernement de la Défense nationale qui se constitue alors n'est qu'un « gouvernement provisoire », et la France est loin encore d'être républicaine. La question du contenu définitif des institutions n'est pas résolue. Elle ne le sera qu'après cinq années de luttes et de crises qui sont autant d'années de conquête d'une République par les républicains, une République qui n'est encore, en septembre 1870, qu'une coquille vide.

L'« année terrible » : 1870-1871

La guerre républicaine

La République a été proclamée dans la capitale le 4 septembre 1870, dans la tradition des révolutions parisiennes qui imposent à la France un changement de régime, mais Lyon et Marseille, cette fois, se sont prononcés avant Paris. Le gouvernement provisoire formé dans une France encore en guerre prend le nom de « gouvernement de la défense nationale ». Il est dominé par des républicains modérés, les « Jules » : Ferry, Simon, Favre… mais il comprend aussi, plus à gauche, Gambetta et Rochefort. Sa présidence est confiée toutefois au général Trochu, orléaniste, conservateur, mais libéral et considéré alors comme un militaire efficace. La République nouvelle ne parvient pas à obtenir des Prussiens la paix dans l'honneur, tentation première du gouvernement, et, le 19 septembre, les Prussiens, qui ont remporté victoire sur victoire, sont aux abords de Paris. Le ministre des Affaires étrangères, Jules Favre, le plus populaire des gouvernants républicains d'alors, a demandé une entrevue au chancelier prussien Bismarck, arrivé à la tête des armées d'invasion. La guerre n'était-elle pas celle de l'Empire et les républicains n'y avaient-ils pas été hostiles ? Mais Bismarck, à Ferrières, exige l'Alsace et la Lorraine comme condition de la paix, amputation jugée inacceptable.

Dès le 20 septembre, Paris est assiégé par les Prussiens, et le gouvernement, resté dans les murs de la capitale, ne communiquera plus avec l'extérieur qu'avec des ballons ou des pigeons voyageurs. Face à 180 000 Allemands, Trochu dispose de 500 000 hommes, mais 150 000 seulement ont une instruction militaire véritable, ce qui n'est pas le cas des 340 000 gardes nationaux parisiens mobilisés, mal armés, mal entraînés et peu estimés des militaires. À plusieurs reprises, des essais de sortie sont tentés par le commandement ; tous échouent, ce qui démoralise un peu plus une troupe mal équipée. À Paris, les vivres manquent et la population doit subir, sous les bombardements prussiens, la dureté d'un terrible hiver.

Si la guerre de siège s'enlise, les espoirs se reportent sur la guerre de mouvement que Gambetta tente d'organiser en province. Celui-ci a réussi à partir de Paris en ballon et a organisé, à Tours, une délégation du gouvernement. Alors qu'à Paris Trochu, Favre et Ferry songent à mettre fin au conflit et redoutent le peuple parisien, Gambetta mène à Tours une action énergique, aidé de l'ingénieur Charles de Freycinet et de militaires aguerris : Faidherbe, Chanzy, Denfert-Rochereau. Plusieurs armées sont constituées : une armée de la Loire qui parvient un moment à reprendre Orléans aux Prussiens, une armée du Nord, une armée de l'Est. La tâche de Gambetta est d'autant moins facile que la France est loin alors de l'« union sacrée ». Le pays reste politiquement profondément divisé, la forme républicaine du gouvernement n'a rien d'assuré, la mobilisation des soldats est très inégale et le réflexe patriotique, en dehors de Paris, se manifeste surtout dans les régions frontalières et dans l'Ouest, où une droite légitimiste tente en vain d'empancher la guerre. Une large partie des notables, mais aussi de la paysannerie, jugeant l'issue des combats trop incertaine, tournent au défaitisme et affichent surtout leur peur des forces populaires urbaines. Des blanquistes à Paris, d'ardents combattants républicains dont certains viennent de l'étranger, avec Garibaldi, pensent, eux, mener un combat décisif pour la République universelle, alors que Gambetta s'efforce de donner l'image d'une République acceptable par le plus grand nombre et de préserver l'unité nationale. Pour surmonter ces difficultés, Gambetta, épaulé par ses nouveaux préfets (il a limogé 85 préfets bonapartistes), tente de galvaniser les énergies par une direction vigoureuse des opérations et une républicanisation de l'administration qui lui vaut d'être accusé par un courant défaitiste d'exercer une quasi-« dictature ».

Dans Paris assiégé, le gouvernement de la Défense nationale, peu décidé à s'appuyer sur un peuple parisien en armes dans les rangs de la garde nationale, est contesté par une extrême gauche révolutionnaire qui stigmatise la tiédeur de Trochu. Un Comité central des vingt arrondissements de Paris, fédération de comités de vigilance d'arrondissement, sur des options révolutionnaires, mobilise la population dans des moments critiques : celui de la capitulation honteuse de Bazaine dans Metz, le 31 octobre, ou le 22 janvier, après l'échec dramatique de la « sortie » de Buzenval. Mais ce courant révolutionnaire dans lequel se mêlent blanquistes et militants de l'Internationale, organisé en clubs, implanté à Belleville, aux Batignolles, dans le XIIIe et le XIVe arrondissements, reste très minoritaire. Les élections municipales de novembre et un référendum organisé par le gouvernement sur sa politique ne lui donnent guère que 40 000 voix contre plus de 300 000 en faveur du gouvernement de la Défense nationale.

En province, dès le mois de septembre, s'impose en fait un mouvement plus « mûr » qu'à Paris, et les grandes villes s'émancipent de la tutelle de l'État bonapartiste. Dès le 4 septembre, à Lyon, s'installe une « Commune » dotée d'un conseil élu, qui, pour n'être pas révolutionnaire, donne néanmoins à la ville une grande autonomie et une administration républicaine. En dépit de la pression d'un courant anarchiste dans lequel figure Bakounine, Lyon reste sur une option radicale. Dans le Midi, en septembre, des élections ont imposé de nombreuses municipalités républicaines dominées par des radicaux passionnément attachés à faire triompher les franchises municipales. Le 18 septembre, Marseille, Lyon, Grenoble, Montpellier, créent une « Ligue du Midi pour la défense nationale de la République » dirigée par Alphonse Esquiros, commissaire extraordinaire dépêché par Gambetta. Une tentation autonomiste et fédéraliste s'y manifeste, alimentée par le rejet de la centralisation impériale, mais dénoncée par Gambetta, qui redoute la décomposition de l'État. Y domine surtout la volonté d'affirmer, face à la tutelle de l'État, une plus grande autonomie des nouvelles municipalités radicales et une démocratie de classes moyennes. Comme l'a montré Jeanne Gaillard, sur le terrain de l'autonomie communale, la « province a devancé Paris ».

En dépit de ce sursaut politique et militaire, la guerre républicaine échoue en janvier 1871. Le général Chanzy est vaincu au Mans et Faidherbe à Saint-Quentin, alors que l'armée de l'Est doit se réfugier en Suisse. Cet échec militaire peut être cependant considéré comme un succès moral de Gambetta, qui parvient à donner à la République une aura de courage après la calamiteuse guerre impériale. Lui-même, désavoué par ses collègues du gouvernement parisien, beaucoup plus tièdes, en sort avec une image de grand patriote.

Paris patriote face à la province

Les partisans de la paix s'imposent au gouvernement, qui se résigne à signer l'armistice le 28 janvier 1871, ce qui provoque la stupeur des Parisiens qui croyaient encore à un sursaut. Les conditions de l'armistice sont très dures. Elles livrent la France à l'armée prussienne, et, pour régler les conditions de la paix, l'Allemagne exige de traiter avec un gouvernement représentatif désigné par une Assemblée élue. Le 5 février, Gambetta, qui désapprouve cette issue, démissionne. L'élection d'une Assemblée nationale, le 8 février 1871, désigne une énorme majorité de 400 députés monarchistes et cléricaux face à 150 républicains et une centaine de députés d'opinion indécise. Le vote impose à la tête de la

République une majorité qui lui est clairement hostile et dans laquelle figurent tous les noms de l'armorial de la vieille France, celle de Charles X et celle de Louis-Philippe. Mais le résultat a été acquis, non pas par une lame de fond antirépublicaine et monarchiste, mais parce que la droite, qui ne pose pas la question de la forme du régime, demande la paix, alors que les républicains – pas tous cependant – restent accrochés à l'idée d'un sursaut patriotique, sans espoir aux yeux de la majorité provinciale. Il faut tenir compte alors de la distance qui sépare les républicains de la paysannerie. L'épithète « rural » est devenu franchement péjorative chez les républicains à un moment où l'un d'entre eux, Gaston Crémieux, lance un jugement lapidaire : « Majorité rurale, honte de la France ! » Du côté paysan, on a encore le souvenir de la levée en masse impopulaire des hommes de 20 à 40 ans décidée en novembre 1870, de la « brutalité » jacobine des préfets de Gambetta, et l'on redoute une République de nouveau colorée de « rouge ».

Paris, meurtri profondément par la signature de l'armistice qui est compris comme une honteuse capitulation, a élu 36 députés républicains sur 43 sièges, et parmi eux certains sont considérés alors comme « rouges » : Gambetta, Louis Blanc, Garibaldi, Hugo, Rochefort, Delescluze, Félix Pyat, un ouvrier de l'Internationale, Benoît Malon... La cassure est désormais profonde entre Paris et l'Assemblée, qui manifeste une haine farouche à l'égard d'une ville « révolutionnaire » qui a toujours eu la prétention de dicter à la France son destin politique. Les Parisiens considèrent de leur côté que l'Assemblée représente une province réactionnaire, cléricale, monarchiste, dont le souci premier est d'enterrer la République.

Le 17 février, l'Assemblée, qui siège à Bordeaux, a confié à Thiers, qui a alors 73 ans, le titre de « chef du pouvoir exécutif de la République », mais « en attendant qu'il soit statué sur les institutions de la France ». Élu dans 26 départements, il apparaît, dit-on, « inévitable ». C'est l'homme de la paix à tout prix. Il s'impose comme un recours et un point de rencontre de tous les conservatismes dans un moment de grand désarroi qui a conduit souvent les ruraux à revenir vers les notables, leurs tuteurs traditionnels. Thiers entend à la fois signer la paix, rétablir l'ordre, mais aussi assurer sa position de chef de l'exécutif. Avec intelligence, il a compris que le vote du 8 février était largement fondé sur un quiproquo et n'était pas en profondeur celui d'une France monarchiste. En dépit de son passé orléaniste, probablement pense-t-il déjà qu'une république conservatrice est la seule issue réaliste à la crise.

Le premier obstacle à son projet politique vient des députés orléanistes et légitimistes, qui pensent, eux, à un retour rapide de la monarchie. Thiers le contourne en obtenant des différents groupes royalistes de l'Assemblée, sous la forme du « pacte de Bordeaux », le report d'un débat sur la forme du régime, ce qui laisse à chacun ses espérances.

Il reste à résoudre la question de l'opposition farouche d'une capitale au bord de la sécession. Le problème implique d'abord de « liquider » l'héritage de la guerre. Thiers, pour élargir son assise, constitue un gouvernement assez ouvert, fait d'orléanistes, de légitimistes, mais aussi de quelques républicains modérés. Bismarck, dans les préliminaires de Versailles, impose à la France des conditions très dures – la perte des départements d'Alsace-Lorraine – qui sont approuvées le 1er mars par l'Assemblée, en dépit de l'opposition des députés d'Alsace-Lorraine et de « radicaux » : Hugo, Félix Pyat, Louis Blanc… qui donnent leur démission. Le vote est suivi de la déchéance de Napoléon III, jugé responsable de la défaite et donc de la perte des départements de l'Est. Il est temps alors, selon Thiers, de « soumettre Paris ». L'Assemblée décide de quitter Bordeaux, non pour revenir dans la capitale, jugée trop dangereuse, mais pour s'installer à Versailles, la ville des rois. Paris, qui a le sentiment d'avoir été l'âme de la résistance patriotique, se trouve humilié et « décapitalisé ». Le signe est clair, désormais : au-delà de leur ville, pour les Parisiens, c'est la République qui est menacée. Cette idée peut s'alimenter de la rancœur provoquée par une cascade de décisions humiliantes qui sonnent comme une provocation haineuse à l'égard d'une ville détestée par la droite. Thiers supprime la solde des gardes nationaux qui ne font pas preuve de leur indigence, suspend le moratoire des loyers, exige le règlement des échéances des boutiquiers et artisans au risque de pousser nombre d'entre eux à la faillite. Le général bonapartiste Vinoy, nouveau commandant militaire de la capitale, suspend les journaux « rouges ».

La République « rouge »

À Paris, depuis le 24 février, le jour anniversaire de la révolution de février 1848, les manifestations se succèdent autour de la colonne de la Bastille, monument souvenir de 1830 et de 1848. Des comités populaires se font formés dans les arrondissements de l'est et administrent une ville en pleine ébullition. La garde nationale, qui compte près de 200 000 hommes en armes, s'organise en fédération. Elle a élu le 15 mars un Comité central qui, d'emblée, se présente « comme la barrière inexorable élevée contre toute tentative de renversement de la République ». L'Internationale, avec Varlin et le comité des vingt arrondissements, se rallient à sa direction.

Le 18 mars, quand le gouvernement de Versailles dépêche des troupes dans Paris pour reprendre les canons installés à Belleville, la foule s'oppose aux soldats, dont une centaine mettent crosse en l'air, et le général Lecomte qui les commande est fait prisonnier. Devant la résistance des Parisiens et la contre-offensive peu organisée de quelques milliers de soldats de la garde nationale, les troupes de Versailles se retirent. Thiers décide alors de quitter Paris pour préparer, de l'extérieur, l'écrasement de l'insurrection. La foule parisienne, entraînée par quelques officiers de la garde nationale parmi lesquels figurent des blanquistes, s'empare de la préfecture de Police, des mairies, de l'Hôtel de Ville. Les généraux Lecomte et Clément Thomas, arrêtés, sont passés par les armes. Clément Thomas, commandant de la garde nationale pendant le siège, est considéré alors comme responsable de la défaite. L'insurrection improvisée trouve sa source dans le fait que les Parisiens ont cru à un coup d'État monarchique. La province du reste bouge aussi. À Lyon, à Marseille, à Toulouse, à Saint-Étienne… une extrême gauche s'insurge. Mais l'aventure est sans lendemain. Les municipalités républicaines modérées ont vite repris les choses en main et Paris se trouve isolé dans son combat contre le gouvernement de Thiers.

« Paris s'est reconquis », dit Jules Vallès dans *Le Cri du Peuple*. Mais dans l'immédiat, sans perspectives claires, embarrassé par un pouvoir qu'il n'a pas cherché véritablement à conquérir, le Comité central de la garde nationale décide d'organiser des élections municipales. Le Comité recherche en effet la caution des élus de Paris qui jouent encore un rôle important : maires élus en novembre, députés élus en février. Ceux-là voient avec inquiétude un soulèvement des Parisiens contre un gouvernement de Versailles désigné par le suffrage universel. C'est pourquoi quelques élus, autour de Clemenceau, tentent une médiation. En vain, car l'Assemblée se montre intraitable sur la question d'un statut municipal privilégié de la capitale.

Lors des élections qui ont lieu le 26 mars, 229 000 Parisiens sont allés voter, soit 48 % seulement des inscrits, et les partisans de la Commune n'obtiennent que 170 000 voix. La municipalité élue se pose pourtant très rapidement comme un contre-gouvernement révolutionnaire, même si la formule n'est jamais clairement affirmée. Si la Commune, organisée dans un Conseil général de la Commune de Paris, ne peut être considérée comme le gouvernement de la classe ouvrière, elle compte tout de même 37 ouvriers et artisans et 14 employés. Les 79 élus sont des « rouges », des patriotes, mais qui sont loin d'être à l'unisson. On trouve parmi eux une majorité formée de cette extrême gauche révolutionnaire – blanquiste (Ferré et Rigault) et jacobine (Delescluze) – qui prétend faire revivre aussitôt la grande Révolution de l'an II, les souvenirs de la Commune de 1792 qui a renversé la royauté, un Comité de salut public (début mai). Cette majorité autoritaire entend imposer au besoin la dictature de Paris à une province rétrograde. Mais cette conception jacobine déplaît à la minorité des internationalistes (Varlin et Benoît Malon), hostiles à toute centralisation autoritaire, et à un courant fédéraliste marqué par l'anarchisme de Proudhon et de Bakounine ou encore par le souvenir de la Constitution de 1793. Quant à l'idée de « dictature du prolétariat » avancée par Marx, on en est très loin. Seul l'ouvrier bijoutier hongrois Frankel se revendique du marxisme. Une ligne générale se dessine toutefois : l'idée extraordinaire de faire de Paris une « république indépendante », une « commune libre » dans une France libérée, « mosaïque de communes librement fédérées ». La formule est avancée, le 19 avril, dans une Déclaration au peuple français qui tente de concilier toutefois fédéralisme et tradition républicaine unitaire : « Autonomie de la Commune, étendue à toutes les localités de France [...] l'unité politique par l'association volontaire de toutes les initiatives locales [...] »

Mais, à la division politique des instances dirigeantes, on peut opposer une assez grande cohésion des « troupes ». Le « communard », en uniforme de la garde nationale, est avant tout un travailleur, sans qu'il soit toujours aisé de distinguer le salarié du patron, proche donc encore de l'artisan traditionnel. Si dans Paris la grande industrie a fait naître un prolétariat nouveau et des ouvriers hautement qualifiés, le Second Empire a encore accentué le caractère dominant de l'atelier et de la boutique. Mais comptent aussi les générations, l'idéologie. Agricol Perdiguier, le républicain défenseur de l'unité ouvrière contre les luttes du compagnonnage, combattant de 1830 et de 1848, ne rallie pas la Commune et ne peut admettre, fait remarquer Maurice Agulhon, pas plus que Louis Blanc, que l'on lève un drapeau contre la République.

Dans le Paris de 1871, où le peuple travailleur continue à penser comme le « sans-culotte » de l'an II, l'archaïsme l'emporte encore sur la modernité. Républicain, patriote, partisan de la démocratie directe exercée d'abord dans son quartier, le communard est aussi passionnément anticlérical et même déchristianisateur. Dans un Paris qui continue à travailler, l'ennemi du communard n'est pas le patron d'industrie – Cail, le gros métallurgiste, travaille pour la Commune – mais le « riche », le « gros », le propriétaire, « Monsieur Vautour », qui n'a cessé d'augmenter les loyers et a refusé le moratoire.

Mais dans Paris le rapport des forces a changé, et le peuple a le sentiment de vivre autrement et d'enterrer le « vieux monde ». Des comités d'arrondissement gèrent les affaires locales, les journaux se multiplient en pleine liberté (*Le Cri du Peuple*, de Vallès, *Le Père Duchêne*...), partout dans les clubs – souvent installés dans les églises –, dans les comités de la garde nationale, des solidarités nouvelles s'établissent. Des clubs comme celui de la Boule-Noire, où militent Sophie Poirier et Louise Michel, mobilisent les femmes en comités de vigilance. Les artistes font leur « révolution culturelle », et Courbet, Daumier, Corot... s'organisent pour en finir avec l'académisme.

C'est sous la pression de ce peuple travailleur que le Conseil de la Commune prend des mesures importantes qui sont loin toutefois de constituer une « révolution sociale » véritable. La politique de la Commune est d'abord républicaine, et en cela elle anticipe sur l'œuvre à venir de la Troisième République. Elle met en place le service militaire obligatoire pour tous dans la garde nationale et répudie les « armées permanentes ». La séparation de l'Église et de l'État est décidée. L'école, enjeu primordial d'un « véritable socialisme », sous la direction d'Édouard Vaillant, devient laïque, gratuite, obligatoire. Une éducation professionnelle est mise en place. Un projet social se dessine. Il est encore imprégné de souvenirs quarante-huitards et ne va pas très loin : suppression du travail de nuit des boulangers, moratoire des échéances commerciales, réforme du mont-de-piété, restitution des entreprises abandonnées par leur patron aux « vrais producteurs », aux ouvriers établis en associations. Un élément nouveau, peut-être : le rôle des chambres syndicales, conviées à prendre en main ce nouveau secteur coopératif et à « organiser le travail ».

La victoire des Versaillais

Pour venir à bout de la Commune, Thiers a organisé une armée de 130 000 hommes essentiellement composée de ruraux démobilisés et libérés par Bismarck. Le 3 avril 1871, les hostilités commencent. Au début des combats, une « troisième force » tente de nouveau de s'interposer entre Versailles et la Commune pour éviter la guerre civile et obtenir au moins de Thiers une reconnaissance claire de la République et le droit pour Paris de s'administrer lui-même. On y trouve des élus de Paris, Clemenceau, alors maire de Montmartre, Floquet, Allain-Targé... une Ligue d'union des droits de Paris... mais aussi des élus républicains des grandes villes : Lyon, Bordeaux, Nantes, Lille, qui viennent d'être élus lors des municipales du 30 mars. Leurs efforts sont vains. Le 21 mai, alors que les Versaillais rentrent par surprise dans Paris, commence la « semaine sanglante ». Du côté des communards et face à une armée régulière qui entreprend, au canon, une reconquête méthodique de la capitale, le mot d'ordre « Chacun dans son quartier ! » condamne à une lutte désespérée. Pour ralentir une progression inexorable de l'armée, les quelques milliers de communards qui se battent incendient des maisons, puis tout ce qui symbolise l'ennemi : l'Hôtel de Ville, les Tuileries, le « dernier repaire de la royauté », le Palais de Justice, le Palais-Royal... Devant la brutalité des combats, en représailles des exécutions massives, la Commune fusille une centaine d'otages dont une vingtaine d'ecclésiastiques. Plus qu'à Thiers ou Mac-Mahon, commandant en chef des troupes, l'ampleur et la férocité de la répression semblent incomber aux généraux Cissey et Vinoy, qui jouent sur la haine des soldats paysans de l'armée de Versailles. On tue plus de Parisiens que de communards : 20 000 exécutions sommaires durant les combats. 26 conseils de guerre prononcent 10 000 condamnations : 93 à mort, 251 aux travaux forcés en Guyane, 4 586 à la déportation en Nouvelle-Calédonie... Paris perd d'un coup 100 000 habitants.

La haine et la peur se sont emparées, au fil des semaines, de la bonne société. Nombre d'écrivains, au-delà de leurs convictions d'origine – Edmond de Goncourt, Dumas fils, Flaubert, Leconte de Lisle, George Sand –, expriment leur joie de voir les « partageux » écrasés. Hugo, hostile à la Commune, condamne, ainsi que Michelet, la férocité des Versaillais. Les républicains comme Gambetta, alors en Espagne, se taisent. La blessure dans le peuple ouvrier est profonde et établit un lourd contentieux entre les travailleurs et la République. En revanche, le pays ne se mobilise pas derrière les monarchistes, et la peur ne gagne pas, comme en 1848 ou en 1851, une province rassurée par la victoire totale de l'ordre et convaincue que la menace n'était que parisienne.

Dans la mesure où les républicains, par leur silence, laissent entendre qu'ils sont prêts à accepter la République conservatrice de Thiers, c'est plutôt de leur côté que semble se dessiner un pôle de stabilité. Le fait que le socialisme ait été vaincu, que ses militants soient dispersés ou déportés, que la violence de toutes les révolutions du XIXe siècle soit désormais exorcisée par la répression massive de Paris, laisse la voie libre à une République amputée du « spectre rouge » qui hypothéquait son avenir et alimentait l'argumentaire de la droite. L'attitude des notables républicains de province qui ont critiqué l'intransigeance de Versailles, sans soutenir la Commune, va dans cette direction, ce qui contribue à adoucir la figure de la République dans l'esprit des paysans. Mais en 1871 la République qui reste dans les mains de « Monsieur Thiers » est encore très peu « républicaine ».

Thiers : la République sera conservatrice

Thiers, un orléaniste converti à la République

Adolphe Thiers tient enfin, à 73 ans, les rênes du pouvoir qui lui ont si souvent échappé. Il a battu Gambetta et les patriotes bellicistes aux élections de février 1871 et écarté le danger socialiste en écrasant la Commune. L'ancienne figure chauvine de la gauche orléaniste est devenu l'homme de la paix et de la réaction sociale. Le 31 août, la loi Rivet lui donne le titre de « président de la République ». Le régime reste toutefois à définir, car la République n'est alors qu'un régime de fait, et il est entendu, dans l'esprit des monarchistes, que Thiers n'est là que pour un intermède, avant la restauration. Mais, comme dans le « parti de l'ordre » de 1849, les monarchistes sont trop divisés pour dessiner un projet politique cohérent. Leurs forces s'équilibrent : 200 légitimistes et 200 orléanistes forment la majorité de la Chambre. Les orléanistes, partisans du comte de Paris, laissent entendre qu'ils sont prêts à s'effacer, au moins provisoirement, au profit de la dynastie légitime. Leur démarche bute toutefois sur l'obstination du comte de Chambord, toujours isolé dans son château autrichien. Chambord, lecteur de Chateaubriand, romantique attardé, incapable de comprendre la nouvelle société, imprégné du cléricalisme intransigeant d'un Veuillot et ayant vécu trop longtemps hors des réalités politiques de la France, refuse, face aux monarchistes qui lui demandent de « faire un pas vers la France du siècle », d'adopter le drapeau tricolore et exige le retour du drapeau blanc à fleurs de lys.

La voie est libre pour Thiers, qui désormais pense consolider une République qu'il veut conservatrice et répondre au désir de stabilité d'une France meurtrie, endeuillée de la perte de 150 000 soldats et désormais lourdement endettée. Il a laissé entendre, lors des débats qui ont abouti à l'abrogation des lois d'exil qui frappaient le comte de Chambord et les Orléans, « qu'un essai loyal de la République était nécessaire avant de relever la monarchie ». Déjà, Thiers, dans les années 1860, s'était retrouvé à plusieurs reprises aux côtés des républicains et, en 1871, s'opère de nouveau une convergence de fait entre un président, préoccupé de stabiliser la France, mais aussi son pouvoir, et un parti de la République dont le chef de file, Gambetta, a fait le choix de la modération et du compromis pour étayer une République encore si mal assurée. Le diagnostic de Thiers est conforté par le résultat des élections partielles. Sur les 114 sièges laissés vacants en février par le jeu des candidatures multiples, les républicains emportent en juillet une centaine de sièges contre 12 aux monarchistes. La France semble refuser les menées monarchistes et considère que le retour à l'ordre et à la stabilité sont du côté de la République.

Une stabilisation rapide de la France

La politique de Thiers pour consolider cette tendance se veut à la fois conservatrice et réparatrice. L'enjeu le plus important est alors de libérer le territoire, dont l'occupation est ruineuse, mais pour cela il faut régler la lourde indemnité de guerre de 5 milliards de francs-or exigée par l'Allemagne dans le traité de Francfort (10 mai 1871). On pouvait envisager de réformer la fiscalité. Thiers écarte d'emblée cette suggestion qui a un parfum de socialisme. Il préfère l'emprunt, qui convient aux détenteurs de capitaux, aux grandes banques, mais grève pour longtemps le budget de la nation. Deux grands emprunts sont facilement souscrits et consolident – avec quelques taxes indirectes – le crédit de la République, qui trouve alors l'appui des épargnants et des financiers.

L'autre grand problème est celui de l'armée, fidèle à Thiers, mais dont la réorganisation est un enjeu primordial pour le destin des institutions. Thiers, qui ne croit pas au modèle prussien vanté par Renan, penche pour une armée de métier et souhaite un service long de sept ans : « Je veux

– dit-il – une armée de métier, une armée de paysans et non une armée de communards. » L'Assemblée préfère un service court et obligatoire. Un compromis entre armée de métier et armée nationale aboutit à un service de cinq ans, mais avec un contingent divisé en deux par tirage au sort : cinq ans pour les uns, un an seulement pour les autres, avec près de 60 000 exemptés : instituteurs, élèves de grandes écoles, curés... La garde nationale, vestige de la Révolution, disparaît.

Les relations entre Thiers et la droite se tendent sur des terrains symboliques. La République se cherche encore quand les conservateurs manifestent leur volonté de mettre en cause la centralisation traditionnelle de l'État français et l'hégémonie de Paris. La province se serait mieux défendue contre la Commune si elle avait été libérée de la centralisation ! Thiers parvient à imposer un compromis qui préserve le traditionnel pouvoir de l'administration et des préfets. Le calendrier de l'évacuation de la France par les troupes prussiennes, lié au règlement de l'indemnité de guerre, est tenu, et la France libérée de manière anticipée en septembre 1873. Une loi de mars 1872 interdit l'Internationale, sans réaction d'un mouvement ouvrier désormais anéanti. Dès 1872, l'administration parisienne décide de poursuivre l'œuvre d'Haussmann, de terminer le boulevard Saint-Germain, l'avenue de l'Opéra... Le redressement de la position française, spectaculaire, présente enfin l'avantage de conforter la République dans une Europe monarchique et de préparer la fin de l'isolement français. Le second emprunt lancé par Thiers, de 3,5 milliards, est couvert treize fois ! *Le Journal des débats*, conservateur, écrit : « Quelle monarchie eût pu faire mieux en aussi peu de temps ? »

Les droites coalisées contre Thiers

Mais pour les monarchistes et surtout la fraction la plus déterminée, celle des légitimistes, le « label » républicain n'est qu'une manœuvre pour régler les difficultés de l'heure. Contre Thiers qui veut « durer », une coalition des droites se forme : les légitimistes qui se croient dupés, les ultramontains comme Veuillot qui voient en lui un ennemi de Rome et au fond un anticlérical, mais aussi les bonapartistes, qui reprennent confiance. Les orléanistes sont plus divisés, puisqu'une partie d'entre eux commencent à admettre la République, à condition qu'elle rompe tout lien avec le radicalisme... L'hostilité des droites à l'égard de Thiers est d'autant plus forte que ce dernier dissimule de moins en moins, depuis l'automne 1872, ses sympathies républicaines et adresse à la Chambre un message dans lequel il déclare : « Il faut se préparer à doter la France d'un régime définitif en ayant la claire intelligence de la société moderne », qualité qui manque de toute évidence aux légitimistes.

Le projet de Thiers aurait pu réussir si les élections partielles avaient montré clairement que l'on s'orientait vers une République « sage ». Mais à chaque élection partielle les candidats républicains emportent des sièges, et il est clair que, au-delà de la République des résignés, des notables et de leur clientèle, pointe une République de couches nouvelles auxquelles, dit Gambetta, il faut faire une place. À l'occasion de partielles, en avril 1873, Barodet, un ancien instituteur « rouge », maire radical de Lyon, partisan d'une dissolution de l'Assemblée, l'emporte à Paris contre Charles de Rémusat, l'ami de Thiers, son ancien ministre des Affaires étrangères, mais aussi une des figures distinguées de l'orléanisme. La droite tient là son prétexte. Le territoire est libéré, Thiers n'est plus nécessaire ; elle saisit l'occasion en le désignant comme fourrier du radicalisme et le met en minorité à l'Assemblée, le 23 mai 1873. Il claque la porte, fidèle à sa conception parlementaire du pouvoir. L'Assemblée se hâte de lui trouver un successeur en la personne du maréchal Mac-Mahon.

La droite sans issues

Un projet politique sans lendemain

Le maréchal Mac-Mahon, nouveau président de la République, soldat conservateur et catholique, définit un programme de gouvernement pour la droite qui évite encore de poser clairement le problème du régime. Mais ce programme se présente tout de même comme la première étape d'un retour à la monarchie. En s'appuyant sur l'Église et l'armée, il entend rétablir en France l'« ordre moral ». Par ailleurs, si les monarchistes ont été si déterminés dans la dernière attaque qu'ils ont menée contre Thiers, c'est qu'ils ont trouvé un chef en la personne du duc de Broglie, un orléaniste, qui a quitté son ambassade de Londres et mené, à la Chambre, la bataille contre Thiers. Personnalité intelligente et cultivée, petit-fils de Mme de Staël, homme de salons, il déteste la République, ne croit pas en sa version modérée et a affiché son mépris pour Thiers, un parvenu. De Broglie est chargé du gouvernement. Il entend rassembler durablement les droites dans un grand parti conservateur, à l'anglaise, leur donner un programme commun, mettre entre parenthèses le problème encore insoluble du retour à la monarchie, éviter la dissolution de l'Assemblée qui ouvrirait la voie aux républicains, faire voter des lois fondamentales qui protègent les institutions de la pression du suffrage universel, barrer la route au radicalisme. La première étape du système défensif de De Broglie repose sur une vieille idée, toujours méditée par les élites, la mise en place d'une Haute Assemblée, d'un Sénat, susceptible de conforter une oligarchie qui ne soit pas désignée par le suffrage universel et qui puisse faire barrage à la démocratie. Les conseils généraux, aux compétences étendues, doivent de même amortir les effets du suffrage universel.

Au-delà d'un discours raffiné, l'« ordre moral » a aussi son versant répressif et brutal. Il affiche clairement sa volonté de faire la chasse aux républicains et aux ennemis du cléricalisme : retour à la nomination de tous les maires (24 janvier 1874), suspension de journaux, surveillance des débits de boissons, réglementation des enterrements civils, déplacements et révocations de fonctionnaires, d'instituteurs, retrait des bustes de Marianne dans les lieux publics…

La pression du catholicisme ultramontain

Le conservatisme de De Broglie subit aussi la pression très forte d'une alliance recommencée du trône et de l'autel, alliance qui renoue par certains aspects avec la Restauration.

Mais désormais le dolorisme monarchique qu'avaient entretenu les Bourbons se fixe sur la personne du comte de Chambord en exil, et l'Église devenue ultramontaine lui associe la figure d'un autre exilé, le pape, isolé dans Rome. En septembre 1870, aussitôt après le départ de la garnison française, à la chute de l'Empire, les Italiens unifiés se sont emparés de Rome. Les deux restaurations, celle du pape et celle du roi, dans l'esprit de beaucoup de catholiques, sont désormais indissociables. Depuis les années 1860, le pape est du reste l'objet d'un véritable culte. Le *Syllabus* (1864), qui dénonce le socialisme, le libéralisme, le matérialisme, le rationalisme, l'athéisme, a un énorme écho dans la communauté catholique, phénomène qui culmine après 1870, quand le pape est proclamé infaillible sur le plan doctrinal par le concile du Vatican (1869-1870).

C'est dans le cadre de cette double défaite de la « fille aînée de l'Église » – le roi, le pape – que l'on trouve les racines du renouveau religieux des années 1870 et de ce cléricalisme de réparation, ostentatoire, fait de repentance, d'expiation et de dévotion au « Sacré Cœur » et à la Vierge. Sur la colline de Montmartre, la basilique du Sacré-Cœur, édifiée en expiation des crimes de la Commune, suscite des pèlerinages de foules qui chantent : « Sauvez Rome et la France par votre Sacré Cœur. » Si la pratique religieuse elle-même a globalement reculé, la présence catholique est très voyante dans la société, d'autant que les prêtres sortent des églises. Les assomptionnistes, surtout, mobilisent des foules importantes dans les pèlerinages de Paray-le-Monial, de La Salette, de Lourdes, où s'exprime un catholicisme plébéien, mystique et militant, au moment où Mgr Pie multiplie les homélies hostiles à l'héritage de 1789.

Missions, processions solennelles, prières publiques, pèlerinages, se succèdent et donnent le sentiment que l'Église est à l'offensive. Le personnel ecclésiastique n'a jamais été aussi nombreux. Le nombre des prêtres est stable (55 000), mais celui des membres des congrégations masculines (30 000) et féminines (130 000) s'est notablement renforcé. L'effort en faveur des congrégations féminines est justifié par la mission de service public qu'elles remplissent encore dans l'enseignement féminin, l'assistance, les hôpitaux (Filles de la Charité de Saint-Vincent-de-Paul et Petites Sœurs des pauvres). Le gouvernement, par ailleurs, soutient l'Église. Une loi de 1875 accorde la liberté à l'enseignement supérieur et permet ainsi la fondation de plusieurs facultés catholiques.

Mais ce projet de restauration religieuse et idéologique dans lequel l'attente du miracle tient lieu souvent de stratégie politique bute toutefois sur l'impasse de la question dynastique. Les nouvelles tentatives faites par les légitimistes auprès du comte de Chambord, pour le convaincre d'assouplir ses conditions sur la question dynastique, échouent de nouveau. Les orléanistes préfèrent désormais attendre l'heure de leur prétendant, le comte de Paris, puisque le comte de Chambord n'a pas d'enfant. La question dynastique qui oppose les droites n'est toutefois que l'expression symbolique d'une fracture plus profonde qui renvoie, à droite, à l'existence de sociétés et de cultures différentes.

Des droites irréconciliables

À l'heure de la République, les légitimistes sont toujours les représentants d'une « France châtelaine » pour laquelle le temps s'est arrêté. Dans les départements de la France de l'Ouest : Mayenne, Vendée, Maine-et-Loire, dans une partie de la Flandre, de la Provence intérieure, le suffrage universel a même permis aux légitimistes de mobiliser un petit peuple « blanc », essentiellement paysan.

Le programme de ce parti de la fidélité qui suit le comte de Chambord sur la voie du refus de toute compromission avec la France issue de 1789 se résume dans le thème : restauration - contre-révolution. En dépit de leur côté anachronique, ces légitimistes ont su toutefois renforcer leurs positions : ils ont souvent animé une nouvelle agriculture qui a profité de la prospérité du Second Empire et parfois manifesté des qualités de courage dans la garde mobile qui a lutté dans l'Ouest en 1870 contre les armées prussiennes. Parmi les légitimistes qui ne forment pas un parti structuré, les « chevau-légers » sont le noyau dur de la fidélité et du refus, mais autour de Falloux se dessine une tendance de conciliation à l'égard du siècle. Tous cependant se mobilisent sous la bannière d'un catholicisme ultramontain, inspiré par l'intransigeance du *Syllabus* et violemment contre-révolutionnaire.

Ils rejettent en bloc la Révolution de 1789, souhaitent le retour à une société d'Ancien Régime, très hiérarchisée et articulée sur une armature de corps intermédiaires : familles, corporations, provinces, Église... Dans les cercles catholiques d'ouvriers organisés par La Tour du Pin et Albert de Mun, un légitimisme conservateur mais d'inspiration sociale tente de ressusciter contre le libéralisme une organisation corporative des travailleurs.

La droite orléaniste, très différente, appartient en fait à la mouvance des « bleus », des adeptes de la nouvelle société et de l'économie libérale et individualiste contre laquelle se sont soulevés jadis les « blancs » de Vendée. Nombre d'entre eux figurent dans les conseils d'administration des grandes affaires capitalistes. Ils dominent l'Assemblée grâce à leurs 200 députés, mais aussi parce qu'ils sont, au centre, la charnière de toutes les majorités politiques. Alors que les légitimistes sont maladroits et boudeurs dans les combinaisons parlementaires, ils savent eux y prendre place grâce à la qualité de leurs leaders politiques – les « ducs » : de Broglie, Decazes, d'Audiffret-Pasquier... C'est pourquoi, dans le camp monarchiste, ils représentent une ligne de moindre résistance, face à la tentation d'entrer dans une République conservatrice.

Ils forment aussi les cadres de l'État au moment de l'« ordre moral ». Traditionnel chez eux est l'attachement au libéralisme politique et au régime parlementaire, même si la « peur des rouges » a estompé ce trait de mentalité. En dépit de leur conservatisme social, ils n'entendent pas refaire l'erreur de la loi du 31 mai 1850 et mutiler de nouveau le suffrage universel. Ils veulent seulement limiter ses effets en décidant l'élection du président de la République et du Sénat au suffrage indirect et en faisant désigner les maires par les préfets. Si les orléanistes restent fidèles à leur libéralisme économique de toujours, ce qui fait barrage alors à un véritable retour au protectionnisme douanier, ils évoluent en revanche à l'égard de la religion. Répudiant l'anticléricalisme de ses origines, l'orléanisme se montre beaucoup plus soucieux, à l'image de son leader de Broglie, de la religion, des intérêts de l'Église catholique, de la défense de la morale chrétienne, des « honnêtes gens » face au « spectre rouge » et aux « voyous gambettistes ».

La mise au point d'une stratégie commune à droite est contrariée aussi par la réapparition d'un courant bonapartiste qui trouble le jeu des alliances. Si la défaite et la perte de l'Alsace-Lorraine ont provoqué une éclipse quasi totale du bonapartisme lors des élections de février 1871 (une quinzaine d'élus), on assiste en revanche dans la période de l'« ordre moral » à son étonnant retour en force. La mort de Napoléon III, en janvier 1873, fait du jeune prince impérial un prétendant séduisant, mais il faut compter aussi avec le poids des grands notables, hauts fonctionnaires, propriétaires, hommes d'affaires, qui ont sous l'Empire établit des liens de dépendance avec leur électorat, surtout paysan, dans le Sud-Ouest, le Centre et une partie de l'Ouest. Ces notables impérialistes, Granier de Cassagnac, qui règne sur le Gers, le baron Eschassériaux, le « roi des Charentes »… rétablissent leur influence avec l'« ordre moral » et peuvent jouer de l'intervention de préfets nommés sous l'Empire pour désigner des maires qui leur sont favorables et « manipuler » alors les masses paysannes. Aux élections partielles de 1874, le baron de Bourgoing, ancien écuyer de l'empereur, est élu dans la Nièvre, ce qui provoque l'effroi dans la classe politique. Une campagne bonapartiste dans laquelle de nombreuses brochures réclament l'« appel au peuple », un plébiscite pour le rappel au pouvoir de la dynastie des Bonaparte, est relayée par une presse bonapartiste virulente : *Le Gaulois*, *L'Ordre*, *Le Pays*. Ce courant s'alimente de la division des monarchistes et de l'incertitude de leur stratégie politique. Les bonapartistes sont les seuls à pouvoir s'opposer aux républicains sur leur terrain : celui de la souveraineté démocratique. Toutefois les limites de ce renouveau bonapartiste tiennent au fait que ses inspirateurs sont l'ex-impératrice Eugénie, réfugiée en Angleterre, et surtout Rouher, l'adversaire d'Émile Ollivier, hostile à toute libéralisation du projet bonapartiste. Cela marque très à droite ce bonapartisme autoritaire et démagogique, et l'éloigne de son ancienne composante « sociale » mais aussi du reste de la droite, peu encline à renouer avec l'autoritarisme de l'Empire.

Les droites contraintes d'entrer en République

Profondément opposés sur le contenu de la société qui doit accompagner le projet de monarchie, incapables de proposer aux Français un scénario de restauration, les monarchistes sont pris dans une mécanique redoutable. Pour sauver, au moins, l'espoir d'un retour de la monarchie, il leur faut stabiliser les institutions, mais en stabilisant les institutions ils se condamnent à affirmer le régime républicain. D'étape en étape, ils habituent les Français à voir dans la République le régime de la stabilité, celui qui garantit l'ordre social, la paix, l'équilibre des finances, et laissent penser que le retour à la monarchie relève désormais de l'aventure. L'idée de stabilité, progressivement, change de camp. Les élections partielles en donnent des signes. Celles d'octobre-novembre 1873 apportent de nouveaux sièges aux républicains. Pour affirmer, face à cette évolution, le pouvoir du maréchal Mac-Mahon, la droite fait voter la loi de septennalité (19 novembre 1873), qui, pense-t-on, va dans le sens d'une sorte de régence en fixant à sept ans le bail du président de la République. Mais c'est la République qu'on renforce.

Le chef du gouvernement, de Broglie, critiqué par les légitimistes, est lui-même porté à évoluer vers le centre. Pour enrayer le processus, les légitimistes n'hésitent pas à joindre leurs voix à celles des républicains et font tomber de Broglie le 16 mai 1874. Les élections partielles de mai 1874 à février 1875 créent les conditions d'une nouveau glissement. Sur 13 sièges, les monarchistes n'en emportent que 1, les républicains 7, les bonapartistes en revanche 5. L'alerte est rude, et la crainte soudaine d'une résurrection du bonapartisme soude, au centre, une alliance de circonstance entre républicains et libéraux orléanistes sur le terrain de la défense du Parlement. Jusque-là, les républicains, sous la direction de Gambetta, voulaient la dissolution d'une Assemblée qui était, à leurs yeux, irrémédiablement confondue avec les monarchistes. Gambetta opère un retournement en pensant que l'essentiel est de consolider les institutions par le vote de lois constitutionnelles, quand bien même leur contenu devrait être le fruit d'un compromis avec le centre droit. Les républicains intransigeants tempêtent, mais les « lois sur l'organisation des pouvoirs publics » sont quand même votées.

Le 30 janvier 1875, par l'amendement Wallon, la République est non pas proclamée, mais reconnue de manière implicite, au détour d'une formule qui dit que « le président de la République est élu à la majorité des suffrages par le Sénat et la Chambre des députés ». En apparence le « basculement » républicain ne tient qu'à un fil, puisque l'amendement est voté à une voix de majorité. En réalité, la majorité s'appuie sur une tendance de fond annoncée par l'enchaînement des succès républicains aux partielles et par le ralliement progressif du centre droit orléaniste, inquiet de la prolongation d'un régime provisoire. Mais, si les lois constitutionnelles sont votées (le Sénat le 24 février, l'organisation des pouvoirs publics le 25 février 1875, les rapports des pouvoirs publics entre eux le 16 juillet 1875), c'est également parce que la Constitution est en fait assez peu républicaine et préserve les chances d'une éventuelle restauration monarchique.

Le président de la République, qui est la clef de voûte des institutions, a tous les pouvoirs d'un monarque constitutionnel, comme Louis-Philippe en 1830 (il est élu pour sept ans, a le pouvoir exécutif, l'initiative des lois, le droit de grâce, la nomination aux emplois civils et militaires, la nomination des ministres, la conclusion des traités, le droit de dissolution de la Chambre). Par ailleurs, face à la Chambre des députés, qui est élue au suffrage universel tous les quatre ans et dont la droite redoute le pouvoir – on craint toujours une nouvelle Convention –, la Constitution a institué un Sénat qui joue le rôle de puissant contrepoids conservateur. 75 sénateurs sont élus à vie par l'Assemblée : les sénateurs inamovibles. On pense qu'ils vont constituer un noyau monarchiste solide. Les 225 autres sénateurs sont élus au suffrage indirect pour neuf ans, renouvelables par tiers, par des collèges électoraux qui assurent la prépondérance des notables des campagnes, les conseillers généraux en particulier. Les républicains, attachés à l'idée d'une Chambre unique, seule traduction possible à leurs yeux du suffrage universel, sont foncièrement hostiles à une deuxième Assemblée. Mais Gambetta les invite à faire des concessions aux monarchistes pour assurer, au moins, le succès de la forme républicaine. La Constitution, très brève, est adoptée sans enthousiasme, et laisse dans l'esprit de chacun des espoirs tout à fait opposés. Quasi-monarchie pour les uns, elle n'est pour les républicains qu'une première étape, fruit d'un compromis encore fragile entre les tenants de la démocratie et les conservateurs. Politiquement, le vote est tout de même révélateur d'une décomposition des droites, dont le signe le plus net est le ralliement du gros des orléanistes à la formule d'une République conservatrice. Mais ce réalisme de la droite libérale n'est en fait que le fruit d'une simple observation : la France en quelques années est devenue majoritairement républicaine.

La percée républicaine

Gambetta : retour à 1789

Il est de tradition d'attribuer à l'intelligence manœuvrière de Léon Gambetta le succès remarquable remporté par les républicains auprès des Français à un moment où, au lendemain de la guerre franco-prussienne, l'enracinement républicain est encore très incertain. Si le succès républicain ne peut s'expliquer uniquement par le « génie » de Gambetta, il n'en reste pas moins vrai que son sens politique a joué un rôle décisif dans une bataille qui restait très difficile à mener. Dans un courant républicain encore très divisé, des modérés aux radicaux, il a su définir une ligne générale et s'imposer avec une équipe de fidèles à la tête de l'Union républicaine, puis de l'ensemble du « parti républicain ».

Il n'est pas le premier ni le seul, à gauche, à avoir pensé que les républicains ne pouvaient l'emporter sur le terrain politique qu'en tenant la République éloignée des souvenirs de la Terreur et du socialisme et en garantissant aux Français l'égalité, mais aussi l'ordre et la propriété. Jules Ferry, dès le Second Empire, face au pouvoir autoritaire, soutenait cette idée alors que Gambetta hésitait encore entre le programme radical qu'il soutenait à Belleville et des idées beaucoup plus modérées qu'il présentait aux Marseillais.

Mais, dans les années décisives où s'installe difficilement la République, c'est Gambetta qui s'impose comme le véritable stratège du « parti républicain ». Après avoir été le jacobin patriote de la délégation gouvernementale de Tours, il devient le fondateur du républicanisme de gouvernement, transforme le « parti » républicain pour le rendre crédible, « sérieux », se rapproche de l'idée d'un parlementarisme de type britannique, mais puise en profondeur dans la tradition française, en reconstituant, face aux tentatives de restauration, comme en 1830, l'unité de l'ancien tiers état.

Sa stratégie se définit très tôt, dans le discours fondateur de Bordeaux, le 26 juin 1871. Il présente alors la République comme un régime de réconciliation, réparateur, répudie l'analyse longtemps soutenue par les républicains d'une opposition entre les villes, républicaines et civilisées, et les campagnes, attardées, et écarte résolument l'idée d'une « dictature de Paris », brandie par les communards. À ses yeux, une priorité domine en effet toutes les autres : il faut conquérir les campagnes, où se trouve la clef de la majorité dans un régime de suffrage universel. Il faut donc entreprendre leur éducation politique pour les arracher à l'influence des notables monarchistes ou bonapartistes. Mais la République à défendre doit être assez « sage » pour ne pas effrayer les propriétaires ruraux qui forment l'armature profonde du corps social. « C'est aux paysans – dit-il – qu'il faut s'adresser sans relâche. C'est eux qu'il faut relever et instruire. »

Gambetta insiste alors sur quelques thèmes. Le paysan est fils de la Révolution, qui l'a affranchi de la féodalité et a étendu son emprise sur la terre. À un moment où le combat politique se joue autour de la restauration, il est essentiel de ranimer le thème antiféodal classique, d'assimiler les monarchistes et les « blancs » (ce qui est faux pour les orléanistes). Les « blancs » tentent de restaurer le « temps des seigneurs », de rétablir la dîme, le pouvoir des prêtres, voire de recréer l'inquisition. À l'opposé, le nouveau régime est le défenseur de la famille, de la propriété, des libertés, de la justice. L'image de la République se détache ainsi de l'idée de révolution sociale, la crainte des partageux s'estompe. L'ennemi désigné par les républicains n'est plus le « gros » comme en 1849-1851, mais les « blancs » et leur alliée, l'Église. La République, loin du « spectre rouge » brandi par les « blancs », se construira par la promotion pacifique des petits et des classes moyennes au sens large.

Une République moderne

La France que les républicains veulent construire sera moderne, car la République va donner sa pleine dimension à un mouvement de progrès économique et social qui porte en avant des « couches nouvelles », des classes moyennes, qui vont d'un nouveau patronat d'industrie à la bourgeoisie intellectuelle des avocats, des médecins, des journalistes et à tous ces petits et moyens propriétaires qui accèdent à une nouvelle dignité sociale. La nouvelle idéologie républicaine se démarque du socialisme et d'une histoire déchirée entre révolution et réaction. Il n'existe pas de classes, seulement des citoyens, pas de question sociale, mais des problèmes sociaux qui seront résolus par la démocratie politique. Le conflit social qui a longtemps divisé les Français est un archaïsme et non pas un horizon. La référence à 1789 n'est pas la source d'une révolution nouvelle, mais la promesse d'une intégration de tous dans une démocratie moderne.

Le monde ouvrier, dans une stratégie qui compte les voix, n'est qu'un appoint, car il est numériquement faible. Mais les ouvriers, orphelins d'un socialisme décapité à l'issue de la Commune, votent néanmoins républicain et assurent souvent, dans les villes, la victoire face aux conservateurs. Très attachés aux libertés, les républicains émettent toutefois des réserves sur la liberté d'association, qui permettrait la création de syndicats ouvriers, antichambre de la lutte de classe, et ils sont très méfiants envers la liberté de l'enseignement, qui peut favoriser l'emprise de l'Église sur les élèves.

Comme Jules Ferry et les républicains de sa génération, Gambetta est un positiviste, admirateur d'Auguste Comte. Il a assimilé le positivisme, surtout chez Littré, député de Paris en février 1870, vulgarisateur de la *Philosophie positive* et artisan d'un positivisme « révisé » assez éloigné de la dérive « religieuse » d'Auguste Comte. Le combat républicain, optimiste, s'y alimente d'une croyance dans le progrès indéfini de l'homme et de la conviction que le triomphe de la

République annonce une ère dans laquelle les sociétés humaines seront gérées selon des règles scientifiques, celles d'une « physique sociale » qui remplacera la religion.

Ce combat républicain se structure en effet autour d'un axe essentiel : l'anticléricalisme. Si la Deuxième République a rassemblé un moment l'Église catholique et la République, désormais le combat entre les deux prend des teintes exacerbées. L'Église a été l'alliée de l'Empire autoritaire, elle est devenue le fer de lance de la stratégie de restauration des monarchistes. Elle est pour les républicains l'ennemi principal. Mais l'opposition à l'Église n'est pas seulement politique, elle est aussi philosophique, car la République c'est le triomphe de la raison, de la science, qui doit se substituer à la religion grâce aux progrès de l'éducation. Au cœur du dessein progressiste des républicains se trouve en effet l'école élémentaire, qui doit devenir l'outil essentiel de la culture démocratique, le lieu de mobilité sociale par excellence, une mobilité individuelle, fondée sur le talent et le mérite.

Cette idéologie républicaine, entre comtisme et morale néo-kantienne, prend des teintes beaucoup plus concrètes quand les militants s'adressent à la France des villes et des villages. Ils puisent alors leurs références dans l'histoire de France, où la Révolution française prend valeur de ligne de clivage entre la France du passé, faite d'injustices et d'obscurantisme clérical, et la France nouvelle, où les droits naturels de l'individu sont reconnus, où le peuple devient souverain et où la raison illumine la société.

Le « parti républicain »

Autour de Gambetta, depuis l'époque des cercles de la jeunesse républicaine du Quartier latin qui luttaient contre le Second Empire, s'est organisée une équipe soudée par la participation à son journal *La République française* : Joseph Reinach, Spüller, Allain-Targé, Antonin Proust, Paul Bert, Challemel-Lacour, Ranc... À l'Assemblée, autour de Gambetta, s'est constitué un groupe parlementaire, l'Union républicaine, formation la plus organisée du « parti républicain ». Dès 1874, Gambetta a rompu avec les radicaux et s'est montré partisan de l'« opportunisme », c'est-à-dire d'une attitude réaliste qui consiste à construire la République selon l'opportunité du moment et à transformer le parti républicain en parti de gouvernement. Malgré cela, il apparaît jusqu'à sa mort comme un héritier du radicalisme d'opposition au Second Empire. Par ailleurs, il n'est pas parvenu à unifier totalement le parti républicain, dans lequel beaucoup se méfient encore du « dictateur » patriote de l'époque de la « défense nationale » alors que d'autres condamnent son « opportunisme » modéré.

Sur sa gauche, deux tendances républicaines se dessinent à l'Assemblée : l'extrême gauche, dans laquelle on retrouve d'anciens quarante-huitards (Louis Blanc, Victor Schœlcher, Edgar Quinet, Hugo, Esquiros…), recueille l'héritage très affaibli du socialisme. Les radicaux (Clemenceau, Camille Pelletan), nouvelle génération trempée dans les luttes contre le Second Empire, défendent le très démocratique programme de Belleville au moment où Gambetta s'en détache.

Plus modérée que l'Union républicaine en revanche : la Gauche républicaine de Jules Ferry, Jules Grévy, Jules Simon… des hommes profondément attachés à la République parlementaire, hostiles à l'influence de l'Église, socialement conservateurs – mais avec des nuances, puisque à Rouen par exemple ils organisent très tôt un nouveau système de bienfaisance municipale –, et, enfin, un groupe d'anciens orléanistes dans lequel figurent des hommes d'affaires comme Henri Germain, Léon Say, Dufaure, Casimir-Perier. Ces derniers forment le centre gauche, qui rejoint par étapes, dans le sillage de Thiers, les partisans d'une République très modérée. Le « parti républicain », bien qu'informel, existe néanmoins dans la mesure où tous les clivages de groupe s'effacent derrière l'idée de défense de la République.

Une machine électorale efficace

L'implantation républicaine au début des années 1870 est encore très inégale. Les républicains, fortement présents à l'Est dans les régions frontalières, sont encore presque absents à l'Ouest. La France industrielle est plus républicaine que la France rurale, mais le littoral méditerranéen et la basse vallée du Rhône, avec la capitale, sont alors les points forts. Les conditions de la lutte politique sont encore périlleuses. L'ordre moral entraîne la fermeture de cercles, l'interdiction de réunions, et les journaux sont soumis de nouveau à cautionnement.

Les républicains font toutefois preuve d'une grande ingéniosité pour surmonter ces difficultés. De nombreux petits journaux de département voient le jour ; les militants diffusent les brochures à bon marché de la « Bibliothèque démocratique » ; dans les cafés s'organisent des cercles chargés d'orchestrer la propagande électorale des candidats républicains. Un ensemble d'associations développe une efficace action idéologique dans la mouvance républicaine. La Ligue de l'enseignement, fondée par Jean Macé en 1866, la Société philotechnique, fiefs des républicains, apolitiques en apparence, créent des bibliothèques populaires, distribuent brochures et livres républicains, fondent des écoles primaires laïques. Les sociétés de libre-pensée diffusent les idées républicaines sur l'école, militent contre le cléricalisme, organisent des enterrements civils... Les associations patriotiques nées de la guerre, l'Association générale d'Alsace-Lorraine, nourrissent l'espoir de la revanche et soutiennent Gambetta, le patriote. Les loges maçonniques, dans lesquelles se retrouvent nombre de républicains et où il est possible de s'exprimer librement, constituent une tribune pour les jeunes leaders, même si elles ne sont pas de simples comités électoraux des candidats républicains. À Paris, le café Frontin, boulevard Poissonnière, est un foyer de l'action républicaine, active aussi jusque dans les salons comme celui de Juliette Adam, à la charnière des milieux politiques et des milieux littéraires.

La presse joue un rôle essentiel. *La République française* de Gambetta, dont Eugène Spüller est la cheville ouvrière, s'impose comme inspirateur du parti républicain, *Le Phare de la Loire*, *La Gironde*, *Le Progrès* dans la vallée du Rhône, politisent les élections locales. À partir de juin 1875, un journal à 1 sou, *La Petite République française*, qui va tirer à 200 000 exemplaires et dont Joseph Reinach devient le pilier, conseille les militants et suscite les comités électoraux. Les républicains sont les premiers à mettre au point une véritable organisation électorale à l'échelle nationale et locale, organisation rigoureuse et méthodique à laquelle

Gambetta accorde la plus grande importance : « Il faut mériter la victoire. Le suffrage universel est à celui qui s'en occupe sans trêve ni repos. »

Les comités électoraux, armature du mouvement républicain, jouent aussi le rôle de clubs de lecture de la presse républicaine, créent des solidarités de région à région, diffusent les discours de Gambetta et rallient les notables libéraux à la cause républicaine. C'est en s'imposant dans cette « machine » électorale que Gambetta est devenu incontournable pour toutes les composantes du parti républicain. Au niveau local, l'action repose sur l'engagement des militants, une « œuvre d'apostolat et de prosélytisme », dit Gambetta, car la victoire de la République s'accompagne aussi d'une bataille idéologique, qui passe par la transformation progressive du folklore traditionnel, d'imprégnation religieuse, en folklore laïcisé et républicanisé. Dans le département du Gard, « blanc » pendant longtemps, mais devenu farouchement républicain et laïque, la statue de Marianne, coiffée parfois d'un bonnet rouge, prend la place de la statue de la Vierge.

Les républicains au cœur de la République

Les progrès électoraux des républicains sont alors rapides, surtout en milieu rural, même s'il ne faut pas négliger la forte résistance opposée par certaines campagnes conservatrices. Dès les législatives complémentaires de juillet 1871, sur 114 sièges à pourvoir dans 48 départements, 99 républicains sont élus. Dans les élections partielles de juillet 1871 à février 1875 : 143 élus républicains, 17 monarchistes, 14 bonapartistes, et cela malgré le réveil tardif de ces derniers dans le Calvados et dans la Nièvre. Après le vote des lois constitutionnelles en 1875 et la séparation de l'Assemblée nationale, les élections législatives de février-mars 1876 ne font que confirmer la progression du parti républicain. Elles consacrent toutefois le net basculement d'une partie des notables libéraux et conservateurs en faveur d'une République qui, non seulement ne fait plus peur, mais au contraire rassure. Les républicains l'emportent avec 55 % des suffrages exprimés. Le scrutin majoritaire à deux tours, au niveau de l'arrondissement, leur assure 360 sièges contre moins de 160 à leurs adversaires (25 légitimistes, 55 orléanistes, 75 bonapartistes). Si la droite légitimiste, avec 25 sièges, est très affaiblie, en revanche le poids des bonapartistes montre qu'ils constituent bien encore l'adversaire le plus pugnace des républicains sur le terrain du suffrage universel. La victoire républicaine est éclatante dans les villes et dans la moitié orientale de la France, dans les pays de « démocratie rurale » (Champagne, Lorraine, Jura, Alpes, Sillon rhodanien, Provence) mais aussi dans les pays de « hiérarchie contestée » où les républicains ont suscité des espoirs de changement social (Bourbonnais). L'Ouest, très hostile en 1871, a bougé en faveur des républicains (Haute-Normandie, Touraine) ainsi que la vallée de la Garonne. L'influence du parti s'est nationalisée. Les régions « rouges » ont confirmé leur adhésion à la République, l'élément le plus nouveau se trouve dans le basculement du Bassin parisien, du Centre-Est et du Nord-Est, où une paysannerie « bleue », socialement conservatrice mais souvent anticléricale, a donné la victoire aux républicains selon le schéma attendu par Gambetta et Ferry.

L'épreuve de force entre la droite et les républicains

Le compromis impossible entre les républicains et Mac-Mahon

Avec une large majorité acquise aux élections législatives, la République est officiellement confirmée, mais elle n'en demeure pas moins très peu républicaine d'esprit. République encore aristocratique, elle est présidée par un monarchiste, Mac-Mahon, et « tenue » par un Sénat à vocation conservatrice. Quand l'Assemblée est conduite, en décembre 1875, à choisir les 75 sénateurs inamovibles, la conjonction des extrêmes au sein de la Chambre fait échouer les espoirs du centre droit et porte au Sénat une soixantaine de républicains modérés, le reste revenant aux légitimistes. Les 225 sénateurs élus en complément, au suffrage restreint, le 30 janvier 1876 sont, eux, en majorité conservateurs. Mais l'avantage de la droite au Sénat est très mince.

On peut croire un moment que l'effacement progressif du projet monarchiste et clérical se fera sans crise majeure. Mac-Mahon désigne Dufaure, « centriste », comme chef du gouvernement, et le parti républicain, Gambetta en tête, adopte une attitude très modérée et discrète. Un deuxième gouvernement, confié à Jules Simon, une des personnalités les plus modérées de la Gauche républicaine, très hostile aux radicaux, entend également préserver l'équilibre. Mais la crise éclate, car les cléricaux et l'agitation ultramontaine ont pris le relais des menées monarchistes. Les appels de Pie IX, « prisonnier dans Rome », sont relayés par le parti catholique, *L'Univers* de Louis Veuillot, *Études* des pères jésuites, qui organisent des manifestations bruyantes pour entraîner la République dans le sillage du pape et multiplient les déclarations contre-révolutionnaires.

Les républicains, poussés par une opinion inquiète devant les menées cléricales, réagissent avec vigueur en dénonçant, comme Gambetta, « sous le masque transparent des querelles religieuses, l'action d'une faction politique ». Pressé par les républicains, Jules Simon dénonce les « manifestations ultramontaines ». Mac-Mahon riposte le 16 mai en demandant à Jules Simon de démissionner. Celui-ci est remplacé alors par de Broglie, qui n'obtient pas la confiance de la majorité républicaine. Avec l'accord du Sénat, Mac-Mahon prononce la dissolution de la Chambre, le 25 juin 1877. L'effet immédiat de la crise est de faire voler en éclats le projet d'alliance des centres au profit d'un combat désormais frontal entre la droite et la gauche.

Les républicains garants de la stabilité

De Broglie mène la campagne électorale en utilisant tous les moyens de pression – plus ou moins légaux – à la disposition de l'appareil d'État. Maladroitement, la droite, épaulée de façon voyante par le clergé, fait monter la tension et alimente même la peur d'un coup d'État. Gambetta et ses amis mobilisent la machine politique patiemment mise en place depuis plusieurs années. En fait, la dissolution sert les desseins de Gambetta, convaincu que désormais le temps des concessions est terminé et qu'il faut porter l'affaire devant le pays, qui, à coup sûr, tranchera en faveur des républicains et d'une manière ou d'une autre contraindra Mac-Mahon à partir. Par ailleurs, le parti républicain restant divisé, le centre gauche de Léon Say incertain, la bataille, très dure, obligera à serrer les rangs derrière Gambetta. Un comité de vigilance, commun à l'ensemble des gauches, est mis sur pied.

La stratégie électorale de Gambetta est alors simple et claire. La dissolution est présentée comme un acte antiparlementaire, donc antirépublicain. Dramatisant la situation, il présente l'ennemi comme uni et menaçant. La droite est bien la contre-révolution qui contraint à reprendre le combat de « 1830 ». Elle est faite « de nobles qui ne veulent pas s'accommoder de la démocratie et d'une congrégation qui veut asservir la France ». Elle a un état-major, les jésuites. Son objectif est de renverser la République et de s'attaquer à la société issue de 1789. Face à ses menées dangereuses, les républicains s'imposent comme les garants de la paix extérieure, les gardiens de la Constitution, de la légalité, de l'ordre, en fait comme les vrais conservateurs face aux fauteurs de troubles de la droite.

En privilégiant la lutte contre le cléricalisme, les jésuites, et en mettant en sourdine les clivages sociaux, le parti républicain rassemble largement, jusqu'aux milieux d'affaires, et l'emporte de nouveau aux élections du 14 octobre 1877. S'ils perdent 40 sièges, les républicains conservent une large majorité de 323 sièges contre 208 à la Chambre. Mais l'écart des voix entre la droite et la gauche est faible : 600 000 voix (soit 4,2 millions de voix contre 3,6 millions), ce qui montre l'âpreté de la lutte et la résistance de la droite.

La République parlementaire

Pour Mac-Mahon, la bataille est perdue et, très vite, il en tire les leçons sur le fonctionnement même de la République dans un message adressé aux Chambres. « La Constitution de 1875 – déclare-t-il – a fondé une République parlementaire en établissant mon irresponsabilité, tandis qu'elle

Les suffrages républicains aux élections législatives du 14 octobre 1877

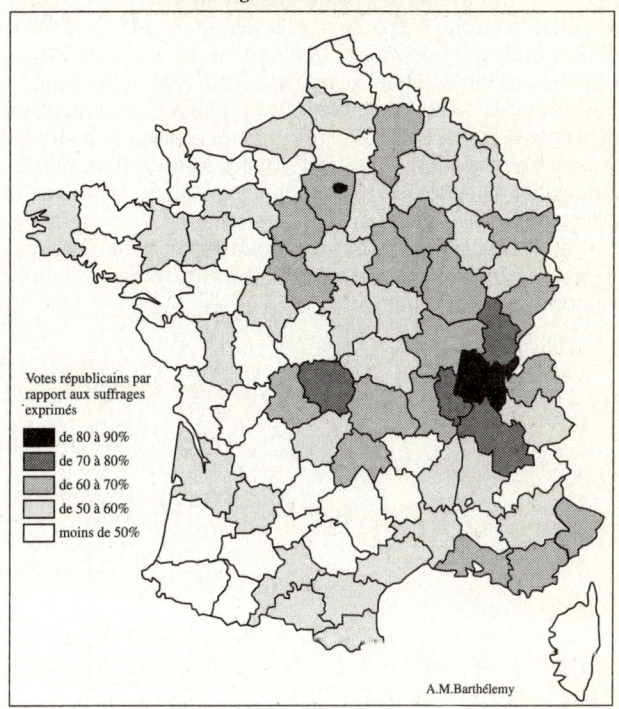

Votes républicains par rapport aux suffrages exprimés
- de 80 à 90%
- de 70 à 80%
- de 60 à 70%
- de 50 à 60%
- moins de 50%

A.M.Barthélemy

a institué la responsabilité solidaire et individuelle des ministres. » La crise a donc une grande portée sur le sens même des institutions. Née dans l'esprit de Thiers comme un régime de type présidentiel, la République bascule en régime parlementaire. Désormais s'impose une certitude, la prépondérance de la Chambre des députés dans la République. Pour les électeurs, les députés sont bien les représentants de la nation et en fait la constituent. L'effacement du président de la République s'impose comme la conséquence logique de la crise.

La droite, défaite, perd vite ses dernières places fortes. Le 5 janvier 1879, à l'occasion du renouvellement du tiers du Sénat, les républicains emportent 66 sièges contre 16 à la droite, ce qui assure désormais une majorité républicaine au Sénat, majorité préparée par les élections municipales de 1877, qui avaient donné 20 000 communes sur 36 000 aux républicains et aux couches nouvelles qui les soutenaient.

Maîtres des deux Assemblées, les républicains demandent qu'on modifie une administration très marquée à droite. Quand l'« épuration » atteint l'armée, Mac-Mahon démissionne, le 30 janvier 1879. Le même jour, Jules Grévy est élu président de la République, et le lendemain Gambetta président de l'Assemblée, avant que Waddington, un autre républicain, ne forme le gouvernement. La République est enfin occupée par des républicains.

TROISIÈME PARTIE

La construction de la République (1880-1914)

11

La République installée
(1879-1889)

La France de Marianne

De Gambetta à Ferry

Avec la victoire des républicains à la Chambre, au Sénat, à la présidence de la République et de l'Assemblée, s'impose jusqu'à la fin du siècle une République modérée dont les « opportunistes » ont été les premiers à définir la formule. Elle est faite de l'alliance majoritaire du centre gauche, de l'Union républicaine de Ferry, et de la Gauche républicaine de Gambetta. Toutefois la formule, dans son épure initiale, dure très peu de temps. Elle disparaît dès les élections de 1885, qui annoncent déjà la naissance d'une forte opposition à cette république bourgeoise, remettent en question la majorité opportuniste et nécessitent de redéfinir les contours politiques de la République modérée.

Cette continuité républicaine, mesurée *a posteriori*, n'est pas perçue en 1879. Si les monarchistes sont politiquement hors de combat, ils conservent néanmoins des positions clefs et une grande influence dans l'administration et dans la société. C'est la raison pour laquelle l'œuvre républicaine des années 1880 et la consolidation des institutions prennent encore la teinte d'un combat. C'est ce qui conforte l'affirmation d'un « parti républicain », uni sur l'essentiel, c'est-à-dire la République. Toutefois, l'existence d'une nette majorité républicaine laisse s'affirmer des clivages, des nuances, voire des rivalités et des oppositions, dans la façon même de construire la République. Autour de Dufaure et de Léon Say, les orléanistes ralliés forment désormais la tendance la plus modérée du « parti » républicain, le centre gauche. Aux opportunistes, Gambetta et Ferry, décidés à sérier les questions, à bâtir pas à pas une république démocratique et modérée, s'opposent les radicaux derrière Clemenceau, Rochefort et Naquet. Ils défendent un plan de républicanisation de la France qui entend aller vers la démocratie républicaine « jusqu'au bout » et tout de suite : révision de la Constitution de 1875 par la suppression du Sénat et de la présidence de la République, séparation de l'Église et de l'État, rétablissement du divorce, suppression des armées permanentes au profit de milices, impôt sur le revenu, lois de protection sociale étendues, démocratisation de la propriété privée, école primaire laïque, gratuite et obligatoire... en résumé, dit M. Agulhon, « le maximum d'individualisme avec le maximum d'humanité ».

Mais le clivage qui va décider alors de la configuration des gouvernements républicains est celui qui oppose, au centre de la mouvance républicaine, l'Union républicaine de Gambetta et la Gauche républicaine de Ferry. Depuis 1879, Gambetta a été tenu à l'écart du pouvoir par le président de la République, Jules Grévy, « le Jurassien froid » de la Gauche républicaine, hostile au charisme et à la popularité de Gambetta. Mais les élections législatives de 1881 (21 août-4 septembre), qui apportent aux républicains une majorité très confortable (la droite est écrasée et ne conserve que 90 députés dont la moitié de bonapartistes), consolident l'Union républicaine de Gambetta, puisque le nombre de ses députés passe de 100 à 200 élus sur une majorité de 450 républicains. Elle comporte dans ses rangs de grands bourgeois de progrès comme Waldeck-Rousseau, mais est dominée par les hommes des « couches nouvelles ».

Nettement séparé de l'extrême gauche, Gambetta se distingue néanmoins de la Gauche républicaine de Ferry en souhaitant plus d'État face au marché et au libéralisme. Il dénonce les monopoles qui menacent la démocratie (on pense alors aux compagnies ferroviaires), soutient l'idée d'association ouvrière, défend le scrutin de liste, garantie à ses yeux de la formation d'un parti républicain homogène sur le terrain des idées mais souvent divisé sur celui des intérêts locaux. Le patriotisme de Gambetta fait naturellement de l'Union républicaine la formation qui incarne le mieux le projet, caressé encore en silence, de la reconquête des provinces perdues. La Gauche républicaine, plus nettement bourgeoise et libérale, reste méfiante devant la mise en place d'une « organisation partisane ».

C'est seulement en novembre 1881 que se constitue le « grand ministère » de Gambetta, et pour trois mois seulement. Ne comportant aucun des grands leaders « opportunistes », ce ministère, qui ne permet pas à Gambetta de faire passer son programme, est renversé par une coalition hétéroclite dans laquelle la droite mêle ses voix à celles des républicains. La mort accidentelle de Gambetta, en décembre 1882, à 44 ans, ouvre la voie à Jules Ferry, qui sait rallier les hommes de qualité, de l'Union républicaine à la Gauche républicaine, former une vraie majorité et installer durant une période courte mais décisive les assises de la République (Jules Ferry a été ministre, puis président du Conseil de septembre 1880 à novembre 1881 et de février 1883 à mars 1885).

Les valeurs de la République

La République des opportunistes se veut d'abord un régime politique qui assure la liberté d'expression et l'affrontement pacifique de toutes les tendances. La note dominante de ce libéralisme, à l'heure où se construit la République, reste en effet celle d'une émancipation de l'individu, qu'il faut préserver des excès de l'exécutif. La puissance publique se donne ainsi des règles : n'imposer aucune contrainte à une minorité en particulier, faire que l'administration n'ait pas de coloration partisane, définir un État neutre, laïque, qui traite à égalité toutes les croyances et n'en impose aucune. Il n'existe donc pas de doctrine officielle de la République, et le positivisme d'Auguste Comte, souvent pris comme référence, apporte moins une doctrine qu'une confiance dans la science qui justifie l'anticléricalisme. La démarche des républicains se situe plutôt dans le droit fil du libéralisme « bleu », dans le sillage des principes de 1789, et se définit par la référence à la philosophie du droit naturel, au rationalisme, à la morale kantienne, à l'humanisme optimiste, aux Lumières, à la philosophie des droits de l'homme.

Dans la pratique politique, les opportunistes sont fondamentalement hostiles à toute forme de dictature ou d'autoritarisme. Celui-là a pu prendre la forme cléricale et réactionnaire de l'« ordre moral », mais les républicains sont tout aussi hostiles au détournement de la liberté par la démocratie directe héritée des « sans-culottes », car elle peut être le lit du despotisme. L'attachement au droit, à la légalité, l'emporte clairement sur toute « légitimité » revendiquée par les masses. Les républicains rejettent, de la même manière, l'idée bonapartiste de l'« appel au peuple » par-dessus les institutions représentatives ainsi que l'adhésion passionnelle des masses.

La crise du 16 mai, décisive, n'a fait que conforter leur volonté de subordonner l'exécutif au législatif, dans un système fondamentalement parlementaire où le président de la République n'a plus guère « que le pouvoir négatif de ne pas appeler les hommes qui lui déplaisent à former le ministère ». C'est pour s'être écarté de ces règles et avoir laissé penser qu'il pouvait personnaliser à l'excès le pouvoir de la République que Gambetta a été écarté du gouvernement.

Les républicains se placent enfin dans le sillage de tout un ensemble de formules politiques dont le but a été d'assumer et de clore la Révolution de 1789. En reconnaissant l'existence de conflits structurels dans la société française et en faisant le pari d'en organiser la coexistence dans le débat démocratique et la vie parlementaire, ils ouvrent la voie à une société pacifiée. L'avènement des libertés politiques, qui doit permettre un fonctionnement réel du suffrage universel et de la démocratie, modifie en profondeur l'évolution de la société. Désormais la révolution, la violence politique, perdent toute légitimité. La seule violence acceptable est celle qui, se référant à un vieux « droit à l'insurrection », se donne pour objectif de protéger les institutions démocratiques issues du suffrage universel.

La conception libérale parlementaire des républicains ne va pas, toutefois, sans contradictions. L'idée d'une alternance politique des majorités se heurte à la conviction qu'il existe une légitimité républicaine profonde qui exclut désormais les adversaires « réactionnaires » de l'exercice du pouvoir dans une République qu'Odile Rudelle a qualifiée de « République absolue ». Face au monde ouvrier, les républicains nient l'existence des classes et d'une question sociale. Il n'existe désormais dans la République que des citoyens et un suffrage universel rendu « intelligent » par la diffusion de l'instruction qui permettra de réformer la société et assurera la promotion sociale dans une République « intégratrice ». Toutefois leur libéralisme, très éloigné de la formule anglo-saxonne, n'est pas séparable d'une certaine dimension sociale, humanitaire, qui peut être oubliée par les gouvernements, mais qui est toujours rappelée par le « peuple républicain », qui se considère comme le gardien de cet héritage forgé dans les luttes et pétri de patriotisme.

La politique des « grandes libertés »

Amorcé dès 1879, mais plus clairement mis en place dans les années 1881-1885, un ensemble de lois décisives organise les libertés républicaines et modifie profondément la vie politique. La loi du 29 juillet 1881 établit un régime très libéral de la presse par la suppression des entraves (autorisation préalable, cautionnement, droit de timbre) et limite la restriction au droit de réponse. Cette législation, renforcée encore par la liberté du colportage, entraîne un essor remarquable de la presse d'opinion. *Le Petit Journal* tire à près de 1 million d'exemplaires, bientôt rejoint dans les années 1890 par *Le Petit Parisien*. La presse locale se développe de manière tout aussi spectaculaire avec des moyens plus réduits. De grands quotidiens régionaux, pour la plupart républicains, se « partagent » alors la France : *Le Progrès* à Lyon, *La Petite Gironde* à Bordeaux, *La Dépêche* à Toulouse. La formation d'une opinion publique en est stimulée. La loi sur la liberté de réunion (30 juin 1881) atténue beaucoup la surveillance exercée sur les réunions publiques, même quand elles sont politiques. Comme depuis 1879 l'ouverture d'un débit de boissons n'est plus soumise qu'à une simple déclaration à la mairie, les cabarets, ces « églises républicaines », se multiplient.

Dès 1876, les conseils municipaux des communes rurales, puis, avec la loi du 4 mars 1882, tous les conseils municipaux obtiennent le droit d'élire leur maire et leurs adjoints, qui étaient désignés par le pouvoir central. Paris toutefois conserve un régime d'exception, signe d'une méfiance tenace de la province à l'égard de la capitale, qui reste sous la tutelle du préfet de la Seine et du préfet de Police, avec un conseil municipal radical jusqu'à la fin du siècle.

En 1884, le gouvernement prend l'initiative d'autoriser la création de syndicats professionnels, moyennant une déclaration qui permet d'en identifier les responsables. La loi n'est pas votée sous la pression sociale, mais elle s'inscrit dans une conception républicaine de conciliation des classes. Toutefois il existait déjà sous la forme des chambres syndicales des organisations ouvrières de lutte. La nouvelle législation, qui exige une transparence du mode de fonctionnement syndical, dissuade de nombreuses associations ouvrières d'entrer dans la logique de la loi, qui en revanche est l'occasion pour le petit patronat et pour la petite paysannerie de créer des syndicats là où dominait encore l'individualisme. Loin de repousser la bourgeoisie, la République, au contraire, se fait conciliante à l'égard des milieux d'affaires. En 1884, le renouvellement des conventions liant les chemins de fer à l'État, à un moment où l'on parle de nationalisation, est très avantageux pour les grandes compagnies, au point qu'on parle, à gauche, de « conventions scélérates ».

Il existe pourtant des limites au libéralisme de la République. Les républicains restent alors très réservés sur la liberté d'association, qui va à l'encontre de leurs conceptions individualistes et qui surtout peut faciliter le développement des congrégations religieuses. Une autorisation, pour toute association de plus de vingt personnes, nécessaire jusqu'en 1901, favorise la structure politique du cercle local, qui va former l'ossature de la vie politique républicaine. Le gouvernement se montre toutefois très souple sur la création de cercles et de sociétés, qui fleurissent bien avant la loi de 1901. Cette situation qui repousse la formation de partis de masse a aussi pour effet de renforcer le rôle des petits notables républicains de la France rurale : instituteurs, maires, conseillers généraux, députés…

Par ailleurs, les républicains ne mettent en place aucun organe de contrôle de la constitutionnalité des lois, de leur conformité aux principes des droits de l'homme. La censure théâtrale, qui touche les mœurs plus que l'expression politique, demeure intacte jusqu'en 1906. Le monde de la prostitution reste une zone de non-droit entièrement dans les mains de la police, qui la régente à sa guise. Les républicains excluent le fait que les fonctionnaires puissent s'associer ou se syndiquer. Ils pratiquent enfin une très sévère épuration du personnel administratif, aussi bien parmi le corps préfectoral que parmi les magistrats, à un moindre degré dans l'armée. À leur décharge, on peut penser que, sans épuration de l'appareil d'État, il était difficile voire impossible de mettre sur pied une politique nouvelle. Quant au vote des femmes, les républicains restent dans la logique dominante de l'époque, où cette revendication reste marginale et où l'on pense que les femmes sont vulnérables à l'emprise des curés.

Unis sur la question des libertés publiques, les républicains restent divisés par l'organisation des institutions. Sous la pression des radicaux, très hostiles au compromis constitutionnel de 1875, une révision de la Constitution, en août 1884, déclare intangible la « forme républicaine du gouvernement » et inéligibles à la présidence de la République les membres des familles ayant régné sur la France. Une loi remanie les collèges électoraux du Sénat en faveur des villes.

La ferveur républicaine

Un paysage républicain, mais aussi des rites et une symbolique politiques, se mettent en place et apportent au régime une légitimité durable dans les masses. Le siège des pouvoirs publics, à Versailles depuis février 1871, revient à Paris en juin 1879. *La Marseillaise* est choisie comme hymne national en 1879, et le 14 juillet devient le jour de la fête nationale (1880). Le premier 14-Juillet, celui de 1880, est l'occasion d'accorder aux communards une amnistie totale, afin d'œuvrer en faveur d'une réconciliation de la famille républicaine.

La République célèbre ses grands hommes. L'enterrement de Victor Hugo, le 1er juin 1885, est l'occasion de grandioses funérailles civiles où la dépouille du héros de la République, après avoir été exposée sous l'Arc de Triomphe, est conduite au Panthéon, redevenu, après avoir été transformé de nouveau en église, « temple des grands hommes ». La République s'installe au cœur des villes et des villages. De nombreuses rues sont rebaptisées en puisant des noms dans le panthéon républicain. Les mairies, les palais nationaux, les tribunaux, mais aussi parfois le foyer familial, s'ornent de bustes de Marianne, et cette sculpture de femme désormais coiffée du bonnet phrygien, apparue comme une image de la liberté dans le premier XIXe siècle, se confond dans l'imaginaire populaire avec la République.

Les places se peuplent de ses statues. En 1879, le gouvernement commande aux frères Morice la statue d'une République apaisée pour la place de la République à Paris. En 1889, c'est le projet de Dalou, *Le Triomphe de la République*, une République sur un char, guidée par l'esprit de la liberté, qui est choisi pour la place de la Nation. Des centaines de statues, surtout dans la France républicaine du Midi, inaugurent une nouvelle piété républicaine face aux croix et aux saints de l'ancienne France. Plus modestement, des villages fixent, sur d'anciennes fontaines, des bustes de Marianne, en bonnet phrygien ou ceinte d'une simple couronne de feuillage, tantôt belliqueuse, tantôt pacifique. Les idéaux de la nouvelle République rayonnent à travers le monde. En 1885, la colossale statue de *La Liberté éclairant le monde*, conçue par Bartholdi et Eiffel, offerte à l'Amérique, est inaugurée dans la baie de New York.

La laïcisation de l'école et de la société

L'école gratuite, laïque et obligatoire

Depuis 1848, les républicains se sont convaincus que le suffrage universel devait être éclairé pour être vraiment libre et consolider le règne de la démocratie. Dans ce projet, l'école primaire est l'enjeu le plus important. Elle a pour vocation d'enraciner la République dans l'esprit des futurs citoyens. Nouvelle citoyenneté et refonte du système scolaire vont de pair. L'école devient alors le cœur du système républicain fondé sur un optimisme sans faille puisque l'on parie, de manière audacieuse, sur la possibilité d'apprendre, en classe, à se gouverner soi-même, à gagner son autonomie par la conquête du savoir, à « édifier sa République intérieure », qui sera en harmonie avec la République de tous. La forte personnalité de Jules Ferry, aidé d'une équipe efficace (Alfred Rambaud, chef de cabinet, le philosophe Ferdinand Buisson à la direction de l'enseignement primaire), domine une œuvre scolaire qui allie une forte détermination à beaucoup de pragmatisme et de prudence.

Le changement apporté par l'école primaire, gratuite, laïque, est moins quantitatif que qualitatif : les deux tiers des Français savent alors lire et écrire. L'école primaire scolarise déjà une grande majorité des enfants dans des écoles où la gratuité (loi de juin 1881) concerne déjà 60 % des élèves. La loi de 1882 sur l'obligation scolaire (6 à 13 ans) ne fait qu'ajouter 600 000 élèves au 3 823 000 déjà inscrits. En revanche les dépenses de locaux et de matériels font un pas en avant décisif. En dix ans, le budget de l'éducation triple, et dès 1883 on met en construction 20 000 écoles. Mais l'Allemagne consacre alors 1,9 % de son PNB à l'éducation contre 1,3 % pour la France.

L'école laïque, en revanche, rompt avec une situation dans laquelle l'enseignement était encore confessionnel et accordait organiquement une place à la religion. Une loi de 1879 avait déjà écarté du Conseil supérieur et des conseils académiques les évêques et les pasteurs, qui y avaient été introduits par la loi Falloux. La collation des grades de l'Université est désormais réservée aux facultés d'État. La loi du 26 mars 1882 laïcise les locaux et les programmes et celle du 30 octobre 1886 le personnel enseignant. Le prêtre n'a plus de prise sur l'instituteur et n'accède plus à l'école publique, le catéchisme ne peut y être enseigné, le crucifix disparaît de l'école et les très nombreux enseignants congréganistes qui enseignent dans le public doivent y être remplacés dans les cinq ans. C'est pourquoi un grand effort de formation des instituteurs est organisé dans des écoles normales primaires dont les enseignants sont eux-mêmes formés dans les Écoles normales supérieures (Saint-Cloud et Fontenay). Pour l'enseignement des filles, la pénurie d'enseignantes contraint à maintenir jusqu'aux années 1900 des enseignantes congréganistes. La volonté d'émanciper l'école vis-à-vis de l'Église ne signifie pas toutefois que l'éducation prenne une teinte antireligieuse, et la législation scolaire ne conteste pas, dans son principe, la liberté de l'enseignement privé, non subventionné. En développant ses écoles privées, l'Église entreprend rapidement du reste de reconquérir des positions, et le nombre des élèves qu'elle scolarise passe de 623 000 en 1878 à 1 250 000 en 1901 (le tiers des élèves du secondaire).

Ferry proclame fortement la nécessité d'un enseignement de morale, « la morale de Kant et celle du christianisme », et la disparition de la foi religieuse ne doit venir que des progrès de la science et de la diffusion de l'instruction, non d'un militantisme antireligieux. Il existe du reste tout un nuancier de positions républicaines sur la nature des rapports entre République et religion. Certains collaborateurs de Ferry, Ferdinand Buisson et Félix Pécaut, qui viennent de l'aile la plus avancée du protestantisme libéral, glissent de l'esprit critique de la « réforme » à la « libre-pensée religieuse », sans Église, sans dogme, et rejettent la divinité du Christ. Paul Bert, ministre de l'Instruction publique de Gambetta, chimiste, matérialiste, multiplie les sarcasmes antireligieux. La plupart des dirigeants républicains se réclament d'un athéisme explicite, d'un rationalisme scientiste et se réfèrent au positivisme de Comte tout en s'écartant de son « Église ». Dans la franc-maçonnerie, où ils sont en grand nombre, les républicains imposent l'abandon du déisme traditionnel et pousse le Grand Orient de France en 1877 a supprimer l'invocation rituelle au « Grand Architecte de l'Univers ».

Le changement social par l'école

L'école est le levier républicain du changement social et doit permettre d'écarter l'option révolutionnaire de la vie politique. Par l'éducation, l'État républicain entend assurer une promotion des « petits », tout en respectant la propriété et le capital, qui ne doivent pas être bousculés parce qu'ils demeurent le charpente du système social. En effet, la hiérarchie sociale, désormais plus fluide, n'est nullement mise à mal. L'enseignement primaire ne débouche pas sur l'enseignement secondaire, et les deux parcours restent étanches parce que le lycée reste payant. Au terme de l'école élémentaire, à 13 ans, le « certificat d'études primaires » défini en 1891 (1 élève sur 5 l'obtient) est un aboutissement et fixe la qualification attendue des classes populaires, qui doivent savoir lire, écrire, compter, connaître les rudiments de l'histoire et de la géographie de la France, le tout dans une pédagogie encore largement fondée sur la mémorisation, la récitation, souvent le rabâchage.

Une petite minorité, avec l'aide de bourses (1 500 par an seulement vers 1900), accordées surtout à des fils de fonctionnaires, poursuit un cursus dans le « primaire supérieur » pendant trois ans en combinant l'apprentissage et la culture générale pour obtenir le brevet. En parallèle s'organisent un enseignement professionnel (décembre 1880) différent des traditionnels parcours de formation dans la fabrique parisienne. Mais le système scolaire français est loin sur ce point d'atteindre le niveau des efforts accomplis par les Anglais et les Allemands, beaucoup plus attentifs aux besoins directs de l'industrie.

Les lycées, payants, forment les futurs cadres de la nation (5 % d'une classe d'âge). Le poids du latin y recule, et les sciences progressent dans les programmes. Si, dans les facultés, une plus grande spécialisation s'impose, la réforme du système universitaire préconisée par Louis Liard (de grands pôles universitaires en province pour contrebalancer Paris qui draine la moitié des étudiants) devra attendre la fin du siècle. Mais, de 10 000 étudiants en 1875, on progresse à 42 000 en 1914. L'École libre des sciences politiques, fondée en 1872 par Émile Boutmy dans le but de forger de nouvelles élites dans une nation devenue démocratique, échappe au projet de nationalisation.

Prudence, mais aussi ouverture d'esprit dominent l'enseignement des filles, dans lequel, dit Jules Ferry « on ne veut pas faire des femmes savantes […] mais des femmes qui sachent raisonner ». La législation sur l'école primaire s'applique aux deux sexes, et une loi de 1880, à l'initiative de Camille Sée, crée les lycées de jeunes filles, à un moment où les filles représentent déjà presque la moitié des effectifs de l'école primaire. Mais l'enseignement secondaire féminin maintient la séparation des programmes, et l'on n'y prépare pas le baccalauréat, qui donne accès à l'université. Seules quelques pionnières s'avancent dans des voies réservées aux hommes. Julie Daubié, qui est la première femme à obtenir le baccalauréat (1867), est aussi la première licenciée ès lettres en 1871. Il faut attendre 1886 pour que Madeleine Brès, la première femme médecin, obtienne son diplôme.

Une culture républicaine

La portée de l'œuvre de Ferry en dépit des détours tactiques opérés par les républicains est immense. Elle élargit d'abord considérablement le « champ de la nation scolaire », impose un corpus de textes français dans lequel trône Hugo et où les écoliers apprennent désormais le français, ce qui ne veut pas dire qu'ils abandonnent la pratique du patois et leur culture locale. La géographie offre une connaissance concrète, physique de la nation, une nation dont on dessine au tableau les contours, les « frontières naturelles », dont on apprend la liste des départements ; une géographie qui installe dans les esprits une image de l'État républicain, avec sa « trame rationnelle et égalitaire », une nation dont on mesure les richesses et l'équilibre des ressources meilleur que celui des autres pays. Mais cette pédagogie de l'unité nationale, en dehors de la revendication d'une mission civilisatrice aux colonies et de la réintégration des provinces perdues, ne suscite ni ambitions territoriales ni revendications à l'égard des autres nations.

L'histoire, dominée par les manuels d'Ernest Lavisse, histoire des grands hommes qui ont incarné la France et défendu ses frontières contre l'étranger, est une matière clef. Elle pose comme un jalon essentiel la Révolution française, qui arrache la France à une société de privilège et d'injustice, mais suggère une sorte de synthèse nationale en établissant une chaîne continue entre les grands héros de la monarchie et ceux de la France moderne. Elle valorise, à un moment où la France est en deuil de l'Alsace-Lorraine, le droit des peuples à disposer d'eux-mêmes et installe dans l'esprit des petits Français l'idée d'une vocation messianique de la France : apporter au monde les valeurs de la liberté. L'école joue par là un rôle majeur dans la cristallisation de l'identité nationale, de l'amour de la patrie, encore inégalement partagés par l'ensemble des Français. L'enjeu n'est pas mince, il s'agit, dit Ferry, de « refaire l'âme nationale ».

Le concordat maintenu

Ferry et Gambetta ont réclamé sous l'Empire la séparation de l'Église et de l'État et ont maintes fois manifesté leur hostilité à l'égard de l'existence d'un clergé d'État. Mais les opportunistes, une fois au pouvoir, évoluent. Face aux radicaux, ils soulignent que, si l'État est contraint de soutenir financièrement les Églises, il choisit les évêques et peut exercer sur eux un contrôle utile. L'infléchissement républicain, sur ce point, semble guidé par des considérations tactiques. Le poids des catholiques pratiquants reste assez élevé, et la stabilisation politique souhaitée par les républicains risquerait d'être compromise par une mesure de séparation et une suppression du budget des cultes qui pourraient, en pays catholiques, être considérées comme une forme de persécution et jeter les populations contre la République.

La mesure n'est envisageable qu'à terme, après que l'école primaire nouvelle aura pu faire évoluer les mentalités. Toutefois, Ferry et les opportunistes tiennent bon sur l'interdiction de l'enseignement aux « congrégations non autorisées », et sur ce point ils ont en tête l'idée d'écarter la Compagnie de Jésus, sur laquelle se cristallise le sentiment anticlérical de l'opinion républicaine. C'est chose faite avec les deux décrets du 29-30 mars 1880. Le premier accorde aux jésuites trois mois pour se disperser ; le second invite les congrégations non autorisées à se mettre en règle sous trois mois. Dès 1880, la liberté de travailler le dimanche est accordée. Le 27 juillet 1884, la loi Naquet autorise le divorce, dans des conditions qui restent toutefois très défavorables aux femmes. Les prières publiques disparaissent au début des sessions parlementaires.

Le risque d'un déclassement économique de la France

Une crise tardive

C'est au tournant des années 1860 que s'opère une décélération de l'économie française, confrontée à des difficultés bancaires (la déconfiture du Crédit mobilier) et à un ralentissement de la construction ferroviaire et du bâtiment. La défaite de 1870, la perte de l'Alsace-Lorraine (7 % de la capacité industrielle de la France), l'indemnité due à l'Allemagne, qui a entraîné la suspension de la convertibilité du franc, n'ont fait qu'ajouter à des difficultés qui effrayaient déjà l'épargne et les investisseurs.

Toutefois, la crise brutale qui touche à partir du printemps 1873 l'Allemagne, puis l'Autriche et la Grande-Bretagne, n'a que peu d'incidence sur l'économie française au moment où les républicains accèdent au pouvoir. Ces derniers continuent de jouir jusqu'aux années 1880 de conditions favorables. Après l'amputation de l'Alsace-Lorraine, un redéploiement de la métallurgie et du textile, des créations de banques (la Banque de Paris et des Pays-Bas en 1872), l'achèvement de projets urbains de l'haussmannisation, soutiennent l'activité. Mais les exportations françaises connaissent, dès cette époque, une nette dégradation, le produit agricole cesse de progresser à partir de 1875 et le coton connaît déjà de graves difficultés.

Les républicains – Gambetta au premier chef – ont voulu du reste enrayer la menace de récession, et en 1879 a été lancé le plan Freycinet, qui consacre une très grosse somme (6 milliards de crédits) à la construction de lignes de chemin de fer secondaires, de canaux et d'aménagements portuaires. À un moment où le budget de l'État n'est que de 3 milliards, le projet est financé par l'emprunt dans une optique libérale définie par Léon Say, républicain du centre gauche, ministre, mais aussi administrateur de la Compagnie du Nord.

L'objectif est de ranimer les industries de base par des commandes et une baisse du coût des transports. En dépit de son ampleur, ses effets sont limités. Le plan se heurte à l'insuffisance des capacités de production de la métallurgie et à la raréfaction du crédit, provoque une surchauffe artificielle et finalement se brise sur la crise boursière de 1882 qui précipite alors la France dans la « grande déflation ».

En effet, la fièvre métallurgique, la hausse spéculative du cours des actions alors que le cycle s'est retourné dans toute l'Europe, conduisent les banques à renchérir le crédit, ce qui casse la dynamique boursière et finalement entraîne, avec la défaillance de la banque de l'Union générale, un krach financier spectaculaire à Lyon puis à Paris. Au moment où l'Allemagne, déjà, sort de la crise, la France s'enfonce dans une longue récession qui dure jusqu'au milieu des années 1890.

La profondeur de la crise rurale

Au-delà des déboires de la sphère financière, la profonde dépression de l'économie rurale est un facteur durable de la crise dans un pays dont le produit agricole représente 42 % de l'activité économique. Le monde rural est confronté, avec la nouvelle révolution des transports, à la concurrence des produits agricoles à bas prix de l'Amérique, de l'Ukraine, de l'Australie… C'est toute l'activité agricole qui est touchée : les secteurs monétarisés (vin, sériciculture, plantes tinctoriales…) mais aussi la France du blé, la production bovine, la production de betterave affectée par la guerre du sucre avec l'Europe centrale, celle d'oléagineux concurrencée par les huiles exotiques… À la chute des prix, tirés vers le bas par le marché mondial, s'ajoutent la chute de la production viticole touchée par le phylloxéra, celle de la sériciculture affectée par la pébrine. En 1889, le produit agricole enregistre une baisse de 28 % par rapport à 1869.

La crise agricole affecte toute l'économie. La chute des prix entraîne celles de la rente foncière (- 22 % entre 1880 et 1900), du prix du sol, du revenu agricole (l'ensemble des revenus paysans baisse de 20 % entre 1873 et 1894), de la consommation, dans une France encore fortement rurale. Le trafic ferroviaire recule, entraînant la métallurgie à la baisse, alors que le bâtiment, l'activité artisanale et commerciale des régions stagnent.

Cette dépression du marché intérieur français à un moment où les marchés internationaux se ferment à cause de la hausse des droits de douane, est accentuée par la crise démographique qui affecte la France. Alors que l'Allemagne connaît une envolée de sa population, celle de la France entre dans un long déclin. La baisse de la natalité s'accentue à la fin des années 1870, notamment dans le milieu rural. Le taux de natalité tombe de 26 ‰ en 1866 à 22 ‰ dans les années 1890. Le taux de croissance démographique tombe à moins de 0,1 % à la fin des années 1880 et l'on enregistre pour la première fois, en 1891, un excédent des décès sur les naissances. La France vieillit : la proportion des moins de 20 ans diminue, alors que le nombre des plus de 60 ans augmente. Les effets du vieillissement s'ajoutent à une relative rigidité de la main-d'œuvre. Au lieu d'accentuer l'exode rural vers les villes et l'industrie, la crise se traduit par une stagnation des départs, qui touchent surtout un prolétariat rural affecté par les difficultés des industries rurales.

Le maintien à un haut niveau de la population rurale (7,5 millions) a pour conséquence une progression assez faible de l'urbanisation. De 1880 à 1901, les villes de plus de 50 000 habitants gagnent seulement 1,6 million d'habitants, progression modeste qui se traduit par la stagnation de l'activité immobilière et de la modernisation de l'équipement urbain : installation des réseaux d'égouts, de gaz, d'électricité... La lampe à incandescence, comme le tramway, révélations de l'exposition universelle de 1878, progressent lentement.

La crise a touché les banques, qui ont opéré un repli prudent à l'égard des grands projets industriels qui avaient fleuri sous le Second Empire. La banque à tout faire, qui s'était imposée dans les années 1860, recule devant un partage de plus en plus net entre banques de dépôt et banques d'affaires. De nombreuses banques se dégagent de l'investissement industriel, trop risqué, à l'image du Crédit lyonnais qui abandonne la Société de la Fuschine, un des premiers colorants issu de la houille. À la Bourse, la faiblesse des plus-values envisagées ôte beaucoup d'intérêt au marché financier, et les porteurs d'actions ont tendance à se diriger vers l'étranger, plus dynamique. Il faut ajouter à cela la perte partielle des circuits monétaires que Paris avait sous le Second Empire et qui se sont reportés sur la City de Londres.

Les bases « classiques » de la prospérité compromises

L'atonie du marché intérieur, la fermeture des marchés étrangers, qui entraîne un reflux de la part de la France dans le commerce mondial, la méfiance des capitaux et de l'épargne et surtout la baisse de longue durée des prix et des profits, plongent l'industrie dans la stagnation. Les investissements ferroviaires, moteur de la croissance sous le Second Empire, baissent d'un tiers. Les industries de base : mines, métallurgie, industries mécaniques, sont atteintes. De grands empires industriels comme celui du filateur Pouyer-Quertier, ministre des Finances en 1871, s'effondrent. La France, qui exportait sous le Second Empire du matériel ferroviaire dans toute l'Europe, enregistre un fort recul sur ce terrain, indice d'une perte de compétitivité des « industries de pointe ».

Les bases classiques de la puissance industrielle sont atteintes. Le textile, industrie de main-d'œuvre qui s'appuyait sur les bas salaires français, perd progressivement cet atout. L'industrie rurale, composante essentielle de la pluri-activité des paysans-ouvriers, recule fortement. Les industries de luxe et de demi-luxe, fer de lance des exportations, sont très durement touchées. Les ventes de la fabrique de soie lyonnaise chutent de 44 %, les articles de Paris, les modes, chutent à l'exportation et sont concurrencés par les copies à bon marché de l'Allemagne, de la Suisse ou de l'Espagne.

Confronté aux résultats décevants du plan Freycinet, le gouvernement républicain adopte une attitude peu interventionniste face à la crise. La politique protectionniste des républicains reste limitée et beaucoup plus tardive que celle des Allemands, qui protègent leur économie dès 1879. C'est seulement en 1881 que le traité de libre-échange de 1860 est dénoncé, et la protection mise en place dans un nouveau tarif général ne concerne vraiment que l'industrie. Il faut attendre 1892 et le tarif Méline pour que l'agriculture jouisse d'une protection sérieuse qui reste toutefois sans commune mesure avec celle du premier XIXe siècle. Le tarif Méline introduit un système de protection à deux niveaux. Le tarif le plus élevé n'est appliqué qu'aux pays qui refusent un accord commercial avec la France. Ceux qui l'acceptent, et ce sont les plus nombreux, continuent à exporter sur le marché français (les produits allemands ne paient qu'un droit de 7,2 %). Le protectionnisme français, surtout pour la France rurale, n'a donc pour effet que d'amortir le choc de la crise en ajoutant une protection de l'ordre de 25 % aux prix agricoles mondiaux fixés sur le marché de Londres.

La profondeur et la durée de la dépression s'expliquent par une accumulation de crises sectorielles qui finissent par se synchroniser dans une conjoncture internationale de surproduction et de baisse des prix. Il existe bien un risque réel de déclassement de la France face à l'émergence des puissances américaine et allemande et à l'apparition de nouveaux pôles économiques : Russie, Italie ou Autriche. La France n'a ni la démographie dynamique de l'Allemagne, ni la puissance et la souplesse du commerce et des capitaux britanniques. L'inquiétude est alors amplifiée par le constat d'une démographie stagnante.

La crise sociale

La crise économique plonge la République dans une grave crise sociale. Si le salaire ouvrier résiste à cause de la baisse des prix, un chômage très important affecte le revenu (le chômage touche 20 % des ouvriers dans la métallurgie et dans les mines). Paris compte au moins 100 000 chômeurs, et si dans de nombreuses industries on garde les travailleurs, on ne les fait plus travailler qu'un nombre de jours réduits, avec des salaires en baisse. Des grèves comme celle de Decazeville en 1886, celle des ouvriers du bâtiment à Paris en 1888, ont un retentissement national. Des manifestations de chômeurs rassemblent dans la capitale plusieurs dizaines de milliers de personnes en 1883. À un moment où le travail se fait rare, la xénophobie pousse des ouvriers à Marseille et à Arles à faire la chasse aux immigrés italiens. Une loi de 1893 durcit les conditions de l'immigration. Le repli traditionnel des ouvriers sur l'activité rurale est désormais plus difficile et, dans les campagnes, beaucoup de journaliers connaissent le chômage et la misère. Le nombre des vagabonds augmente chez les plus jeunes, la mendicité chez les plus vieux. La délinquance, le vol de subsistance, progressent dans les campagnes et inquiètent les notables. En 1891, la loi Bérenger, qui introduit la « petite récidive » pénale, alourdit les peines pour les délits mineurs à répétition et cherche à endiguer la montée de la délinquance. C'est toutefois la crise de la petite entreprise traditionnelle qui a une résonance particulièrement forte, dans la mesure où ses effets politiques affectent les équilibres profonds de la République.

La puissance française compromise

Une conscience nationale blessée

Affaiblie par la défaite de 1871, la France a perdu le rôle qu'elle jouait dans la vie politique internationale. Le recul de la puissance française est accentué par l'extraordinaire dynamisme de l'économie allemande, dont le PNB dépasse celui de la France au tournant des années 1880. C'est la raison pour laquelle, au-delà des clivages politiques, s'impose à tous le devoir national de reconstituer le plus rapidement possible une armée dont la force puisse rassurer la nation.

C'est alors que s'opère la rencontre de deux patriotismes, celui de la droite, dans lequel la nation a des valeurs de tradition et de conservation, et celui de la gauche, hérité des combats anti-aristocratiques de la Révolution française. Les deux héritages échangent leurs héros : les républicains adoptent très vite Jeanne d'Arc et les rois de France dans leur patrimoine, la droite plus lentement se fait à l'idée du drapeau tricolore. Dès 1875, l'armée française, « arche sacrée » au-delà des clivages politiques, dispose d'effectifs comparables à ceux de l'armée allemande. Les républicains, pacifistes à la fin du Second Empire, sont devenus des patriotes passionnés et font de l'armée la colonne vertébrale de la nation française. La Ligue de l'enseignement de Paul Bert, un antimilitariste sous le Second Empire, encourage la formation des « bataillons scolaires » et entend bien inculquer aux jeunes Français une nouvelle discipline, le goût et le respect des valeurs militaires. Au cœur de ce renouveau du patriotisme, se manifeste une conscience nationale blessée par l'amputation de l'Alsace-Lorraine, thème qui domine la presse, le roman, le discours politique, et que l'on retrouve dans les manifestations nombreuses de l'Association générale d'Alsace-Lorraine, puis dans celles de la Ligue des patriotes, dont Paul Déroulède, un proche de Gambetta, devient le président en 1885.

Dans les manuels d'enseignement, dans toute une petite littérature, une fièvre patriotique entretient le souvenir et l'espoir. L'intensité du sentiment patriotique, en dépit de la formule maintes fois répétée de la reconquête des « provinces perdues », ne débouche pas sur un comportement agressif de l'opinion, voire sur la préparation active d'une guerre de « revanche ». L'idée est caressée probablement dans les milieux proches du ministère de la Guerre. Elle va prendre une teinte plus tranchée au milieu des années 1880, quand la crise exacerbe les tensions sociales dans les villes. Mais « l'esprit » de la revanche ne s'inscrit pas dans une logique impérialiste. Il s'agit d'abord de revenir sur une injustice, une violation du droit des peuples, et non pas de se lancer dans une aventure dangereuse dont la France, du reste, tout le monde en est conscient, n'a pas les moyens. Au plus fort d'une exigence patriotique tapageuse, l'opinion française reste dominée, paradoxalement, par un souci de stabilité et redoute un nouveau conflit tragique avec l'Allemagne.

La diplomatie du « recueillement »

Au-delà de ces contradictions, les leaders républicains tentent de définir une diplomatie. Thiers, attaché à refaire rapidement une puissance française, a néanmoins été préoccupé avant tout d'éviter tout conflit avec l'Allemagne et a revendiqué « une patience à toute épreuve » à l'égard de Bismarck, redoutable stratège qui est parvenu à isoler la France en mettant sur pied, avec la Russie et l'Autriche-Hongrie, l'alliance des trois empereurs, garantie d'un ordre européen né de la défaite française et consacrant la nouvelle hégémonie allemande en Europe.

Gambetta, dont l'image s'est forgée dans la résistance courageuse organisée à Tours contre les armées allemandes, apparaît d'emblée à l'opinion comme l'homme de la revanche. Gambetta est du reste persuadé que la paix européenne ne durera pas et que la question de l'Alsace-Lorraine, tôt ou tard, débouchera sur un nouveau conflit auquel la France doit se préparer militairement et moralement. Mais, à l'épreuve du pouvoir et mesurant les risques énormes d'une guerre pour l'entreprise républicaine, Gambetta s'achemine vers une politique de transaction et d'attente, une « politique de recueillement », que certains finissent par qualifier de résignation.

Jules Ferry en revanche donne une orientation nouvelle à la politique extérieure de la France. La France, pour redevenir une puissance, doit contourner l'impasse du face-à-face franco-allemand et regarder vers le monde entier. Jules Ferry, pour justifier de nouvelles ambitions coloniales, avance un ensemble d'arguments : la crise nécessite de trouver des marchés nouveaux, il faut investir dans les pays neufs, futurs clients et alliés de la France, trouver des matières premières nouvelles, accroître le prestige de la République, apporter aux pays « attardés », par la colonisation, les valeurs et les bienfaits d'une civilisation avancée, assurer des points d'appui stratégiques à la puissance française.

Cela implique des changements de cap importants. Dans l'horizon maritime et colonial, la France va se heurter à la résistance de la Grande-Bretagne et aux ambitions de l'Italie. Il lui faut dès lors envisager une collaboration et un accord au moins occasionnel avec l'Allemagne. Cette voie paraît possible parce que Bismarck est prêt à soutenir les ambitions coloniales de la France, qui la détournent du théâtre européen. L'opinion publique en France demeure en revanche assez réservée, en dépit de l'engouement qui se manifeste alors pour les découvertes et les aventures menées dans le « vaste monde ». Les partisans farouches de la revanche, comme Déroulède, y voient l'abandon d'un devoir sacré. Les radicaux comme Clemenceau sont hostiles, une large partie des Français craint des impôts nouveaux et les contraintes d'expéditions lointaines. Marins, militaires et missionnaires n'offrent qu'une base étroite au projet.

La construction d'un nouvel empire

Avec le soutien de l'Allemagne mais aussi de la Grande-Bretagne, qui veut faire accepter à la France sa domination nouvelle en Égypte, la France s'installe en Tunisie. Une première expédition contre des pillards kroumirs aboutit au traité du Bardo (1881), qui confie la politique extérieure à un résident français. Une deuxième expédition contre une révolte dans le Sud permet d'établir par le traité de la Marsa (1883) un protectorat qui place l'État tunisien sous la tutelle de « directeurs » français qui comptent plus que les ministres tunisiens. L'implantation française commence, mais à un rythme mesuré.

Un autre grand axe de colonisation se dessine en Afrique noire. Les Français possèdent alors la côte du Gabon, des comptoirs au Dahomey, en Côte d'Ivoire, en Guinée et au Sénégal. La pénétration dans l'intérieur de l'Afrique s'opère dans des conditions assez difficiles à cause de l'hostilité des États musulmans et du morcellement des territoires politiques, qui oblige à multiplier les accords. L'armée française, entre Sénégal et Niger, s'installe autour de Bamako de 1881 à 1883, mais piétine devant les États musulmans de la savane : celui d'Ahmadou au nord du Niger, celui de Samory Touré au sud. Savorgnan de Brazza, sans grands moyens, parvient jusqu'à la rive droite du Congo, où il fonde Brazzaville. Des explorateurs et des agents commerciaux achètent et négocient le sud de la Guinée et de la Côte d'Ivoire, reliées à Bamako en 1889. Dans cette percée en Afrique noire, la France s'insère dans le cadre fixé par la conférence de Berlin (novembre 1884 - février 1885), qui a établi une exploitation internationale concertée de la région.

En Asie, où la France possède déjà la colonie de Cochinchine et « protège » le Cambodge, après dix ans d'atermoiements, Jules Ferry décide d'occuper le Tonkin et d'établir son protectorat sur le reste de l'empire d'Annam au prix d'une guerre avec la Chine (1884-1885), dont les troupes occupaient le haut Tonkin. Si l'Annam a accepté, dès 1883, le protectorat français, la guerre avec la Chine, pour le Tonkin, s'enlise et entraîne des opérations de blocus de la Chine qui inquiètent l'opinion et mettent Jules Ferry en difficulté. Toutefois, par le traité de T'ien-Tsin, le 9 juin 1885, le gouvernement chinois, en dépit de l'échec subi par les troupes françaises à Lang Son, promet de retirer ses troupes du Tonkin et d'ouvrir à la France le commerce dans les provinces chinoises du Yunnan et du Kouang-Si. Dans ces entreprises de pénétration coloniale, la France a su jouer d'une neutralité bienveillante de l'Allemagne, sans aller jusqu'à rompre avec l'Angleterre. Une position internationale a été reconquise. Elle ne bénéficie guère toutefois aux républicains, puisque le gouvernement Ferry tombe, en mars 1885, à l'occasion de la défaite de Lang Son, dont la portée a été gonflée par une opposition qui va alors de la droite aux radicaux.

Le défi boulangiste à la République bourgeoise

L'usure précoce de la politique républicaine

L'unité réalisée dans le camp républicain sur l'œuvre des opportunistes a été de courte durée. Au plus fort de la crise économique et sociale, les élections législatives de 1885, les premières à adopter le scrutin de liste départemental, longtemps refusé à Gambetta, ne redonnent pas aux opportunistes la confortable majorité qu'ils avaient conquise.

Dans 34 départements, des listes radicales autonomes ont fait une concurrence très sévère aux listes opportunistes. Les droites, de leur côté, pour la première fois, sont parvenues à s'unir. Après une percée de la droite, qui obtient 176 sièges au premier tour et emporte le Nord et le Pas-de-Calais, les républicains font front au second tour et s'assurent la majorité. Mais l'alerte a été sévère. Au total, la Chambre compte 383 députés républicains et la droite 201, soit le double des effectifs de 1881. Bonapartistes et droite royaliste, tout en conservant leur autonomie, forment l'Union des droites sous la présidence du baron de Mackau. Si les opportunistes disposent encore de 260 députés, les radicaux, qui en ont 150, ont opéré une remarquable percée, en particulier dans le Sud-Ouest. La Chambre, désormais composée de trois forces à peu près égales – la droite, les opportunistes, les radicaux –, n'offre plus de majorité cohérente et contraint à des coalitions instables pour former un gouvernement.

L'appui d'une quarantaine de députés de la gauche radicale permet toutefois aux opportunistes de gouverner sans avoir à négocier à droite. Les mêmes hommes tournent alors dans des combinaisons politiques assez répétitives, mais l'opinion retient que désormais la République est confrontée à une instabilité gouvernementale qui affecte son image, à un moment où son assise reste encore fragile. L'hostilité à la République parlementaire est amplifiée par des « affaires » qui révèlent les limites de la morale républicaine dont s'étaient revendiqués les pères fondateurs du régime. En 1887, le gendre du président Grévy qui vient d'être réélu est convaincu de trafic d'influence et, entre autres, de vente de décorations attribuées par son beau-père, fortement enrichi dans l'exercice de ses fonctions. Grévy finit par démissionner et Sadi Carnot, candidat honnête mais sans grand charisme, est élu à sa place, le 3 décembre 1887.

Au-delà, la crise de confiance qui affecte la République opportuniste trouve sa source dans les difficultés des petites classes moyennes, dans le chômage des travailleurs, les grèves ouvrières et la déception d'une partie importante du peuple républicain à l'égard d'une République qui affiche de plus en plus clairement son identité bourgeoise.

Les radicaux ont été portés en avant aux élections de 1885, parce qu'ils reprochaient aux opportunistes de ne pas être assez énergiques dans la lutte contre l'Église, contre les monarchistes et dans l'épuration de l'administration et de la justice. La gauche du parti républicain, dans laquelle se mêlent désormais quelques socialistes à côté des radicaux, s'indigne de l'absence de réformes sociales significatives. Le poids des milieux d'affaires, comme le montrent les avantages accordés aux compagnies concessionnaires du chemin de fer, l'attachement des gouvernements républicains à une politique budgétaire restrictive afin de maintenir les impôts à un niveau modeste, l'expansion coloniale impopulaire, contribuent à éloigner une fraction des couches populaires de la République de Gambetta et de Ferry. Dès 1885, la République opportuniste paraît usée.

Dans cette crise de confiance, les socialistes, encore très faibles (le Parti ouvrier français n'a que 2 000 adhérents en 1889), ne sont pas capables de catalyser le mécontentement, et la droite n'a pas une assise populaire assez forte pour attirer vers elle une partie du peuple républicain. C'est dans le radicalisme, force montante et contestataire, que prend naissance un mouvement, le « boulangisme », qui finit par se distinguer lui-même de ses racines radicales quand il se cristallise sur une ligne populiste et nationaliste.

Une vague de patriotisme contestataire

À l'origine, c'est bien dans la gauche que le sentiment d'impuissance à l'égard de l'Allemagne, l'incapacité de tracer une voie pour la « revanche », ont été ressentis de la manière la plus douloureuse. C'est à gauche que s'est formé un puissant courant d'opinion qui a associé la fondation de la République, l'exaltation de l'armée et la volonté de forger une conscience civique nouvelle dans un patriotisme intransigeant. La Ligue des patriotes, fondée en mai 1882 (elle a près de 200 000 adhérents), et présidée par Paul Déroulède, républicain convaincu, ancien combattant de 1870, populaire auteur des *Chants du soldat* (1872), est le creuset de ce mouvement qui obtient alors le patronage des chefs républicains, de Gambetta en particulier. Mais, par étapes, ce courant d'opinion, exacerbé par les difficultés sociales, s'oppose de plus en plus clairement à une République opportuniste qui, par sa mollesse, manifeste son incapacité de satisfaire le désir de revanche, d'apporter des solutions à la crise sociale et de fonder une république authentique ancrée dans des racines populaires. Poser la question d'un redressement de la France face à l'Allemagne, c'est dès lors, pour ces « patriotes », s'interroger sur la faiblesse de l'autorité de l'État et, au-delà, dénoncer la responsabilité du régime parlementaire.

En janvier 1886, quand Freycinet, chef du gouvernement, nomme le général Boulanger, un proche de Clemenceau, ministre de la Guerre, il existe déjà un courant d'opinion puissant dans lequel se réalise l'amalgame d'ambitions contradictoires : refus de la République parlementaire qui a failli et apparaît corrompue, exaltation du sentiment national, appel à une refondation de la République sur une base populaire, dans un retour aux sources de la Révolution française. Ce courant, qui ne parvient guère à formuler un véritable projet politique, se cristallise brutalement quand il s'incarne dans la personnalité du général Boulanger.

Cet officier de belle allure a su se rendre populaire et se bâtir une image flatteuse par des mesures qui le situent à gauche, mais font aussi de lui un espoir pour la nation tout entière : le duc d'Aumale, fils de Louis-Philippe, rayé des cadres de l'armée, l'amélioration du sort matériel des soldats, la modernisation de l'armée (le fusil Lebel), la réduction du temps de service à trois ans, et la fin des exemptions, y compris pour les prêtres, l'emploi plus « modéré » de l'armée dans les conflits sociaux après la grève de Decazeville, la fermeté patriotique face à l'Allemagne affirmée dans des défilés éclatants comme celui du 14 juillet 1886.

Quand, au printemps 1887, un incident de frontière (l'arrestation par les Allemands, sur la frontière, d'un commissaire de police français, Schnæbelé) provoque une forte tension entre l'Allemagne et la France, le général Boulanger tient des propos belliqueux qui tranchent avec la grande prudence des républicains opportunistes. La crise est suivie de la chute du gouvernement et de la formation du ministère Rouvier (30 mai 1887), qui bénéficie de la neutralité de la droite, inquiète de la pression radicale. À cette occasion, Boulanger est écarté du gouvernement. Muté à Clermont-Ferrand en juillet 1887, il devient le héros d'une foule parisienne qui lui fait un triomphe à l'occasion de son départ, alors qu'elle conspue le gouvernement lors de la revue du 14 juillet. Populaire, célébré par des chansons, des images et des brochures de tous types, Boulanger entreprend de transformer le courant de sympathie qui l'a soutenu en mouvement politique hostile à une République qui, sous la houlette de Rouvier, tente de rassembler les « centres » sur l'idée de défense sociale et d'apaisement religieux.

Le boulangisme contre la République parlementaire

La nouvelle étape politique du boulangisme fait évoluer les composantes de l'alliage dont il est formé. Clemenceau, qui connaissait le général de longue date, s'en écarte pour rallier le gouvernement. Les socialistes sont hostiles ou se tiennent à l'écart. Toutefois, le noyau dur du « parti national » reste constitué en majorité d'hommes venus de l'extrême gauche radicale ou socialiste : Henri Rochefort, l'ancien communard, des députés radicaux comme Georges Laguerre, l'avocat de Louise Michel, le sénateur Alfred Naquet, auteur de la loi sur le divorce, des militants blanquistes comme Ernest Granger, Ernest Roche, Eudes, un général de la Commune. Le mouvement dispose du soutien de *L'Intransigeant* de Rochefort et de *La Cocarde*, qui tire à 400 000 exemplaires.

Avec l'assise populaire de la Ligue des patriotes de Déroulède, le boulangisme affirme alors, dans un tempérament autoritaire qui peut mêler des héritages de gauche et de droite, sa volonté d'en finir avec une République du compromis et son souci de redonner la parole au peuple contre un système parlementaire vicié. Le programme boulangiste, qui combine démocratie et autorité, raison et passion, se veut aussi social et national : participation des travailleurs aux bénéfices, impôt progressif, caisses de retraite, nationalisation des chemins de fer, protection du « travail national », thèmes où se rejoignent socialisme et nationalisme selon une formule défendue par Barrès. Chez le jeune Barrès de *L'Appel au soldat*, futur député boulangiste de Nancy, c'est autour de l'armée, de ses valeurs et de sa hiérarchie qu'est recherché l'élan salvateur qui arrachera la France à son déclin. L'idée de nation, longtemps campée à gauche et associée à l'universalisme de la Révolution française, s'enferme alors dans les frontières d'une France mutilée par la guerre. Mais, au milieu des années 1880, comme le montre alors le discours de la Ligue des patriotes de Déroulède, il ne s'agit pas de rejeter la République au nom du nationalisme, mais de la régénérer, de l'émanciper d'un régime parlementaire qui en compromet le redressement.

Ce projet fait d'inquiétudes intellectuelles et d'aspirations populaires exacerbées par la crise devient un programme pour le Comité du parti national autour d'un mot d'ordre simple et convaincant : « Dissolution, Constituante, Révision. » C'est le moment où se rangent, dans le sillage du boulangisme, des hommes de droite qui rompent alors avec l'orléanisme parlementaire. Les propos ambigus de Boulanger, favorable à une pacification religieuse, peuvent les encourager, mais certains voient dans les coups de boutoir donnés à la République opportuniste par le boulangisme le moyen éventuel de tirer les marrons du feu en faveur d'une restauration. Boulanger noue alors des contacts avec le baron de Mackau, chef de l'Union des droites, Napoléon Jérôme, Albert de Mun. À droite, la duchesse d'Uzès, le comte de Paris et Dillon, homme d'affaires royaliste, trésorier du Comité républicain national, apportent au mouvement de l'argent qui permet de financer des campagnes électorales à l'américaine où l'on popularise, par d'innombrables brochures, affichettes et statuettes, l'image du « brave général ».

L'ascension politique d'un général

Mis à la retraite, Boulanger se porte candidat à toutes les élections législatives partielles à l'occasion du renouvellement d'un siège de député. En vertu du scrutin de liste, cela nécessite la consultation de tous les électeurs du département. Boulanger est élu en avril 1888 en Dordogne, dans le Nord, dans la Somme, la Charente-Inférieure... autant de succès dans lesquels Boulanger peut rassembler sur son nom des voix radicales, bonapartistes, voire ouvrières. Mais il faut à Boulanger un succès parisien pour prendre une dimension nationale.

L'occasion lui est offerte par une partielle qui l'oppose, le 27 janvier 1889, à Jacques, un radical modéré, président du syndicat des marchands de boissons. La victoire de Boulanger est alors d'autant plus significative qu'il trouve des suffrages dans les quartiers populaires de la capitale. Boulanger, toutefois, au soir de la victoire, refuse de suivre une partie de ses proches qui souhaitent le voir, dans la foulée, marcher sur l'Élysée. Légaliste, Boulanger pense transformer son essai dans les élections générales de 1889. Mais le mouvement boulangiste n'est pas sans faiblesses, et les républicains savent les exploiter.

Les assises électorales du boulangisme restent fragiles. Ses succès sont souvent associés à une forte abstention de l'électorat. À plusieurs reprises les voix de la droite lui ont fait défaut, et il n'a pas affronté les bastions républicains de l'Est et du Midi. Son implantation électorale reste très hétérogène : dans certains départements, comme la Marne, le vote est de droite ; dans d'autres, la Loire par exemple, il obtient des voix socialistes.

Menacés directement, les républicains réagissent avec vigueur. Clemenceau, un temps proche de Boulanger, donne le signal en créant, le 23 mai 1888, la Ligue des droits de l'homme et du citoyen pour défendre la République contre les menaces de dictature. La franc-maçonnerie mobilise ses troupes, les comités électoraux des républicains se réveillent. Pour faire barrage à la poussée boulangiste, le gouvernement Floquet rétablit le scrutin d'arrondissement, favorable à l'éclatement des coalitions hétérogènes du boulangisme et à la résistance des comités locaux républicains. Le gouvernement interdit les candidatures multiples pour enrayer la campagne plébiscitaire de Boulanger.

Le 22 février 1889, est formé un gouvernement Tirard dans lequel Constans, ministre de l'Intérieur à poigne, affiche sa volonté « d'assurer le respect dû à la République ». Pour effrayer Boulanger, il fait courir le bruit de son arrestation prochaine, et Boulanger, redoutant d'être séparé de sa maîtresse, Mme de Bonnemain, prend maladroitement la fuite pour la Belgique afin de la rejoindre. Dès le mois de mars 1889, le mouvement boulangiste perd son unité factice. Alors qu'il prend des contacts avec la droite et les cléricaux, Boulanger écarte clairement l'idée de restauration et mécontente les dirigeants monarchistes. Les républicains trouvent un répit dans le redressement économique encouragé par l'exposition universelle de 1889 qui ouvre les célébrations du centenaire de la République. Trois héros de la Révolution mais aussi Baudin, la victime du 2 décembre, sont portés au Panthéon. En construisant la tour Eiffel, la République s'identifie à la modernité technique triomphante contre les forces du passé. Un gigantesque banquet de 19 000 maires scelle à nouveau l'alliance entre la République et la France des bourgs et des campagnes. Les républicains sont prêts à affronter les boulangistes.

Échec du boulangisme,
renouvellement des forces politiques

Aux élections législatives de septembre-octobre 1889, les conservateurs et les boulangistes vont dissociés à la bataille, et ces derniers, sans organisation électorale nationale, incapables de présenter partout des candidats, sont dominés en province par l'Union conservatrice, qui capte le vote révisionniste. Les républicains, en dépit de la défaite de quelques leaders comme Ferry, obtiennent 366 sièges, la droite 168, les boulangistes 42 seulement. C'en est fini du boulangisme, condamné à l'éclatement entre ses composantes de gauche et de droite. Un peu plus tard, Boulanger, accablé, se suicide en Belgique, sur la tombe de sa maîtresse.

Désireux de ne pas sortir de la légalité, écartant la perspective d'une restauration pour rester un général républicain, Boulanger n'a pu maintenir très longtemps l'unité d'une vague nationaliste et révisionniste qui a dévoilé cependant la profondeur de la crise traversée par la République. La portée du boulangisme n'en est pas moins considérable. Aux élections de septembre-octobre 1889, les ruraux ont apporté à la République un appui décisif. Celle-ci doit désormais redoubler d'attention à l'égard d'un monde paysan sinistré par la crise.

Mais dans les grandes villes, à Paris en particulier, une mutation politique profonde est amorcée. Les quartiers populaires et plus encore une banlieue parisienne à l'écart des bienfaits de l'haussmannisation ont élu des candidats boulangistes alors que les beaux quartiers votaient plutôt républicain. Un vote populaire, contestataire, à la fois « national » et « social », ne se retrouve plus dans la République. Un petit peuple parisien, confronté à la crise d'une « fabrique » qui mêle encore petits patrons et ouvriers, a voté boulangiste. Pour les uns, c'est une première étape vers un vote socialiste. Pour les autres, c'est le point de départ d'une dérive vers une droite populiste et nationaliste. L'historiographie quant à elle reste partagée. Zeev Sternhell (*La Droite révolutionnaire, 1885-1914*) a voulu voir dans le boulangisme un pré-fascisme français, dans la mesure où au culte du chef est associée l'ébauche d'une organisation de masse antiparlementaire. Le boulangisme toutefois reste fidèle aux principes de 1789 et n'a pas l'ambition totalitaire d'éliminer ses adversaires. René Rémond (*Les Droites en France*) situe, lui, le boulangisme dans le sillage du bonapartisme, autoritaire, antiparlementaire, social et de tradition « bleue ».

12

La République conservatrice contestée (1889-1899)

L'élargissement de l'assise républicaine

L'Église et la République : le ralliement

Avec la défaite du boulangisme, les monarchistes ont essuyé un nouvel échec. Cet échec semble désormais, pour beaucoup, définitif. Les radicaux sont également affectés par l'épisode boulangiste. Nombre d'entre eux se sont placés dans le sillage du général, et le courant radical, qui sort divisé de la crise, est tenu à distance par les opportunistes. Le soutien affiché par une partie des blanquistes au général Boulanger, alors que les socialistes broussistes apportaient leur appui au gouvernement républicain, ne fait qu'ajouter à la division de la gauche socialiste.

La position des opportunistes ne semble guère plus favorable. Au fil de l'année 1889, ils sont parvenus à faire renaître un réflexe de défense républicaine et ont obtenu, dans le combat contre l'aventure boulangiste, un appui très large de la paysannerie. Mais, depuis les élections de 1885, ils n'ont plus de véritable majorité à la Chambre, et une alliance gouvernementale à gauche, avec les radicaux, n'est guère envisageable. La République modérée trouve pourtant un nouveau souffle, de manière inattendue, dans le ralliement des catholiques à la République. Ce ralliement apporte aux opportunistes, rebaptisés alors « progressistes », l'assise nécessaire pour se maintenir au pouvoir jusqu'à la fin du siècle.

Depuis 1876 et l'apparition d'une majorité républicaine, les catholiques avaient placé tous leurs espoirs dans le combat en faveur d'une restauration de la monarchie, et leur opposition s'était encore durcie avec le vote des lois anticléricales à l'époque de Jules Ferry. Le régime républicain renouait, à leurs yeux, avec les temps funestes de la Révolution, incarnation du mal. C'est pourquoi ils ont choisi très vite de rejoindre le combat boulangiste, assimilé dans leur esprit à un combat contre la République laïque. Mais l'opération a échoué.

De leur côté, au tournant des années 1890, les républicains pensent qu'ils sont loin d'avoir partie gagnée dans la bataille menée en faveur d'une laïcisation de la société française. Une large partie des Français continue, quel que soit son avis sur les mesures anticléricales prises par les républicains, à fréquenter l'église, au moins pour les moments solennels de la vie : baptême, mariage, enterrement. L'enterrement civil a toujours un parfum de scandale et la libre-pensée ou la franc-maçonnerie, en dépit de leurs progrès, ne peuvent constituer une très large assise dans la population. Les Français s'installent, pour nombre d'entre eux, dans une position pragmatique de compromis entre une foi religieuse plus ou moins affichée et le soutien à une République qui finit pour beaucoup par se confondre avec les institutions. De plus, un grand nombre de catholiques ont, de leur côté, fini par accepter le régime républicain. Mais cette attitude n'a pas de relais sur la scène politique, parce que le « parti clérical » reste crispé dans son attitude d'hostilité à la République.

Cette situation connaît un changement avec l'élection, en 1878, du pape Léon XIII qui succède à Pie IX, le pape de la contre-révolution. Léon XIII, plus politique, n'opère aucun retrait, bien au contraire, dans sa volonté de consolider une société chrétienne face aux anticléricaux et à la montée du marxisme, mais il semble convaincu que les catholiques, pour se défendre, doivent changer de comportement. L'encyclique *Rerum novarum*, le 15 mai 1891, appelle les catholiques à s'écarter du conservatisme, à réformer la société dans un sens chrétien, à œuvrer en faveur d'un juste salaire et à organiser des syndicats chrétiens pour enrayer la montée de l'athéisme marxiste. Le 16 février 1892, *Inter sollicitudines* invite à ne plus confondre le catholicisme et la monarchie. Dans la mesure où le danger se trouve dans la législation anticléricale, le pape incite les catholiques à combattre pour leur liberté, au sein même de la République, à obtenir son aménagement et à éviter le piège d'une lutte contre le régime lui-même. La voie du « ralliement » est ouverte par le cardinal Lavigerie, archevêque d'Alger, qui choisit l'occasion de la visite de l'escadre de Méditerranée à Alger pour inviter les catholiques français à se rapprocher de la République.

Cette orientation nouvelle de Rome reçoit un accueil très mitigé des catholiques français. Beaucoup d'évêques hésitent à la porter à la connaissance des fidèles dans leur diocèse, d'autres la publient sans la commenter, et une partie de l'opinion catholique campe dans une attitude hostile à la République. Beaucoup de catholiques toutefois se « rallient » pour ne pas être en opposition avec Rome et parfois avec la conviction qu'ils vont pouvoir faire évoluer la République. Le ralliement le plus sincère est celui des catholiques sociaux, dans le sillage d'Albert de Mun. Celui-là, ancien officier d'origine légitimiste, partage la conviction, avec le marquis de La Tour du Pin, un industriel préoccupé d'améliorer le sort des ouvriers de son entreprise du Val des Bois, que le combat essentiel est de rechristianiser le peuple, plus que de lutter contre la République. Dès 1871, il a organisé, dans un esprit corporatif, des cercles catholiques d'ouvriers et, désormais, dans la direction indiquée par le pape, il souhaite créer en France un grand parti chrétien social et associer ouvriers et patrons dans des organisations communes d'esprit paternaliste. En parallèle se dessine une démocratie chrétienne qui entend s'attaquer à la question sociale et qui est animée par des abbés démocrates : l'abbé Lemire, député d'Hazebrouck, l'abbé Gayraud, le chanoine Desgranges. En 1894, Marc Sangnier fonde *Le Sillon*. Ce polytechnicien très croyant, qui a démissionné de l'armée pour se consacrer à l'apostolat social, entend regrouper de jeunes catholiques dans un but de formation civique et sociale.

Un autre courant du ralliement, conservateur celui-là, se dessine autour des assomptionnistes et du journal *La Croix*. Il se donne pour objectif de constituer un parti de défense religieuse, parti catholique de droite, qui fera triompher la conception que les catholiques ont de l'État et de la société. Mais la tendance qui joue le rôle le plus important dans l'évolution politique de la République est celle qui rejette l'idée de créer un parti catholique et qui se donne pour but, tout simplement, de se rallier aux opportunistes pour constituer avec eux un grand parti conservateur attaché à la défense sociale et déterminé à résister au socialisme. Ce courant issu pour l'essentiel de l'orléanisme et lié aux milieux d'affaires, avec Jacques Piou et le comte d'Arenberg, constitue à la Chambre le groupe de la droite constitutionnelle (1890).

Le réveil de l'Église

Ces nouveaux engagements politiques s'inscrivent dans un réveil catholique qui tente d'apporter une réponse à l'entreprise de laïcisation de la société. L'Église se considère en posture difficile. Elle a dû abandonner dans la bataille scolaire quelques-unes de ses places fortes. La création d'un enseignement secondaire de jeunes filles sonne pour elle comme une provocation, tout comme la loi sur le divorce, le retrait des crucifix des prétoires ou la laïcisation des cimetières... Mais face à ce grand chamboulement idéologique, les catholiques gardent des forces considérables. Ils restent influents dans l'État, dans le corps des officiers. Ils peuvent s'appuyer sur 220 000 « permanents » et les religieuses sont trois fois plus nombreuses qu'à la veille de la Révolution. Ils sont actifs sur de nombreux terrains et bien accrochés dans leurs bastions traditionnels : l'Ouest, les Flandres, le Pays basque, le sud du Massif central. Le rôle des œuvres catholiques atteint son apogée dans les années 1880-1890, dans la mesure où les républicains ne se sont pas encore risqués à ouvrir un nouveau front sur le terrain de la protection sociale. Le personnel des hôpitaux est encore majoritairement constitué de sœurs soignantes, et les sociétés de charité paroissiales tenues par les Filles de la Charité ou les Sœurs de Saint-Vincent-de-Paul sont encore très présentes auprès des pauvres des grandes villes.

Dans de nombreuses paroisses, des prêtres, aiguillonnés par le combat laïque, sortent des églises, se transforment en « hommes d'œuvres » et s'engagent dans l'organisation de cercles d'études, l'encadrement de groupes de jeunes, d'associations sportives, de fanfares, de syndicats, de caisses mutuelles... La multiplication des patronages et le développement d'une école privée catholique entendent répondre au défi de la laïcité. Depuis 1870 et grâce au chemin de fer, de nouveaux pèlerinages de masse mobilisent des foules dans les grands sanctuaires : Paray-le-Monial, Pontmain, La Salette, Lourdes, le Mont-Saint-Michel... Ces foules manifestent toujours leur attachement au culte de la Vierge ou du Sacré Cœur. La République n'entrave pas le chemin de la sainteté : une jeune fille d'Alençon, devenue carmélite à Lisieux et disparue en 1897, est canonisée sous le nom de sainte Thérèse de l'Enfant-Jésus.

Des opportunistes aux progressistes

Le ralliement a pourtant, tout du moins en apparence, des effets politiques limités. Aux élections législatives de 1893, le nombre des « ralliés » élus est très limité. En fait, si ces derniers sont peu nombreux (on n'en compte guère qu'une trentaine) c'est parce que l'électorat catholique (qui choisit toutefois l'abstention dans de nombreux départements) vote pour les républicains modérés, les « progressistes », qui trouvent alors dans le ralliement un puissant renfort et obtiennent 300 sièges de députés, les radicaux en emportant plus d'une centaine. La majorité républicaine se trouve donc renforcée, et la droite très durement affaiblie avec seulement 56 élus. Le ralliement lui a fait perdre la moitié de ses sièges. Si les perspectives des monarchistes semblent désormais sans espoir, l'axe de la République se trouve en revanche déplacé vers la droite, et la République elle-même cesse de se confondre avec la gauche.

Le succès républicain est d'autant plus remarquable qu'en 1892, peu de temps avant les élections, les républicains modérés ont été confrontés à une épreuve nouvelle, avec l'affaire de Panama. Ferdinand de Lesseps, rendu célèbre par le percement du canal de Suez, avait constitué en 1881 une Compagnie universelle du canal inter-océanique pour le percement de l'isthme de Panama. Des erreurs techniques, mais aussi les conditions draconiennes imposées par les banques françaises à Lesseps (le « deuxième scandale de Panama ») ont poussé la compagnie en perdition à lancer sur le marché des obligations remboursables par tirage au sort. Pour obtenir un vote favorable de la Chambre, nécessaire à l'opération, la compagnie a « acheté » un certain nombre de députés, manœuvre qui a jeté le doute sur l'attitude de quelques autres comme Rouvier ou Clemenceau, contraints de quitter pour un temps la scène politique. En dépit du scandale, les retombées de l'affaire, qui montre de nouveau la collusion des milieux parlementaires et du monde de l'argent, restent limitées. La démission du gouvernement désamorce la colère de l'opinion et, si le personnel politique républicain est sensiblement renouvelé, nombre de « chéquards » sont tout de même réélus aux élections de 1893. La portée de « Panama » toutefois n'est pas négligeable. Une nouvelle génération républicaine arrive au pouvoir (Poincaré, Leygues, Barthou, Delcassé...). Les extrêmes se renforcent : la percée socialiste aux élections de 1893 (600 000 voix) en est un indice, comme la montée de l'anarchisme et de l'extrême droite dans l'opinion.

Une politique conservatrice

La nouvelle peur sociale

La République des progressistes, qui semble donc surmonter toutes les épreuves, est toutefois sensiblement différente de la République des fondateurs, celle de Gambetta et même de Ferry. Son électorat s'est gonflé de voix conservatrices et catholiques. Cet électorat, désabusé devant l'impasse des monarchistes et des bonapartistes, est décidé désormais à mener son combat dans le cadre institutionnel de la République. Dans ce nouvel électorat, la crainte de la poussée du mouvement social, d'une nouvelle aventure de type boulangiste – les beaux quartiers n'appréciaient guère le populisme de la « boulange » –, l'emporte sur l'idée d'un changement de régime. La République des progressistes, celle du président Sadi Carnot, de Casimir-Perier qui appartient à une grande dynastie de l'argent, puis de Félix Faure, le « petit industriel du Havre », franc-maçon convaincu, se définit largement par son refus du radicalisme, son conservatisme et son tempérament « bourgeois ». Le but essentiel des progressistes n'est plus de défendre la République, préoccupation première des opportunistes des années 1880, mais de défendre l'ordre social, d'endiguer la poussée socialiste et de rejeter définitivement dans l'opposition les radicaux, soupçonnés de sympathie pour l'extrême gauche.

Cette république conservatrice trouve son expression la plus claire dans le gouvernement de Jules Méline, député puis sénateur des Vosges, président du Conseil d'avril 1896 à juin 1898, mais attaché alors à conserver la gestion du ministère de l'Agriculture, pièce essentielle de son dispositif politique. Le souci de stabilisation sociale passe en effet par un approfondissement de l'alliance entre les paysans et le pouvoir républicain. De là, la mise au point d'une politique douanière qui durcit sensiblement une protection chichement accordée aux paysans dans les années 1880. Le tarif Méline amortit le choc de la baisse des prix et plus largement rompt avec un esprit libéral et industrialiste hérité du Second Empire. La défense des équilibres sociaux l'emporte sur l'objectif de croissance. Dans un ouvrage, *Le Retour à la terre*, où il déplore l'exode rural, Méline fait l'apologie du petit paysan propriétaire, pilier de la République. Il crée l'ordre du Mérite agricole et milite en faveur du maintien d'une France paysanne nombreuse face aux dangers sociaux de la grande ville. Si la défense du paysan dans l'esprit de Gambetta était le signe même d'un ancrage de la République dans les valeurs progressistes de 1789, la défense du paysan selon Méline devient par contre synonyme de conservation sociale. Il faut probablement nuancer cette idée, dans la mesure où la politique de Méline en direction des campagnes s'est accompagnée aussi d'un encouragement à la modernisation du paysan propriétaire, ne serait-ce que par le soutien apporté au crédit, à la coopération et au syndicalisme agricoles.

Menace anarchiste et raidissement politique

L'image d'une République conservatrice se forge aussi dans la lutte menée alors contre la pression nouvelle exercée par le mouvement social et les défis violents lancés par les anarchistes contre la République. De nombreuses grèves ouvrières sont réprimées par l'intervention brutale de l'armée, peu apte à répondre aux conflits du travail. Le 1er mai 1891, à Fourmies dans le Nord, jour de la fête du printemps mais aussi première grève nouvelle du 1er mai en faveur de la revendication des huit heures de travail, la troupe, débordée, tire et fait neuf morts – un seul était adulte – parmi les manifestants grévistes. De 1892 à 1894, une vague d'attentats anarchistes prend pour cible des figures du personnel politique républicain pour atteindre un régime qui se confond aux yeux des terroristes avec la défense de l'ordre bourgeois. Auguste Vaillant lance en décembre 1893 une bombe dans l'hémicycle du palais Bourbon. Émile Henri, après plusieurs attentats meurtriers, est exécuté. Parce qu'il n'a pas accordé la grâce présidentielle aux anarchistes Vaillant et Ravachol, Sadi Carnot est assassiné, le 24 juin 1894, par Caserio... Soutenu par une opinion inquiète, le gouvernement fait voter en décembre 1893 une loi qui punit de prison la provocation au vol, au meurtre ou à l'incendie, et transfère en juillet 1894 aux tribunaux correctionnels (et non aux jurys de cours d'assises) les délits de presse provoquant à la violence. Ces lois, qui sont votées en dépit de l'opposition de la gauche, qui les qualifie de « lois scélérates », s'attaquent aussi aux socialistes, confondus souvent avec le danger anarchiste.

Sollicitée par les radicaux d'avancer sur la voie d'une réforme fiscale, la majorité rejette l'impôt sur le revenu. En revanche, les progressistes prêtent une oreille attentive aux revendications des milieux catholiques, qui souhaitent un changement de cap en matière religieuse. Une politique d'« apaisement » se précise. Sans remettre en cause la législation hostile à l'Église, les progressistes n'appliquent les lois laïques qu'avec mollesse. Ils laissent revenir des congrégations non autorisées et ferment les yeux sur la fondation de nouvelles.

En politique étrangère même, la position de la France bouscule la tradition républicaine. À partir de 1888, pour échapper à son isolement, la France se rapproche de la Russie. La voie est tracée par le jeu subtil des diplomates et des banquiers, qui tirent profit de la soif de capitaux qu'éprouve la Russie pour lancer enfin son industrialisation. La France, commerçant modeste, mais épargnant reconnu, convient aux

Russes. En juillet 1891, lors d'une visite d'une escadre française à Cronstadt, l'entente avec la Russie est rendue publique. La France sort de son isolement, victoire diplomatique et stratégique qui peut être mise à l'actif des progressistes. Par contre, la République, sensible en matière de liberté, s'est alliée à un tsar qui est un des plus rudes autocrates du temps. La critique de la gauche reste toutefois très ténue à un moment où le patriotisme domine les questions de politique internationale et où l'on peut espérer désormais, face à l'Allemagne, l'appui du « rouleau compresseur russe ».

On pourrait parler, au fil d'une expérience progressiste qui refuse l'appui de la gauche et de la droite, d'une conjonction des centres. En fait, plus profondément, ce qui est en gestation, c'est une tentative de formation d'un grand parti conservateur capable de dominer la République. Mais cette tentative est un échec. Les progressistes restent un parti politique de cadres et ne parviennent pas à se doter d'une assise nationale suffisamment solide. En 1897, ils tentent de susciter un mouvement politique autour du Comité national républicain du commerce et de l'industrie, qui réunit autour de Paul Deschanel, Raymond Poincaré, Waldeck-Rousseau, André Siegfried, les hommes d'affaires favorables au courant progressiste. Mais l'organisation ne dépasse pas le stade d'un groupe de pression favorable à un durcissement du protectionnisme. Le Grand Cercle républicain lancé en 1898 par Waldeck-Rousseau ne va pas au-delà, quant à lui, d'un club de républicains modérés. On constate en effet que nombre de députés progressistes de la majorité de Méline, qui ont accepté sur le terrain parlementaire de mettre à mal le grand parti républicain dont ils avaient hérité, ont continué, localement, à se faire élire sur un programme républicain beaucoup plus classique. Le renouvellement politique des républicains modérés par les « ralliés » reste donc limité et n'entame pas en profondeur les acquis de la République. Bien au contraire, loin de tracer une voie vers l'avenir, l'expérience Méline est vite considérée comme un retour en arrière, vers l'« ordre moral », voire l'orléanisme.

Les radicaux, gardiens de l'identité républicaine

Intransigeants et réalistes

À la différence des opportunistes puis des progressistes, qui ne sont que des républicains de gouvernement, gestionnaires d'un pouvoir en place et devenus conservateurs pour arriver à survivre en tant que majorité, les radicaux, eux, peuvent se prévaloir d'être les gardiens d'une longue tradition républicaine forgée depuis les années 1840 dans la lutte en faveur de la démocratie.

Ces derniers ont toutefois infléchi sensiblement leur programme politique. Ils ont pris la mesure du risque que comportait leur volonté de révision de la Constitution. Ils ont renoncé à exiger la suppression du Sénat et de la présidence de la République, qui ont résisté solidement face à l'aventure personnelle de Boulanger. Leur position à l'égard du pouvoir n'est toutefois pas exempte d'ambiguïté. Une partie des radicaux, de façon chronique, abandonnent leur intransigeance et acceptent l'idée de participer au gouvernement avec les progressistes pour enrayer un glissement à droite. Ils forment même à plusieurs reprises des gouvernements, c'est le cas de Léon Bourgeois (1895). Mais à la gauche démocratique qui se veut modérée s'oppose un radicalisme intransigeant dans le groupe radical-socialiste, derrière Camille Pelletan. Hostiles au marxisme et au bouleversement révolutionnaire, attachés à l'impôt progressif, à la petite propriété démocratisée ou associée pour faire disparaître le salariat, les radicaux trouvent chez Léon Bourgeois et dans sa doctrine, le « solidarisme », une voie originale pour la République. L'individualisme doit y être borné par la solidarité, le libéralisme amendé par des institutions sociales et tempéré par un idéal humanitaire.

Le glissement vers la province

À la différence des progressistes, le courant radical se structure, peu à peu, à partir de comités solidement implantés en province. Destinés à l'origine à organiser un peu partout le soutien aux candidats radicaux dans les campagnes électorales, ces comités tissent entre eux des liens de solidarité, deviennent permanents et développent au niveau local une pratique active de la démocratie. Dans les années 1890, ils s'organisent au niveau départemental et amorcent, par des fédérations de comités, les structures d'un véritable parti, très différent des organisations politiques traditionnelles, qui gravitaient seulement autour d'un journal. À partir des élections de 1885, l'implantation des radicaux a évolué. Ils reculent dans les grandes villes face à la poussée nationaliste et dans le Midi « rouge » devant la pression socialiste. Ils opèrent en revanche une percée dans le Sud-Ouest, qui devient leur bastion. Ils y captent parfois l'ancien électorat bonapartiste et s'y organisent dans le sillage d'un journal très efficace, *La Dépêche de Toulouse*. Face aux progressistes, les radicaux gagnent du terrain et offrent déjà la perspective d'une relève républicaine. Aux élections de 1898, ils recueillent 2 millions de voix, soit 27 % des suffrages exprimés.

Une nouvelle opposition de gauche : socialistes et syndicalistes

L'impossible unification des socialistes

Avec l'écrasement de la Commune, c'est l'idée même d'une insurrection révolutionnaire parisienne s'imposant à toute la France qui est remise en cause. Mais des issues très différentes se présentent alors aux travailleurs. Dans la tradition proudhonienne, on peut penser que le socialisme doit se construire plus modestement, à la base, dans des luttes économiques, sans tomber dans le piège de la politisation. L'idée qui consiste à voir le socialisme comme un horizon de la République démocratique est ébranlée, puisque c'est Thiers, à la tête de la République, mais peu contesté par les grands leaders républicains, qui a écrasé le mouvement révolutionnaire. Mais à l'étranger, d'autres pistes sont ouvertes par la poussée de la social-démocratie allemande, qui élabore un nouveau modèle de socialisme appuyé sur un puissant prolétariat très différent du peuple des barricades parisiennes. À Londres enfin, Marx ouvre la voie à un nouveau projet socialiste. Il nécessite, celui-là, de créer un parti de classe, de conquérir l'État, de collectiviser l'économie privée.

En France, où la répression à l'égard des organisations ouvrières reste très dure, les ambitions d'une classe ouvrière meurtrie, dispersée et surveillée restent limitées à un projet réformiste qui se développe dans le sillage de l'extrême gauche républicaine. Jean Joseph Barberet est le chef de file de ce socialisme qui se contente de prêcher la mise en place de coopératives de production et la reconstruction syndicale. C'est ce socialisme modéré qui domine le congrès de Paris d'octobre 1876, encore imprégné de l'héritage ouvriériste du Second Empire. Au congrès des ouvriers de Lyon, en janvier 1878, une orientation syndicaliste et « travailliste » plus marquée s'affirme face aux républicains. À l'« immortel congrès de Marseille », en octobre 1879, devant la confusion des thèses en présence, s'impose une orientation marxiste apportée par Jules Guesde, de retour d'exil depuis 1876. Connaissant la théorie de Marx, qu'il diffuse avec l'aide de Paul Lafargue dans son journal *L'Égalité*, Guesde, dont l'influence s'est limitée jusque-là à de petits cercles d'étudiants parisiens, parvient, bien qu'absent, à imposer dans le congrès plusieurs idées importantes : il faut construire un parti ouvrier autonome vis-à-vis des républicains, repousser le « coopérativisme » au profit de la collectivisation des moyens de production par l'État.

Du congrès naît une première organisation socialiste : la Fédération des travailleurs socialistes de France (FTSF). Dans ce parti très décentralisé et divisé en six régions autonomes, les socialistes, influencés encore par Proudhon et Bakounine, donnent à l'idée même de collectivisme des sens très différents. On en prend la mesure en 1881, lors des élections législatives. C'est Marx lui-même qui, à la demande de Guesde et Lafargue, a rédigé les considérants du programme électoral en explicitant le sens qu'il donne à l'idée de collectivisme : « l'expropriation politique et économique de la classe capitaliste et le retour à la collectivité de tous les moyens de production ». Cette orientation défendue par les guesdistes est rejetée d'emblée par les anarchistes, et au congrès du Havre (novembre 1880) les « coopérateurs » se détachent des « collectivistes », qui eux adoptent le programme. Celui-ci ne rassemble aux élections de 1881 que 60 000 voix et n'a que 1 seul élu, Clovis Hugues, à Paris. Dès septembre 1882, après l'échec électoral, la Fédération éclate. Les guesdistes en partent, se séparent des modérés de Paul Brousse, qui restent dans la Fédération, et créent au congrès de Roanne le Parti ouvrier français (POF). En dépit de la mort d'Auguste Blanqui, en juillet 1881, les blanquistes, menés par Vaillant, créent de leur côté en septembre 1881 le Comité révolutionnaire central (CRC). À peine réapparu, le socialisme français éclate en rameaux divergents, et le processus est loin d'être achevé puisqu'en 1890 la Fédération restée dans les mains de Brousse connaît la scission du Parti ouvrier socialiste révolutionnaire créé par Jean Allemane (POSR). Alors qu'en Allemagne s'organise une social-démocratie puissante et unie, le socialisme français, victime du pluralisme de ses héritages politiques, de la force du combat républicain qui entraîne les travailleurs souvent plus que le combat socialiste, mais victime aussi de l'hétérogénéité sociologique du monde du travail, dans lequel le prolétariat moderne est très minoritaire, ce socialisme reste profondément divisé.

Un courant marxiste

La Parti ouvrier français, au fil des années 1880-1890, domine les autres formations socialistes. Le parti de Jules Guesde, l'orateur, de Lafargue, son théoricien, se distingue par sa référence au marxisme, qui tranche dans un paysage politique français où les idées de Marx se heurtent à l'existence de la tradition républicaine et à celle d'un socialisme français pré-marxiste. Mais du marxisme Guesde ne tire pas un outil d'analyse de la société française. Il y trouve surtout des « recettes révolutionnaires », plaquées sur une réalité politique complexe. Cette pratique du marxisme, qui subordonne le syndicat au parti et se nourrit d'un catastrophisme abstrait, limite longtemps le parti à la dimension d'une secte de 2 000 militants qui n'obtient que 25 000 voix aux élections de 1885. Mais, au tournant des années 1890, le POF progresse grâce au talent d'orateur de Guesde, aux efforts de propagande du parti, à l'insertion du parti dans la IIe Internationale, fondée à Paris en 1889, en partie sur l'initiative des guesdistes. À la fin du siècle, le parti a 17 000 membres, soit la moitié des socialistes français. Il a 12 élus à la Chambre en 1898, a conquis des municipalités et s'est constitué des bastions dans le Nord et le Pas-de-Calais. Il est composé à 60 % d'ouvriers, des bagnes textiles du Nord aux métallurgistes du Centre. Mais il se compose aussi d'une forte base d'artisans, de boutiquiers, de petits paysans propriétaires du Midi « rouge » qui voient dans le POF plus un radicalisme avancé qu'un parti marxiste véritable.

Dans le Comité révolutionnaire central, marqué encore par l'héritage des sociétés secrètes, les blanquistes orthodoxes (Eudes et Granger) rejettent le terme de parti et la tenue de congrès. Anciens communards pour beaucoup d'entre eux, ils savent se fondre dans les grands combats républicains, mais leur patriotisme traditionnel les conduit à se fourvoyer dans le soutien à Boulanger, par hostilité viscérale à la République bourgeoise. Un autre courant est animé par Édouard Vaillant, délégué à l'Instruction publique sous la Commune qui fut lors de son exil à Londres en contact étroit avec Marx. Vaillant conserve du blanquisme l'attachement à la République, terrain des luttes démocratiques, le patriotisme messianique du jacobinisme, l'anticléricalisme, mais sa bonne connaissance du marxisme, meilleure que celle de Guesde, l'a éloigné du putschisme révolutionnaire et convaincu de la nécessité d'une organisation des masses pour conquérir l'État. Le souci d'une « action totale » le conduit à s'engager de manière éclectique dans les luttes démocratiques, celles des syndicats, des coopératives, des régies municipales, tout cela participant de l'émergence d'une conscience de classe nouvelle. L'implantation du CRC dépasse celle des guesdistes à Paris, où il est très présent chez les métallurgistes, les ouvriers du bâtiment et de la fabrique parisienne, mais les vaillantistes sont forts également dans le Cher (département de naissance de Vaillant) et l'Allier, chez les métallurgistes comme chez les bûcherons. En 1898, ils parviennent à conquérir une douzaine de sièges de députés.

Le réformisme français et ses dissidents

Avec Paul Brousse, un médecin qui a milité dans la fédération jurassienne anarchisante de la Ire Internationale, les éléments réformistes du socialisme français sont restés dans la Fédération des travailleurs socialistes de France, née en 1879. La FTSF se définit d'abord par son rejet du marxisme, perçu comme une doctrine d'origine allemande, sectaire, autoritaire, à laquelle Brousse oppose l'héritage fédéraliste de la Commune. Les broussistes ont aussi comme objectif la collectivisation des moyens de production, mais ils écartent la révolution politique et respectent l'autonomie des syndicats. Ils préconisent la conquête progressive et pacifique du pouvoir communal pour y municipaliser l'industrie privée afin d'en faire progressivement un service public. Implantés d'abord à Paris parmi les ouvriers de la petite entreprise, ils sont aussi présents dans le Centre-Ouest, les Ardennes, la Côte-d'Or. En juillet 1889, opposés aux guesdistes lors de la création de la IIe Internationale, qu'ils refusent de rejoindre, ils se rapprochent par contre des radicaux, avec lesquels ils participent à la lutte contre Boulanger. Ce réformisme qui les rapproche du « travaillisme » anglais provoque au sein de la FTSF une scission, en 1890, au congrès de Châtellerault.

Autour de Jean Allemane, un ouvrier typographe, s'organise le Parti ouvrier socialiste révolutionnaire, fidèle à la tradition de la Commune. Son cadre d'action privilégié reste celui des municipalités, mais contre le réformisme et l'électoralisme de la FTSF, les allemanistes s'inscrivent dans la vieille tradition révolutionnaire de l'égalitarisme sans-culotte, de l'ouvriérisme hostile aux leaders bourgeois (les figures connues sont pour la plupart des ouvriers : le métallurgiste J.-B. Dumay, le tonnelier A. Bourderon). Mais on y trouve néanmoins quelques intellectuels comme le germaniste Charles Andler et Lucien Herr, le bibliothécaire de la rue d'Ulm. À leurs yeux, la démocratie directe doit toujours l'emporter sur les élus et le système parlementaire. Le syndicat leur semble la meilleure arme du prolétariat et ils rejettent le parti de type marxiste et l'idée de dictature du prolétariat. Ils lui opposent un projet fédéraliste inspiré de la

Commune, à laquelle ils empruntent aussi leur anticléricalisme et leur antimilitarisme virulents.

La virulence du courant anarchiste

L'anarchisme français puise ses références chez Proudhon, Bakounine, Kropotkine, qui, du réformisme anti-étatiste au spontanéisme révolutionnaire, se sont opposés à la pénétration du marxisme, partisan d'une dictature du prolétariat, alors que l'anarchisme entendait, au-delà de la société bourgeoise, arriver au « non-État ». L'anarchisme se définit en effet par son refus de l'autorité : État, armée, Église, mais aussi patrie, famille, école traditionnelle… L'autorité détruite, la société pourra s'organiser dans une libre fédération des travailleurs, dans l'entraide et la solidarité. Renverser la société bourgeoise peut passer par l'action violente, conçue comme une réponse à une violence de la société, mais la ligne directrice de l'anarchisme français est plutôt celle d'un courant « éducationniste », attentif à la formation des individus (Paul Robin), à la mise en place de réalisations alternatives concrètes sous forme de coopératives, d'expériences autogestionnaires, et hostile à toute délégation de pouvoir dans un système parlementaire qui n'est que duperie. Des ouvriers surexploités du textile, des artisans et des boutiquiers, des intellectuels (Élisée Reclus), des poètes (Richepin, Verhaeren, Mallarmé, Valéry…), des artistes (Pissarro, Luce, Signac, Steinlen…), rencontrent l'anarchisme. Inorganisé par définition, l'anarchisme peut s'appuyer, après l'impasse dramatique du terrorisme individuel, sur l'action non négligeable d'infatigables propagandistes qui sillonnent la France (Émile Pouget, Sébastien Faure, Jean Grave), sur la diffusion de nombreux journaux et brochures, et, grâce au talent de militants comme Fernand Pelloutier, sur une présence forte dans les syndicats, les bourses du travail en particulier.

La nébuleuse des socialistes indépendants

Au-delà des petites formations politiques, dont on peut penser que l'émiettement entretient la division et affaiblit le socialisme, un certain nombre de personnalités se présentent comme des socialistes « indépendants » qui entendent rester ouverts à tous les courants et ont l'ambition de réunifier le socialisme. Dans les années 1880, leurs journaux accueillent tous les courants. C'est le cas de *La Bataille* de Lissagaray, l'historien de la Commune, de Jules Vallès dans *Le Cri du peuple*, ou encore de Benoît Malon dans *La Revue socialiste*, qui tente une synthèse entre réforme et révolution. Le courant s'amplifie dans les années 1890, dans la mesure où la moitié des élus socialistes à la Chambre ne se revendiquent d'aucun parti et constituent une fédération des socialistes indépendants. Ces nouveaux socialistes viennent souvent du radicalisme. C'est le cas d'Alexandre Millerand, un avocat soucieux de réformes sociales et désireux de ramener le socialisme dans le giron républicain, mais aussi de Jean Jaurès, agrégé de philosophie, député radical du Tarn en 1885, qui bascule au tournant des années 1890 vers le socialisme, sous l'influence de Lucien Herr et de Benoît Malon, mais aussi à cause de son expérience des luttes sociales auprès des mineurs de Carmaux.

L'élan socialiste, qui se traduit par la présence, à partir de 1893, d'une quarantaine de députés à la Chambre, la conquête de nombreuses mairies aux municipales de 1896, la pression et l'attente ouvrières, posent le problème d'une unification du mouvement socialiste, gage d'efficacité dans les luttes. C'est Millerand, le 30 mai 1896, qui prend les devants en dessinant une plate-forme minimale dans un discours célèbre prononcé au banquet de Saint-Mandé qui rassemble un millier de socialistes au lendemain du succès des municipales. Millerand revendique bien la socialisation des moyens de production, mais il l'envisage par un processus de longue durée et par la médiation du suffrage universel. Il écarte la voie révolutionnaire et revendique une conciliation entre internationalisme et patriotisme. En dépit de ces efforts, au moment où va éclater l'affaire Dreyfus, le socialisme reste divisé.

Le syndicalisme, une alternative au socialisme

Le développement rapide du socialisme au tournant des années 1890 ne peut être dissocié de la poussée parallèle des luttes sociales. La grève devient la forme d'action privilégiée des travailleurs. Ces grèves, plus offensives et mieux organisées, renforcent le mouvement syndical. En 1890, on comptait un peu moins de 140 000 syndiqués, ils sont plus de 400 000 en 1894. Toutefois, le mouvement syndical français se différencie clairement des *trade-unions* anglais, limités au terrain des luttes économiques, comme de la puissante DGB allemande, étroitement associée à la social-démocratie. Au plan national se sont formées des fédérations de métier ou d'industrie, qui se sont rassemblées en 1886 dans une Fédération nationale des syndicats, et sur le plan local se sont multipliées des bourses du travail qui ont créé des services de mutualité, des centres intersyndicaux, où s'organisent aussi les grèves locales. Ces bourses ont formé, en 1892, une fédération nationale dont Fernand Pelloutier devient le secrétaire général. Pelloutier fait partie de ces anarchistes qui voient dans le syndicat, au-delà d'un instrument de lutte économique, le meilleur outil de la révolution sociale. À la fin des années 1880, cette conception du syndicalisme prend forme, au sein de la Fédération des bourses, à travers l'idée de « grève générale », qui, sans être encore aboutie, devient « le grand moyen d'émancipation : la révolution même ».

Cette conception se heurte à celle des guesdistes, qui défendent eux l'idée d'une subordination du syndicat au parti, qui a le monopole de l'action politique. Mais le mot d'ordre de « grève générale » progresse au fil des luttes de la classe ouvrière – la grande grève des terrassiers de 1888 entre autres – et attire des militants venus du blanquisme et de l'allemanisme. L'idée, défendue par un jeune avocat de militants syndicaux, Aristide Briand, et par Fernand Pelloutier, s'impose en 1894, au congrès de Nantes qui rassemble les syndicats et les bourses. Le mouvement syndical s'organise alors en dehors des guesdistes, qui ont perdu la direction de la Fédération des syndicats. En septembre 1895, à Limoges, naît la Confédération générale du travail (CGT), consolidée en 1902.

Il ne s'agit pas, dans la CGT, d'apolitisme. Bien au contraire, le syndicat, en adoptant la voie du syndicalisme révolutionnaire, se veut supérieur au parti et nourrit l'ambition de conduire les ouvriers vers le socialisme. Cela n'exclut nullement les luttes revendicatives : les salaires, les conditions de travail, la journée de huit heures qui devient le grand enjeu des luttes ouvrières, ni même les caisses de secours ou la formation professionnelle au sein du syndicat. Mais l'outil de la lutte, la grève, prend une dimension nouvelle en gagnant une valeur révolutionnaire. Elle éduque et aguerrit en vue de la grève générale, l'épreuve finale, qui doit faire tomber le capitalisme et confier alors au syndicat l'organisation d'une société décentralisée et libérée du capitalisme. Paradoxalement, si la violence n'est pas exclue des affrontements localisés avec le patronat, la grève générale est représentée comme une grève pacifique des « bras croisés ». Loin de la puissance des syndicats anglais et allemands, le syndicalisme révolutionnaire de la CGT regroupe tout de même à la fin du siècle une centaine de milliers d'adhérents (mais la France compte 8 millions de salariés). En se voulant un autre socialisme, populiste, spontanéiste, défiant à l'égard des « bureaucraties » politiques, il n'en constitue pas moins un nouvel obstacle à l'unité socialiste.

L'extrême droite contre la République

La crise de l'idée de nation

En fin de siècle, la droite classique, celle des orléanistes, des légitimistes et des bonapartistes, a perdu l'essentiel de ses assises populaires et se marginalise. Aux élections de 1898, monarchistes et bonapartistes n'obtiennent que 11 % des voix contre 48 % en 1885. Mais une nouvelle droite, à la fois intellectuelle et populaire, émerge d'une crise idéologique profonde qui trouve ses racines dans la défaite de 1870 et se cristallise face à la consolidation de la « République absolue » dans les années 1890.

La défaite de la France, aux yeux de Taine ou de Renan (*La Réforme intellectuelle et morale*, 1871), a ébranlé une idée de la nation confondue avec les valeurs de la gauche. Jusque-là, la nation, l'héritage de la Révolution française, les valeurs universelles de liberté et d'égalité, s'enchaînaient. La défaite de la France, face à la Prusse autoritaire, militariste et aristocratique, a jeté le doute sur la solidité du projet et conduit à penser que la cause de la défaite doit être recherchée dans les effets nocifs du suffrage universel imposé en France depuis 1848 et dans le règne des masses qui ont submergé les élites.

Les républicains, sensibles au problème, ont été les premiers à défendre l'idée que la démocratie politique consolidée devait faire une place à des élites renouvelées dans le creuset de la méritocratie républicaine. Mais le projet républicain de redressement de la nation s'est usé prématurément, et le boulangisme l'a affaibli en l'accusant de trahir l'intérêt national. Pourtant le boulangisme, antiparlementaire, soucieux de redressement national, n'est pas antirépublicain. Ce « nationalisme » de la fin des années 1880 reste marqué par son ancrage à gauche, dans lequel il trouve, du reste, une assise populaire qui manque alors aux droites. L'« appel au peuple » est d'abord un appel à une renaissance, à un sursaut de la République contre une dérive « bourgeoise » qui la dénature.

C'est l'échec puis la disparition de Boulanger (1891) qui entraînent une mutation nouvelle du nationalisme dans le climat des années 1890. La défaillance de la République, face à l'Allemagne, est alors attribuée, non plus seulement à son enlisement dans le système parlementaire, mais à la démocratie elle-même. L'idée était déjà en filigrane des analyses des conservateurs, Renan et Taine, elle prend désormais une place essentielle et suscite la recherche d'un modèle de redressement de la France, critique à l'égard du suffrage universel. Mais ce qui est en cause, c'est aussi la société moderne elle-même, cette société laïcisée, imprégnée de positivisme républicain et de rationalité scientifique. En contrepoint de l'optimisme républicain, de son rationalisme confiant dans les progrès de la science, une autre France bascule dans l'inquiétude et le pessimisme. Elle traduit ce sentiment de malaise dans l'idée de « décadence », formule largement répandue, présente déjà dans la pensée allemande et prégnante chez nombre d'écrivains français : Taine, Drumont, Gustave Le Bon, Barrès... Les responsables de cette décadence sont, pêle-mêle, la République, la démocratie, le suffrage universel, les masses porteuses de violence, le péril anarchiste et socialiste qui menace les fondements même de la société. Mais le péril le plus grand semble être pour cette France inquiète le « péril juif ».

La montée de l'antisémitisme

S'il existe de longue date un antisémitisme catholique en France, l'antisémitisme n'a pas été jusqu'à la fin du siècle le monopole de la droite. Chez Fourier, Proudhon, Toussenel, l'antisémitisme se mêle fréquemment à l'anticapitalisme. Mais, en fin de siècle, un nouvel antisémitisme est inventé par Drumont, l'auteur en 1886 d'un véritable best-seller, *La France juive*, auquel fait écho *La Croix*, qui se veut le journal « le plus anti-juif de France » et qui serait lu alors par le tiers du clergé paroissial. Le thème du « péril juif », virulent, violent, obsessionnel, hante constamment le discours de la nouvelle droite et apporte une interprétation politique globale de la France nouvelle au prisme du mythe d'une « république juive », cause profonde de la décadence de la France. Dans ce nouvel antisémitisme s'allient l'anticapitalisme, l'antisémitisme catholique traditionnel, le racisme biologique nourri de pseudo-théories scientifiques. Déjà, Arthur de Gobineau, dans son *Essai sur l'inégalité des races humaines* (1853-1855), avait « démontré » la supériorité des Aryens et la nocivité d'un métissage de la « race » française. Mais le darwinisme social, qui transfère l'idée de sélection des espèces animales sur la société humaine, apporte aux idéologues racistes des thèmes nouveaux. Georges Vacher de la Pouge, Jules Soury, s'appuyant sur une anthropologie fantaisiste et la « mensuration des crânes », dénoncent le danger des « sémites génétiquement inférieurs », qui menacent l'Aryen de disparition et la France de décadence. Ces idées progressent dans l'opinion sous l'influence de journaux comme *La Libre Parole* de Drumont, qui lance une campagne pour que l'armée, épine dorsale de la nation, soit épurée de ses officiers juifs. Le complot juif contre la France est le plus souvent associé, surtout dans la presse catholique, au complot maçonnique.

Les racines sociales de ce mouvement se trouvent d'abord dans des élites taraudées par l'idée que la société de masse, la démocratie, vont anéantir les hiérarchies, leurs positions, et par là même briser la vitalité, l'énergie de la nation. Mais ces idées pénètrent aussi une masse de boutiquiers et d'artisans des grandes villes qui ont formé traditionnellement une base de la gauche. La crise de la petite entreprise, la concurrence de la « camelote allemande », la menace de prolétarisation qui pèse sur des petits producteurs indépendants qui craignent les « gros », la concentration, la crainte des grands magasins, mais aussi des coopératives de consommation ouvrières et puis l'arrivée de la vague d'immigrés juifs chassés d'Europe centrale par les pogroms, rendent vulnérable une partie des petites classes moyennes.

Une organisation et des chefs

Le succès du nationalisme tient aussi à son organisation originale et à la stature de chefs de file charismatiques qui font la synthèse de thèmes encore dispersés. Les « ligues », qui tentent sur un objectif limité de mobiliser des militants mais aussi des sympathisants venus parfois d'horizons politiques très éloignés, constituent un moyen de pression efficace. La Ligue des patriotes de Déroulède, née républicaine en 1882 mais devenue dans les années 1890 fer de lance du nouveau nationalisme antidémocratique, est le prototype de cette nouvelle forme de protestation politique. La Ligue antisémitique de Jules Guérin entend « faire triompher le bon droit contre les juifs », même si son chef est compromis lui-même dans des affaires financières. En 1899, est fondée aussi la Ligue de la patrie française dans les milieux de la droite intellectuelle et catholique. Ces organisations prennent une dimension inquiétante pour la République, parce qu'elles trouvent en Maurice Barrès et Charles Maurras deux chefs de file qui apportent non pas une, mais deux doctrines à la droite nationaliste.

Maurice Barrès a commencé son itinéraire politique dans la mouvance de gauche du boulangisme et est même resté lié jusqu'au début des années 1890 à des leaders socialistes. Il a alors tenté de composer nationalisme virulent et thèmes socialisants. Si, dans le sillage de Renan, il a partagé l'opinion que la France était désormais sur le chemin de la décadence, il n'en est pas moins resté fidèle à l'idée que la Révolution ne devait pas être rejetée hors de la tradition nationale et que la République restait le cadre de son relèvement futur. Mais en deçà de la Révolution, c'est dans son passé national le plus lointain, dans ses traditions les plus enracinées, que la France doit chercher les voies de son salut. Au-delà même du nationalisme, Barrès, le lorrain romantique, xénophobe et antisémite, ouvre la voie à un régionalisme réactionnaire, fait d'attachement à la terre des ancêtres, au culte des morts de la province natale, qu'il oppose au juif apatride exclu de la citoyenneté. Son œuvre, qui prêche la régénération de la France, est un appel au dépassement, à l'énergie, et son modèle dans ce combat reste d'abord le militaire, dont les vertus spartiates sont opposées au dessèchement moral de l'intellectuel républicain.

Dans les années 1890, avant d'être révélé par l'affaire Dreyfus, Charles Maurras, le cadet de Barrès, qu'il considère comme un maître, ouvre la voie à un autre nationalisme. Monté à Paris de sa Provence natale en 1885, Maurras dit avoir mesuré alors avec effroi la menace mortelle que faisait peser sur la France catholique et latine « l'anti-France protestante, juive et métèque ». Éduqué dans les terres provençales d'un catholicisme « blanc » et réactionnaire, il partage alors avec Barrès, le Lorrain, la xénophobie, un antisémitisme virulent, le sentiment de décadence, la haine de la démocratie, l'hostilité à la centralisation jacobine.

C'est à la fin des années 1890 qu'il s'éloigne de l'approche « sentimentale » et romantique de Barrès et construit un projet de « nationalisme intégral » fondé sur l'idée de restauration de la monarchie. Le projet, sans rapport avec le retour des Bourbons ou des Orléans, est fondé sur l'utilisation des sciences positives, du darwinisme social inspiré d'une loi de sélection naturelle, dans le but de démontrer que, dans une société fondée naturellement sur l'inégalité des aptitudes entre les individus, l'égalitarisme démocratique est un artifice funeste, responsable en profondeur de l'affaiblissement et de la décadence de la France. Il lui oppose la monarchie, « choix de la raison », une monarchie fondée sur un ordre hiérarchique et inégalitaire entre les individus. Sa monarchie, forte à la tête de l'État, sera décentralisée par une restauration des corps intermédiaires : provinces, corporations, famille... Indifférent en religion, Maurras appelle pourtant au retour d'un catholicisme conservateur, armature nécessaire de l'ordre social. Enfin chez Maurras, à l'opposé de Barrès, la haine de la démocratie l'emporte sur le patriotisme. C'est elle qui le pousse à revendiquer désormais contre la République des moyens extrêmes et à souhaiter un « coup de force » pour atteindre le pouvoir.

Une « renaissance » républicaine (1899-1911)

La conscience française déchirée : l'affaire Dreyfus

Il est de coutume de faire entrer l'affaire Dreyfus dans les guerres franco-françaises qui ont progressivement dessiné le profil de la France contemporaine. Mais cet affrontement déchire la nation de manière singulière. Il ne s'agit pas comme dans les profondes fractures révolutionnaires du XIXe siècle d'un événement qui mobilise les masses et oppose entre eux jusqu'au fin fond des campagnes des groupes sociaux devenus irréconciliables. L'Affaire relève avant tout de la sphère du débat politique. Il s'y ajoute toutefois une dimension particulière. Si la poussée antisémite et nationaliste ne menace guère, en profondeur, les institutions et l'ordre, l'Affaire a en revanche une dimension morale qui met à l'épreuve les valeurs mêmes de la République.

Le procès Dreyfus

L'affaire Dreyfus commence le 15 octobre 1894 quand le capitaine Dreyfus, officier d'état-major, est arrêté et incarcéré pour espionnage au profit de l'Allemagne. On l'accuse d'avoir livré les plans du nouveau canon de 75 français. En décembre, son procès se déroule à huis clos en conseil de guerre à Paris. Le 22 décembre, il est reconnu coupable à l'unanimité des sept juges et condamné à la déportation à vie. Le 5 janvier, il est dégradé dans la cour de l'École militaire et seize jours plus tard embarqué pour l'île du Diable au large de la Guyane. À ce stade, l'opinion est unanimement hostile à Dreyfus, et Clemenceau et Jaurès trouvent la peine légère. Seule la famille de Dreyfus et un journaliste qu'elle a engagé pour faire la lumière sur l'affaire, Bernard Lazare, luttent contre ce qui est pour l'opinion une évidence. Leur conviction est toutefois renforcée, en juillet 1895, par la découverte du lieutenant-colonel Picquart, chef du bureau de renseignements, qui constate que l'étude des écritures montre que Dreyfus n'est pas coupable et qu'Esterhazy, un commandant toujours à court d'argent, est à l'origine de la trahison. Cette prise de position vaut à Picquart d'être affecté en Afrique du Nord.

Le procès Dreyfus ne devient l'« Affaire » qu'en novembre 1897, lorsque Auguste Scheurer-Kestner, vice-président du Sénat, fait savoir qu'il a acquis la conviction de l'innocence de Dreyfus. Coup sur coup, deux événements font de l'« Affaire » une question nationale : l'acquittement d'Esterhazy et, le 13 janvier 1898, la lettre ouverte de Zola au président de la République, « J'accuse ». Durant deux ans, la France se déchire, pour ou contre Dreyfus. Bien que les preuves s'accumulent contre Esterhazy, en dépit du suicide du colonel Henry (3 août 1898), convaincu d'avoir fait un faux qui accusait Dreyfus, l'affaire s'enlise, et Zola, traîné en justice, doit s'exiler à Londres. Ce n'est qu'en septembre 1898, au vu des irrégularités du procès de 1894, que Picquart, emprisonné pour divulgation de documents, est libéré et que Zola rentre d'exil. Un nouveau procès en révision se tient à Rennes, en août 1899, mais Dreyfus y est alors reconnu coupable d'« intelligence avec l'ennemi », avec la nuance étonnante des « circonstances atténuantes », ce qui lui vaut d'être condamné le 9 septembre 1899 à dix ans de détention par cinq voix contre deux. Seule l'intervention du président Loubet à la demande du président du Conseil, Waldeck-Rousseau, lui vaut d'être gracié et libéré. En 1903, Jaurès relance l'Affaire et obtient la révision du procès en cassation, et c'est seulement le 12 juillet 1906 que Dreyfus est réhabilité et réintégré dans l'armée ainsi que Picquart. Le 20 juillet, Dreyfus est fait chevalier de la Légion d'honneur et Picquart devient ministre de la Guerre dans le gouvernement de Clemenceau.

L'identité de la République à l'épreuve

Le combat mené au départ par une poignée d'hommes courageux, résolus à faire triompher la vérité, est devenu, par étapes, une bataille politique d'ampleur nationale. Après les quelques personnalités qui ont pris fait et cause pour Dreyfus, Zola en tête, ce sursaut contre l'injustice s'est élargi à quelques leaders politiques, puis plus largement au groupe des intellectuels, les « grands » et les « petits », aux loges maçonniques, aux sociétés de libre-pensée, enfin aux partis. L'antidreyfusisme est plus complexe, dans la mesure où il s'appuie sur le conservatisme de l'establishment républicain. Il a d'abord pour souci de défendre l'armée, « la France elle-même ». Il est relayé par les ligues et par un petit peuple en révolte contre la république parlementaire. L'Affaire constitue une épreuve pour la République, car ce qui est en jeu est moins un conflit entre les classes sociales, un clivage entre la droite et la gauche, une bataille sur la forme du régime, qu'une lutte plus fondamentale autour de la définition même de la République, dont l'image et l'enracinement démocratique se sont brouillés au fil des années 1890.

Le petit noyau de personnalités qui s'est mobilisé à l'origine autour de Dreyfus a fixé les enjeux : faire reconnaître que Dreyfus n'est pas coupable est une question de principes, une protestation qui relève de la morale politique. La question est de savoir si être français est une « affaire de race » ou un engagement à partager les valeurs universelles de la République, qui sont fondées sur la Déclaration des droits de l'homme et du citoyen. Dans l'« absolutisme nationaliste » des antidreyfusards, le culte de la nation et de l'armée, son épine dorsale, anéantit toute autre valeur et conduit sans peine à considérer que le mensonge peut être juste s'il est d'État et donc devient supérieur à la morale individuelle. De là l'idée tout à fait naturelle, pour Maurras, du « faux patriotique » fabriqué légitimement par le colonel Henry, héros des nationalistes, qui souscrivent pour faire ériger un monument à sa gloire après son suicide.

Ces positions extrêmes sont affichées dans un climat d'irrationalité propice à droite à tous les délires et aux élucubrations les plus folles. À la racine de cette crise de la pensée se trouve la poussée spectaculaire de l'antisémitisme français. Si Dreyfus est un traître, c'est qu'il est juif. Maurice Barrès l'affirme : « Que Dreyfus est capable de trahir, je le conclus de sa race. » La rage antisémite s'empare alors du courant nationaliste, de ses organes de presse, derrière Drumont, Rochefort, Guérin... et avec Maurras le nationalisme finit par y trouver son identité. Pour une communauté de 80 000 membres, le moment est d'autant plus dramatique que les juifs de France sont d'abord préoccupés, en cette fin de siècle, d'affirmer leur volonté d'intégration, leur soutien aux institutions et à l'ordre avant de se tourner pour certains vers le sionisme.

La bataille des deux France

Le premier dreyfusisme n'a pas une large assise. Il est d'abord une bataille d'« intellectuels » – le mot s'impose alors – contre les nationalistes. Le « J'accuse » de Zola, en janvier 1898, dans le journal de Clemenceau, *L'Aurore*, entraîne la publication de pétitions en faveur de Dreyfus. On y retrouve les éléments fondateurs du dreyfusisme : des écrivains, Anatole France, Proust, Octave Mirbeau ; des historiens, Daniel Halévy ; le germaniste Charles Andler ; des sociologues, Célestin Bouglé, Émile Durkheim ; l'économiste François Simiand ; des artistes, Pissarro, Monet, Signac... Le Quartier latin devient un bastion des dreyfusards, où Lucien Herr, le bibliothécaire socialiste de l'École normale supérieure, parvient à convaincre Jaurès, réticent, et où Charles Péguy fait de sa librairie de la rue Bellais un point de ralliement des passionnés de la justice.

Le besoin de retourner aux sources de la République, à 1789, explique la fondation, à l'initiative d'un ancien ministre de la Justice, Ludovic Trarieux, le 4 juin 1898, de la Ligue des droits de l'homme, qui élargit le combat en faveur de la justice à la morale politique et à la justice sociale (la Ligue agit en faveur des forçats de Guyane et contre le régime imposé aux prostituées, et soulève la question algérienne). La Ligue rassemble des universitaires, des hommes de lettres, mais aussi des sociétés de libre-pensée et des loges maçonniques. Dans le sillage des « grands intellectuels » parisiens, ce sont des professeurs et des instituteurs de province, des avocats, des médecins, des journalistes, puis des syndicalistes ou des pasteurs protestants, qui se mobilisent en faveur de Dreyfus, parce que l'Affaire devient l'enjeu d'une défense de la démocratie républicaine et de la laïcité. Les radicaux, derrière Clemenceau, constituent la première force du dreyfusisme. Les socialistes, Jaurès en tête, ont d'abord été plutôt hostiles à Dreyfus, enjeu d'une « guerre civile bourgeoise » sans intérêt pour les prolétaires. Mais, à partir d'août 1898, Jaurès, convaincu de l'innocence de Dreyfus, veut réconcilier justice et socialisme et entraîne derrière lui une partie des socialistes.

Le camp des antidreyfusards est dominé par des notabilités qui identifient leur combat à la défense de l'État, de la société, de l'armée. Mais les intellectuels ne manquent pas, et leurs positions sont relayées par une presse virulente qui n'hésite pas à utiliser photos truquées et caricatures haineuses (*L'Éclair*, *La Patrie*, *L'Intransigeant*, *La Libre parole*, *La Croix*), mais aussi par des journaux à grands tirages (*Le Petit Journal*, *Le Matin*...). Le chef de file des antidreyfusards est Maurice Barrès, et nombreux sont les intellectuels et les artistes qui le rejoignent : Paul Valéry, Paul Bourget, François Coppée, Renoir, Cézanne, Toulouse-Lautrec, Forain, Rodin... En janvier 1899, à l'initiative de Barrès, est fondée la Ligue de la patrie française. Présidée par Ferdinand Brunetière, un académicien directeur de *La Revue des deux mondes*, elle draine l'establishment de l'esprit : Albert Sorel, François Coppée, Paul Bourget, Jules Lemaître, Albert de Mun... Bourgeoise, mais avec un appui dans des couches populaires de la petite bourgeoisie, elle affiche un nationalisme conservateur mais, à l'image de son président, Brunetière, hésite à suivre l'antisémitisme fanatique d'un Drumont ou d'un Maurras. Cette puissante nébuleuse antidreyfusarde éclate de ce fait aux élections de 1902 entre conservateurs et extrême droite. Son déclin laisse la voie libre au Comité d'action française créé en avril 1898 par Maurice Pujo et Henri Vaugeois, organisation qui publie en 1899 la *Revue de l'Action française*. Le Comité, rejoint par Maurras dès 1901, se convertit à la stratégie du « nationalisme intégral » et à la préparation du coup de force qui devrait balayer la République.

Cette radicalisation s'explique aussi par le climat de violence qui s'empare de la France au plus fort de l'Affaire et qui est attisé par l'activisme des ligues nationalistes et la fièvre antisémite. Au début de l'année 1898, des manifestations violentes éclatent dans de nombreuses villes contre les commerçants juifs, les synagogues, les enseignants juifs, parfois contre ceux qui tout simplement ont un nom qui rappelle celui d'un juif. Elles mobilisent des artisans, des employés, des fonctionnaires, des étudiants mais aussi des ouvriers, comme à Bourges ou à Marseille. Le mouvement rencontre un puissant soutien du côté de l'Église et de sa presse – le journal *La Croix* et les assomptionnistes. La haine nationaliste, qui trouve dans les juifs un bouc émissaire, s'y exprime de manière confuse et s'associe à la défense du terroir, de la race française, du sang et du sol ; mais parfois on crie aussi : « À bas les juifs, vive la République ! » Si le personnel politique républicain apparaît paralysé, les violences sont contenues parce que partout la police tient bon et montre la solidité de l'État républicain au-delà de la crise qui affecte les partis eux-mêmes. En Algérie, la violence, amplifiée par le décret Crémieux d'octobre 1870 qui donne aux juifs algériens la nationalité française, fait plusieurs morts.

Recomposition du paysage politique

L'affaire Dreyfus coupe politiquement la France en deux, sans que la ligne de partage entre dreyfusards et antidreyfusards ne se confonde avec le traditionnel clivage gauche-droite. Dès le début, les adversaires de la République, les monarchistes et les bonapartistes en voie de marginalisation, les nationalistes des ligues ont volé au secours de l'armée et de la justice, ébranlées par l'Affaire. Mais on trouve aussi, dans le camp antidreyfusard, une grande partie des républicains « progressistes », qui considèrent que la révision du procès est un coup porté aux fondements des institutions et au-delà à l'ordre social. Jules Méline, président du Conseil de 1896 à 1898, et le président de la République Félix Faure se rangent du côté des accusateurs de Dreyfus. En face, chez les dreyfusards, on ne trouve alors comme personnalité politique que Clemenceau, qui entraîne les radicaux et qui est un des premiers à être convaincu de l'innocence de Dreyfus, puis Jaurès, mais pas tous les socialistes. Les guesdistes et les vaillantistes restent à l'écart du combat, mais le socialisme bouge. Des étudiants collectivistes rompent avec le POF et fondent en janvier 1899, avec Jean Longuet et Hubert Lagardelle, le Mouvement socialiste. Au cours de l'année 1898, les républicains progressistes se coupent en deux sur l'Affaire. Une partie d'entre eux bascule dans le sillage des nationalistes; une autre partie, derrière Waldeck-Rousseau, Barthou, Poincaré... abandonne la majorité de Méline et rejoint le camp dreyfusard, convaincue que la République ne peut rompre avec ses principes fondateurs, avec les droits de l'homme, et que derrière les antidreyfusards se profile le camp de ceux qui veulent attenter à la démocratie.

Des événements spectaculaires confortent l'idée que la République est en danger. Déroulède, à l'occasion des obsèques de Félix Faure, en février 1899, tente d'entraîner – en vain – un régiment sur l'Élysée. Le 4 juin 1899, le président Émile Loubet, qui succède à Félix Faure et qui a adopté des positions favorables à Dreyfus, est agressé sur le champ de courses de Longchamp. Si ces provocations n'ont guère qu'une valeur symbolique, dans la mesure où l'État républicain n'est nullement menacé par les rodomontades de l'extrême droite, elles créent, chez les républicains regroupés dans la défense de Dreyfus, un sursaut qui se traduit le 22 juin 1899 par la formation d'un gouvernement Waldeck-Rousseau, « gouvernement de défense républicaine ».

Ce gouvernement, composé en majorité de progressistes dreyfusards, accueille des radicaux, et pour la première fois un socialiste, Alexandre Millerand, devient ministre du Commerce, portefeuille qui comprend également le secteur du Travail. La présence dans le ministère du général Galliffet, justifiée par Waldeck-Rousseau au nom d'une reprise en main de l'armée, suscite par contre perplexité et désarroi dans les rangs socialistes. La présence de Galliffet, « bourreau de la Commune », pousse Guesde et Vaillant à désavouer la présence de Millerand au gouvernement.

Mais désormais, c'est une majorité de gauche, née de l'affaire Dreyfus au sein de la Chambre élue en 1898, qui domine la République. Le gouvernement de Waldeck-Rousseau symbolise la résistance de la République face aux droites et en particulier celle des nationalistes. Arrêter la vague antisémite, c'est sauver l'ordre républicain. L'État républicain, cible des attaques nationalistes, en sort paradoxalement renforcé. Les républicains, dont l'image s'était brouillée au fil des années 1890, se sont ressourcés dans l'épreuve. Ils sont redevenus les défenseurs des droits de l'homme et affichent même leur volonté d'intégrer à la République la mouvance socialiste. La droite, qui se confond avec le camp des antidreyfusards, est désormais rejetée dans l'opposition. La République symboliquement fête son succès. La fameuse statue du *Triomphe de la République* de Jules Dalou est inaugurée place de la Nation le 19 novembre 1899. À l'exposition universelle de 1900, qui affirme de nouveau le rayonnement de la France, le président Loubet rassemble autour de lui un immense banquet de plus de 20 000 maires des communes de France.

La « défense républicaine »

Waldeck-Rousseau : l'ouverture à gauche du libéralisme républicain

Le gouvernement de Waldeck-Rousseau inaugure un nouveau cours de la République qui, sous des formes différentes, mais sous l'appellation traditionnelle de « République radicale », va durer pratiquement jusqu'à la guerre. Le nouveau président du Conseil n'appartient pas lui-même au radicalisme mais à ce courant de républicains très modérés du « progressisme » qui ont choisi de soutenir Dreyfus parce qu'il en allait du destin même de la République. « Bourgeois provincial devenu grâce à l'argent et à la politique un grand bourgeois parisien », Waldeck-Rousseau entend bien rétablir l'ordre républicain. Son dessein va toutefois bien au-delà de la stabilisation conservatrice voulue par un Méline préoccupé de consolider la République dans ses assises rurales traditionnelles. Waldeck-Rousseau, qui s'est fait connaître en 1884 pour avoir été l'auteur de la loi autorisant la création des syndicats, est convaincu que la stabilité des institutions passe par un nouveau consensus social qui reste à construire. Celui-ci ne saurait durablement écarter le monde ouvrier.

La situation sociale, partiellement occultée par les éclats politiques de l'affaire Dreyfus, le lui rappelle. En 1895, la France a eu 600 000 journées de travail perdues pour fait de grève, elle en compte 3 550 000 en 1900. Son gouvernement, qui a fait une place significative aux radicaux, prend également la mesure du poids des « couches nouvelles » au lendemain de l'Affaire. C'est cette moyenne bourgeoisie républicaine qui a été aux avant-postes de la lutte contre les nationalistes et la droite catholique. Mais, s'il est indispensable de revenir à une stricte laïcité de l'État et de répondre aux attentes de ceux qui ont gagné la bataille de l'Affaire, Waldeck-Rousseau pense néanmoins que la stabilisation recherchée nécessite de clore l'ère des affrontements entre l'Église et la République.

En 1899, rétablir l'ordre passe d'abord par des mesures d'autorité. L'armée est reprise en main grâce à la réorganisation du Conseil supérieur de la guerre et la répression de l'agitation ligueuse, confiée au préfet de police républicain Lépine, homme d'une grande efficacité. L'exigence de fermeté et d'ouverture qui guide le nouvel esprit républicain apparaît toutefois dans la loi de 1901 sur les associations. La liberté d'association, pour compléter la panoplie des grandes libertés, devient de droit sous réserve d'une simple déclaration. Une vieille revendication des républicains est satisfaite. Mais, pour écarter tout détournement de la loi républicaine par ceux qui, au fil de l'affaire Dreyfus, se sont révélés ses ennemis, les congrégations religieuses font l'objet d'un statut particulier : une loi est nécessaire pour autoriser de nouvelles congrégations, un décret pour des établissements nouveaux dans les congrégations existantes. La loi, bien qu'appliquée avec souplesse, permet désormais de délimiter et de contenir l'espace de l'enseignement catholique. Mais elle donne aussi un nouveau cadre pour la vie politique démocratique. La vie associative républicaine connaît un essor remarquable, et le débat politique est transformé par l'apparition des « partis » au sens moderne du terme.

L'apparition des partis politiques modernes

C'est le courant radical qui, dans la perspective des élections législatives de 1902, s'organise le premier en Parti radical et radical-socialiste. À l'origine du parti, se trouve toute une nébuleuse radicale qui s'est manifestée pendant l'affaire Dreyfus : l'Union des jeunesses républicaines (1898), le Comité national républicain du commerce et de l'industrie du sénateur Mascuraud, qui rassemble un patronat moyen favorable aux idées radicales, les francs-maçons du Grand-Orient de France, qui sont parvenus à organiser, le 14 juillet 1900, une grande manifestation de loyalisme républicain face à la droite. Élus, comités, journaux, loges maçonniques, sociétés de libre-pensée, sections de la Ligue de l'enseignement... organisent en juin 1901 un congrès des radicaux sous le patronage d'anciens présidents du Conseil radicaux : René Goblet, Henri Brisson, Léon Bourgeois. Le parti qui se constitue a l'ambition de devenir le pôle de rassemblement de tous les républicains qui se sont rencontrés au moment de la formation du gouvernement Waldeck-Rousseau. Léon Bourgeois dit que le parti est appelé à réunir « les républicains sans étiquette, républicains simplement fidèles au vieil esprit républicain, républicains radicaux et radicaux-socialistes ». L'entente, très souple, s'adresse « à tous ceux qui s'inspirent de l'esprit de la Révolution française, tous ceux qui veulent la pensée libre, la justice et la paix sociale ».

Grande souplesse du programme, grande souplesse aussi dans l'organisation. Les comités provinciaux, conformes à la tradition républicaine d'une souveraineté du peuple, gardent beaucoup d'autonomie. Des comités d'« intérêts », comme le comité Mascuraud, jouent un grand rôle et suggèrent des mesures législatives. Un comité exécutif, fait surtout d'élus, se fixe à Paris, mais Clemenceau, figure emblématique du radicalisme, n'entre que beaucoup plus tard au parti. Le programme est assez général : action laïque contre le cléricalisme, action démocratique contre la dictature, action sociale contre la misère.

Ce n'est qu'au congrès de Nancy en 1907 et en riposte à la formation d'un parti socialiste, que les radicaux précisent leur programme. Ils se font les défenseurs des institutions, y compris du Sénat et de la présidence de la République qu'ils contestaient. Partisans en théorie du scrutin de liste, plus programmatique, ils s'accommodent du scrutin d'arrondissement, qui, supposant des désistements au deuxième tour, permet de juger de la discipline républicaine dans toute la gauche. En matière sociale : rejet de la notion de classe, rejet des « conceptions égoïstes du laissez-faire », souci de faire disparaître le prolétariat en étendant la propriété privée et la coopération, lutte contre les monopoles capitalistes y compris par des nationalisations, une politique sociale inspirée surtout par l'idée d'assistance et l'arbitrage dans les conflits du travail.

Au même moment, se met sur pied l'Alliance républicaine démocratique, qui regroupe les anciens progressistes qui ont choisi le camp dreyfusard et suivi Waldeck-Rousseau : Raymond Poincaré, Louis Barthou, Maurice Rouvier... Son programme se veut anticlérical, mais pas antireligieux, antisocialiste, mais soucieux de progrès social, antinationaliste, mais attaché à la patrie. L'Alliance, soutenue par des journaux très puissants (*Le Petit Parisien* et *Le Matin* tirent à plus de 1 million d'exemplaires), se présente comme une fédération assez souple de comités, guidés par un noyau de députés et de sénateurs, issus pour l'essentiel de la bonne bourgeoisie et souvent liés aux milieux d'affaires.

Ceux qui, parmi les progressistes, s'étaient déclarés hostiles au gouvernement Waldeck-Rousseau, forment en 1903 la Fédération républicaine, nettement orientée à droite (Jules Méline, Eugène Motte, Alexandre Ribot...). Il ne s'agit guère d'un « parti de masse », puisque la Fédération regroupe 7 000 à 8 000 membres, mais d'un rassemblement de notables. La Fédération est d'abord un parti libéral, hostile à l'« étatisme » sous toutes ses formes, à l'impôt sur le revenu, hostile aussi aux syndicats et aux nouvelles formes de concertation sociale, défenseur de la liberté religieuse, de celle de l'enseignement, sourcilleux sur l'honneur de la patrie. Le parti tire sa force, non d'un quelconque militantisme, mais de ses liens étroits avec une nébuleuse de grands intérêts : la grande presse (*Le Journal* de Gabriel Hanotaux, *Le Petit Journal*, *L'Écho du Nord* à Lille...), les milieux d'affaires conservateurs. Le président du groupe à la Chambre, Antoine Guillain, dirige la compagnie Thomson, est membre du Comité des forges et président de l'Union des industries métallurgiques et minières.

Du côté socialiste, en revanche, la formation d'un parti se heurte à de nombreux obstacles. Malgré la mise en place d'un groupe unifié à la Chambre de 1893 à 1899, malgré la mise au point d'une plate-forme commune avec le programme de Saint-Mandé en 1896, l'unité socialiste, préalable à la formation d'un parti, piétine. L'affaire Dreyfus a suscité un « Comité de vigilance » qui se transforme en « Comité d'entente socialiste ». Mais cette amorce de mouvement unitaire, épaulée pourtant par la base ouvrière, vole en éclats quand Millerand accepte d'entrer dans le gouvernement Waldeck-Rousseau. C'est moins du reste la querelle du « ministérialisme » qui est cause de la division que la présence au gouvernement du général Galliffet, insupportable pour les vaillantistes. En dépit d'une ultime tentative unitaire au congrès général socialiste de la salle Japy, en décembre 1899, le mouvement se cristallise en deux partis. Les socialistes révolutionnaires (guesdistes et vaillantistes) fusionnent finalement dans le Parti socialiste de France. Les socialistes réformistes, quant à eux, s'unissent derrière Jaurès dans le Parti socialiste français.

Hostiles ou favorables au principe de la République, les partis entrent dans le système politique. Leur profil reste très différent de celui des partis actuels. Ce sont des partis ouverts, sans discipline excessive et sans exclusive. Entre des partis voisins comme le parti radical et l'Alliance démocratique, les passages ne sont pas rares. La plupart des réformes dites radicales ne sont pas le fait des radicaux. Caillaux, le père de l'impôt sur le revenu, réforme avancée dans les programmes radicaux de 1902 à 1914, est en fait membre de l'Alliance démocratique et épisodiquement radical.

Le radicalisme, centre de gravité de la République

La formation de nouveaux partis politiques, mis en place pour affronter la bataille des législatives de 1902, ne bouleverse pas la ligne générale de la politique de « défense républicaine » définie par Waldeck-Rousseau. Il existe dès lors un « bloc » républicain autour du radicalisme et avec l'appoint socialiste jusqu'en 1905. Aux élections de 1902, le parti radical, qui a été à la pointe de la bataille des droits de l'homme menée durant l'affaire Dreyfus, l'emporte nettement. Parti de l'extrémisme républicain, le parti radical est devenu par excellence le parti de gouvernement dans une République qui donne plus de place aux intérêts des classes moyennes. La prépondérance des radicaux pendant la période n'est jamais telle, toutefois, qu'ils puissent constituer un ministère homogène, mais l'ouverture du parti, la multiplication des partis charnières séparés des grands partis par des nuances, permettent rapprochements et compromis. Comme finalement il y a peu d'oppositions d'intérêts ou de doctrines d'une formation à l'autre, la stabilité gouvernementale est tout de même assurée. Ainsi la tradition du « bloc républicain », inaugurée pour liquider l'Affaire au mieux des intérêts du régime, n'a pas été perdue. Sous des formes qui évoluent, une « concentration » républicaine à dominante de gauche prévaut malgré le développement de forces adverses à gauche et à droite.

Cette majorité de « bloc des gauches » (1902) dont la base est radicale se donne alors pour chef Émile Combes, président du Conseil d'un gouvernement qui obtient l'appui de l'Alliance démocratique et surtout l'appui précieux du Parti socialiste français. À la Chambre, Jaurès, dans la « délégation des gauches », est une pièce essentielle de la majorité combiste. Au-delà des difficultés entraînées par l'« extrémisme » des positions du gouvernement, la fin du « bloc », en janvier 1905, s'explique par le déséquilibre suscité, à gauche, par la formation de la SFIO. Celle-ci s'opère sur une ligne qui, à l'origine, est celle du refus de soutenir un « gouvernement bourgeois ». L'axe de la majorité se recentre alors autour de Rouvier, qui obtient l'appui d'un centre droit.

Mais, au moins jusqu'en 1911, tournant de la politique française sous la pression des événements extérieurs, l'orientation générale est maintenue. N'ayant pas de grands leaders pour exercer le pouvoir, le parti radical, qui constitue toujours la base de toute majorité (le nombre des radicaux progresse encore aux élections de 1906, où ils ont près de 250 élus), gouverne par le biais d'hommes qui sont proches de lui. Georges Clemenceau, d'abord incontournable ministre de l'Intérieur, puis président du Conseil pendant près de trois ans (1906-1909), et Aristide Briand (1909-1911). Tous les deux ont de fortes personnalités capables de s'imposer à une majorité composite, tous deux ont pris leurs distances à l'égard de leurs racines politiques pour assumer une logique de gouvernement : le parti radical pour Clemenceau, qui n'y fut que quelques mois en 1908, la SFIO pour Briand, qui a refusé d'y entrer en 1905.

Un pacte renouvelé entre grande et petite bourgeoisie

La mise en place de la « République radicale » s'accompagne d'un renouvellement important des cadres politiques. La principale voie d'accès à la Chambre des députés depuis les années 1890 a été la profession d'avocat, ou bien encore le passage dans la haute fonction publique ou dans un cabinet ministériel, voire l'héritage d'un passé familial ou personnel. Le profil social du député moyen est celui d'un notable aisé dont les « revenus » pallient l'étroitesse d'une indemnité parlementaire limitée à 9 000 F par an jusqu'en 1906. Mais progressivement, avec la poussée des radicaux, des membres des classes moyennes sont entrés à la Chambre. En 1898, on compte 30 députés d'origine modeste, nombre suffisant pour peser sur les décisions à l'Assemblée. Leur apparition n'exclut pas les notables d'ancien type, les propriétaires et les membres de la haute administration, mais progressivement la Chambre offre une représentation moins déformante de la réalité sociale française.

Une analyse purement sociologique des Chambres est toutefois vaine dans la mesure où l'électorat populaire délègue le plus souvent, à défaut de se représenter lui-même. Mais la délégation change de nature. La haute bourgeoisie, les journalistes (déconsidérés par le scandale de Panama), les avocats, les officiers (suspects depuis l'affaire Dreyfus) reculent. En revanche les couches nouvelles progressent vite : médecins, enseignants, industriels d'une nouvelle génération… Les progrès des socialistes ne font que confirmer cette poussée des classes moyennes dans le personnel politique, puisqu'en 1905 la moitié des députés socialistes sont issus des rangs de la petite bourgeoisie, phénomène qui se renforce encore à la veille de la guerre.

La sphère politique n'échappe pas, toutefois, à l'intervention des grands intérêts privés, mais sous des formes beaucoup plus discrètes que celles qui prévalaient au XIXᵉ siècle et qui avaient affecté l'image d'un régime comme la monarchie de Juillet ou même la République des années 1890. Les hommes qui appartiennent aux réseaux de l'argent sont désormais dans tous les partis. Maurice Rouvier, qui sera président du Conseil après la chute d'Émile Combes en 1905, a des liaisons anciennes avec la banque, mais il en a aussi de nouvelles, puisque Caillaux en fait le directeur de la Banque nationale pour le commerce et l'industrie fondée en 1902. On peut être, dit Jean-Baptiste Duroselle, « banquier et homme de gauche en 1902 ». À un autre niveau, le « pantouflage » des hauts fonctionnaires s'accentue.

On a donc le sentiment que les « intérêts » se partagent sur le terrain politique et qu'ils constituent par conséquent un adjuvant aux forces traditionnelles beaucoup plus qu'ils ne renouvellent la vie politique. Le débat est alors aussi bien dans les partis qu'entre eux. Dans l'Alliance démocratique, Poincaré est pour l'emprunt, Caillaux pour l'impôt sur le revenu. Idéologies, intérêts et lobbies peuvent s'articuler : Caillaux est radical mais aussi membre de l'Alliance démocratique, leader d'un lobby favorable au compromis avec l'Allemagne sur le terrain colonial et banquier (la Banque nationale pour le commerce et l'industrie). Il est aussi décideur, capable de faire jouer en faveur de la paix, dans la crise de 1911 qui oppose la France à l'Allemagne, la pression d'un clan financier qui fait métier de prêter à court terme et à gros bénéfices sur les places allemandes.

Plus clairement qu'en Allemagne, les milieux d'affaires de la mouvance républicaine entendent consolider leur alliance avec la petite bourgeoisie, durement éprouvée par la crise. Cela permet d'enrayer une dérive politique symbolisée par le basculement à droite du conseil municipal de Paris en 1900. En 1903 s'est formée à l'initiative de Ribot et Poincaré une Fédération des groupes commerciaux et industriels qui « récupère » les mouvements de petits commerçants dans un front uni contre la pression ouvrière et les coopératives de consommation et qui maintient les petits patrons dans l'orbite républicaine.

La « République radicale », inaugurée déjà avant la percée

des radicaux par Waldeck-Rousseau, parvient donc à modifier profondément le débat politique et se différencie clairement de la « République absolue » des années 1880. Lors du boulangisme ou de l'affaire Dreyfus, le débat politique était entre le Parlement et la rue. Il est maintenant renfermé à l'intérieur du Parlement, même si des affrontements violents déchirent encore la France. De la droite à la gauche, une opinion moyenne se dégage contre l'aventure, elle se fortifie chez les opposants de la conviction qu'il est possible dans une République plus ouverte de manœuvrer le régime en l'utilisant. C'est un aménagement nouveau du terrain parlementaire comme terrain de rencontre pour réunir des hommes et des partis qui n'ont pas de la République la même conception. Le parlementarisme avait été au XIXe siècle le régime par excellence de la monarchie libérale, il devient alors celui de la République. Cette situation multiplie les partis et les hommes charnières, toujours prêts à s'entendre pour susciter le compromis.

Clore la guerre religieuse

*Le contentieux entre les républicains
et les congrégations*

L'Affaire, en montrant l'engagement virulent d'une large partie des catholiques contre Dreyfus, a réveillé un anticléricalisme assoupi dans les années 1890. Mais l'objectif de Waldeck-Rousseau, quand il fait voter après des débats très vifs la loi de 1901 sur la liberté d'association, n'est pas de ranimer une guerre religieuse, mais bien de rechercher les moyens d'y mettre durablement un terme. Ce républicain devenu avocat d'affaires, et comme tel en relation avec les milieux capitalistes, a dépassé les perspectives de la petite bourgeoisie anticléricale qui restait la référence au sortir de l'Affaire. Il n'entend pas mener à bien la « défense républicaine » dans un esprit de vengeance, dit Pierre Sorlin, mais bien de liquidation.

La première étape de la nouvelle politique religieuse passe

par la loi sur les associations. Elle comporte une clause particulière qui contraint les congrégations à passer au filtre d'une autorisation spécifique. À défaut, elles seront dissoutes, et l'article 14 de la loi interdit d'enseigner aux congrégations non autorisées. Il ne s'agit pas, pour Waldeck-Rousseau, d'une déclaration de guerre, mais d'un « concordat des congrégations » et son gouvernement fait du reste une application libérale de la loi dans un souci de conciliation.

Son successeur, Émile Combes, porté au gouvernement par une poussée radicale au terme d'élections qui se sont faites sur le thème « pour ou contre la loi de 1901 », applique la loi avec une rigueur accrue et refuse en bloc les demandes d'autorisation pour « assurer définitivement la victoire de la société laïque sur l'obédience monacale ». Près de 3 000 écoles congréganistes sont alors fermées. En dépit des prises de position hostiles des évêques, des manifestations tapageuses lors de la fermeture des établissements et de la réticence des républicains libéraux, Combes, le 7 juillet 1904, interdit l'enseignement aux congrégations, mais leur enlève aussi la possibilité de prêcher, de commercer, étant entendu que les congrégations enseignantes doivent disparaître dans un délai de dix ans. La politique anticléricale du gouvernement entraîne des réactions très vives. Des officiers démissionnent pour ne pas participer à l'expulsion des congrégations.

La responsabilité personnelle du « petit père Combes » dans ce durcissement de la politique radicale à l'égard de l'Église est réelle, et on l'attribue même à sa volonté de détourner le mouvement social vers le combat anticlérical, chose aisée quand on connaît l'hostilité de nombre d'ouvriers à l'égard de l'Église. Mais ces choix semblent moins la marque du chef du gouvernement lui-même et de l'électorat républicain dans sa globalité, que celle des militants du radicalisme anticlérical : francs-maçons, libres-penseurs, militants de comités qui rassemblent une petite bourgeoisie provinciale déterminée à faire triompher son idée de la République et très efficace pour se faire entendre du gouvernement. La franc-maçonnerie, qui rassemble alors pas moins de 32 000 membres, joue le rôle d'« Église clandestine » du radicalisme et, sous l'influence des « libres-penseurs », a cessé de faire allusion au « grand architecte de l'univers ».

Nombreuses sont alors les associations qui diffusent une presse farouchement anticléricale et hostile aux « corbeaux en soutane » : *La Libre Pensée*, lancée en 1880, *La Raison* (1902), *La Calotte* (1906), alors que progressent les enterrements civils. À Lyon, ils passent de 14 % en 1896 à 26 % en 1907.

La politique anticléricale, plus qu'un choix gouvernemental, semble ainsi l'expression d'un mouvement populaire virulent, bien implanté dans une classe ouvrière qui assiste avec plaisir aux conférences anticléricales pittoresques de l'anarchiste Sébastien Faure. Dans beaucoup de régions, on reproche aux prêtres leur vie oisive et inutile, leur engagement politique, leur « prétention de régir la vie des familles, jusque dans leur intimité, par la confession ». La recherche de l'équilibre politique fait alors pencher le gouvernement vers cette France des « petits ».

La loi de séparation des Églises et de l'État

L'interdiction de l'enseignement aux congrégations provoque un conflit avec le pape qui entraîne la rupture des liens diplomatiques entre le gouvernement français et la papauté. La loi de séparation de l'Église et de l'État ne s'inscrit pas toutefois mécaniquement dans la politique des radicaux et elle n'est même plus inscrite dans le programme de nombre d'entre eux. Combes préférait, comme beaucoup de républicains, une application stricte du concordat, pour ne pas perdre la possibilité de contrôler les Églises. Mais le projet mûrit rapidement, parce que le pape, directement touché par les mesures sur les congrégations qui dépendent de Rome, s'attaque nommément à Combes. Le projet déposé alors par Combes en novembre 1904 est défendu par Briand et adopté le 9 décembre 1905. La loi met fin à la notion de « cultes reconnus » et fait de l'Église une association de droit privé. L'article 4 organise la dévolution des biens des établissements religieux à des « associations cultuelles ».

La loi de séparation de l'Église et de l'État entraîne une résistance acharnée de Rome, qui interdit aux catholiques de l'accepter et condamne une loi qui a mis fin de façon unilatérale au concordat. Les biens des fabriques sont confisqués et le clergé demeure alors occupant sans titre des églises. Le culte peut se poursuivre toutefois dans le cadre de la loi de 1881 relative aux réunions publiques, et cette formule est assouplie avec la suppression de la déclaration préalable, à laquelle Rome interdisait de se prêter.

*La politique religieuse :
de l'affrontement à l'apaisement*

L'application de la loi est toutefois difficile. Elle implique le passage de l'église paroissiale sous la tutelle de la mairie et donc l'inventaire de son contenu, dévolu aux associations cultuelles. De violents incidents éclatent dans les régions de fidélité religieuse, dans l'Ouest, dans le Sud-Est du Massif central, au Pays basque. Dans le diocèse d'Arras, il faut enfoncer la porte des églises ; en Flandre, un manifestant est tué et Clemenceau doit donner des ordres pour que l'exécution de la loi sur les inventaires soit faite avec modération.

La résistance des catholiques gêne la majorité républicaine sans la mettre vraiment en difficulté, parce que les catholiques, en fait très divisés, ne parviennent pas à mettre sur pied un véritable contre-feu politique. Dès 1902, pour faire face aux initiatives de Waldeck-Rousseau, Jacques Piou et Albert de Mun ont mis sur pied l'Action libérale populaire (ALP), parti de résistance religieuse contre l'« offensive anticléricale ». Au cœur des luttes menées par les catholiques pour la liberté des congrégations, pour le refus de la séparation unilatérale de l'Église et de l'État, l'ALP progresse rapidement en tentant d'opérer la synthèse des multiples courants du catholicisme politique : la veine libérale, l'esprit de la doctrine sociale de l'Église, mais aussi le combat des notables de l'Ouest, préoccupés de barrer la route au « flot socialiste ». Elle atteint alors près de 250 000 membres et parvient en se liant de manière parfois assez floue avec des monarchistes ou des progressistes à faire élire une soixantaine de députés. Elle a derrière elle l'argent des congrégations et de puissantes associations comme la Ligue patriotique des Françaises, qui multiplie alors les patronages et les bibliothèques populaires, ou l'Association catholique de la jeunesse française.

Mais la politique habile et les concessions des gouvernements de « bloc » parviennent à dissocier ses composantes et à l'affaiblir. Briand, dans un esprit libéral et conciliateur qui lui vaut des critiques à gauche, continue à envisager la séparation comme une mesure qui doit mettre un terme à la guerre religieuse. La loi stipule, pour répondre à la demande des catholiques qui s'inquiètent d'éventuelles associations schismatiques, que les associations se conformeront aux règles d'organisation générale du culte dont elles se proposent d'assurer l'exercice. Briand laisse aux catholiques la jouissance des églises et fait voter la loi sur la liberté de réunion qui met fin au « délit de messe ».

L'idée, caressée par certains en 1910, d'un monopole global de l'enseignement public, est écartée par les radicaux eux-mêmes. Aux élections de 1910, abandonnée par ses éléments de droite, qui rejoignent l'Action française, et par sa composante libérale, qui se retrouve derrière les partis républicains conservateurs, l'ALP n'obtient qu'une trentaine de sièges. À la faveur de l'application souple et libérale de la loi de séparation, la question religieuse perd de son acuité et se fixe sur la seule « question scolaire ». Les républicains du « bloc » les plus clairvoyants ont presque réussi leur pari : régler par le compromis la guerre des catholiques contre la République.

Le compromis social républicain

Une politique sociale dominée par l'« assistance »

Au tournant du siècle, la volonté des hommes du « bloc » de donner à la République une assise plus large et plus cohérente se heurte à une forte résistance du mouvement ouvrier. Mal intégré dans la mouvance républicaine, celui-ci finit même, dans certaines de ses composantes, par considérer la République comme une des expressions politiques de ses ennemis de classe. Cela tient, pour une part, à la faiblesse de la politique sociale mise en œuvre par les républicains, faiblesse qui n'inquiétait guère quand on mesurait le poids de la classe ouvrière dans les urnes. Mais à un moment où s'engage une nouvelle phase de l'industrialisation, la multiplication des conflits sociaux devient un handicap dans la voie de la modernisation de la République.

Alors que la politique sociale de Bismarck, dès les années 1880, mettait sur pied un imposant dispositif d'assurances accidents-maladie-retraite qui conjuguait alors conservatisme politique et avancée sociale, la France républicaine restait profondément hostile à une politique sociale fondée sur l'assurance et surtout sur l'obligation de cotisation pour les ouvriers et les patrons, signe de l'autoritarisme allemand face aux libertés républicaines. La France défend une autre conception de la protection sociale, fondée sur un système de mutualité. Il est une des pièces majeures du dispositif républicain, rajeuni par la philosophie « solidariste » de Léon Bourgeois. Une « charte mutualiste », en 1898, apporte le soutien de l'État républicain à une mutualité qui compte alors 1,5 million de membres.

En parallèle, l'État français a développé, à l'opposé du modèle allemand d'assurances financé par les ouvriers, qui en sont les uniques bénéficiaires, un système d'assistance sur lequel l'historiographie récente a attiré l'attention. L'assistance, qui exige la contribution de tous et qui est accordée à tous les citoyens et pas seulement aux ouvriers, appartient à l'esprit républicain. Cette doctrine de l'assistance contre l'assurance n'est pas un simple archaïsme social. À Rouen, par exemple, dès les années 1880, des républicains modérés ont profondément rénové le système des bureaux de bienfaisance, l'encadrement médical par des dispensaires de quartier en amont de l'hôpital et développé des « œuvres » républicaines concurrentes de celles des catholiques. Dans une grande ville ouvrière comme Rouen, le maintien d'un système d'assistance qui peut sembler obsolète tient tout simplement au fait que les ouvriers sont trop pauvres pour cotiser à des systèmes de mutuelles, réservées en fait aux employés et aux travailleurs de l'artisanat. La loi sur l'assistance médicale gratuite a permis, elle, à partir de 1893, en faisant jouer la solidarité financière des communes, des départements et de l'État, d'améliorer l'encadrement sanitaire des campagnes et de limiter le flux des paysans vers les hôpitaux des villes.

Pour le reste, la politique sociale est tributaire de la pression d'un mouvement international qui synchronise progressivement des réformes considérées comme indispensables à la grande industrie. En 1898 est mise en place une loi sur les accidents du travail qui introduit le principe du risque professionnel en apportant une indemnisation automatique à l'ouvrier. Par ailleurs, la classe ouvrière des grandes usines demeure dans la mouvance d'un paternalisme d'entreprise, qualifié parfois de « néo-féodalisme » industriel et dont l'efficacité apparaît de plus en plus limitée en fin de siècle. Les grèves gagnent même le fief de Schneider, au Creusot. La législation du travail, quant à elle, a progressé à pas lent. En 1874 et 1892, deux lois ont élargi la protection du travail des femmes et des enfants (le travail est interdit aux moins de 10 ans puis 13 ans et pas plus de dix heures par jour au moins de 16 ans, pour les femmes une journée de travail limitée à onze heures et le travail de nuit interdit). Mais le caractère répétitif des lois montre les limites de leur application. C'est tardivement que se met en place un corps d'inspecteurs du travail salariés (129 en 1902).

Un « tiers parti » de la réforme sociale

En faisant appel à Alexandre Millerand comme ministre du Commerce mais aussi en charge du Travail, Waldeck-Rousseau prend la mesure de l'insuffisance de cette politique sociale pour rallier la classe ouvrière au consensus recherché par le « bloc » républicain. Millerand est lié à un nouveau « tiers parti » de la réforme sociale (L. Mirman, A. Fontaine, P. Guyesse, R. Viviani…) qui associe des radicaux, des socialistes indépendants mais aussi des catholiques sociaux. L'importance de ce courant réformateur tient à sa connaissance du modèle allemand d'assurances sociales, mais aussi à celle des conditions de travail et des salaires ouvriers, qui ont été étudiés dans des enquêtes statistiques menées à partir de nouveaux postes d'observation sociale, en premier lieu l'Office du travail (1891), mais aussi le Musée social et la Société d'économie sociale.

Au ministère du Commerce, Millerand tente de faire passer une politique sociale réformiste qui modifie sensiblement l'idée républicaine du consensus social. Deux projets aboutissent : une loi qui limite la durée du travail à douze heures dans les usines n'occupant que des hommes adultes (il n'existait alors aucune limitation en dehors du travail des enfants) et une loi limitant la durée à dix heures dans les usines où travaillent des adultes et des enfants. Un décret aménage les conditions de travail des entreprises adjudicataires de l'État (repos hebdomadaires, horaires réduits), avec l'idée que désormais l'État sera le pilote d'une nouvelle réforme sociale.

Le souci de Millerand est également de réguler, par la loi, les conflits du travail, et de donner sa chance au syndicalisme modéré contre le syndicalisme révolutionnaire. Des délégués ouvriers entrent au Conseil supérieur du travail et des ouvriers sont recrutés dans le corps de l'Inspection du travail, invitée à jouer un rôle accru dans l'arbitrage des conflits. Millerand tente de renforcer les prud'hommes et entreprend d'instaurer des délégués ouvriers dans les entreprises de plus de 50 personnes, mais le projet s'enlise au niveau parlementaire et se heurte alors à l'hostilité du patronat et du syndicalisme révolutionnaire.

Le projet « réformiste » français qui émerge du « bloc » est repris de Waldeck-Rousseau à Briand. Il trouve un point d'appui nouveau avec la création, sous Clemenceau, du ministère du Travail en 1906. Il reste partagé toutefois entre voies traditionnelles et voies nouvelles. Le problème des retraites fait l'objet de deux lois. Une loi d'assistance en 1905 est défendue par les tenants d'un esprit républicain qui ne lie pas l'assurance à une cotisation des salariés. Une loi d'assurance, débattue en 1910, est soutenue, elle, par Édouard Vaillant et les socialistes français favorables au modèle allemand, qui donne plus de cohésion à la classe ouvrière et répond aux directives de l'Internationale. Dans la loi votée finalement le 5 avril 1910, la citoyenneté française fonde l'accès à un régime de retraite à partir de 65 ans. La retraite est constituée de versements obligatoires des ouvriers et des patrons pour les travailleurs qui gagnent moins de 3 000 F par an. Son succès est toutefois très limité. Trop peu, trop tard, une « loi pour les morts », dit-on. C'est encore dans la logique de l'assistance que les progrès les plus sensibles sont faits : la loi de 1905 instaure l'assistance gratuite aux infirmes et aux incurables et celle de 1913 l'assistance aux femmes en couches et aux familles nombreuses. Tous les indigents inscrits sur les listes communales peuvent bénéficier de cette aide.

L'obstacle du pluralisme social de la République

Le projet réformiste républicain se heurte à de nombreux obstacles qui en limitent la portée. La réforme est conjuguée alors avec une grande brutalité de l'État, qui redoute le « grand soir » promis par la fraction révolutionnaire du mouvement ouvrier. À l'occasion des « 1er mai », lors desquels culminent la revendication ouvrière des « huit heures » et l'ambition de la grève générale qui doit renverser le capitalisme, le gouvernement républicain réprime durement, et il arrive que la troupe tire et fasse des morts. L'État, hostile aux syndicats de fonctionnaires, est aussi le patron le plus dur. En 1909, 800 postiers sont révoqués pour s'être mis en grève.

Un autre obstacle vient du patronat lui-même, qui reste fondamentalement libéral et hostile à l'idée d'« obligation ». En 1911, encore, la chambre de commerce de Paris se montre très hostile à la suppression du travail de nuit des enfants dans la mine et la métallurgie proposée à la Chambre par l'abbé Lemire. Les classes moyennes, enjeu privilégié du pouvoir républicain, sont dans leur majorité hostiles à une politique sociale dont le coût paraît difficilement supportable à la petite entreprise encore dominante, et l'idée même de sécurité semble encore associée à celle de l'épargne individuelle et à l'accès à une petite propriété.

Cela oblige le gouvernement républicain à des contorsions compliquées et le plus souvent à un grand décalage entre la politique affichée, d'esprit progressiste, et les innombrables aménagements et dérogations qui affaiblissent beaucoup la portée concrète du dessein social, mais préservent le fragile équilibre entre les différentes composantes de la République. En 1906, à la veille des élections, Clemenceau fait passer une loi qui établit le repos hebdomadaire et qui conforte, à gauche, l'image sociale du gouvernement. Mais le repos hebdomadaire est déjà appliqué dans la plupart des grandes entreprises et constitue en revanche un problème pour la boutique, une des bases du parti radical. La loi agit donc à la manière d'un coup d'épée dans l'eau, puisqu'elle n'ajoute rien au sort des ouvriers de grande entreprise et que là où elle serait utile, dans la petite entreprise, le gouvernement invite ses préfets à multiplier les dérogations. En dépit du changement de cap réel, la politique sociale des républicains reste insuffisante pour marginaliser les oppositions socialistes et syndicales qui lui restent hostiles, précisément parce qu'elles redoutent d'être détournées de leurs luttes.

Syndicalisme et socialisme aux lisières de la République

La menace du « grand soir »

À mesurer la poussée de la revendication syndicale jusqu'au tournant des années 1910, on pourrait en déduire que le gouvernement a échoué dans sa tentative de « neutraliser » le mouvement ouvrier. Les grèves connaissent un premier pic en 1902 et un autre en 1906 : 438 500 grévistes dans 1 309 grèves, d'une durée moyenne de 21,5 jours. Le tournant 1909-1911 représente encore un temps fort du mouvement gréviste, qui reste très intense pendant toute la période. Le nombre des grèves augmente, des grèves toujours supérieures à 15 jours, plus longues et plus dures que dans la décennie précédente. Le bâtiment occupe la première place (25 %) suivi du textile et puis des métaux. Fait nouveau, les ouvriers ne sont plus les seuls à agir. Les ouvriers agricoles entrent eux aussi dans la grève ainsi que les employés des services publics (les postiers). La mine, qui connaît les grèves les plus spectaculaires, ne représente que 4,9 % du mouvement. Les deux tiers des conflits éclatent sur des revendications salariales, puis vient après la réduction du temps de travail, la revendication des « huit heures » devenant un enjeu essentiel.

Certains conflits prennent une ampleur considérable et se durcissent. En 1906, dans les mines du Nord-Pas-de-Calais, la catastrophe de Courrières, qui fait 1 101 morts, jette les mineurs dans la grève. Un « jeune syndicat » adhérent de la CGT, derrière Broutchoux, un militant anarchiste, poursuit une lutte acharnée de 55 jours qui amène Clemenceau à faire occuper militairement le bassin minier et à déclarer l'état de siège. En 1910, dans la grève générale des cheminots en lutte pour obtenir la « thune » (5 F par jour), la reconnaissance du syndicat, les « retraites », certains ouvriers vont jusqu'au sabotage. Dans la grève banale des carriers de Draveil, en mai 1908, l'engrenage répressif « provocation-maladresse » tourne au drame. L'arrestation des leaders syndicaux, l'utilisation de « jaunes » par les patrons, la riposte de la Fédération du bâtiment qui se lance dans la grève générale, débouchent sur une épreuve de force avec le gouvernement Clemenceau. La troupe tire et fait quatre morts. La dimension des conflits s'amplifie encore pour toucher des régions entières et entraîner dans la dynamique de contestation bien d'autres acteurs que les ouvriers. Dans les régions viticoles, la chute des prix fait basculer dans la misère salariés et micro-propriétaires. En juin 1907, derrière Marcellin Albert, un cafetier producteur de vin, tout le Languedoc entre en lutte et manifeste. L'état de siège est proclamé et, dans cette atmosphère surchauffée, le 17e régiment de ligne se mutine à Béziers. Clemenceau doit reculer et faire voter en hâte une loi contre la fraude.

Les limites du syndicalisme révolutionnaire

Dans le sillage des grèves, souvent, se crée le syndicat. La CGT, présente dans tous les départements, atteint un pic d'adhérents en 1912 (390 200). Elle est animée par Victor Griffuelhes, ancien vaillantiste, et Alphonse Merrheim, venu du guesdisme, deux militants qui fixent alors les cadres d'un syndicalisme révolutionnaire qui trouve son expression définitive en 1906 dans la Charte d'Amiens. Le syndicat, seul authentique groupement de classe, y revendique d'être l'organe qui permettra l'émancipation finale des travailleurs. Le syndicalisme révolutionnaire, s'il reste imprégné des traditions révolutionnaires du XIXe siècle, rejette avec mépris le suffrage universel qui donne le pouvoir à la majorité, défend les minorités agissantes qui entraîneront les masses, écarte la tutelle des partis socialistes.

L'effervescence gréviste de 1905 à 1910 ne peut masquer, toutefois, le fait que le syndicalisme révolutionnaire vit alors ses derniers beaux jours, parce qu'il n'est pas adapté aux problèmes de la nouvelle société industrielle. La plupart des ouvriers syndiqués sont des ouvriers qui luttent pour la défense du métier et de la qualification, beaucoup plus qu'ils ne livrent un combat contre le capitalisme. Ce sont encore des aristocrates du travail manuel, dont les revendications sont mal comprises de la masse des manœuvres. Ils proposent une perspective sociale basée sur l'atelier, le respect des qualifications, alors que l'industrie multiplie les manœuvres. En 1913, les ouvriers syndicalisés forment ainsi le noyau dur de la résistance à la poussée de la taylorisation.

Dans les grèves, l'incidence des risques est souvent mal calculée, et la grève n'est encore familière que dans les « métiers » anciens, l'organisation fédérative de la CGT favorisant les industries basées sur des petites unités de production. La grève générale, unifiante, apparaît alors comme un contrepoint utopique à cet émiettement. L'emprise de la CGT enfin reste relativement faible sur l'ensemble de la classe ouvrière. Le syndicalisme révolutionnaire est marginal dans les mines, faible dans la métallurgie, fort surtout à Paris et à Lyon. La CGT ne représente que la moitié du million de syndiqués français, qui compte aussi une tendance réformiste (Keufer et la Fédération du livre), des syndicats chrétiens et des syndicats jaunes d'origine patronale. Le taux de syndicalisation n'est que de 8 % des ouvriers contre 25 % en Allemagne.

Il existe par ailleurs une grande distance entre le discours extrêmement violent des syndicalistes révolutionnaires à l'égard des patrons et la violence concrète de l'action ouvrière, qui reste rare et qui est plus l'expression du désespoir dans une situation de grève bloquée qu'un véritable projet fomenté contre l'« ennemi de classe ». On peut ajouter que le messianisme révolutionnaire (en 1906 les ouvriers ne feront pas plus de huit heures) se heurte au scepticisme, voire à l'incompréhension de beaucoup d'ouvriers, radicaux de fait. Les ouvriers n'ont pas à l'égard de l'État une hostilité de principe. Ils jouent des relations directes avec le patronat, mais voient sans déplaisir l'intervention des municipalités de gauche et sollicitent l'arbitrage de l'État, tout comme les petits paysans du Midi languedocien. Les ouvriers ont pris l'habitude d'avoir deux cordes à leur arc : le syndicat et la pression du suffrage universel dans la République. Il est clair alors que, si l'État républicain ne parvient pas à « intégrer » le syndicalisme et à faire de la grève un mode de régulation sociale, la CGT elle-même, au terme d'une série d'épreuves de force perdues, est contrainte d'évoluer. À partir de juillet 1909, sous la direction d'un nouveau secrétaire général, Léon Jouhaux, et de Monatte, le directeur de *La Vie ouvrière*, fondée en 1909, elle prend le tournant de la modération.

L'unité socialiste sous l'influence du modèle allemand

Jusqu'en 1905, la division du socialisme a fait le jeu des gouvernements radicaux, puisqu'elle a permis au Parti socialiste français, derrière Jaurès, de leur apporter un soutien non négligeable sur le plan parlementaire. Mais, en 1905, la poussée du mouvement de masse, l'inquiétude de la IIe Internationale devant les divisions françaises, exercent une pression plus forte en faveur de l'unification. Dans la mesure où les partis socialistes se révèlent incapables de mener à bien cette tâche par eux-mêmes, c'est l'Internationale qui tranche au congrès d'Amsterdam (du 14 au 20 août 1904) et provoque l'unité souhaitée par Vaillant et Jaurès. Le congrès des socialistes français qui se tient le 23 avril 1905, salle du Globe, se traduit par la création de la Section française de l'Internationale ouvrière (SFIO). En apparence, les socialistes révolutionnaires derrière Jules Guesde l'emportent. Le parti, tout en s'engageant à poursuivre la réalisation des réformes voulues par les travailleurs, se veut un parti de lutte de classe et de révolution dont la vocation est de collectiviser les moyens de production. Il refuse d'apporter son soutien à un gouvernement bourgeois de progrès et *a fortiori* écarte la participation des socialistes à un gouvernement de ce type. L'idée du « bloc » républicain née de l'affaire Dreyfus se trouve dénoncée. Le parti est organisé sur une base géographique, en sections, fédérations départementales, et, dans l'intervalle des congrès, une commission administrative permanente, élue par les congrès, oriente le parti.

Le socialisme français maintenu dans la mouvance républicaine

Jaurès en apparence est défait, et le refus de Briand et Viviani d'entrer dans le parti semble consommer la rupture avec les socialistes indépendants qui participent aux gouvernements réformistes. Les radicaux sont contraints de rechercher une alliance au centre. Mais rapidement, c'est Jaurès qui donne le ton dans le parti. Cet ascendant de Jaurès s'explique par la sclérose du guesdisme, dont les formules stéréotypées peinent à cerner la complexité de la situation française. Mais il trouve aussi sa source dans la personnalité exceptionnelle de Jaurès et dans sa pratique du socialisme articulée étroitement sur les réalités sociales et les héritages politiques français.

Le socialisme de Jaurès, qui est venu du radicalisme, est fondé, en référence à Marx, sur l'idée de lutte des classes. Il s'agit bien pour lui d'ancrer le politique dans le social et à terme de collectiviser les moyens de production, différence essentielle avec l'idéologie républicaine. Mais la lutte des classes, pour Jaurès, n'indique qu'une direction générale de l'histoire et ne définit en aucune manière une tactique révolutionnaire. La Révolution française, dont Jaurès s'est fait l'historien, reste le grand arrière du socialisme. Cette révolution, bourgeoise, se poursuit désormais dans le sillage du prolétariat, devenu le moteur de l'histoire. Mais Jaurès reste étranger à la notion de révolution prolétarienne qui au même moment est théorisée par Lénine. À ses yeux, le socialisme ne peut s'imposer en rupture violente avec la République, il en est, au contraire, le stade ultime atteint par des luttes et des réformes sociales et démocratiques successives. Dans ce combat, Jaurès invite à ne pas rompre avec la bourgeoisie de progrès qui a vaincu la réaction dans l'affaire Dreyfus. « C'est le devoir du prolétariat socialiste – dit-il – de marcher avec celles des fractions bourgeoises qui ne veulent pas revenir en arrière. » Le combat démocratique est une des faces du combat de la classe ouvrière, et « les libertés politiques sont la condition essentielle du mouvement prolétarien ».

Ces idées, Jaurès parvient à les faire passer dans la SFIO, parce qu'il y dispose d'une position stratégique. *L'Humanité*, qu'il dirige, devint le journal clef du mouvement socialiste. La solidarité qu'il a manifesté avec les luttes ouvrières depuis le temps où il était député de Carmaux, mais aussi sa position très souple sur la « grève générale », qu'il n'écarte pas, lui permettent de garder le contact avec le syndicalisme révolutionnaire. La puissance de son verbe dans l'arène parlementaire et son intelligence politique l'imposent au-dessus des courants. Deux conséquences à cette dynamique unifiante. La croissance du socialisme français d'abord. De 1905 à 1913, la SFIO triple le nombre de ses adhérents (il passe de 34 700 à 91 000) et augmente de 60 % ses suffrages (880 000 en 1906 et 1,4 million en 1913 soit 17 % des suffrages exprimés). Ensuite, la nouvelle synthèse jaurésienne, qui parvient à s'imposer face aux guesdistes et aux vaillantistes du parti, aboutit de fait à une pratique réformiste qui fait du socialisme l'extrême gauche revendicative de la mouvance républicaine. L'option esquissée par Waldeck-Rousseau dès 1899 trouve finalement, sous une forme nouvelle, des points d'ancrage et consolide la légitimité de la République.

14
Les assises économiques et sociales de la République

La « Belle Époque » de l'industrie

L'industrie, nouveau moteur de la croissance française

À partir de 1896, la France sort de la période dépressive qu'elle a connue dans les années 1880. Les prix se redressent vivement (+ 30 % de 1896 à 1914), et font renaître l'optimisme économique. En dépit de l'envolée industrielle de l'Allemagne, qui inquiète nombre d'économistes français, le processus de déclassement de la France semble enrayé. Mais si le retournement des prix, qui est du reste mondial, marque bien un tournant, le retour de la croissance est plus difficile à identifier. L'investissement s'est redressé dès le début des années 1890, et la recomposition du « système technique » qui mène à la « deuxième industrialisation » a commencé dans les années 1880. L'électricité avait fait une percée nouvelle à l'exposition d'électricité de 1881, qui ouvre une décennie où s'imposent des innovations majeures : moteur à explosion, chimie organique (celle des colorants et des médicaments), moyens de communication révolutionnaires comme le téléphone et la radio. La fondation de l'École des hautes études commerciales, qui date de 1881, constitue déjà un signe d'évolution vers un nouveau capitalisme gestionnaire. Mais le redémarrage industriel reste hésitant et contrarié jusqu'en 1905, variable selon les secteurs et les régions, rythmé par des phases d'expansion fortes et des récessions courtes. À partir de 1905, la croissance industrielle maintient, jusqu'à la guerre, le niveau moyen très élevé de 5 % en rythme annuel et s'inscrit dès lors dans des structures renouvelées, avec de nouveaux produits, de nouveaux marchés, qui émancipent partiellement l'industrie de ses assises rurales. Prises comme un tout, les années 1896-1913 sont celles d'une nouvelle croissance – 1,8 % en rythme annuel pour le produit matériel total –, une croissance légèrement plus forte que celle de la Grande-Bretagne, mais nettement inférieure à celle de l'Allemagne, dont les rythmes dépassent alors 4 %.

Au-delà du climat général provoqué par le retournement des prix, le cœur de la nouvelle croissance ne se situe plus dans l'engagement économique de l'État, qui recule, dans une croissance agricole, qui ne revient qu'à pas lents, dans les chemins de fer, dont la France est désormais suréquipée, ni même dans la construction urbaine, qui ne progresse qu'à petits pas. Il est d'abord dans l'équipement industriel et la consommation des ménages. L'industrie française, confrontée à une pénurie relative de main-d'œuvre, mais à une croissance nouvelle des revenus populaires et de ceux des classes moyennes, investit en machines et en équipements, ce qui explique l'accélération remarquable des gains de productivité. Ce mouvement favorable est entretenu par la hausse des profits, qui dépasse de loin celle des salaires et permet une envolée nouvelle de la consommation de luxe, mais aussi de nouvelles vagues d'investissements pour moderniser les entreprises. La hausse des dividendes des placements boursiers est de 62 % du milieu des années 1890 à la guerre. Les profits de la compagnie de Châtillon-Commentry (métallurgie) passent alors de 0,2 à 15,2 millions de francs. Les entreprises trouvent aussi des moyens de se moderniser parce que l'épargne se développe rapidement et s'oriente de manière nouvelle en direction du marché financier, des valeurs mobilières, au détriment des classiques placements fonciers, nettement moins attrayants. De 1892-1896 à 1907-1911, les émissions d'actions, nécessaires pour satisfaire désormais les besoins en financement des grosses industries, sont multipliées par 3,5.

L'abondance de l'épargne d'un côté et les besoins nouveaux de crédit de l'autre donnent un nouvel élan au système bancaire. Les grands établissements progressent encore – le Crédit lyonnais passe de 95 000 comptes en 1887 à 700 000 en 1913 –, de nouvelles banques d'affaires comme la Banque de l'union parisienne (1904) apparaissent, les banques régionales se modernisent, évoluent pour certaines en sociétés anonymes et apportent parfois leur aide à des secteurs nouveaux, comme la banque Charpenay de Grenoble qui soutient les nouvelles industries électriques de la région. Mais les banques françaises sont loin, à l'image des banques allemandes, de s'engager fortement dans l'activité industrielle jusqu'à devenir de puissants actionnaires des entreprises, qui en France continuent le plus souvent à s'autofinancer. Mais elles les aident toutefois à placer leurs titres quand elles procèdent à des augmentations de capital devenues nécessaires à cause de la lourdeur des nouveaux équipements. D'une manière générale, sauf pour le petit commerce et la paysannerie, dont les garanties semblent insuffisantes, le crédit est abondant, le loyer de l'argent baisse, les moyens de paiement en circulation se modernisent.

Les réussites des avant-gardes industrielles

Ce cadre favorable ne se traduit pas toutefois par une réussite industrielle unifiante susceptible d'en finir avec le « dualisme » français. La France occupe alors en Europe une place assez originale dans le processus de la « deuxième industrialisation ». Elle réussit mieux que la Grande-Bretagne à se placer sur les nouveaux créneaux des avant-gardes technologiques, mais elle ne parvient pas à rejoindre l'Allemagne, qui conforte sa position hégémonique de grand producteur de biens d'équipement, de produits chimiques et de matériel électrique.

L'exemple le plus significatif de la réussite française est celui de l'industrie automobile. La technologie de l'industrie automobile est mise au point en Allemagne, en 1886, par Daimler et Benz, mais son industrialisation trouve son vrai cadre en France. Émile Levassor, Armand Peugeot, des pionniers, se lancent dans la construction automobile. En 1895, 350 autos circulent déjà en France contre 75 en Allemagne. La France est jusqu'en 1907 le premier constructeur au monde, et, avec une production de 45 000 véhicules, elle n'est dépassée en 1914 que par les États-Unis. D'une trentaine de producteurs en 1900, on est passé à 155 en 1914. 70 % de la production totale se font en banlieue parisienne :

Darracq à Suresnes, Hotchkiss et Delaunay-Belleville à Saint-Denis... Très vite apparaissent des usines puissantes. Renault crée son usine de Boulogne en 1898 avec 6 ouvriers. À la veille de la guerre, il en a 4 000 et produit alors 4 481 véhicules. Modernité mais aussi traditions françaises conjuguent leurs effets pour assurer cette réussite. La petite entreprise traditionnelle, dotée d'ouvriers mécaniciens très qualifiés, a été un atout décisif pour une firme automobile qui fabrique encore un produit de luxe et fait de l'assemblage de pièces usinées par de petits sous-traitants. Même si Louis Renault a raté l'École centrale, l'esprit ingénieur français, aventureux et innovant sur le terrain scientifique et technique, associé à la qualité de l'ouvrier mécanicien français font merveille, d'autant que, très vite, des patrons comme Renault sont attentifs aux nouvelles méthodes de production mises en place aux États-Unis avec le travail à la chaîne. Sont venus s'ajouter à cela d'autres atouts : l'existence d'un réseau routier de bonne qualité, la pénurie d'énergie, qui guide vers des moteurs plus économiques, l'extravagance de « consommateurs-pionniers » qui s'entichent de l'automobile et animent courses, salons, revues et clubs....

L'industrie automobile n'est qu'une des facettes de la réussite française de la Belle Époque. D'autres pionniers des technologies nouvelles se lancent dans des aventures où le sport côtoie l'industrie. En 1909, date à laquelle Louis Bréguet et Louis Blériot créent leur entreprise, se tient le premier salon de l'aéronautique, et en 1913, dans une industrie qui associe les fabricants de bicyclettes et d'automobiles à l'aviation, la France a déjà 80 fabricants d'avions à Paris et 14 en province. De la même manière, la France devient avec la firme Pathé, les frères Lumière, le pionnier de l'industrie du cinéma. Coty lance la parfumerie dans l'ère industrielle, et Hachette devient un grand de l'édition à l'échelle internationale. Les techniques de l'industrie de luxe, le haut niveau de la science française, sa main-d'œuvre de qualité, un marché en fait réceptif à l'offre de produits nouveaux, à la publicité qui se répand largement, illustrent une capacité d'adaptation remarquable de l'industrie française qui met en valeur ses prouesses techniques à l'exposition universelle de 1900.

La grande industrie y démontre aussi ses progrès, la métallurgie en particulier. La sidérurgie française, très touchée par la crise des années 1880, a su investir, se reconvertir, comme les Schneider au Creusot, dans la fabrication d'aciers spéciaux de très grande qualité, se lancer dans des produits innovants qui ont des marchés dynamiques à l'exportation (la fabrication des tubes d'acier pour la firme Pont-à-Mousson). La production d'acier est passée de 1,6 million de tonnes en 1900 à 4,7 en 1913. La France, s'appuyant sur l'électrochimie et l'électrométallurgie alpine, occupe la deuxième place mondiale, derrière les États-Unis, pour la production de l'aluminium, métal rare et cher. Si la petite entreprise a été le cadre d'une innovation technique certaine, de grands groupes sont néanmoins apparus dans ce nouveau mouvement d'industrialisation. En 1912, 70 % de la production métallurgique sont dans les mains d'une dizaine d'entreprises. La concentration régionale s'est fortement accentuée autour de puissants pôles d'industrialisation : la Région parisienne, qui regroupe à elle seule le sixième de l'emploi français et cumule industries anciennes et usines modernes ; le Nord, sur la métallurgie et le textile ; la Lorraine, qui assure la moitié de la production d'acier et les deux tiers de la fonte ; la région de Lyon-Saint-Étienne, qui a renouvelé ses bases industrielles au tournant du siècle vers la chimie, la métallurgie, les nouveaux textiles. La concentration géographique favorise les regroupements régionaux d'entreprises et les cartels (le Comptoir métallurgique de Longwy). À l'échelle nationale s'imposent déjà de très grands trusts comme Saint-Gobain, qui contrôle la moitié de la production d'acide sulfurique et de superphosphates français et s'est taillé à l'étranger un véritable empire multinational.

Héritages et inerties sur la voie de la modernisation

Les lacunes de l'appareil économique

En comparaison des États-Unis ou de l'Allemagne, dont le véritable envol économique se confond avec la deuxième révolution industrielle, la France est confrontée au poids des héritages d'une première industrialisation fort bien réussie en son temps. Ces héritages ne sont pas seulement économiques, ils sont aussi sociaux. On peut les considérer comme des handicaps qui ont retardé l'entrée de la France dans une nouvelle ère industrielle. Le débat économique, isolé de son contexte politique, n'a toutefois pas grand sens. Les républicains, qui étaient des positivistes, des chantres du progrès scientifique et de l'industrie, ont dû composer avec la France du passé, et cela au nom de la recherche d'un équilibre politique, d'un enracinement patient de la République qui nécessitait des compromis entre l'ancien et le nouveau et qui ne pouvait être réussi seulement par la vertu de l'école et des valeurs républicaines. Le « retard » français, qui est loin d'être généralisé, prend plusieurs aspects.

Il se traduit d'abord par l'échec relatif d'industries nouvelles qui ne trouvent pas en France des conditions aussi favorables qu'en Allemagne. L'industrie électrique française n'a pas souffert du déficit scientifique national. Les découvertes y sont nombreuses. En revanche sa réussite reste très aléatoire jusqu'à la guerre. La Compagnie générale d'électricité, créée en 1898, ne parvient pas à s'imposer sur le marché français, qui est rapidement investi par les industriels allemands, américains et suisses. La France n'atteint pas dans cette branche la taille des grandes entreprises étrangères, qui s'organisent en multinationales, avec de vastes marchés et des laboratoires de recherche. En 1902, Siemens a un capital-actions de 112 millions de francs, la CGE, de 15. La France souffre par ailleurs de ne pas profiter, ce qui n'est pas le cas de l'Allemagne, de la consommation dynamique de nombreuses grandes villes qui s'équipent en éclairage électrique, en tramways, en ascenseurs… Le marché existe dans quelques grandes villes, il n'est guère suffisant, et le métro de Paris en 1900 est construit par un groupe d'entreprises dominé par les étrangers. Autre indice des hésitations françaises sur les nouvelles technologies, le nombre des téléphones installés en 1913 reste cinq fois inférieur à celui de l'Allemagne.

Une défaillance tout aussi gênante se remarque dans la nouvelle chimie de synthèse, en particulier celle des colorants, confrontée sur le marché français à un secteur textile stagnant, et qui devient presque un monopole des firmes allemandes. Les réussites de la chimie française (les Usines du

Rhône à Lyon), celle de la soie artificielle, puis de la viscose, ne sauraient compenser un déficit industriel de la branche qui va devoir être comblé pendant le conflit mondial.

Les secteurs traditionnels de l'industrie française, qui constituent la part la plus importante de l'emploi, évoluent avec lenteur. On le vérifie en particulier dans le textile (2,5 millions d'ouvriers, premier secteur de l'emploi), qui représente une part encore très importante de l'activité industrielle et dans lequel les équipements obsolètes dominent, que ce soit dans la laine ou le coton. Les compagnies charbonnières font alors de gros bénéfices, mais c'est parce qu'une production insuffisante, cartellisée à l'excès, permet le maintien de prix élevés. Cela constitue un handicap pour les secteurs consommateurs, toujours confrontés, en France, à une relative pénurie d'énergie, et cela malgré les efforts entrepris pour développer les usines hydroélectriques dans la région alpine. Si la cartellisation de l'industrie française reste toutefois limitée, ces tentatives de contrôler le marché national qui entravent la recherche de la baisse des prix peuvent être favorisées par le durcissement du protectionnisme douanier des années 1900. En 1897, la « loi du cadenas » autorise le gouvernement à augmenter les droits en cas de surproduction agricole, et, en 1910, c'est le tarif général qui est relevé, ce qui finit par provoquer alors une tension commerciale avec les autres nations européennes.

Le handicap démographique français

Le rajeunissement de l'économie se heurte au vieillissement de la population et aux effets en cascade de la crise démographique. La France comptait 38 440 000 habitants à la veille de la défaite de 1870, 36 103 000 après l'amputation des provinces perdues, elle atteint 39 605 000 habitants en 1911. Le fléchissement démographique français se confirme en effet au tournant du XXe siècle. Il trouve sa source dans un recul de la natalité qui s'observe désormais aussi bien en milieu urbain que rural. Le taux de natalité est tombé en 1913 à 19 ‰, et, malgré le recul de la mortalité infantile, la part des moins de 20 ans a encore diminué dans la population française. La propagande des ligues natalistes, comme celle du capitaine Maire, est de faible portée face à des pratiques anticonceptionnelles qui prennent un caractère de masse. Si, dans la population paysanne, le poids des enfants fait craindre le partage du faible patrimoine, dans le milieu ouvrier, la multiplication des enfants n'entraîne plus celle des salaires, depuis que l'obligation scolaire les écarte de l'industrie jusqu'à 14 ans. On semble se persuader chez les ouvriers qu'il vaut mieux peu d'enfants, bien éduqués et aptes à l'ascension sociale, que beaucoup mis au travail de façon précoce.

Dès lors, le renouvellement de la population est à peine assuré, et sa croissance ne vient désormais que de son vieillissement. Toutefois, en dépit des progrès de l'hygiène, la mortalité reste élevée (en 1907 et en 1911 les décès l'emportent sur les naissances), et l'espérance de vie, réduite (48 ans pour les hommes et 52 ans pour les femmes vers 1910). Des campagnes de vaccination ont fait reculer de grandes épidémies, mais trois fléaux qui hantent les contemporains restent menaçants : la tuberculose, qui fait alors deux fois plus de victimes en France qu'en Allemagne, les maladies vénériennes (4 000 morts par an à Paris vers 1910) et l'alcoolisme, massif en dépit de la loi de 1873 qui fait de l'état d'ivresse un délit.

Un marché de main-d'œuvre étriqué

La population française est non seulement stagnante, mais elle est aussi plus rigide que celle des autres pays européens. Au recensement de 1911, la population rurale (56 %) est encore majoritaire, alors qu'elle ne représente plus que le tiers de la population anglaise et 40 % de la population allemande. Quant à la population agricole, elle représente encore 40 % des actifs, face à une population industrielle qui ne compte que pour 30 % de la population active. Avec 150 000 départs dans les années 1900, la population rurale baisse à un rythme lent.

Stagnation et rigidité démographiques limitent l'offre sur le marché du travail et orientent le salaire à la hausse. Cela nécessite, sous peine d'enlisement économique, des transformations dans les techniques de production et l'organisation de la main-d'œuvre. De là un recours au travail féminin qui augmente fortement, dans l'industrie du vêtement et dans les industries chimiques et les cosmétiques de la banlieue parisienne. Dans les entreprises de la nouvelle vague industrielle – c'est le cas chez Renault –, l'utilisation des machines modernes s'accompagne de l'embauche d'une main-d'œuvre de manœuvres déqualifiée. En 1912, des méthodes tayloriennes (travail parcellisé à la chaîne et chronométrage) sont introduites dans les ateliers. Dans le monde rural, cela se traduit souvent par le recours préférentiel à une main-d'œuvre familiale, à la mise en herbage et élevage, qui demande moins de main-d'œuvre, ou encore dans les grandes fermes de Brie et de Beauce, à la mécanisation.

Plus globalement, l'étroitesse du marché de main-d'œuvre nécessite le recours au travail des étrangers. Le flux de migrants s'est accentué dès le Second Empire, et au tournant du siècle la population étrangère atteint 1,1 million, soit près de 3 % de la population totale. En Lorraine, les Allemands sont supplantés par l'immigration massive d'Italiens. Dans les mines du Nord, les étrangers représentent 6,4 % des travailleurs en 1901. Globalement, les Italiens (ouvriers à plus de 60 %) représentent 36 % de la population étrangère en 1911. Ils sont au premier rang et ont supplanté les Belges et les Allemands.

Le poids modeste de la population urbaine constitue aussi un obstacle à l'expansion économique. Alors qu'en Allemagne plus de 50 villes dépassent 100 000 habitants, c'est le cas de 5 seulement en France. Si l'on met à part la capitale, agglomération énorme de 5 millions d'habitants, la plupart des villes françaises sont des villes modestes, dépourvues d'activité industrielle, des villes de fonctionnaires et de rentiers, c'est-à-dire très souvent des villes de type ancien dont une partie du revenu vient des rentes prélevées sur la campagne. L'hypertrophie parisienne est à l'image de la centralisation excessive du pays, souvent entretenue par la complaisance des administrés, qui attendent de l'État qu'il règle leurs problèmes. Ce fait est illustré paradoxalement par les émeutes viticoles du Midi de 1907. C'est de Paris, de la Chambre, que les viticulteurs méridionaux attendent une nouvelle loi sur le sucrage des vins, afin de mieux écouler leur production. Ils ont eu à lutter contre le phylloxéra, qui a épuisé leurs ressources, et manquent d'argent et de moyens humains pour adapter leur production au marché et surmonter la mévente. Leur révolte contre l'État (grève des impôts, incendie de la sous-préfecture de Narbonne...) n'est pas une révolte contre la centralisation mais une violente démarche pour obtenir du pouvoir central une loi plus protectrice, démarche dont Clemenceau a très bien compris le contenu.

Le poids de la petite entreprise

On considère souvent que le poids « excessif » de la petite entreprise constitue aussi, au tournant du XXe siècle, un handicap dans la voie de la modernisation économique. La question reste difficile à trancher, d'autant que le poids de cette petite entreprise est aussi très important en Allemagne, connue toutefois pour ses grands empires industriels. Il est vrai qu'en France, si les secteurs de pointe engendrent bien une industrie concentrée, mécanisée, une production traditionnelle organisée en petites entreprises suffit aux besoins d'une population qui se développe faiblement. En France, le recensement national de 1911 montre encore la prépondérance massive de l'atelier sur l'usine, et la part des salariés dans la population active n'est que de 46 % contre près de 80 % en Grande-Bretagne.

La deuxième révolution industrielle n'a guère réanimé l'industrie rurale, à l'exception de quelques scieries qui se sont électrifiées. Mais si la crise des années 1880 a été souvent destructrice pour une partie de cette industrie dispersée, son poids considérable, son imbrication profonde dans une France encore rurale, expliquent qu'elle occupe encore une place importante dans l'emploi. En Franche-Comté, les fermes ateliers qui associent activité agricole, meunerie, scierie, taillanderie... continuent leur activité parce que l'habitude qu'elles ont de répondre à des besoins divers et fluctuants de la demande rend inutile la modernisation des techniques de production. La vieille proto-industrie survit dans beaucoup de régions et convient encore parfois à une fabrication de produits très peu standardisés et limités à un marché régional, voir local. Il faut toutefois être attentif au fait que, si la petite entreprise continue à occuper en France un poids considérable, qui lui donne du reste une grande importance politique dans un pays de suffrage universel, elle connaît néanmoins une évolution.

Au plus fort de la crise, le petit atelier et la boutique offrent un refuge à de nombreux chômeurs. Le phénomène a surtout concerné le secteur de l'alimentation (la prolifération des épiciers), plus que celui de l'artisanat. Mais la petite entreprise joue en revanche beaucoup moins son rôle de sas dans une promotion sociale à la française. Dans de nombreux métiers traditionnels, l'apprentissage est désormais bâclé, l'endogamie se renforce, les fils de patrons succèdent plus souvent à leur père.

En revanche, la petite entreprise joue le rôle de vivier de main-d'œuvre qualifiée pour de nouveaux métiers de la deuxième industrialisation – l'automobile –, mais aussi alimente le *sweating-system*, qui progresse fortement dans la grande ville. L'artisanat éclate, se pulvérise en micro-entreprises à domicile et utilise hors du contrôle social une main-d'œuvre féminine et enfantine surexploitée par des donneurs d'ordres. La rue de la Paix se transforme ainsi en vaste usine. Au-dessus des boutiques de luxe, les petits ateliers de fabrication se multiplient dans les étages. Les grands magasins, de la même manière, font travailler à façon des milliers de tailleurs et couturières pour la confection, qui progresse au détriment du « sur-mesure ». Plus globalement, la petite entreprise ne joue plus le rôle moteur qui a été le sien dans la « performance » française. Le déclin relatif des exportations de luxe et de demi-luxe tend à le montrer. Mais elle continue à occuper une place centrale dans un système productif français où elle répond aux besoins d'un marché provincial de proximité et constitue encore un rouage essentiel de l'économie urbaine, un refuge face au chomage et un vivier de main-d'œuvre industrielle.

Le bourgeois, un modèle républicain

Unité et diversité bourgeoises

Il peut sembler paradoxal d'associer l'image du bourgeois français au triomphe de la République. En effet, une large partie de la bourgeoisie française n'a guère changé depuis l'époque où elle s'est imposée aux commandes de la société des notables. Assises terriennes, provincialisme un peu court, horizons intellectuels et spirituels limités... La bourgeoisie, c'est d'abord une famille, un patrimoine qui s'est diversifié en accueillant obligations de chemins de fer et actions à côté des biens immobiliers, une morale qui commande réserve et simplicité, une demeure confortable et parfois une résidence à la campagne, une domesticité assez nombreuse (960 000 domestiques en France en 1914), une sphère de relations locales, les dîners, la réunion dominicale, des manières apprises dans les « arts d'agrément » pour les jeunes filles, dans l'équitation ou l'escrime pour les garçons, des humanités acquises dans l'enseignement secondaire, les visites pour les femmes, le cercle pour les hommes... Toute une littérature bourgeoise et antibourgeoise, des premiers romans de François Mauriac à la saga des *Thibault* de Roger Martin du Gard, nous montre une bourgeoisie de notables devenue alors « bourgeoisie de province ». On répudie souvent le modèle bourgeois, on le tourne en dérision dans le théâtre de Feydeau ou de Labiche, mais on ne lui oppose guère de substitut.

Cette « hégémonie » bourgeoise dans la France républicaine tient d'abord à son importance numérique. Dans toutes ses fractions, grandes et petites, elle représente près de 5 millions de personnes, soit le huitième de la population. La bourgeoisie, identifiée à la propriété, a prospéré dans une société républicaine où cette propriété est d'autant plus forte qu'elle est associée non pas au privilège, mais à l'indépendance, à la liberté et à la démocratie. Mais le nombre n'est pas tout, parce qu'en Allemagne le poids de la bourgeoisie est tout aussi important. Sur ce point, l'opposition entre les deux pays tient largement à la différence des liaisons que la bourgeoisie entretient avec le reste de la société.

Les assises économiques et sociales 421

La bourgeoisie française, par son caractère composite, prend racine sur de nombreux terrains. Sur 5 millions de « bourgeois », on trouve un tiers d'entrepreneurs, commerçants et artisans, un dixième de rentiers (ils sont 560 000 en 1906 !), un peu plus d'un quart de fonctionnaires, et un autre tiers constitué des employés du secteur privé et des professions libérales, donc des personnes dont les liens avec le système de production sont très variés. Tantôt ils y participent directement comme entrepreneur, tantôt indirectement comme administrateur ou rentier. La société, d'une certaine manière, peut se reconnaître dans la bourgeoisie. Le grand thème de la promotion sociale n'a de sens du reste que si le modèle républicain de bourgeoisie est attractif, puisqu'il est fondé sur le fait d'entrer dans ses rangs d'une manière ou d'une autre. C'est pourquoi il est si important que la bourgeoisie donne d'elle-même une image cohérente en même temps que variée.

Au tournant du siècle, le « modèle bourgeois » n'est ni déchiré ni isolé. De l'affaire Dreyfus sont issues des ligues divergentes : la Ligue des droits de l'homme (des intellectuels de gauche), la Ligue de la patrie française (des intellectuels de droite). En dépit de leur importance, ni l'une ni l'autre ne mordent profondément sur l'ensemble de la classe jusqu'à faire de leur conflit un point de faiblesse du groupe entier.

La victoire de la « défense républicaine » montre bien, du reste, que la bourgeoisie, dans sa composante la plus dynamique et la plus lucide, est à l'avant-garde de la défense des « droits de l'homme ». L'unité bourgeoise n'est pas plus entamée par le syndicalisme. C'est à peine si les fonctionnaires ont commencé à revendiquer le droit syndical, encore la revendication s'exprime-t-elle avec vigueur dans la frange populaire de leur recrutement, les instituteurs ou les postiers. Au sein de la bourgeoisie, il existe des divisions : bourgeoisie de province, bourgeoisie parisienne, catholique, laïque, mais ces différences ne nuisent pas profondément à son unité, beaucoup plus forte qu'en Allemagne. En France, en 1912, un grand patron sur quatre est issu d'une famille de haut fonctionnaire ou de profession libérale. Les hauts fonctionnaires et l'élite intellectuelle sont beaucoup moins fermés qu'en Allemagne aux valeurs de l'industrialisation et n'ont pas de prévention particulière à l'égard de l'activité économique. Il n'existe en France, contrairement à l'étranger, qu'un seul ordre de distinction honorifique : la Légion d'honneur avec ses cinq classes.

Modernité bourgeoise

Cette bourgeoisie, dans sa majorité, est moderne, à l'image de la République. Il existe bien des bourgeois qui prennent leurs distances avec le dessein productiviste qui a animé les générations antérieures. À Rouen, creuset d'un esprit capitaliste pionnier, la bourgeoisie du coton a glissé vers la rente, les professions libérales, collectionne les objets d'art et semble se soucier plus de ses théâtres et de son champ de courses que de l'exploration de nouveaux marchés pour ses cotonnades. Mais la modernité bourgeoise, l'idée que la France industrielle doit prendre sa place dans la nouvelle « mondialisation » de l'économie, l'emporte largement sur le legs du passé, même s'il existe encore un décalage spectaculaire entre l'audace économique et la timidité sociale d'un libéralisme patronal souvent figé.

La société française est profondément imprégnée des valeurs de la bourgeoisie. En Allemagne, le poids de la noblesse reste considérable dans l'appareil politique, dans l'administration, et la noblesse jouit encore de privilèges dans l'accès aux emplois publics, alors qu'en France la généralisation des concours unifie le recrutement de l'appareil d'État et impose des critères de compétence. En 1878, 40 % des généraux étaient nobles, seulement 20 % en 1900. Sous le Second Empire, la moitié des préfets étaient nobles, ils ne sont que 10 % en 1913. Le pourcentage des députés nobles, qui représentaient encore 34 % de la Chambre en 1871, est tombé à 10 % à la veille de la guerre. Dans la Mayenne royaliste, les grands propriétaires, qui avaient construit une « Angleterre verte » aristocratique fondée sur un élevage efficace et le métayage, baissent les bras, et beaucoup vendent devant la déroute de la rente foncière. Ils sont relayés par les marchands de bestiaux, des républicains qui achètent les terres et conquièrent les mairies. Autre issue : de grands noms de l'aristocratie, par des mariages, ou en associant leur nom prestigieux à des conseils d'administration de grandes entreprises, entrent en bourgeoisie.

Au cœur de la bourgeoisie s'impose l'homme d'affaires moderne, à l'anglo-saxonne. Son image a été gâtée par des scandales financiers qui ont alimenté la fureur des nationalistes et leur anticapitalisme. Mais, au tournant du siècle, le monde des affaires s'est fondu dans la société républicaine et y puise une image progressiste, celle de créateur d'emplois au sortir de la crise, d'avocat du progrès scientifique ou des prouesses techniques, dont Gustave Eiffel ou Louis Renault peuvent être considérés comme des symboles. Mieux, de riches bourgeois républicains, protestants parfois, comme Jules Siegfried, fondent des dynasties républicaines de progrès et renouvellent l'évergétisme des anciennes élites. Jules Siegfried, homme d'affaires aux horizons internationaux, devenu maire républicain du Havre, lance les sociétés d'habitation à bon marché. La bourgeoisie française reste extrêmement attentive aussi à ne pas perdre le contact avec ses franges les plus modestes. En 1898, la démocratisation du recrutement des chambres de commerce, qui associent plus étroitement désormais les petits au monde des gros, en est un indice supplémentaire. Tout comme la législation sur les patentes, qui allège, par étapes, la charge fiscale qui pèse sur les petits producteurs et commerçants.

Une ouverture sociale mesurée

Ce qui fait aussi la crédibilité du « modèle » bourgeois républicain, c'est qu'il n'est pas inaccessible. La paupérisation promise par certains doctrinaires socialistes ne s'est pas produite. L'échelle des fortunes s'est étirée vers le haut, ce qui veut dire qu'à la Belle Époque il y a beaucoup plus de riches qu'au début du XIXe siècle et qu'ils sont nettement plus riches. C'est la conséquence de l'industrialisation, des spéculations immobilières, qui en revanche laissent à la base de la société, comme le montre l'étude des successions, une quantité presque inchangée de Français pauvres et sans héritage. Dans les grandes villes, la proportion est de 80 % au début du XIXe siècle, 72 % à la Belle Époque (mais avec de fortes variations régionales). À Lille, en 1913, un ouvrier a en moyenne un avoir au décès de 203 F, un patron de 1 023 443 F ! Mais il y a eu gonflement des fortunes moyennes et un étalement assez fluide de ces fortunes tout le long de l'échelle de la bourgeoisie, ce qui montre que le profit n'est pas tout entier accaparé par quelques individus au sommet de la pyramide sociale. En France, près de la moitié des actifs appartiennent aux classes moyennes ou en frôlent les frontières.

Cette proximité ne veut pas dire toujours aisance, car nombre d'entre eux se trouvent dans une situation semblable à celle des ouvriers. Un instituteur débute en 1900 à 1 100 F par an, quand un ouvrier qualifié peut gagner 2 000 à 3 000 F. Un fils de boutiquier peut difficilement épouser une fille de la bourgeoisie. L'artisan n'est souvent indépendant qu'en apparence, et sa stabilité tout à fait aléatoire. L'ascension par l'acquisition d'un capital scolaire reste ardue, et l'horizon de la promotion sociale une affaire de deux ou trois générations et rarement une aventure individuelle.

Mais le petit bourgeois laisse beaucoup plus fréquemment un patrimoine, se distingue de la condition ouvrière par un intérieur plus avenant, des mœurs « décentes » face à la promiscuité ouvrière, le goût de l'épargne, la volonté d'assurer le lendemain. Il se distingue aussi par le rejet des mesures égalitaires, niveleuses, qui maintiendraient tous les individus dans une condition également médiocre. C'est là l'origine de cette allergie si largement répandue à l'égard de toutes les lois visant à l'égalisation des fortunes : le projet d'impôt sur le revenu a mis ainsi plus de vingt ans à aboutir (le premier projet date de 1888 et il n'aboutit qu'en 1914). La loi sur les successions de 1901, qui devait limiter l'héritage, établit un impôt très faiblement progressif, et cette « indulgence » à l'égard de la richesse n'est pas seulement le fait de la bonne ou de la grande bourgeoisie mais rencontre le soutien des petits possédants, voire des tout petits. Cela ne veut pas dire que la petite bourgeoisie soit indifférente à l'égard des prolétaires, mais elle cherche à les intégrer – et y réussit d'ailleurs assez bien – au système hiérarchique dont elle-même est le bénéficiaire principal. Loin d'être un handicap pour la bourgeoisie, ces classes moyennes constituent une sphère de rayonnement de son influence et de ses valeurs.

Les nouvelles bourgeoisies du savoir

L'idée d'une société républicaine plus ouverte dans laquelle les « fils de leurs œuvres » peuvent faire leur chemin est d'autant plus forte que de nouvelles perspectives de promotion existent. À la classique promotion par le travail, l'épargne, l'entreprise, s'en ajoute une autre, la promotion par le savoir. La voie est étroite, car l'enseignement secondaire est payant et offre surtout la perspective d'une mobilité au sein des strates de la bourgeoisie. Mais les « boursiers conquérants », même si l'image est un peu trompeuse, peuvent accéder à des situations flatteuses. Les études universitaires, celles des grandes écoles, dans une société où le savoir et la science sont des valeurs consacrées, permettent aux couches nouvelles intellectuelles – les médecins, les vétérinaires, les avocats, les journalistes, les professeurs... – d'occuper une place considérable y compris dans la sphère politique. Ces nouvelles bourgeoisies du savoir ont su, en dehors de l'État, s'organiser dans leurs professions, dans leur recrutement, se faire reconnaître dans la société et établir un contrôle de leurs pratiques professionnelles. La mise en place de l'Ordre des médecins en est un exemple. Leurs compétences, admirées et légitimées jusque dans les classes populaires, apportent un nouveau crédit aux valeurs de la bourgeoisie.

Le phénomène a son équivalent dans les entreprises. Les patrons des années 1900 ne sont plus seulement des fils de marchands, ou des héritiers de dynasties, mais aussi des ingénieurs. Sur 600 dirigeants d'entreprise étudiés par M. Lévy-Leboyer, 55 % ont fait des études supérieures. Près de la moitié sont des ingénieurs et 10 % viennent de Polytechnique. Parmi les fondateurs de l'industrie électrique, on trouve Ernest Mercier qui a fait l'X, le Génie maritime et « Supélec » (en 1908), et son patron dans le groupe de la Lyonnaise des Eaux, Albert Petsche, lui aussi polytechnicien, a fait les Ponts et Chaussées et du droit. Jusqu'en 1914, les centraliens (Panhard, Levassor, Blériot, Azaria le fondateur de la CGE) dominent, car Centrale prépare directement à l'industrie, alors que Polytechnique oriente ses élèves plus volontiers vers le service public, les chemins de fer, la sidérurgie... Cet avènement du patron ingénieur à l'heure de la deuxième industrialisation est d'autant plus significatif dans la logique républicaine que les deux tiers des polytechniciens sont issus de milieux modestes, alors que la moitié des centraliens appartiennent aux classes dirigeantes. Si l'image du patron maître absolu à bord de son entreprise familiale demeure, ces ingénieurs, détenteurs d'un savoir essentiel dans la nouvelle compétition industrielle, sont destinés dans l'ensemble à former un patronat non propriétaire. Les familles – c'est le cas des Peugeot à la veille de la guerre – perdent souvent le contrôle des affaires, par le biais des augmentations de capital qui font intervenir les banques, ces dernières confiant désormais la gestion à des spécialistes.

La République ne se construit donc pas malgré la bourgeoisie, mais avec elle. Celle-ci y a trouvé au tournant du siècle les moyens de redéfinir son libéralisme traditionnel dans de nouvelles régulations. À la tête d'un bloc social large et divers, qui lui a permis de marginaliser l'aristocratie et de contenir la poussée ouvrière, elle peut se targuer d'incarner, de façon privilégiée, l'intérêt national.

Les ouvriers, des villes aux banlieues

L'atelier et l'usine

La représentation qu'on donne de la « classe ouvrière » dans la République fait de celle-ci, face à la bourgeoisie, une autre « avant-garde », guidée elle aussi par un messianisme de progrès, mais animée du désir de bouleverser la société, plutôt que de la changer au rythme mesuré des réformes républicaines. L'image se heurte à une première réalité. À la veille de la guerre, il reste difficile, en France, d'identifier clairement les contours du prolétariat moderne, d'une « classe ouvrière » au sens d'agrégat social, douée d'une « conscience de classe » et destinée par le courant marxiste à changer la société. Nous l'avons dit, la France est encore très largement dominée par l'atelier, et le travail est rarement décomposé en tâches parcellaires dans la grande usine. Le travail ouvrier reste proche de l'artisanat, dans une société où l'on a en moyenne 1 patron pour 4,3 ouvriers. Les ouvriers à domicile, commandés par un lointain donneur d'ordres, représentent encore 26,3 % des ouvriers en 1906. Les véritables usines qui dépassent 100 salariés ne regroupent que 24,3 % des ouvriers, et en revanche les entreprises de moins de 10 salariés occupent près de la moitié de la main-d'œuvre. La population ouvrière, du reste, est loin d'augmenter au rythme qu'elle connaît en Allemagne. Le nombre des ouvriers n'a crû que de 17 % entre 1866 et 1906. En outre, la répartition de la main-d'œuvre a peu évolué. Les deux tiers des ouvriers sont encore dans les industries traditionnelles : textile, bâtiment, alimentation..., et seulement 12 % se trouvent dans les secteurs de pointe de la deuxième industrialisation : métallurgie, mines, chimie...

On ne saurait pourtant en conclure à une inertie du profil de l'ouvrier. Être ouvrier n'était dans le premier XIXe siècle qu'une étape dans un cursus professionnel qui pouvait mener à s'établir à son compte. Désormais, le processus s'est enrayé, et la vie ouvrière s'impose comme un destin. L'ouvrier était souvent un migrant temporaire, un ouvrier-paysan, un travailleur qui pouvait se replier sur le monde rural. La perspective recule, et l'ouvrier se fixe dans l'horizon de la ville ou, phénomène nouveau, dans sa banlieue. En dépit de la dispersion des travailleurs, de grandes concentrations ouvrières sont apparues. L'empire Schneider, au Creusot, est passé en quarante ans de 9 000 à 20 000 ouvriers. Le nombre des mineurs a bondi de 33 000 en 1851 à 150 000 en 1913, dont 135 000 concentrés dans le bassin du Nord-Pas-de-Calais. Les nouveaux industriels sont très vite passés à une vitesse supérieure. Renault a 4 000 ouvriers à Billancourt, la Compagnie générale d'électricité, 3 500 à Ivry.

Autre obstacle à l'unité prolétarienne, la « classe ouvrière » est restée fortement stratifiée, par les compétences, les qualifications, les salaires, mais la hiérarchie a sensiblement changé de nature. En haut de l'échelle, on a toujours un ensemble d'ouvriers qualifiés, avec des salaires assez élevés, supérieurs souvent à ceux des fonctionnaires et des employés. Ce sont des travailleurs capables d'utiliser des machines polyvalentes, ou détenteurs d'un savoir technique complexe, d'un tour de main acquis au fil d'un long cursus de l'atelier. Cette « aristocratie ouvrière » échappe mieux aux périodes de chômage, résiste au processus de déqualification imposé par les premières tentatives de taylorisation, et change aussi de profil. L'ouvrier qualifié n'est plus tant l'ébéniste ou le bronzier parisien que le mécanicien ou le cheminot. Mieux syndiqués, ils cherchent à faire reconnaître désormais une nouvelle professionnalisation, acquise dans les nouvelles écoles techniques, comme l'école Diderot fondée en 1872, et revendiquent dans des grèves d'un nouveau type une réglementation de l'avancement (les cheminots en 1910).

Une plèbe d'ouvriers déqualifiés, moins payés, embauchés de façon précaire, constitue encore le gros de la main-d'œuvre. Mais cette masse ouvrière a changé. Il existe toujours un grand nombre de journaliers, de manœuvres, indispensables dans des usines où les tâches de manutention sont importantes parce que l'intégration du processus de travail n'y existe guère. Mais une nouvelle catégorie, les ouvriers spécialisés (OS), se développe rapidement au début du siècle. Sans qualification précise, ils sont utilisés sur des machines-outils de plus en plus perfectionnées et selon des rythmes de travail qui leur échappent. De 1870 à 1906, le travail des femmes, toujours payé deux fois moins que celui des hommes, a augmenté de plus de 30 %. Employées dans la confection, elles forment aussi la main-d'œuvre favorite du *sweating-system* des grandes villes. Elles sont aussi recrutées massivement dans les nouvelles industries, dangereuses et polluantes, comme la chimie de la banlieue parisienne, ou encore dans les taches très parcellisées des usines de matériel électrique. Une autre main-d'œuvre déqualifiée est celle des travailleurs étrangers, hommes jeunes et célibataires, déracinés de leur milieu rural et employés dans les travaux pénibles de la mine et de la métallurgie.

Dans les usines, le travail s'est stabilisé autour d'une durée de onze heures par jour. On respecte, en général, le repos hebdomadaire, et certains travailleurs commencent à goûter à la semaine anglaise. Mais la diminution d'un temps de travail qui demeure extrêmement pénible dans des usines surchauffées, polluées, encombrées d'un fouillis de courroies et d'engrenages dangereux, reste une des grandes priorités, dont l'importance apparaît dans la campagne des « trois huit » menée par la CGT.

Une lente amélioration de la condition ouvrière

La condition ouvrière s'est améliorée parce que le salaire, en moyenne, a augmenté. Le mouvement amorcé sous le Second Empire a évolué irrégulièrement, il peut être différent d'une catégorie à l'autre, il est souvent contrarié par l'existence fréquente de périodes de chômage aux effets ravageurs, il constitue cependant une tendance de fond. Cette nouvelle conquête d'un mieux-être ne modifie pas l'insécurité de la condition ouvrière, phénomène essentiel qui creuse la différence entre l'ouvrier et le reste de la société. Confronté à un avoir dérisoire, à des chômages fréquents, à la perte du salaire à l'occasion d'une maladie ou d'accidents du travail très nombreux, l'ouvrier ne peut guère faire d'épargne, tout du moins à un niveau qui lui permette d'échapper à la hantise du lendemain. Les caisses de secours patronales qui versent des indemnités en cas de maladie, les caisses de retraite qui sont apparues dans les sociétés minières ou les compagnies de chemins de fer, représentent certes un recours, mais ne protègent qu'une partie très limitée de la classe ouvrière.

Dans le budget ouvrier, augmenté de nouveaux gains acquis au fil des luttes, la dépense essentielle reste la nourriture, dont la part varie de 60 à 70 %. Le pain, qui est toujours la base de la nourriture, recule dans les dépenses au profit du vin et de la viande. À la Belle Époque, le sucre, le café, le lait, des légumes plus facilement accessibles pour ceux qui possèdent un « jardin ouvrier », améliorent l'ordinaire. Pour soulager les difficultés quotidiennes, des coopératives de consommation ouvrières répondent aux économats patronaux. Limitées au départ à la création de boulangeries ou d'épiceries, elles se sont développées sous l'influence socialiste et offrent de nombreux services. Avec une alimentation meilleure, la santé ouvrière a progressé surtout à Paris. On écartait encore du recrutement militaire, en 1869, 17,9 % des hommes du XIe arrondissement parce qu'ils n'atteignaient pas la taille de 1,60 m. Ils ne sont plus que 3,3 % en 1903. Le réseau des dispensaires (24 à Paris) a amélioré les soins dans la capitale, en particulier pour les femmes en couches, et les bains publics (c'est un effort des municipalités radicales et socialistes) ont fait progresser l'hygiène. Mais la tuberculose, la typhoïde, la diphtérie, la scarlatine, la rougeole, font encore des ravages à Paris, et surtout dans sa banlieue, où l'eau courante est rare et celle des puits polluée. À la veille de la guerre, à Paris, au moins un couple sur trois a perdu un enfant en bas âge.

Dans leur budget, les ouvriers dépensent sensiblement plus pour se vêtir. L'importance nouvelle de la confection, des grands magasins, banalise le vêtement, fait reculer les manières provinciales et disparaître la blouse chez un travailleur qui, hors de son travail, tend à s'habiller en « bourgeois ». Un des signes les plus pénibles de la condition ouvrière reste le logement, qui distingue nettement l'ouvrier du reste de la société. Ce logement, mal éclairé, sans hygiène et assorti d'un nombre dérisoire de meubles, est exigu (le quart des ouvriers parisiens vit dans une seule pièce) et mal équipé, ce qui contraint encore souvent à réchauffer ses aliments à la gargote.

Et pourtant ces logements sordides sont chers (plus de 20 % de hausse à Paris entre 1900 et 1913), car il existe une véritable crise du logement populaire. Cette cherté du loyer explique l'instabilité de l'ouvrier dans la ville, ses déménagements fréquents, faits parfois à la « cloche de bois » quand on ne peut plus payer le loyer. L'haussmannisation a assuré à la bourgeoisie des conditions de logement très confortables mais oublié la construction de logements pour les ouvriers, peu rentables. Ces derniers se sont accrochés au vieux tissu urbain, tant que leur travail était lié à la fabrique parisienne, imbriquée dans les rues du centre. Mais, au tournant du XXe siècle, la crise des vieilles industries parisiennes, l'industrialisation rapide de la banlieue, provoquent un déplacement progressif de la population vers la périphérie de Paris et des grandes villes. Le phénomène est encouragé par l'apparition de nouveaux transports en commun, en particulier les trains de banlieue, les tramways, mais dans un premier temps ceux-ci restent chers et la décongestion des quartiers ouvriers de Paris très lente. Les nouveaux transports sont surtout accessibles aux employés, qui tout en travaillant à Paris décident d'habiter la banlieue proche, plus agréable que les vieux quartiers de la capitale.

La banlieue, dont la population progresse trois fois plus

vite que celle de la capitale, reste assez contrastée. À Saint-Denis, la population ouvrière représente 80 % de la population totale, et accueille de véritables colonies de Bretons partis par villages entiers de Bretagne sous la conduite de leur recteur et habitant des « casernes ouvrières » dans un environnement délabré. À l'ouest, dans d'autres villes, Colombes ou Suresnes, la population ouvrière, venue de la province ou parfois de Paris, coexiste avec une population de petits bourgeois, voire de paysans qui continuent à cultiver pour Paris. C'est seulement en 1894, avec la loi Siegfried qui crée les habitations à bon marché, que l'État commence par des encouragements fiscaux à intervenir dans le logement social. Mais elles restent gérées par le privé, et il faut attendre 1912 pour que les municipalités encouragent la construction locative et que soient mis en place les offices publics d'HBM.

Pour une autre partie de la classe ouvrière, celle qui habite les cités ouvrières des « villes-usines », l'horizon est différent. Les grandes compagnies minières et métallurgiques construisent des cités dans lesquelles le patronat aide les ouvriers à devenir progressivement propriétaires d'une maisonnette étriquée et d'un bout de jardin. Cet enracinement progressif est voulu par les entreprises pour fixer une main-d'œuvre volatile. L'acquisition lente d'une maison participe de toute une politique de contrôle social paternaliste qui prend en charge l'ouvrier, lui « offre » une école et une église, des moyens de promotion interne (le fils d'un ouvrier Schneider peut devenir ingénieur Schneider grâce aux seules écoles Schneider), subventionne les associations sportives et culturelles, et un système de retraites lié à une caisse d'entreprise gérée par le patronat. Si l'ouvrier quitte ce cadre, il perd tout. C'est pourquoi cet encadrement protecteur apparaît de plus en plus pesant et se trouve contesté.

Une culture ouvrière

À défaut de conscience de classe claire et d'unité sociologique, c'est probablement une culture ouvrière de la ville qui soude le mieux le monde ouvrier. Cette culture ouvrière a été longtemps une culture de métier, elle est aussi une culture de quartier. Les ouvriers y sont immergés dans un tissu populaire diversifié qui offre des possibilités de relations humaines variées. Cette vie de relations extérieure au foyer est souvent la conséquence de l'aspect répulsif du logement, qui fait de la rue, du café, du cabaret, l'espace de sociabilité des ouvriers (on compte alors à Saint-Ouen 1 café pour 80 habitants). Au cabaret, on lit le journal et ses feuilletons, on commente les nouvelles, on fume, on boit, et on fait la fête, parfois entre ouvriers venus d'une même région. Des banquets rythment la vie associative, banquets de militants, de fête corporative chez les mineurs, de carnaval ou de paroisse.

Avec un modeste recul du temps de travail, les formes du loisir évoluent. Si l'ouvrier a été chassé des théâtres du centre ville, trop chers, il se retrouve au café-concert, qui reprend les chansons à la mode. À Saint-Denis, les ouvriers peuvent se retrouver dans 20 bals et 4 cabarets. Boulogne, Puteaux, Saint-Denis… ouvrent des théâtres pour le peuple, où l'on joue *Cyrano de Bergerac*, mais aussi *Germinal*. L'engouement pour la bicyclette gagne une classe ouvrière qui découvre les nouveaux clubs sportifs.

Les bourses du travail se dotent de bibliothèques, une contre-culture ouvrière, encore timide, progresse et se nourrit des leçons des universités populaires, des idées des sociétés de libre-pensée, qui participent de la bataille contre le retour en force des œuvres et des patronages catholiques. La ville est donc le creuset d'une culture ouvrière qui est à la fois une culture républicaine, imprégnée des souvenirs de la geste révolutionnaire, mais aussi une contre-culture de classe qui affirme la spécificité des travailleurs dans la « citoyenneté » républicaine.

Intégration ou marginalité ?

Peut-on dire, au tournant du siècle, que le peuple des villes est en voie d'intégration à la République ? Les criminalistes et les magistrats du moment restent sceptiques et entretiennent encore l'idée que les « classes travailleuses » sont toujours des « classes dangereuses » qu'il faut surveiller avant de songer à en faire des citoyens comme les autres. Faisant écho à un discours républicain qui valorise l'équilibre du monde rural, ils déplorent la déstabilisation d'une ville contrainte d'accueillir un flux de migrants qui dans leur esprit reste un danger. Chaque année 40 000 Parisiens passent devant les neuf chambres du tribunal correctionnel de la Seine (les deux tiers des délinquants sont des ouvriers) à un moment où la grande presse évoque les méfaits des bandes de jeunes apaches. L'analyse de la délinquance permet toutefois de nuancer leur lecture des tensions urbaines. La moitié de cette délinquance est liée à la traque du vagabondage urbain et de la mendicité, qui restent des délits. En ville, le chômage fait basculer de nombreux travailleurs, jeunes pour la plupart, dans la marginalité, et contraint des personnes âgées à mendier dans une société où les familles déstructurées sont nombreuses à un moment où l'on compte encore 130 000 enfants trouvés. Autre grand délit, le vol, qui est le fait surtout d'une population ouvrière jeune, un vol de misère, vol alimentaire, mais aussi vol de convoitise dans une capitale où l'on ne dérobe plus de pain mais où les étalages des grands magasins suscitent les tentations d'une nouvelle société de consommation.

Mais la grande ville, contrairement à la hantise des responsables politiques, n'est guère plus délinquante que la moyenne nationale, et l'intégration des classes populaires ne paraît pas avoir échoué. Les nouveaux travailleurs migrants (toujours 60 % des Parisiens) et les étrangers sont même un peu moins délinquants dans la capitale que les Parisiens d'origine, indice d'une remarquable capacité d'assimilation du milieu urbain. La violence règle encore souvent les tensions au sein des familles ouvrières, entre les hommes et les femmes, les parents et les enfants, mais, au-delà de la rixe de cabaret, la grande ville, sous le contrôle social rigoureux d'une police perfectionnée par le préfet Lépine (Paris concentre autant de policiers que tout le reste de la France), ne correspond guère à l'image inquiétante qu'en donne la presse. L'outrage, l'insulte, la rébellion à l'égard de l'ordre public et de ses agents, y sont fréquents, mais on peut hésiter à y déceler la marque d'un esprit rebelle, dans la mesure où ce type d'infraction est le plus souvent assorti d'un délit d'ivresse. Mais le peuple parisien reste attaché à ses libertés, y compris celle de boire…

Le paysan et la République

Une croissance agricole modeste

En dépit des révoltes spectaculaires des viticulteurs du Languedoc et de la Champagne, malgré l'apparition de grèves chez certains prolétaires de la terre qui semblent, comme les bûcherons du Cher, rejoindre le combat ouvrier, les républicains peuvent toujours considérer, à la Belle Époque, que le monde paysan évolue naturellement dans les cadres qu'ils ont tracés et que l'agriculture reste leur grande réussite. Le projet fondateur de Gambetta, celui d'une alliance organique des paysans et de la République, reste une véritable note tenue de la politique républicaine jusqu'au premier conflit mondial. Du soutien apporté à une République en péril face au boulangisme, à la fidélité de la paysannerie française face à la menace allemande en 1914, on peut identifier aisément une continuité, mise en valeur, du reste, par les chantres d'un républicanisme rural pour qui la République paysanne est la meilleure, la plus authentique des Républiques. Il n'est pas aisé pourtant de mesurer de manière globale cette réussite, parce que c'est peut-être dans les campagnes françaises que la dissociation est la plus forte entre les contraintes de la modernisation économique, de la croissance, et celles de l'équilibre social et politique.

Si l'on considère la situation économique de l'agriculture au début du siècle et sa participation au redressement de la France dans la compétition européenne, les résultats sont très mesurés. Les prix, après la chute des années 1880, s'orientent nettement à la hausse jusqu'à la guerre. Le rythme de croissance du produit agricole, qui était tombé à 0,1 % de 1860 à 1890, s'est redressé et atteint 0,9 %. Mais cette croissance est très inférieure au rythme du produit matériel total (1,8 %), et, pour la première fois, la reprise économique s'opère sans être impulsée par la dynamique agricole. La France est bien le quatrième producteur mondial de blé, mais la lenteur des progrès agricoles peut se lire dans la faiblesse des rendements, de 40 à 50 % inférieurs à ceux de l'Europe du Nord, et les résultats généraux sont très en deçà de ceux de l'agriculture allemande, dopée par l'apport de la puissante industrie chimique productrice d'engrais. La France est confrontée, à la veille de la guerre, à un déficit de ses échanges agricoles qui atteint 500 millions et qui est un indice de la faible compétitivité des campagnes françaises.

Tant que l'agriculture a reposé sur un apport toujours plus intense de travail pour répondre à la pression démographique, la production agricole a progressé sans souci des prix de revient et connu un « âge d'or » au milieu du XIXe siècle, surtout grâce à une « heureuse conjonction des prix et des marchés ». Mais une première « mondialisation » du marché agricole qui a fait baisser fortement les prix, un exode rural qui pour n'être pas considérable a néanmoins fait monter le coût de la main-d'œuvre, la faiblesse des investissements nécessaires pour moderniser techniques et matériels, l'intégration de l'agriculture dans des réseaux commerciaux beaucoup plus larges, ont montré les faiblesses structurelles d'un secteur agricole dont les coûts de production sont trop élevés.

Les chiffres globaux masquent toutefois des évolutions spatiales qui se sont creusées de la crise à la modeste reprise du début de siècle. Une France agricole relativement forte et dynamique du Bassin parisien et du Nord-Est, qui utilise plus d'engrais chimiques, de batteuses et de faucheuses, qui économise la main-d'œuvre, développe les cultures rentables (froment, pomme de terre, betterave à sucre...), s'oppose à une moitié méridionale qui, à l'exception de la vallée du Rhône et du Midi languedocien, tournés vers la viticulture et les fruits, se contente du rythme de croisière modeste d'une exploitation familiale dans laquelle les coûts de production comptent peu.

La victoire des petits exploitants familiaux

Cette « réussite » bien étriquée de la France sur le terrain de l'économie agricole peut cependant être compensée aux yeux des républicains par la réussite plus spectaculaire de leur projet politique et social. L'horizon annoncé de la République était l'avènement d'une démocratie de petits propriétaires. Les évolutions de fond au sortir de la crise semblent leur donner raison. L'allégement démographique a enlevé aux campagnes beaucoup d'éléments hardis qui ont vu dans la ville un espace plus dynamique où les revenus étaient plus élevés, mais il a fait partir aussi les fractions les plus pauvres de la paysannerie, qui fragilisaient la communauté rurale. Ce phénomène, joint à la baisse du prix de la terre et aux ventes de grandes propriétés affectées par la « déroute de la rente foncière », a permis des achats de terre. Le mouvement n'est pas brutal, il est assez contrasté d'une région à l'autre, sensible là où l'emprise des grandes villes se fait le moins sentir, et concerne surtout les couches supérieures de la paysannerie.

Ce nouveau marché de la terre a permis d'acheter des parcelles qui ont conforté la petite exploitation familiale, qui donne le ton à la société rurale française. Alors que la micro-exploitation recule, une exploitation paysanne de 5 à 10 hectares a résisté remarquablement. En 1906, la petite exploitation familiale ou n'employant qu'un seul salarié, en faire-valoir direct, utilisant essentiellement un travail humain acharné, semi-autarcique, représente 76 % des exploitations. La démocratie rurale chantée par les républicains n'occupe toutefois qu'une partie du sol. Les exploitations de moins de 10 hectares ne couvrent que 30 % de la surface agricole exploitée, ce qui laisse encore à la grande propriété un vaste espace en France et oblige aussi à prendre en compte dans les grandes plaines du Centre et du Nord l'existence de grandes exploitations. Le fermier capitaliste s'y est imposé au propriétaire, grand ou petit, il dispose de capitaux importants, a mécanisé son exploitation et fournit le gros de la production commercialisée. 4 % des exploitations, supérieures à 40 hectares, regroupent alors 47 % de la superficie exploitable.

Le sort des prolétaires agricoles s'est, quant à lui, un peu amélioré avec le recul des chômages saisonniers. Dans les villages, le petit artisanat rural s'est simplifié et a reculé en nombre, car c'est dans ses rangs souvent que l'émigration a été la plus forte. Le déclin des industries rurales a fait régresser sensiblement le travail mixte. Dans une société rurale plus homogène, le paysan de 1914, plus que ses ancêtres, est devenu un vrai travailleur de la terre.

Ce poids du petit exploitant dans la société rurale française est considéré souvent comme le facteur essentiel du « retard » agricole national, et l'on met à la charge de la République une dissonance majeure entre efficacité économique et stabilisation sociale. Il est difficile de nier que la passion de la terre, qui a mobilisé trop longtemps l'épargne paysanne dans l'achat de parcelles, n'ait pas été un handicap, que la petite exploitation n'ait pas retardé l'émergence d'une mentalité économique plus moderne dans les campagnes françaises et que les progrès agronomiques n'aient pas surtout été le fait des grandes exploitations dotées de disponibilités financières. Ce constat est cependant insuffisant.

Plusieurs exemples montrent que la petite exploitation de 5 à 10 hectares constitue un cadre économique bien adapté aux conditions de production de l'époque, en particulier avec le développement de l'élevage. Dans les Charentes, la Bresse, le Vaucluse... au prix d'un travail intense qui supplée souvent à l'absence de capitaux, avec des animaux plus nombreux, des engrais et du matériel, la productivité progresse chez les petits, et la commercialisation de leurs produits s'améliore. L'accès au crédit, déjà courant auprès des notaires, notables, parentèle et voisinage, a été facilité par le développement des caisses du Crédit agricole créé par l'État en 1897. Dans le Vaucluse, affecté par la crise de la vigne, de la garance, du ver à soie, les petits exploitants se reconvertissent vers une agriculture irriguée et intensive des légumes et des fruits. L'individualisme agraire, souvent dénoncé, est contrebalancé par la percée rapide du syndicalisme. Sous son influence se sont développées des coopératives efficaces (les coopératives laitières en Charente et Poitou). Dans le Vaucluse, le Syndicat agricole vauclusien, créé en 1887, a transformé la région, ouvert des entrepôts pour régulariser les cours, implanté des caisses de prévoyance et de crédit, des assurances accidents, aidé à la commercialisation des produits vers les grandes villes... À l'échelle nationale, la paysannerie, soutenue par ses députés, a été défendue par de puissants lobbies qui ont pesé en faveur de la protection douanière : la Société des agriculteurs de la rue d'Athènes, qui recrutait au sein de l'aristocratie foncière et dans la paysannerie qui lui était liée, et la Société du boulevard Saint-Germain, dans les mains des notables républicains.

L'intégration du paysan à la nation

La modernisation de la paysannerie a peut-être été limitée sur le plan économique, elle n'en a pas moins été spectaculaire sur celui des mentalités et des comportements. La politique des républicains a été sur ce point décisive pour précipiter l'intégration des paysans dans la société englobante et réaliser alors l'achèvement de l'unité nationale.

Cette intégration est d'abord le fait de communications plus faciles avec le reste de l'espace français. Les chemins vicinaux se sont accrus de façon spectaculaire, les lignes de chemins de fer locales ont desserré l'isolement (la France passe de 24 300 km en 1881 à 40 770 km en 1914). La lettre, avec un service des postes efficace, devient courante ; le développement de l'instruction permet de lire le journal, celui qui vient de Paris, comme *Le Petit Journal* ou *Le Petit Parisien*, mais aussi la feuille locale, les hebdomadaires publiés à l'échelle des cantons. Avec la presse, c'est un autre modèle culturel qui pénètre les campagnes et qui familiarise, par ses publicités, ses images, l'utilisation de nouveaux objets – la bicyclette –, de nouveaux services – celui du médecin ou du dentiste. Le service militaire, vraiment généralisé à une classe d'âge à partir de 1889, entraîne les jeunes paysans hors du village au moins un an, trois ans pour le plus grand nombre. L'armée devient non seulement un puissant moyen de diffusion des valeurs de la République et de l'image de la nation, mais elle est aussi une école du genre de vie citadin, d'une nourriture plus riche et variée avec du pain blanc, de la viande, beaucoup de vin et de tabac, un genre de vie si séducteur qu'après le service militaire nombre de paysans ne reviennent plus au village.

Pour ceux qui restent, la vie change. La nourriture d'abord : un peu plus de viande, de vin, du pain moins souvent rassis parce que désormais acheté chez le boulanger, l'apparition du café sucré le matin, du dessert, voire d'une orange pour Noël... La maison paysanne s'améliore, gagne souvent un étage et, de ce fait, des chambres qui apportent un peu plus d'intimité. La famille paysanne, plus étroite, s'identifie dans la photo de mariage. Les jeunes achètent des vêtements dans les foires, les femmes utilisent parfois des patrons, qui les guident dans l'usage nouveau de la machine à coudre. Une certaine banalisation du vêtement s'impose à un moment où en revanche, dans les fêtes, se fixe le profil actuel du costume folklorique. Le temps est mieux compté avec l'apparition de la montre, offerte à la communion, et des horloges publiques, qui se multiplient sur les clochers et les mairies toutes neuves, flanquées d'un bureau de poste et d'une école.

La veillée devient le refuge des vieux et des femmes quand les hommes vont au café jouer aux cartes et au billard ou participent aux activités des nouvelles associations à caractère sportif ou musical. La fête locale décline au profit des nouvelles cérémonies républicaines, des défilés de conscrits, des « 14-Juillet » avec leurs bals où les danses venues de la ville sont désormais accompagnées à l'accordéon.

Si les grandes violences collectives du monde rural ont presque disparu, les mœurs, toutefois, restent rudes. Dans une société où l'isolement est pesant, où le recours à la parole est plus rare qu'en ville, où les médiateurs sociaux comme les syndicats sont souvent absents, les coups, plus qu'en ville, remplacent l'explication et assouvissent les haines accumulées et comptabilisées entre parents ou voisins. L'expulsion d'une ferme ou d'une métairie peut vite prendre la dimension d'un drame dans un univers mental fait de schémas dualistes : le mal - le bien, les bons - les méchants. Le recours à la violence, contrairement au discours de ceux qui s'effraient des cités ouvrières, reste plus fréquent à la campagne qu'en ville.

La transformation des campagnes apparaît pourtant si profonde qu'elle soulève l'inquiétude des notables conservateurs – surtout ceux des villes –, qui manifestent leur nostalgie dans un mouvement folkloriste qui apparaît en fin de siècle et prend, en Provence, dans le « félibrige » avec l'écrivain Frédéric Mistral, sa forme la plus achevée. Le développement du folklore, attentif à inventorier et valoriser les traditions – du patois aux costumes ou à la littérature locale –, relève souvent d'une véritable « invention des provinces », relayée en ville par ceux qu'inquiètent le progrès républicain. Mais l'attention portée à l'identité locale n'a pas toujours un caractère réactionnaire. Eugène Le Roy, bon républicain, auteur de *Jacquou le Croquant* (1899), popularise les luttes farouches des paysans du Périgord contre l'aristocratie locale et rédige ses romans en français pour que la leçon soit entendue de toute la France républicaine. Cette leçon, les paysans français sont prêts à l'entendre, car ils peuvent mesurer, à la veille de la guerre, la distance qui les sépare des temps anciens et les progrès réalisés sous la République. La Chambre de 1910 ne compte que 36 députés cultivateurs dans une France encore très majoritairement rurale, mais dans le Var, par exemple, en 1912, la moitié des maires et les trois quarts des adjoints sont des cultivateurs. Si à l'époque de Gambetta on pouvait peut-être considérer comme un risque l'idée d'associer le paysan à la démocratie et d'en faire l'arbitre du régime, en 1914 cette paysannerie apparaît comme l'allié le plus sûr de la République face aux dangers qui la menacent encore.

La République,
creuset d'une nouvelle culture

Une démocratisation de la culture à pas comptés

*Les stratifications culturelles
de la démocratie républicaine*

Il y a, au centre du projet républicain, la conviction optimiste que la réussite de la démocratie parlementaire tient, pour l'essentiel, à la possibilité de doter les classes populaires d'un nouveau savoir, un savoir qui les émancipera du cléricalisme, de la tutelle des anciennes élites, de la tentation de la violence révolutionnaire. La politique républicaine dépend donc fondamentalement d'un projet culturel qui donne à l'école une place essentielle dans la construction de la nouvelle société. L'idée répond, du reste, en profondeur, à une demande culturelle très forte des milieux populaires, qui confondent encore souvent leur émancipation politique et l'accès au savoir.

On en conclut parfois rapidement que la République ouvre une ère nouvelle de démocratisation de la culture, voire l'ère de la culture de masse. Éradiquer l'analphabétisme, apprendre à tous à lire et compter, donner à l'individu la chance d'une émancipation, d'une autonomie nouvelle par le savoir, plus qu'une démocratisation culturelle, représente presque un changement de société. Mais si le savoir de l'école républicaine suggère bien l'existence d'une nouvelle culture capable d'unifier la société, il s'agit surtout d'un discours qui masque la permanence d'une stratification très forte du paysage culturel.

Il existe une rupture qualitative entre le savoir de l'école primaire, considéré comme le bagage nécessaire à tous les

Français, et le savoir offert par le lycée, payant dès ses classes élémentaires, à un moment où les boursiers des lycées ne représentent que 2 % de l'effectif des élèves. Tout juste peut-on parler d'une démocratisation de la culture au sein de la bourgeoisie, avec l'accès de nouvelles classes moyennes à un niveau culturel jusque-là réservé aux notables. À la veille de la guerre, seulement 1,1 % d'une classe d'âge accède au lycée. Le nombre des élèves de l'enseignement secondaire a très peu progressé. De 155 000 garçons en 1876, on atteint 170 000 à la veille de la guerre. À peine 8 000 Français obtiennent alors le bac chaque année et maîtrisent une forme du savoir qui ouvre sur la « culture ». On réussit d'autant mieux dans cet itinéraire qu'on est un garçon et qu'une culture héritée de l'environnement familial, le goût de l'abstraction, l'art de parler et d'écrire, y sont déjà acquis. Cela ne veut pas dire toutefois que la République ne suscite pas un changement, au sein même de la culture des élites.

La culture classique dépoussiérée

Les lycées ont été jusque-là dominés par les humanités gréco-latines associées à la littérature classique, elle-même imprégnée de l'héritage des « anciens ». Face à cela, les responsables de l'enseignement tentent de rapprocher la culture des jeunes élites de la société positive et scientifique. Les langues anciennes reculent un peu au profit des langues vivantes, du français, des sciences, de l'histoire et de la géographie. La scolarisation des filles, surtout au niveau secondaire, apporte aussi des changements. Même si ce nouveau bagage se traduit rarement pour elles en termes d'accès à de nouvelles fonctions au sein de la société – Paris à la Belle Époque compte 20 médecins femmes et 1 avocate –, elles n'en constituent pas moins de nouveaux « acteurs » culturels dans la littérature, le roman, les livres scolaires…

Mais le mouvement est lent et contrarié. En 1902, quand l'« enseignement spécial » créé timidement sous le Second Empire remplace le latin par les langues modernes, se transforme en « section moderne » des lycées et se trouve par là tiré de son infériorité, un mouvement de résistance vigoureux se manifeste contre cette démocratisation culturelle. On ne saurait soumettre les élites sociales à la contrainte de l'utilitaire. L'élargissement du spectre du savoir, de ce fait, progresse à pas comptés. On augmente la place des sciences dans les études de médecine, et le doctorat en droit, à côté des sciences juridiques, accueille l'économie politique. Des facultés nouvelles sont construites : l'actuelle Sorbonne, décorée par Puvis de Chavanne, celles de Lyon, Bordeaux, Lille... Ce mouvement s'accompagne d'une progression du nombre des étudiants et de leur encadrement en professeurs d'université, qui offrent à la « culture » le cadre d'une institutionnalisation et d'une professionnalisation nouvelles. De 1860 à 1910, on passe de 8 000 étudiants à 41 000 et de 900 professeurs d'université à 2 200 (mais l'Allemagne a alors 68 000 étudiants et 3 807 professeurs). La répartition du paysage universitaire, toutefois, évolue peu. Le gros des étudiants est en médecine (11 000) et en droit (17 000), alors que les lettres et les sciences n'ont chacune qu'un peu plus de 6 000 étudiants.

Le champ universitaire, longtemps sous la tutelle étroite des autorités, gagne en autonomie par rapport au pouvoir. Sur le modèle germanique, se met en place une Université qui allie recherche et enseignement et ne condamne plus l'universitaire à être un simple reproducteur de savoir établi. Cela favorise rapidement l'exploration de nouveaux domaines de la connaissance. Naissent ainsi la psychologie, la sociologie, l'ethnologie, les sciences politiques, l'économie mathématique... mais aussi la médecine expérimentale, la biologie, nées de recherches faites désormais dans les universités. À Grenoble, l'université participe même directement au lancement des techniques nouvelles de l'industrie électrique. L'universitaire, mieux payé (il gagne alors de 6 000 à 10 000 F par an), devient dans son laboratoire une des figures dominantes du culte du « savant » qui alimente la nouvelle religion laïque dans une société française où recule la religion catholique. Un « culte » quasi officiel est alors rendu à Pasteur et Berthelot.

Le professeur d'université, qui jusque-là enseignait peu et devant un public clairsemé, prend une place nouvelle à côté de la figure classique de l'« homme de lettres » et du journaliste. La vie intellectuelle, encore limitée à un tout petit nombre de Français, devient celle d'un groupe social plus large, moins amateur et dilettante, plus professionnalisé, plus autonome aussi, puisque désormais rémunéré pour des fonctions socialement bien identifiées. Les rapports de la culture avec la société en sont modifiés, parce que la vie intellectuelle se mêle alors à la vie concrète et au débat sur le changement de société en cours.

Vers une culture de masse

Un large accès au livre et à l'image

La redistribution des cartes au sein même des élites cultivées et l'accès à la culture classique d'une partie nouvelle des classes moyennes ne doivent pas occulter l'autre grand phénomène culturel qui accompagne la stabilisation de la République : l'apparition d'une nouvelle culture de masse, phénomène différent.

Cette évolution qui trouve sa source dans l'élévation du niveau des études est liée aussi à une véritable industrialisation de la culture. Elle procède d'un abaissement du prix du livre, associé à une croissance considérable des tirages et à une diversification des circuits de distribution de l'imprimé dans des zones géographiques qui lui restaient encore relativement étanches. Des techniques nouvelles se généralisent et permettent de bondir de 10 000 titres annuels publiés au milieu du XIXe siècle à 30 000 au tournant de 1900. Cette nouvelle dynamique du marché culturel entraîne la croissance des professions intellectuelles indépendantes (écrivains, journalistes, savants, publicistes…), dont le nombre passe de près de 4 000 en 1876 à plus de 9 000 en 1906.

Le livre est désormais largement accessible grâce à la diffusion du petit format à 1 F, au lancement de collections illustrées à grands tirages, à l'extension rapide d'un réseau de librairies, à la diffusion du livre jusque dans les épiceries et les merceries des campagnes, à la multiplication des librairies de gares, monopolisées par Louis Hachette. *Pêcheur d'Islande*, le best-seller de Pierre Loti, est tiré à

500 000 exemplaires. De nouveaux genres s'imposent : les romans policiers, qui avec des héros de séries comme Fantômas ou Arsène Lupin se vendent à des centaines de milliers d'exemplaires. L'édition voit alors s'imposer des entreprises capitalistes très modernes qui tirent fréquemment à plus de 100 000 exemplaires, comme Arthème Fayard, Calmann-Lévy ou Flammarion, qui se dote d'un réseau de succursales en province.

À côté du roman, se multiplient les publications spécialisées : manuels scolaires à grand tirage (G. Bruno et son *Tour de France par deux enfants*), revues (*Le Chasseur français*, qui vise la paysannerie aisée), presse féminine (*Le Petit Écho de la Mode*, qui popularise le patron de papier), presse pour les enfants (*Le Journal des Enfants, L'Épatant, La Semaine de Suzette…*), presse sportive (*Le Vélo* et *L'Auto*, qui tire à 120 000), nouvelles revues qui incorporent la photographie (*L'Illustration* tire à plus de 100 000 exemplaires chaque semaine), bande dessinée, qui fait aussi son apparition (*Les Pieds nickelés*). D'une façon plus générale, c'est l'image qui désormais prend possession de l'environnement, mobilise l'attention des masses et souvent influence leurs choix dans une société où la consommation se renouvelle plus vite. La carte postale, qui se répand rapidement, accompagne le mouvement, et l'affiche, souvent peinte par de grands artistes, devient le support de la publicité qui soutient la diffusion de nouveaux produits. Le glissement progressif du monde du livre traditionnel à celui de l'image s'opère aussi grâce au succès rapide du cinéma.

En 1895, au Grand Café du boulevard des Capucines, apparaît le cinématographe des frères Lumière, dont les films sont projetés d'abord dans les music-halls, à l'Eldorado ou à l'Olympia, avant de connaître au tournant de l'exposition de 1900 un succès considérable. Production et distribution sont vite dominées par Charles Pathé et Louis Gaumont, et, dès 1908, plusieurs milliers de salles sont installées en France. En 1912, un record, le Gaumont-Palace peut accueillir plus de 5 000 spectateurs, et le cinéma français reste, jusqu'à la guerre, le premier du monde.

La culture : les voies de la réussite

La culture désormais apporte de l'argent, une forme nouvelle de reconnaissance sociale, des professions et des carrières, une certaine émancipation à l'égard des vieilles élites qui tenaient le monde des lettres sous tutelle. Près du tiers des écrivains français sont issus de la petite bourgeoisie. La forme des études, qui privilégie le droit et la médecine, fait que les écrivains et les journalistes abandonnent souvent leurs études en chemin. Zola n'a pas le baccalauréat. Mais vivre seulement de sa plume est aléatoire. Mallarmé reste professeur d'anglais et Verlaine expéditionnaire à la préfecture de la Seine. Il arrive toutefois fréquemment que l'intellectuel progresse socialement aussi vite que les professions libérales. Le best-seller dans le roman populaire, le livre pour la jeunesse ou le livre scolaire peuvent faire de l'« homme de lettres » un grand bourgeois. Zola gagne au sommet de sa carrière 100 000 F par an, soit presque cent fois plus qu'un instituteur débutant. Ces carrières se font essentiellement à Paris. En 1876, 51 % des hommes de lettres et des journalistes résidaient dans la capitale, ils sont 65 % en 1896. Paris représente 80 % de l'édition et les deux tiers du tirage de la presse nationale.

La sphère du culturel est segmentée en instances spécifiques qui règlent la production littéraire et artistique dans les différentes étapes de son élaboration et de son introduction sur le « marché ». L'Académie est parmi toutes ces instances la plus ancienne, la plus conservatrice aussi, dans la mesure où elle repousse toutes les avant-gardes. Son caractère trop exclusif et passéiste dans la définition du goût à suscité la multiplication des salons : ceux de la comtesse de Castellane, de Mme Cavaillet, salon républicain fréquenté par Anatole France, de Mme Adam, de la marquise Arconati-Visconti où l'on rencontre Jaurès. C'est grâce à eux que s'établissent des liens entre la grande bourgeoisie et les milieux de la création, qu'on se fait connaître et qu'on trouve une légitimité.

Quand le salon devient réunion d'écrivains, regroupe des disciples autour d'un chef de file – Zola dans sa demeure de Médan –, il prend la forme rajeunie du « cénacle » : les

« mardis » de Mallarmé, le « grenier » des frères Goncourt, première étape de l'académie Goncourt qui apparaît en 1902. Au-delà, tout un réseau de cabarets, de cafés, accueille les « recalés » de la gloire littéraire qui y cultivent le mépris du « bourgeois » : les Hydropathes, où l'on retrouve Alphonse Allais, Charles Cros, les dessinateurs Gill ou Caran d'Ache. La promotion littéraire passe souvent par les revues, qui se multiplient et se spécialisent. Elles permettent à la poésie de trouver un support de diffusion moins aléatoire que l'édition en volume. Certaines, comme *Le Mercure de France*, revue symboliste, deviennent de petites maisons d'édition. Charles Péguy lance en 1900 les *Cahiers de la quinzaine*, voués à l'origine au genre à la mode de l'enquête, mais reconnus grâce à la publication des grands textes qui jalonnent l'affaire Dreyfus.

La culture et le marché

Dans le nouveau « marché » culturel, le roman vient en tête : près de 400 titres annuels en fin de siècle, deux fois plus que les titres publiés dans le domaine du théâtre et de la poésie. Le roman s'impose, car son public est le plus large grâce à la multiplication des volumes à bon marché, des séries, de la diversification du genre, qui gagne même une honorabilité nouvelle avec le « roman psychologique » et le « roman mondain ». Mais le roman naturaliste fait les gros chiffres. De 1875 à 1905, Zola vend 2 628 000 exemplaires. Le marché de la poésie, qui dominait encore l'époque romantique, reste loin derrière et se limite à un public d'amateurs mais continue à peupler les rangs de l'Académie (Sully Prud'homme, Coppée, Leconte de Lisle...), alors que les romanciers n'y accèdent que rarement. Zola en sera toujours écarté.

Depuis 1864 et la déréglementation du système théâtral, on peut ouvrir un théâtre à sa guise, et la concurrence désormais règle le marché (il existe à Paris 29 salles en 1894). Le théâtre, dont les prix augmentent et qui fonctionne souvent selon un système d'abonnement, avec des places numérotées, se limite de plus en plus au public bourgeois, alors que les petits théâtres disparaissent et que les couches populaires glissent vers les cafés-concerts, moins coûteux, installés sur la couronne des boulevards. Le répertoire du théâtre évolue alors entre les pièces bourgeoises (Meilhac et Halévy en tirent de gros revenus), l'opérette et les spectacles qui annoncent les revues à paillettes modernes, comme celles de l'Éden-Théâtre, alors que les tentatives novatrices du Théâtre-Libre d'Antoine restent isolées. Le mélange des publics, au spectacle, est désormais limité à quelques cabarets comme le Moulin de la Galette, le Moulin-Rouge ou le Chat-Noir de Rodolphe Salis, dont le spectacle est fréquenté par la bohème mais aussi par la bourgeoisie parisienne, qui aime s'y encanailler.

L'autre grand pôle culturel qui brasse de l'argent et donne de l'influence est celui de la presse, dont la Belle Époque est considérée comme l'« âge d'or ». Le journal, émancipé du pouvoir politique après 1881, trouve désormais un lectorat accru dans une France qui sait lire et qui peut acheter le journal pour 5 centimes (*Le Petit Parisien*, quotidien, tire à 1,5 million). L'extension du réseau du télégraphe à tout le territoire, après 1870, raccourcit le temps de cheminement de la nouvelle et de sa diffusion. Le télégraphe impose un style « instantané » et donne à la presse un nouveau langage qui, de fait, en éloigne les milieux littéraires, d'autant que le feuilleton n'a plus la même dimension à un moment où se diffuse largement le roman populaire. Le métier de journaliste, du coup, se professionnalise et s'élargit. La France compte 6 000 journalistes au début du siècle. La presse est moins une presse d'opinion et plus une presse d'information qui suit les « scandales » de la République, mais se fait aussi taxer de vénalité quand elle prête la main aux grandes opérations financières à la recherche de l'épargnant. Le journal court désormais après les gros tirages et tient son public en haleine en valorisant le fait divers et le « sang à la une ». Les « grands journaux » un peu plus chers comme *Le Temps* (15 centimes), journal des élites républicaines, *Le Journal des débats*, *Le Figaro*, *La République française*, maintiennent, eux, la tradition d'une presse politique qui vise un lectorat bourgeois plus politisé.

Les intellectuels divisés sur la direction du progrès

*Le « génie » scientifique français,
phare de la République*

La Troisième République est traversée par une ligne de force : la confiance dans le progrès, dans une maîtrise nouvelle du monde par la science. Cette ère scientifique, pense-t-on, assurera à la France un nouveau rayonnement. À la racine de cette tendance majeure, il y a l'héritage d'Auguste Comte, qui dès les années 1840 a voulu montrer que le développement des sciences annonçait une nouvelle étape dans l'évolution de l'humanité. Après l'âge théologique, où tout s'expliquait par l'intervention de dieu, l'âge métaphysique, celui des philosophies abstraites, on entrait avec le XIXe siècle dans l'âge positif, époque des constructions rationnelles, dans lequel le réel allait céder à la logique de la science, qui transformerait le monde. Il s'agissait pour Comte de réorganiser la société dans une foi nouvelle accessible à tous. Après sa mort, Littré, son disciple, entreprend de faire du positivisme la philosophie officielle du progrès républicain en annonçant, dans ses innombrables conférences et publications, « la décroissance du surnaturel et la croissance du naturel ».

Si les découvertes se multiplient à l'échelle internationale, les progrès brillants de la science française paraissent donner un contenu à ce mouvement de fond accompagné politiquement par l'accès des républicains à la tête de la société. Berthelot en 1854 a donné une perspective nouvelle aux idées de Comte, quand il est parvenu, à partir d'éléments chimiques isolés, à reconstituer un produit organique, la glycérine. Comment dès lors ne pas penser, puisqu'un homme a pu refaire le travail de la nature, qu'il est possible de transformer la planète entière et de la modeler selon les besoins de l'homme ? Claude Bernard, partant de son expérience de clinicien, apporte une méthode à cette conviction. Son *Introduction à la médecine expérimentale* (1865) prend la dimension d'un manifeste théorique de ce nouvel optimisme scientifique et indique les voies nouvelles accessibles à la science par une patiente expérimentation.

Le « génie » scientifique français se déploie alors dans maintes directions qui confortent l'idée d'un lien profond entre progrès politique et progrès scientifique. Poincaré fait progresser les mathématiques ; Caillet et Claude, en réussissant à liquéfier les gaz, ouvrent la voie à l'industrie du froid ; les expériences de Branly permettent la mise au point de la télégraphie sans fil... Les Français font des progrès décisifs dans la découverte de la radioactivité : Becquerel observe en 1896 le rayonnement des corps radioactifs ; en 1898, Pierre et Marie Curie découvrent le radium, et Maurice de Broglie, le spectre des rayons X. Les sciences médicales sont bouleversées par les découvertes de Pasteur.

Mais le positivisme affirme rapidement que ce sont les règles de fonctionnement de la société qu'il est possible de mettre au jour. Les sciences humaines, imprégnées du même déterminisme, emboîtent le pas aux sciences physiques. Taine, dont la magistrature intellectuelle s'impose progressivement dans la France des années 1880, a montré la voie dès ses *Notes sur l'Angleterre*. Dans le sillage des travaux de Le Play, il multiplie les enquêtes de terrain et entend montrer qu'une société, comme un arbre, ne peut pousser que sur un certain type de terrain, défini par l'environnement physique, la « race », les circonstances. Durkheim jette alors les bases de la sociologie. L'histoire aussi devient « positive ». Seignobos, anticlérical farouche et dreyfusard de la première heure, tout en insistant sur la différence fondamentale entre les sciences biologiques et l'histoire, invite par la méthode critique, le recours aux sources, à définir une science historique objective dans son *Introduction aux sciences historiques*. Ernest Renan, qui étudie l'hébreu et les autres langues sémitiques pour mener à bien une étude historique de la Bible, a publié une *Vie de Jésus* en 1863 qui a fait scandale à un moment où une critique scientifique des Écritures était considérée comme un blasphème. Alors que Charles Darwin donne des clefs pour comprendre l'évolution des espèces, comment continuer, dit Renan, à croire aux textes chrétiens sur la création du monde, aux dogmes de la divinité du Christ et de la Résurrection ?

Vers une « pensée unique » de la République

Il n'est pas de facette du champ culturel qui ne soit progressivement investie par cette véritable mystique de la science qui tourne au scientisme. Celui-ci est responsable d'une vision du monde mécaniste et gouvernée par un nouveau déterminisme qui repose alors le problème de la liberté. La chimie, la biologie, éclairent la physiologie, mais déterminent aussi les comportements humains, les tempéraments et les caractères. Broca et Manouvrier, au fil de leurs études des circonvolutions de l'encéphale, espèrent cataloguer toutes les réactions possibles de l'individu. Zola, qui domine la littérature de la fin de siècle, est à l'unisson de ce mouvement de fond qui met la nature, l'hérédité, au poste de commande et transforme l'écrivain en entomologiste de la société. « L'hérédité – dit Zola – a ses lois comme la pesanteur. Je tâcherai de trouver et de suivre en résolvant la double question des tempéraments et des milieux, le fil qui conduit mathématiquement d'un homme à un autre homme [...]. »

Les dérives du positivisme sont parfois inattendues. L'idéologie humanitaire, qui voulait que le délinquant ou le criminel puissent se racheter par la prison et le travail, recule. Elle cède la place aux théories de Lombroso sur le « criminel-né », qui conduisent les médecins à rechercher les stigmates du crime en mesurant les crânes, les pieds... des détenus afin de dresser le « portrait type » du criminel. L'accent porté sur les « facteurs biologiques » finit par inquiéter les magistrats, attachés à la notion de responsabilité des accusés. Cette démarche conduit néanmoins, quand on affirme que le condamné récidiviste ne peut être amendé, puisque sa « nature » est criminelle, à l'exclure définitivement du corps social. Le recul des effectifs des prisons françaises de métropole a pour contrepartie une politique d'« élimination » par l'envoi des prisonniers au bagne de Guyane dont les effectifs (4 000 en moyenne) enregistrent des « pertes » de 10 % chaque année.

Par de très nombreux canaux, de la presse à la littérature, le scientisme, version appauvrie du positivisme, pénètre un vaste public et donne à la bourgeoisie, comme aux masses, des raisons logiques et convaincantes de s'éloigner de la religion. L'attitude très conservatrice de l'Église, qui rejette même les tentatives de réponses nouvelles parties de ses rangs – le courant « moderniste » d'Alfred Loisy –, n'offre pas une ligne de résistance très convaincante. En fait, le recul du scientisme vient de ses propres contradictions, de la découverte sur le terrain scientifique de ses limites et de la multiplication des sécessions qui sont apparues dans ses rangs.

Une communauté intellectuelle éclatée

Si une tendance fondamentalement optimiste issue du positivisme continue à animer une bonne partie du mouvement intellectuel qui se revendique de la République et associe progrès scientifique et démocratie, il existe en revanche, au sein des héritiers du comtisme, des sécessions célèbres. Avec Taine, le positivisme bascule dans le pessimisme. L'épreuve de la guerre de 1870, l'effroi suscité par la Commune, ont convaincu Taine que la démocratie annonçait le temps des masses, et que les masses, loin d'annoncer le règne de la raison, étaient au contraire porteuses d'irrationalité.

Des intellectuels redoutent que l'évolution ne soit qu'une « décadence » qui retire le pouvoir aux élites, porteuses « naturelles » de la raison, pour le confier aux masses sans esprit. Gustave Le Bon, dont *La Psychologie des foules*, parue en 1895, connaît un grand succès, analyse alors le « problème » d'une nouvelle société menacée par la marée montante des masses : « Avec la perte définitive de l'idéal ancien, la race finit par perdre son âme [...]. La civilisation n'a plus aucune fixité et tombe à la merci de tous les hasards. La plèbe est reine et les barbares avancent [...]. »

Il ne s'agit donc plus de croire naïvement dans les bienfaits assurés du progrès. L'idée habite Barrès, puis Maurras et d'une façon plus large la pensée réactionnaire qui puise dans certaines théories scientifiques – le darwinisme social entre autres – une analyse non pas progressiste du monde, mais une approche organiciste, inégalitaire, raciste et fondamentalement hostile à la démocratie. Les déçus de la République se tournent vers les idéologies anciennes ou vers un conservatisme rénové par une interprétation tronquée des sciences positives.

La société des intellectuels se déchire. Ces prises de position scandalisent les intellectuels démocrates, qui entendent lutter contre les dérives nationalistes xénophobes ou racistes. L'affaire Dreyfus divise profondément les intellectuels, dans la mesure où elle fait du combat politique un combat moral. Des démarches nouvelles s'imposent comme autant de « manifestations » des intellectuels qui creusent les clivages au sein du tronc commun issu du positivisme : lettres ouvertes, pétitions, création d'associations, témoignages aux procès, polémiques célèbres entre écrivains ou universitaires, sursauts de grands intellectuels comme Zola se mettant au service d'une minorité humiliée, création des universités populaires pour démocratiser la culture parmi les travailleurs... Ce combat prend même chez Péguy la teinte d'une véritable mystique de l'engagement. L'opposition est profonde entre une littérature qui exprime la confiance dans le progrès, la République et la démocratie, et une autre qui est portée par tout un courant conservateur, voire réactionnaire, dont Barrès est le chef de file et qui se retrouve autour de l'idée de souche, de terroir, d'enracinement, d'identité régionale.

Mais c'est aussi le statut même de l'écrivain dans la massification de la culture qui est désormais l'enjeu d'un conflit au sein de la communauté intellectuelle... À la démocratisation du genre littéraire, des auteurs à petits publics, les poètes surtout, opposent la rareté, l'esthétisme, le snobisme, l'aristocratisme du créateur. La saturation du marché intellectuel qui apparaît au tournant des années 1890 et le sentiment d'une « vulgarité » des masses suscitent un discours conservateur qui fait écho aux critiques de la démocratie et du suffrage universel. Dans *Les Déracinés* (1897), Barrès instruit le procès d'une politique républicaine qui, au nom de la méritocratie, multiplie les diplômés au-delà des besoins et fait de l'intellectuel un déclassé. On redoute désormais la dépendance de l'écrivain à l'égard des entreprises capitalistes, la soumission de la culture au marché, cette démoralisation intellectuelle introduite par le cynisme de l'argent qui constitue l'arrière-fond du *Bel Ami* de Maupassant.

La critique du positivisme républicain, l'idée même d'une

faillite de la science, révèlent progressivement une inquiétude spirituelle profonde chez beaucoup d'écrivains. Le rejet d'un intellectualisme « desséchant », d'un rationalisme primaire, mais aussi la crainte du matérialisme, provoquent même des conversions spectaculaires qui conjuguent parfois le retour à la foi chrétienne et le retour à la « foi patriotique » : Claudel en 1886, mais surtout dans la génération de 1900 : Maritain, Péguy, Psichari... L'influence des littératures étrangères n'est pas négligeable dans cette réaction des esprits contre le rationalisme. La vogue nouvelle du roman russe accuse un penchant pour les « interrogations sur l'inaccessible », les Scandinaves, Ibsen et Strindberg, donnent une inspiration nouvelle au théâtre d'avant-garde. Le mouvement symboliste et son spiritualisme esthétique apportent à ces tendances « fin de siècle » le cadre d'une école littéraire, et Proust leur donne la dimension d'un monde intérieur, avec la *Recherche du temps perdu*. Elles trouvent enfin un philosophe avec Bergson. Nommé au Collège de France en 1900, Bergson, qui s'écarte du rationalisme scientifique, qu'il juge trop analytique et trop pauvre pour saisir le réel, tourne ses recherches vers l'intuition et connaît alors un extraordinaire succès dans la société cultivée.

Mais le phénomène est loin de se vulgariser, encore moins de se populariser. Il prend forme dans les cercles d'une bourgeoisie qui redoute un modernisme qu'elle n'a plus le sentiment de maîtriser, et son caractère sophistiqué convient, au contraire, à la réaction élitiste des intellectuels qui se sentent rejetés par l'industrialisation de la culture. Par ailleurs, l'opposition au rationalisme un peu court du positivisme ordinaire suscite des démarches tout à fait scientifiques. Les travaux d'Henri Poincaré – *La Science et l'Hypothèse* en 1902 – confirment, parallèlement aux découvertes d'Einstein, la remise en cause des cadres traditionnels sur lesquels reposait la science. Tout un ensemble de médecins, dont Charcot à la Salpêtrière, en travaillant sur l'hypnose et l'hystérie, cherchent à apporter une explication scientifique à des comportements qui ne peuvent se réduire à la manifestation d'une raison immédiate. Il ne s'agit plus, dès lors, de contester le positivisme au nom d'un passéisme conservateur, mais de synchroniser toutes les démarches intellectuelles dans une société industrielle et scientifique.

Les libertés républicaines étendues aux beaux-arts

Une politique de l'art

« L'art est délivré pour toujours ! », déclare Paul Mantz en 1889 dans le catalogue de l'exposition du centenaire de la Révolution française. Au-delà de l'hommage officiel rendu à un pouvoir républicain confronté au problème du boulangisme, on peut toutefois admettre, comme ce directeur des Beaux-Arts de la République, que la politique de l'art est bien associée alors au grand dessein des libertés républicaines. Au même titre que la liberté d'expression, celle de la création relève des grands objectifs de la République. Cela écarte l'idée d'un « art républicain », tout comme il n'existe pas de doctrine politique officielle de la République. La République met l'accent sur la démocratisation de l'art, sur les efforts nécessaires pour que chacun puisse former son goût et développer ses dons, sur la nécessaire participation des beaux-arts à l'œuvre de redressement national entamée depuis 1870. Elle se garde en revanche d'assumer l'image d'un art administré et entend rompre avec l'attitude du Second Empire qui fut tenté de confondre parfois l'audace artistique et l'atteinte aux bonnes mœurs.

Le dessein « pédagogique » de la République apparaît d'emblée quand l'administration des Beaux-Arts est rattachée au ministère de l'Instruction en 1875. À cette date est mis sur pied, à l'initiative d'Henri Wallon et de Jules Ferry, un Conseil supérieur des beaux-arts, associant administrateurs, élus et artistes. Son but est de donner à l'art une nouvelle autonomie administrative, de maintenir la place de l'art dans une société moderne et industrialisée, d'en accentuer la vocation éducative, de défendre une tradition nationale du « beau » que les républicains entendent assumer, comme ils le font pour tout l'héritage de l'histoire de France.

Former le goût des Français est un enjeu d'autant plus important qu'il en va du maintien de la supériorité française dans les industries de luxe et de la supériorité de Paris comme capitale de la mode, du goût et des arts. Aux méfaits d'une civilisation industrielle qui peut diviser le travail à l'excès et affecter les qualités artistiques de l'individu, la République oppose un modèle français d'industrie du goût qu'il s'agit de défendre à un moment où il est menacé. De là, en 1878 puis en 1908, une réforme de l'enseignement du dessin qui modernise les méthodes d'apprentissage. La volonté de protéger le patrimoine artistique national est réaffirmée par le vote de la loi de 1887 qui établit plus fortement la primauté de l'intérêt public pour l'embellissement des villes et la restauration des monuments.

Libérer et protéger les artistes

À côté de l'objectif revendiqué d'une démocratisation de l'art, le pouvoir républicain se donne aussi pour but la libéralisation de la profession et du marché de l'art. Il reconnaît aux artistes, considérés dans leur « métier », les libertés d'entreprise et d'association. Il abandonne son contrôle administratif sur le Salon, dont l'organisation est confiée à une Société des artistes français. Mais il leur assure aussi, par la loi sur la propriété intellectuelle de 1902, une protection contre le nouveau pouvoir des marchands. Face à l'Académie, gardienne du « Beau et de l'idéal de la profession », au public et aux marchands qui font la cote des œuvres, l'État républicain assume désormais un rôle régulateur, moral et pédagogique.

La politique des commandes officielles de la République, à laquelle Étienne Dujardin-Beaumetz, sous-secrétaire d'État aux Beaux-Arts, accorde toute son attention, rompt avec le goût académique des États d'inspiration monarchique, en faveur de choix assez éclectiques qui associent de nombreux peintres à la décoration des palais de la République et des mairies. Dominé, jusqu'aux années 1880, par le style néoclassique chargé de figures allégoriques qui situe dans un paysage antique le labeur de la famille rurale, le décor républicain donne progressivement de la place à une expression artistique réaliste et moderne dans laquelle la France industrielle joue un plus grand rôle. La République affiche son souci de valoriser une tradition artistique française, mais en fait son emprise sur l'art demeure légère. Il n'existe pas de protectionnisme du goût, et au contraire un libre-échange des influences laisse la France grande ouverte aux inspirations russe ou allemande.

L'académisme ébranlé par les nouveaux marchés de l'art

On ne saurait attribuer toutefois le fait que la France confirme sa place de grand foyer de la création artistique en Europe et de grand marché de l'art international à l'intervention éclairée de l'administration républicaine. La transformation progressive du marché et des circuits de l'art joue alors un grand rôle. La tradition qui domine encore dans les débuts de la République impose un cursus immuable aux artistes qui veulent être reconnus. Le peintre commence par l'École des beaux-arts, s'attache à l'atelier d'un maître de l'Institut qui lui donne ses chances d'aller séjourner à la villa Médicis, obtient des commandes officielles, est retenu pour le Salon, événement artistique majeur de l'année. Éventuellement, il est médaillé. Ses toiles sont favorablement commentées dans *L'Illustration* et la presse spécialisée. Il est acheté par la bonne bourgeoisie qui monte alors des collections et devient lui-même un bourgeois. Tout ce cursus est dominé par l'Académie des beaux-arts, qui conseille l'État et fait régner un goût officiel fait de références à l'antique, de mépris pour le monde moderne, de classicisme sans faille qui donne Ingres comme modèle au début de la Troisième République. Les bons élèves du « système » conservent beaucoup de poids... L'académisme pèse aussi sur l'architecture, qui refuse de voir dans la tour Eiffel une avancée de l'art et préfère encore enrober les structures d'acier novatrices des bâtiments des expositions universelles d'une lourde maçonnerie de style néo-classique.

Mais le climat évolue parce que se mettent en place d'autres circuits de l'art, beaucoup plus novateurs. Au centre, le marchand de tableaux, parfois ancien marchand de couleurs, comme le père Tanguy, ami de Cézanne, mais au tournant du siècle presque un homme d'affaires. Certains jouent un rôle majeur dans la nouvelle peinture : Durand-Ruel, l'ami des impressionnistes, Ambroise Vollard, le dépositaire de tableaux de Gauguin et de Cézanne, David Kahnweiler, le marchand qui lance les cubistes et met au point le

« contrat de monopole » qui assure à un peintre l'achat de sa production moyennant un revenu régulier. Ces marchands éclairés, pleins d'intuition, surent, loin des circuits académiques, inventer de nouveaux marchés à la peinture, convaincre de grands bourgeois d'acheter ces toiles scandaleuses, explorer les marchés étrangers, arracher la création française aux circuits étriqués de l'académisme.

Mais les peintres eux-mêmes savent faire évoluer le marché. Lors de la Commune de Paris, Courbet, qui avait pris la tête de la Commission des artistes, avait invité ceux-ci à prendre en main leur destin, à s'organiser. La leçon n'est pas perdue au-delà de l'événement. Les peintres en effet s'organisent en dehors des salons officiels et mettent sur pied des expositions individuelles ou collectives. En 1889, les nabis exposent au café Volpini. Un Salon des artistes indépendants s'organise chaque année à partir de 1884 sans jury pour en contrôler l'accès. En 1903 s'ouvre le premier Salon d'automne. C'est cette mutation qui explique que la France et Paris en particulier soient devenus à la fois un grand marché et un grand foyer de création artistique dans le sillage du libéralisme républicain. La peinture est devenue alors l'épicentre de ces grandes années artistiques. C'est elle qui assure le rayonnement de la France. En 1910, la France exporte aux États-Unis, le grand marché de l'art, pour 594 021 dollars contre 133 305 pour l'Allemagne. En 1886, Durand-Ruel y organise sa première exposition et c'est Mme Palmer, femme d'un homme d'affaires américain, qui détient à la fin du siècle la plus grande collection de peintures impressionnistes.

Paris, laboratoire de l'art contemporain

L'impressionnisme :
l'art témoin de la modernité française

L'impressionnisme se cherche encore dans la deuxième moitié du Second Empire, et au tournant du siècle il n'est déjà plus, en France, le moteur de la création artistique.

La République, creuset d'une nouvelle culture

L'impressionnisme semble toutefois emblématique de ces années républicaines parce qu'il est une forme d'art qui, marginale et volontairement ignorée dans les débuts de la Troisième République, est devenue une école dominante du nouveau goût français et s'est imposée comme témoin de la société française en voie de modernisation.

C'est à Paris, en 1874, que le terme apparaît, mais comme une insulte. Pas de véritable doctrine pour ces peintres : Claude Monet, Alfred Sisley, Edgar Degas, Gustave Caillebotte, Mary Cassatt... mais le désir affiché de peindre la vie moderne et les variations de la lumière en plein air. Charles Baudelaire, qui suit et encourage leur itinéraire, insiste sur un point : ils peignent la société, les nouvelles rues de Paris tracées par Haussmann, les ponts, les gares, leurs structures d'acier, et montrent que cette modernité peut être poétique. Ils viennent d'horizons très différents et leur solidarité tient au fait qu'ils se rencontrent, dans les années 1850, dans les mêmes ateliers, chez Gleyre en particulier, connu pour la liberté qui y règne, et chez qui se retrouvent Monet, Renoir, Sisley, Bazille. Mais c'est autour de Manet, dans le quartier des Batignolles, au café Guerbois, que s'invente la nouvelle peinture, avant que la guerre et la Commune ne dispersent ce premier réseau d'artistes.

Une nouvelle solidarité se reconstitue quand, écartés des salons, qui n'admettent pas les « ébauches » de peinture qu'ils entendent exposer, les « impressionnistes » fondent la Société anonyme coopérative d'artistes, peintres, sculpteurs et organisent en mai 1874 une exposition indépendante dans un salon prêté par le photographe Nadar. Leur rupture avec la tradition académique tient à l'usage qu'ils font de la couleur. Leurs techniques recoupent alors les découvertes de Chevreul, qui a montré les effets optiques obtenus par le rapprochement des couleurs. Ils peignent par touches brisées et brèves, en utilisant un nombre limité de couleurs et avec le souci de saisir l'instant. Leur peinture épouse les évolutions de la vie parisienne des années 1880. Ils délaissent le café Guerbois pour la Nouvelle-Athènes, place Pigalle, peignent les chanteuses des cafés-concerts à la mode (Degas), le bal du Moulin de la Galette construit sur la colline Montmartre, nouveau foyer des spectacles et des plaisirs (Renoir), les perspectives alignées des nouveaux boulevards d'Haussmann (Caillebotte), la foule des gares qui emprunte les nouveaux trains de banlieue ou les trains de plaisir qui permettent de passer désormais les dimanches à Bougival ou Argenteuil (Monet), la foule des champs de courses à Longchamp (Degas). La nature qu'il peint n'est pas sauvage, c'est celle des abords de Paris où l'on canote sur la Seine, la nature des loisirs de la vie bourgeoise, ou encore la nature « cultivée » des jardins de Monet.

Loin d'être figé, l'impressionnisme évolue. Il s'ouvre aux influences étrangères, à la mode du japonisme, qui popularise l'esthétique de l'estampe. Un courant « néo-impressionniste » se dessine au tournant des années 1890. Lors de leur huitième exposition, en mai 1888, ils renoncent à mentionner le terme « impressionnisme » sur l'affiche. Dans cette exposition, on trouve une toile d'Odilon Redon, très loin de l'impressionnisme, et une immense toile de Seurat, *Un dimanche après-midi à la Grande Jatte*, y annonce une nouvelle peinture. Seurat est revenu à l'atelier que les impressionnistes avaient quitté ; il peint encore une société en bord de Seine, mais sa composition statique est à l'opposé de l'instantané impressionniste. Dans sa technique, le « divisionnisme » – la division des tons par juxtaposition de touches en forme de points –, une couleur paraît d'autant plus intense qu'elle est placée au contact de sa complémentaire. La communauté des peintres est partagée devant l'œuvre de Seurat : Van Gogh est fasciné, Gauguin prend ses distances avec les « chimistes qui accumulent de petits points ». Une nouvelle génération d'artistes inaugure alors une période d'expérimentation picturale sur la couleur, la représentation, la composition, qui ouvre en France et plus particulièrement à Paris la voie vers la peinture moderne.

La « Belle Époque » de l'art

Toulouse-Lautrec est emblématique d'un nouveau rapport des artistes à la société. Dans son célèbre tableau *La Macarona*, il ne peint plus le Paris bourgeois des impressionnistes, mais une figure connue de la vie parisienne, une danseuse sulfureuse du Moulin-Rouge. Toulouse-Lautrec, sensible au nouveau rapport qui s'établit entre l'art et la société de consommation, peint aussi des affiches, travaille pour la publicité à un moment où l'on met au point de nouvelles techniques d'impression rapide et où se dressent dans le Paris d'alors les colonnes Morris destinées à être couvertes d'affiches.

Ce n'est plus le Paris élégant et bourgeois des impressionnistes qui est le sujet de la nouvelle génération d'artistes. À l'exemple des romanciers naturalistes, comme Zola ou les frères Goncourt, ils peignent la ville nouvelle du tournant du siècle. Seurat, dans *La Baignade à Asnières*, prend pour sujet la nouvelle banlieue, où se mélangent prolétariat et employés. La métamorphose de la ville, désormais illuminée par l'éclairage électrique, fascine Camille Pissarro, qui peint les automobiles tous feux allumés sur le boulevard Montmartre. Paris, toutefois, n'est qu'une étape sur des itinéraires de peintres passionnés. Vincent Van Gogh, en 1888, quitte Paris pour la Provence. Il s'y éloigne définitivement de l'impressionnisme. Sa peinture, appliquée en épaisseur, donne force et énergie à sa représentation d'une nature lumineuse qui témoigne de l'émotion du peintre. Gauguin part pour Pont-Aven puis Tahiti. Lui aussi rompt avec l'impressionnisme et recherche dans l'art populaire breton, puis dans l'art oriental, une dimension primitive qui le porte à synthétiser sa peinture et à simplifier les formes. À un moment où la démarche positiviste, le réalisme, sont rejetés sur le terrain littéraire, la peinture symboliste, dans le sillage de Mallarmé et de Moréas, s'éloigne de l'« instantané » des impressionnistes et, avec Gustave Moreau, Odilon Redon tente de peindre les songes, les visions, les émotions. Sous l'influence de la toile de Paul Sérusier *Le Talisman*, Pierre Bonnard, Édouard Vuillard et Maurice Denis forment le groupe des nabis (les « prophètes », en hébreu). Admirateurs de Gauguin, de l'art japonais, ils s'engagent dans un art imprégné de mysticisme. Les arts décoratifs, qui avaient été considérés longtemps comme secondaires, attirent Pierre Bonnard, Édouard Vuillard. Dans leur sillage et dans celui d'Émile Gallé, à la fois céramiste, ébéniste et maître verrier, naît l'art nouveau dont les recherches sur les formes organiques se retrouvent dans la joaillerie, la céramique, l'ébénisterie ou... les stations du métro.

Les « avant-gardes » parisiennes acceptées

Paul Cézanne, dont la première exposition date de 1895, est lui aussi passé par l'impressionnisme, dont le défi était alors le rendu de la lumière. Mais par étapes, celui qui devient le maître des jeunes peintres ouvre une autre voie à l'art en s'éloignant d'une peinture des apparences pour s'attaquer à la représentation de la substance profonde des choses. Cette préoccupation s'impose déjà dans ses natures mortes, qui abandonnent le souci de rendre la profondeur de l'espace et se construisent par plans en aplats. Dans les nombreuses toiles dont la montagne Sainte-Victoire est le thème, Cézanne entreprend patiemment d'explorer, en séquences structurées de couleurs primaires, la géologie du paysage, ce qu'il appelle « la virginité du monde ». C'est dans le sillage de Cézanne, mais aussi dans celui du Douanier Rousseau, le génial autodidacte qui joue dans sa peinture de la botanique à l'imaginaire et suscite l'enthousiasme de Guillaume Apollinaire et du jeune Picasso, qu'une avant-garde parisienne réinvente l'art.

Picasso et Braque créent ensemble le cubisme. À l'origine de ce tournant, la fascination qu'exerce sur eux la peinture de Cézanne, mais aussi l'intérêt marqué, à la suite de Gauguin, pour l'art primitif et en particulier l'art nègre, que l'on découvre alors à Paris. Le tableau qui fait brèche, *Les Demoiselles d'Avignon*, de Pablo Picasso, a été peint en 1907, au Bateau-Lavoir, là où s'est fixée une communauté de peintres sur la butte Montmartre, à un moment où Paris, métropole culturelle, attire des artistes venus du monde entier. La visite d'un jeune homme dans un bordel de Barcelone, ville où a grandi Picasso, est le thème du tableau. Mais si le tableau semble iconoclaste et entraîne la réprobation, y compris dans l'avant-garde artistique, c'est à cause de la technique utilisée par l'artiste. Les cinq femmes ocres qui s'alignent dans le tableau, « […] équarries à la hache […] semblent les planches disjointes d'une palissade à travers laquelle l'œil fixe le néant ». Picasso a imbriqué les corps dans la surface à deux dimensions de la toile, placé les nez dans l'ovale du visage en tournant le dos aux règles de la perspective qui s'imposaient depuis la Renaissance.

Le tableau ouvre la voie au cubisme, qui montre les êtres et les choses simultanément sous plusieurs angles et avec des profondeurs de champ différentes. Braque participe aussi avec Picasso à la nouvelle révolution picturale qui entend faire de la peinture un objet en soi et non une illusion de la réalité. En parallèle, les « fauves », dont Matisse est le chef de file, tentent une autre rupture picturale avec leur utilisation expressive et brutale de la couleur. À la veille de la guerre, le dernier pas est franchi quand la peinture se libère du souci figuratif. L'*Hommage à Blériot*, peint par Robert Delaunay à 29 ans, au moment où la guerre éclate, indique à sa façon la dimension du tournant. Il s'agit en collant à l'actualité de rendre hommage à un exploit aussi bien sportif que technique : la première traversée de la Manche en aéroplane réussie par un Français en juillet 1908, le pilote Blériot, ingénieur et industriel, alors qu'un Anglais vient d'échouer. L'événement a suscité l'hommage très académique d'une peinture officielle commandée par Dujardin-Beaumetz. Le tableau de Delaunay est d'une tout autre facture. Les éléments figuratifs n'y sont pas absents : la tour Eiffel, symbole de la modernité républicaine, l'insigne des aviateurs de l'armée de l'air, clin d'œil patriotique, un moteur, un train d'atterrissage.... mais le tableau est emporté par un extraordinaire brassage de couleurs fait de disques tournoyants qui s'enchevêtrent et balaient la lumière. La profondeur liée à la perspective est oubliée au profit d'un déploiement des mouvements dans la surface du tableau et d'un jeu optique à la manière de Seurat. Au moment où les Français partent en guerre la peinture abstraite est née.

Ces artistes et ces écrivains forment-ils une avant-garde dissociée du tissu politique et social qui constitue alors la République, et faut-il renoncer à établir un lien entre des aspects si divers d'une France de la Belle Époque où certains semblent de plain-pied dans le siècle qui commence et où d'autres sont encore plongés dans le siècle qui s'achève ? Cette tension en tout cas ne semble pas un véritable point de rupture ni même de conflit dans le consensus que les républicains tentent de construire à la veille de la guerre. On ne saurait sous-estimer l'éclectisme d'une société qui plonge dans le passé par ses origines paysannes et son monde de rentiers, mais à laquelle l'idéologie de progrès dont elle est imprégnée fait un devoir de respirer dans le présent. Dans une société superficiellement secouée par l'affaire Dreyfus et qui triomphe sans grande peine des intrigues monarchistes, la tâche principale est désormais une tâche d'accueil et d'ouverture... Le spiritualiste Bergson n'est pas écarté de la Sorbonne, où il répudie le positivisme républicain. L'Opéra-Comique accueille la musique discutée de *Pelléas et Mélisande* de Debussy dès 1902, Copeau ouvre le théâtre du Vieux-Colombier en 1913, soutenu par l'équipe de la *NRF* fondée en 1903. Le cubisme est à peu près ignoré, mais la capitale est accueillante aux peintres étrangers qui considèrent que la créativité est à Paris, et, si *Les Demoiselles d'Avignon* provoquent la stupeur même chez les artistes, immédiatement Kahnweiler, le marchand, tente de l'acquérir.

À défaut d'être totalement accueillante, la bourgeoisie républicaine est tolérante à l'égard des doctrines et des formes d'art étrangères à son rationalisme fondamental. L'intégration est loin d'être parfaite, et cette tolérance à l'égard du nouveau et de l'hétérodoxe n'est acceptable que pour les individus, par pour les groupes, encore moins pour les « classes ». Mais la République radicale, assez loin de la « République absolue », semble convaincue qu'il lui faut être suffisamment accueillante pour affaiblir ses ennemis et prévenir les crises.

16
La France, encore une grande puissance (1911-1914)

La République impériale

Le second empire colonial du monde

Depuis les années 1880, l'expansion coloniale française n'a jamais cessé, et cela en dépit des embûches rencontrées sur le terrain (la difficile implantation militaire en Indochine en est un exemple) et de l'opposition d'un large courant politique qui considère toujours que l'aventure coloniale n'offre pas le change à la reconquête des provinces perdues. L'opinion ne se mobilise guère, mais les résultats finalement obtenus, à un moment où il n'existe pas de véritable résistance des nations européennes à l'expansion française, ont convaincu le gros des opposants, et, dans les années 1890, un nouveau consensus se dessine autour de la formation, mais aussi de la défense d'un empire dont l'étendue finit par flatter le sentiment national des Français.

Tout un nuancier de positions existe cependant entre ceux qui, comme les économistes libéraux, restent hostiles à la colonisation, ceux qui tolèrent l'expansion coloniale et finissent par se laisser convaincre devant les efforts de plus en plus insistants faits par la presse, les manuels d'enseignement qui chantent la gloire nouvelle offerte par la « plus grande France » et ceux qui constituent les « groupes coloniaux », environ 120 députés, les représentants d'un parti colonial. Eugène Étienne, leur leader, député d'Oran, important homme d'affaires, un moment ministre de la Guerre, préside la Commission des affaires coloniales de la Chambre, où des chefs politiques « très favorables », comme Guillaume Hanotaux, ministre des Affaires étrangères, soutiennent de nombreuses missions en Afrique et en Asie.

Au tournant des années 1890, les affaires coloniales, pour une France qui est encore isolée et bloquée en Europe, semblent même devenues l'enjeu principal de la politique étrangère. En 1893, les premiers corps d'une armée coloniale sont créés. Une école coloniale est fondée en 1889. Des associations apparaissent : le Comité de l'Afrique française sous la présidence du prince d'Arenberg (1890), le Comité de l'union coloniale avec à sa tête Charles Roux, président de la Compagnie transatlantique, administrateur du canal de Suez. Ces associations ne drainent pas des effectifs imposants susceptibles de peser véritablement sur la politique française, mais elles donnent l'impulsion, vers la presse, les milieux d'affaires, l'administration.

L'empire français prend alors sa forme définitive. En Asie, depuis qu'un accord a été signé avec le roi de Siam, en octobre 1893, et avec l'assentiment de la Grande-Bretagne, la possession de l'Union indochinoise est incontestée, et la coexistence avec les Britanniques garantie par l'existence d'un État tampon entre les deux empires : l'État siamois. En Afrique, où l'implantation coloniale est moins achevée, les ambitions françaises se manifestent dans trois directions. D'abord vers l'île de Madagascar, annexée en 1896. La colonisation de l'île, mise en œuvre par Gallieni, devient un « modèle » pour les autres colonies françaises, avec ses routes, ses écoles, ses plantations... Le deuxième axe d'expansion de la France, vers le Niger et la haute vallée du Nil, se heurte à des difficultés plus grandes, parce que la Grande-Bretagne refuse l'idée d'un axe français qui traverserait l'Afrique d'ouest en est. Le gouvernement français fait preuve toutefois d'une grande détermination. C'est pourquoi, à deux reprises, au Niger d'abord en 1896, mais surtout sur le haut Nil, la concertation échoue, et, à Fachoda, quand la mission Marchand est confrontée aux troupes anglaises de lord Kitchener (septembre 1898), la guerre semble être sur le point d'éclater.

En dépit de l'émoi suscité par la crise et de la vague d'anglophobie qui s'empare de l'opinion, le gouvernement mesure son isolement européen dans l'hypothèse d'une guerre, accepte finalement de négocier et s'incline devant les exigences britanniques. La crise permet de mesurer les limites de l'engagement colonial français dans son ensemble. Pour important qu'il soit, l'enjeu colonial ne submerge ni les finances de la France ni sa politique européenne, qui, en dépit de quelques hésitations, ne peut envisager une réconciliation avec l'Allemagne, alors nécessaire, et désigner la Grande-Bretagne comme ennemi principal.

Un empire stabilisé

Le souci de Delcassé, le nouveau ministre des Affaires étrangères au tournant du siècle, est, au contraire, d'apaiser tous les heurts avec les Anglais afin de stabiliser les contours de l'empire. En Afrique, la ligne de partage des eaux entre le Congo et le Nil devient le point d'équilibre accepté entre les influences françaises et anglaises (convention du 21 mars 1899). Après s'être longtemps opposée à la domination anglaise sur l'Égypte, la France laisse les mains libres aux Anglais. Elle trouve en retour leur soutien face à toutes les ambitions qui pourraient menacer sa présence en Tunisie et surtout obtient leur feu vert pour s'implanter au Maroc. Cet enjeu est le dernier pion important dans la politique de la France. Le Maroc constitue le complément stratégique indispensable à la domination française sur l'Afrique du Nord, et ses richesses intéressent les milieux d'affaires français. Face à l'Allemagne, qui entend, elle aussi, s'implanter au Maroc, la France peut compter sur l'appui de la Grande-Bretagne.

Il ne reste plus alors qu'à organiser l'empire et définir une doctrine de gestion qui réponde au mieux aux intérêts français. Formé pour une bonne part d'étendues désertiques, l'empire colonial a été multiplié par dix entre 1870 et 1913. Immense (20 fois la surface de la métropole), il ne compte alors que 48 millions d'habitants. La diversité, tant géographique qu'humaine, de cet empire a contraint la France à renoncer aux systèmes généraux. On a toutefois opéré des regroupements. L'Afrique occidentale est regroupée en deux gouvernements généraux : l'Afrique-Occidentale française (AOF) et l'Afrique-Équatoriale française (AEF). L'ensemble africain, qui comprend aussi la côte des Somalis et Madagascar, a pour pivot le Maghreb : Maroc, Algérie, Tunisie et le Sahara. Au-delà, le reste est constitué d'un ensemble assez dispersé dont le point majeur est l'Union indochinoise mais qui comprend aussi Saint-Pierre-et-Miquelon, la Guadeloupe et la Martinique, la Guyane dans l'océan Atlantique, la Réunion dans l'océan Indien, et, dans le Pacifique, la Nouvelle-Calédonie et les archipels de Polynésie.

Administrer l'empire : assimilation et association

Plusieurs régimes administratifs ont été tentés, et la République n'a pas vraiment tranché entre l'assimilation (un gouvernement direct avec les lois françaises) et l'association (maintien des autorités indigènes). Aux départements s'opposent les colonies directement gérées par la métropole et des « protectorats » dirigés par un résident général qui laisse un semblant d'autonomie à un pouvoir indigène maintenu. Mais des différences se sont affirmées d'un pays à l'autre. L'Algérie est divisée en trois départements qui envoient des députés au Parlement. Elle a toutefois un gouverneur assisté d'un Conseil de gouvernement (des hauts fonctionnaires) et elle est dotée d'un budget spécial. En Algérie, la République a eu surtout pour effet le recul du pouvoir des militaires et la mainmise directe des colons sur l'administration. Les indigènes, qui ne votent pas, se voient imposer un statut administratif spécial, l'indigénat (1881), assorti de peines spéciales et d'impôts supplémentaires. L'Union indochinoise groupe sous l'autorité d'un gouverneur général (Paul Doumer, gouverneur général jusqu'en 1906, a imprimé sa marque et mis sur pied une organisation très centralisée) une colonie (la Cochinchine) et deux protectorats (le Cambodge et l'Annam). L'AOF est gérée par une hiérarchie administrative autoritaire qui repose sur des lieutenants-gouverneurs qui relèvent d'un gouverneur général. Par contre, l'AEF, qui à la veille de la guerre n'accueille qu'un millier de Français, est, pour 70 % de son territoire, concédée à des compagnies privées qui pratiquent le travail forcé et une politique de réquisitions brutale. Dans la gestion de l'empire, l'armée continue à jouer un rôle fondamental, et, sous sa protection, des missions catholiques (près d'une trentaine de congrégations missionnaires dont celle des Pères Blancs, fondée en 1868) vont s'installer dans les colonies pour en faire des « terres chrétiennes ». Mais l'esprit missionnaire est aussi laïque : les sociétés de géographie sillonnent l'empire, médecins, enseignants, administrateurs affichent leur vocation à répandre les bienfaits de la civilisation, l'hygiène et le savoir.

L'impérialisme français

L'impérialisme, bien au-delà de l'empire colonial

On ne peut confondre, dans le cas français, le colonialisme et l'impérialisme économique, qui devient au tournant des années 1890 un des caractères spécifiques du capitalisme européen et qui se caractérise par l'exportation massive de capitaux à l'étranger. En effet, si la Grande-Bretagne place la moitié des capitaux qu'elle exporte dans son empire, la France, elle, ne lui accorde qu'une place limitée. Seulement 9 % des exportations de capitaux français se dirigent vers l'empire, et le commerce avec les colonies n'excède guère 12 % du commerce français, ce qui tend à montrer que les intérêts majeurs du capitalisme français ne sont pas encore, jusqu'en 1914, tournés vers l'expansion outre-mer. Les colonies restent fondamentalement des enjeux politiques et stratégiques. Cela ne veut pas dire qu'elles n'aient aucun intérêt économique. Dans les investissements français de 1880 à 1914, la part des colonies a doublé. Mais l'enjeu colonial n'est important que pour une fraction du capitalisme, qui est loin d'être la plus moderne. Les compagnies coloniales en Afrique en restent à une exploitation superficielle de quelques produits coloniaux, et seules l'Algérie et l'Indochine ont une importance réelle. En Algérie, sur 500 000 hectares acquis par la colonisation, 200 000 colons développent la culture du blé et la vigne. En Indochine, des sociétés capitalistes dans le sillage de la Banque de l'Indochine exploitent l'hévéa et les mines de charbon. Les colonies offrent alors des placements rentables aux épargnants et un marché vital pour des activités en perte de vitesse en métropole, que ce soit les cotonnades de Rouen ou une partie des activités de ports comme Marseille. Mais la dynamique est ailleurs. En 1900, les investissements coloniaux français approchent 1,5 milliard de francs, alors que 7 milliards sont partis vers la Russie et 1,6 milliard placés en fonds publics ottomans.

En effet, si la France est devenue, à la veille de la guerre, la deuxième puissance « impérialiste » du monde par ses exportations de capitaux, c'est dans un champ très différent de celui de l'empire colonial. L'impérialisme français ne correspond guère au schéma qui en a été dressé par Lénine. Malgré un capitalisme peu concentré et loin d'avoir atteint la « maturité » décadente qui aurait été le signe du « besoin » impérialiste, la France est devenu un grand exportateur de capitaux.

Le montant des investissements français à l'étranger, qui s'élevait en 1900 à 28 milliards de francs, atteint 45 milliards en 1914 (soit un sixième du « capital national » de l'époque) et représente 23 % des placements extérieurs dans le monde, ce qui situe la France au deuxième rang derrière la Grande-Bretagne, qui en exporte deux fois plus, mais loin devant l'Allemagne, qui en exporte deux fois moins. Ces investissements sont massivement tournés vers l'Europe, dont la part représente 52 % des placements français contre 5 % pour les britanniques. La Russie à elle seule représente la moitié des investissements européens de la France et le quart du total.

Parmi ces placements, les investissements de portefeuille, qui n'impliquent ni contrôle ni participation à la gestion des placements, sont massivement dominants, alors que les investissements directs liés à des créations d'entreprises sont minoritaires. Ces derniers n'ont eu d'effets spectaculaires que dans le développement de la métallurgie et des mines d'Ukraine. Mais globalement les placements français n'ont que de faibles retombées sur le commerce extérieur français. La Russie, grand marché des capitaux, n'absorbe que 1 % des exportations.

Impérialisme et capitalisme français

Il serait en revanche excessif d'en déduire que l'impérialisme français s'est développé au détriment du renouvellement du capitalisme français lui-même. Les sorties de capitaux, à l'opposé du cas anglais, n'ont pas eu de rôle contracyclique face à une chute interne du taux de profit. Dynamiques sous le Second Empire, les placements se sont tassés dans les difficiles années 1880 et ont pris en revanche un rythme très vif au tournant du siècle avec le retour de la prospérité. Le départ des capitaux n'a pas rendu plus cher le prix de l'argent en France et dès lors freiné les investissements. La « ponction » globale a d'ailleurs été limitée, parce que progressivement les rapatriements de capitaux, importants, ont compensé le flux des sorties, et, en termes comptables, tout s'est passé comme si le capital français à l'étranger grossissait par réinvestissement de ses profits.

Les flux de l'impérialisme ont toutefois modifié assez sensiblement le profil du capitalisme français. Le mouvement s'appuie sur une épargne considérable faite par les Français à une époque où le franc est parfaitement stable. Cette épargne s'élève en moyenne annuelle à près de 3,5 milliards de francs pour un revenu national de 38 milliards. La France a alors un des taux d'intérêt parmi les plus bas du monde, taux attirants pour les pays neufs en quête de capitaux pour s'industrialiser. Du côté français, si une action française rapporte en moyenne au début du siècle 3,13 %, une action étrangère cotée en France rapporte 4,20 % (mais certains placements plus risqués peuvent rapporter jusqu'à 15 %). Dans les mouvements de capitaux sollicités par la presse auprès des épargnants français (et dans le cas russe avec des arguments patriotiques), les banques qui disposent de nombreuses succursales limitent les risques et ne font en général qu'un profit d'intermédiaire entre l'épargnant français et l'emprunteur étranger, en fait le plus souvent un État. Elles n'utilisent leurs capitaux propres que dans des opérations d'« avances » à des États étrangers, sur le court terme et à des taux très élevés, pour couvrir les risques de ces opérations très fructueuses.

Les diplomates aident de leur mieux les hommes d'affaires, et la sécurité des placements est garantie éventuellement par des pressions politiques, voire militaires, sur les États étrangers. En 1909, l'admission à la cote est refusée à un emprunt argentin parce que ce pays a décidé d'acheter des canons Krupp. D'une autre manière, l'État français peut utiliser l'« arme financière » pour faire avancer sa diplomatie, nouer des alliances avantageuses (le cas russe), ou favoriser une implantation coloniale (le cas marocain). Dans les grands équilibres économiques, les placements jouent enfin un rôle essentiel. La France est confrontée depuis les années 1870 à une balance commerciale déficitaire. Les revenus assurés par les rapatriements de capitaux permettent, comme pour les Britanniques, de compenser largement ce déficit et de masquer des faiblesses françaises. Ils assurent même une balance finale des paiements positive et un enrichissement net de la France.

La fin de l'isolement français

La Russie désormais aux côtés de la France

L'expansion coloniale hors d'Europe a élargi notablement le domaine de la diplomatie française et desserré l'étau dans lequel la France était tenue par Bismarck. Mais l'étendue de l'empire colonial français, les nouveaux liens établis en Chine, au Japon ou en Amérique latine au fil des implantations commerciales et des placements de capitaux, n'ont pas fondamentalement modifié la position de la France dans le jeu européen. C'est le rapport des forces sur le Vieux Continent qui continue à dominer les stratégies des grands États et à fixer la hiérarchie de la puissance. L'isolement français sur ce terrain, malgré l'étendue de l'empire, est un facteur de faiblesse décisif.

C'est au tournant des années 1890 que la situation commence toutefois à évoluer et que l'on peut mesurer l'atout que représente, pour la France, le fait d'être devenue une grande puissance financière. Rien ne prédisposait la France républicaine à se rapprocher de l'autocratie russe. C'est

La France, encore une grande puissance

pourtant un faisceau de raisons complexes qui a joué en faveur de la mise au point d'une entente cordiale franco-russe. Du côté russe : la tension avec l'Allemagne, qui se protège des blés russes et dont la puissance commerciale entrave le choix d'une industrialisation nationale ; la France, en revanche, peut faire contrepoids à l'Allemagne, a de l'épargne mais des ambitions commerciales limitées sur le marché russe. Du côté français : le souci majeur de mettre sur pied un accord avec une grande puissance pour rompre l'isolement et éventuellement constituer à l'est de l'Allemagne une menace de revers dissuasive. La pression subtile des diplomates français, qui modulent l'ouverture du marché financier parisien pour convaincre les Russes de ne pas séparer rapprochement économique et rapprochement diplomatique, le besoin d'argent de la Russie, sa volonté de trouver un partenaire qui l'aide à réussir sa modernisation, débouchent, par étapes, sur une alliance politique et militaire qui change complètement la position de la France.

Jusqu'à l'hiver 1891, la négociation est essentiellement secrète et dans les mains des politiques. Elle tourne alors autour de l'idée de défense de la paix générale par un nouvel équilibre des forces européennes. C'est à partir de décembre 1891 que les militaires jouent un rôle décisif et que les négociations aboutissent alors, le 17 août 1892, à un accord militaire défensif qui prévoit qu'en cas d'attaque de la France par l'Allemagne, la Russie interviendra et que la France fera de même si la Russie est attaquée par l'Allemagne ou l'Autriche, aucune paix séparée n'étant alors envisageable. À partir de 1893, le rapprochement est consolidé par une large ouverture du marché financier parisien aux emprunts russes, par des visites symboliques des flottes et des responsables politiques qui mobilisent du côté français une foule enthousiaste. 300 000 Parisiens acclament les marins russes.

En décembre 1893, en dépit de l'opposition de Giers, le ministre russe des Affaires étrangères, plutôt pro-allemand, la convention militaire reçoit l'approbation impériale du côté russe. Mais le rapprochement franco-russe ne bouleverse pas encore radicalement la donne diplomatique de la France, car les tensions sont encore fortes entre les deux partenaires. Par ailleurs, la politique de Gabriel Hanotaux, ministre des Affaires étrangères de 1894 à 1898, vise surtout à utiliser l'alliance russe pour assurer à la France ses « arrières » en Europe, dans la dernière étape de la constitution de l'empire colonial. La position de la France demeure encore incertaine parce que la pugnacité nouvelle de la politique coloniale en Afrique conduit en 1898 à une tension très vive avec la Grande-Bretagne.

Le « système » diplomatique de Théophile Delcassé

Le vrai tournant qui entraîne une redéfinition de la diplomatie française arrive avec la nomination de Théophile Delcassé au Quai d'Orsay, poste qu'il va occuper de juin 1898 à juin 1905. Déterminé, lucide et tenace, ce petit homme mesure, après Fachoda, tous les avantages que l'Allemagne peut tirer de la détérioration des relations franco-anglaises. Il est persuadé par contre qu'un antagonisme profond oppose désormais l'Angleterre et l'Allemagne, qui affiche ses prétentions à devenir une grande puissance navale. Son objectif est donc de mener à bien un rapprochement avec la Grande-Bretagne, un peu sur le modèle de celui qui s'est opéré avec l'Italie quand la France a réglé avec ce pays son contentieux colonial. Cela se traduit par un recentrage de la diplomatie française sur les enjeux européens et sur la question du Maroc. Ce problème apparaît essentiel pour parfaire la domination française sur l'Afrique du Nord, et il est possible d'obtenir sur ce point l'appui anglais, à condition de signifier clairement à la Grande-Bretagne que la France se désintéresse de l'Égypte.

Avec beaucoup de méthode et d'intelligence, Delcassé met sur pied une politique étrangère qui sort la France de son isolement et qui a même tendance par contrecoup à donner le sentiment aux Allemands que ce sont eux les victimes d'un encerclement diplomatique. Le projet Delcassé de « défense nationale » se déploie sur trois axes dont l'enchaînement et la cohérence sont apparus surtout *a posteriori* : resserrer les liens avec l'allié russe, dissocier l'Italie de la Triplice, bâtir l'Entente cordiale avec la Grande-Bretagne.

Il est nécessaire, en effet, de consolider l'alliance franco-russe, qui reste minée par une politique du « chacun pour soi » sur la plupart des grands problèmes. Facilités nouvelles accordées à des emprunts russes, voyage de Nicolas II en France en 1901, financement de lignes de chemin de fer stratégiques par les Français en Russie, mais aussi vulnérabilité nouvelle de la Russie en Extrême-Orient, soudent un peu plus les deux partenaires.

Pour le rapprochement avec l'Italie, les atouts financiers français sont aussi décisifs à un moment où les Italiens, confrontés à une pénurie grave de capitaux, ne trouvent plus en Allemagne les moyens de satisfaire leurs besoins. Fin de la guerre douanière, accord favorable pour les Italiens de Tunisie, entrée des banques françaises dans le Credito italiano, sont autant de mesures habilement orchestrées par l'ambassadeur Barrère, qui permettent à Delcassé de tirer progressivement l'Italie hors de la Triplice, vers la neutralité. L'Italie conserve de bonnes relations politiques avec l'Allemagne, mais signe dans le plus grand secret, le 28 juin 1902, un accord qui prévoit sa neutralité en cas de conflit franco-allemand.

En dépit de la « leçon » infligée aux Anglais pendant la guerre des Boers, leçon qui a montré la vulnérabilité militaire de la Grande-Bretagne et son relatif isolement en Europe, beaucoup de responsables britanniques penchent plutôt, dans le système des blocs en train de se constituer, en faveur d'un rapprochement avec l'Allemagne. La France est devenue alliée de la Russie, qui elle-même menace les frontières nord de l'empire des Indes. Malgré tout, en 1903, les Britanniques se rapprochent de la France. C'est pour eux un moindre mal et une façon de freiner les ambitions russes et allemandes, mais avec l'idée de garder la possibilité, éventuellement, de se dégager de toute contrainte. Delcassé et son ambassadeur à Londres, Cambon, sont beaucoup plus enthousiastes. La France a tout à gagner désormais d'une stabilisation des zones coloniales. Une alliance avec l'Angleterre, que l'on réconcilierait de surcroît avec l'allié russe, ouvrirait des possibilités inédites d'obtenir des concessions de l'Allemagne. À la suite de visites croisées du président Loubet et du roi Édouard VII, à Londres et à Paris, un accord est signé (8 avril 1904). L'accord est limité et porte essentiellement sur le règlement du contentieux colonial entre les deux nations. Mais sa portée politique est grande. L'Allemagne redoute qu'il ne soit accompagné d'une clause militaire secrète, et elle se persuade que sa position s'est détériorée et que celle de la France est bien meilleure. Les faits lui donnent raison.

Les deux voies de la diplomatie française

Le nouveau dispositif international encourage Delcassé à régler la question marocaine, à laquelle il accorde la plus grande importance. Depuis 1900, les Français, épaulés par les grandes banques parisiennes, ont pris la tête d'un mouvement d'implantation dans l'empire chérifien. Ils ont obtenu le feu vert italien et anglais, mais sans écarter les Allemands de l'« exploitation du pays ». Delcassé, toutefois, a manifesté à l'égard de l'Allemagne une désinvolture que la France semble pouvoir s'autoriser depuis qu'elle dispose d'un puissant réseau d'alliances. De là, la riposte de Guillaume II, qui, dans un discours auquel la diplomatie allemande va s'employer à donner une forte portée, réclame l'application de la « porte ouverte » au Maroc et refuse le « monopole » français. On mesure alors brutalement, à Paris, les risques qui s'attachent à la politique de Delcassé, politique fondée sur la construction de systèmes antagoniques qui peuvent pousser la France dans l'engrenage de la guerre. Les politiques consultent les militaires. Mais partout, en Europe, on penche en faveur de la conciliation. Delcassé en fait les frais et se voit obligé de quitter son poste le 6 juin 1905 à la demande de Rouvier, le président du Conseil, et on décide de régler la question marocaine à l'occasion d'une conférence internationale. Si Delcassé n'est plus là, son système convient toutefois à la France, à condition qu'il soit désormais manié avec réalisme et souplesse. C'est pourquoi Rouvier écarte l'idée lancée par l'Allemagne d'une alliance continentale incluant l'Allemagne, la France et la Russie et rejetant la Grande-Bretagne. Il engage des négociations sur le Maroc avec la conférence d'Algésiras (15 janvier - 7 avril 1906) dans le schéma fixé par Delcassé, mais sans lui donner un tour agressif et avec l'idée que le développement des entreprises de la France à l'étranger ne doit pas écarter tout partage négocié avec les autres puissances.

Le jeu des alliances lui donne raison, car l'issue de la

conférence est favorable à la France grâce à l'appui anglais et russe. La souveraineté du Maroc est réaffirmée, la liberté du commerce et les droits économiques de chacun rappelés, mais la Banque d'État marocaine est organisée en donnant aux financiers français la haute main sur l'aménagement futur du pays. La diplomatie française sort néanmoins partagée de la première crise marocaine. Deux voies semblent se dessiner. Autour de Delcassé s'est affirmée une option « défense nationale ». On y est convaincu que la politique extérieure doit servir les intérêts français et s'appuyer solidement sur un système d'alliances, un jeu de rapports de forces, qui peut déboucher sur une diplomatie de la tension. Même après le départ de Delcassé, elle reste influente au Quai d'Orsay, chez les décideurs et les militaires. Rouvier, par contre, oriente la France vers une diplomatie plus conciliante entre les nations, diplomatie qui est le reflet des intérêts des milieux d'affaires, de la banque en particulier, dont Rouvier est un éminent représentant, et qui entend limiter les affrontements au jeu du marché. Après 1906, les deux options coexistent.

Les accords financiers entre la France et l'Allemagne ne sont pas rares. Malgré les réticences du gouvernement français, les banques françaises, derrière la Banque impériale ottomane, participent à la construction du Bagdadbahn par les Allemands, incapables de trouver chez eux les moyens d'une telle opération. L'extension des relations commerciales, les échanges complémentaires de fer et de charbon, semblent plaider en faveur de l'idée qu'un accord économique peut susciter un rapprochement politique entre les deux nations et une solution négociée des antagonismes. Mais par ailleurs, dans la question marocaine que Rouvier a tenté de régler avec souplesse, les militaires, soutenus par le ministre des Affaires étrangères (Cruppi) et celui de la Guerre (Bertaux), font marcher en avril 1911 des troupes sur Fès, pour protéger, dit-on, des Européens, alors que des tribus se sont soulevées contre le sultan. On peut penser à un changement de cap du gouvernement français, décidé désormais à « s'emparer » du Maroc.

L'Allemagne réagit un cran au-dessus et envoie, en juillet 1911, la canonnière *Panther* en rade d'Agadir, « bluff » destiné à ramener les Français sur des positions conciliantes.

Après des atermoiements qui font naître, de part et d'autre, l'idée que la guerre pourrait bien être au bout de l'épreuve de force, Caillaux, qui a été nommé président du Conseil au début de la crise, s'appuie sur un réseau d'hommes d'affaires pour trouver une solution négociée à la crise. Un long marchandage aboutit le 4 novembre 1911 à un accord sur l'offre de compensations française : en échange de la reconnaissance des « droits » politiques français sur le Maroc – ce qui n'exclut pas le principe d'égalité entre tous sur le terrain économique –, l'Allemagne obtient la cession de territoires au Cameroun, au Moyen-Congo et en Oubangui. Caillaux a repris la méthode de Rouvier avec succès. La France a obtenu gain de cause sur l'enjeu essentiel que représentait, pour elle, le Maroc. Elle a été confortée, sur ce point, par les alliances du bloc dans lequel elle se trouve ; la négociation, épaulée par des pressions financières sur une Allemagne en mal de capitaux, a finalement abouti. La France, au sortir de la crise, qui consacre à sa façon la réussite du jeu diplomatique inauguré par Delcassé, entre pourtant dans une période d'inquiétude nouvelle.

La République en quête de sécurité

Les inquiétudes de 1911

La deuxième crise marocaine de 1911 a modifié assez profondément le rapport des Français à la politique internationale et en fait à la politique tout court. La presse a multiplié les articles patriotiques, l'inquiétude a gagné tous les milieux. Les politiques ont consulté les militaires, et les militaires ont déclaré qu'ils n'étaient pas encore prêts. En tout cas, pour la première fois, en septembre 1911, une issue par la guerre a été envisagée, et cette solution n'apparaît plus à l'opinion française comme un danger utopique mais comme une menace bien réelle. La flambée patriotique qui a accompagné la crise a été, pour l'essentiel, limitée à la presse. Mais, sur le plan politique, les députés vont interpréter à leur manière la réaction d'une opinion publique surtout marquée par l'inquiétude.

La France, encore une grande puissance

À la Chambre, la convention signée entre la France et l'Allemagne est vivement contestée par la droite conservatrice et nationaliste. Albert de Mun déplore « un abandon territorial », mais, en dépit d'un fort contingent d'abstentions, le texte est ratifié par 393 voix contre 36. Le Sénat, qui avait désigné Poincaré comme rapporteur de la commission chargée d'examiner le traité, offre plus de résistance au gouvernement. Le ministre des Affaires étrangères, Selves, qui refuse de répondre sur l'existence de négociations secrètes, démissionne, et finalement Caillaux, en difficulté, démissionne lui aussi le 11 janvier 1912. Poincaré, un Lorrain, un républicain qui s'était trouvé du côté de Dreyfus et que l'on considérait comme le seul susceptible de faire accepter l'accord au Sénat, est désigné président du Conseil et forme un gouvernement dominé par l'Alliance démocratique mais qui prend encore l'allure d'une union des républicains de gauche. Pour la première fois depuis 1899, un « modéré » devient président du Conseil au moment où le danger de guerre se précise. Mais la droite reste exclue de cet alliage politique et des figures importantes du courant réformiste entrent au gouvernement : Millerand (Guerre), Briand (Justice), Delcassé (Marine), Léon Bourgeois (Travail)…

L'infléchissement de l'axe gouvernemental est ténu, il n'en est pas moins significatif de la volonté de prendre en compte des données nouvelles imposées par la situation internationale. Millerand, qui représentait la gauche du gouvernement de « défense républicaine », glisse progressivement à droite et accepte précisément le portefeuille de la Guerre. Poincaré, quant à lui, apporte son soutien au traité mais déclare que la France ne doit plus s'entendre avec l'Allemagne « que dans la dignité ». Cette nuance, qui semble aller de soi chez un homme député de la Meuse et sensible aux frontières, n'est assortie en aucune façon d'une entorse à son engagement républicain, laïque, libéral. L'homme reste modérément conservateur. Quand il décide la dissolution du syndicat des instituteurs et fait traduire en justice ses dirigeants, il ne fait que se placer dans le sillage de Clemenceau, grand pourfendeur de cette organisation. Le 17 janvier 1913, Poincaré est élu président de la République et l'emporte par surprise avec l'appui de la droite contre Pams, le candidat radical-socialiste. À l'unisson de Poincaré se mettent en place jusqu'aux élections d'avril 1914 les gouvernements Briand (janvier-mars 1913), Barthou (mars-décembre) puis Doumergue (décembre 1913 - juin 1914).

La doctrine militaire française et les « trois ans »

Sous la pression des crises qui se succèdent en Europe, des guerres qui éclatent dans les Balkans, les problèmes intérieurs – celui de la représentation proportionnelle entre autres, qui est de nouveau l'objet d'un large débat – sont submergés par la montée des périls extérieurs. Le souci de Poincaré, qui joue un rôle politique plus important que celui auquel était voué jusque-là un président de la Troisième République, est d'assurer la sécurité de la France. Celle-ci est soumise à l'argumentaire des militaires, qui, depuis la crise de 1911, se préparent activement à un éventuel conflit. L'armée française dispose du reste d'une doctrine qui a été fixée en 1911 dans le plan XVII mis au point par Joffre, chef d'état-major depuis cette date. La doctrine en vigueur, qui aurait été excellente en 1870, est celle de l'offensive, qui sur le plan tactique se traduit par la prédominance de la manœuvre sur le feu. La guerre sera une guerre de mouvement, « vigoureusement offensive », dit le règlement d'octobre 1913, très rapide, ne serait-ce que parce que les sociétés modernes, complexes, ne peuvent imaginer de s'enliser dans un conflit de longue durée. La guerre sera une guerre d'infanterie ; l'artillerie de campagne, le « 75 », ne servira que d'accompagnement ; quant à l'artillerie lourde, son intérêt est alors limité. Dans ces conditions, la clef du succès militaire, c'est la capacité de jeter dès les premiers jours d'un conflit le maximum de troupes sur le terrain, pour submerger l'adversaire. Le point décisif est donc le succès d'une mobilisation très rapide et l'importance du contingent déjà sous les drapeaux au moment où éclatera le conflit. Depuis 1905, la France a fait le choix d'un service militaire de deux ans. Mais, en 1912, on peut croire que cette solution n'assure plus la dissuasion véritable, parce que l'Allemagne vient de passer à un service de trois ans alors qu'elle dispose déjà d'une population beaucoup plus nombreuse et prépare un projet de crédits militaires extraordinaire de 1 milliard de marks.

Le Conseil supérieur de la guerre, réuni par Poincaré, réclame instamment un service militaire de trois ans. Le gouvernement y consent, mais l'opposition se mobilise contre un projet qui, selon elle, précipiterait la France dans la logique de guerre. Jaurès et les socialistes manifestent leur hostilité aux trois ans et continuent à défendre l'idée d'un service plus court et d'une amélioration des réserves dans l'esprit de la « nation armée ». Finalement, le projet est voté le 7 juillet 1913 avec une majorité de 339 voix contre 223 et deux classes sont appelées à la fois, celles de 1912 et de 1913. L'émergence d'une majorité en faveur des trois ans a été confortée par le climat nouveau qui se manifeste alors dans l'opinion.

Un peu partout en France, des fêtes et des défilés accompagnent les allées et venues des garnisons qui partent en manœuvre. Les badauds manifestent plus de ferveur devant le drapeau et les applaudissements sont plus vifs. Millerand, ministre de la Guerre, fait rétablir alors la coutume des retraites aux flambeaux, et la revue militaire du 10 mars 1912 à Vincennes, spectaculaire, attire l'attention de la presse anglaise, qui y décèle un changement de la France. La plupart des grands quotidiens, *Le Temps*, *Le Matin*, *L'Écho de Paris*, apportent leur soutien aux mesures de fermeté du gouvernement, et *L'Humanité*, inquiète, note le 9 septembre 1912 que le « ton chauvin », jusqu'alors monopole de la presse nationaliste, est maintenant adopté par la grande presse d'information. Cette vague « patriotique » de 1912 n'a plus grand-chose à voir avec le nationalisme activiste et haineux de l'affaire Dreyfus, c'est une sorte de fièvre, surtout urbaine, et qui exprime d'abord de l'inquiétude. Ce changement pose toutefois le problème, à l'approche de la guerre, de l'impact d'une nouvelle exaltation « nationaliste » sur la conduite du gouvernement.

Une fièvre nationaliste contenue

Le débat d'opinion qui accompagne le vote de la loi de trois ans semble distribuer les cartes politiques autour de deux courants : la droite nationaliste, dont une partie tourne au bellicisme, une gauche internationaliste, pacifiste, hostile aux trois ans. Le gouvernement, entre ces deux pôles, paraît tâtonner dans sa recherche d'un compromis.

En fait, l'empreinte de la droite nationaliste dans le débat doit être soigneusement délimitée. Un noyau dur de l'extrême droite s'est consolidé au-delà de l'affaire Dreyfus. Dans une France à dominante radicale, le petit mouvement de Charles Maurras a pris son essor et su se présenter comme le défenseur du catholicisme persécuté. La Ligue de l'Action française, officiellement créée en 1905, s'est renforcée de composantes nouvelles : en mars 1908, la *Revue de l'Action française* devient un quotidien : *L'Action française*, une Fédération des étudiants s'organise, des équipes de vendeurs du journal, les Camelots du roi, interviennent de façon musclée dans les réunions, les théâtres, les facultés... et leur violence fait écho aux imprécations haineuses de Maurras et de Daudet. Sur les positions d'un nationalisme raciste farouchement hostile à la République, Maurras arrache le monopole de la cause monarchiste et, bien qu'agnostique, acquiert le soutien d'un catholicisme de droite. Trois cardinaux français lui témoignent leur sympathie, et la condamnation du *Sillon* de Marc Sangnier par le pape Pie X est considérée comme une victoire chez les maurrassiens. L'Action française pousse le plus loin possible, face à l'Allemagne, un nationalisme exacerbé – les défilés pour la fête de Jeanne d'Arc prennent une nouvelle dimension – qui condamne la mollesse du gouvernement républicain.

Ce nationalisme, du fait de sa virulence et de ses excès, ne touche qu'une partie de la jeunesse, celle du Quartier latin en particulier, mais ses velléités putschistes ont encore moins de perspectives qu'à l'époque de l'affaire Dreyfus. Son audience, toutefois, est l'indice d'une sensibilité nouvelle dans une génération où se cristallisent des inquiétudes nombreuses : inquiétude spirituelle marquée par le rejet du rationalisme et le retour de la foi chez certains, inquiétude devant l'avènement d'une ère des masses, inquiétude devant les périls nouveaux qui semblent menacer la patrie et les valeurs profondes qui lui sont attachées. La fameuse « enquête Agathon », « Les jeunes gens d'aujourd'hui », menée par Henri Massis et Alfred de Tarde, révèle en effet chez certains jeunes gens un goût nouveau pour l'action, le sport, le rejet de l'intellectualisme à la manière barrésienne, la fascination pour les idées de Bergson, le rejet du rationalisme, et, chez certains, la « tentation » de la guerre comme épreuve de vérité d'une nouvelle avant-garde.

La métamorphose de figures célèbres du paysage intellectuel va encore dans ce sens. Charles Péguy, l'ancien normalien si engagé dans le pacifisme dreyfusard au tournant du siècle, exalte désormais, face au danger allemand, la France de la tradition et de Jeanne d'Arc. Cette crise de génération qui correspond de fait à une avant-guerre, ce nationalisme de jeunes, n'entraîne toutefois qu'une minorité essentiellement urbaine et bourgeoise, loin de la France rurale. Par ailleurs, beaucoup, parmi les jeunes gens d'Agathon, ne font pas de leur éthique nationaliste et de leur irrationalisme une machine de guerre contre la République. En dépit de l'activisme de Maurras, le « nationalisme jeune et rajeuni » d'avant 1914 ne modifie pas en profondeur l'équilibre politique.

Le « patriotisme défensif » des Français

À l'autre bout du paysage politique, le pacifisme socialiste semble être le terrain sur lequel campe l'extrême gauche, position de rupture avec la société bourgeoise et défi à l'égard de Jaurès, soucieux de concilier le socialisme et la République. Mais là encore, la palette des positions socialistes est faite de beaucoup de nuances. À la gauche du socialisme, autour de Gustave Hervé, un courant très limité rejoint par une aile du syndicalisme révolutionnaire rejette avec force l'idée de patrie, « qui n'est pas une mère, mais une marâtre pour les pauvres ». Il puise ses forces dans l'antimilitarisme ouvrier et entend opposer à la guerre la grève des réservistes et l'insurrection.

La position du courant marxiste traditionnel est différente. Guesde et les vaillantistes, héritiers d'un patriotisme classique dans la gauche ouvrière, ont pourtant insufflé aux travailleurs l'aspiration réelle à un internationalisme socialiste. Vaillant est le représentant actif de la SFIO au bureau socialiste de l'Internationale créé en 1905, bureau qui devient, après le congrès de Stuttgart (1907), « la force d'action et de coordination dans la lutte contre la guerre ». Mais alors que l'internationalisme peut constituer une riposte aux forces du militarisme en Europe, les guesdistes s'isolent dans une attitude dogmatique, condamnent la croisade contre la guerre, factice et même dangereuse à leurs yeux, car elle détourne le prolétariat du seul objectif qui puisse éradiquer la guerre, la révolution et le renversement du capitalisme.

L'attitude de Jaurès est différente. Il s'est lancé de manière déterminée dans la lutte contre la menace de guerre au point de compromettre son image auprès de la bourgeoisie républicaine de gauche, au point aussi d'essuyer les critiques des autres socialistes, parce qu'il pense que la défense de la paix devient plus urgente que la lutte sociale, car la guerre peut ruiner non seulement le projet socialiste mais la civilisation elle-même. Il tire du marxisme une conviction de fond : « Le capitalisme porte en lui la guerre comme la nuée porte l'orage [...] », mais l'organisation nouvelle du prolétariat peut désormais enrayer cet enchaînement fatal. Son attitude n'est toutefois pas exempte de contradictions. Au congrès de Stuttgart (1907), il obtient le vote d'une motion dont l'imprécision augure mal des conditions concrètes de la lutte : « Il est du devoir des socialistes d'empêcher la guerre par tous les moyens qui leur paraissent les plus appropriés [...]. » Quels moyens ? Jaurès n'en exclut aucun, y compris celui de la « grève générale », ce qui lui permet de rester en liaison avec le syndicalisme révolutionnaire. Le 25 juillet 1914, il lance encore un avertissement : « Si la tempête éclate, tous, nous socialistes, nous aurons le devoir de nous sauver le plus tôt possible du crime que les dirigeants auront commis ! » Mais Jaurès, surtout au moment où la crise se noue et où la solidarité des socialistes allemands semble fléchir, pense que le gouvernement républicain ne peut être insensible au souci de sauver, à tout prix, la paix. Au-delà, dans l'hypothèse où la guerre serait imposée à la France, à la République, à la démocratie, Jaurès pense qu'on ne peut abandonner la patrie. Déjà dans *L'Armée nouvelle* (1909-1911), il a pris position en ce sens. Sa réforme de l'armée, qu'il veut armée de citoyens, laisse apparaître sa conviction profonde que la patrie reste une valeur, comme la justice internationale, ce qui légitime la défense nationale.

Il n'existe donc pas véritablement une différence de nature entre l'attitude d'un socialiste comme Jaurès et le comportement des gouvernements nommés par Poincaré. Si Jaurès leur reproche des liens trop étroits avec la dangereuse diplomatie russe, il considère encore avoir affaire à une République clairement différente du nationalisme qu'il exècre. En effet, la politique des gouvernements républicains qualifiée de « patriotisme défensif » se caractérise par une double préoccupation qui reste dominante jusqu'à ce qu'éclate le conflit : assurer la sécurité de la France, éviter soigneusement l'aventure guerrière.

L'option est en fait si largement partagée – de Poincaré à Clemenceau – qu'elle rassemble de nouveau le « bloc » républicain issu de l'affaire Dreyfus. Cette aspiration, qui est faite d'amour de la patrie et de refus de la guerre, est parfaitement définie par l'universitaire Alphonse Aulard quand il parle en 1904 du patriotisme des instituteurs : « [...] patriotisme d'hommes éclairés qui ont horreur de la guerre, mais qui, si l'Europe monarchique voulait réduire en esclavage la France républicaine, suivraient l'exemple des patriotes de 1793. » Maurice Agulhon nous fait remarquer que ce patriotisme doit être compris dans le cadre d'une France où la guerre n'a pas encore la signification de « grand massacre » que va lui donner précisément le premier conflit mondial. Ce patriotisme, c'est aussi celui du jeune saint-cyrien de Gaulle, catholique, conservateur, républicain patriote, mais non point nationaliste maurrassien.

L'entrée en guerre : août 1914

Une guerre imposée ?

Après Barthou, le gouvernement du radical Doumergue (décembre 1913), dans lequel est entré Caillaux, aux Finances, ce qui déplace un peu à gauche le balancier gouvernemental, a appliqué loyalement la loi de trois ans. Si loyalement que le jeu de bascule entre le souci de la défense nationale et la volonté d'éviter la guerre a peut-être penché un peu trop, au goût de beaucoup de Français, dans la première direction, considérée comme celle de l'aventure. C'est pourquoi, aux élections d'avril 1914, la loi de trois ans devient l'enjeu d'un débat national qui dévoile la perplexité profonde de l'opinion. Les socialistes et les radicaux, préoccupés par la pression des événements extérieurs, se retrouvent unis contre la loi de trois ans, et face à eux un centre républicain, autour de Briand et de Barthou, se constitue pour la défendre. Les Français donnent la majorité à la gauche. La nette poussée des socialistes (104 députés) et la sur-représentation de la gauche en raison du mode de scrutin et du découpage électoral font penser que les adversaires de la loi de trois ans ont nettement gagné la partie.

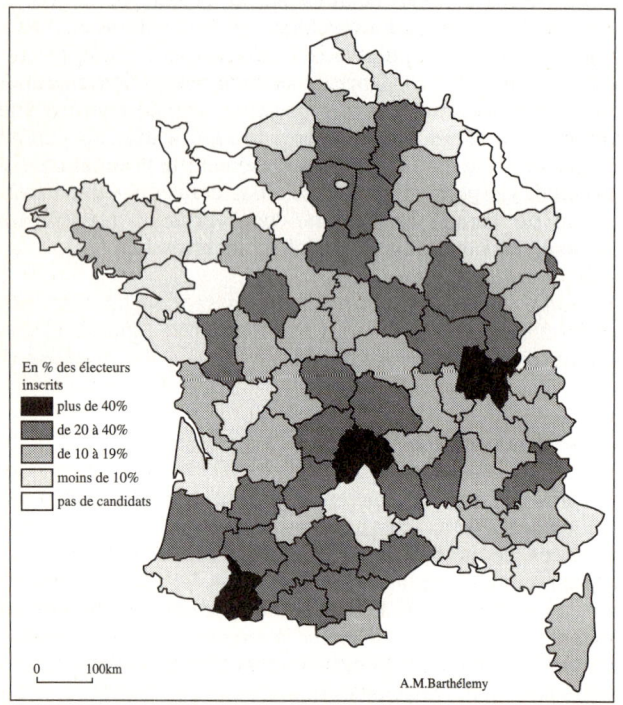

Les suffrages radicaux aux élections législatives du 26 avril 1914

On avait prévu, à gauche, un gouvernement Caillaux, et on attendait même que Jaurès entre au gouvernement. L'arrestation de Mme Caillaux après qu'elle eut assassiné Calmette, le directeur du *Figaro* qui avait insulté son mari, écarte l'hypothèse. Après l'échec de la formation d'un gouvernement Ribot, un socialiste indépendant, Viviani, est désigné comme président du Conseil. La logique politique aurait voulu que Viviani, faisant écho à la prise de position des électeurs, revienne sur la loi de trois ans. Préoccupé par la situation internationale, il n'en fait rien, sans que cet oubli, qui joue sur les hésitations de l'opinion, ne provoque de polémique. Il peut, par contre, faire enfin passer la loi établissant l'impôt sur le revenu, car on s'attend à devoir trouver des ressources nouvelles.

Six semaines après la mise en place du gouvernement Viviani, la France entre en guerre. Le 28 juin 1914, l'assassinat de l'archiduc François-Ferdinand, héritier du trône des Habsbourg, par un patriote bosniaque déclenche le processus. Toutefois, en dépit de l'attentat de Sarajevo et de la montée de la tension internationale liée à l'enchaînement des conflits balkaniques, l'atmosphère n'est pas à la guerre. Du reste, l'ultimatum autrichien à la Serbie, censée être l'instigatrice du crime, n'est lancé qu'un mois après l'assassinat, le 23 juillet. On avait cru basculer dans la guerre en 1911, lors de la deuxième crise marocaine, mais l'habitude de voir les crises se régler diplomatiquement a fini par persuader qu'on pourrait échapper encore à un conflit généralisé. Le congrès du parti socialiste se préoccupe alors du risque de guerre, mais sans changer fondamentalement de comportement ; il délibère sur la motion d'Édouard Vaillant et Keir Hardie, qui préconisent pour le prochain congrès de l'Internationale, prévu pour le mois d'août, l'éventuel recours à la grève générale, en cas de guerre. Le président de la République, Poincaré, et le président du Conseil, Viviani, s'embarquent, eux, comme prévu, immédiatement après le défilé du 14 juillet, pour un voyage d'une quinzaine de jours qui doit les emmener en Russie et dans les pays scandinaves. Au même moment, la presse est surtout mobilisée par le procès de Mme Caillaux, qui s'ouvre le 20 juillet et s'achève par son acquittement, le 29 juillet.

Les événements se précipitent brutalement. Le 28 juillet,

l'Autriche se considère comme non satisfaite de la réponse faite par les Serbes à son ultimatum. Le 30 juillet, la Russie, protectrice de la Serbie, mobilise. Le 31 juillet, l'Allemagne, manifestant son soutien à l'Autriche, somme la Russie d'arrêter sa mobilisation. Le 1er août, devant le refus russe, l'Allemagne déclare la guerre à la Russie, ce qui déclenche la mobilisation de la France. Le 2 août, les armées allemandes envahissent le Luxembourg et somment la Belgique de lui céder le passage, et le 3 août l'Allemagne déclare la guerre à la France. Le 4 août, l'Angleterre déclare la guerre à l'Allemagne. Sans revenir sur le problème toujours complexe des causes de la guerre, il est utile d'en examiner la logique, au moins du point de vue français, dans la mesure où la perception qu'en a l'opinion joue un rôle décisif sur le comportement des Français.

On s'accorde, en règle générale, pour attribuer aux militaires autrichiens, décidés à régler leurs problèmes internes dans une guerre limitée avec la Serbie, une responsabilité majeure, ainsi qu'aux Allemands, qui ont pris le risque, en soutenant l'Autriche, de précipiter le passage d'une guerre limitée à un conflit généralisé. Mais on souligne aussi la responsabilité du tsarisme, dont le raidissement brutal a peut-être été inspiré par des va-t-en-guerre de l'armée et a précipité la conflagration généralisée. Les responsabilités françaises sont plus complexes à déterminer. Il paraît certain que ni Poincaré ni Viviani n'ont soufflé sur les braises et encouragé la Russie. Mais il est évident aussi que, comme le redoutait Jaurès, la France n'a pu se dégager de l'aventurisme russe dans les Balkans. Sous peine de voir sa propre sécurité affaiblie, elle ne pouvait guère, au moment où le bloc adverse resserrait ses liens, prendre ses distances à l'égard de la puissance russe, pièce essentielle du système de sécurité français. Au-delà, la mécanique des mobilisations successives, considérées comme indispensables pour l'emporter dans un conflit éclair, échappe en grande partie au gouvernement et fait basculer mécaniquement dans la guerre par souci de ne pas se laisser surprendre. Mais l'important, politiquement, est que l'on se situe dans un scénario où l'Allemagne déclare la guerre à la France.

Les Français feront leur « devoir »

Lorsque la crise éclate, il faut plusieurs jours à une population qui, dans sa majorité, est mobilisée par les travaux des champs, pour prendre la mesure de l'événement. Au moment du retour précipité du président Poincaré, quelques manifestations patriotiques enfiévrées parcourent les boulevards parisiens. Beaucoup plus forte est la réaction de la gauche socialiste et syndicaliste. Des manifestations, des meetings, des placardages d'affiches hostiles à la guerre, des distributions de tracts appellent à se mobiliser en faveur de la paix. Mais les grèves sont rares, la perspective insurrectionnelle absente, et cette mobilisation populaire qui touche des villes ouvrières de province et dans laquelle la CGT joue un rôle important apparaît plus comme une dernière manifestation imposante en faveur de la paix que comme une véritable riposte politique pour faire échec à l'engrenage de la guerre. Cette réaction a peut-être été freinée, d'ailleurs, par l'attitude de Jaurès, qui mise sur la durée de la crise et qui pense pouvoir faire jouer à plein l'intervention de l'Internationale, convoquée en urgence à Bruxelles, mais aussi les initiatives de Poincaré et de Viviani, en qui il garde confiance. Plus globalement, les opinions, agissant avec retard, sans coordination véritable, n'ont en fait aucune prise sur les événements, dont la mécanique implacable leur échappe.

Lorsque la mobilisation est décrétée, la réaction immédiate est la stupeur, la consternation, l'hébétement, devant une guerre perçue comme catastrophique et dont on voit déjà très bien que beaucoup ne reviendront pas. Assez rapidement, toutefois, l'opinion se reprend, non pas parce qu'elle est gagnée de nouveau par le thème de la revanche contre l'Allemagne et de la reconquête de l'Alsace-Lorraine, idée quasiment absente, mais parce que les Français sont convaincus que la patrie est victime d'une agression de l'impérialisme allemand. Plus que les quelques manifestations d'enthousiasme des mobilisés dans les gares et les villes de garnison, ce qui caractérise la grande majorité de la population semble être la détermination à défendre le pays envahi par la « soldatesque » allemande. C'est ce qui explique la confiance soudaine du gouvernement et de l'état-major, qui, très pessimistes sur les conditions de l'entrée en guerre, ont prévu des dizaines de milliers d'insoumissions. Elles sont rarissimes, et le gouvernement peut abandonner l'idée d'utiliser le carnet B, liste de militants de gauche que l'on a prévu d'arrêter en cas de mobilisation.

Le 4 août 1914, le président Poincaré, dans le message adressé aux Chambres pour annoncer l'état de guerre, dénonce l'agression de l'Allemagne et sa responsabilité exclusive dans le déclenchement du conflit. Il lance un appel aux partis politiques pour faire front commun contre l'ennemi, et emploie alors le terme d'« union sacrée », qui prend un contenu immédiat par le vote, à l'unanimité, de la Chambre – y compris les 104 députés socialistes – des crédits d'une guerre que tout le monde envisage très courte. L'« union sacrée » n'a pas alors de connotation de droite, elle se présente au contraire comme une nouvelle forme de la défense de la République et une suspension provisoire du débat politique au nom de l'intérêt supérieur de la patrie. Un événement va également dans ce sens. Aux obsèques de Jaurès, assassiné par un fanatique, le 31 juillet, Léon Jouhaux, le secrétaire général de la CGT, déclare que les syndicalistes sont, eux aussi, prêts à se lever pour défendre les acquis de la République et les idéaux de la Révolution française.

Conclusion

Au moment où éclate le conflit, le vote en faveur des crédits de guerre, qui fixe le cadre de l'« union sacrée » entre les partis politiques, est un indice de l'enracinement de la République dans le paysage politique français. On peut voir dans ce rassemblement le triomphe d'un patriotisme flamboyant vers lequel convergent tous les partis et toutes les philosophies, quelles que soient par ailleurs leurs oppositions. L'idée est probablement juste mais pas suffisante, parce que le consensus français se bâtit sur des forces profondes qui associent l'amour de la patrie à un ensemble de valeurs fondamentales et d'acquis qui consacrent la vigueur de l'œuvre républicaine.

Durant tout le XIXe siècle, la République, donc la forme même du régime, a constitué une ligne de partage entre la droite et la gauche et suscité, plus profondément, une opposition entre deux France, celle qui s'identifiait à la Révolution française et celle qui la refusait. Cette fracture est loin d'avoir disparu dans les esprits et dans les cœurs, mais on peut toutefois penser qu'en 1914 le régime républicain n'est plus véritablement menacé et qu'il fait l'objet d'un très large consensus qui permet de mesurer la réussite politique des équipes qui se sont succédé au gouvernement depuis le sursaut de la « défense républicaine » menée par Waldeck-Rousseau.

Le syndicalisme révolutionnaire, qui contestait radicalement une République identifiée au règne de la bourgeoisie, a échoué et n'a pu mobiliser dans son combat qu'une fraction minoritaire de la classe ouvrière. A l'autre bout de l'échiquier politique, le nationalisme d'extrême droite n'est qu'une force politique marginale, dont la violence spectaculaire et les menaces sur le régime ont contribué surtout à rassembler les forces de la République. L'affaire Dreyfus elle-même, on a pu le constater, en dépit de ses débordements haineux, n'a pas établi entre les Français une ligne de front aussi dramatique que celle des barricades du XIXe siècle. De la Fédération républicaine, à droite, jusqu'à la SFIO, à gauche, tous les partis se retrouvent dans le cadre républicain, qui permet aux nuances de s'exprimer et qui rapproche les différentes formations politiques autour d'un tronc commun de valeurs qui sont celles de la démocratie parlementaire.

Les clivages, même ceux qui sont hérités de la guerre religieuse du XIXe siècle, se sont estompés au profit d'une logique de gouvernement qui permet d'articuler au plus juste les intérêts des groupes sociaux et les idéologies. Même si c'est à un « coût » plus élevé, la France est presque devenue une nation comme les autres, organisée en démocratie parlementaire modérée, et elle n'a pas raté son entrée dans la modernité à l'aube du nouveau siècle. Robert Tombs rappelle judicieusement que si Laffitte, dans les décombres des barricades de 1830, avait encore traversé Paris en chaise à porteurs, Védrine, à la veille de la guerre, fait, lui, sa campagne électorale en aéroplane. L'économie de la France, moins puissante que celle de l'Allemagne et de l'Angleterre, n'en a pas moins démontré sa souplesse et sa capacité à explorer rapidement le domaine des nouvelles industries de pointe qui vont s'imposer au XXe siècle. Le conformisme culturel républicain n'est pas devenu pensée unique. La culture française est vivante et épouse tous les conflits intellectuels de son temps. Le Paris de la Belle Époque est peut-être, plus encore qu'au XIXe siècle, le laboratoire de l'art contemporain.

Les républicains ont alors eu, probablement, le sentiment d'avoir enfin apporté une réponse à un « problème français », celui de la transformation d'une révolution, celle de 1789, en société moderne. L'originalité de la France en comparaison des autres pays européens tient à la durée de ce qu'on pourrait appeler la période « post-révolutionnaire ». Elle occupe en fait tout le XIXe siècle, dont l'histoire pourrait presque se résumer dans celle de ce vaste chantier de reconstruction du tissu social français. Les républicains de la Belle Époque apportent sûrement la touche finale, et ce n'est pas la moins importante, mais leur effort de synthèse ne prend de signification que si on le replace dans la longue durée.

Au moins jusqu'aux années 1870, la société française a été

divisée profondément par l'héritage de la « Grande Révolution ». On peut y voir la résonance du songe social de Rousseau, l'ambition extravagante de faire naître, en rompant les ponts avec le passé, un « homme nouveau », voire l'effet pervers d'un égalitarisme niveleur, alors ennemi des libertés et prompt à renouer avec les vieux démons despotiques de l'histoire de France. Il nous semble plus convaincant de prendre la mesure des extraordinaires résistances qu'a rencontré, en France, un changement révolutionnaire d'une grande radicalité. La France a conjugué, dans un temps très ramassé, la lutte de la philosophie contre l'Église, le combat pour la modernité politique, l'abolition du privilège, la construction d'un nouveau contrat social... autant de changements dilués dans le temps dans l'histoire anglaise ou tout simplement absents dans la révolution américaine. La résistance à la Révolution a été d'autant plus forte que sa dimension religieuse ébranlait les âmes tout autant que la société. Mais le parti de la révolution, tout aussi pugnace, n'a pas lâché prise tant que les promesses du changement révolutionnaire n'ont pas été enracinées dans la société française elle-même.

De là un XIXe siècle, siècle des révolutions, plein de bruit et de fureur, dans lequel on a le sentiment qu'une scène primitive est jouée et rejouée parce que le dernier mot n'est toujours pas dit. De là aussi, la teinte un peu archaïsante du débat politique dans une société où nombre de paysans redoutent, durant tout le XIXe siècle, le retour des droits féodaux, des dîmes et des privilèges. Gambetta, dans les campagnes électorales de 1876 et de 1877, ne met-il pas en avant dans son discours aux ruraux la menace d'un retour de l'Ancien Régime ? Archaïsme aussi du débat économique et social. Le nouveau capitalisme industriel, comme celui des banquiers, loin d'être perçu comme une nouveauté, est souvent interprété comme la réapparition du privilège, celui désormais d'une « aristocratie financière ».

Mais derrière les formules, le jeu des représentations, on ne doit pas oublier que, par étapes, se met en place une construction politique originale qui donne à la France des points d'appui solides pour organiser la société nouvelle. Un des éléments essentiels, sûrement, est la mise en place d'un État moderne, dès l'époque napoléonienne. On aurait tort de n'y voir qu'une bureaucratie pesante, exerçant sa lourde tutelle sur la société. L'État du XIXe siècle est producteur de sociabilité, il contribue à retisser patiemment le lien social, s'accommode du libéralisme économique, qu'il entend seulement moduler pour que celui-ci ne compromette pas la construction d'un équilibre politique toujours périlleux. Porteur d'ordre, souvent répressif et brutal, il est aussi, dans le siècle, le garant d'une certaine idée du progrès. Pierre Birnbaum fait remarquer qu'au moment de l'affaire Dreyfus, face aux manifestations de haine antisémite dans la rue, et à un moment où le personnel politique républicain semble désemparé ou muet, la police et la gendarmerie, dont beaucoup d'éléments ne sont pas forcément très éloignés des positions des manifestants, répriment vigoureusement les débordements, parce que cette violence compromet une idée de l'ordre républicain, qui est alors aussi le garant des droits de l'homme.

La difficulté de stabiliser la France post-révolutionnaire tient pour une part, affirment les contemporains, au fait que l'esprit révolutionnaire de 1793 a été relayé par le socialisme et le prolétariat moderne, héritier alors de la contestation sans-culotte. De là l'idée d'Haussmann, un homme moderne pourtant, qui tente dans les années 1850 de persuader Napoléon III qu'il faut écarter les grandes usines de Paris, parce qu'on ne peut, dans la capitale, faire coexister sans risque un prolétariat nombreux et le cœur du pouvoir politique de la France. L'idée semble fausse et en tout cas elle n'empêche pas la Commune de Paris.

Si la France apparaît bien au XIXe siècle comme l'inventeur du socialisme, celui-ci, pré-marxiste, ne se confond ni avec l'esprit révolutionnaire ni avec le prolétariat au sens où l'entend Marx. Par ailleurs, lorsque l'héritage de la Révolution française s'est trouvé limité au seul milieu ouvrier, son assise, très minoritaire à l'échelle de la France, n'a jamais constitué un danger majeur pour l'ordre social : les crises de 1832, 1839, juin 1848, 1871, en donnent des exemples. Le problème posé par la recherche d'un équilibre social post-révolutionnaire vient d'ailleurs. Il est probablement, dans une France où le prolétariat au sens strict occupe une place très modeste, dans l'existence d'un vaste bloc social consolidé par la Révolution française, imprévisible et très mal arrimé aux structures politiques et sociales, au moins pendant les deux premiers tiers du XIXe siècle. Ce bloc échappe à une définition stricte des « classes ». Il est fait d'artisans, de boutiquiers, de petits propriétaires ruraux, d'ouvriers d'ancien type, ni vraiment patrons ni vraiment prolétaires, passant, parfois dans les deux sens, d'une condition à l'autre, définis, peut-être, par une valeur clef : le travail ; mais avec l'idée qu'il peut ouvrir les portes de la propriété, qu'elle prenne un tour individuel, ou des formes collectives, au prisme de la coopération. Tous sont viscéralement attachés à la Révolution française, mais dans leur grande majorité hostiles à la Terreur, libéraux mais ennemis du libéralisme des « gros », individualistes mais en quête de fraternité et souvent avocats de l'association.

Les réponses au problème posé par ce bloc social ont été longtemps approximatives. La monarchie constitutionnelle avait confondu la question sociale, dans le sillage des enquêtes de philanthropes, avec la question du nouveau prolétariat d'usine. C'était une erreur, la révolution de 1848 l'a montré. L'enjeu était bien plutôt de donner à ce vaste groupe social du « travail » une dignité que lui refusait le système censitaire, vite perçu comme le retour d'une forme exclusive et aristocratique de pouvoir. Incontestablement, le suffrage universel en 1848, la transformation de la société qu'on en attendait, étaient une réponse convaincante aux aspirations de ce monde des « petits ». Mais cette avancée démocratique, sans équivalent dans l'Europe d'alors, n'apportait pas un cadre institutionnel capable de ressouder la société française. Perçu par les uns comme le suffrage du pauvre, contestataire et social, le suffrage universel a été par contre utilisé, dans une France du retard culturel et politique, comme un moyen détourné de remettre en selle des notables défaits.

Les pièces décisives qui ont permis à l'édifice social et politique hérité de la Révolution de tenir semblent avoir été trouvées non pas par la Deuxième République, dont il ne faut pas négliger les réflexions sur des formes nouvelles de régulation étatique, mais par la Troisième République, moment où, enfin, « la Révolution entre au port ». Les historiens anglo-saxons, plus que les historiens français, nous invitent toutefois à ne pas négliger les contradictions très fortes du processus de démocratisation-stabilisation de la société française, contradictions qui ne s'inscrivent pas seulement dans un mouvement linéaire qui va de République en République. Le Second Empire apparaît comme un moment essentiel du passage de la déstabilisation post-révolutionnaire à la reconstruction d'une cohérence sociale et politique. Le bonapartisme constitue une alchimie particulière, la seule issue à ce qui est devenu, au milieu du siècle, l'impasse française. De manière originale, il associe absolutisme et démocratie, l'héritage de la Révolution et celui de la contre-révolution, catholiques et anticléricaux, socialisme et élitisme conservateur, émancipation des traités de 1815 et Entente cordiale avec l'Angleterre, et ne succombe en fait qu'à ses faiblesses extérieures. S'il ne représente pas la solution ultime, la décomposition progressive de l'alliage qui le constitue au fil des années 1860 en est un indice, il permet de franchir un des caps les plus périlleux, celui qui impose de conjuguer la Révolution française et le capitalisme moderne, un écueil sur lequel l'orléanisme s'était brisé.

On peut penser que le « triomphe de la République » après 1870 tient, pour l'essentiel, au fait qu'elle place, de manière définitive, la société française sur les rails de 1789 et intègre, dans la nébuleuse gambettiste des « couches nouvelles », une large partie de cette petite bourgeoisie qui voulait à la fois l'héritage de la Révolution et l'ordre, la mobilité et la stabilité. On peut même dire qu'elle fait mieux, puisqu'en s'imposant même à la droite antirépublicaine comme le « gouvernement qui nous divise le moins », elle pousse le plus loin possible une des tendances constitutives de l'esprit du siècle, celle qu'Alain Corbin définit comme l'art de la synthèse, de l'assemblage, du cloisonné, de la référence… C'est à coup sûr une des dimensions de sa réussite. Mais on peut remarquer aussi que la Troisième République n'est pas seulement retour à la Révolution française, comme en 1830. Les références à la Révolution sont surtout d'ordre symbolique. Sa pratique parlementaire, son cadre institutionnel, rappellent la monarchie constitutionnelle ou même tentent d'emprunter aux mœurs anglaises et banalisent ainsi l'« exception française ». Mais son succès tient probablement au fait qu'elle est capable d'évoluer, de se redéfinir sans révolution, parce qu'elle contient en elle-même – et c'est la première fois dans le siècle – les principes mêmes du changement. C'est la rai-

Conclusion

son pour laquelle nous avons cru devoir insister sur les temps en fait assez contrastés qui en ponctuent l'évolution, de 1870 à 1914. Ce n'est guère qu'au tournant du XXe siècle, dans la défense des droits de l'homme, dans une alliance renouvelée entre la bourgeoisie et les classes moyennes, dans une République radicale prête aux concessions nécessaires pour attirer la classe ouvrière sur le terrain de la démocratie parlementaire, qu'une issue semble enfin trouvée à la crise ouverte en 1789. La prophétie devient alors réalité : « La révolution est fixée sur les principes qui l'ont commencée, elle est finie. »

Chronologie

1814
30-31 mars   Capitulation de Paris devant les alliés
2 avril   Le Sénat prononce la déchéance de Napoléon à l'initiative de Talleyrand
6 avril   Abdication sans condition de Napoléon
29 avril   Louis XVIII arrive à Compiègne
2 mai   Déclaration de Saint-Ouen
4 juin   Proclamation de la Charte
30 juin   Traité de Paris, qui ramène la France à ses limites de 1792
1er novembre   Ouverture du congrès de Vienne

1815
1er mars   Napoléon débarque à Golfe-Juan
22 avril   Acte additionnel aux Constitutions de l'Empire
18 juin   Défaite de Waterloo
22 juin   Abdication de Napoléon en faveur de son fils
7 juillet   Ministère Talleyrand-Fouché
8 juillet   Louis XVIII de retour à Paris
15 juillet   Départ de Napoléon pour Sainte-Hélène
14-22 août   Élection de la « Chambre introuvable »

1816
5 septembre   Dissolution de la « Chambre introuvable »
25 octobre   Élections favorables aux constitutionnels

1817
Février   Loi Laîné, qui fixe le cens électoral et les conditions d'éligibilité

1818
29 décembre   Ministère Decazes
30 novembre   Libération du territoire

1820
13 février	Assassinat du duc de Berry
20 février	Ministère Richelieu
12 juin	Loi du double vote
29 septembre	Naissance du duc de Bordeaux
Novembre	Victoire de la droite aux élections

1821
5 mai 1821	Mort de Napoléon
15 décembre	Ministère Villèle

1822
21 septembre	Exécution des quatre sergents de La Rochelle

1823
28 janvier	Intervention en Espagne
24 mai	Le duc d'Angoulême entre à Madrid
24 décembre	Dissolution de la Chambre des députés

1824
26 février	« Chambre retrouvée »
16 septembre	Mort de Louis XVIII

1825
27 avril	Loi du milliard des émigrés
29 mai	Sacre de Charles X

1827
Avril	Dissolution de la garde nationale parisienne
20 octobre	Bataille de Navarin
6 novembre	Dissolution de la Chambre par Villèle
17-24 novembre	Échec de Villèle et élection d'une majorité d'opposition

1828
5 janvier	Ministère Martignac
Septembre	Débarquement en Morée du corps expéditionnaire français

1829
22 mars	Autonomie de la Grèce
8 août	Ministère Polignac

1830

2 mars	Discours du trône
15 mars	Adresse des 221
16 mai	Dissolution de la Chambre des députés
29 juin	Victoire de l'opposition aux collèges électoraux d'arrondissement
5 juillet	Prise d'Alger par les troupes du général de Bourmont
25 juillet	Proclamation des quatre ordonnances
28, 29, 30 juillet	Les Trois Glorieuses ; insurrection du peuple parisien
31 juillet	Louis-Philippe accepte la lieutenance générale du royaume
7 août	Louis-Philippe reçoit de la Chambre le titre de roi des Français
16 août	Départ de Charles X pour l'Angleterre
2 novembre	Ministère Laffitte

1831

13 mars	Ministère Casimir Perier
Avril	Abaissement du cens électoral
Novembre	Révolte des canuts

1832

Avril	Équipée de la duchesse de Berry
16 mai	Mort de Casimir Perier dans l'épidémie de choléra
5-6 juin	Émeute parisienne à l'occasion de l'enterrement du général Lamarque
12 octobre	Ministère Soult (Thiers à l'Intérieur, de Broglie aux Affaires étrangères, Guizot à l'Instruction publique)

1833

Juin	Loi sur l'instruction primaire

1834

9-12 avril	Insurrection ouvrière de Lyon
13 avril	Émeute à Paris et massacre de la rue Transnonain

1835

28 juillet	Attentat de Fieschi
Septembre	Lois répressives sur la presse et les réunions

1836
22 février — Ministère Thiers
6 septembre — Ministère Molé
30 octobre — Louis Napoléon tente de soulever la garnison de Strasbourg

1838
Décembre — Coalition parlementaire contre Molé

1839
8 mars — Démission de Molé
12 mai — Ministère Soult. Échec d'une tentative d'insurrection menée par Blanqui et Barbès

1840
1er mars — Second ministère Thiers (Rémusat à l'Intérieur, Cousin à l'Instruction publique)
15 juillet — Traité de Londres qui isole la France dans la question d'Orient
6 août — Tentative de coup d'État de Louis Napoléon Bonaparte à Boulogne
15 octobre — Attentat de Darmès contre Louis-Philippe
29 octobre — Ministère Soult-Guizot
Décembre — Retour des cendres de Napoléon

1842
11 juin — Loi sur l'organisation du système ferroviaire
13 juillet — Mort accidentelle du duc d'Orléans

1843
Août — Visite de la reine Victoria au château d'Eu

1844
14 août — Bataille d'Isly gagnée par Bugeaud

1846
Août — Renforcement de la majorité gouvernementale aux élections législatives

1847
Avril-mai — Scandale Teste-Cubières
9 juillet — Début de la campagne des banquets à Paris
août — Affaire Choiseul-Praslin
23 décembre — Reddition d'Abd el-Kader à La Moricière

Chronologie

1848

22 février	Manifestations contre l'interdiction du banquet du XIIe arrondissement
23 février	Insurrection parisienne ; renvoi de Guizot, rappel de Molé, fusillade du boulevard des Capucines, rappel de Thiers
24 février	Abdication de Louis-Philippe en faveur du comte de Paris ; proclamation de la République à l'Hôtel de Ville et formation d'un gouvernement provisoire
25 février	Le gouvernement s'engage à organiser le travail, départ de Louis-Philippe
26 février	Abolition de la peine de mort pour raisons politiques
29 février	Une manifestation obtient la création d'une Commission du gouvernement pour les travailleurs
2 mars	Journée de travail limitée à 10 heures à paris et 11 en province
16 mars	Manifestation organisée par la droite avec les « bonnets à poil »
17 mars	Manifestation de la gauche (200 000 manifestants) avec Blanqui pour obtenir le report des élections
16 avril	Échec d'une manifestation de la gauche contre le gouvernement
23 avril	Élections de l'Assemblée constituante
4 mai	Réunion de l'Assemblée constituante et proclamation officielle de la République
15 mai	L'Assemblée est envahie par une manifestation improvisée qui permet, en réaction, l'élimination des têtes du mouvement populaire
17 mai	Cavaignac ministre de la Guerre
4 juin	Élections complémentaires (Louis Napoléon, Changarnier, Hugo, Pierre Leroux, Proudhon élus)
21 juin	Décret sur la dissolution des ateliers nationaux
23-26 juin	Répression de l'insurrection ouvrière parisienne
28 juin	Dissolution des ateliers nationaux. Cavaignac chargé de former le nouveau ministère qui remplace la Commission exécutive
4 septembre	Début des débats sur la rédaction de la Constitution

17 septembre	Louis Napoléon Bonaparte réélu vient siéger à l'Assemblée
4 novembre	Vote de la Constitution
10 décembre	Élection présidentielle (victoire de Louis Napoléon)
20 décembre	Louis Napoléon proclamé président de la République, Odilon barrot forme le ministère

1849

30 avril	Attaque d'Oudinot contre Rome
13 mai	Élections législatives. Succès du « parti de l'ordre », mais percée de 200 Montagnards élus
3 juin	Deuxième expédition d'Oudinot pour restituer Rome au pape
13 juin	Répression de la manifestation organisée par la gauche républicaine pour protester contre la restitution de Rome au pape. Ledru-Rollin doit s'exiler
30 juin - 3 juillet	Prise de Rome
31 octobre	Ministère d'Hautpoul

1850

11 janvier	Loi Parieu qui permet à tout congréganiste de devenir instituteur
10 mars	Élections législatives partielles
15 mars	Loi Falloux sur l'enseignement
31 mai	Loi qui restreint le suffrage universel
Juillet	Tournée de Louis Napoléon en province
26 août	Mort de Louis-Philippe

1851

3 janvier	Révocation de Changarnier
24 janvier	Nouveau ministère avec des hommes du président
19 juillet	L'Assemblée repousse la révision de la Constitution en faveur de la rééligibilité du président
27 octobre	Ministère dévoué au prince président avec Saint-Arnaud
4 novembre	Message du président à l'Assemblée demandant l'abrogation de la loi du 31 mai 1850, mesure repoussée par l'Assemblée

6 novembre	Proposition des questeurs (droit pour le président de l'Assemblée de requérir la force armée)
17 novembre	Proposition des questeurs repoussée par l'Assemblée
2 décembre	Coup d'État de Louis Napoléon Bonaparte
3 décembre	Tentative de la gauche parisienne de soulever les faubourgs populaires
4 décembre	L'armée reprend le contrôle de Paris et l'opposition est muselée
3-10 décembre	Insurrection et résistance au coup d'État en province
20-22 décembre	Plébiscite qui donne une très forte majorité à Louis Napoléon Bonaparte

1852

14 janvier	Promulgation de la Constitution
23 janvier	Nationalisation des biens des Orléans
29 février	Élection du Corps législatif
25 mars	Décret sur l'administration préfectorale
26 mars	Décret sur les sociétés de secours mutuels
15 octobre	Discours de Bordeaux
7 novembre	Sénatus-consulte qui rétablit l'Empire
21 novembre	Plébiscite qui ratifie le rétablissement de l'Empire (7 824 000 « oui », 253 000 « non », 2 millions d'abstentions)
2 décembre	Proclamation de l'Empire

1853

30 janvier	Mariage de Napoléon III avec Eugénie de Montijo
1er juillet	Haussmann préfet de la Seine (jusqu'en 1870)

1854

27 mars	La France et l'Angleterre déclarent la guerre à la Russie

1855

10 septembre	Victoire des alliés contre les Russes à Sébastopol
Mai-novembre	Exposition universelle à Paris

1856

Février-avril	Congrès de Paris qui met fin à la guerre de Crimée

26 juillet	Législation qui libère la création des sociétés commerciales

1857

29 avril	Dissolution du Corps législatif
21 juin	Élections législatives (élection de 5 républicains : Ollivier, Favre, Picard, Darimon, Hénon)

1858

14 janvier	Attentat d'Orsini contre Napoléon III
27 février	Loi de sûreté générale
21 juillet	Entrevue de Plombières entre Napoléon III et Cavour
10 décembre	Conclusion d'un traité défensif entre la France et le Piémont

1859

18 février	Occupation de Saigon
29 avril	l'Autriche attaque le Piémont
10 mai	Départ de l'empereur pour l'armée d'Italie
4 juin	Bataille de Magenta
24 juin	Bataille de Solferino
12 juillet	Armistice de Villafranca
16 août	Loi d'amnistie pour les condamnés politiques

1860

1ᵉʳ janvier	Paris passe de 12 à 20 arrondissements
23 janvier	Traité de commerce avec l'Angleterre
24 mars	Le Piémont annexe l'Italie centrale. La France obtient Nice et la Savoie
Octobre	Occupation du palais d'Été de Pékin par les troupes françaises
24 novembre	Droit d'adresse accordé aux Chambres. Les ministres sont désormais contraints de défendre leur politique devant les Assemblées. Émile Ollivier se rapproche du régime

1861

avril-juin	La France occupe la Syrie
31 décembre	Les crédits supplémentaires ou extraordinaires doivent être votés par le Corps législatif

1862
29 mars	Traité de commerce avec la Prusse
5 juin	L'Annam cède la Cochinchine à la France

1863
23 mai	Loi qui libère la création des sociétés anonymes
30 mai	Élections législatives (l'Empire a encore 5 300 000 voix, mais 30 opposants au Corps législatif (dont Thiers, Berryer, Jules Simon…)
Juin	Victor Duruy ministre de l'Instruction publique
Octobre	Rouher ministre d'État

1864
17 février	Publication du *Manifeste des Soixante* rédigé par Tolain
25 mai	Loi sur le droit de coalition (le droit de grève est reconnu)
28 septembre	Fondation de l'Internationale
8 décembre	Le pape Pie IX publie l'encyclique *Quanta cura*

1865
10 mars	Mort de Morny
Août	Programme de Nancy
Octobre	Entrevue entre Napoléon III et Bismarck à Biarritz

1866
Juin	Faillite du Crédit mobilier des Pereire
3 juillet	Victoire de la Prusse sur l'Autriche à Sadowa
Décembre	Les troupes françaises évacuent Rome

1867
Février	Rapatriement du corps expéditionnaire français du Mexique
Avril-novembre	Exposition universelle
4 novembre	Nouvelle intervention des troupes françaises pour protéger l'État pontifical contre Garibaldi

1868
14 janvier — Loi Niel qui réorganise l'armée
20 mars — Dissolution de la section française de l'Internationale

1869
23 mai — Élections législatives (l'Empire réunit 4 600 000 voix, l'opposition 3 317 000 voix, et les républicains ont la majorité dans les villes)
12 juillet — Annonce d'une politique de réforme. Démission de Rouher
8 septembre — Sénatus-consulte ; le Corps législatif partage l'initiative des lois et vote le budget par chapitres
17 novembre — Inauguration du canal de Suez

1870
2 janvier — Émile Ollivier forme le gouvernement
12 janvier — Obsèques du journaliste républicain Victor Noir, tué par le prince Pierre Bonaparte
20 avril — Sénatus-consulte qui réaffirme les principes de 1789, transforme le Sénat et établit la double responsabilité des ministres devant l'empereur et devant les députés
8 mai — Référendum plébiscite sur le sénatus-consulte du 20 avril : 7 350 000 « oui » en faveur de Napoléon III et 1 572 000 « non »
13 juillet — Dépêche d'Ems
19 juillet — La France déclare la guerre à la Prusse
14-19 août — Bataille devant Metz
2 septembre — Capitulation de Napoléon III à Sedan
4 septembre — Déchéance de l'Empire. Proclamation de la République à Paris, constitution d'un gouvernement de « défense nationale »
19 septembre — Début du siège de Paris
20 septembre — Échec des pourparlers entre Jules Favre et Bismarck
7 octobre — Gambetta part de Paris en ballon pour organiser la défense nationale à Tours
27 octobre — Reddition de Bazaine à Metz
31 octobre — Tentative d'insurrection parisienne autour de l'Hôtel de Ville
9 novembre — Bataille de Coulmiers

1871

19 janvier	Échec d'une sortie parisienne contre les Prussiens
28 janvier	Armistice signé avec les Prussiens
8 février	Élection d'une majorité monarchiste à l'Assemblée nationale
17 février	Thiers nommé « chef du pouvoir exécutif de la République française »
15 mars	Formation du Comité central de la garde nationale à Paris
18 mars	Échec du désarmement de Paris, insurrection de Paris, le gouvernement se réfugie à Versailles, le Comité central de la garde nationale se saisit du pouvoir
26 mars	Élections au conseil municipal de Paris
28 mars	Proclamation de la Commune
19 avril	La Commune vote une « Déclaration au peuple français »
10 mai	Traité de Francfort : la France cède l'Alsace, une partie de la Lorraine et doit payer 5 milliards d'indemnité
21-27 mai	Semaine sanglante
5 juillet	Le comte de Chambord (Henri V) refuse d'abandonner le drapeau blanc
31 août	Loi Rivet ; Thiers président de la République
13 novembre	Thiers reconnaît l'existence de la République

1872

14 mars	Loi contre l'Internationale
Mai	Loi militaire discutée, point de départ d'une réorganisation générale des armées qui aboutit à la loi du 24 juillet 1873
26 septembre	Discours de Gambetta à Grenoble

1873

7 janvier	Mort de Napoléon III
Janvier	Gambetta accepte l'idée d'une deuxième Chambre
24 mai	Démission de Thiers mis en minorité à la Chambre. Mac-Mahon devient président de la République et appelle de Broglie pour former le ministère
Juillet	L'Allemagne évacue les derniers départements occupés
27 octobre	Échec des tentatives de restauration

Novembre	Francis Garnier s'empare de Hanoi
19 novembre	Loi de septennat qui proroge les pouvoirs de Mac-Mahon

1874

15 mars	Traité franco-annamite
16 mai	Le gouvernement de Broglie est renversé. Ministère Cissey

1875

30 janvier	Vote de l'amendement Wallon : le président de la République sera élu par les Chambres
24 février	Loi organisant le Sénat
25 février	Loi organisant les pouvoirs publics
16 juillet	Vote de la loi constitutionnelle sur les rapports entre les pouvoirs publics

1876

30 janvier	Élections sénatoriales
20 février - 5 mars	Élections législatives, victoire républicaine, ministère Jules Simon
9 mars	Ministère Dufaure
2 décembre	Démission de Dufaure. Mac-Mahon, le 13, appelle Jules Simon

1877

4 mai	Discours de Gambetta contre le cléricalisme
15 mai	Démarches républicaines pour obtenir l'abolition de la loi sur les délits de presse
16 mai	Mac-Mahon demande à Jules Simon de démissionner
17 mai	Formation du ministère de Broglie
25 juin	Dissolution de la Chambre
5 septembre	Obsèques de Thiers
14-28 octobre	Élections législatives, nouvelle majorité républicaine
13 décembre	Mac-Mahon rappelle Dufaure au ministère

1879

5 janvier	Élection du premier tiers sortant du Sénat : victoire des républicains (174 sièges contre 126)
30 janvier	Démission de Mac-Mahon. Élection de Jules Grévy à la présidence de la République
31 janvier	Gambetta est élu président de la Chambre
4 février	Ministère Waddington, Ferry à l'Instruction publique

Chronologie

Avril-mai	Grâce et amnistie partielle des condamnés de la Commune
21 juin	Les Chambres quittent Versailles pour revenir à Paris
20 octobre	Le troisième congrès ouvrier à Marseille prend le nom de Congrès ouvrier socialiste de France
28 décembre	Ministère Freycinet

1880

29 mars	Les congrégations non autorisées doivent demander l'autorisation de l'État; dissolution de la Compagnie de Jésus
6 juillet	La République adopte le 14 juillet comme jour de fête nationale annuelle
9 juillet	L'État retrouve le droit exclusif de conférer les titres universitaires
11 juillet	Amnistie des communards
14 juillet	Première célébration de la fête nationale
23 septembre	Premier gouvernement Ferry
21 décembre	Création d'un enseignement secondaire public féminin

1881

12 mai	Traité du Bardo (protectorat français sur la Tunisie)
16 juin	Loi sur la gratuité de l'enseignement primaire
30 juin	Loi sur les réunions publiques (sans autorisation, sous réserve de déclaration préalable)
29 Juillet	Loi sur la liberté de la presse
21 août - 4 sept.	Élections législatives (467 sièges aux républicains contre 90 à la droite, dont la moitié aux bonapartistes)
10 novembre	Démission de Ferry sur la question de la Tunisie
14 novembre	Grand ministère Gambetta (Paul Bert à l'Instruction publique)

1882

19 janvier	Krach de l'Union générale
27 janvier	Chute de Gambetta
30 janvier	Ministère Freycinet (Jules Ferry à l'Instruction publique, Léon Say aux Finances)
28 mars	Loi sur l'enseignement primaire obligatoire
29 mars	Loi établissant la neutralité de l'enseignement

Mai	Fondation de la Ligue des patriotes (président Henri Martin)
Septembre	Scission du Parti ouvrier socialiste au congrès de Saint-Étienne
31 décembre	Mort de Gambetta

1883
21 février	Ferry président du Conseil et ministre des Affaires étrangères
24 août	Mort du comte de Chambord

1884
21 mars	Loi sur les syndicats professionnels
5 avril	Loi sur l'élection des maires par les conseillers municipaux (sauf Paris)
27 juillet	Loi sur le divorce
4-13 août	Le Congrès vote la suppression des prières publiques à l'ouverture des sessions parlementaires et l'abolition progressive des sénateurs inamovibles

1885
30 mars	Chute de Ferry sur l'échec de Lang Son au Tonkin
6 avril	La Chine cède le Tonkin et l'Annam, ministère Brisson
22 mai	Mort de Victor Hugo
11 octobre	Élections législatives (383 sièges aux républicains contre 201 à la droite)

1886
7 janvier	Ministère Freycinet, le général Boulanger à la Guerre
26 janvier	Affrontements à l'occasion de la grève de Decazeville
14 juillet	La foule parisienne acclame Boulanger

1887
20 avril	Affaire Schnæbelé
30 mai	Ministère Rouvier (sans Boulanger)
8 juillet	Boulanger part pour Limoges
25 octobre	Début de l'affaire du trafic de décorations impliquant Wilson, le gendre de Grévy
2 décembre	Démission de Grévy
3 décembre	Élection de Sadi Carnot

Chronologie

1888
8 avril	Élection de Boulanger en Dordogne
15 avril	Élection de Boulanger dans le Nord
23 mai	Création de la Ligue des droits de l'homme et du citoyen (président Clemenceau)

1889
27 janvier	Boulanger, élu à Paris, refuse de marcher sur l'Élysée
22 février	Ministère Tirard de « reprise en main »
2 mars	Dissolution de la Ligue des patriotes
1er avril	Fuite de Boulanger en Belgique
5 mai	Ouverture de l'exposition universelle
17 juillet	Loi Constans interdisant les candidatures multiples
18 juillet	Loi sur le service militaire de trois ans
6 octobre	Défaite des boulangistes aux législatives (366 sièges aux républicains contre 172 aux conservateurs)

1890
17 mars	Ministère Freycinet
12 novembre	Toast d'Alger du cardinal Lavigerie (première étape d'un rapprochement entre catholiques et République)

1891
1er mai	Graves affrontements à la suite de la manifestation de Fourmies
15 mai	Encyclique *Rerum novarum* de Léon XIII
27 août	Entente cordiale franco-russe
30 septembre	Suicide de Boulanger

1892
11 janvier	Loi de retour au protectionnisme
30 mars	Arrestation de Ravachol
17 août	Accord militaire franco-russe, ratifié seulement le 27 décembre 1893 par le tsar
2 novembre	Loi fixant à 11 heures la durée maximale du travail légal pour les femmes et les enfants
6 décembre	Ministère « Ribot-Loubet »

1893
Janvier	Début du procès des responsables de la Compagnie de Panama

30 septembre	Suicide de Boulanger
3 septembre	Élections législatives. Les républicains de gouvernement disposent de 278 sièges, contre 140 aux radicaux, 45 aux socialistes, 76 à la droite et 27 aux ralliés
13 octobre	Visite de l'escadre russe à Toulon
3 décembre	Cabinet modéré Casimir-Perier
9 décembre	Vaillant lance une bombe dans la Chambre

1894

4 janvier	Conclusion de l'alliance franco-russe
30 mai	Cabinet Dupuy garantissant l'ordre public
24 juin	Le président Sadi Carnot est assassiné par Caserio
27 juin	Casimir-Perier élu président de la République
15 octobre	Début de l'affaire Dreyfus

1895

16 janvier	Démission de Casimir-Perier
17 janvier	Élection de Félix Faure à la présidence de la République
Septembre	Le congrès ouvrier de Limoges décide la constitution d'une Confédération générale du travail
1er octobre	Protectorat français sur Madagascar
1er novembre	Cabinet radical de Léon Bourgeois

1896

26 mars	Vote de principe pour un impôt général sur le revenu
29 avril	Ministère modéré de Méline, qui prend l'Agriculture
30 mai	Discours de Millerand devant les maires socialistes à Saint-Mandé (appel à l'unité socialiste)
5 octobre	Arrivée du tsar Nicolas II à Cherbourg

1897

10 octobre	Discours de Méline, qui repousse l'anticléricalisme
14 octobre	Premier bond de l'avion de Clément Ader

1898

13 janvier	Publication de « J'accuse » de Zola

9 avril	Loi sur les accidents du travail qui introduit le risque professionnel. Charte des sociétés de secours mutuel
22 mai	Élections législatives (les républicains modérés ont 250 sièges contre 170 aux radicaux, 50 aux socialistes et 45 à la droite)
1er novembre	Ministère d'« équilibre » de Dupuy
7 novembre	Le gouvernement demande à Marchand d'évacuer Fachoda

1899

18 février	Élection d'Émile Loubet à la présidence de la République
23 février	Tentative de coup d'État de Déroulède
22 juin	Gouvernement Waldeck-Rousseau de « défense républicaine », Millerand au Commerce
Août	Décret sur les conditions de travail pour les travaux faits au compte de l'État
Août-septembre	Second procès Dreyfus à Rennes
19 novembre	Inauguration du *Triomphe de la République* de Dalou place de la Nation
3 décembre	Réunion du congrès socialiste de Paris

1900

30 mars	Loi qui limite à 10 heures dans un délai de quatre ans la durée du travail quotidien pour les travailleurs de l'industrie
14 avril	Inauguration de l'exposition universelle de Paris
Mai	Le conseil municipal de Paris élit à sa tête un nationaliste
16 juillet	Première ligne du métro parisien
22 septembre	Banquet des maires offert par le gouvernement aux Tuileries
Décembre	Accord franco-italien sur la Tripolitaine et le Maroc

1901

Mai	Fondation de l'Alliance républicaine démocratique
23 juin	Premier congrès du Parti radical et radical-socialiste

1902

Mars	Création du Parti socialiste français
11 mai	Élections législatives. La coalition de gauche dispose de 350 sièges (110 radicaux, 100 radicaux-socialistes, 45 socialistes) contre 230 pour la droite
28 mai	Retrait de Waldeck-Rousseau
15 juin	Ministère radical de Combes
Septembre	Création du Parti socialiste de France
23 novembre	Le gouvernement fait fermer toutes les écoles non autorisées, sauf dans les localités dépourvues d'école laïque

1903

Mai	Visite d'Édouard VII à Paris
6 juillet	Visite officielle du président Émile Loubet à Londres

1904

Mars	La Chambre vote le projet de loi Combes retirant le droit d'enseigner à toutes les congrégations
8 avril	Accord franco-anglais sur les colonies qui jette les bases de l'Entente cordiale
18 avril	Lancement du journal *L'Humanité* fondé par Jaurès
29 juillet	Fermeture de l'ambassade de France au Vatican
30 octobre	Affaire des fiches qui compromet le général André

1905

18 janvier	Démission du ministère Combes
24 janvier	Gouvernement Rouvier
31 mars	Guillaume II à Tanger, ouverture de la première crise marocaine. Charles Maurras fonde la Ligue d'Action française
Avril	Le Parti socialiste français et le Parti socialiste de France fusionnent en un parti unique : la Section française de l'Internationale ouvrière
1er juillet	Rouvier se rallie au projet de conférence marocaine
3 juillet	Séparation de l'Église et de l'État (vote de la Chambre, 9 décembre pour le Sénat)

Chronologie 517

1906

15 janvier	Ouverture de la conférence d'Algésiras sur le Maroc
17 janvier	Élection d'Armand Fallières à la présidence de la République
12 février	Incidents à l'occasion des inventaires
24 février	Vote de la loi sur les retraites ouvrières
10 mars	Catastrophe de Courrière. Grève de 70 000 mineurs
14 mars	Ministère Sarrien, avec Clemenceau à l'*Intérieur*
20 mai	Élections législatives : le « bloc » dispose de 414 sièges contre 175 sièges à la droite
12-13 juillet	Acquittement et réintégration de Dreyfus
13 juillet	Loi sur le repos hebdomadaire
13 octobre	Le congrès de la CGT approuve la charte d'Amiens
25 octobre	Ministère Clemenceau, Caillaux aux Finances, création d'un ministère du Travail confié à Viviani
7 décembre	Rachat de la Compagnie des chemins de fer de l'Ouest

1907

	Création de l'Union indochinoise
7 février	Projet Caillaux d'impôt sur le revenu
6 avril	Clemenceau se déclare hostile aux syndicats de fonctionnaires
10-21 juin	Manifestations des viticulteurs du Midi
Août	Jaurès fait passer une motion contre la guerre au congrès socialiste international de Stuttgart

1908

13 avril	Loi de dévolution des biens cultuels
30 juillet	Manifestations sanglantes de Villeneuve-Saint-Georges

1909

24 juillet	Briand président du Conseil et ministre de l'Intérieur
25 juillet	Blériot traverse la Manche en avion

1910

28 janvier	Inondation de Paris

5 avril	Loi organisant les retraites ouvrières et paysannes
8 mai	Élections législatives. Les radicaux perdent huit sièges
11-18 octobre	Grève générale dans les chemins de fer
3 novembre	Second ministère Briand, sans Viviani et Millerand

1911

6 mars	Cabinet Monis
11 avril	Émeutes viticoles de Champagne
27 juin	Ministère Caillaux
1er juillet	La *Panther*, navire allemand, devant Agadir
28 juillet	Le général Joffre devient chef d'état-major général de l'armée
4 novembre	Accord franco-allemand sur le Maroc, le Congo et le Cameroun

1912

13 janvier	Poincaré président du Conseil et ministre des Affaires étrangères
30 mars	Traité de Fès instituant le protectorat français sur le Maroc
22 novembre	Accord franco-britannique qui resserre l'Entente cordiale

1913

17 janvier	Poincaré élu président de la République
21 janvier	Troisième ministère Briand
22 mars	Cabinet Barthou
7 juillet	Loi qui porte le service militaire à trois ans
14 juillet	Loi sur l'assistance aux familles nombreuses
30 juillet	Loi sur le repos des femmes en couches
9 décembre	Doumergue forme un gouvernement à dominante radical-socialiste avec Caillaux aux Finances

1914

13 janvier	Apparition de la fédération des gauches de Briand et Barthou
25 février	Le Sénat repousse l'impôt sur le revenu
17 mars	Mme Caillaux assassine Calmette, directeur du *Figaro*. Caillaux démissionne
10 mai	Élections législatives. Succès radical et socialiste

13 juin	Ministère Viviani
16 juin	Interpellation de Jaurès sur la loi de trois ans
28 juin	Attentat de Sarajevo
3 juillet	Adoption de l'impôt sur le revenu
31 juillet	Assassinat de Jaurès par Villain. Ultimatum allemand à la France
1ᵉʳ août	Mobilisation générale en France. Appel de Poincaré à la nation française. L'Allemagne déclare la guerre à la Russie
3 août	L'Allemagne déclare la guerre à la France
4 août	Sur la tombe de Jaurès, Jouhaux apporte l'appui de la CGT au gouvernement. Vote des crédits de guerre. Violation de la neutralité belge qui met l'Angleterre en état de guerre avec l'Allemagne

Orientations bibliographiques

Ouvrages généraux sur le XIXe siècle

AGULHON Maurice, *Histoire de France. La République (de 1880 à nos jours)*, Paris, Hachette, 1990.

ALBERT Pierre, *Histoire générale de la presse française*, t. 2 et 3, Paris, PUF, 1972.

ARIÈS Philippe, DUBY George (dir.), *Histoire de la vie privée*, t. IV, *De la Révolution à la Grande Guerre*, par PERROT Michelle, Paris, Le Seuil, 1987, rééd. coll. « Points Histoire »,1999.

ASSELAIN Jean-Charles, *Histoire économique de la France du XVIIIe siècle à nos jours*, t. I, *De l'Ancien Régime à la Première Guerre mondiale*, Paris, Le Seuil, coll. « Points Histoire », 1984.

BARJOT Dominique, CHALINE Jean-Pierre, ENCREVÉ André, *La France au XIXe siècle*, Paris, PUF, 1995.

BRAUDEL Fernand, LABROUSSE Ernest, *Histoire économique et sociale de la France*, t. 3, *L'Avènement de l'ère industrielle, 1789 - Années 1880*, 2 vol., Paris, PUF, 1976, rééd. 1993 ; t. 4, *L'Ère industrielle et la Société d'aujourd'hui, Années 1880 - 1914*, vol. 1, Paris, PUF, 1979.

BURGUIÈRE André, REVEL Jacques (dir.), *Histoire de la France*, 4 vol., (*L'Espace français, L'État et les Pouvoirs, L'État et les Conflits, Les Formes de la culture*), Paris, Le Seuil, 1989, rééd. coll. « Points Histoire », 2000.

CHEVALIER Jean-Jacques, *Histoire des institutions politiques et des régimes politiques de la France de 1789 à nos jours*, Paris, Dalloz, 1985, 7e éd.

COLLECTIF, *Historiens et géographes* (numéro spécial : « La France du XIXe siècle »), n° 338, décembre 1992.

DUBY Georges (dir.), *Histoire de la France des origines à nos jours*, Paris, Larousse, 1995.

DUBY Georges (dir.), *Histoire de la France urbaine*, t. 4, *La Ville de l'âge industriel*, par AGULHON Maurice, CHOAY Françoise, CRUBELLIER Maurice, LEQUIN Yves, RONCAYOLO Marcel, Paris, Le Seuil, 1983, rééd. sous le titre *La Ville de l'âge industriel*, Paris, Le Seuil, coll. « Points Histoire », 1998.

Duby Georges, Wallon Armand (dir.), *Histoire de la France rurale*, t. 3, *Apogée et crise de la civilisation paysanne (de 1789 à 1914)*, par Agulhon Maurice, Desert Gabriel, Specklin Robert, Paris, Le Seuil, 1976, rééd. coll. « Points Histoire », 1992.

Duby Georges, Perrot Michèle (dir.), *Histoire des femmes*, Paris, Plon, 1991.

Dupâquier Jacques (dir.), *Histoire de la population française*, t. 3, *1789-1914*, Paris, PUF, 1988.

Furet François, *Histoire de France, La Révolution, 1770-1880*, Paris, Hachette, 1988.

Goguel François, *Géographie des élections françaises sous la IIIe et la IVe République*, Paris, Armand Colin, 1970.

Lavisse Ernest (dir.), *Histoire de la France contemporaine de la Révolution à la paix de 1919*, t. 4 à 8, Paris, Hachette, 1921.

Le Goff Jacques, Rémond René (dir.), *Histoire de la France religieuse*, t. 3, *XVIIIe-XIXe siècles*, Paris, Le Seuil, 1991.

Lequin Yves, *Histoire des Français, XIXe-XXe siècles*, 3 vol. (*Un peuple et son pays, La Société, Les Citoyens et la Démocratie*), Paris, Armand Colin, 1983-1984.

Lévêque Pierre, *Histoire des forces politiques en France*, t. 1, *1789-1880* (1992), t. 2, *1880-1940* (1994), Paris, Armand Colin.

Nora Pierre (dir.), *Les lieux de mémoire*, 3 tomes (*La République*, 1982, *La Nation*, 1984-1986, *Les France*, 1992), Paris, Gallimard.

Pinet Marcel (dir.), *Histoire de la fonction publique en France, XIXe-XXe siècles*, t. III, Paris, Nouvelle Librairie de France, 1993.

Rioux Jean-Pierre, Sirinelli Jean-François (dir.), *Histoire culturelle de la France*, t. 3, *Lumières et Liberté*, par Baecque Antoine de, Mélonio Françoise, Paris, Le Seuil, 1998.

Tombs Robert, *France 1814-1914*, Longman History of France, Londres, 1996.

Histoire économique

André Christine, Delorme Robert, *L'État et l'Économie. Un essai d'explication de l'évolution des dépenses publiques en France, 1870-1980*, Paris, Le Seuil, 1983.

Bairoch Paul, *Commerce extérieur et Développement économique de l'Europe au XIXe siècle*, Paris-La Haye, Mouton, 1976.

Bairoch Paul, *Mythes et Paradoxes de l'histoire économique*, Paris, La Découverte, 1994.

Barbier Frédéric (dir.), *Le Patronat du Second Empire* (déjà parus : *Le Nord*, 1989, *Anjou-Normandie*, 1991, *Bourgogne*, 1991, *Franche-Comté*, 1991, *Alsace*, 1994, *Marseille*, 1999), Le Mans, Picard.

BARJOT Dominique, CHADEAU Emmanuel, « L'industrialisation », *Histoire, Économie, Société*, n° 3, 1989.

BARJOT Dominique, *Entreprise et Entrepreneurs du bâtiment et des travaux publics (XVIIIe-XXe siècles)*, Paris, SEDS, 1995.

BARJOT Dominique, *L'Économie française au XIXe siècle*, Paris, Nathan, 1995.

BELTRAN Alain, CARRÉ Patrice, *La Fée et la Servante. La société française face à l'électricité, XIXe-XXe siècles*, Paris, Belin, 1991.

BELTRAN Alain, GRISET Pascal, *Histoire des techniques aux XIXe et XXe siècles*, Armand Colin, coll. « Cursus », 1990.

BELTRAN Alain, GRISET Pascal, *La Croissance économique de la France, 1815-1914*, Paris, Armand Colin, 1988.

BERGERON Louis (dir.), *La Révolution des aiguilles*, Paris, EHESS, 1996.

BERGERON Louis, *Banquiers, Négociants et Manufacturiers parisiens du Directoire à l'Empire*, Paris-La Haye, EHESS-Mouton, 1978.

BERGERON Louis, *L'Industrialisation de la France au XIXe siècle*, Paris, Hatier, coll. « Profil-dossier », 1979.

BERGERON Louis, *Les Rothschild et les Autres. La gloire des banquiers*, Paris, Perrin, 1991.

BONIN Hubert, *L'Argent en France depuis 1880 : banquiers, financiers, épargnants*, Paris, Masson, 1989.

BONIN Hubert, *Histoire économique de la France depuis 1880*, Paris, Masson, 1988.

BOUVIER Jean, FURET François, GILLET Marcel, *Le Mouvement du profit en France au XIXe siècle*, Paris-La Haye, Mouton, 1975.

BOUVIER Jean, *Initiation au vocabulaire et aux mécanismes économiques contemporains, XIXe-XXe siècles*, Paris, SEDES, 1990.

BOUVIER Jean, *Le Krach de l'Union générale*, Paris, PUF, 1960.

BOUVIER Jean, *Un siècle de banque française. Les contraintes de l'État et les incertitudes des marchés*, Paris, Hachette, 1973.

BRAUDEL Fernand, LABROUSSE Ernest, *Histoire économique et sociale de la France* ; t. 3, *L'Avènement de l'ère industrielle : 1789 - Années 1880*, 2 vol., Paris, PUF, 1976, rééd. 1993 ; t. 4, *L'Ère industrielle et la société d'aujourd'hui : Années 1880 - 1914*, vol. 1, Paris, PUF, 1979.

BRELOT Claude Isabelle, MAYAUD Jean-Luc, *L'Industrie en sabots. Les conquêtes d'une ferme atelier au XIXe et au XXe siècle*, Paris, J.-J. Pauvert aux Éditions Garnier, 1982.

BRETON Yves, BRODER Albert, LUTFALLA Michel, *La Longue Stagnation en France, 1873-1897*, Paris, Economica, 1997.

BRETON Yves, LUTFALLA Michel, *L'Économie politique en France au XIXe siècle*, Paris, Economica, 1991.

BRODER Albert, *L'Économie française au XIXᵉ siècle*, Paris, Ophrys, 1993.

BRUGUIÈRE Michel, *Gestionnaires et profiteurs de la Révolution*, Paris, Olivier Orban, 1986.

BRUGUIÈRE Michel, *La Restauration et son premier budget*, Paris, Droz, 1969.

BRUN Maurice, *Le Banquier Laffitte, 1767-1844*, Paris, F. Paillart, 1999.

CAMERON Rondo, *La France et le Développement économique de l'Europe au XIXᵉ siècle*, Paris, Le Seuil, 1971.

CARON François (dir.), « Le changement technique contemporain, Approches historiques », *Histoire, Économie, Sociétés*, n° 1, 1983 ; « L'innovation et l'histoire », *Histoire, Économie, Société*, n° 2, 1987.

CARON François (dir.), *Entreprises et Entrepreneurs*, Paris, Presses de la Sorbonne, 1983.

CARON François, CARDOT F. (dir.), *Histoire de l'électricité en France (1881-1918)*, t. 1, Paris, Fayard, 1991.

CARON François, *Histoire d'un grand réseau français : la Compagnie des chemins de fer du Nord de 1846 à 1936*, Paris, Mouton, 1972,

CARON François, *Histoire des chemins de fer en France, 1740-1883*, Paris, Fayard, 1997.

CARON François, *Histoire économique de la France (XIXᵉ-XXᵉ siècles)*, Paris, Armand Colin, Coll. « U », 1981.

CARON François, *Le Résistible Déclin des sociétés industrielles*, Paris, Perrin, 1985.

CASPARD Pierre, *La Fabrique-Neuve de Cortaillod, 1752-1854*, Paris, Publications de la Sorbonne, 1979.

CAYEZ Pierre, *Crise et Croissance de l'industrie lyonnaise, 1850-1900*, Paris, CNRS, 1980.

CAYEZ Pierre, *Des métiers Jacquard aux hauts fourneaux : aux origines de l'industrie lyonnaise*, Lyon, PUL, 1979.

CAZALS Rémi, *Les Révolutions industrielles à Mazamet (1750-1914)*, Paris, Maspero, 1978.

CHADEAU Emmanuel, *De Blériot à Dassault. L'industrie aéronautique en France*, Paris, Fayard, 1987.

CHASSAGNE Serge, *Le Coton et ses Patrons en France (1750-1840)*, Paris, EHESS, 1986.

CHASTAGNARET Gérard, MIOCHE Philippe (dir.), *Histoire industrielle de la Provence*, Aix-en Provence, Publications de l'université de Provence, 1998.

COLLECTIF, *Pour une histoire de la statistique*, Paris, INSEE-Economica, 1987.

COLLECTIF, « Les problèmes de l'institutionnalisation de l'économie politique en France au XIXe siècle », *Œconomia*, Presses universitaires de Grenoble, 1986.

CROUZET François, *De la supériorité de l'Angleterre sur la France. L'économique et l'imaginaire (XVIIIe siècle - XXe siècle)*, Paris, Perrin, 1985.

DANSETTE Adrien, *Naissance de la France moderne, le Second Empire*, Paris, Hachette, 1976.

DAVIET Jean-Pierre, *La Société industrielle en France (1814-1914)*, Paris, Le Seuil, coll. « Points Histoire », 1997.

DAVIET Jean-Pierre, *Nouvelle Histoire économique de la France contemporaine*, t. 1, *L'Économie pré-industrielle, 1830-1914*, Paris, La Découverte, 1993.

DAVIET Jean-Pierre, *Une multinationale à la française, Saint-Gobain, 1665-1989*, Fayard, 1989.

DAY Charles, *Les Écoles d'arts et métiers*, Paris, Belin, 1991.

DÉMIER Francis, DIATKINE Daniel (dir.), *Le Libéralisme à l'épreuve*, Paris, CEP-L'Harmattan, 1996.

DIATKINE Daniel, GAYAMAN Jean-Marc, *Histoire des faits économiques. Croissance et crise en France de 1840 à 1890*, Paris, Nathan, 1994.

DOCKES Pierre (dir.), *Les Traditions économiques françaises (1848-1939)*, Paris, CNRS, 2000

FONTVIEILLE Louis, *Évolution et Croissance de l'État français de 1815 à 1870*, Paris, ISMEA, 1976.

FOURCY Ambroise, *Histoire de l'École polytechnique*, rééd., introduction de J. Dombres, Paris, Belin, 1987.

FRIEDENSON Patrick, *Histoire des usines Renault : naissance de la grande industrie (1898-1939)*, Paris, Le Seuil, 1972.

FRIEDENSON Patrick, STRAUSS Alain, *Le Capitalisme français, XIXe-XXe siècles. Blocages et dynamisme d'une croissance*, Paris, Fayard, 1987.

GAILLARD Jeanne (rapport national français), *Petite Entreprise et Croissance industrielle dans le monde aux XIXe et XXe siècles*, Paris, CNRS, 1981.

GAYOT Gérard, *Les Draps de Sedan (1646-1870)*, Paris, Éd. de l'EHESS, 1998.

GILLE Bertrand, *La Sidérurgie française au XIXe siècle*, Genève, Droz, 1968.

GILLE Bertrand, *La Banque et le Crédit en France de 1815 à 1848*, Paris, PUF, 1959.

GIRAULT René (dir.), « Les impérialismes », *Relations internationales*, n° 6, 1976.

GUESLIN André, *Histoire des crédits agricoles*, Paris, Economica, 1984.

GUESLIN André, *L'État, l'Économie et la Société française, XIXe-XXe siècles*, Paris, Hachette, 1992.

GUESLIN André, *L'Invention de l'économie sociale. Le XIXᵉ siècle français*, Paris, Economica, 1987.

HAU Michel, *L'Industrialisation de l'Alsace : 1803-1839*, Strasbourg, PUS, 1987.

HAU Michel, *Regards sur la société contemporaine. Trois familles industrielles d'Alsace*, Strasbourg, Oberlin, 1989.

HIRSCH Jean-Pierre, *Les Deux Rêves du commerce : entreprise et institution dans la région lilloise (1780-1860)*, Paris, EHESS, 1991.

LAUX James, *In First Gear. The French Automobile Industry to 1914*, Montréal, MacGill, Quebec University Press, 1976.

LAUX James, *The European Automobile Industry*, New York, Twayne Publishers, 1992.

LESCURE Michel, *Les Banques, l'État et le Marché de l'immobilier en France à l'époque contemporaine (1820-1940)*, Paris, EHESS, 1982.

LESCURE Michel, PLESSIS Alain, *Banques locales et Banques régionales en France au XIXᵉ siècle*, Paris, Albin Michel, 1999.

LÉVY-LEBOYER Maurice (dir.), « Le patronat de la seconde industrialisation », *Cahiers du mouvement social*, n° 4, Éditions Ouvrières, 1979 ; « Dynasties patronales françaises », *Le Mouvement social*, n° 132, juillet-septembre 1985.

LÉVY-LEBOYER Maurice, BOURGUIGNON François, *L'Économie française au XIXᵉ siècle. Analyse macro-économique*, Paris, Economica, 1985.

LÉVY-LEBOYER Maurice, CASANOVA Jean Claude (dir.), *Entre l'État et le marché. L'économie française des années 1880 à nos jours*, Paris, Gallimard, 1991.

LÉVY-LEBOYER Maurice, *Histoire de la France industrielle*, Paris, Larousse, 1996.

LÉVY-LEBOYER Maurice, *La Position internationale de la France. Aspects économiques et financiers, XIXᵉ-XXᵉ siècles*, Paris, EHESS, 1977.

MARCO Luc (dir.), *Les Revues d'économie politique en France (1751-1994)*, Paris, L'Harmattan, 1996.

MARSEILLE Jacques (dir.), *L'Industrialisation de l'Europe occidentale (1889-1970)*, Paris, ADHE, 1998.

MARSEILLE Jacques (dir.), *Le Luxe en France. Du siècle des « Lumières » à nos jours*, Paris, ADHE, 1999.

MARSEILLE Jacques (dir.), *Les Industries agro-alimentaires en France, histoire et performances*, Paris, Le Monde Éditions, 1997.

MAYAUD Jean-Luc, *150 Ans d'excellence agricole en France. Histoire du concours général agricole*, Paris, Belfond, 1991.

MAYAUD Jean-Luc, *La Petite Exploitation triomphante, France XIXᵉ siècle*, Paris, Belin, 1999.

MICHALET Charles-Albert, *Les Placements des épargnants français de 1815 à nos jours*, Paris, PUF, 1968.

MILLER Judith, *Mastering the Market. The State and the Grain Trade in Northern France, 1700-1860*, Cambridge, CUP, 1999.

MOINE Jean-Marie, *Les Barons du fer. Les maîtres de forges en Lorraine du milieu du XIXe siècle aux années 1930. Histoire sociale d'un patronat sidérurgique*, Nancy, Éd. Stéphanoise, 1989.

PERROT Jean-Claude, *Une histoire intellectuelle de l'économie politique*, Paris, EHESS, 1992.

PÉTRÉ-GRENOUILLEAU Olivier, *Les Négoces maritimes français, XVIIe-XXe siècle*, Belin, 1997.

PLESSIS Alain (dir.), *Naissance des libertés économiques*, Institut d'histoire de l'industrie, 1995.

PLESSIS Alain, *Histoires de la Banque de France*, Paris, Albin Michel, 1998.

PLESSIS Alain, *La Banque de France et ses deux cents actionnaires sous le Second Empire*, Genève, Droz, 1982.

PLESSIS Alain, *La Politique de la Banque de France de 1851 à 1871*, Genève, Droz, 1985.

PLESSIS Alain, *Régents et Gouverneurs de la Banque de France sous le Second Empire*, Genève, Droz, 1982.

POSTEL-VINAY Gilles, *La Terre et l'Argent*, Albin Michel, 1999.

REDDY William, *The Rise of Market Culture : the Textile Trade and French Society, 1750-1900*, Cambridge, CUP, 1984.

RIBEILL Georges, *La Révolution ferroviaire*, Paris, Belin, 1993.

ROSANVALLON Pierre, *L'État en France de 1789 à nos jours*, Paris, Le Seuil, 1990, rééd. coll. « Points Histoire », 1993.

SALY Pierre, MARGAIRAZ Michel, PIGENET Michel, ROBERT Jean Louis, *Industrialisation et Sociétés en Europe occidentale, 1880-1970*, Paris, Atlande, 1998.

SMITH Michael Stephen, *Tariff Reform in France, 1860-1900. The Politics of Economic Interest*, Cornell University Press, 1980.

THUILLIER Guy, *La Monnaie en France au début du XIXe siècle*, Genève, Droz, 1983.

VERLEY Patrick, *Entreprises et Entrepreneurs du XVIIIe siècle au début du XXe siècle*, Paris, Hachette, 1994.

VERLEY Patrick, *Nouvelle Histoire de la France contemporaine*, t. 2, *L'Industrialisation, 1830-1914*, Paris, La Découverte, 1989.

WATERMAN A. M. C., *Revolution, Economics and Religion, Christian Political Economy, 1798-1833*, Cambridge, CUP, 1991.

WOLFF Jacques, *Le Financier Ouvrard (1770-1846)*, Paris, Tallandier, 1992.

WORONOFF Denis, *Histoire de l'industrie en France. Du XVIe siècle à nos jours*, Paris, Le Seuil, 1994, rééd. coll. « Points Histoire », 1998.

Histoire sociale

AGUET Jean-Pierre, *Les Grèves sous la monarchie de Juillet (1830-1847)*, Droz, Genève, 1954.

AGULHON Maurice, *La République au village*, Paris, Le Seuil, 1979.

AGULHON Maurice, *Le Cercle dans la France bourgeoise, 1815-1848, étude d'une mutation de sociabilité*, Paris, Armand Colin, 1979.

AGULHON Maurice, *Une ville ouvrière au temps du socialisme utopique : Toulon de 1800 à 1852*, Paris - La Haye, Mouton, 1970.

AIMONE Linda, OLMO Carlo, *Les Expositions universelles, 1851-1900*, Paris, Belin, 1993.

AISENBERG Andrew, *Disease Government and the « Social Question » in Nineteenth Century France*, Stanford University Press, 1999.

ARIÈS Philippe, *Histoire des populations françaises et de leur attitude devant la vie*, Paris, Le Seuil, 1971.

ARON Jean-Pierre, LE ROY LADURIE Emmanuel, *Anthropologie du conscrit français*, Paris-La Haye, Mouton, 1972.

BAKER Alan, *Fraternity Among the French Peasantry. Sociability and Industry. Association in the Loire Valley, 1815-1914*, Cambridge, CUP, 1999.

BARLES Sabine, *La ville délétère. Médecins et ingénieurs dans l'espace urbain. XVIIe-XIXe siècle*, Paris, Champ-Vallon, 1999.

BARRAL Pierre, *Les Agrariens français de Méline à Pisani*, Paris, Cahiers FNSP, Armand Colin, 1968.

BARROWS Susanna, *Miroirs déformants*, Paris, Aubier, 1990.

BASTIÉ Jean, *La Croissance de la banlieue parisienne*, Paris, PUF, 1964.

BEC Colette, DUPRAT Catherine, LUC Jean-Noël, PETIT Jacques Guy (textes réunis par), *Philanthropies, politiques sociales en Europe*, Paris, Anthropos, 1994.

BEC Colette, *L'Assistance en démocratie*, Paris, Belin, 1998.

BERGERON Louis, *Les Capitalistes en France (1780-1914)*, Paris, Gallimard, coll. « Archives », 1978.

BERLANSTEIN Leonard, *The Working People of Paris, 1871-1914*, Baltimore-Londres, Johns Hopkins University Press, 1984.

BERLIÈRE Jean-Marc, *La Police des mœurs sous la IIIe République*, Paris, Le Seuil, 1992.

BOUILLON Jacques, « Les démocrates socialistes aux élections de 1849 », *Revue française de sciences politiques*, 1956.

BOURDELAIS Patrice, *L'Âge de la vieillesse*, Paris, Odile Jacob, 1993.

BOURDELAIS, Patrice, RAULOT Jean-Yves, *Une peur bleue. Histoire du choléra en France au XIXe siècle*, Paris, Payot, 1987.

BOURILLON Florence, *Les Villes en France au XIXe siècle*, Paris, Ophrys, 1992.

BRELOT Claude Isabelle (textes présentés par), *Noblesse et Ville (1780-1950)*, université de Tours, 1995.
BRELOT Claude Isabelle, *La Noblesse réinventée. Nobles de Franche-Comté de 1814 à 1870*, 2 vol., Paris, Les Belles Lettres, 1992.
BURDY Jean-Paul, *Le Soleil noir : un quartier de Saint-Étienne, 1840-1940*, Lyon, PUL, 1989.
BURGUIÈRE André (dir.), *Histoire de la famille*, Paris, Armand Colin, 1986.
BUTEL Paul, *Les Dynasties bordelaises*, Paris, Perrin, 1991.
BUTLER Rémy, NOISETTE Patrice, *Le Logement social en France, 1815-1981*, Paris, LD, 1982.
CABANTOUS Alain, *Les Citoyens du large (XVIIe-XIXe siècle)*, Paris, Aubier, 1995.
CASTEL Robert, *Les Métamorphoses de la question sociale. Une chronique du salariat*, Paris, Fayard, 1995.
CATY Roland, RICHARD Éliane, *Armateurs marseillais au XIXe siècle. Histoire du commerce et de l'industrie de Marseille*, Marseille, Chambre de commerce et d'industrie de Marseille, 1986.
CHADEAU Emmanuel, *Les Inspecteurs des Finances au XIXe siècle : 1850-1914*, Paris, Economica, 1986.
CHAGNOLLAUD Dominique, *Le Premier des ordres. Les hauts fonctionnaires, XVIIIe-XIXe siècles*, Paris, Fayard, 1991.
CHALINE Jean-Pierre, *Les Bourgeois de Rouen : une élite urbaine au XIXe siècle*, Paris, FNSP, 1982.
CHALMIN Jean-Pierre, *L'Officier français de 1815 à 1870*, Paris, PUF, 1957.
CHAMBELLAND Colette (dir.), *Le Musée social en son temps*, Paris, ENS, 1998.
CHARLE Christophe, *Histoire sociale de la France au XIXe siècle*, Paris, Le Seuil, coll. « Points Histoire », 1991.
CHARLE Christophe, *Les Élites de la République (1880-1900)*, Paris, Fayard, 1987.
CHARLE Christophe, *Les Hauts Fonctionnaires en France au XIXe siècle*, Paris, Gallimard-Julliard, « Archives », 1980.
CHAUSSINAND-NOGARET Guy, *Une histoire des élites (1700-1848)*, Paris-La Haye, Mouton, 1975.
CHAUVAUX Frédéric, *De Pierre Rivière à Landru. La violence apprivoisée au XIXe siècle*, Turnhout, Brepols, 1991.
CHAUVAUX Frédéric, *Le Juge, le Tribun et le Comptable. Histoire de l'organisation judiciaire entre les pouvoirs, les savoirs et les discours (1789-1930)*, Paris, Anthropos, 1995.
CHAUVAUX Frédéric, *Les Passions villageoises au XIXe siècle*, Paris, Publisud, 1995.

CHESNAIS Jean-Claude, *Histoire de la violence*, Paris, Laffont, 1981.
CHEVALIER Louis, *Classes laborieuses et Classes dangereuses à Paris pendant la première moitié du XIXe siècle*, Paris, LGF, coll. « Pluriel », 1978.
CHEVALIER Louis, *Les Fondements économiques et sociaux de l'histoire politique de la région parisienne (1848-1852)*, Bibliothèque de la Sorbonne, dactylographié, 1951,
CLAVERIE Élisabeth, LAMAISON Pierre, *L'Impossible mariage. Violence et parenté en Gévaudan, XVIIe, XVIIIe, XIXe siècles*, Paris, Hachette, 1982.
CLEARY M. C., *Peasants, Politicians and Producers : the Organisation of Agriculture in France Since 1918*, Cambridge, CUP, 1989.
COHEN WILLIAM, *Urban Government and the Rise of the French Cities*, New York, Saint Martin's Press, 1998.
COLLECTIF, « Aristocratie et noblesse », numéro spécial de *Romantisme*, 1990, t. IV.
COLLECTIF, *Les Noblesses européennes au XIXe siècle*, Actes du colloque organisé par l'École française de Rome, École française de Rome, 1988.
CORBIN Alain, « Histoire de la violence dans les campagnes françaises au XIXe siècle. Esquisse d'un bilan », *Ethnologie française*, n° 3, « Violence, brutalité, barbarie », t. 21, juillet-septembre 1991.
CORBIN Alain, *L'Avènement des loisirs, 1850-1960*, Paris, Aubier, 1996.
CORBIN Alain, LALOUETTE Jacqueline, RIOT-SARCEY Michelle, *Femmes dans la cité, 1815-1871*, Paris, Créaphis, 1998.
CORBIN Alain, *Le Miasme et la Jonquille. L'odorat et l'imaginaire social aux XVIIIe-XIXe siècles*, Paris, Flammarion, coll. « Champs », 1986.
CORBIN Alain, *Le Monde retrouvé de Louis-François Pinagot*, Paris, Flammarion, 1998.
CORBIN Alain, *Le Temps, le Désir et l'Horreur*, Paris, Flammarion, coll. « Champs », 1991.
CORBIN Alain, *Le Territoire du vide. L'Occident et le désir du rivage*, Paris, Flammarion, coll. « Champs », 1990.
CORBIN Alain, *Le Village des cannibales*, Paris, Flammarion, coll. « Champs », 1995.
CORBIN Alain, *Les Cloches de la terre. Paysage sonore et culture sensible dans les campagnes au XIXe siècle*, Paris, Albin Michel, 1994.
CORBIN Alain, *Les Filles de noce. Misère sexuelle et prostitution au XIXe siècle*, Paris, Flammarion, coll. « Champs », 1982,
CORNETTE Joël, *Un révolutionnaire ordinaire. Benoît Lacombe, négociant, 1759-1819*, Paris, Champ-Vallon, 1986.

COTTEREAU Alain, *Les Prud'hommes, XIXe-XXe siècles*, Paris, Éditions de l'Atelier, 1987.
CROSSIK Geoffrey, HAUPT Heinz Gerhard, *Shopkeepers and Master Artisans in Nineteenth-Century Europe*, Londres-New York, Methuen, 1984.
CRUBELLIER Maurice, *L'Enfance et la Jeunesse dans la société française (1800-1950)*, Paris, Armand Colin, coll. « U », 1979.
DAUMARD Adeline (dir.), *Les Fortunes françaises au XIXe siècle*, Paris-La Haye, Mouton, 1973.
DAUMARD Adeline, *Les Bourgeois de Paris au XIXe siècle*, Paris, Flammarion, 1970.
DAUMARD Adeline, *Les Bourgeois et la Bourgeoisie en France depuis 1815*, Paris, Aubier, 1987.
DAVIET Jean-Pierre, *La Société industrielle en France, 1814-1914*, Paris, Le Seuil, coll. « Points Histoire », 1997.
DELPORTE Christian, *Les Journalistes en France (1880-1950). Naissance et construction d'une profession*, Paris, Le Seuil, 1999.
DELSALLE Pierre, *La Brouette et la Navette. Tisserands, paysans et fabricants dans la région de Roubaix-Tourcoing, 1800-1848*, Dunkerque, Éditions des Beffrois, 1985.
DÉMIER Francis, « Délinquants à Paris à la fin du XIXe siècle », *Recherches contemporaines*, n° 4, 1997.
DÉMIER Francis, *Histoire des politiques sociales. Europe (XIXe-XXe siècles)*, Paris, Le Seuil, coll. « Mémo », 1996.
DESERT Gabriel (dir.), « Marginalité, déviance, pauvreté en France, XIVe-XIXe siècle », *Cahiers des annales de Normandie*, n° 13, Caen, 1981.
DEWERPE Alain, *Le Monde du travail en France (1800-1950)*, Paris, Armand Colin, coll. « Cursus », 1989.
DONZELOT Jacques, *La Police des familles*, Paris, Éditions de Minuit, 1977.
DUMONS Bruno, POLLET Gilles, *L'État et les Retraites, genèse d'une politique*, Paris, Belin, 1994.
DUPÂQUIER Jacques (dir.), *Histoire de la population française*, t. 3, *1789-1914*, Paris, PUF, 1988.
DUPÂQUIER Jacques, KESSLER Denis, *La Société française au XIXe siècle*, Paris, Fayard, 1992.
DUPEUX Georges, *La Société française au XIXe siècle*, Paris, Armand Colin, coll. « U », 1986.
DUPRAT Catherine, *Le Temps des philanthropes*, Paris, Éditions du comité des travaux historiques et scientifiques, 1993.
DUPRAT Catherine, *Usage et Pratique de la philanthropie*, Paris, Comité d'histoire de la sécurité sociale, 1996.
FARAUT F., *Histoire de la Belle Jardinière*, Paris, Belin, 1974.

FARCY Jean-Claude, *Deux Siècles d'histoire de la justice (1789-1999)*, Paris, CNRS, 1996, CD-ROM.

FARCY Jean-Claude, *Guide des archives judiciaires et pénitentiaires, 1800-1958*, Paris, CNRS, 1992.

FARCY Jean-Claude, *Les Paysans beaucerons au XIXe siècle*, Chartres, Société archéologique de l'Eure-et-Loir, 1989.

FARCY Jean-Claude, *Magistrats en majesté. Les discours de rentrée aux audiences solennelles des cours d'appel, XIXe-XXe siècles*, Paris, CNRS, 1998.

FAURE Alain (dir.), *Les Premiers Banlieusards : aux origines des banlieues de Paris (1860-1940)*, Paris, Créaphis, 1991.

FAURE Olivier, *Histoire sociale de la médecine, XVIIIe-XIXe siècles*, Paris, Anthropos, 1990.

FAURE Olivier, *Les Français et leur médecine au XIXe siècle*, Paris, Belin, 1993.

FIGEAC Michel, *Destins de la noblesse bordelaise (1770-1830)*, Bordeaux, FHSO, 1996.

FINE Agnès, SANGOI Jean-Claude, *La Population française au XIXe siècle*, PUF, coll. « Que sais-je ? », 1994.

FLAMAND Jean-Paul, *Loger le peuple. Essai sur l'histoire du logement social*, Paris, La Découverte, 1989.

FLANDRIN Jean-Louis, *Familles, Parenté, Maison, Sexualité dans l'ancienne société*, Paris, Le Seuil, 1976, rééd. coll. « Points Histoire », 1995.

FONTAINE Laurence, *Histoire du colportage en Europe, XVIe-XIXe siècle*, Paris, Albin Michel, 1993.

FOUCAULT Michel, *Surveiller et Punir. Naissance de la prison*, Paris, Gallimard, 1975.

FOURCAULT Annie (dir.), *La Ville divisée. Les ségrégations urbaines en question. France XVIIIe-XIXe siècles*, Paris, Créaphis, 1996.

FOURCAULT Annie, *Un siècle de banlieue parisienne (1859-1964). Guide de recherche*, Paris, L'Harmattan, 1988.

GABORIAU Patrick, *SDF à la Belle Époque*, Paris, Desclée de Brouwer, 1998.

GAILLARD Jeanne, *Paris, la ville (1852-1870)*, Paris, rééd. L'Harmattan, 1997.

GARNOT Benoît (dir.), *Histoire et Criminalité de l'Antiquité au XXe siècle*, Dijon, Éditions universitaires de Dijon, 1992.

GARNOT Benoît, *La Petite Délinquance du Moyen Âge à l'époque contemporaine*, Dijon, Éditions universitaires de Dijon, 1998.

GARRIER Gilbert, *Entre faucilles et marteaux : pluriactivités et stratégies paysannes*, Lyon, PUL, 1989.

GAVIGNAUD Geneviève, *Les Campagnes en France au XIXe siècle*, Paris, Ophrys, 1990.

GESLIN Claude, *Le Syndicalisme ouvrier en Bretagne jusqu'à la Première Guerre mondiale*, Paris, Espace-Écrits, 1990.
GOSSEZ Rémi, *Les Ouvriers de Paris*, Paris, Société d'histoire de la révolution de 1848, 1967.
GOURDEN Jean-Michel, *Le Peuple des ateliers. Les artisans du XIXe siècle*, Paris, Créaphis, 1992.
GRANDOING Philippe, *Les Demeures de la distinction. Châteaux et châtelains au XIXe siècle en Haute-Vienne*, Limoges, PUL, 1999.
GREEN Nancy, *Les Travailleurs immigrés juifs de la Belle Époque*, Paris, Fayard, 1985.
GUERRAND Roger-Henri, *Les Origines du logement social en France*, Paris, Éditions Ouvrières, 1967.
GUESLIN André, *Gens pauvres et Pauvres gens*, Paris, Aubier, 1998.
GUESLIN André, GUILLAUME Pierre (dir.), *Le Social dans la ville en France et en Europe, 1750-1914*, Paris, Éditions de l'Atelier, 1996.
GUESLIN André, GUILLAUME Pierre, *De la charité médiévale à la Sécurité sociale*, Paris, Éditions Ouvrières, 1992.
GUESLIN André, KALIFA Dominique, *Les Exclus en Europe, 1830-1930*, Paris, Éditions Ouvrières, 1999.
GUESLIN André, *L'État, l'Économie et la Société française, XIXe-XXe siècles*, Paris, Hachette, 1992.
GUESLIN André, *L'Invention de l'économie sociale. Le XIXe siècle français*, Paris, Economica, 1987.
GUILLAUME Pierre, *La Population de Bordeaux au XIXe siècle, essai d'histoire sociale*, Paris, Armand Colin, 1972.
GUILLAUME Pierre, *Le Rôle social du médecin depuis deux siècles (1800-1945)*, Paris, Association pour l'étude de l'histoire de la Sécurité sociale, 1995.
GUILLAUME Pierre, *Regards sur les classes moyennes, XIXe-XXe siècles*, Bordeaux, MSHA, 1995.
GUIRAL Pierre, THUILLIER Guy, *La Vie quotidienne des domestiques en France au XIXe siècle*, Paris, Hachette, 1978.
HARRIS Ruth, *Murders and Madness* : *Medicine, Law, and Society in the Fin de siècle*, Oxford, 1996.
HARSIN Jill, *Policing Prostitution in Nineteenth-Century*, Princeton, PUP, 1985.
HATZFELD Henri, *Du paupérisme à la sécurité sociale*, Paris, Armand Colin, 1971.
HAUDEBOURG Guy, *Mendiants et Vagabonds en Bretagne au XIXe siècle*, Rennes, PUR, 1998.
HAUPT Heinz-Gerhard, *Histoire sociale de la France depuis 1789*, Paris, MSH, 1993.
HIGGS David, *Nobles titrés, aristocrates en France après la Révolution, 1800-1870*, Paris, Liana Levi, 1990.

HUBSCHER Ronald, FARCY Jean-Claude, *La Moisson des autres : les salariats agricoles au XIXe siècle*, Paris, Créaphis, 1996.

JACQUEMET Gérard, *Belleville au XIXe siècle, du faubourg à la ville*, Paris, EHESS, 1984.

KARPIK Lucien, *Les Avocats. Entre l'État, le public et le marché*, Paris, Gallimard, 1995.

KOCKA Jürgen (dir.), *La Bourgeoisie européenne au XIXe siècle*, Paris, Belin, 1996.

LACHIVER Michel, *Vin, Vignes et Vignerons, histoire du vignoble français*, Paris, Fayard, 1988.

LASCOUMES Pierre, PONCELA Pierrette, LENOËL Pierre, *Au nom de l'ordre, une histoire politique du code pénal*, Paris, Hachette, 1989.

LEHNING James, *Peasant and French Cultural Contact in Rural France During the Nineteenth-Century*, New York, Cambridge University Press, 1995.

LÉONARD Jacques, *Archives du corps. La santé au XIXe siècle*, Rennes, Ouest-France, 1986.

LÉONARD Jacques, *La France médicale au XIXe siècle*, Paris, Julliard-Gallimard, coll. « Archives », 1979.

LÉONARD Jacques, *La Médecine entre les pouvoirs et les savoirs*, Paris, Aubier, 1981.

LEPETIT Bernard et HOOCK John, *La Ville et l'Innovation en Europe, XIVe-XIXe siècle*, Paris, EHESS, 1987.

LEPETIT Bernard, *Les Villes dans la France moderne (1740-1840)*, Paris, Albin Michel, 1988.

LEQUIN Yves (dir.), *Histoire des étrangers et de l'immigration en France*, Paris, Larousse, 1992.

LEQUIN Yves, *Les Ouvriers de la région lyonnaise (1848-1914)*, 2 vol., Lyon, PUL, 1977.

LE YAOUANQ Jean, *Les Structures sociales en France de 1815 à 1945*, Paris, Ellipses, 1998.

LINCH K. A., *Family Class and Ideology in Early Industrial France. Social Policy and the Working-Class Family, 1825-1848*, University of Wisconsin Press, 1988.

LOYER François, *XIXe Siècle. L'immeuble et la rue*, Paris, Hazan, 1987.

LUC Jean-Noël, *L'Invention du jeune enfant au XIXe siècle, de la salle d'asile à la maternelle*, Paris, Belin, 1997.

LUCIANI Jean (dir.), *Histoire de l'Office du travail (1890-1914)*, Paris, Syros, 1992.

MCPHEE Peter, *Les Semailles de la République dans les Pyrénées-Orientales, 1846-1852*, Perpignan, Les Publications de l'Olivier, 1995.

MAGRI Susanna, TOPALOV Christian, *Villes ouvrières, 1900-1950*, Paris, L'Harmattan, 1989.

MARAIS Jean-Luc, *Histoire du don en France de 1800 à 1939*, Rennes, PUR, 1999.
MAREC Yannick, *Le Clou rouennais*, Rouen, Éditions du Petit Normand, 1983.
MARGADANT Ted, *French Peasants in Revolt : the Insurrection of 1851*, Princeton, PUP, 1979.
MARTIN-FUGIER Anne, *La Place des bonnes : la domesticité féminine à Paris en 1900*, Paris, Grasset, 1979.
MARTIN-FUGIER Anne, *La Vie élégante ou la Formation du Tout-Paris, 1815-1848*, Paris, Fayard, 1990.
MAYAUD Jean-Luc, *Les Paysans du Doubs au temps de Courbet*, Paris, Les Belles Lettres, 1979.
MERRIMAN John, *Aux marges de la ville, faubourgs et banlieues en France, 1815-1870*, Paris, Le Seuil, 1991.
MILLER Michael, *Au Bon Marché, 1869-1920*, Paris, Belin, 1987.
MILZA Pierre, *Français et Italiens à la fin du XIXe siècle*, 2 t., Rome, École française de Rome, 1981.
MORET Frédéric *Les Socialistes et la Ville, Grande-Bretagne, France, 1820-1850*, Paris, ENS, 1999.
MOULIN Annie, *Les Paysans dans la société française de la Révolution à nos jours*, Paris, Le Seuil, coll. « Points Histoire », 1988.
MUCHIELLI Laurent (dir.), *Histoire de la criminologie française*, Paris, L'Harmattan, 1994.
MURARD Lion, ZYLBERMAN Patrick, *L'Hygiène dans la République. La santé publique en France ou l'utopie contrariée (1870-1918)*, Paris, Fayard, 1996.
NOIRIEL Gérard, *La Tyrannie du national. Le droit d'asile en Europe, 1793-1993*, Paris, Calmann-Lévy, 1991.
NOIRIEL Gérard, *Le Creuset français. Histoire de l'immigration, XIXe-XXe siècles*, Paris, Le Seuil, 1988, rééd. coll. « Points Histoire », 1992.
NOIRIEL Gérard, *Les Ouvriers dans la société française au XIXe siècle*, Paris, Le Seuil, coll. « Points Histoire », 1986.
NOIRIEL Gérard, *Population, Immigration et Identité nationale en France, XIXe-XXe siècles*, Paris, Hachette, 1991.
NOIRIEL Gérard, *Réfugiés et Sans-papiers. La République face au droit d'asile, XIXe-XXe siècles*, Paris, LGF, coll. « Pluriel », 1998.
NORD Philippe, *Paris Shopkeepers and the Politics of Resentment*, Princeton, PUP, 1986.
NYE Robert, *Masculinity and Male Codes of Honor in Modern France*, Oxford, OUP, 1993.
O'BRIEN Patricia, *Correction ou Châtiment*, Paris, PUF, 1988.
PERROT Marguerite, *Le Mode de vie des familles bourgeoises, 1783-1953*, Paris, Armand Colin, 1961.

PERROT Michelle (dir.), *L'Impossible Prison, recherches sur le système pénitentiaire au XIXe siècle*, Paris, Le Seuil, 1980.

PERROT Michelle, *Enquêtes sur la condition ouvrière au XIXe siècle*, Paris, Hachette, 1972.

PERROT Michelle, *Les Femmes ou les Silences de l'histoire*, Paris, Flammarion, 1998.

PERROT Michelle, *Les Ouvriers en grève (France, 1871-1890)*, Paris, Mouton, 1974.

PETIT Jacques-Guy (dir.), *Intégration et Exclusion sociale d'hier à aujourd'hui*, Paris, Anthropos, 1999.

PETIT Jacques-Guy, CASTAN Nicole, FAUGERON Claude, PIERRE Michel, ZYSBERG André, *Histoire des galères, bagnes, et prisons, XIIIe-XXe siècle*, Toulouse, Privat, 1991.

PETIT Jacques-Guy, *Ces peines obscures : la prison pénale en France, 1780-1875*, Paris, Fayard, 1990.

PETIT Jacques-Guy, MAREC Yannick (dir.), *Le Social dans la ville. En France et en Europe, 1750-1914*, Paris, Éditions de l'Atelier, 1996.

PETITEAU Nathalie, *Élites et Mobilités : la noblesse d'Empire au XIXe siècle (1808-1914)*, Paris, La Boutique de l'histoire, 1997.

PIERRARD Pierre, *Enfants et Jeunes Ouvriers en France (XIXe-XXe siècles)*, Paris, Éditions Ouvrières, 1987.

PIGENET Michel, *Les Ouvriers du Cher (fin XVIIIe siècle - 1914). Travail, espace et conscience sociale*, Paris, Institut CGT d'histoire sociale, 1990.

PINOL Jean-Luc, *Le Monde des villes au XIXe siècle*, Paris, Hachette, 1991.

POIRIER Jacques, LANGLOIS Claude, *Raspail et la Vulgarisation médicale*, Paris, Vrin, 1988.

POISSON Jean-Pierre, *Notaires et Société*, Paris, Economica, 1990.

PRICE Roger, *The French Second Republic. A Social History*, Londres, Batsford, 1972.

RICHARD Michel Edmond, *Notables protestants en France dans la première moitié du XIXe siècle*, Caen, Éditions du Lys, 1996.

RINAUDO Yves, *Les Vendanges de la République. Une modernité provençale. Les paysans du Var à la fin du XIXe siècle*, Lyon, PUL, 1982.

ROBERT Jean-Louis, BOLL Friedhelm, PROST Antoine, *L'Invention des syndicalismes. Le syndicalisme en Europe occidentale à la fin du XIXe siècle*, Paris, Publications de la Sorbonne, 1997.

ROBERT Jean-Louis, TARTAKOWSKI Danielle, *Paris, le peuple, XVIIIe-XXe siècle*, Publications de la Sorbonne, 1999.

ROCHE Daniel (dir.), *La Ville promise. Mobilité et accueil à Paris (fin XVIIe-début XIXe siècles)*, Paris, Fayard, 2000.

ROLLET-ÉCHALLIER C., *La Politique à l'égard de la petite enfance sous la IIIe République*, Paris, POF-INED, 1990.

Ronsin Francis, *La Grève des ventres. Propagande néo-malthusienne et baisse de la natalité française, XIXe-XXe siècles*, Paris, Aubier, 1980.

Rosanvallon Pierre, *L'État en France*, Paris, Le Seuil, 1990, rééd. coll. « Points Histoire », 1993.

Rosental Paul André, *Les Sentiers invisibles. Espace, famille et immigration dans la France du XIXe siècle*, Paris, EHESS, 1999.

Rouet Gilles, *Justice et Justiciables aux XIXe et XXe siècles*, Paris, Belin, 2000.

Royer Jean-Pierre, *Histoire de la justice en France*, Paris, PUF, 1995.

Royer Jean-Pierre, *La Société judiciaire depuis le XVIIIe siècle*, Paris, PUF, 1979.

Royer Jean-Pierre, Martinage Renée, Lecocq Pierre, *Juges et Notables au XIXe siècle*, Paris, PUF, 1982.

Salais Robert, Baverez Nicolas, *L'Invention du chômage. Histoire et transformation d'une catégorie sociale en France des années 1880 aux années 1980*, Paris, PUF, 1999.

Santucci Marie-Renée, *Délinquance et Répression au XIXe siècle. L'exemple de l'Hérault*, Paris, Economica, 1986.

Schor Ralph, *Histoire de l'immigration en France de la fin du XIXe siècle à nos jours*, Paris, Armand Colin, 1996.

Serman William, *Les Officiers français dans la nation (1848-1914)*, Paris, Aubier, 1980.

Sewell William, *Gens de métiers et Révolution, le langage du travail de l'Ancien Régime à 1848*, Paris, Aubier, 1985.

Sewell William, *Structure and Mobility. The Men and Women of Marseille, 1820-1870*, Cambridge, CUP, 1985.

Smith Bernard, *Les Bourgeois du Nord*, Paris, Perrin, 1989.

Sohn Anne-Marie, *Chrysalides. Femmes dans la vie privée, XIXe-XXe siècles*, 2 vol., Paris, Publications de la Sorbonne, 1996.

Sohn Anne-Marie, *Du premier baiser à l'alcôve. La sexualité des Français au quotidien (1850-1950)*, Paris, Aubier, 1992.

Solé Jacques, *L'Âge d'or de la prostitution, de 1870 à nos jours*, Paris, Plon, 1993.

Sorlin Pierre, *La Société française*, vol. 1, *1840-1914*, Paris, Arthaud, 1969.

Stearns Peter, *Paths to Authority : the Middle Classes and the Industrial Labor Force in France, 1820-1848*, Rutgers University Press, 1978.

Stone Judith, *The Search of Social Peace : Reform Legislation in France, 1890-1914*, Cambridge (Mass.), Harvard University Press, 1985.

Témime Émile, *Histoire de Marseille de la Révolution à nos jours*, Paris, Perrin, 1999.

THÉPOT André, *Les Ingénieurs du corps des Mines au XIXe siècle*, Paris, Eska, 1997.

THUILLIER Guy, TULARD Jean, *Histoire de l'administration française*, Paris, PUF, 1984.

TRAUGOTT Mark, *Armies of the Poor : Determinants of Working-Class. Participation in the Parisian Insurrection of June 1848*, Princeton, PUP, 1985.

TREMPÉ Rolande, *Les Mineurs de Carmaux, 1848-1914*, Paris, Éditions Ouvrières, 1971.

TUDESQ André-Jean, *Les Grands Notables en France, étude historique d'une psychologie sociale, 1840-1849*, 2 vol., Paris, PUF, 1964.

VIDALENC Jean, *La Société française de 1815 à 1846*, 2 vol., Paris, M. Rivière, 1970-1973.

VIET Vincent, *Les Voltigeurs de la République. L'inspection du Travail en France jusqu'en 1914*, 2 vol., Paris, CNRS, 1994.

VIGARELLO Georges, *Le Propre et le Sale. L'hygiène du corps depuis le Moyen Âge*, Paris, Le Seuil, coll. « Points Histoire », 1985.

VIVIER Nadine, *Le Briançonnais rural aux XVIIIe et XIXe siècles*, Paris, L'Harmattan, 1992.

VIVIER Nadine, *Propriété collective et Identité communale. Les biens communaux en France, 1750-1914*, Paris, Publications de la Sorbonne, 1998.

WAGNARD Jean-François, *Le Vagabond à la fin du XIXe siècle*, Paris, Belin, 1999.

WILLARD Claude (dir.), *La France ouvrière*, t. 1, *Des origines à 1920*, Paris, Éditions de l'Atelier, 1995.

WISCARD Jean-Marie, *La Noblesse de la Somme au XIXe siècle*, Amiens, Éditions Encrage, 1994.

Histoire politique

AGULHON Maurice, *1848 ou l'Apprentissage de la République (1848-1852)*, Paris, Le Seuil, coll. « Points Histoire », 1992.

AGULHON Maurice, *1848. Les utopismes sociaux : utopie et action à la veille des journées de février*, Paris, SEDES-CDU, 1981.

AGULHON Maurice, BONTE Pierre, *Marianne. Les visages de la République*, Paris, Gallimard, coll. « Découvertes », 1992.

AGULHON Maurice, *Coup d'État et République*, Paris, FNSP, 1997.

AGULHON Maurice, GIRARD Louis, ROBERT Jean-Louis, SERMAN William, *Les Maires en France du Consulat à nos jours*, Paris, Publications de la Sorbonne, 1986.

AGULHON Maurice, *Histoire vagabonde*, 3 vol., Paris, Gallimard, 1996.

AGULHON Maurice, *Les Quarante-Huitards*, Paris, Gallimard-Julliard, 1975.

AGULHON Maurice, *Marianne au combat : l'imagerie et la symbolique républicaines*, vol. 1, *De 1789 à 1880*, vol. 2, *De 1880 à 1914*, Paris, Flammarion, 1989.

ALLAIN Jean-Claude, *Joseph Caillaux*, 2 vol., Paris, Imprimerie nationale, 1978-1981.

AMINZADE Ronald, *Ballots and Barricades : Class Formation and the Republican Politics in France, 1830-1871*, Princeton, PUP, 1993.

ANSART Pierre, *Naissance de l'anarchisme. Esquisse d'une explication sociologique du proudhonisme*, Paris, PUF, 1970.

ANTONETTI Guy, *Louis-Philippe*, Paris, Fayard, 1994.

APRILE Sylvie, HUARD Raymond, MOLLIER Jean-Yves, *La Révolution de 1848 en France et en Europe*, Paris, Éditions Sociales, 1998.

ARDAILLOU Pierre, *Les Républicains du Havre au XIXe siècle*, Rouen, PUR, 1999.

AUDOIN-ROUZEAU Stéphane, *1870, la France dans la guerre*, Paris, Armand Colin, 1989.

AZÉMA Jean-Pierre, WINOCK Michel, *La IIIe République*, Paris, Calmann-Lévy, 1970.

AZÉMA Jean-Pierre, WINOCK Michel, *Les Communards*, Paris, Le Seuil, 1964.

BAAL Gérard, *Histoire du radicalisme*, Paris, La Découverte, 1994.

BAGGE Dominique, *Le Conflit des idées politiques en France sous la Restauration*, Paris, PUF, 1952.

BARD Christine, *Les Filles de Marianne. Histoire des féminismes, 1914-1940*, Paris, Fayard, 1995.

BARRAL Pierre, *Jules Ferry*, Nancy, PUN, 1985.

BARRAL Pierre, *Les Fondateurs de la République*, Paris, Armand Colin, 1968.

BARTHÉLEMY-MADAULE Madeleine, *Marc Sangnier (1873-1950)*, Paris, Le Seuil, 1973.

BECKER Jean-Jacques, *Comment les Français sont entrés en guerre en août 1914*, Paris, FNSP, 1977.

BEECHER Jonathan, *Fourier*, Paris, Fayard, 1993.

BELLANGER Claude, GODECHOT Jean, GUIRAL Pierre (dir.), *Histoire générale de la presse française*, t. 2 et 3, Paris, PUF, 1972.

BENOIT Bruno, *L'Identité politique de Lyon. Entre violences collectives et mémoires des élites (1786-1905)*, Paris, L'Harmattan, 1999.

BERGOUGNIOUX Alain, GRUNBERG Gérard, *Le Long Remords du pouvoir, le Parti socialiste français (1905-1912)*, Paris, Fayard, 1992.

BERSTEIN Gisèle et Serge, *Dictionnaire historique de la France contemporaine*, t. 1, *1870-1945*, Bruxelles, Complexe, 1995.

BERSTEIN Gisèle et Serge, *La Troisième République. Les noms, les thèmes, les lieux*, Paris, MA Éd., 1987.

BERSTEIN Serge (dir.), *Les Cultures politiques en France*, Paris, Le Seuil, 1999.
BERSTEIN Serge, *Histoire du Parti radical*, 2 vol., FNSP, 1980-1982.
BERSTEIN Serge, *La République sur le fil. Entretiens avec Jean Lebrun*, Paris, Textuel, 1998.
BERSTEIN Serge, RUDELLE Odile, *Le Modèle républicain*, Paris, PUF, 1992.
BERTIER DE SAUVIGNY Guillaume de, *Au soir de la monarchie, histoire de la Restauration*, Paris, Flammarion, 1974.
BERTIER DE SAUVIGNY Guillaume de, *La Restauration en questions. Joie, hardiesse, utopies*, Paris, Bartillat, 1999.
BERTIER DE SAUVIGNY Guillaume de, *La Révolution de 1830*, Paris, Armand Colin, 1970.
BEZUCHA Y., *The Lyon Uprising of 1834. Social and Political Conflict in the Early July Monarchy*, Cambridge (Mass.), Harvard University Press, 1974.
BILLARD Th., *Félix Faure*, Paris, Julliard, 1995.
BIRNBAUM Pierre (dir.), *La France de l'affaire Dreyfus*, Paris, Gallimard, 1994.
BIRNBAUM Pierre, *« La France aux Français ». Histoire des haines nationales*, Paris, Le Seuil, 1993.
BIRNBAUM Pierre, *L'Affaire Dreyfus : la République en péril*, Paris, Gallimard, 1994.
BIRNBAUM Pierre, *Les Fous de la République. Histoire politique des Juifs d'État de Gambetta à Vichy*, Paris, Fayard, 1992.
BLUCHE François, *Le Bonapartisme*, Paris, PUF, coll. « Que sais-je ? », 1980.
BOUVIER Jean, *Les Deux Scandales de Panama*, Paris, Julliard, coll « Archives », 1964.
BREDIN Jean-Denis, *Joseph Caillaux*, Paris, Hachette, 1980.
BREDIN Jean-Denis, *L'Affaire*, Paris, Fayard-Julliard, 1993.
BROGLIE G. de, *Guizot*, Paris, Perrin, 1990.
BURNS Michael, *Rural Society and French Politics : Boulangism and the Dreyfus Affair*, Princeton, PUP, 1984.
BURY John, *Gambetta and the Making of the Third Republic*, Londres, Longman, 1973, 1982.
BURY John, TOMBS Robert, *Thiers, a Political Life, 1797-1877*, Londres, Allen & Unwin, 1986.
CABANEL Patrick, *La Question nationale au XIXe siècle*, Paris, La Découverte, 1996.
CARON François, *La France des patriotes de 1851 à 1918*, Paris, Fayard, 1988.
CARON Jean-Claude, *La Nation, l'État et la Démocratie en France de 1870 à 1914*, Paris, Armand Colin, 1996.

CARON Jeanne, *Le Sillon et la Démocratie chrétienne, 1894-1910*, Paris, Plon, 1967.

CHALINE Jean-Pierre, *La Restauration*, Paris, PUF, coll. « Que sais-je ? », 1998.

CHARLE Christophe, LALOUETTE Jacqueline, PIGENET Michel, SOHN Anne-Marie, *La France démocratique. Mélanges offerts à Maurice Agulhon*, Paris, Publications de la Sorbonne, 1998.

CHARZAT Michel (dir.), *Georges Sorel*, Paris, Cahiers de l'Herne, 1986.

CHEVALIER Jean-Jacques, *Histoire des institutions politiques et des régimes politiques de la France de 1789 à nos jours*, Paris, Dalloz, 1985, 7e éd.

CHURCH Clive, *Revolution and Red Tape : The French Ministerial Bureaucracy, 1770-1850*, Oxford, OUP, 1981.

CLÉMENT Jean-Paul, *Chateaubriand politique*, Paris, Hachette, coll. « Pluriel », 1987.

Clément Jean-Paul, *Aux sources du libéralisme français : Boissy d'Anglas, Daunou, Lanjuinais*, Paris, LGDJ, 2000.

COLLECTIF, *Le XIXe siècle et la Révolution française*, Société d'histoire de la révolution de 1848 et des révolutions du XIXe siècle, Paris, Créaphis, 1992.

COLLECTIF, *Les Abolitions de l'esclavage de L. F. Santonax à V. Schœlcher*, Paris, Presses universitaires de Vincennes - UNESCO, 1995.

COLLECTIF, *Actes du congrès du centenaire de la Révolution de 1848*, Paris, PUF, 1948.

COLLECTIF, *Blanqui et les Blanquistes*, Actes du colloque d'octobre 1981, Paris, SEDE, 1981.

COLLECTIF, *Études comparées des mouvements nationaux et libéraux de 1830*, Paris, Société d'histoire moderne, 1992.

COLLECTIF, « La France à l'époque napoléonienne », numéro spécial de la *Revue d'histoire moderne et contemporaine*, juillet-septembre 1970.

COLLECTIF, *François Guizot et la Culture politique de son temps* (textes rassemblés par Marina Valensise), Paris, Gallimard - Le Seuil, 1991.

COLLECTIF, *Maintien de l'ordre et Police en France et en Europe au XIXe siècle*, Société d'histoire de la révolution de 1848 et des révolutions du XIXe siècle, Paris, Créaphis, 1987.

COLLECTIF, *La Région. Bilan et perspectives, 15 mai 1982*, Paris, Librairie générale de droit et de jurisprudence, 1983.

COLLECTIF, *Répression et Prisons politiques en France et en Europe au XIXe siècle*, Société d'histoire de la révolution de 1848 et des révolutions du XIXe siècle, Paris, Créaphis, 1990.

COLLECTIF, « La Révolution de 1830 », numéro spécial de *Romantisme*, n° 28-29, 1980.

COLLECTIF, *Les Révolutions de 1848. L'Europe des images. Le printemps des peuples*, exposition, Paris, Assemblée nationale, 4 février-30 mars 1998, catalogue de l'exposition.

COLLECTIF, Revue *L'Histoire, La Droite depuis 1789, les hommes, les idées, les idéaux*, présenté par Michel Winock, Paris, Le Seuil, coll. « Points Histoire », 1995.

COLLECTIF, *Romantisme et politique*, Actes du colloque de Saint-Cloud (1966), Paris, 1969.

COLLINGHAM H. A. C., *The July Monarchy : a Political History of France, 1814-1881*, Londres, Longman, 1988.

COPLEY Anthony, *Sexual Moralities in France, 1780-1980*, New York, NYUP, 1989.

CORBIN Alain, MAYEUR Jean-Marie (dir.), *La Barricade*, Paris, Publications de la Sorbonne, 1994.

DAUTRY Jean, *1848 et la Seconde République*, Paris, Éditions d'Hier et d'Aujourd'hui, 1948.

DAVID Marcel, *Le Printemps de la fraternité. Genèse et vicissitudes, 1830-1851*, Paris, Aubier, 1992.

DE LUNA Frederick, *The French Republic Under Cavaignac*, Princeton, PUP, 1969.

DE PUYMÈGE Gérard, *Chauvin, le soldat laboureur. Contribution à l'étude des nationalismes*, Paris, Gallimard, 1993.

DELOY Yves, *École et Citoyenneté. L'individualisme républicain de Jules Ferry à Vichy : controverse*, Paris, FNSP, 1994.

DÉMIER Francis, *La France, 1814-1851*, Paris, La Documentation française, 1996.

DERFLER Leslie, *Alexandre Millerand : The Socialist Years*, La Haye, Mouton, 1977.

DERFLER Leslie, *Paul Lafargue and the Flowering of French Socialism, 1881-1911*, Cambridge, Harvard University Press, 1998.

DREYFUS Françoise, *L'Invention de la bureaucratie, servir l'État en France, en Grande-Bretagne et aux États-Unis*, Paris, La Découverte, 2000.

DREYFUS Michel, *Histoire de la CGT. Cent ans de syndicalisme en France*, Bruxelles, Complexe, 1995.

DROUIN Michel (dir.), *L'Affaire Dreyfus de A à Z*, Paris, Flammarion, 1994.

DROZ Jacques (dir.), *Histoire générale du socialisme*, t. 1, Paris, PUF, 1972.

DUBIEF Henri, *Les Anarchismes (1870-1940)*, Paris, Armand Colin, 1972.

DUCLERT Vincent, *L'Affaire Dreyfus*, Paris, La Découverte, 1994.

DURAND Jean-Paul, *Les Congrégations et l'État*, Paris, Les Études de la Documentation française, 1992.

DUROSELLE Jean-Baptiste, *Clemenceau*, Paris, Fayard, 1989.

DUROSELLE Jean-Baptiste, *La France de la Belle Époque (1896-1914)*, Paris, FNSP, 1992.
DUVEAU Georges, *1848*, Paris, Gallimard, 1965.
ESTÈBE Jean, *Les Ministres de la République, 1871-1914*, Paris, FNSP, 1982.
FAURE Alain, FREIERMUTH Jean-Claude, DALOTEL Alain, *Aux origines de la Commune. Le mouvement des réunions publiques à Paris, 1868-1870*, Paris, Maspero, 1980.
FITZPATRICK Brian, *Catholic Royalism in the Department of the Gard, 1814-1852*, Cambridge, CUP, 1983.
FORTESCUE William, *Alphonse de Lamartine, a Political Biography*, Londres, Longman, 1983.
FURET François, *La Gauche et la Révolution au milieu du XIXe siècle*, Paris, Hachette, 1986.
FURET François, OZOUF Mona (dir.), *Le Siècle de l'avènement républicain*, Paris, Gallimard, 1993.
GAILLARD Jean-Michel, *Jules Ferry*, Paris, Fayard, 1989.
GAILLARD Jeanne, *Commune de Paris, communes de province*, Paris, Flammarion, 1971.
GARRIGUES Jean, *La République des hommes d'affaires, 1870-1900*, Paris, Aubier, 1997.
GARRIGUES Jean, *Le Général Boulanger*, Paris, Orban, 1991.
GAUCHET Marcel, *De la liberté chez les modernes, écrits politiques de Benjamin Constant*, Paris, Hachette, coll. « Pluriel », 1980.
GEORGE Jocelyne, *Histoire des maires en France*, Paris, Plon, 1989.
GILMORE Jeanne, *La République clandestine, 1818-1848*, Paris, Le Seuil, 1997.
GIRARD Louis, *La Chambre des députés en 1837-1839*, Paris, Publications de la Sorbonne, 1976.
GIRARD Louis, *La Deuxième République (1848-1851)*, Paris, Calmann-Lévy, 1968.
GIRARD Louis, *La Deuxième République et le Second Empire, 1848-1870*, Paris, Hachette, coll. « Nouvelle histoire de Paris », 1981.
GIRARD Louis, *La Garde nationale, 1814-1871*, Paris, Plon, 1964.
GIRARD Louis, *Les Élections de 1869*, Paris, Rivière, 1960.
GIRARD Louis, *Les Libéraux français, 1814-1875*, Paris, Aubier, 1985.
GIRARD Louis, *Napoléon III*, Fayard, 1986.
GIRARD Louis, PROST Antoine, GOSSEZ R., *Les Conseillers généraux en 1870*, Paris, PUF, 1967.
GIRARDET Raoul, *Le Nationalisme français, 1871-1914*, Paris, Armand Colin, 1983.
GIRARDET Raoul, *Mythes et Mythologies politiques*, Paris, Le Seuil, 1986, rééd. coll. « Points Histoire », 1990.

GOGUEL François, *La Politique des partis sous la IIIe République, 1859-1875*, Paris, Le Seuil, 1958.

GOLDBERG Harvey, *Jean Jaurès*, Paris, Fayard, 1970.

GOUAULT Jacques, *Comment la France est devenue républicaine. Les élections générales et partielles à l'Assemblée nationale, 1870-1875*, Paris, Armand Colin, 1954.

GRAS Christian, LIVET Georges, *Régions et Régionalisme en France du XVIIIe siècle à nos jours*, Paris, PUF, 1977.

GRÉVY Jérôme, *La République des Opportunistes, 1870-1885*, Paris, Perrin, 1998.

GRIFITH Pady, *The Military Thought in the French Army, 1815-1851*, Cambridge, Harvard University Press, 1989.

GRONDEUX Jérôme, *Histoire des idées politiques en France au XIXe siècle*, Paris, La Découverte, 1998.

GUÉNAT Yves, *Le Baron Louis*, Paris, Perrin, 2000.

GUIONNET Christine, *L'Aprentissage de la politique moderne*, Paris, L'Harmattan, 1997.

GUIRAL Pierre, *Adolphe Thiers*, Paris, Fayard, 1986.

GUIRAL Pierre, *Clemenceau en son temps*, Paris, Grasset, 1994.

GUIRAL Pierre, *Prévost-Paradol, 1829-1870. Pensées et action d'un libéral sous le Second Empire*, Paris, PUF, 1955.

GUIRAL Pierre, THUILLIER Guy, *La Vie quotidienne des députés en France de 1871 à 1914*, Paris, Hachette, 1980.

HAMON Léo (dir.), *Les Opportunistes*, Paris, Les entretiens d'Auxerre, Maison des sciences de l'homme, 1991.

HANAGAN Michael, *The Logic of Solidarity : Artisans and Industrial Workers in Three French Towns, 1871-1914*, Oxford, OUP, 1980.

HARISMENDY Pierre, *Sadi Carnot*, Paris, Perrin, 1995.

HAUSE Steven, KENNEY Ann, *Women's Suffrage and Social Politics in the French Third Republic*, Princeton, PUP, 1984.

HOLMES Richard, *The Road to Sedan. The French Army, 1866-1970*, Cambridge, CUP, 1984.

HORNE Alistair, *The French Army and Politics, 1870-1970*, New York, Longman, 1984.

HOWORTH Jolyon, *Édouard Vaillant. La création de l'unité socialiste en France*, Paris, Syros, 1982.

HUARD Raymond, *La Naissance du parti politique en France*, Paris, FNSP, 1996.

HUARD Raymond, *La Préhistoire des partis : le mouvement républicain en Bas-Languedoc, 1848-1881*, Paris, FNSP, 1982.

HUARD Raymond, *Le Suffrage universel en France (1848-1946)*, Paris, Aubier, 1991.

IRVINE William, *The Boulanger Affair Reconsidered : Royalism,*

Boulangism and the Origins of the Radical Right in France, New York, NYUP, 1988.

JARDIN André, *Alexis de Tocqueville*, Paris, Hachette, 1984.

JARDIN André, *Histoire du libéralisme politique*, Paris, Hachette, 1985.

JARDIN André, TUDESQ André-Jean, *La France des notables (1815-1848)*, t. 1, *L'Évolution générale*, t. 2, *La Vie de la nation*, Paris, Le Seuil, coll. « Points Histoire », 1973.

JAUME Lucien, *L'Individu effacé ou le Paradoxe du libéralisme français*, Paris, Fayard, 1997.

JOLY Bertrand, *Déroulède, l'inventeur du nationalisme français*, Paris, Perrin, 1998.

JOLY Bertrand, *Dictionnaire biographique et géographique du nationalisme français (1880-1933)*, Paris, Honoré Champion, 1998.

JONES H. S., *The French State in Question : Public Law and Political Argument in the Third Republic*, Cambridge, CUP, 1993.

JUDT Tony, *Marxism and the French Left : Studies in Labour and Politics in France, 1830-1981*, Cambridge, CUP, 1979.

JULLIARD Jacques, *Clemenceau briseur de grèves*, Paris, Julliard, coll. « Archives », 1965.

JULLIARD Jacques, *Fernand Pelloutier et les Origines du syndicalisme d'action directe*, Paris, Le Seuil, 1971.

KEIGER John, *Raymond Poincaré*, Cambridge, CUP, 1997.

KERGOAT Jacques, *Histoire du Parti socialiste*, Paris, La Découverte, 1997.

KLINCK David, *The French Counter-Revolutionary Theorist, Louis de Bonald, 1754-1840*, New York, Peter Lang Publishing, 1996.

KRIEGEL Annie, *Le Pain et les Roses. Jalons pour une histoire des socialismes*, Paris, UGE, coll. « 10/18 », 1973.

KRUMEICH Gerd, *Jeanne d'Arc à travers l'histoire*, Paris, Albin Michel, 1993.

LABROUSSE Ernest, « Comment naissent les révolutions ? », *Actes du congrès historique du centenaire de la Révolution de 1848*, Paris, PUF, 1948.

LAFARGE Franck, *Le Comte Joseph de Maistre. Itinéraire intellectuel d'un théologien de la politique*, Paris, L'Harmattan, 1998.

LAGOUETTE Patrick, *La Vie politique en France au XIXe siècle*, Paris, Ophrys, 1989.

LAMBERT Pierre Arnaud, *La Charbonnerie française, 1821-1823. Du secret en politique*, Lyon, PUL, 1995.

LATTA Claude, *Eugène Baune (1799-1880). Un républicain dans les combats du XIXe siècle*, Montbrison, Reboul, 1995.

LAVAU Georges, GRUNDBERG Gérard, MAYER Nona, *L'Univers politique des classes moyennes*, Paris, FNSP, 1983.

LE BOZEC Christine, *Boissy d'Anglas, un grand notable libéral*, Privas, Fédération des œuvres laïques de l'Ardèche, 1995.

LEBOVICS Herman, *The Alliance of Iron and Wheat in the French Third Republic, 1860-1914*, Princeton, PUP, 1988.

LEDRÉ Charles, *La Presse à l'assaut de la monarchie (1815-1848)*, Paris, Armand Colin, 1960.

LEVER Évelyne, *Louis XVIII*, Paris, Fayard, 1988.

LEVILLAIN Philippe, *Albert de Mun. Catholicisme romain et catholicisme français du Syllabus au Ralliement*, Rome, De Boccard, 1983.

LEYMARIE Michel, *De la Belle Époque à la Grande Guerre 1893-1918*, Paris, LGF, coll. « Le Livre de poche », 1999.

LINDENBERG Daniel, MEYER Pierre André, *Lucien Herr. Le socialisme et son destin*, Paris, Calmann-Lévy, 1977.

LOUBÈRE Léo, *The Red and the White : a history of Wine in France and Italy in the Nineteenth-Century*, Albany, New York University Press, 1978.

LYONS Martyn, *Napoléon Bonaparte and the legacy of the French Revolution*, New York, NYUP, 1994.

MACHELON Jean-Pierre, *La République contre les libertés ? Les restrictions aux libertés publiques de 1879 à 1914*, Paris, FNSP, 1976.

MCPHEE Peter, *Revolution and Environnement in Southern France, 1780-1830. Peasants, Lords and Murder in the Corbières*, Oxford, Clarendon, 1999.

MAILLARD Alain, *La Communauté des Égaux. Le communisme néo-babouviste dans la France des années 1840*, Paris, Kimé, 1999.

MAÎTRON Jean, *Dictionnaire biographique du mouvement ouvrier français, 1789-1864*, 3.vol., Paris, Éditions Ouvrières, 1954-1966.

MAÎTRON Jean, *Le Mouvement anarchiste en France*, t. 1, *De 1880 à 1914*, Paris, Maspero, 1975.

MANENT Pierre, *Les Libéraux*, Paris, Hachette, coll. « Pluriel », 1986.

MARTIN Jean-Clément, *La Vendée de la mémoire (1800-1980)*, Paris, Le Seuil, 1989.

MAYAUD Jean-Luc, *Courbet, l'enterrement à Ornans, un tombeau pour la République*, Paris, La Boutique de l'histoire, 1999.

MAYEUR Jean-Marie, *Des partis catholiques à la démocratie chrétienne (XIXe-XXe siècles)*, Paris, Armand Colin, 1980.

MAYEUR Jean-Marie, *La Séparation de l'Église et de l'État*, Paris, Éditions Ouvrières, 1991.

MAYEUR Jean-Marie, *La Vie politique sous la Troisième République (1870-1940)*, Paris, Le Seuil, coll. « Points Histoire », 1984.

MAYEUR Jean-Marie, *Les Débuts de la Troisième République (1871-1898)*, Paris, Le Seuil, coll. « Points Histoire », 1978.

MÉNAGER Bernard, *Les Napoléon du peuple*, Paris, Aubier, 1988.
MERCIER Lucien, *Les Universités populaires. Éducation populaire et milieu ouvrier*, Paris, Éditions Ouvrières, 1986.
MERLE Gabriel, *Émile Combes*, Paris, Fayard, 1995.
MERRIMAN John, *1830 in France*, New York, Franklin Watts, 1975.
MERRIMAN John, *Limoges, la ville rouge, portrait d'une ville révolutionnaire*, Paris, Belin, 1990.
MERRIMAN John, *The Agony of the Republic : the Repression of the Left in Revolutionary France, 1848-1851*, New Haven, Yale University Press, 1978.
MILZA Pierre, *Fascisme français, passé, présent*, Paris, Flammarion, 1987.
MOLLIER Jean-Yves et GEORGE Jocelyne, *La Plus Longue des Républiques*, Paris, Fayard, 1994.
MOLLIER Jean-Yves, *Le Scandale de Panama*, Paris, Fayard, 1991.
MOSS Bernard, *Les Origines du mouvement ouvrier français. Le socialisme des travailleurs qualifiés, 1830-1914*, Paris, Les Belles Lettres, 1985.
NEELY Sylvia, *La Fayette and the Liberal Ideal, 1814-1824 : Politics and Conspiracy in an Age of Reaction*, Carbondale, CUP, 1991.
NÉRÉ Jacques, *Le Boulangisme et la Presse*, Paris, Armand Colin, coll. « Kiosque », 1964.
NGUYEN Victor, *Aux origines de l'Action française. Intelligence et politique à l'aube du XXe siècle*, Paris, Fayard, 1991.
NICOLET Claude, *L'Idée républicaine en France. Essai d'histoire critique*, Paris, Gallimard, 1982.
NORDMAN Daniel, *Territoires de la France. De l'espace au territoire, XIXe-XXe siècles*, Paris, Gallimard, 1998.
NORDMANN Jean Thomas, *Histoire des radicaux (1820-1973)*, Paris, La Table Ronde, 1974.
ORY Pascal, *Nouvelle Histoire des idées politiques*, Paris, Hachette, 1987.
OZOUF-MARIGNIER Marie V., *La Formation des départements. La représentation du territoire français à la fin du XVIIIe siècle*, Paris, EHESS, 1989.
PAYNE Howard, *The Police State of Louis Napoléon Bonaparte*, Seattle, University of Washington Press, 1966.
PÉRONNET Michel (dir.), *Chaptal*, Toulouse, Privat, 1988.
PERREUX Gabriel, *Au temps des sociétés secrètes. La propagande républicaine au début de la monarchie de Juillet*, Paris, Rieder, 1930.
PETITFILS Jean Christian, *Utopistes au XIXe siècle*, Paris, Hachette, 1982.
PETITFILS Jean-Christian, *Les Socialismes utopiques*, Paris, PUF, 1971.

PIERRARD Pierre, *Louis Veuillot*, Paris, Beauchesne, 1998.
PILBEAM Pamela, *Republicanism in Nineteenth-Century France, 1814-1871*, Londres, Macmillan, 1995.
PILBEAM Pamela, *The 1830 Revolution in France*, Londres, Macmillan, 1991.
PINKNEY David, *Decisive Years in France, 1840-1847*, Princeton, PUP, 1988.
PINKNEY David, *La Révolution de 1830 en France*, Paris, PUF, 1988.
PLESSIS Alain, *De la fête impériale au mur des fédérés (1852-1871)*, Paris, Le Seuil, coll. « Points Histoire », 1973.
PORTIER Philippe, *Église et Politique en France au XXe siècle*, Paris, Montchrestien, 1993.
POUTHAS Charles-Henri, *Guizot pendant la Restauration, préparation de l'homme d'État (1814-1830)*, Paris, Plon, 1923.
PROST Antoine, GOSSEZ Rémi, *Les Conseillers généraux en 1870*, Paris, PUF, 1967.
REBÉRIOUX Madeleine, CANDAR Gilles, *Jaurès et les Intellectuels*, Paris, Éditions de l'Atelier, 1994.
REBÉRIOUX Madeleine, *Jaurès et la Classe ouvrière*, Éditions Ouvrières, 1981.
REBÉRIOUX Madeleine, *La République radicale (1898-1914)*, Paris, Le Seuil, coll. « Points Histoire », 1975.
RÉMOND René, *L'Anticléricalisme en France*, rééd., Bruxelles, Complexe, 1985.
RÉMOND René, *La Droite en France de la première Restauration à la Ve République*, 2 vol., Paris, Aubier, 1977.
RÉMOND René, *La Vie politique en France*, 2 vol., Paris, Armand Colin, 1965-1969.
Resnick Daniel, *The White Terror and the Political Reaction After Waterloo*, Cambridge (Mass.), HUP, 1969.
REYNIER Élie, *La Deuxième République dans l'Ardèche, 1848-1851*, Fédération laïque de l'Ardèche, 1998.
RIALS Stéphane, *Le Légitimisme*, Paris, PUF, coll. « Que sais-je ? », 1983.
RIALS Stéphane, *Révolution et Contre-révolution au XIXe siècle*, Paris, DUC-Albatros, 1987.
RICHARDSON Nicolas, *The French Prefectoral Corps, 1814-1830*, Cambridge, CUP, 1966.
RIOT-SARCEY Michèle, *Démocratie et Représentation*, Paris, Kimé, 1995.
RIOT-SARCEY Michèle, *Le Réel de l'utopie. Essai sur le politique au XIXe siècle*, Paris, Albin Michel 1998.
RIOUX Jean-Pierre, *Nationalisme et Conservatisme. La Ligue de la patrie française, 1899-1904*, Paris, Beauchesne, 1977.

ROBERT Hervé, *L'Orléanisme*, Paris, PUF, coll. « Que sais-je ? », 1992.
ROBERT James, *Counter-Revolution in France, 1787-1830*, Londres, Macmillan, 1990.
RODRIGUEZ Manuel, *Le 1er Mai*, Paris, Gallimard-Julliard, coll. « Archives », 1990.
ROHR Jean, *Victor Duruy, ministre de Napoléon III*, Paris, Librairie générale de droit et de jurisprudence, 1967.
ROSANVALLON Pierre, *La Monarchie impossible. Les chartes de 1814 et de 1830*, Paris, Fayard, 1994.
ROSANVALLON Pierre, *Le Moment Guizot*, Paris, Gallimard, 1985.
ROSANVALLON Pierre, *Le Peuple introuvable. Histoire de la représentation démocratique en France*, Paris, Gallimard, 1998.
ROSANVALLON Pierre, *Le Sacre du citoyen, histoire du suffrage universel*, Paris, Gallimard, 1990.
ROTH Philippe, *La Guerre de 1870*, Paris, Fayard, 1990.
ROTHNEY John, *Bonapartism After Sedan*, New York, Cornell University Press, 1969.
ROUGERIE Jacques, *La Commune de Paris*, Paris, PUF, coll. « Que sais-je ? », 1988.
ROUGERIE Jacques, *Paris libre, 1871*, Paris, Le Seuil, 1971.
ROUGERIE Jacques, *Procès des communards*, Paris, Julliard, coll. « Archives », 1964.
RUDE Fernand, *Les Révoltes des canuts (1831-1834)*, Paris, Maspero, 1982.
RUDELLE Odile, *La République absolue : aux origines de l'instabilité constitutionnelle de la France républicaine, 1870-1889*, Paris, Publications de la Sorbonne, 1982.
SCHMIDT Martin, *Alexandre Ribot, Odissey of a Liberal in the Third Republic*, La Haye, Mouton, 1974.
SCHMIDT Nelly, *Victor Schœlcher et l'Abolition de l'esclavage*, Paris, Fayard, 1994.
SÉDOUY Jacques Alain, *Le Comte Molé ou la Séduction du pouvoir*, Paris, Perrin, 1994.
SERMAN William, BERTAUD Jean-Paul, *Nouvelle Histoire militaire de la France, 1789-1919*, Paris, Fayard, 1998.
SERMAN William, *La Commune de Paris*, Paris, Fayard, 1986.
SEVRIN E., *Les Missions religieuses en France sous la Restauration, 1815-1830*, 2 vol., Paris, Vrin, 1959.
SIRINELLI Jean-François, *Les Droites françaises de la Révolution à nos jours*, Paris, Gallimard, coll. « Folio Histoire », 1992.
SORLIN Pierre, *« La Croix » et les Juifs. 1880-1899. Contribution à l'histoire de l'antisémitisme contemporain*, Paris, Grasset, 1967.
SORLIN Pierre, *Waldeck-Rousseau*, Paris, Armand Colin, 1966.
SPITZER Alan, *Old Hatred and Young Hopes : the French Carbonari Against the Bourbon Restauration*, Cambridge (Mass.), HUP, 1971.

SPITZER Alan, *The French Carbonari Against the Bourbon Restauration*, Cambridge, Harvard University Press, 1971.

STERNHELL Zeev, *La Droite révolutionnaire, 1885-1914 : les origines françaises du fascisme*, Paris, Le Seuil, 1978.

STERNHELL Zeev, *Maurice Barrès et le Nationalisme français*, Bruxelles, Complexe, 1985.

STERNHELL Zeev, *Ni droite, ni gauche. L'idéologie fasciste en France*, Paris, Le Seuil, 1983.

SUTTON Michael, *Charles Maurras et les Catholiques français, 1890-1914. Nationalisme et positivisme*, Paris, Beauchesne, 1994.

THUILIER Guy, *Bureaucratie et Bureaucrates en France au XIXe siècle*, Genève, Droz, 1981.

TODA Michel, *Louis de Bonald, théoricien de la contre-révolution*, Étampes, Clovis, 1997.

TOMBS Robert, *La Guerre contre Paris*, Paris, Aubier, 1996,

TUDESQ André, *L'Élection présidentielle de Louis-Napéolon Bonaparte, 10 décembre 1848*, Paris, Armand Colin, 1965.

TUDESQ André, *Les Conseillers généraux au temps de Guizot, 1840-1848*, 2 vol., Paris, Armand Colin, 1964.

TULARD Jean (dir.), *Dictionnaire Napoléon*, Paris, Fayard, 1987.

TULARD Jean (dir.), *Dictionnaire du Second Empire*, Paris, Fayard, 1995.

TULARD Jean, *Joseph Fouché*, Paris, Fayard, 1998.

TULARD Jean, *La Contre-révolution, origines, histoire, postérité*, Paris, Perrin, 1990.

TULARD Jean, *Les Révolutions (1789-1851)*, Paris, Fayard, 1985.

TULARD Jean, *Napoléon ou le Mythe du sauveur*, Paris, Fayard, 1977.

VERNUS Michel, *Victor Considerant, 1808-1893*, Dôle, Canevas, 1993,

VIGIER Philippe, *1848. Les Français et la République*, Paris, Hachette, rééd. 1998.

VIGIER Philippe, *La Monarchie de Juillet*, Paris, PUF, coll. « Que sais-je ? », 1982.

VIGIER Philippe, *La Seconde République*, Paris, PUF, coll. « Que sais-je ? », 1988.

VIGIER Philippe (Mélanges offerts à), *La Terre et la Cité*, Paris, Créaphis, 1994.

VIMONT Jean-Claude, *La Prison politique en France (XVIIIe-XIXe siècles)*, Paris, Anthropos, 1993.

VINCENT K. Steven, *Between Marxism and Anarchism : Benoît Malon and the French Reformist Socialism*, Berkeley, California University Press, 1992.

VINCENT K. Steven, *Pierre-Joseph Proudhon and the Rise of French Republican Socialism*, Oxford, OUP, 1984.

VOVELLE Michel (dir.), *Révolution et République. L'exception française*, Paris, Kimé, 1994.
VOVELLE Michel, *La Découverte de la politique, géopolitique de la Révolution française*, Paris, La Découverte, 1993.
VOVELLE Michel, *Les Jacobins de Robespierre à Chevènement*, Paris, La Découverte, 1999.
WARESQUIEL Emmanuel, YVERT Benoît, *Histoire de la Restauration, 1814-1830, naissance de la France moderne*, Paris, Perrin, 1996.
WEBER Eugen, *France fin de siècle*, Paris, Fayard, 1986.
WEBER Eugen, *L'Action française*, Paris, Fayard, 1985.
WEBER Eugen, *La Fin des terroirs : la modernisation de la France rurale, 1870-1914*, Paris, Fayard, 1983.
WEILL Georges, *Histoire du parti républicain en France de 1814 à 1870*, rééd., Slatkine, Genève, 1980.
WELCH Cheryl, *Liberty and Utility. The French Ideologues and the Transformation of Liberalism*, New York, NYUP, 1984.
WILLARD Claude, *Le Mouvement socialiste en France, 1893-1905, les guesdistes*, Paris, Éditions Sociales, 1965.
WILSON Stephen, *Ideology and Experience : Antisemitism in France at the Time of the Dreyfus Affair*, Londres, Associated University Press, 1982.
WINOCK Michel (dir.), *Histoire de l'extrême droite en France*, Paris, Le Seuil, 1993, rééd. coll. « Points Histoire », 1994.
WINOCK Michel, *Édouard Drumont et compagnie, antisémitisme et fascisme en France*, Paris, Le Seuil, 1982.
WINOCK Michel, *L'Affaire Dreyfus*, Paris, Le Seuil, coll. « Points Histoire », 1998.
WINOCK Michel, *La Fièvre hexagonale*, Paris, Le Seuil, coll. « Points Histoire », 1987.
WINOCK Michel, *Nationalisme, antisémitisme et fascisme en France*, Paris, Le Seuil, coll. « Points Histoire », 1990.
WOLOCH Isser, *The New Regime. Transformations of the French Civic Order, 1789-1820s*, Londres, Norton, 1994.
WRIGHT Vincent, LE CLÈRE Bernard, *Les Préfets du Second Empire*, Paris, PUF, 1973.
YOUNG Robert, *Power and Pleasure. Louis Barthou and the Third French Republic*, Montréal, McGill - Queens University Press, 1991.
ZELDIN Théodore, *Émile Ollivier and the Liberal Empire of Napoleon III*, Oxford, Clarendon Press, 1963.
ZELDIN Theodore, *Histoire des passions françaises*, 5 vol., Paris, Le Seuil, coll. « Points Histoire », 1979.
ZELDIN Theodore, *The Political System of Napoléon III*, Londres, Macmillan, 1958.

Histoire culturelle et religieuse

ALBERTINI Pierre, *L'École en France, XIXe-XXe siècles, de la maternelle à l'université*, Paris, Hachette, coll. « Carré Histoire », 1992.

ALLEN James, *Popular French Romanticism : Authors, Readers and Books in the Nineteenth-Century*, Syracuse, New York University Press, 1981.

BARBERIS Pierre, *Balzac et le Mal du siècle. Contribution à une physiologie du monde moderne*, 2 vol., Paris, Gallimard, 1970.

BARNETT Graham Keith, *Histoire des bibliothèques publiques en France de la Révolution à 1939*, Paris, Promodis, 1987.

BARROWS Susanna, *Miroirs déformants. Réflexions sur la foule en France à la fin du XIXe siècle*, Paris, Aubier, 1990.

BASTID Paul, *Benjamin Constant et sa doctrine*, Paris, Armand Colin, 1996.

BEECHER Jonathan, *Fourier*, Paris, Fayard, 1993.

BELLANGER Claude, GODECHOT Jacques, *Histoire générale de la presse française*, t. 1, 2 et 3, Paris, PUF, 1969-1972.

BÉNICHOU Paul, *Le Sacre de l'écrivain*, Paris, José Corti, 1985,

BÉNICHOU Paul, *Le Temps des prophètes, doctrines de l'âge romantique*, Paris, Gallimard, 1977.

BÉNICHOU Paul, *Les Mages romantiques*, Paris, Gallimard, 1988.

BERENSON Edward, *Populist Religion and the Left-Wing Politics in France, 1830-1852*, Princeton, PUP, 1984.

BERNARDINI Jean-Marc, *Le Darwinisme social en France (1859-1918). Fascination et rejet d'une idéologie*, Paris, CNRS, 1997.

BERTRAND-SABIANI Julie, LERY Géraldi, *La Vie littéraire à la Belle Époque*, Paris, PUF, 1998.

BÉTOURNÉ Olivier, HARTIG Aglaia, *Penser l'histoire de la Révolution. Deux siècles de passion française*, Paris, Gallimard - La Découverte, 1989.

BLUNEN M. et G., *Journal de l'impressionnisme*, Genève, Skira, 1979.

BOUTRY Philippe, *Prêtres et Paroisses au pays du curé d'Ars*, Paris, Le Cerf, 1986.

BOWMAN Franck, *Le Christ romantique*, Genève, Droz, 1973.

BRÉCY Robert, *Florilège de la chanson révolutionnaire*, Paris, Éditions Hier et Demain, 1978.

CABANTOUS Alain, *Histoire du blasphème en Occident, XVIe-XIXe siècle*, Paris, Albin Michel, 1998.

CARBONNELL Charles Olivier, *Histoire et Historiens, une mutation idéologique des historiens français, 1865-1885*, Paris, Privat, 1976.

CARON Jean-Claude, *À l'école de la violence. Châtiments et sévices dans l'institution scolaire au XIXe siècle*, Paris, Aubier, 1999.

CARON Jean-Claude, *Génération romantique, 1814-1851, les étudiants de Paris et le Quartier latin*, Paris, Armand Colin, 1991.
CHALINE Jean-Pierre, *Sociabilité et Érudition. Les sociétés savantes en France*, Paris, Éditions du comité des travaux historiques et scientifiques, 1995.
CHALINE Nadine, *Des catholiques normands sous la Troisième République*, Roanne, Horvath, 1985.
CHANET, Louis, *L'École républicaine et les Petites Patries*, Paris, Aubier, 1996.
CHARLE Christophe, *La République des universitaires*, Paris, Le Seuil, 1994.
CHARLE Christophe, *Le Personnel de l'enseignement supérieur en France aux XIXe et XXe siècles*, Paris, CNRS, 1985.
CHARLE Christophe, *Naissance des intellectuels (1880-1900)*, Paris, Éditions de Minuit, 1990.
CHARLE Christophe, *Paris fin de siècle. Culture et politique*, Paris, Le Seuil, 1998.
CHARLE Christophe, VERGER Jacques (dir.), *Histoire des universités*, Paris, PUF, 1994.
CHARTIER Roger (dir.), *La Correspondance. Les usages de la lettre au XIXe siècle*, Paris, Fayard, 1991.
CHARTIER Roger, *Les Usages de l'imprimé (XVe-XIXe siècle)*, Paris, Fayard, 1987.
CHARTIER Roger, MARTIN Henri-Jean, *Histoire de l'édition française*, t. 3, Paris, Promodis, 1985.
CHAUDONNERET Marie-Claude, *L'État et les Artistes. De la Restauration à la monarchie de Juillet, 1815-1833*, Paris, Flammarion, 1999.
CHAUDONNERET Marie-Claude, *La Figure de la République. Le concours de 1848*, Paris, RMN, 1987.
CHEVALIER Louis, *Montmartre du plaisir, du crime*, Paris, Robert Laffont, 1980.
CHEVALLIER Pierre, *Histoire de la franc-maçonnerie française*, 3 vol., Paris, Fayard, 1974-1975.
CHOLVY Gérard, HILAIRE Yves-Marie, *Histoire religieuse de la France contemporaine*, 2 vol., Toulouse, Privat, 1985.
CHOLVY Gérard, *La Religion en France de la fin du XVIIIe siècle à nos jours*, Paris, Hachette, coll. « Carré Histoire », 1991,
CHRISTOPHE Paul, *L'Église de France et la Révolution de 1848*, Paris, Éditions du Cerf, 1998.
CITRON Suzanne, *Le Mythe national : l'histoire de France en question*, Paris, Éditions Ouvrières, 1989.
CLARK Timothy J., *Le Bourgeois absolu : les artistes et la politique en France de 1848 à 1851*, Villeurbanne, Art Éd., 1992.
CLÉMENT Jean-Paul, *Chateaubriand*, Paris, Flammarion, 1998.

COLLECTIF, *1900*, exposition (mai-juin 2000), catalogue, Paris, RMN, 2000.

COLLECTIF, *Les Années romantiques. la Peinture française de 1815 à 1830*, catalogue de l'exposition au Grand Palais, Paris, RMN, 1996.

COLLECTIF, *Daumier, 1808-1879*, exposition (octobre 1999 – janvier 2000), catalogue, Paris, RMN, 1999.

COLLECTIF, *Impressionnisme : les origines, 1859-1869*, catalogue d'exposition, Paris, RMN, 1994.

COLLECTIF, *L'Impressionnisme et le Paysage français*, catalogue d'exposition, Paris, Musées nationaux, 1979.

COMPAGNON Antoine, *La Troisième République des lettres. De Flaubert à Proust*, Paris, Le Seuil, 1983.

CONDEMI Concetta, *Les Cafés-concerts. Histoire d'un divertissement (1849-1914)*, Paris, Quai Voltaire, 1994.

CORBIN Alain, GEORGEL Pierre, GUÉGUAN Stéphane, MICHAUD Stéphane, MILNER Max, SAVY Nicole, *L'Invention du XIXe siècle*, Paris, Klincksieck - Presses de la Sorbonne, 1999.

CORBIN Alain, GÉRÔME Noëlle, TARTAKOWSKY Danielle (dir.), *Les Usages politiques de la fête aux XIXe-XXe siècles*, Paris, Publications de la Sorbonne, 1994.

CRESPELLE Jean-Paul *La Vie quotidienne à Montparnasse à la Grande Époque, 1905-1930*, Paris, Hachette, 1976.

CROSLAND M. P., *Science Under Control ; The French Academy of Sciences, 1795-1914*, Cambridge, CUP, 1992.

CROSSLEY Ceri, *French Historians and Romanticism : Thierry, Guizot, the Saint-Simoniens, Quinet, Michelet*, 1993.

CRUBELLIER Maurice, *Histoire culturelle de la France*, Paris, Armand Colin, 1974.

CRUBELLIER Maurice, *L'École républicaine, 1870-1940*, Paris, Éditions Christian, 1993.

CRUBELLIER Maurice, *La Mémoire des Français : recherches d'histoire culturelle*, Paris, Kronos, 1991.

DAGEN Philippe, HAMON Françoise (dir.), *Histoire de l'art. Époque contemporaine, XIXe-XXe siècles*, Paris, Flammarion, rééd. 1999.

DÉMIER Francis, *L'Europe romantique*, Paris, La Documentation française, 1996.

DENIEUL-CORMIER Anne, *Augustin Thierry, l'histoire autrement*, Paris, Publisud, 1996.

DEVLIN Judith, *The Superstitious Mind : French Peasants and the Supernatural in the Nineteenth-Century*, New York, NYUP, 1987.

DHOMBRES Jean et Nicole, *Naissance d'un pouvoir : sciences et savants en France, 1793-1824*, Paris, Payot, 1989.

DIGEON Claude, *La Crise allemande de la pensée française, 1870-1914*, Paris, PUF, 1959.

DUROSELLE Jean-Baptiste, *Les Débuts du catholicisme social en France (1822-1870)*, Paris, PUF, 1951.

EDELMAN Nicole, *Voyantes, Guérisseuses et Visionnaires en France, 1785-1914*, Paris, Albin Michel, 1995.

ENCREVÉ André, *Les Protestants en France de 1800 à nos jours*, Paris, Stock, 1985.

ENCREVÉ André, *Protestants français au milieu du XIXe siècle : les réformés de 1848 à 1870*, Genève, Labor et Fides, 1986.

FAURY Jean, *Cléricalisme et Anticléricalisme dans le Tarn (1849-1900)*, Toulouse.

FONTANON Claudine, GRELON André, *Les Professeurs du Conservatoire des arts et métiers*, 2 vol., Paris, CNAM, 1994.

FOUCART Bruno, *Le Renouveau de la peinture religieuse en France, 1800-1860*, Paris, Arthéna, 1987.

FOX Robert, *The Culture of Science in France, 1700-1900*, Cambridge, CUP, 1992.

FULCHER Jane, *Le Grand Opéra en France : un art politique, 1820-1870*, Paris, Belin, 1987.

FURET François, OZOUF Jacques, *Lire et Écrire. L'alphabétisation des Français de Calvin à Jules Ferry*, 2 vol., Paris, Éditions de Minuit, 1977.

GADILLE Jacques, *La Pensée et l'Action des évêques français au début de la IIIe République, 1870-1883*, Paris, Hachette, 1967.

GASNAULT François, *Guinguettes et Lorettes. Bals publics à Paris au XIXe siècle*, Paris, Aubier, 1986.

GAUCHET Marcel, *La Religion dans la démocratie. Parcours de la laïcité*, Paris, Gallimard, 1998.

GAULUPEAU Yves, *La France à l'école*, Paris, Gallimard, coll. « Découvertes », 1992.

GENET-DELACROIX Marie-Claude, *Art et État sous la IIIe République. Le système des beaux-arts, 1870-1940*, Paris, Publications de la Sorbonne, 1992.

GEORGEL Chantal, *1848. La République et l'art vivant*, Paris, Fayard, 1998.

GÉRARD Alice, *La Révolution française, mythes et interprétations, 1789-1970*, Paris, Flammarion, 1970.

GERBOD Paul, *La Condition universitaire en France au XIXe siècle*, Paris, PUF, 1965.

GERBOD Paul, *La Vie quotidienne dans les lycées et collèges au XIXe siècle*, Paris, Hachette, 1968.

GOBLOT Jean-Jacques, *La Jeune France libérale. « Le Globe » et son groupe littéraire, 1824-1830*, Paris, Plon, 1995.

GOETSCHEL Pascale, LOYER Emmanuelle, *Histoire culturelle et intellectuelle de la France au XXe siècle*, Paris, Armand Colin, coll. « Cursus », 1995.

GRAETZ Michel, *Les Juifs en France au XIXe siècle*, Paris, Le Seuil, 1989.
GUGELOT Frédéric, *La Conversion des intellectuels français au catholicisme en France, 1885-1935*, Paris, CNRS, 1998.
HEMMINGS Frederick, *Culture and Society in France, 1789-1848*, Leicester, Cambridge University Press, 1987.
HEMMINGS Frederick, *The Theatre Industry in Nineteenth-Century France*, Cambridge, CUP, 1994.
HEMMINGS Frederick, *Theatre and State in France, 1760-1905*, Cambridge, CUP, 1994.
HEYWOOD Colin, *Childhood in Nineteenth-Century France : Work, Health, and Education Among the « Classes Populaires »*, Cambridge, CUP, 1988.
HILAIRE Yves-Marie, *Une chrétienté au XIXe siècle. La vie religieuse des populations du diocèse d'Arras (1840-1914)*, 2 vol., Lille, PUL, 1977.
HUBSCHER Ronald, DURRY Jean, JEU Bernard (dir.), *L'Histoire en mouvements. Le sport dans la société française (XIXe-XXe siècles)*, Paris, Armand Colin, 1992.
IHL Ollivier, *La Fête républicaine*, Paris, Gallimard, 1996.
JOHNSON James, *Listening in Paris, a Cultural history*, Berkeley, University of California Press, 1995.
JOURDAN Annie, *Napoléon, imperator, mécène*, Paris, Aubier, 1999.
JULLIARD Jacques, WINOCK Michel, *Dictionnaire des intellectuels français*, Paris, Le Seuil, 1996.
KALIFA Dominique, *L'Encre et le Sang. Récits du crime et société à la Belle Époque*, Paris, Fayard, 1995.
KELLY George, *The Human Comedy : Constant, Tocqueville and French Liberalism*, Cambridge, CUP, 1992.
KNIEBIELHER Yvonne, *Naissance des sciences humaines : Mignet et l'histoire philosophique au XIXe siècle*, Paris, Flammarion, 1973.
KRAKOVITCH Odile, *Hugo censuré. La liberté au théâtre au XIXe siècle*, Paris, Calmann-Lévy, 1985.
LAGRÉE Michel, *Mentalités, Religion et Histoire en Haute-Bretagne au XIXe siècle, le diocèse de Rennes, 1815-1848*, Paris, Klincksieck, 1978.
LALOUETTE Jacqueline, *La Libre-Pensée en France au XIXe siècle*, Paris, Albin Michel, 1997.
LANGLOIS Claude, *Le Catholicisme au féminin : les congrégations françaises à supérieure générale au XIXe siècle*, Paris, Le Cerf, 1984.
LARKIN Maurice, *Religion, Politics and Preferment in France Since 1890, la Belle Époque and its Legacy*, Cambridge, CUP, 1995.
LAUNAY Michel, *Le Bon Prêtre. Le clergé rural au XIXe siècle*, Paris, Aubier, 1986.

LE BRIS M., *Journal du romantisme*, Genève, Skira, 1981.
LE GOFF Jacques, RÉMOND René (dir), *Histoire de la France religieuse*, t. 3, JOUTARD Philippe, *Du roi très chrétien à la laïcité républicaine, XVIIIe-XIXe siècles*, Paris, Le Seuil, 1991.
LE MEN Ségolène, *La Cathédrale illustrée de Hugo à Manet. Regard romantique et modernité*, Paris, CNRS, 1998.
LE MEN Ségolène, *Les Français peints par eux-mêmes : panorama social du XIXe siècle*, Paris, Les dossiers du Musée d'Orsay, 1993.
LEBRUN François (dir.), *Histoire des catholiques en France du XVe siècle à nos jours*, Toulouse, Privat, 1980.
LEBRUN François (dir.), *Histoire des catholiques en France*, Paris, Hachette, coll. « Pluriel », 1984.
LENIAUD Jean-Michel, *Les Bâtisseurs d'avenir. Portraits d'architectes, XIXe-XXe siècles*, Paris, Fayard, 1998.
LENIAUD Jean-Michel, *Les Cathédrales au XIXe siècle*, Paris, Economica, 1993.
LÉONARD E. G., *Le Protestant français*, Paris, PUF, 1955.
LETERRIER Sophie-Anne, *L'Institution des sciences morales*, Paris, L'Harmattan, 1995.
LETERRIER Sophie-Anne, *Le XIXe Siècle historien. Anthologie raisonnée*, Paris, Belin, 1997.
LETHÈVE Jacques, *La Vie quotidienne des artistes français au XIXe siècle*, Paris, Hachette, 1968.
LOYER François, *Le Siècle de l'industrie*, Paris, Skira, 1983.
LUC Jean-Noël, BARBÉ A., *Des normaliens, histoire de l'École normale supérieure de Saint-Cloud*, Paris, FNSP, 1981.
MAC CORMICK John, *Popular Theatres of Nineteenth-Century France*, Londres, Routledge, 1993.
MAC WILLIAM N., *Dreams of Happiness. Social Art and the French Left, 1830-1850*, Princeton, PUP, 1993.
MAINARDI Patricia, *Art and Politics of the Second Empire. The Universal Expositions of 1855 and 1867*, New Haven, Yale University Press, 1987.
MAINARDI Patricia, *The End of the Salon : Art and the State in the Early Third Republic*, Cambridge, CUP, 1993.
MARCILHACY Christiane, *Le Diocèse d'Orléans au milieu du XIXe siècle, les hommes et leurs mentalités*, Paris, Sirey, 1964.
MARRINAN Michael, *Painting Politics for Louis-Philippe*, New Haven, Yale University Press, 1988.
MARTIN Marc, *Médias et Journalistes de la République*, Paris, Odile Jacob, 1997.
MARTIN Marc, *Trois Siècles de publicité en France*, Paris, Odile Jacob, 1992.
MARTIN-FUGIER Anne, *Les Romantiques, 1820-1848*, Paris, Hachette, 1998.

MAYEUR Françoise, *Histoire générale de l'enseignement et de l'éducation en France*, vol. 3, *De la Révolution à l'école républicaine*, Paris, Nouvelle Librairie de France, 1981.

MAYEUR Françoise, *L'Enseignement des jeunes filles sous la Troisième République*, Paris, FNSP, 1977.

MAYEUR Jean-Marie, *Catholicisme social et Démocratie chrétienne. Principes romains et expériences françaises*, Paris, Le Cerf, 1986.

MAYEUR Jean-Marie, *Un prêtre démocrate, l'abbé Lemire (1853-1928)*, Tournai, Casterman, 1968.

MÉLONIO Françoise, *Tocqueville et les Français*, Paris, Aubier, 1993.

MICHAUD Stéphane, *Flora Tristan, George Sand, Pauline Roland. Les femmes et l'invention d'une nouvelle morale, 1830-1840*, Paris, Créaphis, 1994.

MICHAUD Stéphane, *Taine au carrefour des cultures du XIXe siècle*, Paris, BNF, 1996.

MILNER Max, PICHOIS Claude, *Littérature française*, t. VII, Paris, Arthaud, 1990.

MILNER Max, PICHOIS Claude, *Romantisme*, 2 vol., Paris, Arthaud, 1979.

MOLLIER Jean-Yves, *L'Argent et les Lettres. Histoire du capitalisme d'édition. 1880-1890*, Paris, Fayard, 1988.

MOLLIER Jean-Yves, *Le Commerce de la librairie en France au XIXe siècle, 1789-1914*, Paris, IMEC-EHESS, 1997.

MOLLIER Jean-Yves, *Louis Hachette*, Paris, Fayard, 1999.

MOLLIER Jean-Yves, *Michel et Calmann Lévy, ou la Naissance de l'édition moderne, 1836-1891*, Paris, Calmann-Lévy, 1984.

MOLLIER Jean-Yves, ORY Pascal, *Pierre Larousse et son temps*, Paris, Larousse, 1995.

MOLLIER Jean-Yves, *Usages de l'image au XIXe siècle*, Paris, Créaphis, 1992.

MOULIN Raymonde, *L'Artiste, l'Institution et le Marché*, Paris, Flammarion, 1992.

OEHLER Dolf, *Le Spleen contre l'oubli. Juin 1848, Baudelaire, Flaubert, Heine, Herzen*, Paris, Payot, 1996.

ORY Pascal, *La Censure en France à l'ère démocratique*, Bruxelles, Complexe, 1997.

ORY Pascal, *Les Expositions universelles de Paris*, Paris, Ramsay, 1982.

OZOUF Jacques et Mona, *La République des instituteurs*, Paris, Gallimard - Le Seuil, 1992.

OZOUF Jacques, *Nous les maîtres d'école : autobiographies d'instituteurs de la Belle Époque*, Paris, Gallimard-Julliard, coll. « Archives », 1967.

Ozouf Mona, *L'École, l'Église, la République, 1871-1914*, Paris, Armand Colin, 1963.
Palmer Michael, *Des petits journaux aux grandes agences. Naissance du journalisme moderne, 1863-1914*, Paris, Aubier, 1983.
Parent-Lardeur Françoise, *Les Cabinets de lecture : la lecture publique à Paris sous la Restauration*, Paris, Payot, 1982.
Petitier Paule, *La Géographie de Michelet. Territoire et modèles naturels dans les premières œuvres de Michelet*, Paris, L'Harmattan, 1997.
Pickering Mary, *Auguste Comte : an Intellectual Biography*, Cambridge, CUP, 1994.
Pierrard Pierre, *1848, les Pauvres, l'Évangile et la Révolution*, Paris, Desclée, 1977.
Pierrard Pierre, *L'Église de France face aux crises révolutionnaires, 1789-1871*, Paris, Éditions du Chalet, 1974.
Pierrard Pierre, *L'Église et les Ouvriers en France (1840-1940)*, Paris, Hachette, 1984.
Pistone Danièle, *La Musique en France de la Révolution à 1900*, Paris, Champion, 1979.
Poulat Émile, *Liberté et Laïcité : la guerre des France et le principe de la modernité*, Paris, Le Cerf, 1988.
Prochasson Christophe, *Les Années électriques, 1880-1910*, Paris, La Découverte, 1991.
Prost Antoine, *L'Enseignement en France, 1800-1967*, Paris, Armand Colin, coll. « U », 1968.
Ragon Michel, *Histoire mondiale de l'architecture et de l'urbanisme modernes. Idéologies et pionniers*, Paris, Casterman, 1986.
Reddy William, *The Invisible Code. Honor and Sentiment in Post revolutionary France 1814-1848*, Berkeley, University of California Press, 1998.
Régnier Philippe (dir.), *La Caricature entre république et censure*, Lyon, PUL, 1996.
Rewald John, *Histoire de l'impressionnisme*, Paris, LGF, coll. « Le Livre de Poche », 1965.
Richard Jean-Pierre, *Études sur le romantisme*, Paris, Le Seuil, 1970, rééd. coll. « Points Essais », 1999.
Rosenblum Robert, Thomas Ann, *1900, la Belle Époque de l'art*, Paris, La Martinière, 2000.
Rosenthal Léon, *Du romantisme au réalisme, la peinture en France de 1830 à 1848*, Paris, 1914, rééd. Macula, 1987.
Schaer Roland, *L'Invention des musées*, Paris, Gallimard, coll. « Découvertes », 1993.
Schroeder-Gudehus Brigitte, Rasmussen Anne, *Le Guide des expositions universelles, 1851-1992*, Paris, Flammarion, 1992.
Sieburg Friedrich, *Dieu est-il français ?*, Paris, Grasset, 1974.

STEDM Jones Gareth, PATTERSON Ian, *Fourier : Theory of Four Movements*, Cambridge, CUP, 1996.

THIESSE Anne-Marie, *Écrire la France. Le mouvement littéraire régionaliste de langue française de la Belle Époque à la Libération*, Paris, PUF, 1991.

TODOROV Tzvetan, *Benjamin Constant*, Paris, Hachette, 1997.

VAILLANT Alain, BERTRAND Jean-Pierre, RÉGNIER Philippe, *Histoire de la littérature française du XIXe siècle*, Paris, Nathan Université, 1998.

VAN THIEGHEM Philippe, *Le Romantisme français*, Paris, PUF, coll. « Que sais-je ? », 1992.

VARRY Dominique (dir.), *Histoire des bibliothèques françaises*, t. III, Paris, Promodis, 1991.

VIALLANEIX Paul, *La Voie royale. Essai sur l'idée de temps dans l'œuvre de Michelet*, Paris, Delagrave, 1959.

VOGLER B., *Histoire des chrétiens en Alsace*, Paris, Desclée, 1994.

WHITE Harrison et Cynthea, *La Carrière des peintres au XIXe siècle. Du système académique au marché des impressionnistes*, Paris, Flammarion, 1991.

WINOCK Michel, *La France politique (XIXe-XXe siècles)*, Paris, Le Seuil, coll. « Points Histoire », 1999.

WINOCK Michel, *Le Siècle des intellectuels*, Paris, Le Seuil, 1997, rééd. coll. « Points », 1999.

Exemples d'études régionales et locales

AGULHON Maurice, *La République au village. Les populations du Var de la Révolution à la Seconde République*, Paris, Plon, 1970.

AGULHON Maurice, *Une ville ouvrière au temps du socialisme utopique : Toulon de 1815 à 1851*, Paris - La Haye, Mouton, 1961.

ARMENGAUD André, *Les Populations de l'Est aquitain au début de l'époque contemporaine (1845-1871)*, Paris, Mouton, 1961.

BARRAL Pierre, *Le Département de l'Isère sous la IIIe République*, Paris, Armand Colin, 1962.

BRUNET Jean-Paul, *Saint-Denis la ville rouge, socialisme et communisme en banlieue ouvrière, 1890-1939*, Paris, Hachette, 1980.

CAILLY Claude, *Mutations d'un espace proto-industriel. Le Perche aux XVIIIe-XIXe siècles*, Le Mans, Fédération des amis du Perche, 1993.

CORBIN Alain, *Archaïsme et Modernité en Limousin au XIXe siècle (1845-1880)*, Limoges, PUL, 1999.

DENIS Michel, *Les Royalistes de la Mayenne et le Monde moderne (XIXe-XXe siècles)*, Paris, Klincksieck, 1966.

DESERT Gabriel, *Une société rurale au XIXe siècle. Les paysans du*

Calvados, 1815-1895, Lille, Service de reproduction des thèses, 1975.
DUPEUX Georges, *Aspects de l'histoire sociale et politique du Loir-et-Cher, 1848-1914*, Paris - La Haye, Mouton, 1962.
FORD Caroline, *Creating the Nation in Provincial France : Religion and Political Identity in Britanny*, Princeton, PUP, 1993.
GARRIER Gilbert, *Les Paysans du Beaujolais et du Lyonnais (1800-1970)*, Grenoble, PUG, 1973.
GAVIGNAUD Geneviève, *Propriétaires-viticulteurs en Roussillon*, Paris, Publications de la Sorbonne, 1983.
GOUJON Pierre, *Le Vignoble de Saône-et-Loire au XIXe siècle (1851-1870)*, Lyon PUL, 1974.
HAU Michel, *La Croissance économique de la Champagne de 1810 à 1969*, Strasbourg, Association des publications près les universités de Strasbourg, 1976.
HUBSCHER Ronald, *L'Agriculture et la Société rurale dans le Pas-de-Calais du milieu du XIXe siècle à 1914*, 2 vol., Arras, mémoires de la CDMH du Pas-de-Calais, 1979.
JESSENNE Jean-Pierre, *Pouvoir au village et Révolution. Artois, 1760-1848*, Lille, PUL, 1987.
LÉVÊQUE Pierre, *Une société en crise : la Bourgogne au milieu du XIXe siècle (1846-1852)*, Paris, EHESS, 1983.
LÉVÊQUE Pierre, *Une société provinciale : la Bourgogne sous la monarchie de Juillet*, Paris, EHESS, 1983.
MAYAUD Jean-Luc, *Les Secondes Républiques du Doubs*, Paris, Les Belles Lettres, 1986.
MERLEY Jean, *La Haute-Loire de la fin de l'Ancien Régime aux débuts de la Troisième République (1776-1886)*, Le Puy-en-Velay, Cahiers de la Haute-Loire, 1974.
POURCHER Yves, *Les Maîtres du granit. Les notables de Lozère du XVIIIe siècle à nos jours*, Paris, Orban, 1987.
RINAUDO Yves, *Les Vendanges de la République. Une modernité provençale. Les paysans du Var à la fin du XIXe siècle*, Lyon, PUL, 1982,
SOULET Jean-François, *Les Pyrénées au XIXe siècle*, 2 vol., Toulouse, Eché, 1987.
THIBON Christian, *Pays de Sault. Les Pyrénées audoises au XIXe siècle : les villages et l'État*, Paris, CNRS, 1988.
VIGIER Philippe, *Essai sur la répartition de la propriété foncière dans la région alpine*, Paris, SEVPEN, 1963.
VIGIER Philippe, *La Seconde République dans la région alpine. Étude politique et sociale*, Paris, PUF, 1963.
VIGIER Philippe, *Paris pendant la monarchie de Juillet (1830-1848)*, Paris, Hachette, coll. « Nouvelle Histoire de Paris », 1991.

VIGREUX Marcel, *Paysans et Notables du Morvan au XIXe siècle, jusqu'en 1914*, Château-Chinon, Académie du Morvan, 1987.

Histoire coloniale et des relations internationales

AGERON Robert, *France coloniale ou Parti colonial ?*, Paris, PUF, 1978.

AGERON Robert, *Histoire de l'Algérie contemporaine*, 2 vol., Paris, PUF, 1979.

AGERON Robert, *L'Anticolonialisme en France de 1871 à 1914*, Paris, PUF, coll. « Dossiers Clio », 1973.

ALLAIN Jean-Claude, *Agadir, 1911. Une crise impérialiste en Europe pour la conquête du Maroc*, Paris, Publications de la Sorbonne, 1976.

ANDREW Christopher, *Théophile Delcassé and the Making of the Entente Cordiale*, Oxford, OUP, 1968.

BIONDI Jean-Pierre, *Les Anticolonialistes (1881-1962)*, Paris, Robert Laffont, 1992.

BLANCHARD Pascal, BANCEL Nicolas, GERVEREAU Laurent (dir.), *Images et colonies. Iconographie et propagande coloniale sur l'Afrique française de 1880 à 1962*, Paris, BDIC-ACHAC, 1993.

BOIS Jean-Pierre, *Bugeaud*, Paris, Fayard, 1997.

BOUCHÉ D., *Histoire de la colonisation française*, t. 2, *Flux et Reflux, 1815-1962*, Paris, Fayard, 1991.

BOUVIER Jean, GIRAULT René, *L'Impérialisme français avant 1914*, Paris - La Haye, Mouton, 1986.

CAMERON Rondo, *La France et le développement économique de l'Europe au XIXe siècle*, Paris, Le Seuil, 1971.

CASE Lynn, *French Opinion and Foreign Affairs, 1870-1914*, Hamden, Archon Books, 1954.

COQUERY-VIDROVITCH Catherine, MONIOT Henri, *L'Afrique noire de 1800 à nos jours*, Paris, PUF, 1984.

CORVISIER André (dir.), *Histoire militaire de la France*, t. 2 et 3, Paris, PUF, 1992-1993.

DOISE Jean, VAÏSSE Maurice, *Diplomatie et Outil militaire, 1871-1969*, Paris, PUF, 1987.

DROZ Jacques, *Les Causes de la Première Guerre mondiale. Essai d'historiographie*, Paris, Le Seuil, coll. « Points Histoire », 1973.

DUROSELLE Jean-Baptiste, *L'Europe de 1815 à nos jours : vie politique et relations internationales*, Paris, PUF, 1967.

GANIAGE Jean, *L'Expansion coloniale de la France sous la IIIe République*, Paris, Payot, 1968.

GIRARDET Raoul, *L'Idée coloniale en France*, Paris, La Table Ronde, 1972.

GIRAULT René, *Diplomatie européenne et Impérialismes, 1871-1914*, Paris, Masson, 1983.
GIRAULT René, *Emprunts russes et Investissements français en Russie, 1887-1914*, Paris, Armand Colin, 1973.
GROSSI Verdiana, *Le Pacifisme européen*, Bruxelles, Bruylant, 1994.
GUILLAUME Pierre, *Le Monde colonial, XIXᵉ-XXᵉ siècles*, Paris, Armand Colin, 1994.
GUILLEN Pierre, *Finances et Diplomatie. Les emprunts marocains de 1902 à 1904*, Paris, Publications de la Sorbonne, 1972.
GUILLEN Pierre, *L'Expansion, 1881-1898*, Paris, Imprimerie nationale, 1984.
HAMILTON C. I., *Anglo-French Naval Rivalry, 1840-1870*, Oxford, OUP, 1993.
KLEIN Jean-François, *Ulysse Pyla, vice-roi de l'Indochine, 1837-1909*, Lyon, ELAH, 1997.
LEJEUNE Dominique, *Les Sociétés de géographie en France et l'Expansion coloniale au XIXᵉ siècle*, Paris, Albin Michel, 1993.
LÉVY-LEBOYER Maurice (dir.), *La Position internationale de la France. Aspects économiques et financiers (XIXᵉ-XXᵉ siècles)*, Paris, EHESS, 1977.
MARSEILLE Jacques, *Empire colonial et Capitalisme français, histoire d'un divorce*, Paris, Albin Michel, 1984, rééd. Le Seuil, coll. « Points Histoire », 1989.
MARTIN Jean, *L'Empire colonial de la France sous la IIIᵉ République*, Paris, Denoël, 1987.
MASTELLONE Salvo, *La Politica estera del Guizot*, Florence, La Nuova Italia, 1957.
MEYER Jean, TARRADE Jean, REY-GOLDZEIGER Annie, THOBIE Jacques, *Histoire de la France coloniale. Des origines à 1914*, Paris, Armand Colin, 1991.
MIÈGE Jean-Louis, *Expansion européenne et Décolonisation de 1870 à nos jours : vie politique et relations internationales*, Paris, PUF, 1970.
MILZA Pierre, *Les Relations internationales de 1871 à 1914*, Paris, Armand Colin, coll. « Cursus », 1990.
MILZA Pierre, POIDEVIN Raymond, *La Puissance française à la Belle Époque. Mythe ou réalité ?*, Bruxelles, Complexe, 1992.
PERVILLIÉ Guy, *De l'Empire français à la décolonisation*, Paris, Hachette, coll. « Carré Histoire », 1991.
POIDEVIN Raymond, BARIETY Jacques, *Les Relations franco-allemandes, 1815-1975*, Paris, Armand Colin, 1977.
POIDEVIN Raymond, *Finances et Relations internationales, 1887-1914*, Paris, Armand Colin, coll. « U2 », 1969.
POIDEVIN Raymond, *Les Relations économiques et financières entre*

la France et l'Allemagne de 1898 à 1914, Paris, Armand Colin, 1970.
REINHARD Wolfgang, *Petite Histoire du colonialisme*, Paris, Belin, 1997.
RENOUVIN Pierre, DUROSELLE Jean-Baptiste, *Introduction à l'histoire des relations internationales*, Paris, Armand Colin, 1992.
RENOUVIN Pierre, *Histoire des relations internationales*, t. 5 et t. 6, Paris, Hachette, 1953.
SAUL Samir, *La France et l'Égypte de 1882 à 1914. Intérêts économiques et implications politiques*, Paris, Comité pour l'histoire économique et financière de la France, 1997.
THOBIE Jacques, *Intérêts et Impérialisme français dans l'empire ottoman (1895-1914)*, Paris, Publications de la Sorbonne, 1977.
THOBIE Jacques, *La France impériale*, Paris, Mégrelis, 1982.

Mémoires, témoignages, études et sources

(Rééditions de textes aisément accessibles)

BÉDÉ Étienne, *Un ouvrier en 1820*, manuscrit inédit de Jacques Étienne Bédé, édité par Rémi Gossez, Paris, Publications de la Sorbonne, 1984.
BLANQUI Louis-Auguste, *Œuvres*, t. 1, *Des origines à la Révolution de 1848*, édité par D. Le Nuz et Ph. Vigier, Nancy, PUN, 1993.
BONALD Louis de, *Réflexions sur la Révolution de 1830*, Toulouse, Presses de l'IEP, 1984.
BONNEFF Léon et Maurice, *La Vie tragique des travailleurs* (1912), rééd. Paris, EDI, 1984.
BUGEAUD Maréchal, *La Guerre des rues et des maisons*, inédit, présenté par M. Bouyssy, Paris, J.-P. Rocher, 1997.
CABET Étienne, *Voyage en Icarie*, Genève, Slatkine, 1979.
CHAPTAL Jean Antoine, *De l'industrie française*, Paris, Imprimerie nationale, 1993.
CHATEAUBRIAND François-René, *Grands Écrits politiques*, Paris, Imprimerie nationale, 1993.
COMTE Auguste, *Cours de philosophie positive* (1830-1842), réédité sous le titre *Philosophie première et Physique sociale*, Paris, Hermann, 1975.
CONSIDÉRANT Victor, *Description du phalanstère*, Genève, Ressources-Slatkine, 1980.
CONSTANT Benjamin, *Écrits politiques*, Paris, Gallimard, coll. « Folio Essais », 1997.
DÉGUIGNET Jean-Baptiste, *Mémoires d'un paysan bas-breton*, An Heré, 1999.
DU CAMP Maxime, *Souvenirs d'un demi-siècle*, Paris, Hachette, 1949.
DUMAY Jean-Baptiste, *Mémoires d'un militant ouvrier du Creusot (1841-1905)*, Grenoble, PUG, 1976.

FAURE Alain, RANCIÈRE Jacques, *La Parole ouvrière, 1830-1851*, Paris, UGE, coll. « 10/18 », 1976.
FOURIER Charles, *Le Nouveau Monde amoureux*, Genève, Slatkine, 1980.
GAUTIER Théophile, *Histoire du romantisme*, Paris, Les Introuvables - L'Harmattan, 1993.
GRENADOU Ephraïm, PRÉVOST Alain, *Grenadou, vie d'un paysan français*, Paris, Le Seuil, 1966 réed. coll. « Points Histoire », 1978.
GUILLAUMIN Émile, *La Vie d'un simple (mémoires d'un métayer)*, Paris, 1904, réed. LGF, coll. « Le Livre de poche », 1972.
HALÉVY Daniel, *La Fin des notables. La République des ducs*, 2 t. (1930), réed. Hachette, coll. « Pluriel », 1995.
HALÉVY Daniel, *Visite aux paysans du Centre*, Paris, LGF, coll. « Le Livre de poche - Pluriel », 1978.
HEINE Henri, *De la France*, Genève, Slatkine, 1980.
HUGO Victor, *Choses vues*, Paris, Robert Laffont, coll. « Bouquins », 1988.
JAURÈS Jean, *Études socialistes*, Genève, Slatkine, 1979.
LAMARTINE Alphonse de, *La Politique et l'Histoire*, Paris, Imprimerie nationale, 1993.
LE BON Gustave, *La Psychologie des foules*, Paris, PUF, coll. « Quadrige », 1995.
LEJEUNE Xavier-Édouard, *Calicot*, Paris, Arthaud-Montalba, 1984.
LEROUX Pierre, *À la source du socialisme français*, anthologie établie et présentée par Bruno Viard, Paris, Desclée de Brouwer, 1997.
LEROUX Pierre, *De l'humanité, de son principe et de son avenir*, Paris, Fayard, 1977.
LEROUX Pierre, *Réfutation de l'éclectisme*, Genève, Slatkine, 1979.
LISSAGARAY Prosper-Olivier, *Histoire de la Commune de 1871*, Paris, Maspero, 1969.
MAISTRE Joseph de, *Sur la France* (1797), réed. Bruxelles, Complexe, 1988.
MARX Karl, *Les Luttes de classes en France* ; *Le Dix-Huit Brumaire de Louis Napoléon Bonaparte* ; *La Guerre civile en France* ; Paris, Éditions sociales, 1984.
MASSIS Henri, TARDE Alfred de (Agathon), *Les Jeunes Gens d'aujourd'hui* (1913), réed. Paris, Imprimerie nationale, 1995.
MICHELET Jules, *Le Peuple*, Paris, Flammarion, 1979.
NADAUD Martin, *Mémoires de Léonard, ancien garçon-maçon*, introduction de M. Agulhon, Paris, Hachette, 1976.
NOIRET Charles, *Mémoires d'un ouvrier rouennais*, introduction de Jean-Pierre Chaline, Rouen, Société d'histoire de Normandie, 1986.
OLLIVIER Émile, *Journal (1844-1869)*, Paris, Julliard, 1961.

PARENT-DUCHÂTELET Alexandre, *La Prostitution à Paris au XIXe siècle* (1836), rééd. présentée par A. Corbin, Paris, Le Seuil, 1981.

PERDIGUIER Agricol, *Mémoires d'un compagnon* (1854), rééd., préface de Maurice Agulhon, Paris, Imprimerie nationale, 1992.

POULOT Denis, *Le Sublime ou le Travailleur comme il est en 1870 et ce qu'il peut être* (1872), rééd., Paris, Maspero, 1980.

PRÉVOST-PARADOL Lucien, *La France nouvelle*, Genève, Slatkine, 1979.

PROUDHON Pierre Joseph, *Œuvres complètes*, 15 vol., Genève, Slatkine, 1982.

PROUDHON Pierre Joseph, *Philosophie de la misère*, suivi du texte de Marx *Misère de la philosophie*, UGE, coll. « 10/18 », 1964.

QUINET Edgar, *Le Christianisme et la Révolution française*, rééd., Paris, Fayard, 1984.

RÉMUSAT Charles de, *Mémoires de ma vie*, édité par C. H. Pouthas, Paris, Plon, 1958.

RENAN Ernest, *La Réforme intellectuelle et morale de la France*, Paris, UGE, coll. « 10/18 », 1967.

REYBAUD Louis, *Études sur les réformateurs contemporains*, Genève, Slatkine, 1979.

REYBAUD Louis, *Jérôme Paturot à la recherche d'une position sociale*, Paris, Belin, 1996.

SAND George, *Correspondance*, Paris, rééd. de G. Lubin, Garnier, à partir de 1964.

SAND George, *Politique et Polémiques*, édité par Michelle Perrot, Paris, Imprimerie nationale, 1997.

SIEGFRIED André, *Tableau politique de la France de l'Ouest sous la Troisième République*, Paris, Armand Colin, 1964.

SIMON Jules, *L'Ouvrière*, Salerne, G. Montfort, 1977.

STERN Daniel, *Histoire de la Révolution de 1848*, Paris, Balland, 1985.

TAINE Hippolyte, *Les Philosophes classiques du XIXe siècle*, rééd., Genève, Slatkine, 1979.

THABAULT Roger, *Mon village. Ses hommes, ses routes, son école… (1848-1914)*, Paris, Delagrave, 1944.

TOCQUEVILLE Alexis de, *Souvenirs*, Paris, Gallimard, coll. « Folio », 1978.

VILLERMÉ Louis-René, *Tableau de l'état physique et moral des ouvriers employés dans les manufactures de coton, de laine et de soie*, Paris, 1840, édité par J.-P. Chaline et F. Démier, Paris, EDI, 1990.

Index biographique

Abd el-Kader (1807-1833) : homme de guerre algérien. Proclamé émir des tributs de Mascara en 1832, il entre en guerre contre les Français et parvient à faire reconnaître son autorité sur l'Oranais en 1834. Pourchassé par le duc d'Aumale qui s'empare de sa smala en 1843, il se réfugie au Maroc. Traqué par Lamoricière, interné en France en 1852, libéré par Napoléon III, il se retire en Turquie. *167, 168.*

Agoult, Marie de Flavigny, comtesse d' (1805-1876) : fille des Bethmann, dynastie financière et protestante d'Allemagne, elle tient un des salons fréquentés de la haute bourgeoisie à l'époque romantique, entretient une liaison avec Liszt, en a un garçon et deux filles, dont une, Cosima, épouse Richard Wagner. Devenue écrivain journaliste, elle publie sous le nom de Daniel Stern, entre autres, une *Histoire de la Révolution de 1848* (1850-1852). *227, 257.*

Albert Alexandre Martin, dit l'ouvrier Albert (1815-1895) : socialiste et fondateur de *L'Atelier* avec Corbon. Très lié à Louis Blanc, membre du gouvernement provisoire en février 1848. *216, 223.*

Allain-Targé François (1832-1902) : avocat et journaliste, opposant à l'Empire, député de la Seine en 1876, ministre des Finances dans le grand ministère de Gambetta et ministre de l'Intérieur dans le cabinet Brisson (1885). *298, 314.*

Allemane Jean (1843-1935) : ouvrier typographe, communard, déporté en Nouvelle-Calédonie, il fonde en 1890 le Parti socialiste ouvrier révolutionnaire. Influent dans la CGT, il devient député du XIe arrondissement de Paris en 1902. *368, 369.*

Arago Dominique François (1786-1853) : physicien et astronome, professeur à Polytechnique et directeur de l'Observatoire de Paris. Député des Pyrénées-Orientales (1830-1848), membre du gouvernement provisoire en 1848, il signe l'acte d'abolition de l'esclavage. Son fils Étienne est ministre de la Justice en 1870, de l'Intérieur en 1871 et sénateur en 1876. *202, 214, 215, 223.*

Arenberg Armand, comte d' (1753-1833). *358, 466.*

Audiffret-Pasquier (1823-1905) : influent dans le parti orléaniste sous le Second Empire, chef du centre droit dans l'Assemblée nationale, qu'il préside en 1875, et une des chevilles ouvrières des négociations entre les orléanistes et le comte de Chambord. Président du Sénat en 1876-1879. *307.*

Bakounine Mikhaïl (1814-1876) : officier noble de l'armée russe, il émigre en Allemagne puis se voue à la révolution. À Paris de 1844 à 1848, il se lie à Proudhon. Il participe à la Révolution de 1848 à Paris puis en Allemagne ; déporté en Sibérie, il finit par rejoindre Londres et adhère en 1868 à la Ire Internationale. Après une participation sans succès à la Commune de Lyon, il écrit *L'État et l'Anarchie* (1873). Grande figure de l'anarchisme, il devient le principal rival de Marx dans l'Internationale, dont il est exclu en 1872. *292, 296, 366, 370.*

Balzac Honoré de (1799-1850). *143, 144, 146, 149, 153, 154, 155, 192, 196, 197.*

Barante Prosper Bruguière, baron de (1782-1866) : historien, préfet de Vendée sous Napoléon Ier, directeur des contributions indirectes sous Louis XVIII, son principal ouvrage est une *Histoire des ducs de Bourgogne* (1826). *77.*

Barbès Armand (1809-1870) : héritier de notables guadeloupéens, médecin, un des chefs de l'opposition républicaine après 1830. Il est, avec Blanqui, à la tête de l'insurrection de 1839. Emprisonné jusqu'en 1848, il devient député de l'Aube, siège à l'extrême gauche, est arrêté lors de la journée du 15 mai 1848 et finit en exil. *135, 222.*

Baroche Pierre Jules (1802-1870) : un des chefs du parti conservateur en 1848, il devient ministre de l'Intérieur du prince président en 1850, fait voter la loi du 31 mai 1850 qui restreint le suffrage universel et devient président du Conseil d'État sous le Second Empire. Ministre de la Justice, des Cultes, puis des Travaux publics (1863-1869). *244, 276.*

Barodet Désiré (1823-1906) : instituteur, il proclame la République à Lyon en septembre 1870 et est élu contre Rémusat, le candidat de Thiers, en 1873 à Paris. Député de la Seine (1876-1896), puis sénateur en 1896. *303.*

Barrère Camille (1851-1940) : ambassadeur à Rome (1897-1924), il rapproche l'Italie de la France et l'éloigne de la Triplice. *475.*

Barrès Maurice (1862-1923) : journaliste et romancier, député de Nancy (1889-1893), il s'engage en faveur de Boulanger. Fondateur d'un journal nationaliste, *La Cocarde* (1894), il écrit alors sa trilogie, *Le Roman de l'énergie nationale* : *Les Déracinés* (1897), *L'Appel* *au soldat* (1900), *Leurs Figures* (1902). Farouchement hostile à Dreyfus, antisémite, il participe à la fondation de la Ligue de la patrie française, écrit alors de nombreux articles (rassemblées dans *Scènes et Doctrines du nationalisme*, 1902) et se lie à Maurras sans rejoindre l'Action française. Député de Paris à partir de 1906, il met sa plume au service de l'union sacrée dans ses chroniques de *L'Écho de Paris*. *351, 374, 377, 382, 383, 452, 453.*

Barrot Odilon (1791-1873) : avocat des libéraux sous la Restauration, il devient le chef de l'opposition dynastique sous la monarchie de Juillet. Il participe à la campagne des banquets et devient en 1848-1849 ministre de la Justice de Louis Napoléon mais s'oppose au coup d'État, est arrêté, s'éloigne de la politique, puis devient président du Conseil d'État grâce à Thiers en 1872. *124, 133, 165, 214, 215, 228, 238.*

Bartholdi Frédéric (1834-1904). *332.*

Barthou Louis (1862-1934) : avocat, député des Basses-Pyrénées dès 1889, il est ministre de l'Intérieur de Méline (1896-1898) et des Travaux publics sous Clemenceau (1906-1909). Poincaré l'appelle à la présidence du Conseil en mars 1913. Il fait voter la loi de trois ans. *360, 385, 389, 480, 485, 486.*

Baudin Jean-Baptiste (1811-1851) : médecin républicain, élu député de l'Ain en 1849, il meurt le 3 décembre 1851 sur une barricade à l'occasion de la résistance au coup d'État de Louis Napoléon Bonaparte, ce qui fait de lui un martyr du parti républicain. *240, 280, 353.*

Bazaine François (1811-1888) : colonel de la Légion étrangère après avoir servi en Algérie et en Espagne, général avec la guerre de Crimée, il dirige l'expédition du Mexique, qui lui vaut d'être nommé maréchal en 1864. Commandant de l'armée du Rhin en 1870, il se laisse enfermer dans Metz, abandonne Napoléon III, prisonnier à Sedan. Après avoir caressé l'espoir d'être l'arbitre de la situation, il est contraint à la reddition pure et simple le 27 octobre 1870. Condamné à la dégradation et à la peine de mort, il est gracié par Mac-Mahon. *274, 285, 286, 291.*

Bazard Saint-Amand (1791-1832) : un des fondateurs de la Charbonnerie, il participe au complot de Metz en 1822. Il se rapproche de Saint-Simon, devient avec Enfantin un des chefs de l'Église saint-simonienne, mais fait sécession pour se rapprocher du mouvement ouvrier. *89, 91, 111.*

Becquey François-Louis (1760-1849) : député de la Marne, puissant directeur des Ponts et Chaussées sous la Restauration et auteur d'un vaste plan de construction de canaux. *81.*

Berger Jean-Jacques (1790-1859) : représentant de la Seine en 1848, soutien de Louis Napoléon Bonaparte, il est préfet de la Seine sous la Deuxième République puis jusqu'en 1853 avant l'arrivée d'Haussmann. *232, 263.*

Bergson Henri (1859-1941). *454, 464.*

Berry Marie-Caroline de Bourbon-Sicile, duchesse de (1798-1870). *89, 128.*

Bert Paul (1833-1886) : ancien élève de Claude Bernard, il lui succède comme professeur de physiologie générale à la Sorbonne (1868). Député républicain de l'Yonne (1872), ministre de l'Instruction publique dans le cabinet Gambetta (1881-1882), il est le promoteur de la laïcisation de l'enseignement avant de devenir gouverneur général du Tonkin et de l'Annam. *314, 334, 343.*

Bethmont Eugène (1804-1860). *215.*

Beugnot Arthur-Auguste, comte (1761-1835) : préfet de Rouen après le 18 Brumaire, administrateur du grand-duché de Berg (1808), il se rallie aux Bourbons et devient ministre de l'Intérieur puis de la Marine sous la première Restauration. Il suit Louis XVIII à Gand et s'oppose aux ultras comme ministre d'État. *69.*

Billault Auguste (1805-1863) : avocat sous la monarchie de Juillet, puis le puissant député d'Ancenis, représentant en 1848 à la Constituante, député de l'Ariège après le coup d'État, il devient ministre de l'Intérieur autoritaire et anticlérical de 1854 à 1858. *244, 245, 276, 277.*

Blanc Louis (1811-1882) : Fils d'un inspecteur général des finances du roi Joseph Bonaparte, précepteur, journaliste au *Bon Sens*, il lance la *Revue du Progrès* et affiche son socialisme dans *L'Organisation du travail* (1839), qui connaît un grand succès avec son projet d'atelier social. Il publie en 1841 une *Histoire de dix ans*, pamphlet contre la monarchie de Juillet, et précise son projet socialiste dans *Le Droit au travail* (1848). Il commence aussi en 1847 une grande *Histoire de la Révolution française*. En février 1848, il est nommé à la présidence de la Commission du Luxembourg. Élu député de la Seine à la Constituante, il doit s'exiler le 26 août 1848 pour l'Angleterre et ne rentre en France qu'en 1870. Il désapprouve la Commune et est élu à l'Assemblée nationale, où il fait partie de l'extrême gauche. *61, 202, 203, 204, 206, 214, 216, 217, 219, 223, 236, 257, 293, 294, 297, 315.*

Blanqui Adolphe (1798-1854) : Blanqui l'aîné, frère du révolutionnaire, économiste, successeur de Jean-Baptiste Say à la chaire d'économie politique du Conservatoire des arts et métiers, membre de l'Académie des sciences morales et politiques, un des chefs de file du courant libre-échangiste des années 1840. Il écrit en 1838 la première histoire française de l'économie politique. Son enquête sur les « classes ouvrières » et sur les « classes rurales », en 1848, demandée par Cavaignac et jugée trop « réaliste » par le « parti de l'ordre », le marginalise parmi les économistes. *81, 111, 145, 157, 183, 201.*

Blanqui Auguste (1805-1881) : Après des études de droit et de médecine, tenté par les *carbonari*, il devient dès 1827 un homme du parti républicain avant de participer à la révolution de 1830. Hostile à la monarchie de Juillet, héritier des idées de Babeuf, son activité d'infatigable conspirateur lui vaut d'être inculpé dans le « procès des Quinze » en 1832, arrêté de nouveau en 1836 dans l'« affaire des poudres ». Il fonde en 1838 avec Barbès la Société des saisons et dirige l'insurrection de mai 1839. Enfermé jusqu'en 1848, libéré, il organise la Société républicaine centrale. Compromis dans la journée du 15 mai 1848, il est condamné à dix ans de prison. En 1865, il s'évade, passe en Belgique et ne revient en France qu'en octobre 1870 sans pouvoir participer à la Commune. De nouveau condamné en 1871, il n'est libéré qu'en 1879. *61, 105, 135, 201, 206, 222, 223, 281, 367.*

Boissy d'Anglas François, comte de (1756-1826) : avocat protestant, président de la Convention en 1795, il fut l'un des principaux rédacteurs de la Constitution de l'an IV et président du Conseil des Cinq-Cents. Membre du Tribunat après Brumaire, il devient sénateur, comte d'Empire, puis pair de France sous la Restauration. *54.*

Bonaparte Louis Napoléon (1808-1873) : fils de Louis, frère de Napoléon, roi de Hollande, et de Hortense de Beauharnais, fille de Joséphine, il est élevé en Suisse dans des idées libérales et participe avec son frère au mouvement national italien. En 1836 à Strasbourg et en 1840 à Boulogne, il tente de prendre le pouvoir. Interné à Ham en 1840, il écrit *De l'extinction du paupérisme*. Réfugié en Angleterre, il est élu député en juin et en septembre 1848 avant de triompher à la présidentielle de décembre 1848. Le coup d'État de décembre 1851 lui permet de devenir empereur des Français en 1852. *133, 135, 224, 226, 227, 238, 239, 241, 243, 245, 248, 250, 251, 252, 255, 257, 258, 268, 270, 271, 272, 273, 274, 278, 279, 285.*

Bouet-Willaumez Louis Édouard de (1808-1871) : vice-amiral, il implante la France au Gabon, en Côte d'Ivoire, et se distingue lors de la guerre de Crimée. *168.*

Boulanger Georges, général (1837-1891) : officier « sorti du peuple », il a combattu en Algérie, en Italie, en Cochinchine et durant la guerre de 1870. Recommandé par Clemenceau à Freycinet, il devient ministre de la Guerre en janvier 1886, se fait connaître à l'occasion de l'incident Schnæbelé et par ses réformes dans l'armée. Rouvier décide de l'écarter à cause de sa trop forte popularité en mai 1887. Il est nommé alors commandant du 13ᵉ corps à Limoges. Mis à la retraite en 1888, il est élu dans plusieurs partielles et « triomphe » à Paris le 27 janvier 1889 contre un candidat républicain. Il renonce alors à marcher sur l'Élysée, comme le lui conseillaient ses partisans. Craignant une arrestation, il fuit pour la Belgique le 1ᵉʳ avril 1889 et se suicide sur la tombe de sa maîtresse, Mᵐᵉ de Bonnemain, en 1891. *349, 350, 351, 352, 353, 354, 355, 364.*

Bourgeois Léon (1851-1925) : avocat républicain, préfet, député de la Marne en 1888. Radical de gouvernement, il est de 1888 à 1895 sous-secrétaire d'État, ministre de l'Intérieur, de l'Instruction publique, des Beaux-Arts, de la Justice, puis président du Conseil en 1895. Par son ouvrage *Solidarité* (1896), il redonne au parti radical une doctrine qui conjugue liberté individuelle et solidarité sociale. Délégué aux conférences internationales de la paix, à La Haye, de 1899 à 1901, il défend l'idée d'un droit régissant les relations internationales et d'une Société des nations. *364, 388, 399, 479.*

Bourgoin Philippe, baron (1828-1882). *308.*

Boutmy Émile (1835-1906). *335.*

Briand Aristide (1862-1932) : né à Nantes dans une famille modeste, avocat et journaliste politique, il se fait le théoricien de la grève générale en 1892. En 1901, il adhère au Parti socialiste français dans le sillage de Jaurès. De 1902 à 1919, il est député de la Loire. Rapporteur de la loi de séparation de l'Église et de l'État, il fait preuve alors d'une très grande habileté. Ministre de l'Instruction publique et des Cultes dans le cabinet Sarrien en 1906, date à laquelle il quitte la SFIO, il sera vingt-deux fois ministre et dix fois président du Conseil. Loin des options révolutionnaires de sa jeunesse, il symbolise le pragmatisme d'une gauche républicaine de gouvernement, mais aussi la fermeté face au mouvement social (répression des grèves de cheminots en 1910). *372, 392, 398, 401, 407, 479, 480, 486.*

Brisson Henri (1835-1912) : d'abord adjoint au maire de Paris en 1870, député radical de la Seine de 1876 à 1885, avant de devenir, à plusieurs reprises, président de la Chambre, président du Conseil en 1898. Radical et franc-maçon, farouche défenseur de la laïcité, il est avec Bourgeois et Goblet un des fondateurs du Parti radical et radical-socialiste en 1902. *388.*

Broca Pierre (1824-1888). *451.*

Broglie Albert, duc de (1821-1901) : fils du ministre de la monarchie de Juillet, il fait une brillante carrière dans la diplomatie

Index biographique

(Madrid, Rome), se tient à l'écart du Second Empire et se consacre alors à des études d'histoire religieuse qui lui valent d'entrer à l'Académie française en 1862. Élu député de l'Eure en 1871, ambassadeur à Londres en 1871-1872, il prend la tête de l'opposition monarchiste à Thiers et forme le gouvernement d'« ordre moral ». Théoricien d'un conservatisme libéral au-delà de la fusion des deux branches monarchistes, il est renversé par une coalition des légitimistes et de l'extrême gauche. Il revient dans un deuxième gouvernement d'« ordre moral » (mai-novembre 1877) et est renversé par la victoire électorale des républicains. *304, 307, 309, 319.*

Brousse Paul (1843-1912) : médecin, ami de Jules Guesde, adhère à l'Internationale et participe à la Commune en 1871, puis s'exile à Barcelone, Berne, Bruxelles, Londres, et devient un des chefs du courant anarchiste. Mais il se rapproche des autres courants socialistes, fonde le bulletin *Le Travail*, représente l'opposition modérée au courant marxiste à partir de 1879 et prend la tête de la Fédération des travailleurs socialistes de France après le départ de Guesde. Conseiller municipal de Paris, il soutient les républicains contre Boulanger et défend la théorie des « services publics », dont la prise en main par la collectivité doit conduire au socialisme. *367, 368.*

Brune Guillaume, maréchal (1763-1815). *73.*

Brunetière Ferdinand (1829-1906). *383.*

Buchez Philippe (1796-1865) : un des fondateurs de la Charbonnerie sous la Restauration, une des personnalités du saint-simonisme, auquel il apporte une touche très religieuse. Au-delà, il est un des animateurs du socialisme chrétien, théoricien de l'association de production, et journaliste actif qui anime avec Corbon *L'Européen* (1831-1838), puis *L'Atelier* (1846-1850). Il est président de l'Assemblée constituante au lendemain de la révolution de 1848. *89, 91, 111, 129, 203, 204.*

Bugeaud Thomas, duc d'Isly (1784-1849) : de noblesse périgourdine, officier pendant les guerres de l'Empire, se rallie à Napoléon pendant les Cent-Jours, est élu député de Dordogne en 1831, réprime brutalement l'insurrection de 1834 à Paris. En Algérie, il affronte Abd el-Kader, opte dans un premier temps pour la paix (1837), puis pour une guerre de conquête systématique, accompagnée cependant d'un système de gouvernement indirect (bureau des affaires arabes, 1844) et d'une implantation de colonies militaires. En février 1848, il échoue dans sa tentative de rétablir l'ordre à Paris. *168, 215.*

Buisson Ferdinand (1841-1932) : professeur à Lausanne sous le Second Empire, inspecteur général de l'Instruction publique en 1878, auteur d'un célèbre *Dictionnaire de pédagogie*. Républicain et anticlérical ardent, il est à la Chambre le défenseur de la laïcité et préside la Ligue des droits de l'homme (1913-1926). *333, 334.*

Buonarroti Philippe (1761-1837). *130, 205.*

Burke Edmond (1729-1797). *93.*

Cabet Étienne (1788-1856) : fils de tonnelier, avocat, opposant d'extrême gauche sous Charles X, il est un homme de la révolution de 1830, qui fait de lui un procureur général de la Corse avant qu'il ne rompe avec Louis-Philippe. Il opte pour la République dans *Le Populaire* et se fait le théoricien chrétien d'un communisme pacifique dans son *Voyage en Icarie* (1842). Après 1848, il tente de mettre sur pied une communauté au Texas, à Nauvoo, qui échoue dramatiquement. *91, 127, 202.*

Caillaux Joseph (1863-1944) : inspecteur des Finances, député de la Sarthe, ministre des Finances de Waldeck-Rousseau (1899), de Clemenceau (1906) et de Monis (1911), il s'impose pour sa compétence financière et fait voter l'impôt sur le revenu (1907-1914), qui remplace les « quatre vieilles » par un impôt unique. Il résout, en 1911, la crise marocaine d'Agadir, par un accord franco-allemand souhaité par les milieux financiers, avec lesquels il est très lié. Il dirige le parti radical à la veille de la guerre mais ne peut devenir président du Conseil de la nouvelle majorité (affaire de Mme Caillaux). Il agit en faveur de la paix pendant la guerre, ce qui lui vaut d'être accusé de trahison par Clemenceau. De nouveau ministre des Finances en 1925. *390, 391, 393, 478, 479, 485, 487.*

Calmette Gaston (1858-1914) : rédacteur en chef du *Figaro*, tué par Mme Caillaux. *487.*

Cambon Paul (1843-1924) : chef de cabinet de Jules Ferry (1870), ambassadeur (Tunis, Madrid, Istanbul), il est en poste à Londres en 1898 et contribue à mettre sur pied la Triple Entente en 1907. *475.*

Carnot Hippolyte (1801-1888) : avocat et publiciste, un des chefs du parti républicain après avoir été une des figures du saint-simonisme. Ministre de l'Instruction publique en 1848 et alors un des pionniers de l'éducation républicaine. *128, 202, 215, 219.*

Carnot Sadi François Marie (1837-1914) : petit-fils du « grand Carnot », polytechnicien et ingénieur des Ponts et Chaussées, élu républicain de la Côte-d'Or (1876). Ministre des Finances (1885), sa réputation d'intégrité lui vaut d'être élu président de la République (décembre 1887) après la démission de Jules Grévy, compromis dans le scandale des décorations. Il est assassiné par l'anarchiste Caserio en juin 1894 après avoir refusé la grâce de Vaillant, qui avait lancé une bombe à la Chambre. *348, 360, 362.*

Caserio Jeronimo (1874-1894). *362*.

Casimir-Perier Jean (1847-1907) : petit-fils du président du Conseil de Louis-Philippe et héritier de la riche famille des propriétaires des mines d'Anzin. Proche des orléanistes, mais républicain « progressiste », il devient président de la Chambre début 1893, puis en décembre 1893 président du Conseil d'un gouvernement hostile au mouvement social et aux anarchistes (il fait voter les « lois scélérates »). Désireux de se rapprocher des catholiques, il est renversé en mai 1894, mais élu en juin 1894 à la présidence de la République après l'assassinat de Sadi Carnot. Il démissionne six mois plus tard en janvier 1895. *315, 360*.

Cavaignac Louis Eugène, général (1802-1857) : frère de Louis Godefroy, polytechnicien, général, un des officiers « africains » les plus en vue d'Algérie, député à l'Assemblée constituante en 1848, nommé ministre de la Guerre après l'émeute du 15 mai 1848, désigné chef du pouvoir exécutif au moment de l'insurrection de juin 1848, qu'il écrase brutalement. Il est battu par Louis Napoléon Bonaparte à l'élection présidentielle de décembre 1848. *223, 224, 225, 227, 228, 254*.

Cavaignac Louis Godefroy (1801-1845) : frère du général, républicain, un des fondateurs de la Société des droits de l'homme sous la monarchie de Juillet. *110, 122, 130*.

Cavour Camille (1810-1861). *271*.

Challemel-Lacour Paul (1827-1896) : opposant au Second Empire, préfet de Lyon en 1870, proche de Gambetta dans la lutte contre les monarchistes, ministre des Affaires étrangères en 1883, président du Sénat (1893-1896). *314*.

Changarnier Nicolas (1793-1877) : général en Algérie de 1830 à 1848, orléaniste et bras armé des monarchistes du « parti de l'ordre » contre Louis Napoléon Bonaparte en 1851. Il devient député en 1871, puis sénateur inamovible. *230, 238*.

Chanzy Antoine (1823-1883). *292*.

Chaptal Jean-Antoine (1756-1832) : issu d'un milieu de petite bourgeoisie de Lozère, docteur en médecine en 1776, puis titulaire d'une chaire de chimie à la faculté de Montpellier, il devient riche en épousant la fille d'un négociant en coton. Il se lance alors dans l'industrie chimique et la fabrication de teintures artificielles. Girondin, il est un des animateurs de l'effort de guerre en 1793. Il fonde une usine de chimie à Paris en 1798, remplace Berthollet dans la chaire de chimie de l'École polytechnique, est reçu à l'Académie des sciences et fait conseiller d'État en 1799. En janvier 1801 il est nommé ministre de l'Intérieur et participe dans de très nombreux domaines à la réorganisation de la France : médecine, hôpitaux, industrie, haras, boulangerie, hospices... Il s'intéresse également à la production de betterave à sucre et développe ses usines de chimie à Nanterre. Il est l'auteur d'un ouvrage décisif dans la politique économique de la France : *De l'Industrie française* (1819). Il est sous la Restauration un des figures importantes de la chambre des pairs. *23, 28, 36, 59, 81, 112.*

Chapuys-Montlaville Benoît, baron de (1800-1868) : député, il siège avec la gauche jusqu'en 1848, devient préfet en 1849, puis sénateur et ardent bonapartiste. *254.*

Chasseloup-Laubat Justin, marquis de (1805-1873) : amiral, ministre des Colonies sous le Second Empire, il définit l'orientation coloniale de la France vers l'Extrême-Orient. *272.*

Chateaubriand René, vicomte de (1768-1848) : principal initiateur du romantisme en France (*Atala*, 1801, *René*, 1802), il contribue beaucoup, par son *Génie du christianisme* (1802) et son épopée *Les Martyrs* (1809), au renouveau religieux qui suit la Révolution. Après avoir fait partie de l'armée de Condé, il revient en France en 1799 et est nommé secrétaire d'ambassade à Rome (1803). Rejeté dans l'opposition à l'Empire, il ne revient en politique qu'avec Louis XVIII, qu'il suit à Gand, mais développe contre le roi une interprétation parlementaire de la Charte dans *La Monarchie selon la Charte* qui finit par le ramener vers les ultras. Ambassadeur à Rome puis à Berlin, ministre des Affaires étrangères de 1822 à 1824, il reste attaché aux libertés et provoque la défection d'une partie des ultras contre Charles X, mais ne trouve pas sa place après 1830. C'est en 1848 qu'il termine les *Mémoires d'outre-tombe*. *79, 80, 91, 94, 100, 101, 102, 103, 140, 141, 142, 146, 156, 300.*

Chevalier Michel (1806-1879) : économiste libéral mais proche du saint-simonisme, il a été directeur du *Globe* (1830-1832). Professeur d'économie politique au Collège de France en 1840, il est l'artisan du traité de libre-échange de 1860 négocié avec Cobden. *201, 265, 267.*

Cissey Ernest, général (1810-1881). *299.*

Clauzel Bertrand, comte (1772-1842). *167.*

Clemenceau Georges (1841-1929) : issu d'une famille bourgeoise républicaine de l'Ouest, médecin, il commence sa carrière politique en 1870 comme maire du XVIIIe arrondissement et échoue dans la médiation entre Versailles et les communards. Député de Paris en

1876, chef des radicaux, il contribue à la chute de Gambetta et de Ferry et soutient un temps Boulanger avant de dénoncer chez lui la menace d'un pouvoir autoritaire. Compromis dans le scandale de Panama, il est battu aux élections de 1893, mais l'affaire Dreyfus lui permet de revenir au premier plan, car, dans *L'Aurore*, il est un des premiers leaders politiques à soutenir Dreyfus. Sénateur du Var en 1902, président du Conseil de 1906 à 1909, il conjugue défense d'une politique de laïcité, ouverture sociale (création du ministère du Travail) et répression du mouvement syndical. Fondateur de *L'Homme libre* en 1913, devenu *L'Homme enchaîné* pour protester contre la censure après le début de la guerre, il est appelé finalement au gouvernement en 1917 et devient le « père la Victoire ». Mais il échoue à l'élection présidentielle de janvier 1920. *299, 315, 326, 345, 349, 352, 358, 380, 385, 388, 391, 392, 402, 404, 418, 479, 485.*

Combes Émile (1835-1921) : destiné à la prêtrise, il perd la foi, devient médecin et s'engage aux côtés des radicaux. Président du Sénat en 1894-1895, ministre de l'Instruction publique en 1895-1896, il est président du Conseil de 1902 à 1905. Sa politique est marquée par l'anticléricalisme, l'interdiction d'enseigner aux congrégations, la rupture avec le Saint-Siège qui précipite la loi de séparation de l'Église et de l'État. *391, 393, 395, 396.*

Comte Auguste (1798-1857) : fils d'un petit fonctionnaire catholique et royaliste, Comte devient très tôt agnostique. Renvoyé de Polytechnique pour ses positions libérales, il devient en 1817 disciple de Saint-Simon, avec lequel il se brouille en 1824. Il publie de 1827 à 1830 un *Cours de philosophie positive* dans lequel il trace la voie d'une réorganisation scientifique de la société en travaillant d'abord sa réorganisation spirituelle. Répétiteur à Polytechnique à partir de 1832, il est écarté de l'École et survit grâce à l'aide de Stuart Mill et surtout de Littré, son disciple. *313, 327.*

Conneau Henri (1803-1877) : secrétaire de Louis Bonaparte, ex-roi de Hollande, médecin à Rome, lié aux insurgés italiens de 1831. Il est à la fois le confident et le conseiller de Louis Napoléon Bonaparte, emprisonné avec lui à Ham, député de la majorité bonapartiste à partir de 1852 et intermédiaire entre Cavour et l'empereur. *269.*

Considérant Victor (1808-1893) : chef de l'école fouriériste, animateur du journal *La Démocratie pacifique*, il écrit en 1834 *La Destinée sociale*, et jouit alors d'une influence non négligeable en milieu ouvrier. Membre de l'Assemblée nationale en 1848, poursuivi pour haute trahison en 1849, il se réfugie au Texas où il met sur pied une communauté socialiste. Il rentre en France en 1869. *205, 220.*

Constans Antoine (1833-1913). *353.*

Constant Benjamin (1767-1830) : né dans une famille de huguenots à Lausanne, étudiant à Édimbourg (1783), chambellan du duc de Brunswick, il rencontre en Suisse en 1794 Mme de Staël, qui bouleverse sa vie. Membre du Tribunat, il en est écarté pour ses opinions libérales en 1802, suit Mme de Staël en Allemagne, rencontre Goethe, Schiller, écrit *Adolphe* et ne rentre en France qu'en 1814. Il publie alors *De l'esprit de conquête et de l'usurpation*, mais accepte de collaborer avec l'empereur pendant les Cent-Jours, où il rédige l'Acte additionnel aux Constitutions de l'Empire. Il devient ensuite comme député un des chefs de l'opposition libérale à la Restauration. *25, 57, 58, 69, 71, 77, 80, 92, 107, 109, 110.*

Corbière Jacques (1766-1853). *75, 91.*

Corbon Anthime (1808-1891). *205.*

Courbet Gustave (1819-1877). *297, 458.*

Cousin Victor (1792-1867) : né dans une famille ouvrière, il devient maître de conférences à l'École normale sous la Restauration. Il introduit en France la philosophie allemande. Il est un des opposants libéraux à la Restauration et devient le chef de file de l'école de la philosophie éclectique fondée sur la psychologie et la philosophie de l'histoire. Il s'impose comme le philosophe « officiel » du régime de Juillet après 1830 et cumule les postes de professeur à la Sorbonne, conseiller d'État, pair de France, directeur de l'École normale, puis ministre de l'Instruction publique en 1840. *69, 98, 107, 109, 115, 163, 171.*

Crémieux Adolphe (1796-1880) : avocat, ministre de la Justice dans le gouvernement provisoire de 1848. Devenu opposant à l'Empire, il est élu député de Paris en 1869 et reprend le portefeuille de la Justice en 1870. Il inspire alors le décret qui donne aux juifs d'Algérie la citoyenneté française. *215, 293, 384.*

Curie Pierre (1859-1906) et Marie (1867-1934). *450.*

Dalou Jules (1838-1902). *386.*

Darimon Alfred (1817-1902). *249.*

Daudet Léon (1867-1942) : fils du romancier Alphonse Daudet, il adhère aux théories antisémites de Drumont, se convertit au catholicisme au moment de l'affaire Dreyfus et met son talent de polémiste au service de l'Action française. *482.*

Index biographique

Daumier Honoré (1808-1879) : caricaturiste et peintre, fils d'artisan, autodidacte, il collabore à *La Caricature* et au *Charivari* de Charles Philipon. Son *Gargantua*, qui ridiculise Louis-Philippe, lui vaut six mois de prison. Le conservatisme orléaniste lui inspire des œuvres vengeresses : *La Rue Transnonain*, *Le Ventre législatif*, puis des séries : « Robert Macaire », « Les gens de justice », et après 1848 « Les représentants représentés ». *149, 202, 219, 297.*

Daunou François (1761-1840) : un des principaux auteurs de la Constitution de l'an III (1795), membre des Cinq-Cents, puis du Tribunat, conservateur des Archives (1804-1815), directeur du *Journal des savants*, puis député (1819-1823, 1828-1834), un des théoriciens du libéralisme : *Essai sur les garanties individuelles* (1818). *58, 77.*

Decazes Élie, comte (1780-1860) : avocat à Libourne, juge au tribunal de la Seine, préfet de police de Louis XVIII en 1815. Grand commandeur des loges de rite écossais, ministre de la Police à la place de Fouché, il devient conseiller du roi, qui l'appelle en 1818 pour remplacer le duc de Richelieu à la présidence du Conseil. Modéré, en butte aux attaques des ultras, il démissionne en février 1820, devient ambassadeur à Londres, avant d'être fait pair après 1830. Il est aussi le fondateur des forges de Decazeville (Aveyron). Son fils Louis, député orléaniste en 1871, devient ministre des Affaires étrangères dans des cabinets de 1873 à 1877. *75, 77, 78, 86, 89, 90.*

Delangle Alphonse (1797-1869). *271.*

Delcassé Théophile (1852-1923) : journaliste proche de Gambetta, député de l'Ariège en 1889, radical, anticlérical, il devient ministre des Colonies dans un cabinet Dupuy en 1898, puis ministre des Affaires étrangères de 1898 à 1905. Il est l'artisan d'une réconciliation avec l'Angleterre et promoteur d'une politique d'implantation au Maroc. *360, 474, 475, 476, 477, 478, 479.*

Delescluze Charles (1809-1871) : opposant républicain farouche à la monarchie de Juillet, commissaire pour le département du Nord en 1848, il s'exile en Angleterre en 1849. Arrêté, emprisonné au bagne, puis libéré en 1859, il fonde *Le Réveil*, organe de l'opposition d'extrême gauche au Second Empire. Il est délégué à la Guerre sous la Commune et tué sur la barricade du Château-d'Eau. *293, 296.*

Déroulède Paul (1846-1914) : poète de la revanche après avoir été combattant volontaire en 1870, il fonde la Ligue des patriotes alors qu'il est un ami de Gambetta. Devenu un soutien de Boulanger, il échoue dans sa tentative de subversion de la République en 1899. *343, 345, 349, 351, 376, 385.*

Destutt de Tracy Antoine (1754-1836). *58, 77*.

Dillon Arthur (1834-1922). *351*.

Doumergue Gaston (1863-1937) : avocat à Nîmes, député radical en 1893, ministre des Colonies sous Combes (1902-1905) puis ministre du Commerce (1906) et de l'Instruction publique sous Clemenceau, ce Méridional est élu président de la République en 1924. *480, 485*.

Dreyfus Alfred (1859-1935). *379, 380, 381, 382, 383, 385, 386, 388, 390, 391, 392, 394, 406, 421, 453*.

Drouyn de Lhuys (1805-1881) : diplomate, ministre des Affaires étrangères sous le Second Empire de 1852 à 1855 puis de 1862 à 1866, il tente d'arrêter l'expansion prussienne et l'unité allemande. *269*.

Drumont Édouard (1844-1917) : journaliste à *La Liberté* d'Émile de Girardin, il ne parvient à la notoriété que par un violent pamphlet antisémite, *La France juive, essai d'histoire contemporaine* (1886). Il prend alors la tête du quotidien *La Libre parole*. Les émeutes antisémites d'Alger lui valent d'être porté à la Chambre par la ville (1898-1902), et il devient un des chefs de file du nationalisme pendant l'affaire Dreyfus. *374, 375*.

Dufaure Armand Jules (1798-1881) : avocat bordelais, député libéral en 1834, ministre des Travaux publics dans le cabinet Soult, ministre de l'Intérieur de Cavaignac. Ami de Thiers, il contribue à la fondation de la Troisième République, dont il fut président du Conseil en 1876 et 1877-1879. Il échoue dans ses efforts pour faire accepter à Mac-Mahon la République parlementaire. *315, 319, 326*.

Dumas Alexandre (1802-1870). *147, 149, 150, 154, 157, 197*.

Dumas fils (1824-1895). *299*.

Dunoyer Charles (1786-1862) : opposant libéral à la Restauration, économiste conservateur sous la monarchie de Juillet. *25, 200*.

Dupin Charles (1784-1873) : ingénieur, professeur au Conservatoire des arts et métiers (1819), économiste libéral, il devient ministre de la Marine en 1833, siège dans les assemblées de la Deuxième République, avant de devenir sénateur en 1852. *81, 107, 155*.

Dupont Pierre (1821-1870). *216*.

Dupont de l'Eure Jacques Charles (1767-1855) : membre du Conseil des Cinq-Cents (1797), opposant libéral à la Restauration, ministre de la Justice en 1830, puis opposant à Louis-Philippe, il est appelé à la tête du gouvernement provisoire en 1848. *91, 215*.

Index biographique

Duruy Victor (1811-1894) : historien et publiciste, ministre de l'Instruction publique en 1863. Il étend la gratuité de l'enseignement, augmente le nombre des boursiers et des instituteurs, crée un enseignement secondaire rénové et ouvre des cours pour les filles. *276.*

Duvergier de Hauranne Prosper (1798-1881). *213, 214.*

Duveyrier Charles (1803-1866). *111.*

Eiffel Gustave (1832-1923). *423, 463.*

Enfantin Barthélemy Prosper (1796-1854) : ingénieur, économiste, polytechnicien, fils de banquier, il devient le chef de l'Église saint-simonienne, fonde en 1832 une communauté à Ménilmontant, mais est condamné pour association illicite et outrage aux mœurs. Il part pour l'Égypte dans l'espoir de percer l'isthme de Suez, puis ayant échoué revient en France. En 1845, il fonde une société de chemins de fer, la Compagnie de Lyon. *111.*

Eschassériaux René, baron d' (1823-1906). *308.*

Espinasse Charles (1815-1859). *271.*

Esquiros Alphonse (1812-1876). *315.*

Esterhazy Marie Charles (1847-1923). *380.*

Étienne Eugène (1844-1921). *465.*

Eudes Émile (1843-1888). *350, 368.*

Eugénie, impératrice, Eugenia Maria de Montijo de Guzmán (1826-1920). *243.*

Faidherbe Louis César (1818-1889) : polytechnicien, officier du génie, il sert en Algérie, au Sénégal, dont il devient le gouverneur. Il est nommé par Gambetta, en novembre 1870, commandant de l'armée du Nord. Député, puis sénateur, il reste fidèle à ses engagements républicains. *273, 290, 292.*

Falloux Frédéric, comte de (1811-1886) : légitimiste, catholique, député en 1846, il lutte en faveur de la liberté de l'enseignement. Ministre de l'Instruction publique (décembre 1848 - octobre 1849), il fait voter la loi du 15 mars 1850 qui permet le développement de l'enseignement congréganiste. *224, 228, 233, 306, 333.*

Faure Félix (1841-1899) : industriel du Havre, plusieurs fois ministre (Colonies sous Ferry), il est élu président de la République en janvier 1895. *360, 384, 385.*

Favre Jules (1809-1880) : avocat, député républicain de Paris (1848-1851), élu de nouveau à Paris en 1857, opposant à l'Empire, il contribua à la journée du 4 septembre 1870, devint ministre des Affaires étrangères et signa l'armistice du 28 janvier 1871, avant de négocier la paix de Francfort en mai 1871. *249, 282, 287, 289, 290.*

Ferry Jules (1832-1893) avocat, opposant à l'Empire, maire de Paris pendant le siège, il combat l'extrême gauche. Député en 1871, ministre de l'Instruction publique à plusieurs reprises entre 1879 et 1883, président du Conseil (1880-1881, 1883-1885), il est le promoteur des grandes lois républicaines. *266, 279, 280, 282, 287, 289, 290, 311, 313, 315, 318, 325, 326, 327, 333, 334, 337, 345, 346, 353, 356, 360, 455.*

Floquet Charles (1828-1896) : avocat, député républicain de 1871, ami de Gambetta, président du conseil municipal de Paris en 1876, président de la Chambre (1885-1896). Il devient président du Conseil (1888-1889) au moment de la montée de Boulanger, avec qui il se battit en duel. Impliqué dans l'affaire de Panama, il siège comme sénateur de la Seine (1894-1896). *299, 352.*

Fortoul Hippolyte (1811-1856) : ministre de l'Instruction publique après le coup d'État de 1851, il met au pas l'Université et supprime les agrégations d'histoire et de philosophie. *244.*

Fouché Joseph, duc d'Otrante (1759-1820) : élève des oratoriens, rallié à la Révolution, jacobin, député de Nantes à la Convention. Régicide et redoutable représentant en mission, compromis au moment de la chute de Robespierre, amnistié, il est aidé par Barras, qui en 1799 en fait un ministre de la Police. Il reste au service de l'empereur comme chef de la police, jusqu'à ce qu'il manifeste son opposition au mariage avec Marie-Louise. De nouveau ministre de la Police pendant les Cent-Jours, il devient, après Waterloo, chef du gouvernement provisoire, négocie avec les alliés et organise le retour de Louis XVIII. Éloigné sous la pression des ultras dans l'ambassade de Dresde, il s'exile à Trieste. *72, 74.*

Fould Achille (1800-1867) : banquier, il apporte son soutien à Guizot et devient ministre des Finances de Louis Napoléon Bonaparte de 1849 à 1852. Il fonde avec les Pereire le Crédit mobilier. Membre du Conseil privé à partir de 1858, il est de nouveau ministre des Finances (1861-1867). *67, 244, 268.*

Fourier Charles (1772-1837) : fils d'un riche négociant en drap, ruiné par une spéculation malheureuse sous la Révolution. Il participe à l'insurrection fédéraliste de Lyon, échappe de peu à la guillotine et devient commis aux écritures dans diverses entreprises de Lyon et de Paris. Autodidacte, il écrit des ouvrages qui ne connaissent pas alors le succès : *Théorie des quatre mouvements* (1808), *Le Nouveau Monde industriel* (1829), *La Fausse Industrie* (1835). Son disciple Considérant fonde *La Réforme industrielle*, qui popularise son phalanstère. *111, 112, 203, 204, 375.*

Frankel Léo (1844-1896). *296.*

Frayssinous Denis, comte de (1765-1841). *99, 104.*

Gallieni Joseph, maréchal (1849-1916). *466.*

Galliffet Gaston de, général (1830-1909). *385, 390.*

Gambetta Léon (1838-1882) : né à Cahors d'une famille d'origine italienne, avocat brillant, il se met en vedette au procès de Delescluze en 1868. Élu de Marseille en 1869 après avoir rédigé le programme très radical de Belleville, il est l'âme d'une relance patriotique de la guerre contre les Prussiens dans la délégation de Tours (2 octobre 1870), démissionne après l'armistice du 28 janvier 1871 et se tient alors à l'écart de la Commune. Chef de l'Union républicaine, devenu « opportuniste », avocat d'une politique active en direction des paysans, son « grand ministère », qui ne dure que 77 jours, est renversé le 26 janvier 1882. *280, 282, 287, 289, 290, 291, 292, 293, 299, 300, 301, 303, 309, 310, 311, 312, 313, 314, 316, 317, 318, 320, 322, 325, 326, 327, 328, 334, 337, 338, 343, 344, 347, 349, 360, 361.*

Gaumont Léon (1864-1946). *445.*

Gérando Joseph Marie, baron de (1772-1842). *20, 112, 198.*

Germain Henri (1824-1905). *315.*

Gobineau Arthur, comte de (1816-1882). *375.*

Goblet René (1828-1905). *388.*

Goudchaux Michel (1819-1862) : banquier proche du parti républicain, est ministre des Finances du gouvernement provisoire en 1848, puis de nouveau de juin à octobre 1848, et s'oppose à l'Empire. *215.*

Gouvion-Saint-Cyr Laurent, marquis de (1764-1830). *80.*

Granier de Cassagnac Bernard Adolphe (1806-1880). *308.*

Grave Jean (1854-1939). *370.*

Grégoire Henri, abbé (1750-1831). *22.*

Grévy Jules (1807-1891) : avocat, siège à gauche dans les Assemblées de la Deuxième République. Député d'opposition en 1868, républicain, il succède à Mac-Mahon à la présidence de la République en 1879. Réélu, il démissionne en 1887 à la suite du scandale des décorations dans lequel son gendre Wilson est compromis. *315, 322, 326, 347, 348.*

Griffuelhes Victor (1874-1923). *404.*

Guéroult Adolphe (1810-1872). *277.*

Guesde Jules (1845-1922) : employé au ministère de l'Intérieur, puis journaliste aux idées républicaines, emprisonné à la fin de l'Empire. Obligé de s'exiler en Suisse après la Commune, il devient un des animateurs de la fédération jurassienne de l'Internationale. Revenu en France, il fonde *L'Égalité* en 1877 et défend un programme collectiviste. En 1882, il fait scission de la Fédération des travailleurs socialistes et fonde le Parti ouvrier français, qui devient la première formation socialiste de France. En 1893, il est député de Roubaix et crée en 1901, avec Vaillant et en opposition à Jaurès, le Parti socialiste de France puis participe à la fondation de la SFIO en 1905. En 1914, il entre dans le gouvernement d'union sacrée. *366, 367, 368, 385, 406, 483.*

Guizot François (1787-1874) : bourgeois calviniste de Nîmes, universitaire libéral sous la Restauration, historien, professeur à la Sorbonne, où son cours est suspendu en 1822, il est le chef du courant « doctrinaire » et l'animateur de la « Société Aide-toi… ». Rallié à la monarchie de Juillet, il est un des hommes de la « résistance » et s'impose au gouvernement de 1840 à 1848. *77, 78, 98, 105, 108, 109, 114, 115, 118, 124, 128, 131, 132, 133, 136, 147, 163, 164, 165, 166, 167, 169, 170, 171, 186, 189, 194, 195, 208, 212, 213, 214, 221, 251.*

Hanotaux Gabriel (1853-1944). *465.*

Haussmann Georges Eugène, baron (1809-1891) : originaire d'une famille protestante alsacienne, préfet dès 1831 (Var, Yonne, Gironde), il est nommé préfet de la Seine en 1853. Critiqué pour l'ampleur des travaux de Paris (*Les Comptes fantastiques d'Haussmann*, de Jules Ferry), il est démis de ses fonctions par Émile Ollivier en janvier 1870 et devient député bonapartiste de la Corse (1877-1881). *246, 262, 263, 265, 266, 302.*

Hénon Jacques Louis (1802-1872). *249.*

Henri Émile (1872-1892). *362.*

Henry Joseph, colonel (1846-1898). *380.*

Herr Lucien (1864-1926) : Agrégé de philosophie, bibliothécaire de la rue d'Ulm, il adhère au POSR d'Allemane et exerce une grande influence sur Jaurès et Léon Blum. Convaincu dès 1894 de l'innocence de Dreyfus, il écrit dans *L'Humanité* de Jaurès et entre ensuite dans l'union sacrée. *369, 371, 382.*

Hugo Victor (1802-1885) : parti des rangs de l'ultracisme, il évolue vers des positions libérales et humanitaires. Membre de l'Assemblée constituante et de l'Assemblée législative en 1848, il bascule à gauche durant la Deuxième République et s'oppose au coup d'État de Louis Napoléon. Élu député de l'Assemblée nationale en 1871, il démissionne en 1876, puis entre au Sénat. *122, 140, 141, 143, 148, 150, 152, 154, 156, 157, 211, 240, 249, 250, 293, 294, 299, 315, 331.*

Hugues Clovis (1851-1907). *367.*

Humann Georges (1780-1842). *165.*

Jaurès Jean (1859-1914) : normalien né à Castres, agrégé de philosophie (1881), professeur au lycée d'Albi, il est élu à 25 ans député républicain à Castres, mais non réélu en 1889. Il est envoyé de nouveau à la Chambre en 1893 par les mineurs de Carmaux, dont il a soutenu la grève. Il s'engage en 1898 en faveur de Dreyfus et devient directeur du journal de Millerand, *La Petite République*. En 1901, il prend avec Briand la tête du PSF et en avril 1904 crée *L'Humanité*, qui se veut le journal de l'unité socialiste. Il exerce rapidement, après la formation de la SFIO en 1905, le leadership dans le parti. Historien, il publie en 1901 une *Histoire socialiste de la Révolution française*. *371, 380, 382, 383, 390, 391, 406, 407, 481, 483, 484, 489, 490.*

Jérôme (le prince), Napoléon Joseph Charles Paul Bonaparte, dit Plonplon(1822-1891) : fils de Jérôme, le plus jeune des frères de Napoléon. Il devient très jeune l'ami de son cousin, le futur Napoléon III. Ses liens avec les républicains le font bannir de France dès 1845. Il siège à l'extrême gauche dans les Assemblées de 1848, accepte néanmoins le coup d'État, inspire un bonapartisme social et anticlérical, devient sénateur puis ministre de l'Algérie et des Colonies (1858), mais n'est pas reconnu par les bonapartistes, qui lui préférèrent comme chef son fils Victor à la mort du prince impérial en 1879. *270, 277, 351.*

Jouhaux Léon (1879-1954) : ouvrier allumettier, militant anarchiste, il devient dans la CGT un des dirigeants du courant syndicaliste révolutionnaire. En 1909, il accède à la tête de la CGT au moment où elle adopte une orientation plus modérée. Antimilitariste, il se rallie à l'union sacrée devant la tombe de Jaurès. *406, 490.*

Lacordaire Henri (1802-1861) : ancien avocat devenu dominicain en 1827, il collabore à *L'Avenir* et travaille à la conciliation du libéralisme et du catholicisme. Ses conférences à partir de 1835 ont de l'influence sur la génération romantique. Député à la Constituante en 1848, il siège à gauche. *122, 128.*

Lafargue Paul (1842-1911) : gendre de Marx et fondateur avec Guesde du Parti ouvrier français, député de Lille (1885-1893) et auteur du *Droit à la paresse* (1883). *366, 367.*

La Fayette Marie Joseph, marquis de (1757-183 : jeune officier, il s'enthousiasme pour la guerre d'indépendance américaine, offre en 1777 ses services aux insurgés et participe à la bataille de Yorktown (1781). Partisan des idées des philosophes, franc-maçon, il est l'ami de Necker, et un des premiers à demander la réunion des États généraux. Député de la noblesse de Riom en 1789, il est nommé commandant de la Garde nationale en juillet 1789 et triomphe à la Fête de la Fédération en 1790 mais perd une partie de sa popularité quand il fait tirer sur le peuple rassemblé au Champ-de-Mars en juillet 1791. Tenté de soulever son armée en faveur de Louis XVI en 1792, il est fait prisonnier par les Autrichiens jusqu'en 1797. Membre de la Chambre des représentants pendant les Cent-Jours, puis député libéral d'opposition de la Sarthe en 1818, il est un des chefs de la Charbonnerie. Réélu en 1828, il est de nouveau porté à la tête de la Garde nationale le 29 juillet 1830 et contribue à faire accepter Louis-Philippe par le peuple de Paris. Il est rejeté dans l'opposition dès 1831. *69, 88, 91, 107, 120, 121, 123, 124, 131.*

Laffitte Jacques (1767-1844) : fils de charpentier, commis de banque, il devient l'associé puis le gendre de Perregaux, banquier parisien. Régent et gouverneur de la Banque de France, il est député libéral de Paris en 1816, et un des inspirateur des choix politiques de juillet 1830. Il lance en 1837 un projet de « caisse » qui, en dépit de son échec, préfigure les grands établissements de crédit des années 1850. *69, 79, 92, 110, 120, 124, 170, 171.*

Lagardelle Hubert (1874-1956) : avocat socialiste, fondateur de la revue *Le Mouvement socialiste* et un des principaux théoriciens avec Sorel du syndicalisme révolutionnaire et de la grève générale. *385.*

Lamartine Alphonse de (1790-1869) : aristocrate et écrivain romantique, élu en 1833 député, hostile à l'orléanisme, il milite en faveur de la réforme électorale et écrit alors une *Histoire des Girondins*. En 1848, il est membre du gouvernement provisoire et s'identifie à la République. Élu à l'Assemblée constituante, il fait partie de la Commission exécutive, mais échoue à l'élection présidentielle de décembre 1848. *140, 150, 158, 165, 201, 202, 212, 215, 216, 217, 223, 227.*

Lamennais Félicité de (1782-1854) : ordonné prêtre en 1816, champion du traditionalisme (*Essai sur l'indifférence*, 1817-1823), il bascule en faveur de la liberté par haine du gallicanisme de la Restauration. Il fonde *L'Avenir* en 1830 avec Lacordaire et Montalembert. Condamné par Rome (*Mirari vos*, 1832), il publie alors les *Paroles d'un croyant*. Député d'extrême gauche en 1848, il meurt en refusant les secours de l'Église. *104, 142, 203.*

La Tour du Pin René, marquis de (1831-1924) : officier fait prisonnier à Metz, il fonde, dès 1871, l'œuvre des cercles catholiques d'ouvriers et élabore une doctrine corporatiste inspirée par le catholicisme social (*Vers un ordre social chrétien*, 1907). *357.*

Lavigerie Charles (1825-1892) : archevêque d'Alger, fondateur des Pères blancs (1868), chargé par Léon XIII en octobre 1890 d'amorcer le ralliement. *357.*

Lecomte Martin, général (1817-1871). *295.*

Leconte de Lisle, Charles Marie Leconte, dit (1818-1894). *146, 299.*

Ledru-Rollin Alexandre (1807-1874) : avocat parisien, défenseur des militants républicains pendant la monarchie de Juillet, il est élu député du Mans en 1841 et prend la tête du courant radical. Défenseur du suffrage universel comme moyen de changer la société, il devient ministre de l'Intérieur du gouvernement provisoire en février 1848. Membre de la Commission exécutive en mai, puis, écarté par Cavaignac, il est battu à la présidentielle de décembre 1848. Il doit partir en Angleterre après la journée du 13 juin 1849, et ne rentre en France qu'en 1871. *201, 214, 215, 223, 226, 227, 228, 230, 234.*

Lemaître Frédéric (1801-1876). *152.*

Lemire Jules, abbé (1853-1928) : prêtre en 1878, partisan du ralliement à la République, élu député d'Hazebrouck en 1893, il siège avec la gauche à la Chambre et approuve la séparation de l'Église et de l'État. *402.*

Léon XIII (1810-1903) : pape de 1878 à 1903. *356.*

Le Play Frédéric (1806-1882) : ancien élève de Polytechnique, économiste et « sociologue », ingénieur et professeur à l'École des mines, conseiller d'État puis sénateur (1867-1870), il met au point la méthode de la monographie dans l'étude des classes ouvrières et défend l'idée d'une science sociale fondée sur la réorganisation de la morale, de la propriété, de la famille : *La Réforme sociale* (1864), *Les Ouvriers européens* (1855). En 1856, il fonde les unions de la paix sociale. *450.*

Leroux Pierre (1797-1871) : maçon puis typographe, il est l'un des fondateurs du *Globe*, et rallie ce journal libéral au saint-simonisme. Il rompt avec Enfantin, et, devenu apôtre d'une solidarité universelle de l'humanité, il exerce une grande influence sur George Sand, fonde *La Revue indépendante* puis *La Revue sociale*. Député à la Constituante puis à l'Assemblée législative en 1848, il s'exile en Angleterre après 1851. *109, 128, 203, 224.*

Lesseps Ferdinand, vicomte de (1805-1894) : diplomate de carrière en Orient, en poste à Rome lors de l'intervention française en 1849, désavoué pour avoir négocié avec le Triumvirat, il quitte la diplomatie, rejoint l'Égypte et reprend le projet saint-simonien du canal de Suez, soutenu par la famille impériale. Le canal inauguré en 1869, il se lance dans le projet du percement du canal de Panama en 1876, mais sa compagnie est mise en faillite en 1889. *271, 359.*

Lévy Michel (1821-1875). *197.*

Leygues Georges (1857-1933). *360.*

Liard Louis (1846-1917). *335.*

Lissagaray Hippolyte Prosper Olivier (1839-1901) : journaliste, adversaire du Second Empire, il participe avec Gambetta à la défense nationale en 1870. Il est un combattant de la Commune et écrit une *Histoire de la Commune de Paris* (1876). *371.*

Longuet Jean (1876-1938) : petit-fils de Marx par sa mère Jenny, un des militants du Parti ouvrier français de Guesde, mais il se rapproche de Jaurès pendant l'affaire Dreyfus, participe à la fondation de *L'Humanité* en 1904 et apparaît comme un défenseur de l'unité socialiste en 1905. *385.*

Loubet Émile (1838-1929) : fils de paysans, avocat, député républicain en 1876, sénateur en 1885. Il constitue le gouvernement en 1892 et succède à Félix Faure à la présidence de la République (février 1899-1906). Haï par les nationalistes, favorable à la révision du procès de Dreyfus, il suscite le rassemblement républicain de 1899. *385, 475.*

Louis Joseph, baron (1755-1837) : prêtre, il prête serment à la Constitution civile du clergé. Excommunié, il quitte la soutane, émigre en Angleterre, revient en France sous le Consulat avec l'appui de Talleyrand. Maître des requêtes au Conseil d'État, baron d'Empire, il devient ministre des Finances sous la Restauration (1814-1815, 1818-1819) et assure le rétablissement des grands équilibres de la France. *79.*

Macé Jean (1815-1894) : pédagogue, journaliste, sénateur inamovible en 1883, il fonde la Ligue de l'enseignement en 1886. *316.*

Mackau Ange René, baron de (1788-1855). *347, 351*.

Mac-Mahon Maurice de, duc de Magenta (1808-1893) : officier, il se distingue en Algérie, en Crimée, en Italie en 1859, où il est fait maréchal à Magenta. En 1870, chargé de la reprise en main de l'armée au camp de Châlons, il échoue et est fait prisonnier. Légitimiste, il est porté par la droite, qui veut se débarrasser de Thiers, à la présidence de la République (24 mai 1873). Défenseur d'une politique d'« ordre moral », il échoue à réunifier les droites, dissout la Chambre devenue républicaine le 25 juin 1877 et, après une nouvelle victoire des républicains, finit par démissionner le 30 janvier 1879. *270, 285, 286, 299, 303, 318, 319, 320, 322*.

Malon Benoît (1841-1893) : ancien berger, analphabète jusqu'à 20 ans, ouvrier teinturier, il anime la Ire Internationale, est élu député de la Seine en 1871. Membre de la Commune, il se réfugie en Suisse et après son retour en France fonde *La Revue socialiste* (1880-1893) et écrit *Le Socialisme intégral* (1892-1894). *281, 293, 296, 371*.

Manouvrier Léonce (1850-1927). *451*.

Marie Thomas Marie (1795-1870). *215, 223*.

Marrast Armand (1801-1852) : publiciste de l'opposition libérale sous la Restauration, dirige *Le National* à partir de 1838, membre du gouvernement provisoire en février 1848, maire de Paris le 6 mars, député à l'Assemblée constituante. *122*.

Mathieu de la Drôme Philippe (1808-1865) : météorologiste, républicain prononcé élu à la Constituante en 1848, puis à la Législative. *237*.

Maupas Émile de (1818-1888) : un des exécutants du coup d'État de décembre 1851, préfet de Police de Napoléon III, ministre de la Police de 1852 à 1853. *239*.

Maurras Charles (1868-1952) : éduqué dans le Midi « blanc » et catholique, il se passionne pour les humanités gréco-latines, considère qu'une anti-France l'emporte dans la République et lui oppose son nationalisme intégral, antidémocratique, antisémite et inégalitaire, qui peut prendre forme dans le retour de la monarchie. Il anime à partir de 1908, avec Léon Daudet et Jacques Bainville, *L'Action française*, qui est mis à l'Index par Rome en 1926. Il salue la victoire de l'Allemagne en 1940 comme une « divine surprise ». *377, 381, 382, 383, 452, 482, 483*.

Méline Jules (1838-1925) : avocat parisien, député républicain des Vosges en 1872, il succède à Gambetta à la tête de *La République française*. Ministre de l'Agriculture, il établit de nouveaux tarifs protectionnistes en 1892. Président du Conseil de 1896 à 1898, il est hostile à la révision du procès Dreyfus et doit démissionner en juin 1898. *361, 363, 384, 385, 389.*

Mérimée Prosper (1803-1870). *147, 256.*

Metternich Klemens, prince von (1773-1859). *169.*

Meyerbeer Jakob (1791-1864). *152.*

Michel Louise (1830-1905) : institutrice dévouée à la cause révolutionnaire, elle est sous la Commune conférencière, ambulancière et combattante. Déportée en 1873 en Nouvelle-Calédonie, elle reprend sa lutte en France en 1880, après l'amnistie. *297, 350.*

Michelet Jules (1798-1874) : fils d'un modeste imprimeur, il devient agrégé en 1821, est chargé du cours d'histoire à l'École normale supérieure et publie en 1827 son *Précis d'histoire moderne*. Catholique et royaliste sous la Restauration, il évolue vers le libéralisme après 1830, dirige la section historique des Archives nationales en 1831, puis devient suppléant de Guizot à la Sorbonne. Il est alors l'éducateur de la jeunesse et affiche ses idées anticléricales et démocratiques. Son *Histoire de France* commence à paraître en 1833. Il accueille avec enthousiasme la révolution de 1848 et écrit après *Le Peuple* (1846) une *Histoire de la Révolution française* (1847-1853). Il est destitué de ses fonctions par le Second Empire et frappé par ce qui est pour lui le drame de la Commune. *61, 203, 212, 299.*

Mignet Auguste (1796-1834). *108, 116, 120.*

Millerand Alexandre (1859-1943) : avocat, député radical, il rejoint les socialistes et tente de les unir dans le programme de Saint-Mandé. Sa participation au cabinet Waldeck-Rousseau comme ministre du Commerce chargé aussi du Travail provoque une division profonde dans le socialisme français. Plusieurs fois ministre entre 1909 et 1915, il évolue à droite, dirige le « bloc national » en 1919, avant d'être élu président de la République (1920-1924). *371, 385, 390, 400, 401, 479, 481.*

Mirès Isaac (1809-1871). *256, 259, 371.*

Molé Louis, comte (1781-1855) : membre du Conseil d'État, ministre sous la Restauration et la monarchie de Juillet, avocat du centre droit. *102, 132, 133, 134, 215.*

Monatte Pierre (1881-1960). *406.*

Montalembert Charles, comte de (1810-1870) : défenseur des catholiques irlandais, il rejoint Lamennais et Lacordaire à *L'Avenir*,

Index biographique

où il veut défendre la foi et la liberté. Mais il ne suit pas Lacordaire dans sa révolte contre l'Église. Spécialiste d'histoire religieuse, il est sous la monarchie de Juillet un des chefs de l'opposition. Catholique libéral et ultramontain, il évolue à droite sous la Deuxième République, soutient la loi Falloux, approuve le coup d'État de 1851, mais revient à l'opposition comme député au Corps législatif et s'oppose au dogme de l'infaillibilité pontificale. *128, 233.*

Morny Charles, duc de (1811-1865). *239, 244, 245, 256, 259, 260, 275, 277.*

Mun, Albert, comte de (1841-1914) : officier, prisonnier en 1870, il est un des fondateurs des cercles catholiques d'ouvriers en 1871 et de la revue *L'Association catholique* (1881), qui défend un corporatisme associant patrons et ouvriers. Tenté par Boulanger, il se rallie à la République et soutient une politique sociale plus active au tournant des années 1900. *307, 351, 357, 383, 397.*

Ney Michel, maréchal (1769-1815). *71, 73, 75.*

Noir Victor (1848-1870). *283.*

Ollivier Émile (1825-1913) : avocat républicain, révoqué de l'administration en septembre 1848, il est élu député en 1857 et soutient l'évolution libérale du régime. En 1861, il rompt avec les intransigeants, accepte de présenter le projet de loi sur le droit de coalition et forme, en 1865, le tiers parti avec les orléanistes. *249, 278, 279, 282, 308.*

Orsini Felice (1819-1858). *250, 271.*

Palmerston Henry (1784-1865). *167.*

Parent-Duchâtelet Alexandre (1790-1835). *198.*

Pathé Charles (1863-1957). *445.*

Pecqueur Constantin (1801-1887). *203, 219.*

Péguy Charles (1873-1914). *447, 453, 454, 483.*

Pelletan Camille, (1846-1915) : fils d'Eugène Pelletan ; membre du gouvernement de la Défense nationale en 1870, il est radical, libre-penseur et député, puis sénateur des Bouches-du-Rhône. Rédacteur en chef de *La Justice* avec Clemenceau, il participe au gouvernement Combes à la Marine de 1902 à 1905. *315, 364.*

Pelloutier Fernand (1867-1901) : syndicaliste nantais, militant guesdiste, il se sépare de Guesde et évolue vers l'anarchisme libertaire. Il publie en 1892 *De la révolution par la grève générale* et devient secrétaire de la Fédération des bourses du travail. *370, 372.*

Pereire Émile (1800-1875) : avec son frère Isaac, il collabore au *Globe* et suit les idées saint-simoniennes. Avec l'aide des Rothschild, il réussit à lancer le chemin de fer Paris-Saint-Germain puis la Compagnie du Nord. Avec Isaac, il fonde le Crédit mobilier en 1852, finance de nombreux réseaux de chemins de fer, des compagnies d'omnibus, la Compagnie générale transatlantique. Mais l'hostilité de la finance traditionnelle et la crise de l'immobilier entraînent la liquidation du Crédit mobilier en 1868. *259, 260, 266, 268.*

Perier Casimir (1777-1832) : il est, à la seconde génération, l'un des représentants d'une lignée de négociants, d'industriels et de banquiers. Député libéral sous la Restauration, il est le chef de la « résistance » à partir de mars 1831. Il meurt victime du choléra en 1832. *92, 110, 120, 124, 125, 126, 171.*

Persigny, Victor Fialin, duc de (1808-1872) : élève de Saumur, chassé de l'armée pour ses opinions républicaines, proche des saint-simoniens, il entre en relation avec Louis Napoléon Bonaparte en 1834. Activiste infatigable de la cause bonapartiste, il participe au coup d'État de décembre 1851, devient ministre de l'Intérieur (1852-1854), ambassadeur à Londres (1855-1860), puis de nouveau ministre de l'Intérieur (1860-1863). *244, 276, 279.*

Peyronnet Charles (1778-1854). *91.*

Picard Ernest (1821-1877). *249, 282.*

Picquart Georges, commandant (1854-1914). *380.*

Piou Jacques (1838-1932). *358, 397.*

Poincaré Raymond (1860-1934) : avocat, républicain modéré, député (1887-1903), favorable à Dreyfus, plusieurs fois ministre, il devient président du Conseil (1912-1913) et conduit une politique de fermeté vis-à-vis de l'Allemagne. Le soutien de la droite permet son élection à la présidence de la République. A deux reprises (1922-1924 et 1926-1929), il revient à la tête du gouvernement et apparaît alors comme l'homme de la confiance et de la restauration du franc. *363, 385, 389, 393, 478, 480, 481, 484, 485, 489, 490.*

Polignac Jules, prince de (1771-1847) : de haute noblesse, il est le type de l'émigré, complice du complot de Cadoudal. En 1814, ami du comte d'Artois et des verdets, il refuse de prêter serment à la Charte. Membre de la Congrégation, il figure parmi les plus ardents des ultras. Ministre de Charles X en 1829, il est traduit devant la Chambre des pairs, condamné puis gracié en 1836. *85, 94, 116, 117, 167.*

Portalis Marie (1746-1807). *23, 54.*

Pouget Émile (1860-1931). *370.*

Prévost-Paradol Anatole (1829-1870) : normalien, ami de Taine, professeur à la faculté d'Aix, il devient dans *Le Journal des débats*, à partir de 1856, un des opposants libéraux au Second Empire. Dans *La France moderne*, il préconise la décentralisation. Il finit par se rallier à l'Empire libéral et est nommé ambassadeur à Washington en juin 1870. *282.*

Pritchard Georges (1796-1883). *168.*

Proudhon Joseph (1809-1865) : fils d'un petit brasseur, ouvrier typographe, autodidacte, il fonde une imprimerie et devient le porte-parole d'un nouveau socialisme pratique loin des références spiritualistes de l'utopisme. Père de l'anarchisme français, il se fait connaître par son *Qu'est-ce que la propriété ?* (1840), puis sa *Philosophie de la misère* (1846). En 1848, il devient le principal collaborateur du *Représentant du peuple*, est élu à l'Assemblée constituante en juin 1848, crée la Banque du peuple en 1849. Incarcéré de 1849 à 1852, il s'exile en Belgique et revient en France en 1862. *205, 206, 224, 257, 277, 296, 370.*

Proust Antonin (1832-1905). *314.*

Pyat Félix (1810-1889) : avocat, commissaire de la République dans le Cher en 1848, exilé après 1849 en Suisse, membre de l'Internationale, journaliste à *La Démocratie*, participe à la Commune. *152, 202, 228, 293, 294.*

Quinet Edgar (1803-1875) : historien admirateur de Herder et de la culture allemande, nommé en 1842 professeur de littérature étrangère au Collège de France. Ami de Michelet, il affiche aussi son anticléricalisme, ce qui entraîne la suspension de son cours en 1846. Élu député en 1848, proscrit après le coup d'État de 1851, il s'exile jusqu'en 1870 et rédige en 1864 *La Révolution*. *61, 145, 280, 315.*

Rambaud Alfred (1842-1905). *333.*

Rambuteau Philibert, comte de (1781-1869). *133, 263.*

Ramel Jean-Pierre, général (1768-1815). *73.*

Ranc Arthur (1831-1908) : républicain, poursuivi pour complot sous le Second Empire, déporté en Algérie, proche collaborateur de Gambetta en 1870-1871, membre de la Commune, il est condamné à mort et parvient à se réfugier en Belgique. Revenu en France, il est élu député en 1881, puis sénateur et succède à Clemenceau à la direction de *L'Aurore*. *314.*

Raspail François (1794-1878) : membre de la Charbonnerie, étudiant en médecine, combattant de juillet 1830, il est médecin des pauvres et inventeur d'une médecine populaire qui soigne avec le camphre. Un des animateurs de la Société des droits de l'homme, il est fréquemment arrêté et est libéré en 1848. Emprisonné après la journée du 15 mai, candidat des socialistes à la présidentielle de décembre 1848 (37 000 voix), amnistié en 1859, il s'établit à Lyon, où il est élu en 1869, mais ne participe pas à la Commune. *110, 122, 127, 198, 223, 227, 282.*

Ravachol François (1859-1892). *362.*

Reclus Élisée (1830-1905) : géographe français (*La Nouvelle Géographie universelle*, 17 volumes de 1875 à 1894), ardent démocrate, il s'exile pendant le Second Empire, participe à la Commune et se rapproche du mouvement anarchiste. *370.*

Reinach Joseph (1865-1921) : chef de cabinet de Gambetta, rédacteur en chef de *La République française*, républicain opportuniste, il apporte son soutien à Dreyfus. *314, 315.*

Rémusat Charles, comte de (1797-1875) : ministre de l'Intérieur en 1840, sous Thiers, dont il reste l'ami. Il est ministre des Affaires étrangères de 1871 à 1873 et auteur de célèbres mémoires. *109, 119, 150, 171, 213, 303.*

Renan Ernest (1823-1892) : destiné à la prêtrise, devient sous le Second Empire un philologue consacré et obtient la chaire d'hébreu au Collège de France. Partisan d'un christianisme rationnel et critique, il écrit une *Vie de Jésus* (1863) et une *Histoire des origines du christianisme* (1863-1883). Dans *L'Avenir de la science*, écrit en 1848 mais publié en 1890, il défend l'idée d'une religion scientifique de l'avenir. *256, 301, 373, 374, 450.*

Ribot Alexandre (1842-1923) : avocat, magistrat, député centre gauche du Pas-de-Calais, ministre des Affaires étrangères en 1890-1893, il négocie l'alliance franco-russe, succède à Loubet comme président du Conseil (décembre 1892 - mars 1893), revient en 1895, puis est élu sénateur en 1914. *389, 393, 487.*

Richelieu Armand Emmanuel Du Plessis, duc de (1766-1822) : émigré en 1790, gouverneur d'Odessa, il rentre en France en 1814, devient président du Conseil en septembre 1815, signe le second traité de Paris. Il se retire du ministère en 1818 avant d'être rappelé après l'assassinat du duc de Berry (1820-1821), mais est écarté par la montée des ultras. *75, 77, 78, 80, 87, 90.*

Rivet Jean (1800-1872). *300.*

Index biographique

Roche Ernest (1841-1923). *350.*

Rochefort Henri, marquis de (1830-1913) : critique dramatique au *Charivari*, il entre au *Figaro* et est hostile à l'Empire. Il devient célèbre pour ses pamphlets dans *La Lanterne* commanditée par Villemessant (1868). Député républicain en 1869, membre du gouvernement de la Défense nationale, il soutient mais ne participe pas à la Commune. Il est toutefois déporté en Nouvelle-Calédonie, revient en France où il fonde *L'Intransigeant* et se jette dans l'aventure boulangiste. Condamné par contumace à la déportation perpétuelle, de retour en 1895, il soutient les nationalistes. *282, 289, 293, 326, 350, 382.*

Rodrigues Olinde (1794-1851). *111.*

Rothschild James de (1792-1868). *47, 171, 218, 267.*

Rouher Eugène (1814-1884) : avocat de Riom, orléaniste jusqu'en 1848, député républicain à la Constituante et à la Législative (1848-1849), ministre de la Justice (1848-1849), il occupe la même fonction au lendemain du coup d'État. Conseiller d'État, ministre du Commerce et des Travaux publics, il prépare l'option libre-échangiste ; président du Conseil d'État, en juin 1863, il est appelé alors à la direction du gouvernement avec le titre de ministre d'État. Il freine l'ouverture libérale. Écarté, il devient président du Sénat (1870), puis chef du parti bonapartiste après 1870. *239, 243, 250, 276, 279, 308.*

Rouvier Maurice (1842-1911) : député républicain « opportuniste » (1871-1903), puis sénateur (1903-1911), il collabore à *La République française* et est dans de nombreux gouvernements républicains l'homme de liaison avec les milieux d'affaires. Sept fois ministre des Finances, président du Conseil en 1887, il revient comme ministre des Finances en 1902-1905. Il succède à Combes à la tête du gouvernement (janvier 1905 - février 1906) et opte pour la conciliation avec l'Allemagne lors de la première crise marocaine en 1905. *350, 360, 389, 391, 393, 476, 477, 478.*

Roy Antoine, comte de (1764-1847). *87, 170.*

Royer-Collard Pierre Paul (1763-1845) : avocat parisien, il est secrétaire de la Commune, se cache pendant la Terreur ; membre des Cinq-Cents (1797), il noue alors des contacts avec le futur Louis XVIII. Professeur de philosophie à la Sorbonne sous l'Empire, il est à l'origine de la réaction spiritualiste dans les milieux intellectuels. Élu député de la Marne sous la Restauration, il est le théoricien du courant « doctrinaire » et le défenseur de la Charte. Il préside la Chambre de 1828 à 1830. *77, 80, 107, 116.*

Saint-Arnaud Arnaud Jacques, dit Jacques Achille Le Roy de (1800-1854) : maréchal de France, ministre de la guerre, il est un de ceux qui contribuent à la réussite du coup d'État de décembre 1851 et meurt du choléra lors de la campagne de Crimée. *239.*

Saint-Simon Claude Henri de Rouvroy, comte de (1760-1825) : petit cousin du mémorialiste, il entre dans l'armée et prend part à la guerre d'indépendance américaine. Acquis aux idées de liberté, il abandonne son titre nobiliaire pendant la Révolution et par des spéculations heureuses reconstitue sa fortune détruite. Emprisonné pendant la Terreur, il décide de reprendre des études à quarante ans à l'École polytechnique et se lie alors à de nombreux savants. Tombé dans le dénuement, il vit des subsides de quelques riches notables comme le banquier Olindes Rodrigues. Ses premiers travaux *Lettres d'un habitant de Genève à ses contemporains* (1802), *Introduction aux travaux scientifiques du XIXe siècle* (1807), visent à remplacer les dogmes religieux par la loi de gravitation universelle. A partir de 1814, il s'engage dans une réflexion sur le développement industriel et sa vision de la réorganisation de la société prend sa forme la plus célèbre dans la « Parabole de Saint-Simon », publiée en 1819 dans le premier numéro de sa revue *l'Organisateur*. Ses ouvrages les plus marquants sont alors : *De la réorganisation de la société européenne* (1814), *L'Industrie* (1817-1818), *Du système industriel* (1821-1822), *Catéchisme des industriels* (1824), *Le Nouveau Christianisme* (1825). *110, 111, 203, 204, 257.*

Samory Touré (1837-1900). *346.*

Sand George, Aurore Dupin, baronne Dudevant, dite (1804-1876). *148, 149, 196, 203, 210, 212, 219, 299.*

Sangnier Marc (1873-1950) : polytechnicien, officier du génie, il démissionne de l'armée pour se consacrer à l'apostolat social. Il fonde en 1894 la revue *Le Sillon*, qui devient un mouvement dans lequel il soutient, en démocrate, le rapprochement de l'Église et de la République. Il multiplie alors les cercles d'études, les coopératives… en faveur de l'éducation et de la promotion des masses. Le Sillon est condamné par Pie X en 1910. Il fonde un nouveau journal, *La Démocratie*, une ligue, la Jeune République, et est élu député (1917-1924). *357, 482.*

Savorgnan de Brazza Pierre (1852-1905) : explorateur français d'origine italienne naturalisé en 1874. Officier de marine, il explore les côtes du Gabon et le bassin de l'Ogooué, atteint le Congo et place ces territoires sous le contrôle de la France par le biais de traités avec les chefs indigènes. *346.*

Index biographique

Say Jean-Baptiste (1767-1832) : secrétaire de Clavière, engagé volontaire en 1792, il devient économiste dans le sillage d'Adam Smith, qu'il contribue à faire connaître en France. Il dirige *La Décade philosophique*, anime le courant des « idéologues », et publie en 1803 son *Traité d'économie politique* puis, en 1828, son *Cours complet d'économie politique*. Membre du Tribunat, il est écarté par l'Empire, dirige un temps une manufacture de coton, puis devient professeur d'économie politique au Conservatoire des arts et métiers. *28, 58, 59, 77, 81, 114, 199, 253.*

Say Léon (1826-1896) : petit-fils de Jean-Baptiste, homme d'affaires, administrateur de la Compagnie du Nord et ami de Rothschild, opposant au Second Empire, il est député, préfet de la Seine en 1871, plusieurs fois ministre des Finances (1872-1873, 1875-1879, 1882, 1889), et un des hommes du ralliement du centre gauche à la République. *315, 320, 326.*

Scheurer-Kestner Auguste (1833-1899) : industriel alsacien de la chimie, libéral et opposant au Second Empire, député du Haut-Rhin en 1871, proche de Gambetta avec qui il fonde l'Union républicaine et anime *La République française*. Vice-président du Sénat, figure respectée du parti républicain, il joue un rôle capital dans la révision du procès de Dreyfus. *380.*

Schœlcher Victor (1804-1893) : républicain, sous-secrétaire d'État dans le gouvernement de 1848, il fait décréter l'abolition de l'esclavage dans les colonies françaises (27 avril 1848). Exilé sous le Second Empire, il devient député de la Martinique en 1871, puis sénateur en 1875. *240, 315.*

Scott Walter (1771-1832). *141, 145.*

Scribe Eugène (1791-1861). *152.*

Sebastiani François, comte (1772-1851). *211.*

Sée Camille (1827-1919) : député de la gauche républicaine, ami de Ferry, il est à l'origine de la fondation des lycées de jeunes filles. *335.*

Seignobos Charles (1854-1942) : historien moderniste et positiviste, auteur d'une *Histoire de l'Europe au XIXe siècle*, collaborateur à l'*Histoire de France* de Lavisse. *450.*

Serre Pierre (1776-1824). *80, 87, 90.*

Siegfried Jules (1837-1922). *363, 423.*

Sieyès Joseph, abbé (1748-1836) : vicaire général de Chartres (1787), lecteur des philosophes, il se fait connaître par ses écrits favorables aux idées nouvelles dans *Essai sur les privilèges* (1788) et *Qu'est-ce que le tiers état ?* (1789), ouvrage où il pose la question de la souveraineté nationale. Instigateur de la réunion des trois ordres, il rédige le serment du Jeu de paume. Élu député à la Convention, il vote la mort du roi. Influent au Conseil des Cinq-Cents, ambassadeur à Berlin, il entre au Directoire le 16 mai 1799 et devient l'un des principaux artisans du 18 Brumaire. *75.*

Simon Jules (1814-1896) : professeur de philosophie à la Sorbonne à partir de 1839, député des Côtes-du-Nord en 1848, un des élus républicains opposés à l'Empire en 1863, ministre du gouvernement de la Défense nationale en 1870, puis du gouvernement de Thiers en 1873. Député de 1871 à 1875, directeur du *Siècle* en 1875, puis sénateur, il représente l'aile modérée du parti républicain contre Gambetta. Président du Conseil en 1876, il s'oppose à Mac-Mahon et doit rassembler alors le parti républicain dans l'épreuve de force avec la droite. Écarté dans la crise du 16 mai, il se fait, au Sénat, avocat d'une politique sociale plus active. *258, 282, 289, 315, 319.*

Sorel Albert (1847-1922) : polytechnicien, ingénieur des Ponts et Chaussées, il se tourne dans les années 1890 vers le socialisme, influencé par Marx, Proudhon mais aussi Nietzsche. Collaborateur de *L'Ère nouvelle*, du *Devoir social*, favorable à Dreyfus, il devient un des théoriciens du syndicalisme révolutionnaire, écrit dans *Le Mouvement socialiste* de Lagardelle et publie *Réflexions sur la violence* (1908). Son opposition à l'État lui vaut l'attention du nationalisme de droite comme de l'extrême gauche. *383.*

Soult Nicolas, maréchal de France (1769-1851). *124, 126, 164.*

Spüller Eugène (1835-1896) : avocat, proche collaborateur de Gambetta, fondateur de *La République française* (1871), ministre de l'Instruction publique sous Rouvier (1887) et sous Casimir-Perier (1893-1894), il est un des fondateurs de l'école laïque. *314, 315.*

Staël Germaine, baronne de (1766-1817) : fille de Jacques Necker, deux fois contrôleur général des Finances de Louis XVI, elle se marie avec le baron de Staël-Holstein, ambassadeur de Suède en France. Ses idées politiques sont exprimées dans *Des circonstances actuelles qui peuvent terminer la Révolution et des principes qui doivent fonder la république en France*. Dans le sillage de Benjamin Constant, elle opte en faveur d'un pouvoir exercé par une société de propriétaires et une élite du talent. Elle fait connaître la nouvelle culture romantique allemande aux Français dans *De l'Allemagne* (1810). *57, 107, 140, 304.*

Sue Eugène (1804-1857) : Romancier et socialiste célèbre pour ses romans sociaux : *Les Mystères de Paris, Le Juif errant*... Élu en 1850 à l'Assemblée législative. *196, 197, 234.*

Index biographique 599

Taine Hippolyte (1828-1893) : critique littéraire et historien. Nommé professeur d'histoire de l'art et d'esthétique à l'École des beaux-arts, il élabore une philosophie de l'art mais se fait surtout connaître par son œuvre de psychologue fondée sur un déterminisme du milieu : *Essai d'histoire critique* (1858), *Histoire de la littérature anglaise* (1864), *Philosophie de l'art* (1882), *Origines de la France contemporaine* (1896). *373, 374, 452.*

Talleyrand Charles Maurice de (1754-1838) : évêque d'Autun en 1789, député du clergé aux états généraux (1789), il célèbre la messe au Champ-de-Mars le 14 juillet 1790. Dès 1791, il vit comme un laïc. Diplomate à partir de 1792, émigré, à son retour ministre des Affaires étrangères (1797), il se lie à Bonaparte, devient le négociateur d'un accord européen post-révolutionnaire et est fait prince de Bénévent en 1806. À partir de 1808, il s'éloigne de l'Empire, intrigue avec les cours étrangères, négocie en mars 1814 avec les alliés le retour à la paix, prend une grande part au congrès de Vienne et appelle Louis XVIII au pouvoir. Président du Conseil à la seconde Restauration (9 juillet 1815), il est écarté par les ultras dès septembre 1815. Partisan des Orléans en 1830, il est nommé ambassadeur à Londres. *66, 72, 74.*

Thierry Augustin (1795-1856) : disciple de Saint-Simon, il devient historien et entreprend une vaste révision de l'histoire nationale sur la base de nouvelles idées : peuples, nations, classes. Il a publié : *Histoire de la conquête de l'Angleterre par les Normands* (1825), *Récits des temps mérovingiens* (1840). *69, 147.*

Thiers Adolphe (1797-1877) : issu de la petite bourgeoisie, avocat, historien de la Révolution (1824-1827), journaliste libéral au *Constitutionnel*, fondateur du *National* en 1830, il rédige la protestation des journalistes en juillet 1830 et fait appel au duc d'Orléans. Député, ministre de l'Intérieur (1832-1834), président du Conseil en 1836, puis en 1840, il anime la « résistance », s'impose comme centre gauche, devient un des leaders du « parti de l'ordre » en 1848, prend la tête de l'opposition libérale au Second Empire dans les années 1860, avant de devenir le « chef du pouvoir exécutif » de la République qui écrase la Commune de Paris en 1871, et se rallie finalement à une République conservatrice en 1872. Il est rejeté alors par la droite en 1873, qui fait appel à Mac-Mahon. *108, 116, 117, 120, 128, 131, 132, 133, 134, 135, 136, 154, 165, 171, 190, 215, 226, 233, 234, 240, 275, 276, 282, 285, 293, 295, 298, 299, 300, 301, 302, 303, 304, 315, 321, 344, 365.*

Tirard Emmanuel (1827-1893) : maire du IIe arrondissement de Paris en 1870, député de la Seine en 1871, plusieurs fois ministre du Commerce ou des Finances, il fait échec à Boulanger comme président du Conseil (décembre 1887 - mars 1888 et février 1889 - mars 1890). *353.*

Tocqueville Alexis de (1805-1859) : avocat, magistrat, il quitte l'administration et après un voyage aux États-Unis écrit *De la démocratie en Amérique* (1835-1840). Il se donne pour tâche de réconcilier la vieille société et le régime moderne. Député de Valognes à partir de 1839, opposant à Guizot, il est élu à l'Assemblée constituante en 1848 ; ministre des Affaires étrangères (juin-octobre 1849), il proteste contre le coup d'État de 1851. Il se consacre alors à la rédaction de *L'Ancien Régime et la Révolution* (1856). *25, 201, 224.*

Tolain Louis (1828-1897) : ouvrier bronzier, un des chefs du mouvement ouvrier sous le Second Empire, un des porte-parole du *Manifeste des Soixante*, proudhonien et un des fondateurs de la Ire Internationale. Se tenant à l'écart de la Commune, il siège au Sénat à partir de 1876. *277.*

Trarieux Ludovic (1840-1904). *382.*

Trélat Ulysse (1795-1864) : Médecin libéral, ministre des Travaux publics de mai à juin 1848. *120, 127.*

Trochu Jules (1815-1896). *289, 290, 291.*

Vaillant Auguste (1861-1894) : anarchiste, il lance une bombe qui fait une quarantaine de blessés dans l'hémicycle de la Chambre des députés. Il est condamné à mort et guillotiné. *362.*

Vaillant Édouard (1840-1915) : disciple de Blanqui, il est responsable de la politique de l'enseignement sous la Commune, doit s'exiler en Angleterre et en rapporte en 1880 une bonne connaissance du marxisme. Il est un des fondateurs du Parti socialiste révolutionnaire après la mort de Blanqui et député de Paris à partir de 1893. *367, 368, 385, 401, 406, 487.*

Vallès Jules (1832-1885) : opposant républicain au Second Empire, journaliste, un des artisans de la Commune, fondateur du *Cri du peuple*, élu au Conseil de la Commune et membre de la Commission d'éducation. Condamné à mort, il s'exile en Angleterre. Il publie alors le dernier tome de sa trilogie : *L'Insurgé* (1882). *295, 371.*

Varlin Eugène (1839-1871) : ouvrier relieur membre de l'Internationale. À partir de 1868, animateur du mouvement des coopératives, il devient la figure de proue du mouvement ouvrier français et soutient en 1871 un programme de communisme non autoritaire. Dans la Commune, il fait partie des minoritaires opposés au Comité de salut public et devient délégué à la Guerre après la mort de Delescluze. Il est fusillé à Belleville. *281, 296.*

Index biographique

Véron Louis (1789-1867) : publiciste enrichi par la direction de l'Opéra de Paris. En 1835, il fonde *Le Constitutionnel* (il sert de modèle au personnage de Crevel dans *La Cousine Bette* de Balzac). *152.*

Veuillot Louis (1813-1883) : journaliste qui met sa plume au service de l'Église et de Rome. En 1843, il prend la direction de *L'Univers*, feuille de combat ultramontaine qui polémique durement sur la question de la liberté de l'enseignement. Ardent soutien de Napoléon III, il s'en détourne sur la question du pouvoir temporel du pape, ce qui vaut à *L'Univers* d'être suspendu de 1860 à 1867. *247, 275, 276, 300, 302, 319.*

Vidal François (1812-1872) : socialiste, secrétaire général de la Commission du Luxembourg. *219.*

Villèle Joseph, comte de (1773-1854) : de noblesse provinciale, député de la « Chambre introuvable », membre de la Congrégation, il est l'un des chefs ultras. Président du Conseil de 1821 à 1827, il est victime de la défection de Chateaubriand et des « pointus ». Il se retire en 1827, se voue à la gestion du domaine familial de Morvilles, en Lauragais, et rédige ses *Mémoires*. *90, 94, 96, 98, 100, 101, 103, 104, 105, 107, 115.*

Villemain François (1790-1870) : critique littéraire et historien, membre du Conseil d'État, « doctrinaire » et libéral prononcé, secrétaire perpétuel de l'Académie française en 1830, il est un des ministres de l'Instruction publique sous la monarchie de Juillet. Remarqué pour son *Histoire de Cromwell*, il est surtout connu pour son *Cours de littérature française* (1828-1829). *67, 69, 165.*

Villeneuve-Bargemont Alban de (1784-1850) : préfet sous l'Empire et la Restauration, député du Var en 1830, puis d'Hazebrouck de 1840 à 1848, cet ardent légitimiste est un des précurseurs du catholicisme social face à la misère ouvrière : *Économie politique chrétienne* (1834). *198.*

Villermé Louis René (1782-1863) : chirurgien de la Grande Armée, il se consacre à l'étude de la question sociale, entre à l'Académie des sciences morales et politiques en 1832, et mène à bien la grande enquête *Tableau de l'état physique et moral des ouvriers* (1840). *132, 198.*

Vinoy Joseph (1800-1880). *294, 299.*

Viollet-le-Duc Emmanuel (1814-1879) : architecte, il est connu pour ses travaux de restauration de la Sainte-Chapelle, de la basilique de Vézelay en 1840, de Notre-Dame de Paris en 1845. Il devient inspecteur général chargé de l'Administration des cultes du service diocésain sous le Second Empire. Il est aussi l'auteur d'un *Dictionnaire raisonné de l'architecture française du XIe au XVe siècle* (1854-1868) et d'*Entretiens sur l'architecture* (1863-1872). *150.*

Viviani René (1862-1925) : avocat, rédacteur en chef de *La Petite République*, il devient l'avocat des cheminots et est élu député socialiste de Paris en 1893. En 1905, il est un des artisans de l'unité socialiste. Violemment anticlérical, il pousse à la séparation de l'Église et de l'État. De 1906 à 1914, il est ministre du Travail sous Clemenceau et Briand et un des artisans de la nouvelle politique sociale républicaine. C'est lui qui forme le gouvernement après les élections d'avril 1914 favorables à la gauche. Il est président du Conseil au moment de l'entrée en guerre. *400, 407, 487, 489.*

Volney François (1757-1820). *58, 77.*

Voyer d'Argenson René Marie (1771-1842). *88, 91.*

Waldeck-Rousseau René (1846-1904) : grand avocat d'affaires nantais, républicain modéré, député de Rennes dès 1879, ministre de l'Intérieur (novembre 1881 - janvier 1882, février 1883 - mars 1885). Il fait voter la loi de 1884 qui accorde la liberté aux syndicats professionnels. Sénateur de la Loire en 1894, il forme le gouvernement au cœur de l'affaire Dreyfus en juin 1899 et met sur pied un cabinet de coalition républicaine qui réoriente à gauche la République. Il laisse la place à Combes en juin 1902. *326, 363, 380, 385, 386, 387, 388, 389, 390, 394, 395, 397, 401, 408.*

Walewski Joseph, comte de (1810-1868) : d'origine polonaise, fils naturel de Napoléon Ier, naturalisé français, officier en Algérie, journaliste amateur de théâtre, il est un des diplomates de Napoléon III et ministre des Affaires étrangères (1855-1860). Avocat de l'alliance anglaise, il s'oppose à l'empereur sur la question italienne. Il est président du Corps législatif de 1865 à 1867. *269, 279.*

Wallon Henri Alexandre (1812-1904). *310.*

Zola Émile (1840-1902). *280, 380, 381, 446, 447, 451, 453.*

Table

Introduction 7

PREMIÈRE PARTIE
L'avènement d'une France libérale (1814-1840)

1. L'héritage de l'épisode révolutionnaire 17
Une nation une et indivisible 17
La liberté organisée 24
Une croissance enrayée, des structures économiques
modernisées 33
La société française ancrée dans la propriété du sol 41
L'héritage politique du bouleversement révolutionnaire 50

**2. L'échec d'un compromis entre l'Ancien Régime
et la Révolution (1814-1820)** 65
Le retour de la monarchie 65
L'essai d'une monarchie libérale 70
Le gouvernement des constitutionnels 77
Croissance économique et percée bourgeoise 82

3. La réaction de la France châtelaine (1820-1827) 87
Le virage à droite de la Restauration 87
La France ultra 92
Villèle : la réaction 100
L'échec des ultras 102

4. La chute des Bourbons et la monarchie tricolore (1827-1839) — 107
Une nouvelle génération libérale — 107
L'épreuve de force entre les libéraux et Charles X — 115
La monarchie de Juillet en quête de stabilité — 122
Le libéralisme de Louis-Philippe face au mouvement populaire — 125
L'orléanisme à la recherche d'une formule de gouvernement — 131

5. Une culture romantique — 137
La « contre-révolution » romantique — 137
L'univers romantique — 143
Le romantisme au cœur de la société des notables — 148
Le romantisme et la cause du peuple — 154

DEUXIÈME PARTIE
La conquête de la démocratie (1840-1880)

6. Les hiérarchies de la France censitaire (les années 1840) — 163
Le « système Guizot » — 163
Les notables : une nouvelle élite — 169
La France paysanne — 175
Le monde des « petits » — 181

7. Des « années décisives » — 189
La modernisation de la France — 189
L'élargissement des horizons culturels — 194
Le libéralisme en procès — 198
Une nouvelle opposition de gauche — 201

8. La crise du milieu de siècle (1846-1851) — 209
L'avènement du « suffrage universel » — 210
La République fraternelle — 216
La République face au socialisme — 220
La République conservatrice à la recherche de l'ordre social — 228
La République dans l'impasse — 234

9. Le bonapartisme au pouvoir (1851-1870) — 243
- La nation soumise et encadrée — 243
- Les ambiguïtés du césarisme démocratique — 250
- Les assises sociales du bonapartisme — 253
- Les coups de théâtre du bonapartisme — 258
- Une gloire nationale — 268
- Les contradictions de l'ouverture libérale (les années 1860) — 274

10. Les républicains à la conquête de la République (1870-1879) — 289
- L'« année terrible » : 1870-1871 — 289
- Thiers : la République sera conservatrice — 300
- La droite sans issues — 303
- La percée républicaine — 311
- L'épreuve de force entre la droite et les républicains — 318

TROISIÈME PARTIE
La construction de la République (1880-1914)

11. La République installée (1879-1889) — 325
- La France de Marianne — 325
- La laïcisation de l'école et de la société — 332
- Le risque d'un déclassement économique de la France — 337
- La puissance française compromise — 343
- Le défi boulangiste à la République bourgeoise — 347

12. La République conservatrice contestée (1889-1899) — 355
- L'élargissement de l'assise républicaine — 355
- Une politique conservatrice — 360
- Les radicaux, gardiens de l'identité républicaine — 364
- Une nouvelle opposition de gauche : socialistes et syndicalistes — 365
- L'extrême droite contre la République — 373

13. Une « renaissance » républicaine (1899-1911) — 379
- La conscience française déchirée : l'affaire Dreyfus — 379

La « défense républicaine »	386
Clore la guerre religieuse	394
Le compromis social républicain	398
Syndicalisme et socialisme aux lisières de la République	403

14. Les assises économiques et sociales de la République — 409
La « Belle Époque » de l'industrie	409
Héritages et inerties sur la voie de la modernisation	413
Le bourgeois, un modèle républicain	420
Les ouvriers, des villes aux banlieues	426
Le paysan et la République	434

15. La République, creuset d'une nouvelle culture — 441
Une démocratisation de la culture à pas comptés	441
Vers une culture de masse	444
Les intellectuels divisés sur la direction du progrès	449
Les libertés républicaines étendues aux beaux-arts	455
Paris, laboratoire de l'art contemporain	458

16. La France, encore une grande puissance (1911-1914) — 465
La République impériale	465
L'impérialisme français	469
La fin de l'isolement français	472
La République en quête de sécurité	478
L'entrée en guerre : août 1914	485

Conclusion — 491

Chronologie — 499

Orientations bibliographiques — 521

Index biographique — 567

NORMANDIE ROTO IMPRESSION S.A.S À LONRAI
DÉPÔT LÉGAL : JANVIER 2014. N° 116100 (135064)
IMPRIMÉ EN FRANCE